會校會注會評會圖

西廂記【壹】

張燕瑾　張人和　汪龍麟　編纂

汪龍麟　執筆

教育部人文社會科學重點研究基地重大項目（12JJD750021）成果
教育部人文社會科學重點研究基地首都師範大學中國詩歌研究中心規劃項目成果
全國高等院校古籍整理研究工作委員會資助項目成果

學苑出版社

圖書在版編目（CIP）數據

會校會注會評會圖西廂記/張燕瑾，張人和，汪龍麟編纂；汪龍麟執筆.—北京：學苑出版社，2020.10
ISBN 978－7－5077－6009－5

Ⅰ．①會…　Ⅱ．①張…②張…③汪…　Ⅲ．①雜劇－劇本－中國－元代　Ⅳ．①I237.1

中國版本圖書館CIP數據核字（2020）第177414號

排版製作：冉紅文化傳媒

責任編輯：洪文雄
裝幀設計：齊立娟
出版發行：學苑出版社
社　　　址：北京市豐臺區南方莊2號院1號樓
郵政編碼：100079
網　　　址：www.book001.com
電子信箱：xueyuanpress@163.con
聯繫電話：010－67601101（營銷部）；010－67603091（總編室）
印　刷　廠：河北賽文印刷有限公司
開　　　本：787×1092　1/16
印　　　張：158
字　　　數：2349千字
版　　　次：2021年1月第1版
印　　　次：2021年1月第1次印刷
定　　　價：2480.00元（全5册）

本册目錄

序 1
前　言 1
凡　例 1
總目錄 1

西廂記五劇第一本　張君瑞鬧道場雜劇 1
　楔子 6
　第一折 14
　　【驥尾附】注一十四條 42
　　【六幻本】五劇箋疑 46
　　【會注】 50
　第二折 64
　　【驥尾附】注二十二條 109
　　【六幻本】五劇箋疑 113
　　【會注】 117
　第三折 126
　　【驥尾附】注一十五條 151
　　【六幻本】五劇箋疑 154
　　【會注】 156
　第四折 160
　　【驥尾附】注一十二條 179
　　【凌尾附】西廂記第一本解證 181
　　【六幻本】五劇箋疑 184
　　【會注】 186

西廂記五劇第二本　崔鶯鶯夜聽琴雜劇 ……………………………… 189

第一折 ……………………………………………………………………… 191
楔子 ……………………………………………………………………… 221
【驥尾附】注二十五條 ……………………………………………… 257
【六幻本】五劇箋疑 ………………………………………………… 263
【會注】 ……………………………………………………………… 268

第二折 ……………………………………………………………………… 276
【驥尾附】注一十五條 ……………………………………………… 301
【六幻本】五劇箋疑 ………………………………………………… 304
【會注】 ……………………………………………………………… 306

第三折 ……………………………………………………………………… 313
【驥尾附】注一十六條 ……………………………………………… 346
【六幻本】五劇箋疑 ………………………………………………… 349
【會注】 ……………………………………………………………… 353

第四折 ……………………………………………………………………… 362
【驥尾附】注一十五條 ……………………………………………… 384
【凌尾附】西廂記第二本解證 ……………………………………… 387
【六幻本】五劇箋疑 ………………………………………………… 390
【會注】 ……………………………………………………………… 393

序

張燕瑾

唐德宗貞元（785—805）年間，中國文學史上產生了一個哀艷動人的愛情故事，從此這個故事歷代相傳，出現了顆顆明珠，有的成爲傳世名作，深深影響著後世文學，甚至改變著現實生活中人們的婚戀觀念。這個故事的主人公就是崔鶯鶯和張生，而演繹這個故事的巔峰之作乃是王實甫的《西廂記》。

一、"西廂"故事的衍變

故事的源頭：元稹《鶯鶯傳》

盛唐氣象體現的是蓬勃向上、積極進取的精神面貌，追求建功立業，或廁身朝廷，或立功异域，以實現人生理想。經過安史之亂的打擊，繁盛局面不再，時代精神隨之一變，用李澤厚《美的歷程》的話説便是："時代精神已不在馬上，而在閨房；不在世間，而在心境。"杜牧《感懷》詩："至于貞元末，風流恣綺靡。"好不容易戰亂平定，有了太平時日，要享受生活了。據卞孝萱《元稹年譜》，《鶯鶯傳》作于貞元二十年（804），正是"風流恣綺靡"的時期。

元稹（779—831），字微之，行九，世稱元九。祖籍洛陽（今屬河南），六世祖遷居西京萬年（今屬陝西西安），是北魏鮮卑族拓跋氏之後，北魏孝文帝（471—499在位）改族姓爲元。本爲皇族，家世早衰，父祖已成庶族。仕途屢遭貶黜，沉浮不定，與白居易齊名，世稱"元白"。有《元稹集》。作傳奇二種：一爲《崔徽傳》，原作已佚，今傳已非原作；另一篇則是艷傳人口并蔚爲文學大觀的《鶯鶯傳》。

《鶯鶯傳》是西廂故事的源頭，本名《傳奇》①，收入《太平廣記》時改名《鶯鶯傳》②，因傳中有《會真詩》，也稱《會真記》。寫貞元年間張生寓居普救寺，與携幼子歡郎弱女崔鶯鶯返長安途中的孀居姨母相遇。適逢兵亂，崔氏無以自保，靠張生請吏護之，纔幸免于難。在答謝張生的筵宴上，張生見鶯鶯美艷動人，遂托鶯婢紅娘相助，與鶯相通。後張生追求功名，赴京趕考，拋弃了鶯鶯，"始亂終弃"，并爲自己辯解說，鶯鶯是害人尤物，不禍害自己，就禍害别人，自己承受不了妖孽，所以纔抛弃她。時人還稱許張生這種文過飾非的行爲爲"善補過者"。

據王性之《〈傳奇〉辨證》、陳寅恪《元白詩箋證稿》等考證，《鶯鶯傳》是元稹根據自己的經歷寫出的自傳體"非虚構"小說，張生形象的原型，就是元稹自己。鶯鶯的遭遇，典型地表現了唐代文人的心路歷程和婦女追求愛情的悲劇命運，具有鮮明的時代烙印。唐代社會承南朝舊俗，通過婚、宦二事評量人物高下。爲了做官，張生一是憑藉自身才華，走科舉之路，二爲聯姻，找一個高門顯宦做靠山。崔家已經衰敗，顯然不能滿足張生的要求，時代注定了鶯鶯的悲劇命運。社會壓制了人性，張生的背信弃義是被時代認同的，這就是張生不僅没有受到譴責，反被許爲"善補過"的原因。張生與鶯鶯的兒女真情是被世俗所重的功名利禄扼殺的。客觀地說，鶯鶯、張生是爲愛情付出的歷史性代價，啓迪著後人爲自身的幸福去努力追求。

作爲小說，《鶯鶯傳》并非上乘之作。過多的詩歌穿插妨礙了敘事的流暢；由于是自傳體，爲了掩蓋醜陋，張生對鶯鶯由狂熱追求到忍情拋弃的心理變化過程，交代不很清楚，還没到像後世說話藝術那樣，爲了塑造形象而任意虚構的階段；張生"女人禍水"的道德說教也倒人胃口。但作爲傳奇文，却又體現了趙彦衛《雲麓漫鈔》中所說的"文備衆體"，可以見史才、詩筆、議論的特點。《鶯鶯傳》所開啓的西廂故事之所以能繁衍成文學大觀，是由于其藴涵的豐富和深刻。應當說，張生拋弃鶯鶯，選擇的是婚姻，而不是愛情，屈服于社會，却壓抑了人性，鶯鶯始終是他難以忘懷的初戀情人，這從元稹的艷情詩可證，正是"曾經滄海難爲水，除却巫山不是雲"（《離思》），"夜夜望天河，無由重沿溯"（《夢游春》），再没有一位女子可以代替鶯鶯在他心中的地位。當鶯鶯形象浮現在作家腦海的時候，"依稀似笑還非笑，仿佛聞香不是香"（《鶯鶯詩》），那種清風明月般的綽約之美，"都愉淫冶之態"（趙德麟【蝶戀花鼓子詞】），給他帶來的是溫馨和柔情，于是刻骨銘心的愛戀之情流注筆端，塑造出一個清水芙蓉般美慧絕倫的形象，可

---

① ［宋］趙德麟《侯鯖錄》卷五載王性之《〈傳奇〉辨證》、趙德麟【商調蝶戀花鼓子詞】。
② 有人認爲"傳奇"之稱乃宋人妄改，見羅宗強、郝世峰主編《隋唐五代文學史》，高等教育出版社，中册461頁注（72），1994年。

親可愛而不可怕，感召著後世作者去探索、去挖掘。

唐宋文人筆下的"西廂"故事

唐代楊巨源、王涣、李紳都有詩作歌咏其事。楊巨源的《崔娘詩》和王涣的《惆悵詩》寫得很簡略，都祇有短短四句。《崔娘詩》祇寫到鶯鶯寄環緘愁爲止，表現了對女主人公命運的同情，"風流才子多春思"，著一"多"字，便含有對張生移情的不滿，但没有理會《鶯鶯傳》中"尤物害人"的説教。《惆悵詩》祇選取了幽歡一節來寫，對鶯鶯的結局、對張生都没有表示什麼態度。可以看出，詩人是歌頌歡會而怨恨别離的。描寫比較詳細的是李紳的《鶯鶯歌》，成爲《董西廂》寫作的根據之一。從情節上來看，也祇寫到歡會爲止，表明了詩人的願望，即不滿意鶯鶯的悲劇結局。但一則所有這些作品都采用詩歌形式，没有超出傳統士大夫文學的範圍；二則在故事情節上没有新的發展，對崔張故事的主體思想没有大的影響，對原作《鶯鶯傳》中的藝術形象也没什麼改變。

西廂故事到了宋代，出現了新的變化：一是流傳範圍更廣，不僅士大夫以爲美談，倡優女子也能調説大略。二是形式多樣，已經突破書面文學形式，開始與音樂、説唱等表演藝術相結合，走向市民文藝的廣闊天地，成爲供普通大衆觀賞的藝術作品。三是據所傳名目推斷，故事情節應該有所豐富和發展。在唐代，張生本無名字，宋王楙《野客叢書·用張家故事》中出現了"張君瑞"這個名字。周密《武林舊事》所記官本雜劇中有"鶯鶯六么"，陶宗儀《南村輟耕録》所載院本名目中有《紅娘子》《拷梅香》，徐渭《南詞叙録·宋元舊篇》裏有《鶯鶯西廂記》等戲曲作品；羅燁《醉翁談録·小説開闢》中有《鶯鶯傳》，同書"舌耕叙引"記有《張公子遇崔鶯鶯》等説話作品。可惜這些戲曲小説作品全都佚失不存，難知其詳了。四是主題思想有所發展。秦觀、毛滂都用"調笑轉踏"這種形式歌咏其事。"轉踏"也作"傳踏"，轉、傳指用同一曲牌連續傳歌，轉唱不同的内容；踏即踏歌，依歌的節拍而舞，是北宋歌舞表演的一種形式，演出分若干節，每節一詩一詞寫一個故事。秦觀、毛滂采用的是一首詩和一首【調笑令】詞。秦觀寫到歡會，毛滂寫到鶯鶯寄環緘愁，都表現了對鶯鶯的同情和對張生的不滿。叙寫比較充分的是趙令畤[①]的説唱作品【商調蝶戀花鼓子詞】。其説白用散文，除首尾兩段是他自己的創作外，中間各段都是根據《鶯鶯傳》，"或全摭其文，或止取其意"寫成的；唱的部分則用十二首【蝶戀花】敷衍。趙令畤叙寫了完整的西廂故事，張生負心造成鶯鶯的悲劇結局，"地久天長終有盡，綿綿不似無窮恨"，非但没有稱許張生"善補過"，也抛弃了"女人禍水"說，而且對張生進行了責備，"最恨多才情太淺，等閑不念離人怨"。張生爲

[①] 趙令畤（1051—1134），字德麟，是燕王德昭的玄孫。

了追求"浮名"而薄情背盟的行爲是作者所"最恨"的。

金代董解元《西廂記諸宮調》

院本、雜劇、南戲、小説等，都是敷衍故事的藝術品類；據所載名目，宋代西廂故事應當有不少豐富和發展，起碼有了"拷紅"的情節，惜皆佚失不傳。從現存作品看，没有新的情節、新的内容和新的人物形象，其影響力遠不能與元稹的原作相提並論。祇有到金代董解元《西廂記諸宮調》（簡稱《董西廂》）的出現，纔從根本上清除了"尤物害人""女人禍水"的腐朽思想。

關于《董西廂》作者董解元的生平資料很少。據鍾嗣成《錄鬼簿》記載，他是金章宗（1189—1208在位）時人，名不詳，是一位頗有名氣的民間藝人，解元是對讀書人的敬稱。他活躍在一個戰争平息、相對穩定的時期。從《董西廂》的"引辭"和"斷送引辭"中我們知道，他性情疏狂，放浪不拘，不管别人的議論，任性而行，流連于秦樓楚館，是一個"教惺惺浪兒都伏"的頗有聲價的風流才子。

諸宫調是一種有説有唱的講唱文學形式，據王灼《碧雞漫志》、吴自牧《夢粱錄》等記載，這種形式是北宋中期澤州（今山西晋城）一個叫孔三傳的民間藝人創造的，説的部分用散文，唱則用韻文，用鼓、板、笛、鑼等伴奏，後來也用弦索如筝、琵琶等伴奏，所以《董西廂》又稱《西廂記搊彈詞》或《弦索西廂》。唱詞取同一宫調的若干曲牌聯成首尾一韵的短套，再用不同宫調的許多短套聯成長篇，演一個完整故事，故名"諸宫調"。

董解元對西廂故事進行了全面改造，作了新的詮釋。首先是塑造了全新的人物形象。從現存作品看，此前的張生都是作爲負心漢形象出現的，而在董解元的筆下變成了一個多情才子。從四海游學的窮書生，到中探花、授翰林學士的得志男兒，一直追求鶯鶯并終成眷屬。崔鶯鶯則由原來的任人宰割、受人同情的弱女子，增强了反抗性，爲了報答張生在普救兵亂中的救命之恩，她甚至想同張生一起懸梁自盡，以死殉情；最後又在法聰建議下與張生私奔，借助白馬將軍之力，實現了自主婚姻。老夫人在故事中原本是個没什麽作用的道具性人物，在《董西廂》裏，則變成了掌握兒女婚姻命運的一家之長，成了矛盾衝突的一方。紅娘、法聰的作用也大大增强，都成了積極支持和參與崔張婚戀的人物。人物決定矛盾衝突的性質和故事的結局，《董西廂》把原本是在婚姻當事人之間的衝突，即鶯鶯衝破禮教束縛、追求愛情，同張生爲功名而背盟負心的衝突，改造成了婚姻當事人爲一方與專斷家長爲另一方的衝突，即鶯鶯、張生與老夫人之間的衝突，也可謂之愛情與禮教的衝突。鬥争的結果也變成美滿團圓的喜劇結局，才子佳人如願以償。

《董西厢》的婚戀觀念在故事結尾作過明示："從古至今，自是佳人，合配才子"，"方表才子施恩，足見佳人報德。"這種觀念近似唐人，又加入了施恩報德和功名富貴的因素，還没有達到男女平等自願、没有附加條件的純愛情的標準。藝術上也有很多不足。爲了突出"報恩"思想，兵亂一節過長，且多次重複，遠離了矛盾衝突的主綫，也影響了叙事的流暢；男女主人公的性格也有不統一、不完整的地方，鶯鶯有些地方的表現與身份不合，張生在追求鶯鶯的過程中也出現過猶豫等等。

　　《董西厢》在西厢故事的流傳過程中，無疑是一次大飛躍、大突破，但在内容和藝術上却又存在種種不足，真正把這個題材處理得完美無缺，還要等到元代王實甫《西厢記》的出現。

二、《西厢記》的作者

著作權之争

　　關于《西厢記》的作者，歷史上有過多種説法，影響較大的有：

　　一、王實甫作。見于元及明初記載：成書于元至順元年（1330）、元統及至正（1333—1368）間作過修訂的鍾嗣成《録鬼簿》，成書于明洪武三十一年（1398）的朱權《太和正音譜》，永樂二年（1404）賈仲明爲《録鬼簿》補寫的【凌波仙】吊曲等，都記載《西厢記》爲王實甫作。而《録鬼簿》又是經過鍾嗣成之友吴克齋（弘道）、陸仲良參與的，并非一人之見。

　　二、關漢卿作，王實甫續（第五本）。最早提出此説的是明成化七年（1471）北京金臺魯氏刊本《新編題西厢記咏十二月賽駐雲飛》："漢卿文能，編作《西厢》曲調精。""王家增修，補足《西厢》音韵周。"此後弘治十一年（1498）金臺岳家刻本《奇妙全相注釋西厢記》等亦持此説。

　　三、關漢卿作。最早見于明正德八年（1513）刊刻的都穆《南濠詩話》："近時北詞以《西厢記》爲首，俗傳作于關漢卿，或以爲關漢卿不竟其詞，王實甫足之。予閲《點鬼簿》，乃王實甫作，非關漢卿也。"明言關作祇是"俗傳"，并無實據，且以《點鬼簿》（《録鬼簿》）的記載否定了"俗傳"。嘉靖二十年（1541）金陵劉麗華《口傳古本西厢記題詞》、萬曆十七年（1589）汪道昆《水滸傳叙》等認爲《西厢記》作者爲關漢卿。

　　四、王實甫作，關漢卿續。成書于嘉靖三十七年（1558）的王世貞《藝苑卮言·附録》即主此説，此後徐士範《重刻西厢記序》、朱孟震《河上楮談》等，及近人王國維、吴梅、王季烈等均持此説。

持"關作王續"或"王作關續"説者，又認爲《西廂》原作止於第四本第三折"長亭送別"或第四折"草橋驚夢"，其後乃是續作。

明人王驥德在其《新校注古本西廂記》附《王實甫關漢卿考》中駁之曰："《藝苑卮言》謂《西廂》久傳爲關漢卿作，邇乃有以爲王實甫者，且引《太和正音譜》載實甫詞十三本以《西廂》爲首，漢卿六十六本不載《西廂》爲據。然《正音譜》係國朝寧藩臞仙所輯，實本之《録鬼簿》。二人生同時，居同里，或後先踵成不可考。特其詞較然兩手。""《卮言》又謂：或言至'郵亭夢'止，或言至'碧雲天'止，則不知元劇體必四折，記中明列五大折，折必一套，'碧雲天'斷屬第四折四套之一無疑。又實甫之記，本始董解元，董詞終鄭恒觸階，而實甫顧闕之，以待漢卿之補？所不可解耳。"這一是説《西廂》爲王實甫作的記載很早，不是近來纔有，因爲《正音譜》本之《録鬼簿》；二是説王與關的創作風格明顯不同，《西廂》斷非關作或關續；三是説《西廂記》五本乃完整作品，無續作之可能。

《毛西河論定西廂記》"附詞話"則曰："元周高安論曲有云：《西廂》【麻郎兒】'忽聽、一聲、猛驚'【太平令】'自古、相女、配夫'爲六字三韵，最難。今按，'自古'六字在末劇。然則在元何嘗分末劇爲續《西廂》耶？且亦何嘗不并許耶？"是説元人視《西廂》五本二十折爲一個整體，即使第五本第四折也未被視爲續作，且同樣受到稱許。

從寫作上説，到第四本還有兩大懸念尚未解開：一是鄭恒與鶯鶯的婚約，戲方開場即已提出，以後又反復提及，且已附書京師，唤鄭恒即至；二是張生赴京科考，張生出場即自言其志，到"拷紅"折，科考成敗更升爲與鶯鶯婚姻成敗的關鍵。這兩個問題不解決，就等於没有回答劇情發展中所提出的問題。因此，無論是終於"送別"，還是"驚夢"，都等於腰斬《西廂記》。此乃作劇常識，作家萬無于此止筆之理。

應當承認，在描寫心理之細膩與文辭之華艷方面，與前四本相比，第五本稍顯遜色。這有兩個方面的原因。

從故事本身來説，《西廂記》本是雙綫結構，自四本二折鶯鶯酬簡幽會之後，由鶯鶯的"假"與張生的"傻"與"懦"所引起的鶯鶯、張生、紅娘之間的誤會衝突宣告結束，"長亭送別"之後生旦分離，没有了好看的男女主角對手戲，没有了少男少女戀愛中複雜微妙的心理描寫，剩下的衹有自主婚姻與包辦婚姻一條衝突綫，文筆便不像前四本那樣花團錦簇、落筆生輝，但關目上也頗有可觀，已足見并非凡手所能爲。

再有《西廂記》止於何時，實質上就是《西廂記》應當如何結尾的問題，而戲劇作品的結尾向稱難事。在劇情演進中，劇作家提出人生或社會問題，最後一幕戲就要解決衝突，拿出解决問題的答案；而且每一個劇中人都應當思考自己經歷的種種事件，爲自己的舞臺生命作出總結。這是相當不容易的事，也因此最後一幕戲向來飽受詬病，并且注定要遭到修改，這是中外戲劇家的普遍遭遇。王實甫不是用格言警句，而是用人物命運來解答提出來的種種問題，有諸多爭議也便不難理解了。

總而言之，在關于《西廂記》作者的諸多説法中，以王實甫作的説法最早，與《西廂記》産生年代相近，其他説法則是一個多世紀，甚至兩個多世紀以後的事了，且未能提出足以推翻王作説的證據。由此可以得出結論：《西廂記》全五本的著作權屬于王實甫。

王實甫的生平

王實甫創作了光耀史册的藝術瑰寶，而關于他的生平材料却極少留下來。這一是因爲元朝實行重吏輕儒政策，二是因爲雜劇在當時尚屬新興文藝樣式，并不爲傳統文人所重，也就少有人留心其作者了。有感于此，鍾嗣成纔作《録鬼簿》，把這些"門第卑微，職位不振"的散曲和雜劇作家們記録下來，傳其本末，以免歲月彌久，湮没無聞。

據《録鬼簿》載，王實甫，名德信，實甫是他的字，大都（今北京）[①]人。與關漢卿、白樸、馬致遠等同屬"前輩已死名公才人"。周德清《中原音韵》引《西廂記》曲文後曰："諸公已矣，後學莫及。"周氏後序作于泰定甲子（1324），其時王實甫已謝世。可見王實甫爲元代前期作家，與關漢卿同時而略晚，創作活動主要在元貞、大德年間（1295—1307）。

最早對王實甫進行全面評述的是賈仲明（1343—1422）爲《録鬼簿》補寫的【凌波仙】弔王實甫：

> 風月營，密匝匝列旌旗；鶯花寨，明飆飆排劍戟；翠紅鄉，雄赳赳施謀智。作詞章，風韵美，士林中等輩伏低。新雜劇，舊傳奇，《西廂記》天下奪魁。

風月營、鶯花寨、翠紅鄉都是官妓聚居的地方，這些官妓同時也是雜劇演員。由于元代科舉考試時行時止，但行時少而停時多，一共祇舉行過16次科舉考試，總録取人數

[①] 關于王實甫的籍里，一説爲河北定興人，元名臣王結之父，名德信，見孫楷第《元曲家考略·王實甫》（上海古籍出版社，1981年）；一説爲江西廬陵人，見元劉將孫《養吾齋集》卷三《送王實甫》。這些實爲名同而非《西廂記》作者，參見葉德均《戲曲小説叢考·元代曲家同姓名考》（中華書局，1979年）。

爲 1200 人，占《元典章·内外諸官員數》的不到 1/22，實際所占比例則更小①，而入職臺省者衹是萬分之一②。其官員來源主要靠軍功、血統世襲和吏員出職，于是有大元典制人分十等，一官二吏三僧四道五醫六工七匠八娼九儒十丐的説法③。十等人之説雖不見于律令文獻，但與元雜劇中感嘆的"儒人顛倒不如人"（石君寶《秋胡戲妻》）、"這壁攔住賢路，那壁又擋住仕途"（馬致遠《薦福碑》）相一致，也與現實中儒學遠低于釋道、儒生遠不如和尚道士的處境相一致。這是切身感受的歷史，遠比文字記載更爲真實。既然斷絶了儒人傳統的仕進謀生之路，即使才如王實甫者，也衹能沉淪下層④。于是爲謀生，爲宣洩，也爲施展才華，鍾嗣成《録鬼簿》後記所謂"移宫换羽，搜奇索怪，而以文章爲戲玩"，與藝人混迹一起，這使他瞭解下層民衆的思想感情，也熟悉了舞臺規律，他的文采風流爲文壇所佩服，他的《西厢記》也被公認爲元代最優秀的作品。

王實甫的創作，散曲今存小令一支、套數二套及一個殘套數。據曹楝亭本《録鬼簿》記載，王實甫創作雜劇十四種，今存《西厢記》《麗春堂》《破窰記》三種及《芙蓉亭》《販茶船》二劇的片段。

《麗春堂》寫金代統治集團的内部矛盾，有作家對人生的體認，也有著對爭名逐利、鈎心鬥角官場現象的揭示，這也是元代失意文人的普遍心態。

其他幾個戲都以婚姻戀愛爲主要内容。《芙蓉亭》刻畫了一個大膽反抗禮教的叛逆女性，她"想著懷兒中受用，怕甚麼臉兒上搶白"，深夜私出閨房，主動去找所歡相會，這是一個此前戲曲中不曾出現過的新型形象，可惜僅存數支殘曲，難窺全貌了。《破窰記》寫吕蒙正與劉小姐的婚姻故事，這個故事至今還在舞臺上上演。劉小姐彩樓抛綉球招親，正中吕蒙正。劉員外嫌蒙正家貧，要拆散姻緣，女兒不從，被趕出家門，與蒙正寒窰度日。最後吕蒙正考中狀元，一家團圓。劉小姐提出了新的婚姻觀念："夫妻相待貧和富有何妨？"即使再窮再苦，"您孩兒心順處便是天堂"。這與《西厢記》有一脉相通之處。通過吕蒙正的遭際，感嘆道："世間人休把儒相弃，守寒窗終有崢嶸日。"抒發了沉淪下層的讀書人憤懣不平之氣。

---

① 參見許凡《元代吏治研究》第二章，勞動人事出版社 1987 年。
② 參見［明］葉子奇《草木子·雜俎篇》，中華書局 1954 年。
③ 鄭思肖《心史·大義略序》、謝枋得《叠山集·送方伯載歸三山序》。
④ 傳爲王實甫作的散套《商調集賢賓·退隱》説他曾做過官，在名利場奔走，諳盡宦海風波後退隱，年六十歲，家境頗豐饒，"有微資堪瞻賙，有亭園堪縱游"。但這與《録鬼簿》所謂"門第卑微，職位不振"相矛盾，也與賈仲明吊曲不一致。《退隱》在萬曆三十二年（1604）刊印的《北宫詞紀》中署王實甫作，而比《北宫詞紀》早 70 多年的《雍熙樂府》中却不注撰人，可知散曲《退隱》的作者與《西厢記》之作者實非一人。

真正代表王實甫創作風格和創作成就的，是被推爲天下之最的《西廂記》。

三、《西廂記》的思想

愛情的詮釋

《西廂記》的出現是一個奇迹，因爲無論是在它之前，還是之後的戲曲，都難以與之比肩，有學者把《西廂記》與小説《紅樓夢》比作中國文學史上兩座先後輝映的高峰，是很有道理的。

"西廂"故事是演繹愛情的。"愛情"之義有廣狹之分。廣義的，指愛的感情，可用于對所有人産生的感情；狹義的，則專指男女之間相互愛慕之情。"西廂"故事所描寫的是後者。愛情又與婚姻有别。婚姻專指夫婦，爲法律和社會所承認的夫妻，是家庭成員，《禮記·經解》鄭玄注："婿曰昏，妻曰姻。"而男女之間精神和肉體强烈的互相戀慕，有的能締結婚姻，成爲夫妻，有的則不然。性在本質上不排他，而愛情是自私的，一對一，具有排他性。愛情是幸福的，不分地域、民族，不論貴賤、貧富，人人心向往之。愛情是古往今來人類都會産生的感情，有普世性。它很强烈，情苟相得，不僅父母之命不能制，個人也很難自抑。又很有個性，會由于民族、地域的不同而有所差異，也會因爲歷史時代的不同而不同，甚至每個人也不相同。戀愛者是有個性的，愛情也千姿百態，每一對兒戀人都是獨特的"這一對兒"。因此古今中外的哲人都試圖對愛情作出自己的詮釋，却又見仁見智。保加利亞人瓦西列夫《情愛論》説：愛情是"人類精神的一種最深沉的衝動""是完整的生物、心理、美感和道德體驗。祇有人纔具有複雜而完備的愛的感情。"其實，簡而言之，愛情是男女之間所追求、所構築的安頓心靈的窩巢，肉體是心靈的載體，祇有肉體得到安頓，漂泊的心靈纔會找到歸宿，因此它是使男女雙方都獲得强烈的肉體和精神享受的綜合感情。

《西廂記》充滿了創造精神，所寫崔張愛情故事從内容到形式都焕然一新，趨于完美，它不僅是元代文藝中的璀璨明珠，也是中國文學藝術史上的一座高峰。其思想的深刻性在于表現了這樣的願望：

永老無别離，萬古常完聚，願普天下有情的都成了眷屬。（五本四折【清江引】）

不是説崔鶯鶯、張君瑞應當成爲眷屬，也不是説某類人應當成爲眷屬，像唐傳奇蔣防《霍小玉傳》"小娘子愛才，鄙夫重色。兩好相映，才貌相兼"，許堯佐《柳氏傳》"翊仰柳氏之色，柳氏慕翊之才，兩情皆獲，喜可知也"等等，是皆才子佳人式的戀愛，以才貌爲選擇標準。《西廂記》所寫乃是普天下所有的有情人都應當成爲眷屬，用元散曲蘭楚芳【南呂四塊玉·風情】作詮釋："我事事村，他般般醜。醜則醜，村則村，意相投，則爲他醜心兒真，博得我村情兒厚。似這般醜眷屬、村配偶，祇除天上有。"蠢材醜女也有愛的權利，也可以結成美滿夫妻，祇要雙方心真情厚，而不僅僅是才貌相兼的才子佳人。這是元人對愛情觀念的一大貢獻。這種眷屬還應當是不離不棄、長相厮守的夫妻。同情他人，熱愛他人，把普世大愛給予他人，這便是仁者胸懷。而其關鍵又在"有情的"三字，《毛西河論定西廂記》説："《牆頭馬上》劇亦有'願普天下姻眷皆完聚'類，但此稱'有情的'，此是眼目，概括《西廂》書也。"《閨怨佳人拜月亭》中也提出了"願普天下心厮愛的夫婦永無分離"，白樸、關漢卿側重表現相愛的已婚夫婦應當長相完聚，而《西廂記》則是表現有情的未婚男女應當如願以償。這就説出了愛情的本質，也説出了婚姻的本質。有情，愛情和婚姻纔有生命。毛奇齡看得很清楚。毛奇齡背明仕清，學術上也有不端行爲，梁啓超《清代學術概論》説他"學者的道德缺焉，後儒不宗之宜耳"。但其論《西廂記》却是極有眼光的。

　　《西廂記》裏也多次表露了對張生的感恩思想。感恩是一種美德，紅娘、鶯鶯乃至老夫人都對張生的救命之恩銘感于心，像請宴、聽琴、拷紅、斥恒等折。但"感恩"并不是鶯鶯、張生愛情的基礎，早在張生施恩之前，他們就走完了以心相許的階段，兵亂施恩祇是給他們不合禮也不合法的愛情，提供了一個冠冕堂皇的保護傘，所以徐渭、李卓吾在評語中都戲稱孫飛虎爲"媒人"，紅娘也以此對付老夫人的干涉和鄭恒的糾纏。因此第五本第四折祇言"有情"與"無情"（"無情的鄭恒苦"）而不涉其他。這是王實甫與董解元的根本區别。

　　王實甫從改變人類婚姻觀念的高度提出了前人没有提出過的問題，明清人又未能超越之，不僅恩被古人，而且澤及當代。其愛情觀成爲人們的婚姻理想。這是古代其他任何文藝作品所没能做到的，體現了聖者精神，所以是偉大的。我們祇舉兩個例子看王實甫對情的詮釋：

　　　　他那裏盡人調戲嚲著香肩，祇將花笑拈。（一本一折【元和令】）
　　　　雖然是眼角傳情，咱兩個口不言心自省。（一本三折【綿搭絮】）

　　看似不著力，却深刻道出了愛情的真諦。禪宗心傳的第一公案即"拈花微笑"。據

《聯燈會要》卷一、《釋氏稽古略》卷一，在靈山會上，大梵天王向釋迦牟尼佛獻上一枝金色婆羅花，釋迦即拈花示衆，衆人不解其意，唯有摩訶迦葉默然心會，破顔微笑。釋迦于是説：我有純正的禪法，清净的禪心，實相無相，微妙法門，不立文字，教外別傳，現在我把它傳給摩訶迦葉。禪宗認爲，這個典故是要弟子們領會佛教的根本精神，得到佛陀思想的真髓，這就是以心傳心的"教外別傳"，此即"正法眼藏""清净法眼"。人的本心和本性離言絶相，祇能心心相印，去除了一切外在的形式而直達心靈深處。語言是多餘的，也用不著文字，就看你能不能和是不是心靈契合、心靈相通，此之謂會心，"心有靈犀一點通"，這便是愛情的真諦。又，《景德傳燈録·袁州蒙山道明禪師》有所謂"如人飲水，冷暖自知"。愛情也需要内心的悟證。有歡樂，也有痛苦，有時痛苦也是歡樂，比如明人汪廷訥《獅吼記》寫宋人陳季常懼内，其妻柳氏悍妒异常，季常則跪池、頂燈，樂此不疲。西方所謂心中的痛苦祇有自己知道，心中的喜樂別人無法分享。道理是相通的。是不是真愛，祇有兩個心靈感受得到。把難以言喻的愛情體驗提升到禪理的境界，是《西廂記》淺而能深之處，其他戲曲作品均未臻此境。祇有《紅樓夢》中警幻仙姑説出過"可心會而不可口傳，可神通而不能語達"，但那已是四百多年以後的事了。

《西廂記》與它以前描寫男女感情的作品相比，有著明顯不同。一是鶯鶯與張生之間的互相愛慕有著多方面的因素，并不僅僅是"郎才女貌"，更没有"財"和"勢"的考慮。作者所著重强調的，是男女之間感情上、情趣上的和諧融洽，契合無間。"長亭送別"之際，鶯鶯千叮萬囑并頭蓮强如狀元及第、得官不得官即便早回，張生狀元及第授官，他們都不以爲喜，反以未能團聚而思念不斷，這與《破窑記》所表現的思想是完全一致的。二是這種選擇是相互的，不僅男子對女子有一定的要求，同樣的，女子對男子也有自己的選擇標準，改變了男女關係中以男子爲中心、婦女祇是以容貌的美麗作爲被挑選對象的情况，在張生與鶯鶯的戀愛中，决定權很大程度上取决于鶯鶯，而不是男主人公，男女雙方的地位，更趨向于平等了。

《元典章·户部四》之"嫁娶""婚姻"條規定："許嫁女已招婚書，及有私約或受財而輒悔者，笞三十七下；若更許它人者，笞四十七下；已成者，五十七下；後娶者知情，减一等，女歸前夫。男家悔者不坐，祇追聘財。""服内婚"條規定："居父母及夫喪而嫁娶者，徒三年，各離之。"①，《元典章》中還有"通奸成親斷離"的規定。但元統治者蒙古、色目諸族男女關係方面開放，執行條律不嚴，《西廂記》鶯居父喪及與鄭恒有婚姻之約等情節又係由《鶯鶯傳》《董西廂》承襲而來，所以王實甫仍然對崔張這樁"違章"婚戀給予了熱情謳歌。因此郭沫若在《西廂記藝術上的批判與其作者的性格》中説："人們

---

① 《元典章》卷一八，中國書店 2008 年影沈刻本。

殆不能不贊美元代作者之天才，更不能不贊美反抗精神之偉大！反抗精神，革命，無論如何，是一切藝術之母。元代文學，不僅限于劇曲，全是由這位母親生出來的。這位母親所產生出來的女孩兒，總要以《西廂記》爲最完美，最絕世了。《西廂記》是超過時空的藝術品，有永恒而且普遍的生命。《西廂記》是有生命的人性戰勝了無生命的禮教的凱旋歌，紀念塔。"①

一見鍾情式的愛情

鶯鶯和張生是一見鍾情式的愛情。一見鍾情是古今中外都很常見的愛情表現形態。青年男女在成長過程中，或觀察社會人生，或閱讀報刊書籍，或觀看文藝演出等等，通過各種渠道形成了自己的愛情審美觀念，在心目中已經儲備了一個朦朧的理想可意人形象，一旦在現實生活中遇到一個符合自己審美標準的人物時，便有似曾相識之感，這就如湯顯祖《牡丹亭》杜麗娘、柳夢梅夢中相逢時所謂"是那處曾相見，相看儼然"，《紅樓夢》裏賈寶玉初見林黛玉便脫口而出："這個妹妹我見過的。"在雙方心靈上都激起了愛的火花，他與她所積累的生活經驗迅速反應到大腦中來，促使他和她當機立斷做出定奪，以心相許。這種決定祇是在瞬間做出的，却是以長期生活積累作前提的。人的面孔不僅是人的總體美的集中表現，也是展示心靈世界的窗口，在點燃愛情之火的時候，會由于生理原因而展示得更加鮮明和充分，雙方都可以從對方的臉上讀出對自己愛慕的程度；尤其當一個人微笑的時候，就會完全揭開掩飾心靈的面紗，向對方袒露真情，避免誤讀。這就是爲什麽鶯鶯在佛殿初遇張生便拈花微笑，令張生狂癲忘形了。所以一見傾心式的愛情看似神秘，却蘊涵著愛情的真諦。

《西廂記》寫一見鍾情還有著其他原因。這一方面是受雜劇藝術形式的限制，不可能像小説那樣作家可以用全知的視角出面敘述，細膩地、不受篇幅限制地描寫男女雙方感情的發展歷程；在戲劇中，劇作家雖然無處不在，却又無處可見，是不能站出來直接向讀者和觀眾説話的。另一方面，這又是社會造成的。關漢卿的《溫太真玉鏡臺》裏説"男女七歲不可同席"，《董西廂》裏説"弟兄七歲不同席"，男女之間，即使是兄弟姐妹，還在孩提時代就被隔絕開來，在成長過程中，接受的是禮教倫理道德的教育，没有可能對異性進行認識，更不可能對具體的異性有接觸、認識和瞭解的機會。在禮教統治時代，對于大多數人來説，夫妻間的第一次認識，大概就是"洞房花燭夜"了。所以張生與鶯鶯這種邂逅相逢，便是一種奇遇了。郭沫若説："我國素以禮教自豪，而于男女間之防範尤嚴，視性欲若洪水猛獸，視青年男女若罪囚，于性的感覺尚未十分發達以前即嚴加分

---

① 郭沫若，《文藝論集》，北京：人民文學出版社，1979年，190—191頁。

別以催促其早熟。年輕人最富于暗示性,年輕人最富于反抗性,早年箝束已足以催促其早解性的差异,對于父母長輩無謂的壓抑,更于無意識之間,或在潛意識之下,生出一種反抗心:多方百計思有以滿足其性的要求。"這偶然一次相遇,彼此產生愛慕之情是自然的。這種愛情,憑藉的完全是自身條件,排除了社會和家庭因素的介入;是自願的選擇,體現的是婚姻當事人的意志,而非他人包辦;在不允許相互接觸的社會環境中,"一見"畢竟是一種瞭解,比起被蒙蔽的包辦婚姻來,也算前進了一步。

"濃鹽赤醬"之譏

張生與鶯鶯的幽會偷歡寫得比較刻露,往往爲人詬病,被譏爲"濃鹽赤醬"。愛情固然不能僅僅歸結爲單純的生理快樂,但是性欲毫無疑問是愛情內涵中的應有之義,瓦西列夫《情愛論》說:"愛情的動力和内在本質是男子和女子的性欲,是延續種屬的本能。"隨著人類文明的不斷發展,這種動物性本能被人性化,包含了社會性的内容,使這種建立在本能基礎上的感情不僅具有獨立的品格,而且具有永恒的力量,表現爲精神狀態,而性欲反而以被隱形的狀態存在于其中了。愛情既是男女雙方互相吸引的前提,也是男女歡合的結果。人類的欲望中糾結著人性與獸性的兩面性,祇要"有情",便是人性的發揚,靈魂的升華,成就了愛與欲、靈與肉、美與俗的結合,我們看到的是生命的飛揚。愛使人類看似低俗的動物性行爲變得美麗和道德。總之,愛情是幸福的、美好的,但却不是聖潔的、崇高的,祇有同人類的偉大理想相結合,它纔聖潔、崇高,所謂"生命誠可貴,愛情價更高。若爲自由故,二者皆可抛"。所以人們并不贊成戀愛至上主義。相反,恰恰因爲愛情的平凡和世俗,纔具有切近人情、合乎人性的屬性。假如抽去了生命的欲望,還談得上幸福和美好嗎?明清時代人們就對這個問題有過不同意見的爭辯。在《西廂記》是否淫書的辯難中,金聖嘆言辭最爲激烈,他在批《第六才子書》時說:"人說《西廂記》是淫書,他止爲中間有此一事耳。細思此一事,何日無之,何地無之,不成天地中間有此一事,便廢却天地耶?細思此身自何而來,便廢却此身耶?……至于此一事,直須高閣起不復道。""有人謂《西廂》此篇,最鄙穢者。此三家村中冬烘先生之言也。夫論此事,則自從盤古至于今日,誰人家中無此事者乎?若論此文,則亦自從盤古至于今日,誰人手下有此文者乎?誰人家中無此事,而何鄙穢之與有?""蓋《西廂記》所寫事,便全是'國風'所寫事。"性是人對自身的態度,從中可以看出人的發展水平。即使是有生理疾患的人,也"盲不忘視,跛不忘履",何況《西廂記》所寫的也不僅僅是肉體的感受,還有著審美欣賞、憐香惜玉等等複雜情愫。這些複雜情愫又用華麗的語言爲原生態行爲裹上了一層詩意的外衣,金聖嘆所謂"麗語解穢",都會減輕所寫内容的直接衝擊。對人類自身必不可免的行爲應當寬容。

總而言之，《西廂記》所歌頌的愛情，乃是情愛與性愛、愛情與婚姻的統一體，在這方面，《牡丹亭》的承繼關係比較明顯，而《紅樓夢》則更側重揭示二者不能統一的悲劇。

愛情文學的價值

愛情是最個人的，具有隱秘性，它想逃避一切監督；又具有排他性，所謂"臥榻之側豈容他人酣睡""情深妒亦真"是也；但却不是小事，是光明正大的行爲，不僅在世界文學史上被稱爲"永恒的主題"，在中國就更具特殊的意義。

愛情從來就與專制不相容，強迫、命令不會產生愛情，愛情是在平等、自由、獨立的基礎上產生的，它總是企圖擺脫家庭和社會的一切干擾而自行其是，是最"個人"的行爲。而中國古代根本没有"個人"的概念。"個人"的概念是20世紀初傳入中國的，魯迅1908年寫的《文化偏至論》説"'個人'一語，入中國未三四年"，當時還飽受詬病，經過新文化運動，纔大有改觀。没有"個人"概念的社會環境是與愛情不相容的。而古代中國的社會環境是與愛情不相容的。"國家"，國之本在家，積家而成國，"家"是中國社會的組織單位，由一個個的小家組成一個總的、以皇帝爲家長的大家，便是中國古代的"國"。家是社會的基礎，社會的細胞，家庭統攝個人，個人不是獨立的，而是從屬于具體的小家和"國"這個大家。大家和小家都由家長主持（皇帝是國之家長），講等級秩序，"君君臣臣父父子子"，講三綱，每個人都在家的系統中占一個位置，是一個社會角色，是社會中人而不是自然人，不是獨立的個人，所謂"父子有親，君臣有義，夫婦有別，長幼有序，朋友有信"（《孟子·滕文公上》），個人在君臣、父子、夫妻、兄弟、朋友間的秩序關係，便是五倫、人倫。這就是所謂人是社會機器的"齒輪和螺絲釘"。由于特重家庭、宗族、鄉里，所以特別看重"社會關係"，講"家庭出身"。祇要看看《紅樓夢》，就明白個人在家庭中所處的角色地位了。張東蓀在《理性與民主》第三章論人性與人格時説："在中國思想上，所有傳統的態度總是不承認個體的獨立性，總是把個人認作'依存者'，不是指其生存必須依靠于他人而言，乃是説其生活在世必須盡一種責任，無異爲了這個責任而生。""中國的社會組織是一個大家庭而套著多層的無數小家庭。可以説是一個'家庭的層系'。所謂君就是一國之父，臣就是國君之子。這樣的社會中，没有'個人'觀念。所有的人，不是父，就是子；不是君，就是臣；不是夫，就是婦；不是兄，就是弟。中國的五倫就是中國社會組織……把個人編入這層系組織中，使其居于一定之地位，而課以那個地位所應盡的責任。"皇權下延至家長則出現了包辦婚姻。所以愛情本身便是争個人權利、個人自由的一種抗争——首先要有支配自身的權利和自由。其意義大矣,歌頌愛情的文學,不可等閑視之。

四、《西廂記》的藝術

寫實的文學

　　文藝作品的思想與藝術猶如手心手背,是誰也離不開誰的兩面同一體,没有成功的藝術,則思想不會深刻。《西廂記》之所以成爲經典,就在于它深刻的思想體現在近乎完美的藝術之中。"元曲之佳處何在?一言以蔽之,曰自然而已矣。古今之大文學,無不以自然勝,而莫著于元曲","彼但摹寫其胸中之感想,與時代之情狀,而真摯之理與秀杰之氣,時流露于其間。故謂元曲爲中國最自然之文學,無不可也。若其文字之自然,則又爲其必然之結果,抑其次也"①。而《西廂記》又是元曲中最自然之作品,如詩中之李白。李贄《焚書·雜説》稱其爲"化工"之作,金聖嘆稱其爲"天地妙文",祇見自然不見人工,祇見精神不見文字。

　　從題材看,《西廂記》是完全寫實的,祇取材于現實生活。小説"四大奇書"中都有妖魔鬼怪出現,即使被鄭振鐸稱爲"偉大的寫實小説"的《金瓶梅》,最後也有冤魂孽鬼轉世超生之類不經之談。戲曲"五大名劇"中《琵琶記》趙五娘築墳有山神土地差陰兵相助,《牡丹亭》有花神鬼魂判官出場,《長生殿》有仙圓,《桃花扇》"入道"一齣也有鬼魂出現。祇有《西廂記》完全寫實,不寫超人,不寫傳奇英雄,祇寫吃人間烟火、有七情六欲的普通人,這便是直面人生。張岱《答袁籜庵》評《西廂記》云:"布帛菽粟之中,自有許多滋味,咀嚼不盡,傳之永遠,愈久愈新,愈淡愈遠。"② 這是《西廂記》具有永久生命力的一個原因。

雜劇體制的創新

　　元雜劇以一本四折、一個脚色(可扮演不同人物)主唱爲通例,王實甫却創作了五本二十折的《西廂記》。這種龐大的結構在雜劇中是首創,爲戲曲敷演長篇故事、表現更豐富的内容作出了開疆拓土的貢獻。又打破了一本戲由一個脚色獨唱的限制,不僅一本戲裏幾個主要脚色都可以唱,甚至同一折裏不同脚色都可以上場,都可以唱。如一本四

---

① 《王國維戲曲論文集·宋元戲曲考》,中國戲劇出版社,1984 年。
② 《琅嬛文集》,岳麓書社,1985 年,143 頁。

折和四本四折張生、鶯鶯都唱,第五本第四折更是張生、鶯鶯、紅娘三人都有唱。劇中主要人物上場不受限制,又都可以唱,有利于展開劇情、刻畫人物,也可以使主唱脚色不致過勞,表演更精力充沛。這是對元雜劇主唱脚色分配體制的突破。

在前四本戲的套曲之外,又加【絡絲娘煞尾】預示下本戲劇情,上下勾連,既有使戲劇完整的作用,又可以吸引觀衆繼續看下去,與説唱文學的"欲知後事如何,且聽下回分解"相似而有首創之功。

王實甫的藝匠經營使《西廂記》既具有北雜劇結構嚴謹、唱曲淋漓盡情的優長,又具有了南戲情節曲折、歌唱靈活的特點,是元代集南北劇之長于一身的杰作,所以胡應麟説"獨戲文《西廂》作祖""王實甫《西廂》爲傳奇冠"①,王季烈謂之"已開傳奇先聲"②。

反跌突轉式的衝突演進

没有衝突,就没戲劇,衝突是建立在人物性格基礎上的性格衝突。《西廂記》的戲劇衝突由兩條綫構成。老夫人出于對女兒的愛,要行使做家長的權力,管束鶯鶯的行動、干涉鶯鶯的戀愛婚姻,與追求自主婚姻的鶯鶯、張生以及支持他們的紅娘産生了矛盾,禮教叛逆者與衛道者之間的矛盾鬥争,實質上即人性與禮教、個人與社會之間的矛盾鬥争,是不同人物之間的意志對抗,構成全劇的衝突主綫,決定著劇中人的命運,貫穿戲的始終,造成劇情發展大的波瀾起伏。鶯鶯追求愛情,但行動極其小心,徘徊躊躇,有很多"假處",鶯鶯的"假"與張的"懦"與"傻"造成了鶯鶯、張生、紅娘間的諸多誤會,在戀愛道路上形成了層層障礙,構成了戲劇衝突的副綫。張生的歡樂與憂傷、紅娘的尤怨與欣慰都隨著鶯鶯態度的變化而變化。兩條衝突綫交叉發展,時分時合,推動劇情合理而又自然地向前發展。

戲劇衝突的演變方式,采用了突轉反跌的手法。像第二本第二折白馬解圍之後,紅娘請張生赴宴,從紅娘、張生、鶯鶯多種角度渲染崔、張婚事必成,一派喜慶情緒;誰知筵席上老夫人"拜哥哥"三字出口,頓時摧毀所有人的希望,用突轉方式完成了劇情向相反方向的轉折,舞臺氣氛陡變。第三本第一折鶯鶯聽琴之後,張生請紅娘給鶯鶯捎去一簡,約鶯鶯相會,張生信心滿滿,紅娘信以爲真,誰都以爲兩情必諧;孰料鶯鶯見簡大怒,不僅訓斥紅娘,而且回簡責備張生,于是紅娘失望,張生灰心,跪求紅娘設法救命,待到拆開簡帖,却又大出意外;是鶯鶯暗約張生幽會!白紙黑字爲證,哪能有錯?

---

① 《少室山房筆叢》,中華書局,1958年,555、562頁。
② 《曲談》,《增補曲苑》竹集,六藝書局,1932年,40頁。

于是又反復渲染好事必成，張生如約跳過牆去，等待他的却是鶯鶯賴簡翻臉，張生祇好跪而受責，"此念再不敢舉""一氣一個死"，人人都以爲這場戀愛糾葛該酒闌人散之時，鶯鶯託紅娘送去"藥方"，紅娘以爲鶯鶯又要誑騙張生，哪想到"藥方"開處劇情又柳暗花明……由老夫人賴婚引起的大喜大悲，圍繞傳書遞簡所引起的青年男女之間或離或合、或悲或喜、或怨或慕等等感情起伏，這些峰回路轉的變化都是在瞬息之間、突然之中實現的，不僅劇中人沒有預感，就連局外人的觀衆讀者也毫無精神准備。金聖嘆謂之"滿語翻跌"之法，即先把話説滿，説到不留餘地，然後猛然間全部推翻，俗言謂之抬高跌重。

　　劇作家常常給讀者造成這樣一種印象：他大肆鋪排、反復渲染，好像劇情要向某一方向發展，其實不然，這恰恰是爲向相反方向突轉急變蓄勢。看似山窮水盡，非此無他，而筆墨轉處却別有洞天，陸游《游山西村》所謂"山重水複疑無路，柳暗花明又一村"。這種突轉反跌手法的運用，造成舞臺氣氛的悲喜轉換、戲劇情境的冷場熱場調濟，以及情節的波瀾起伏，也展示著劇中人細膩微妙的心理變化。從情節藝術上説，《西廂記》在古代戲劇史上是一座無與倫比的高峰，鄭振鐸説："中國的戲曲小説，寫到兩性的戀史，往往是二人一見面，便相愛，便誓訂終身，從不細寫他們的戀愛的經過與他們的在戀愛時的心理。《西廂記》的大成功便在它的全部都是婉曲的細膩的在寫張生與鶯鶯的戀愛心境的。似這等曲折的戀愛故事，除《西廂》外，中國無第二部。"① 《西廂記》不僅是空前的，也尚後無來者。

相反相成的人物塑造原則

　　《老子》曰"有無相生，難易相成"，《論語·述而》也有"亡而爲有"的表述，事物原本是互相依存、相輔相成的。《漢書·藝文志》説得具體："辟猶水火，相滅亦相生也……相反而皆相成也。"翁貝托·艾柯被譽爲"當代達·芬奇"的百科全書式學者，意大利美學家翁貝托·艾柯説"美是事物之間相輔相成"②。利用相反相成原則塑造出個性鮮明的藝術形象，是《西廂記》的一大特色，符合中西方關于美的普世原則。

　　鶯鶯有"真"與"假"兩個方面。所謂"假"是指她明明愛著張生，却要裝出相反的樣子，鬧簡諸折的表現就是明證。所謂"真"就是她對張生確有一片真情，這從游佛殿時的"目挑心招"、聯吟時的詩句傳心，直到"酬簡"，乃是真戰勝假、真情與僞善的勇敢决絶。"真"與"假"辯證地統一在鶯鶯身上，體現著人物内心激烈的衝突，也顯示

---

① 鄭振鐸，《中國文學大綱》，廣西師範大學出版社，2008年，上册413頁。
② ［意］翁貝托·艾柯，《美的歷程》，彭淮棟譯，中央編譯出版社，2001年，88頁。

其精神世界的複雜性。唯其有"假"，纔表現了相國小姐的身份和禮教壓迫下不得已的處境。但是，"假"是爲了掩蓋"真"，保護"真"，使那幼小的愛情萌芽免受摧殘。因爲有"真"，人物纔不虛僞，纔會得到人們的喜愛和同情。

　　張生則突出了他"傻""懦""精"的性格特徵。張生的"傻"，不通人情世故的書呆子，紅娘屢屢言之，他也確實做出了很多荒唐可笑的傻事。就拿他與鶯鶯的戀愛來說，在當時社會環境下，本來是不合禮法也不合家規的，他却一而再、再而三地泄露給被鶯鶯認爲是"行監坐守"的紅娘。尤其鶯鶯最後一簡，明明囑咐他"寄與高唐休咏賦"，可他一高興又全給説出去了。在戀愛的道路上之所以遇到重重波折，除開禮法勢力的阻撓外，他的這種性格也是原因之一。一遇挫折，又祇知尋死、祇會下跪，一籌莫展，不僅紅娘，連鶯鶯也説他"秀才每從來懦"。張生性格的另外一面便是"精"，有聰明才氣，能詩能文，"小可的難到此"，連奪取狀元、授任官職都看得如拾地芥般容易。這纔是"洛陽才子"的精氣神兒！而且懦中有勇，爲追求鶯鶯，向紅娘自報家門以自媒，遇孫飛虎兵亂，一寺皆慌，獨張生能不怯不懼、挺身設謀、解救僧俗之難。這種看似矛盾的性格統一在張生身上，憨厚而不蠢笨，聰明而不狡猾，使張生形象成爲血肉豐滿的"這一個"。

　　鶯鶯、張生形象的生動性和典型性，不在于他們衝破禮教束縛的幽會偷歡，這樣的人物在戲曲小説中屢見不鮮，而在于他們在衝決禮教羅網的過程中所產生的深刻内心衝突，揭示出他們性格内部各種複雜因素，使他們成爲具有獨特思想感情和行動邏輯的鮮活的人。這比那些好便一切都好、壞便一切皆壞的單一式人物描寫，生動多了，也深刻多了。學界又常把《西廂記》歸入喜劇範疇。喜劇一般分諷刺喜劇與贊頌喜劇兩類。魯迅《再論雷峰塔的倒掉》説："喜劇將那無價值的東西撕破給人看。"説的就是諷刺喜劇。用諷刺的手法批判和嘲笑社會的醜陋現象，以引起社會的關注。往往是把諷刺對象身上的某些行爲特徵誇張到畸形的地步，從而使之變得更醜，更可笑，這種笑是嘲笑、耻笑、鄙夷的笑，是一個把人的尊嚴拿掉的過程。關漢卿《趙盼兒風月救風塵》、鄭廷玉《看錢奴買冤家債主》等屬此類。《西廂記》則屬贊頌類喜劇。劇中刻畫了一個諷刺對象鄭恒，但他在戲的最後兩折纔出場，不足以影響五本二十折大戲的風格。《西廂記》歸入喜劇的主要原因是因爲對男女主人公性格中的某些"可愛的缺點"，如張生的精與傻與懦、鶯鶯的真與假進行了善意的調侃和嘲謔，引起觀衆飽含欣賞、贊美和愛意的笑聲，這是溫馨的笑，從而加深對人物的瞭解，也完成了喜劇審美的升華。戲劇情節的發展往往出人意表也是喜劇的一個基本特徵。

熔冶雅俗的語言風格

人們歷來稱賞《西廂記》的綺麗文詞,這當然是對的。但作爲戲劇語言,首先應當是符合舞臺規律的當行語言,臧晉叔《元曲選序二》所謂"隨所妝演,無不摹擬曲盡,宛若身當其處,而幾忘其事之烏有",在于惟妙惟肖地刻畫人物,産生感發人心的藝術力量。鶯鶯的語言細膩深情、典雅蘊藉,張生的語言誠懇熱情、文雅直白,而紅娘的語言爽朗潑辣、風趣機智,常用市井俚語。言者心聲,説一人肖一人,我們可以從説話聽得出人來。

劇作家善于把握在特殊情境下人物吐露心迹的契機,讓他們把胸中的喜怒哀樂,痛快淋漓地傾訴出來,做到情與境的完美統一,像孫飛虎兵圍普救、老夫人賴婚、長亭送別時鶯鶯所唱諸曲,都是感情激蕩的大段抒情。別林斯基稱這種抒情"不過是非常激動的性格的力量,是它的激情不由自主地引起豐富多彩的言詞;或者是登場人物内心深藏的秘密思想,這種思想是我們需要知道的,是詩人使登場人物出聲地思考的"[①]。王實甫更別出心裁,賦無形于有形,使劇中人物微妙的思想感情通過舞蹈身段和表情動作來體現,以形寫神,聲形並茂,載歌載舞,可稱之爲"有形地思考",如一本二折、一本三折寫張生的"想"和"待"等等,把無形的相思轉化爲鮮明可見的表情動作,這就是"感情的形象"。

有時在言詞之外,還要留有空白,由演員去填補創造,三本三折寫鶯鶯"賴簡",當她聽到張生説"是小生"之後、紅娘唱【錦上花】等曲的時候,鶯鶯應該有很多表演表現其心理活動,這是劇作家給演員留出來的表演空間。

明人張琦《衡曲塵談》認爲"今麗曲之最勝者,以王實甫《西廂》壓卷"。吴梅總結了《西廂記》文詞的三大貢獻:"以蘊藉婉麗,易元人粗鄙之風,一也","以襯字靈蕩,易元人板滯呆塞之習,二也","出語工艷,易元人直率鄙倍之觀,三也";"實甫詞藻,組織歐、柳,五光十色,眩人心目"[②]。

王實甫是文采派的大師。但其語言風格又不是"文采"二字所能包括。王世貞曰:"半疑濃妝,半疑淡掃,華麗中自然大雅","俗語、諺語、經史語,裁爲奇語,如天衣,通身無縫"。把濃與淡、華與樸、雅與俚等多種風格熔于一爐,形成富有創造性的獨特風格。這諸種文詞,乃是由不同人物于不同時間對不同事件而發,處處體現著性格的力量。

《西廂記》的藝術成就贏得了歷代讀者的贊賞。臧晉叔《元曲選序》説《西廂記》

[①]《詩的分類》,伍蠡甫主編《西方文論選》,人民文學出版社,1964年,下册381頁。
[②]《吴梅戲曲論文集·散論·王實甫西廂記》,中國戲劇出版社,1984年。

"不可增減一字,故爲諸曲之冠",是從情節及語言精練著眼的;王世貞《曲藻》則認爲"北曲故當以《西廂》壓卷",是從文詞著眼的。以總體風格論,朱權《太和正音譜》謂之"花間美人",陳繼儒説得形象:"《西廂》《琵琶》譬之畫圖:《西廂》是一幅著色牡丹,《琵琶》是一幅水墨梅花;《西廂》是一幅艷妝美人,《琵琶》是一幅白衣大士。"① 身兼創作家與理論家的李漁冷静而全面:"吾于古曲之中,取其全本不懈,多瑜鮮瑕者,惟《西廂》能之。"② 當代學者吕效平在《中國古典戲劇情節藝術的孤獨高峰》中説:"《西廂記》是最接近于歐洲戲劇傳統情節樣式的一部中國戲曲;它不僅最集中、最高度地體現了中國戲曲傳統的美學優勢,而且克服了這個傳統的極限,無意中充分實現了歐洲戲劇傳統的美學理想。無論在它之前,還是在它之後,没有一部中國戲曲達到過這個同時實現東西方美學理想的高度。"③ 這是超出中國戲劇史,從更廣闊的視野作出的評價,是極具眼光的。

五、《西廂記》的歷史地位

演出與刊刻

《西廂記》的誕生是中國文藝史上一件大事,它所激起的波瀾和影響,在古代文藝史上無與倫比,它提出的婚姻理想,明清時期的戲曲小説無以過之,也因此,明清時期凡涉婚戀"男女"的叙事文學無不見出受《西廂記》影響的痕迹。其影響範圍也不僅僅限于戲曲小説,而是深入到了社會生活的方方面面,日常生活中那些幫助人、做好事的熱心人,就往往被稱爲"紅娘"。西湖月老祠對聯云:

　　願天下有情人都成了眷屬,
　　是前生注定事莫錯過姻緣。

月老祠今已不存,但對聯却流傳至今,劉鶚《老殘游記》第十七回便有載記;當代著名詩人海子在他自殺前兩個月,1989年1月創作的《面朝大海,春暖花開》中,祝願人們幸福時,仍然是"願你有情人終成眷屬"。可見《西廂記》所提出的婚姻理想,表達

---

① 毛聲山,《繪風亭琵琶記正本第七才子書》卷一"前賢評語",古香樓刊本。
② 《閑情偶寄·詞采第二》,《中國古典戲曲論著集成》(七),中國戲劇出版社,1959年。
③ 《文學遺産》2002年第6期。

了從古至今人們普遍的心聲，這是其他文藝作品所未能做到的。

美則受人喜愛，愛故能傳播。其傳播途徑，一爲演出，一爲刊刻。

戲劇創作的目的是演出，演出的多少，標誌著受人喜愛的程度。在中國古典戲劇裏，《西廂記》是演出歷史最長也最多的作品。古代之演唱，已見于各種《西廂記》傳播史、各劇種演出史；當代則京、昆、越、豫等劇種舞臺上，《西廂記》仍是受觀眾喜愛的劇目。當代的世界藝術節上也在演出《西廂記》①。明清時期改編的曲藝本有傅惜華編《西廂故事說唱集》（選編本），當代彈詞則有評彈大家楊振雄整理本《西廂記》，全書56萬言，可以連續演唱三個月之久。

《西廂記》的刻本之多也爲古代戲曲之最。

元曲"四大家"與王實甫的地位

在明代後期發生了一場如何評價《西廂記》的論爭。何良俊《四友齋叢說·詩三》認爲，《西廂》全帶脂粉，始終不出一"情"字，且語意皆露，殊無蘊藉；沈德符《萬曆野獲編·詞曲》言《西廂記》祇是描寫感情，不是最好，所以"元曲四大家"裏沒有王實甫。徐士範刊《重刻元本題評音釋西廂記》程巨源序及徐士範序，則駁之曰："此乃曲士拘拘之見，'三百篇'中，不廢鄭衛，桑間濮上，往往而是"；此後王驥德、金聖嘆都以"國風"類比論爭，李贄《焚書·雜說》之駁難深刻，也影響巨大。他認爲"宇宙之內本自有如此可喜之人，如化工之于物，其工巧自不可思議耳"，發乎性情，合于人性，是人性之本然，天生自有；藝術上則是人性之自然流露，不雕琢，不僞飾，如風行水上，但知其妙而不知其所以妙，實乃天下之至文。

至于"四大家"裏沒有王實甫，也并非對王實甫評價不高。

所謂"四大家"之說，始見于周德清《中原音韻·自序》：

> 樂府之盛，之備，之難，莫如今時。其盛，則自搢紳及閭閻歌咏者衆；其備，則自關、鄭、白、馬，一新製作，韻共守自然之音，字能通天下之語，字暢語俊，韻促音調；觀其所述，曰忠曰孝，有補於世。其難，則有六字三韻："忽聽、一聲、猛驚"是也。

《中原音韻》乃音韻之書，并非對戲劇作家進行全面評價的著作；其所謂"樂府"，主要指散曲之小令，而非雜劇；四人并提，乃舉例式，并非專有名詞，至明嘉靖間人何

---

① 《文藝報》2011年9月9日。

良俊《四友齋叢説·詞曲》始變四人爲"四大家",爲專指的名詞。周氏所言"之盛",指元曲被社會普遍接受,上自士大夫下至百姓,歌咏者衆;"之備"的關鄭白馬,講了幾方面:内容、語言、曲調、韵律;"之難"則以《西廂記》第一本第三折【麻郎兒】的【幺篇】爲例,這是就填曲的難度説的。"難",當然要"韵共守自然之音,字能通天下之語,字暢語俊,韵促音調",要"有補于世"。這是前提,否則談不到難不難的問題。王實甫之"難",是在前述諸標準上的"難",也即是更高的要求標準。明代中後期圍繞《西廂記》産生的這場論爭,與對周德清所謂"四大家"的理解有很大關係①。從創作實踐看,元代至少有14種雜劇提到了《西廂記》。"四大家"中白樸《東墻記》結構與《西廂記》全同,王季烈早已指出過;鄭光祖《倩梅香》"全剽《西廂》","如一本小《西廂》",王世貞、梁廷枏也早已言明。在理論上,賈仲明【凌波仙】吊曲也足證周德清對王實甫的評價絕非置于"四大家"之下。

改編與禁毁

由于《西廂記》廣受歡迎,影響巨大,翻改續作不斷出現,據不完全統計,有30多本。這些作品,有的是爲適應聲腔劇種演出之用,有的則是不滿原作的結局而重寫,有的則是爲改變原作主旨而改寫、續寫,如《續西廂升仙記》《不了緣》《東廂記》《翻西廂》等等,或寫崔、張、紅娘痛悔前非,悟道成佛;或改爲鶯鶯嫁鄭恒;或改崔張私合爲以禮求之等等。

清代禁毁"誨淫誨盗""有害于人心風俗"的書目中就有《西廂記》②。好事者甚至假造了鄭恒與鶯鶯的合葬墓及《鄭恒崔夫人合葬墓誌》,以"爲崔氏洗冰玉之耻"。但造假總是不嚴密的,毛西河批本的"附辨"中就指出其"實則皆贗物也",俞樾《小浮梅閑話》、日人鹽谷温《中國文學概論講話》、近人孫望《蝸叟雜稿·鶯鶯傳事迹考》等都作出了有力的批駁。這從反面説明了《西廂記》影響之巨大。

深遠影響

《西廂記》所産生的影響從它誕生之日就開始了,也深深影響著後世的文學藝術。説唱文學、八股文姑且不論,單以名著爲例:《金瓶梅》,據伏滌修《〈西廂記〉接受史研究》統計,明顯受《西廂記》影響的地方達33處之多。《牡丹亭·驚夢》杜麗娘言受《崔徽傳》(《西廂記》)感發,從湯顯祖"四夢"中都可以感受到《西廂記》的精神在。

---

① 參見敬曉慶《明代戲曲理論批評論爭研究》,人民出版社,2010年。
② 參見王利器輯録《元明清三代禁毁小説戲曲史料》,上海古籍出版社,1981年。

《紅樓夢》共有七回書提到了《西廂記》，第二十三回"西廂記妙詞通戲語，牡丹亭艷曲警芳心"，所謂"真正是好文章！你若看了，連飯也不想吃呢""越看越愛""詞句警人，餘香滿口""看完了，却祇管出神，心内還默默記誦"云云，乃是曹雪芹借寶黛之口，説出了自己讀《西廂記》的感受。陳寅恪認爲"清代曹雪芹糅合王實甫'多愁多病身'及'傾國傾城貌'形容張崔兩方之辭，成爲一理想中之林黛玉"①，劉夢溪《陳寅恪與紅樓夢》稱之爲"孤明先發之見"，由此可證，没有《西廂記》就没有《紅樓夢》之説，并非虚言。至于思想主旨之傳承、藝術手法之化用、情節場面之借鑒、詞匯語言之模擬等等，有的明顯爲因襲套用，更多的則是潤物無聲。且不僅是言情類作品，朴刀杆棒、绿林草莽之英雄傳奇小説《水滸傳》，第四十五回潘巧雲祭夫的場面，就可以看出《西廂記》"鬧齋"的影子；神魔小説《西游記》欲狀八戒之呆，却偏寫他要猾頭、藏私房錢、説謊話、偷懶、占小便宜，而孫猴子再精再能，也得讓他吃點八戒的小算計。這些相反相成塑造人物的手法，却是《西廂記》首開先河。

　　元代就有人稱《西廂記》爲《春秋》（宫天挺《范張鷄黍》第一折），明人李開先《詞謔》記載的貢士過關故事也稱《西廂記》爲《春秋》，單宇《菊坡叢話》也説"《西廂記》人稱爲《春秋》"，明人用百支【小桃紅】曲咏"西廂"故事，稱爲"摘翠百咏小《春秋》"。在人們心目中，《西廂記》已成爲可匹敵儒家經典的新經典，成爲古今至文。甚至佛寺也四壁俱畫《西廂》，人問："空門安得有此？"答曰："老僧于此悟禪。"②《西廂記》風靡的程度可見一斑。

　　《西廂記》的影響也已經超出了國界，成爲世界人民的寶貴財富。日、朝、英、美、法、俄等國都有譯本。美國大百科全書稱《西廂記》爲"以無與倫比的華麗的文筆寫成的，全劇表現著一種罕見的美"，可見深受世界人民的喜愛。③

　　當我們紀念湯顯祖的時候，往往與莎士比亞并論。英國的莎士比亞與我國的湯顯祖同年（1616）謝世，莎翁《羅密歐與朱麗葉》表現了"没有情，生不如死"，而湯氏《牡丹亭》則進一步認爲"有了情，死可復生"。還有另外兩顆東西輝映的明星——意大利的但丁與中國的王實甫。但丁作爲文藝復興的先驅，被譽爲"標誌了新時代的來臨"的新時代的最初一位詩人，逝世于1321年，而王實甫則逝世于1324年之前，兩人生活于東西方的同一時間段。但丁遵從"愛情的命令"進行寫作，而王實甫則表達了"願普天下有情的都成了眷屬"的理想，被尊爲"情詞之宗"，可以説王實甫是中國的但丁，而但丁

---

① 《柳如是傳》，生活·讀書·新知三聯書店，2001年，583頁。
② 焦循《劇説》引《談芬》。
③ 參見王麗娜編著《中國古典小説戲曲名著在國外》，學林出版社，1988年。

则是意大利的王實甫。

王實甫用他的藝術之犁耕耘著人們的心田，播下了詩一樣美的愛情種子，促進著人性解放和社會自由，是沒有族群之分的普世大愛，產生著千古不衰的藝術魅力，每讀一次，都是一次新的美感享受，都會有新的收穫。

六、編纂說明

一、全書的編纂原則、編纂過程中遇到的各種問題，是編纂者三人一起討論商定的，還曾經徵求過周文業先生的意見，但整個編纂工作，却是由汪龍麟先生一人之力完成的，特予説明，并向周文業先生致謝。

二、本書的出版，傾注了洪文雄先生大量的心力，特向洪先生表示敬意和謝意。

三、這篇序文，原是"中華傳統文化百部經典"之《西廂記》的"導讀"，稍作改動，權代爲序。

2018 年 7 月 19 日于京華煮字齋中

前　言

汪龍麟

明清兩代，或因劇場演出所需，或爲滿足案頭閱讀訴求，或出于書坊射利之目的，各種各樣的翻刻本《西厢記》大量出現。據不完全統計，明清兩代刊刻的《西厢記》有150餘種，其中明刊本近60種，清刊本90多種（1840年前），"這構成了古代戲曲傳播史上其他劇作難以比肩的奇妙景觀"[①]。

《西厢記》版本繁夥，評家衆多，要條分縷析出一個符合實際的《西厢記》版本流變脉絡，是一件十分艱難的事。這裏，我們綜合前賢時彦的研究成果，對本書所擇取的32種刊本《西厢記》基本按照版本刊刻時間先後做一個簡要的述評，對於刊刻具體時間不清的，按照學界當前研究情况，放在同時期刊刻版本的後面。爲了便於述説，下文中按照學界對各版本《西厢記》簡稱列題，并標注本書述説時所使用的簡稱。

一、弘治本

現存最早最完整的《西厢記》刊本，是北京金臺岳家書坊于弘治戊午（1498）刊刻的《新刊大字魁本全相參增奇妙注釋西厢記》（簡稱"弘本"）。此刊本在《西厢記》版本流變史上意義重大，其版本特點主要有四：

其一，豐富的附録。弘本在正文前附有豐富的附録，依次是《崔張引首》（由《哨遍》和5支《耍孩兒》組成的套曲）、《閨怨蟾宮》（4首）、《錢塘夢》《秋波一轉論》《滿庭芳》（9首）、《蒲東崔張珠玉詩集》（141首）、《蒲東崔張海翁詩集》（66首）、《吟咏風月始終詩》（46首）、《西厢八咏》（八咏外又外加一首，實9首）、《鶯鶯紅娘著圍棋》。頗有意思的是，後來諸多《西厢記》刊本多所收録的元稹《會真記》、董解元《西厢記諸宮調》等，弘本却并未收録。而從所附諸多題咏看，語詞俚俗，當係民間流傳之作。由

[①] 伏滌修，《〈西厢記〉接受史研究》，黄山書社，2008年，第6頁。

此可見，弘本的附錄主要出於迎合文化品位不高的市井讀者。

其二，上圖下文的版式設計。是書每頁均有插圖，上圖下文，有的配圖還附有標題，計有156題，274幅插圖。是書"謹依經書，重寫繪圖，參訂編次，大字魁本，唱與圖合"，不僅使"寓于客邸、行于舟中"之"閑游坐客"，"得此一覽始終，歌唱了然，爽人心意"，且"間閻小巷，家傳人誦"，"便于四方觀云"（弘本書末所附書招）。就書中插圖看，主要人物之刻劃、西廂院落之結構、花草樹木之點綴，均典雅自然，極具慧心。畫面雕刻綫條粗獷，帶有福建建安畫派樸茂渾厚之風致。不過，是書作爲商業性的書坊行爲，在鐫刻、校審上并不够精良，如《張生至蒲東》和《夫人自感同鶯紅佛殿消遣》兩幅圖，竟題圖不符，係刊刻時誤將兩圖之題調換了位置。

其三，適應北方讀者的"釋義"。"釋義"散置于每一折中，有隨文夾入的，也有附于曲後的，位置并不固定。所釋多是典故出處，也有一些字詞的解釋。大多比較準確，但也有將"嚇蠻書"誤作韓信事之類的訛誤。對一些北方方言及金元時期的少數民族語言，却并無"釋義"，或許是由于該書刻于北京，一般民衆多能理解的緣故。

其四，游移于雜劇與傳奇之間的體制安排。這主要表現在四個方面。一是正文分爲五卷二十一折，與通行元雜劇本下分折不同。而當早于弘本的殘頁本，也是分卷。由此可知早期《西廂記》刊本是分卷而不是分本的。每卷有卷名，無折名。五卷依次是《焚香拜月》《冰弦寫恨》《詩句傳情》《雨雲幽會》《天賜團圓》。二是題目正名，元雜劇一般置于每本之後，弘本卷之一、卷之二，將題目正名放在第一折之後。卷之三、四、五，又依循雜劇慣例，放在第四折結尾處。三是對楔子的處理。卷之一開頭老夫人上場道白及所唱【賞花時】、鶯鶯所唱【幺篇】，後來不少刊本都將之作爲楔子，弘治本則將之并入第一折；卷之二第一折後惠明送書所唱【正宮·端正好】套曲，一般也都作爲楔子，弘治本却將其單獨成爲一折，故是書卷之二有五折。後來諸多帶有傳奇化傾向的《西廂記》刊本，對上兩個本當作楔子處理的部分，也大都同此處理。

二、謝世吉本

明萬曆七年（1579）少山堂刊謝世吉訂《新刻考正古本大字出像釋義北西廂》（簡稱"謝本"），是書藏于日本御茶水圖書館成簣堂文庫。鑒于該書借閱不易，故本書正文校對部分祇好付之闕如。但對該書的評點，本書根據學界相關研究成果，盡力吸納。該書在版本上的特點，大致情況是：

儘管書名標榜"古本",但其體制却完全按南戲傳奇處理。一則全書不分本(卷)、折,而是分成二十齣,每齣均有四字標目,如第一齣《佛殿奇逢》、第二齣《僧房假寓》等。二則第一齣之前有"副末開場",末上唱《西江月》後與"内"問答,顯係刊刻者依照其時流行之傳奇戲曲"副末開場"體例增添的。僅此而論,謝世吉本可説開《西廂記》刊刻傳奇化之先河。

謝世吉本還是迄今所見最早的《西廂記》評點本。是書卷首有謝世吉《刻出像釋義西廂記引》,正文内有旁批、眉批。引文一則高度贊揚了《西廂記》的審美價值,"坊間詞曲,不啻百家,而出奇拔萃,惟《西相傳》絶唱"。但《西廂記》之美,不祇是在于文辭的艷麗,還在于其意境的營造,完全合乎二元對應的美學風範:"奇逢普救固已逸而樂矣,月下聽琴得非婉而妙乎?長亭送別固已慘而切矣,草橋驚夢得非悲而戚乎?"二則對《西廂記》的作者,認爲"實由元之王實甫所著,而世云關漢卿作者,何其謬焉。雖然,亦有由也,大抵《草橋驚夢》以前,乃王氏之所著,以後由漢卿之所續而成也。"其正文開篇的眉批亦云:"《西廂記》始于元時王實甫所作,未完竟殁,後關漢卿續完。即今灸議妄擬某氏編、續者,似非正傳初意也。殊不知自《草橋驚夢》以前,乃實甫之所著,以後乃漢卿之所續而成也。録之以俟後知。"既謂"録之",想來當是得之于他人,但"他人"是誰,不得而知。三是關于本書刊刻之緣起及範式:"蓋此傳刻不厭煩,詞難革故,梓者已類數種,而貸者似不愜心。胡氏少山,深痛此弊,因懇余校録。不佞構求原本,并諸刻之,復校閲,訂爲三帙。《浦東雜録》録于首焉,補圖像于各折之前,附釋義于各折之末,是梓誠與諸刻迥异耳。"本書共三卷,首卷爲附録,正文分上下兩卷。其附録依次爲《新刻出像大字釋義北西廂總覽首卷》《錢塘夜夢》《蒲東珠玉詩》《秋波金釧二論》《時興閨怨蟾宫》《新增園林午夢》,與弘本多所相同,但《新增園林午夢》却是首次列入附録。

三、徐士範本

明萬曆八年(1580)毗陵徐士範刊本《重刻元本題評音釋西廂記》(簡稱"範本"),儘管書名標榜"元本",但其體制却和謝本一樣,完全按南戲傳奇處理。即全書分成二十齣,每齣均有四字標目,以及第一齣之前有"末上首引"(謝本作"副末開場"),末上唱《西江月》後與"後堂子弟"問答,并"略道幾句家門,便見戲文大意"。

範本卷首附有程巨源序、徐士範序,正文内有夾批、眉批、總批。二序一則針對

《西廂記》誨淫之論爲之辯誣，認爲此乃曲士拘拘之見，因爲"三百篇之中，不廢鄭衛，桑間濮上，往往而是"（程序）。二則是對《西廂記》作者的看法，認爲"自《草橋驚夢》以前作于實甫，而其後則漢卿續成之"（徐序），對學界流行的"王作關續"說持肯定態度。三是對《西廂記》的推揚。如程序以爲《西廂記》"可謂辭曲之《關雎》，梨園之虞夏矣"，徐序也極賞《西廂記》"詞艷而富"。正文內諸多題評，主要可分成三大類。一類是對作品結構、人物、語言風格等的審美評判，不少批評甚具慧心。如第一齣【賺煞】"怎當他臨去秋波那一轉"上眉批曰："秋波一句是一部《西廂》關竅。"其次是釋義，主要針對一些典故、俗語、方言。如第一齣釋"顛不刺"："外方所貢美女名。又，元人以不花爲牛，不剌爲犬，于此義不相涉，亦可以備考。"所釋不確，然亦可聊備一說。三是針對曲牌、格律方面的批評。如第十二齣【綿搭絮】曲眉批道："此折越調用侵尋韻，本閉口而此間誤入真文，乃知全璧之難也。"

範本之後，評點刊刻《西廂記》蔚然成風。許多當世名家紛紛參與其中，諸如李贄、徐渭、陳繼儒、湯顯祖、沈璟、王世貞、王驥德、凌濛初、張深之、閔寓五等等，當然，其中有不少係書坊爲射利而托名評點，如托名李贄者便有七種之多①，其中真偽一直是學界辨析熱點。將這些評點本與範本相比較，是不難發現其間因襲承傳之關係的。一則是評點形式與內容上，後繼者不少將範本題評直接移錄。如熊龍峰忠正堂刻本（萬曆二十年，1592）、劉龍田喬山堂刻本（萬曆三十六年前後），與範本不僅書名相同，正文亦無大差別。再則是在正文體例安排上，大多沿襲範本之傳奇體制，諸如王世貞、李卓吾合評本，容與堂、游敬泉、天章閣三家分別刊刻的李卓吾評本，陳眉公評本，羅懋登本，文秀堂本，汪廷訥本，徐文長批點音釋本，歲寒友刊徐文長本，孫鑛評本，徐奮鵬評本，師儉堂刊湯顯祖評本，清代魏仲雪評本、封岳刻本，等等。

四、熊龍峰本與劉龍田本

明萬曆二十年（1592）熊龍峰刊余瀘東訂《重刻元本題評音釋西廂記》，劉龍田喬山

---

① 七種李贄評本分別是：《李卓吾批評合像北西廂記》，李贄評，明萬曆（1573—1619）間書林游敬泉刻。《李卓吾先生批評西廂記》，明萬曆間潭陽（今福建建陽）劉應襲刻。《李卓吾先生批評北西廂記》二卷，李卓吾評，明萬曆三十八年（1610）夏虎林容與堂刻。《元本出相北西廂記》，王世貞、李卓吾評，明萬曆三十八年（1610）冬起鳳館序刻。《重校北西廂記》，李贄評，明萬曆間建陽王敬喬三槐堂刊本。《李卓吾先生批點西廂記真本》，李贄評，明崇禎十三年（1640）西陵天章閣醉香主人刻本。《三先生合評元本北西廂》五卷，湯若士、李卓吾、徐文長合評，明崇禎間（1628—1644）孔如氏刻。

堂刻本同（共簡稱"龍本"）。

熊龍峰本，國内已無藏本，原本藏于日本內閣文庫。該書書名、正文、題評均同于範本，所不同者，一是增加了插圖。範本無插圖，熊龍峰本則每齣均有插圖一幀，附録《鶯紅下棋》《園林午夢》《錢塘夢》亦各一幀插圖，共有插圖23幅。每幀插圖均有一對聯語，如第一齣"佛殿奇逢"："佛殿遇嬌娥，送目千瞧無限意；歸庭逢秀士，回頭一顧許多情"；第八齣"琴心寫懷"："月下挑弦，訴恨者先存其意；花前聽韵，知音者已解其心"。二是將範本附于下卷之末的"釋義大全""字音大全"，熊龍峰本則分置于每齣之後。三是删去了範本的徐士範序。劉龍田本和熊龍峰本完全相同，所不同者，是書首連程巨源的序言也删去了。

五、羅懋登本

明萬曆二十五年（1597）羅懋登注釋《全像注釋西廂記》（簡稱"羅本"）。

羅懋登係明代著名小説家，所撰小説《三寶太監西洋記通俗演義》頗負時名。萬曆二十一年（1593），羅氏至金陵，爲富春堂、文林閣等書坊編校書籍。爲文林閣注釋的戲曲有《投筆記》《拜月亭記》《金印記》《紅拂記》《西廂記》等。

羅氏《西廂記》著重在注。所注一是字音，固有難解字詞，但也有不少係習見語詞。二是字詞釋義，置于每齣之尾，注文多不出弘本、範本的範圍。羅本之最大特點是正文中經常出現"襯墊字"和"叠用句"，襯墊字如第二十折【太平令】"自古、相女、配夫"，羅本作"我呵常言道自古、相女、却元來配夫"，叠用句如第七折【折桂令】"泪眼偷淹，酩子裏揾濕香羅"，羅本作"泪眼偷淹，泪眼偷淹，酩子裏揾濕香羅"。由此可見，羅本的讀者定位當是粗通文墨的市井細民和民間劇院的演出團隊。但在戲曲體制規範上，羅本却是頗爲荒疏的。如"題目正名"，一般都是放在每卷（本）之末，羅本却分別放在第一齣之前，第五、十二、十四、十七各齣之尾，太過隨意。

六、繼志齋本

明萬曆二十六年（1598）繼志齋陳邦泰刊《重校北西廂記》（簡稱"繼本"），藏日本内閣文庫。

是書開卷爲龍洞山農寫于萬曆壬午（1582）《刻重校北西廂記序》。龍洞山農，即明代大儒焦竑。焦竑（1541—1620），字弱侯，號澹園，明代隆萬間理學名家。序中聲言是書之作，乃是"風雨之辰，花月之夕，把卷自吟"，希圖規範"妄庸者率恣意點竄"之行爲，力求還原"元本"。序後依次爲《重校北西廂記總評》《重校北西廂記凡例》《重校北西廂記目錄》。"總評"匯聚王世貞《藝苑卮言》中《西廂》久傳爲關漢卿撰"和"北曲故當以《西廂》壓卷"的兩則評論。"凡例"是本書的點校原則，強調凡與"元本"有別的，均依"元本"正之。如每卷之尾的【絡絲娘煞尾】，弘本、範本均有，繼本則"依元本刪之"；諸本之"題目正名"，繼本認爲這是"末泥家本色語"，故并稱"正名"；第十七齣鶯鶯寄給張生的書信，眉批云："鶯鶯書坊本僞傳日盛，今依元本正之。""目錄"將全書分爲二十齣，每齣四字標目，然第七齣目錄作"母氏停婚"，正文却作"杯酒違盟"，這種目錄與正文不一的情况，在明清刊本中頗爲普遍。

目錄後爲"鶯鶯遺照"圖，題"伯虎唐寅寫，于田汪耕摹"。此後爲正文，分五卷二十齣，并于第一、五、九、十三、十七齣前各有四句"正名"，此與範本一樣，祇是範本作"題目正名"。此書第四册爲《重校北西廂記附錄》，內容包括《重校北西廂記考證》《錢塘夢》《園林午夢》《蟾宮曲四首》《重校蒲東珠玉詩》。

七、屠隆本

明萬曆二十八年（1600）周居易刻、屠隆校并序《新刊合并王實甫西廂記》（簡稱"屠本"）。是書係董解元《西廂記諸宮調》和王實甫《西廂記》的合刊本，是匯刻《西廂記》的嚆矢，開啓了閔寓五《會真六幻》的先河。

是書卷首有張鳳翼《新刊合并西廂記序》，末署"萬曆庚子仲秋十有六日吳郡泠然居士張鳳翼伯起撰"。張鳳翼（1527—1613），字伯起，別署泠然居士，江蘇長洲（今蘇州）人。是和屠隆同時代的著名戲曲家，著有《紅拂記》《祝髮記》等傳奇。屠隆（1542—1605），字長卿，號赤水，浙江鄞縣人，萬曆五年（1577）進士，官至禮部主事。與王世貞有師生之誼。爲人風流豪放，著有傳奇《彩毫記》《曇花記》等。庚子即萬曆二十八年（1600），其時屠隆已58歲。

屠本重在"校正"，無評，白文。屠本在"校正"時，一是爲便于理解的"襯墊字（句）"多現。如第一折"【油葫蘆】九曲風濤何處顯"後，插入"我想天下之水，無如黃河"，第二折【石榴花】張生述及家世"先人拜禮部尚書多名望"後，插入"（本云）

老相公高壽多少"。二是將第五齣"白馬解圍"析爲二折,即自"(孫飛虎引卒上云)"至"(惠明上云)我敢去,我敢去"爲第五折,惠明唱【正宮】【端正好】至"(卒云)馬離普救敲金蹬,人望蒲關唱凱歌(下)"爲第六折。

八、容與堂本

明萬曆三十八年(1610)夏虎林容與堂刻《李卓吾先生批評北西廂記》(簡稱"容本")。

卒于明萬曆三十年(1602)的李贄可能想不到,在他死後八年,杭州容與堂一下子刊出"李卓吾先生批評"的《水滸傳》《西廂記》《琵琶記》《幽閨記》《紅拂記》《玉合記》,與此同時,起鳳館主人曹以杜也刊出了一種《元本出相北西廂》,附有王世貞、李贄評,又有游敬泉、三槐堂、劉太華、西陵天章閣等不同的"李卓吾評點"本《西廂記》面世,另外還有一種湯顯祖、李卓吾、徐渭《三先生合評元本北西廂》。

一時間出現如許之多的"李卓吾評點"本《西廂記》,後世學者紛紛探尋其中真僞,尤其是對最早出現的容與堂本。認爲該書當爲李贄真評的,主要依據有二:一是李贄《焚書》卷三《雜說》中認爲《西廂》《拜月》爲"化工也",遠勝"畫工"《琵琶記》,而容本第六齣總批"文已到自在地步矣"、第十六齣總批"文章至此,更無文矣",顯然是對《西廂》"化工"的回護;其二,第十齣總批謂"《西廂》曲文字,如喉中瘦出來一般,不見有斧鑿痕、筆墨迹也",而《雜說》中亦有"其喉間有如許欲吐而不敢吐之物,其口頭又時時有許多欲語而莫可以告語之處,蓄積既久,勢不能遏",兩者說法也很相近。

但細心的讀者還是發現,容本的真正評者當是如明人盛于斯在《休庵隱語》中所說的"皆稱李卓吾,其實乃葉文通筆也"。葉文通,即葉晝,明代著名的小說戲曲評點家。此說的理由是:其一,在李贄死後八年,托名李贄評點時有意回護下李贄《焚書·雜說》以作假,明顯是托名者的造假策略。其二,容本評《水滸》是葉晝托名之作在學界已成定讞,而評《西廂》中,有許多評語和評《水滸》如出一轍。如評《水滸》時常用重叠感歎詞,在容本《西廂》每齣後的總批中也爲常見,如"張生也不是個俗人,賞鑒家!賞鑒家!"(第一齣)"千古來第一神物,千古來第一神物!""所以不可及,所以不可及!"(第十齣)此外,容本《西廂》中的許多觀點和容本《水滸》也多所相近。

葉晝畢竟是個很有個性的文學批評家,容本《西廂》的評點價值和意義是無法遮掩的,尤其是葉晝"引畫論入評"對後世《西廂》評點影響深遠。如對於鶯鶯,用"嬌態"

"嬌甚""嬌態如畫，妙妙"來形容這個千金小姐的嬌美與矜持，又如第三齣"對着盞碧熒熒短檠燈……枕頭兒上孤另，被窩兒裏寂靜"之後，容本批曰"畫，畫"，陳眉公本曰"一幅相思景"，而徐筆峒本批曰"相思景"，可見容本評語時被後世評者引用生發。

九、起鳳館本

明萬曆三十八年（1610）冬，起鳳館曹以杜刊《元本出相北西廂記》（簡稱"起本"）。曹以杜，生平不詳。但"曹氏起鳳館"和容與堂、得月樓、顧曲齋一樣，均是其時有名的徽派雕版機構，尤其起鳳館，匯聚了當時知名畫工如黃一彬、黃一楷、汪耕、汪忠信、謝茂陽等，爲其時書坊之翹楚。

起本《西廂記》卷首有曹以杜《刻李王二先生批評北西廂序》《新校北西廂記考》《凡例》，二十齣後附有分齣釋義與字音，并附刻《會真記》原文。書首插圖《鶯鶯遺照》款書"汪耕于田父仿唐六如之作"，書中每齣均有一整頁插圖，第二十齣插圖款書"黃一楷刻"，而書首曹文之後有"黃一彬刻"款書，可知書中插圖爲二黃兄弟所爲。

是書在體例上與容本相同，其頗爲引人注目處在于：其一，版畫雕刻精工細緻，紋飾繁複，機具徽派特色。其二，在《新校北西廂記考》中，首次發布了王和卿即王實甫的信息，引起後世學界爲之爭訟，但都無可靠證據。其三，該書在評論上，謂是李贄、王世貞之評，但不可靠。書中標"李曰"者，爲李贄之評，語氣上有李卓吾之風格，然在觀點見解上頗不相類，甚有截取時本評語之嫌。如第七齣【得勝令】眉批曰："李曰：一部《西廂》，往往逗漏出重重叠叠字面，見短處，政見長處。觀者自不厭，唯恐終場。譬人賈胡航上，珍寶堆落，不嫌其爲混雜。"而容本第二十齣總評亦有："讀《水滸傳》，不知其假；讀《西廂記》，不厭其煩。文人從此悟入，思過半矣。嘗讀短文字，却厭其多。一讀《西廂》曲，反反覆覆，重重叠叠，又嫌其少。何也？何也？"兩相比較，起本的李評顯係化用容本之評而來。至于王評，多是自王世貞《藝苑卮言》中移植而來，少有新見。

十、徐渭批點畫意本

今存明萬曆三十九年（1611）冬徐渭《重刻訂正元本批點畫意北西廂》共三種：一

種卷首依次爲漱者序、會稽史槃"題唐伯虎所畫鶯鶯圖次韵"、青藤道人序、元稹《會真記》、目錄、凡例，本書簡稱"徐畫本"；一種卷首依次爲題款"東海澹仙諸葛元聲書于西湖之樓外樓"的序、元稹《會真記》（上有眉評）、凡例、目錄，本書簡稱"徐畫諸本"；一種扉頁一題"畫意西廂，珠還室藏"，扉頁二題"《北西廂記》，明徐文長批評，虛受齋繪圖，精鎸本，珠還室珍藏，舊藏雙鑒樓"，目錄，元稹《會真記》（上有眉評），本書簡稱"徐畫珠本"。雙鑒樓爲傅增湘（1872—1949）書齋名，珠還室爲慕湘（1916—1988）書齋名，故徐畫珠本當是傅增湘舊藏，最後被慕湘收藏。

三種刊本體例雖不一，正文盡相同，均是將全劇分成五折，每折四套，正文第四折後、第五折前，均附有《駱金鄉與徐文長論草橋驚夢一篇》："金鄉子云：第一段如孤鴻雀鶴，落寞淒愴；第二段如牛鬼蛇神，虛荒誕幻；第三段如夢蝶初回，晨鷄乍覺。不勝其驚怨悲愁也。文長公復書云：向來尋常看過，今拈出旅、夢、覺三字。所謂鼓不桴不鳴，今而後當作一篇絶奇文字看矣。"每本第四折尾的【絡絲娘煞尾】，除第一本第四折（第一折第四套）缺失外，其餘均有。

徐畫本第五套（通行本第十九齣）"鄭恒求配"【麻郎兒】"他出家兒慈悲爲本，方便爲門，橫死"後佚失，徐畫諸本正文無缺，徐畫珠本正文結尾，附有傅增湘題記："《西廂》刻本至多，其至佳者惟即空觀《西廂》五劇，不失古意，不增損元本一字，《詩辨坻》云：《北西廂》，陳實庵點定者爲佳，疑即即空觀本也。此本《白馬解圍》折，已加入周憲王【賞花時】二折，標題元本，蓋亦可嗤矣。假自沅草三兄同年校過，歸之楚園并記。"

徐畫本、徐畫諸本、徐畫珠本還存在目錄和正文不一致的現象：

折　套	目　錄	正　文
一折二套	僧房假館	僧房假寓
一折三套	花蔭唱和	墻角聯吟
一折四套	清醮目成	齋壇鬧會
三折三套	乘夜逾垣	乘夜逾墻
四折四套	草橋驚夜	草橋驚夢
五折三套	詭謀求配	鄭恒求配

儘管校勘粗疏荒略，但在評論上，徐畫本等却别具風範，對後世影響甚大。如第一折張生初見鶯鶯時所唱【寄生草】"你道是河中開府宰相家，我道是海南水月觀音現"，徐畫本等將"現"改作"院"，并批曰："'家'與'院'對，二字正指閨中，是想象其已到閨中之景如此，故古本'現'作'院'，大妙語也。今解者求其説而不得，妄解稀中，成得文理？"後來李庭謨延閣本即襲用此評，而張深之本謂"院者，指到閨中而言。訛'現'，非"，也顯係徐評的沿用。

此外，還需作説明的是，徐畫諸本、徐畫珠本的眉批，在徐畫本基礎上又增加了不少，這些眉批的作者到底是誰，在此祇是另做標注，未遑考論。

十一、王驥德本

萬曆四十一年（1613）朱朝鼎香雪居刊刻王驥德《新校注古本西廂記》（簡稱"驥本"）。以曲學名家而介入《西廂記》的校注和刊刻，王驥德本在明代諸多《西廂記》刊本中別具風範。

首先，是其以注經之法注《西廂》的嚴謹態度。爲表明自己于《西廂》校注語有所本，王本開篇即開列了 214 種《引證書目》。繼而是《凡例》36 則，第一條對是書所據版本予以説明，諸如碧筠齋本、朱石津本、徐文長本、金在衡本、顧玄緯本、徐士範本以及一些坊本、俗本等，説明驥本是廣參諸本、擇善而從的。卷六又附上各種有關《西廂記》本事的詩詞文賦二十餘種，爲有興趣讀者的深入研究提供背景資料。

其次，是正文校注中的曲學追求。王驥德著有《曲律》，于曲韵學有深厚修養。故其校注，對曲白字韵尤所致力。書中除參照董解元《西廂記諸宫調》對每一宫調曲牌詳加比勘外，又依據《中原音韵》對每一宫調之曲牌、韵部訂正考校，并在每折前標注説明，如第二折："第一套　仙吕宫曲　一十四章　用真文韵　紅。正宫曲　一十一章　用監閑韵　惠明。"具體出注時，以曲牌爲單位，注于每套曲正文之後。與弘治本、徐士範本等"釋義"繁蕪不當，且時有訛誤不同，王驥德本"凡注，從語意難解，若方言，若故實稍僻，若引用古詩詞句，時一著筆，餘淺近事，概不瑣贅"（《凡例》）。每注均詳加考訂，少有錯訛。

再次，是正文體例的依古隨新。有感于"元劇體必四折"，且《西廂記》"舊傳實甫作，至《草橋夢》止，直是四折"，加上"漢卿之補"，"古本止列五大折"。另"元人目長曲曰套數"，故王驥德依從古本，將《西廂記》析爲五大折（相當于通行元劇之本），每折下分爲四套（相當于通行元劇之折）。王氏所言"古本"，係《凡例》所列碧筠齋本、朱石津本，二本今皆失傳，無從查證。依古難稽，王氏隨新處則頗爲明瞭。如依據徐士範本刪去【絡絲娘煞尾】，將其他刊本四字標目"今削二字，稍爲更易"，如第一折四套標目依次爲"遇艷""投禪""賡句""附齋"。這些改動顯然是對流行傳奇體制的妥協。

十二、玩虎軒本

明萬曆年間汪氏玩虎軒刻《元本出相北西廂記》（簡稱"虎本"）。是書共兩册，一册藏安徽省博物館，分上下兩卷。上卷卷首依次爲玩虎軒序，《元本出相北西廂記》凡例，明伯虎唐寅寫、于田汪耕摹鶯鶯像，《元本出相北西廂記上卷目録》；下卷首爲元本《出相北西廂廂下卷目録》。正文二十齣，每齣四字標目。另一册爲《會真記詩詞跋序辯證年譜碑文附後》，藏國家圖書館。

玩虎軒，主人汪雲鵬，字光華，歙縣人。是書眉批多同于起鳳館本，亦有一些來自容與堂本。其最大特色是書中的版畫，畫面明麗，用筆細膩，布景縟麗繁富典雅，人物刻劃精緻，刀法圓活，生動流利，極富韵味，在明代諸多《西廂記》刻本中，别具特色。

十三、何璧校本

明萬曆四十四年（1616）何璧校本《北西廂記》（簡稱"何本"）。何璧，字玉長，號渤海逋客，福建福清人。爲人重情任俠，豪爽灑脱。其校刻《西廂記》，是出于對坊本市刻的不滿，故何本無點板斷句，無正襯題評，且去除諸多附録的白文本，因爲"會心人自有法眼"（書首何璧序）。

是書卷首依次爲何璧序、凡例四條、目録、崔娘像（摹仇英筆）等插圖九幅（雙版）。書尾附録《會真記》。正文也是分爲五大折，每折四齣，每齣二字標目。在曲文的處理上，何本却别具慧心。如弘本、範本在第一折鶯鶯上唱【幺篇】"可正是人值殘春蒲郡東"之前，老夫人吩咐紅娘"你看佛殿上没人燒香呵，和小姐閑散心耍一回去來"，何本則是將夫人的吩咐放在鶯鶯唱詞之後，讓人感覺到在未蒙老夫人允許去佛殿散心之前，鶯鶯已然是滿腹愁懷了。對文中一些有悖史家常識的，如張生和孫飛虎上場時都提到"方今唐德宗即位"，何本則删去"唐德宗"。

十四、陳眉公本

明萬曆四十六年（1618）蕭騰鴻師儉堂《鼎鎸陳眉公先生批評西廂記》（簡稱"陳

本")。是書上卷卷首依次爲,題款余文熙的"六曲奇序",題款"雲間陳繼儒題"《西廂序》,"鼎鐫陳眉公先生批評會真記"(上有眉批),題款"洞天主人霍林湯賓尹撰"《西湖勝景記》(中有插圖二幅),陳眉公先生批評西廂記卷上目錄,附錢塘夢(有眉批),上卷卷尾附有"陳眉公先生釋義西廂記卷之上"(含字音)。下卷卷首爲陳眉公先生批評西廂記卷下目錄,卷尾附有"陳眉公先生釋義西廂記卷之下"(含字音),附園林午夢(有眉批),"鼎鐫陳眉公先生批評蒲東詩"(有眉批)。

是書正文共二十齣,每齣齣目、曲文和範本大致相同。其有特色處在于,其一,每齣的釋義,雖多因襲範本,但大都更爲簡略。如第一折注"上方",範本注曰:"上方,寺也,隋常琮侍煬帝,游寶山。帝曰:'幾時得到上方寺?'琮曰:'昏晚方得到上頭。'左右皆笑,帝曰:'此古君子也。'"陳本注曰:"寺也。隨常琮侍煬帝,游賞寶山,帝曰:'幾時得到上方?'"其二,眉評、總批大都是對容本評語的因襲和延伸,但也有不少是陳本的新見。如第十二折尾批,容本謂"妙在白中述鶯語",陳本則批曰:"真病遇良醫,良藥雖未曾服,而十病減九矣。"後來魏本、峒本幾都照錄陳本,重要原因或許在于陳批對張生因思成病、幸得鶯鶯書信從而得遇良醫劇情的真切關照。

晚明師儉堂刻印有多部"鼎鐫陳眉公先生批評"的戲曲、小說,故是書或是書坊營銷策略所爲,是否爲"通隱"之士陳繼儒的點評,學界多持懷疑態度。

十五、文秀堂本

明萬曆後期金陵文秀堂《新刊考正全相評釋北西廂記》(簡稱"秀本")。卷首標"繡像音注西伯合刻本,畫仿元筆,金閶十乘樓梓","西"指《西廂記》,"伯"指《琵琶記》蔡伯喈,故是書爲兩書合刻本。繼其後是題款"文秀堂謹識"的"重刻北西廂記序""校正全像注釋北西廂記評林目錄",正文又作"新刊考正全像評釋北西廂記一卷,白阜肩雲逸叟校,金陵文秀堂梓"。

是書正文分全劇爲二十齣,此與範本一樣。但在分卷上却頗不同,全書按篇幅共分四卷,每卷細目如下:

一卷　第一齣（仙呂）蕭寺奇逢
　　　第二齣（中呂）僧房假寓
　　　第三齣（越調）墙角聯吟
　　　第四齣（雙調）齋壇鬧會

	第五齣（仙呂）白馬解圍
二卷	第六齣（中呂）東閣酬生
	第七齣（雙調）背義停婚
	第八齣（越調）琴心寫怨
	第九齣（仙呂）錦字傳情
	第十齣（中呂）妝臺窺柬
	第十一齣（雙調）乘夜逾墻
	第十二齣（越調）遣紅問病
	第十三齣（仙呂）月下佳期
三卷	第十四齣（越調）堂前巧辯
	第十五齣（正宮）長亭送別
	第十六齣（雙調）草橋驚夢
	第十七齣（商調）泥金報捷
	第十八齣（中呂）尺素緘愁
	第十九齣（越調）懇求匹配
	第二十齣（雙調）衣錦還鄉
四卷	錢塘夢
	園林午夢
	祝允明題鶯鶯遺真
	元微之會真記
	元微之會真詩三十韻
	楊伯元會真記跋
	秋波一轉論
	松金釧減玉肌論
	秦少游詠崔張詩
	秦少游詠鶯鶯詩
	李紳鶯鶯歌
	張楷蒲東珠玉詩九十五首

明刊本中多有四字標目，但標作"蕭寺奇逢""東閣酬生""背義停婚""懇求匹配"却祇有秀本。

全劇正文開始之前，有"開場統略"，與範本"末上首引"一樣，顯係受南戲影響。

每齣均有插圖一幅，齣後有釋義，和範本大同小異。

十六、凌濛初本

明天啓間（1621—1627）凌濛初刻朱墨套印本《西廂記》（簡稱"凌本"）。凌濛初校注《西廂記五劇》，明天啓間朱墨套印本，卷首有王文衡繪、黃一彬刻插圖。

在是書卷首《凡例十則》中，凌濛初聲言他校刻的《西廂記》："悉遵周憲王元本，一字不易置增損，即有一二鑿然當改者，亦但明注上方，以備參考，至本文不敢不仍舊也。"周憲王即朱有燉（1379—1439），號誠齋，朱元璋第五子周定王朱橚之子，襲封周王，卒謚"憲"，世稱周憲王。儘管凌氏所言周憲王本是否真的存在過曾引起後世學界的懷疑，但幾都公認凌濛初本是現存古代《西廂記》刊本中最切合元雜劇體制的。這主要表現在：

一是對本、折、楔子的處理。全劇共分五本，每本均有本名，如第一本"張君瑞鬧道場"，第二本"崔鶯鶯夜聽琴"，等等。每本四折，無折名。每本一楔子，如第一本開頭老夫人上場道白及所唱【賞花時】、鶯鶯唱【幺篇】，置於第一折前爲楔子。至於將第二本第一折後惠明送書所唱【正宮·端正好】套曲作爲楔子，而將真正作爲楔子的惠明所唱的兩曲【賞花時】刪去，曾受到不少學者的非議，但其分本、分折、置楔子的處置方式與通行元雜劇體制是一致的。

二是對題目正名和【絡絲娘煞尾】曲的安排。對其時諸多《西廂記》刊本每折加折目的做法，凌濛初不以爲然："北體每本止有題目正名四句，而以末句作本劇之總名，別無每折之名。不知始自何人，妄以南戲律之，概加名目，如《佛殿奇逢》《僧房假寓》之類，王伯良復易以二字名目，如《遇艷》《投禪》之類，皆係紫之亂朱。"（凌本《凡例》）故凌本每本第四折後都有題目正名，并將正名最後一句作爲該本之本名。對被王驥德等刪去的【絡絲娘煞尾】曲，凌濛初認爲，《西廂記》前四本每本結末之【絡絲娘煞尾】，"因四折之體已完，故復爲引下之詞結之，見尚有第二本也。此非復扮色人口中語，乃自爲衆伶人打散語，猶說詞家有分交以下之類，是其打院本家數。"（凌本第一本第四折【絡絲娘煞尾】曲眉批）凌本因此前四本均保留了【絡絲娘煞尾】曲。

三是角色應工與主唱安排。與諸多傳奇化刊本以傳奇角色裝扮劇中人物不同，凌濛初則沿用元雜劇角色稱謂標注劇中人物，"外扮老夫人，正末扮張生，正旦扮鶯鶯，旦徠扮紅娘"。并聲言此乃依循周憲王本，"自是古體，確然可愛"（凌本《凡例》）。每本主唱人物安排上，凌濛初也沿用元雜劇每本一人主唱體例，而不似傳奇體刊本上場角色均可演唱。但凌本也還有少數折內出現多人演唱，對這種情況，凌濛初在眉批中均作說明，或謂是"後人妄加"，或云是北曲"變體"。

在《西廂記》刊刻傳奇化的時代，凌濛初本對元雜劇體制的堅持和迴護，贏得了後世學界的高度贊譽和支持。劉世珩《西廂記題識》云："凌濛初所校刻，考訂詳審，悉遵元本。"王國維《戲曲散論》認爲："《西廂》刊本，世號爲最善者，亦僅明季翻刊周憲王本（按，即凌本）。"後此學界直到今天的《西廂記》刊本，大多以凌刻本爲底本。凌濛初本可説是古代《西廂記》刊本中流傳最廣、影響最大的一種。

十七、硃訂本

明天啓、崇禎間孫鑛批點《硃訂西廂記》（簡稱"硃本"）。孫鑛（1543—1613），字文融，號月峰，浙江慈溪人。萬歷二年會試第一，授兵部主事，後改授吏部文選郎中。

是書卷首依次爲：王伯良撰"千秋絶艷賦"，宋書院待詔陳居中摹崔娘遺照，唐元微之、唐楊巨源、唐王涣、鄧州女子、張憲、明楊慎、明徐渭題詩，元陶九成跋，明祝允明跋，花月郎闕振聲、馮虚兄書并跋，目録，題目總名，插圖40幀，孫月峰先生硃訂會真記卷首（上有眉批）。上卷卷端標"東海月峰先生孫鑛批點，後學諸臣校閲"。全書卷末附：硃批蒲東詩（上有眉批）、釋義（字音）。

是書目録同容與堂本，正文和陳眉公本大致相同，眉批、齣批係雜合容與堂本與陳眉公本，所謂的"曲意圖"則是肆意裁剪《千秋絶艷圖》與王文衡凌刻《西廂》插圖的拼凑之作。故是書無論是文本或是插圖皆爲翻刻摹印他本而來。

不過，是書第一折眉批有"附録西廂文一十六篇"，並有"第一齣 驚艷 蘭麝香仍在，珮環聲漸遠"的八股文，行草體抄録。自後每折一篇，至十六折"第十六齣 驚夢 嬌滴滴玉人兒何處也"結束，共十六篇八股文。這顯然是後人補抄其上的，故本書將這些補抄的八股文附于書末，以供參考。

十八、延閣主人本

明崇禎四年（1631）山陰延閣主人李廷謨訂正《徐文長先生批評北西廂記》（簡稱

"延本")。延閣主人李廷謨,一名成林,字告辰,山陰人。

是書卷首依次是:崇禎三年陳洪綬題語、崇禎三年李廷謨《跋語》(末附陳洪綬跋)、云痴道人范石鳴跋(末附李雲爐批語)、崇禎四年董玄《西廂序》、東海步兵魯浚《西廂叙》、陳洪綬寫於靈鷲峰插圖 21 幅、《會真記》、目錄(五卷二十折,每折二字標目)。正文首標:北西廂卷一,元大都王實甫編關漢卿續明山陰延閣主人訂正。正文每折無折目。

儘管是書魯浚叙聲言乃"復爲精鋟"的徐文長"真本",但該書無論正文還是眉批,都是從徐畫本、驥本而來。

十九、張深之本

明崇禎十二年(1639)刊《張深之先生正北西廂秘本》(簡稱"張本")。是書卷端題"元大都王實甫編,關漢卿續,明沁水張深之正",題款馬權奇的"叙",署"張道浚白"的"略則"6 條,圖 6 幅,陳洪綬繪,武林項南洲刊。正文分爲五卷,每卷四折,每折二字標目。張道浚,號深之,山西沁水人。祖父張五典曾任大理寺卿,父張銓曾任巡按御史等職。天啓元年(1621)清兵圍攻瀋陽時殉職,張道浚世襲錦衣衛僉事,升至都督同知。

儘管該書聲言乃是"秘本",但全書仍未脫徐畫本、驥本的窠臼。如第十四折《堂前巧辯》紅娘唱【紫花兒序】"猜我這賤人做了捧頭",徐畫本、驥本均將"捧頭"改爲"饒頭",張本也作"饒頭",并批曰:"捧頭、饒頭俱好,捧頭人人說得,只不如'饒'字佳耳。"其實,凌本對此已有嚴正批評:"捧頭,本自妥當,徐、王皆改爲'饒頭',且曰'妙甚'!不知越人苦認紅娘爲幫丁何謂?如前'寫與從良',及'那裏發付我',俱作是解,可笑。不思《會真》本記張生內秉堅孤,終不及亂,未嘗近女色,止留連尤物,僅惑于鶯,此豈易沾染者?而必以饞目酸態扭煞亂紅娘耶!即玩全劇中曲白,張惟注意鶯爾,曾有一語面調紅者否?紅亦止欲成就二人耳,別無自衛之意也。"足見張本并未深究,祇是盲從流行坊本而已。

二十、天章閣本

明崇禎十三年(1640)西陵天章閣醉香主人刻《李卓吾批點西廂記真本》(簡稱"天

李本")。是書卷首標"新鐫李卓吾原評西廂記,畫仿元筆,西陵天章閣藏版",繼其後依次是:《題卓老批點西廂記》,落款爲"崇禎歲庚辰仲秋之朔醉鄉主人書于快閣";"雙文小像"等插圖21幅;落款"庚辰陽月望日書十美圖後,西湖古杭生"的記;"李卓吾先生批點西廂記真本目錄"。卷尾附錄:《錢塘夢》《會真記》《園林午夢》《圍棋闖局》(元晚進王生,名未詳)、《西廂摘句骰譜》(清遠道人湯顯祖若士甫輯)。

儘管天李本在《題卓老批點西廂記》中,對其時"假卓老,假文長,假眉公"的《西廂記》評點甚爲不滿,并標榜自己的是"真本"。然細究其書,卻并未見出"真"處所在。故是書當爲書坊借李卓吾之名的射利之作。是書頗有特色之處在其篇末所附的《西廂摘句骰譜》,爲明清諸多《西廂記》刊本所無。

二十一、會真六幻本

明崇禎十三年(1640)秋,烏程閔寓五校刻《會真六幻》(簡稱"六幻本")。所謂六幻,即"幻因"元稹《會真記》,"搊幻"董解元《西廂記諸宮調》,"劇幻"王實甫《西廂記》,"賡幻"關漢卿《續西廂記》,"更幻"李日華《南西廂記》。

閔齊伋(1575—1657),字及武,號寓五。浙江烏程人。係明末著名出版家,與凌濛初凌氏家族有姻親關係,共同推動了明代吳興刻書業的興盛。是書卷首有閔寓五序言一篇,從佛教真幻觀角度解讀《西廂記》,認爲"一切世出世法,曰真曰幻"。《西廂記》所述西來之意,不祇是"怎當他臨去秋波那一轉"的老僧參透的禪理,更在於"及至相逢一句也無"的禪門真意。"會得此意,逢場作戲可也,袖手旁觀可也,黃童白叟,朝夕把玩,都無不可也"。此篇序言對後來潘廷章《西來意》無疑極具啓迪意義。

在具體批評上,面對諸多有關元人雜劇的種種見解,閔寓五多直陳事實,少有判斷。如"一之一佛殿奇逢"釋元劇體例:"一作第一折,一作第一套,一作第一齣,一無'佛殿奇逢'字。"但到底是分折、分套,還是分齣?閔氏并無判斷。爲避免麻煩,故是書正文雖然分爲五本,每本四折,每折四字標目,但在標示上卻作"一之一""一之二""二之三""三之四"等等。但在對文中一些具體語詞的批評上,卻時有新見,如"四之三長亭送別"對【一煞】【收尾】二曲的批評:

文長評解多有得失,不謂盡然。至其所評之本,實故善本也。如錢行祖道、行者登程,居者旋反,古今通禮。所以此詞"再有誰似小姐"之後,即上馬而去,鶯徘徊目送,不忍遽歸。"青山隔送行",言生已轉過土坡也;"疏林不做美",言生出疏林之外也;"淡烟暮靄相遮蔽",在烟靄中也;"夕陽古道無人語",悲已獨立也;"禾黍秋風聽馬嘶",不見所歡,但聞馬嘶也;"爲甚麽懶上車兒內",言己宜歸而不歸也;"四圍山色中,一鞭殘照裏",生已過前山,適因殘照而見其揚鞭也。賓白填詞,的的無爽,而諸本俱作生鶯同在之詞,豈復成文理耶?且俟曲終,鶯紅并下,而後生方上馬,何其悖也!王實父斷不如此不通。徐本于禮則合,于文則順,耳食者竟吹其痴,獨不于此原之乎!

剝笋抽絲的分析,照應到文鏡現實,很有説服力。

二十二、湯海若本

明崇禎間蕭騰鴻師儉堂《湯海若先生批評西廂記》(簡稱"湯本")。是書分上下兩卷。上卷依次爲:落款"海若湯顯祖書"的《西廂序》(序文全部照録陳眉公本)、《湯海若先生批評會真記卷之首》(有眉批、總批)、《附園林午夢》(有眉批)、《附錢塘夢》《湯海若先生批評西廂記卷上目録》《湯海若先生批評西廂記卷之上》(1—10齣)、《湯海若先生音釋西廂記卷之上》(含釋義、字音)。下卷依次爲:《湯海若先生批評西廂記卷下目録》《湯海若先生批評西廂記卷之下》(11—20齣)、《湯海若先生音釋西廂記卷之下》(含釋義、字音)、《湯海若先生批評蒲東詩》(有眉批)。

是書正文部分,和容與堂本幾乎全部相同,甚至第二折目録作"僧房假遇"、正文作"僧房假寓",也和容與堂本一樣。故是書顯係書坊假湯顯祖之名的射利之作。明末戲曲家沈自晉曾對當時戲曲刻本多借名湯顯祖評點之舉加以諷刺:"那得胡圈亂點塗人目,漫假批評玉若堂?坊間伎倆,更莫辨詞中襯字,曲白同行。"[1]

二十三、湯沈合評本

明崇禎間烏程閔氏刻、湯顯祖評、沈璟訂《西廂記會真傳》(簡稱"湯沈本")。是書卷首即爲《會真記》(有眉批、總批),款識爲"唐元微之撰,明湯若士批評,沈伯英

---

[1] [明]沈自晉撰,張樹英點校《沈自晉集·越溪新咏·偶作》,中華書局2004年,第203頁。

批訂"。繼其後爲"標目",凡五卷二十齣。下爲正文"西廂會真傳"。

湯顯祖和沈璟均爲明代戲曲大家,然二人在戲曲見解上極不相侔。沈重音律,湯講才情,曾生嫌隙。故此處讓二人合作共批《西廂記》,顯然是書坊主的一廂情願了。實則是書在正文編排上,和繼志齋本一脉相承,而在評論上,是閔寓五《六幻西廂》的翻版,書中衆多評論均是六幻本的簡寫。

二十四、三先生合評本

明崇禎間孔如氏刻《三先生合評元本北西廂》(簡稱"三合本")。是書卷首依次爲:王思任《合評元本北西廂·序》、秦田水月《叙》、漱者《叙》、李卓吾先生《讀西廂記類語》、湯若士先生《叙》六篇,《會真記》(末有"湯若士總評""李卓吾總評""徐文長總評"),插圖20幅,目錄,正文。

署名王思任撰寫的《三先生合評元本北西廂·序》宣稱:"大抵湯評玄箸超上,小摘短拈,可以立地證果;李評解悟英達,微詞緩語,可以當下解頤;徐評學識淵邃,辨謬疏玄,令人雅俗共賞。合行之,則庶乎人無不摯之情,詞無不豁之旨,道亦無不虞之性矣。故盡性之書,木鐸海内,而聾瞶者茫然不醒;導情之書,挑逗吾儕,而頑冥者亦將點頭微笑。"對三家評點精到處均有揭示,但實際上此本非真正名家評點,抄襲容與堂本之處甚多。

是書正文和徐畫本基本相同,即將全劇分爲五折,每折四套(目錄標爲五卷五折,折下不標套),每套各有二字標目(目錄標目和正文不全一致),祇不過徐畫本是四字標目,三合本是將徐畫本四字去掉前兩字而已。

二十五、魏仲雪本

明崇禎間古吳陳長卿存誠堂刻本《新刻魏仲雪先生批點西廂記》(簡稱"魏本")。是書上卷卷首附有:《會真記》、《附錄蒲東詩》(殘)、《附錄魏仲雪先生批評錢塘夢》《附園林午夢記》、插圖21幅。正文題署:"上虞魏浣初仲雪先生批點(下卷作'批評'),門人李裔蕃九仙父注釋。"正文分二十齣,每齣四字標目。正文眉批、齣批多襲自起鳳館本、容與堂本和陳眉公本。

魏浣初，字仲雪，明蘇州府常熟人，萬曆四十四年（1616）進士，官至廣東參政。李裔蕃，自稱魏仲雪"門人"，餘不詳。

二十六、徐筆峒本

明崇禎間筆峒山房刻本《新刻徐筆峒先生批點西廂記》（簡稱"峒本"）。是書卷首題款爲"古臨筆峒山人徐奮鵬評閱"，正文分上下二卷，每卷十齣，每齣四字標目。無附錄。眉批、齣批和魏本大同小异。

徐奮鵬，字自溟，別號筆峒山人，又號槃薖碩人，江西臨川人。年十八，每試冠軍，湯顯祖爲之稱譽。曾以"槃薖碩人"別號刪改《西廂記》。這個批點本當是書商托名射利之作。

二十七、徐文長音釋本

明崇禎間《新訂徐文長先生批點音釋北西廂》（簡稱"徐音本"）。是書無序跋、牌記。卷首是八頁圖像，上文下圖刊刻。次爲"新鎸徐文長先生真本北西廂會真記"，再次爲"附錄蒲東詩"。

在正文版式上，徐畫本分爲五折，每折四套，徐音本則爲二十齣，每齣四字標目。每齣有眉批，齣後有手書總批，刊刻"釋義"和"音字"。頗有意思的是，徐音本第二齣却作"第二套"，刊刻者的粗疏透露出其脫胎於徐畫本的信息。

徐音本的批語和徐畫本系列、田本均不同。王驥德本中有謂"世動稱先生注本，實多贋筆，且非全體"，徐音本或是這類"贋筆"？但驥本又說"天池先生解本不同，亦有任意率書，不必合窾者；有前解未當，別本更正者。大都先生之解，略以機趣洗發，逆志作者，至聲律故實，未必詳審"，如此，徐音本或許是天池先生"任意率書"之作？

二十八、徐文長參訂本

明崇禎間潭邑書林歲寒友刻本《新刻徐文長公參訂西廂記》（簡稱"徐參本"）。是書卷首依次爲：目錄、圖像與題詞、新刻錢塘夢（上有眉批）、徐文長公參訂會真記（上有眉批）、附園林午夢記（上有眉批）。正文分上下兩卷，每卷十齣，每齣四字標目。正文内容和容與堂本大同小异。每齣有眉批，齣後有"解"和"音"。正文結束後，附有"蒲東詩"。

徐參本的批語和徐畫本系列、田本、徐音本都不同，批語均甚爲平實，少有新見。學界對這些批語是"贋筆"還是"率書"之作也莫衷一是。

二十九、田水月本

明後期出版的《田水月山房北西廂藏本》（簡稱"田本"），田水月合而成"渭"，故此本當是徐渭評本。

是書卷首序跋附錄依次爲：1. 署名"秦田水月"的"自叙"，上半葉已殘缺；2. 署名"漱者"的序；3. 諸葛元聲"序"；4. 署名"青藤道人"的題詞；5. 目錄。這些序跋除"自叙"外，多見於徐畫本系列，而在正文版式上，和徐畫本系列完全一致。故學界一般認爲這兩書當都屬於萬曆間王起侯本（即"暨陽刻本"）的翻刻本。但孰先孰後呢？一般認爲，田本後出。主要原因是徐畫本系列的各種眉批，田本都有。但田本中不少眉批却不見於徐畫本系列，這些眉批當是後出者加進去的。對這些略帶草體的眉批，本書統於其上標"補"字，以示區別。

頗有意思的是，這些不見於徐畫本系列的批語，却大都見於徐渭的學生王驥德的《新校注古本西廂記》中。那麽，是王驥德的驥本抄的田本，還是田本抄自驥本呢？一般認爲，驥本後出。因爲驥本中的批語祇是部分來自田批，且多有改動。

學界于是進一步追問，王驥德本中常常提及的"徐尔兼本"是不是就是田本？徐尔兼是徐渭之子，藏有一本在王驥德眼中"較備而確"的徐評本，可惜"尔兼没，不傳"。田本和徐尔兼本確乎相近，原因是王驥德本中引自徐尔兼本的評語多標"徐云"，這些"徐云"評語不僅見於徐畫本系列，見於田本的最多，足見田本和徐尔兼本關聯密切。但田本顯然又不是徐尔兼本。王驥德本卷六所附"評語十六則"中有謂："憶徐公子本，先生亦從世人，以【綿搭絮】二曲爲落韵，《聽琴》折擬改'幽室燈青'爲'燈紅'，下'一層兒紅紙，幾槐兒疏欞'爲'一匙兒糨刷，幾尺兒紗籠'，《問病》折'眉黛遠山'二句，爲'眉黛山尖不翠，眼梢星影橫參'等語，皆別本所無。"然考之田本，却未見徐公子本中的這些改動。

三十、封岳本

清順治間含章館刻封岳《詳校元本西廂記》（簡稱"封本"）。是書卷首有題款"含章館主人封岳識"的"詳校元本西廂記序"，據序言可知是書係封岳於崇禎辛巳年（1641）在朱成國邸"見古本二冊，時維至正丙戌（1346）三月"，如封岳所說屬實，則是書所據底本乃是元人刊本了。

正文分上下兩卷，每卷十齣，每齣四字標目，亦無附錄。這些都和容與堂本相近。眉批對"時本"的疏漏多所糾正，如老夫人上場所說"夫主姓崔，官拜前朝相國"，封本則改"前朝"爲"當朝"，眉批謂："時本作前朝，誤。德宗已立二十一年矣。"述鶯歲數時，作"年一十七歲"。眉批云："時本作十九歲，誤。《會真記》所載甚明。"

三十一、毛西河本

毛奇齡（以郡望人稱西河先生）《毛西河論定西廂記》，現有康熙十五年（1676）浙江學者堂刻本。該書共六冊，第一、二冊是明代一些《西廂記》刊本插圖的彙編，第三至六冊是《西廂記》正文五卷，卷末附有唐宋人及明人楊慎和毛氏本人題寫的有關鶯鶯故事的詩詞80餘首。

如果說金聖嘆批本《西廂記》集審美鑒賞之大成，毛本《西廂記》則可說是集學術考訂之大成。與王驥德、凌濛初或于折後集中校注，或于眉批中作選擇性考釋頗爲不同，毛奇齡之考訂則穿插錯落於劇本正文之間，而在具體考訂中，對王、凌二本既有因襲接受，也有辨析糾繆。大致而言，毛本《西廂記》之特點有二：

其一，是對凌濛初本維護元劇體制的繼承和堅持。儘管毛本在折序的排列上依循傳奇（折數連排，即從第一折直到第二十折），然其正文五卷（又稱本）的結構體制和標名方式，卻又完全按雜劇體例設計，如每卷四折一楔子，無折名，卷名置於每卷末折後，保留每卷末尾的【絡絲娘煞尾】曲等等。在做這些努力的同時，毛氏對王驥德及其他明人刊本的傳奇化提出了批評。如對卷末題目正名問題，毛氏認爲諸多刊本將卷名"誤列卷首，如南曲開演例，非是"。對許多明刊本將卷一夫人、鶯鶯所唱【仙呂賞花時】二曲并入第一折而不置楔子的做法，毛氏認爲：

楔子，楔隙兒也。元劇限四折，倘情事未盡，則從隙中下一楔子，此在套數之外者，故名楔。他本列此在第一折內，固非。若王伯良以楔爲引曲，尤非也。一曲不引四折，況元劇有楔在二三折後者，亦引曲耶？

對【絡絲娘煞尾】曲，毛氏認爲：

院本亦以四折爲一本，中用【絡絲娘煞尾】聯之，此作法也。且《正音譜》已收《西廂》煞尾入譜中，第一本偶亡耳。王伯良將後本三曲俱刪去，妄矣。又雜劇亦間有用【絡絲娘煞尾】作結者，見《兩世姻緣》劇。

毛奇齡未曾找到第一本【絡絲娘煞尾】，以爲"曲亡"，但對其他三曲均予保留，并對王驥德的做法提出批評，同時引《兩世姻緣》爲證，表明此乃金元院本之"作法"，這些都表明毛氏和凌濛初一樣，也希圖恢復元人雜劇之原貌。

其二，是對王、凌二本中的偏頗和不足多所糾彈。如卷一第一折【寄生草】曲："你道是河中開府相公家，我道是南海水月觀音現。"王驥德本聲言據朱石津本改"南海"爲"海南""觀音現"爲"觀音院"，凌濛初本依據董西廂"我恰纔見水月觀音現"，因"舊本作'現'，不敢喜新而從徐（指徐渭評本）也"。毛奇齡在對諸家之論考察後認爲：

"觀音現"，本是"現"字，朱石津改作"院"字，而天池、伯良皆從之。不知此句係元人習語，本不容改，況此本董詞"我恰纔見水月觀音現"語，尤不得改。若云"現"對"家"不整，則《抱妝盒》劇有云："若不是昭陽宮粉黛美人圖，爭認作洛迦山水月觀音現。"亦以"現"對"圖"，何也？

較之凌濛初僅依據董西廂的論斷，毛氏的論據更爲充分，結論也更有說服力。毛氏之參釋考訂，與王、凌二本一樣，也喜詳參經史，以明語有所本。不同之處：一是毛氏多喜引元人劇作爲旁證，如上例；其二是所論多從劇作整體結構的思考角度出發，與王、凌之論就事論事的零散批評不同。如卷二第五折【哪吒令】【鵲踏枝】【寄生草】三曲後"參釋"曰：

此折章法頗奇，鶯與惠分兩截，鶯又分兩截。此以前爲綿邈詞，以後爲急搶詞。

卷四第十五折【滾繡球】曲後"參釋"曰：

此折凡三截，首至【叨叨令】，將赴長亭時語；"下西風"至"長籲氣"，餞時語；"霎時間"至末，別時語。

著眼于劇作曲詞之風格特徵，以及關目情節之邏輯層次，這些體察也是頗具慧心的。

三十二、潘廷章本

潘廷章《元本北西廂》（又名《西來意》《夢覺關》），刻于康熙十九年（1680）。

是書卷首有金堡、徐繼恩、查嗣馨、蔣薰、褚廷琯、俞汝言等人所作序言，潘氏本人《西廂說意》《西廂作法》，及潘氏弟子《語錄》、孫男景會等《記事》，書後附有褚元勛《西廂辨偽》。是書特點有二：

一是正文體例力圖恢復"元本"風貌。儘管是書號稱"悉從田水月碧筠軒北曲原本點定"，"碧筠軒"當是"碧筠齋"之誤，實則係以徐文長《田水月山房北西廂藏本》爲底本。出于對《西廂記》作者"王作關續"說的支持，該書正文分爲四卷，將第五卷悉數刪去。每卷卷首有正名四句。如第三卷正名："老夫人命醫士，崔鶯鶯寄情詩。俏紅娘問湯藥，張君瑞害相思。"每折標有四字折名，如卷一四折依次爲"佛殿奇逢""僧房假寓""墻脚聯吟""齋壇鬧會"等。【絡絲娘煞尾】曲衹見于第二、三卷末尾，第一、四卷缺。由此書外在形態的上述情況，不難見出，潘本一面希圖打造成"元本"風貌，而所依底本的缺陷，又使得這種努力顯得捉襟見肘，難以彌縫。

二是該書借佛教"色空說"而對《西廂記》旨趣的奇特附會。潘氏《西廂說意》開篇即云：

西廂何意？意在西來也。以佛殿始，以旅夢終。于空生而即于空滅，全爲西來示意也。生自西來，滅亦從西去，來前去後，烏容一字？而其中所構諸緣，俱在西廂。故即以"西廂"名之。西廂者何？普救佛殿之西偏也。佛殿爲大乘，其偏則爲小乘。係之佛殿以西，是雖小乘，猶不失西來之意云爾。

秉承這種解讀視角，書中種種情事，或是佛門業報，或是佛緣湊會。老夫人上場交待普救寺"乃是武則天娘娘命俺夫君蓋造的功德院"，潘氏于旁夾批道："諂事女主，便造一業。"故爾張生、鶯鶯之佛殿奇逢不過是業緣遇合,最後鶯鶯入得張生夢境,也是爲那"難消的業障"。當張生草橋店夢醒,"冷清清咨嗟嬌滴滴玉人兒何處也"(卷四第四折【得勝令】),潘氏評曰:

  乃掃塵語也。一部《西廂記》,于此收攝殆盡。非大覺人,道此語不出。自從空王之境,撞著五百年風流業冤以來,蓋無日無時而不知其處也。始而相逢,玉人在佛殿處;繼而聯吟,玉人在花園處;又繼而附薦,玉人在齋壇處;又繼而就宴,玉人在東閣處;又繼而聽琴,玉人在東牆處;又繼而待月,玉人在西廂處;又繼而就歡,玉人在書齋處;即終而送別,玉人在長亭處。及此旅夢初回,爽然自失,竟以一語了之,始悟前者種種勞塵,都無是處,張于此可謂萬緣俱空,一絲不挂。

張生夢醒後,對鶯鶯無盡追念,何曾有過緣空寂滅之感?潘氏借佛緣,強作解人,完全偏離了《西廂記》的文學實際。不過如果去除了這些無中生有的佛門要義,潘評中也還是有些對《西廂記》人物個性心理體貼得甚爲真切的文字,即如上文評中,"始而相逢"以下對玉人何處的懷想,如蒙太奇鏡頭般閃現了張生夢醒後追憶往日與鶯鶯相處美妙時光的畫面。這種體味還是比較真切的。

凡　例

一、版本及簡稱

　　本書共輯録明清刊本《西廂記》32 種（如計并入的 3 種，共 35 種），所録各本及在書中使用的簡稱如下：

　　1. 明弘治十一年（1498）金臺岳家刻本《新刊大字魁本全相參增奇妙注釋西廂記》，簡稱"弘本"。

　　2. 明萬曆七年（1579）少山堂刊謝世吉訂《新刻考正古本大字出像釋義北西廂》，簡稱"謝本"。

　　3. 明萬曆八年（1580）徐士範刊《重刻元本題評音釋西廂記》，簡稱"範本"。

　　4. 明萬曆二十年（1592）熊龍峰刊余瀘東訂《重刻元本題評音釋西廂記》，簡稱"龍本"。劉龍田本同。共稱"龍本"。

　　5. 明萬曆二十五年（1597）羅懋登注釋《全像注釋西廂記》，簡稱"羅本"。

　　6. 明萬曆二十六年（1598）繼志齋陳邦泰刊《重校北西廂記》，簡稱"繼本"。

　　7. 明萬曆二十八年（1600）周居易刻屠隆校并序《新刊合并王實甫西廂記》，簡稱"屠本"。

　　8. 明萬曆三十八年（1610）夏虎林容與堂刻《李卓吾先生批評北西廂記》，簡稱"容本"。

　　9. 明萬曆三十八年（1610）冬起鳳館刊《元本出相北西廂記》，簡稱"起本"。

　　10. 明萬曆三十九年（1611）冬徐渭《重刻訂正元本批點畫意北西廂》，簡稱"徐畫本"。與"徐畫本"同一系列的另兩本爲：珠還室藏本徐渭《重刻訂正元本批點畫意北西廂》，簡稱"徐畫珠本"，諸葛元聲序本徐渭《重刻訂正元本批點畫意北西廂》，簡稱"徐畫諸本"。

　　11. 明萬曆四十二年（1614）香雪居刊王驥德《新校注古本西廂記》，簡稱"驥本"。

12. 明萬曆年間汪氏玩虎軒刻《元本出相北西廂記》，簡稱"虎本"。

13. 明萬曆四十四年（1616）何璧校本《北西廂記》，簡稱"何本"。

14. 明萬曆四十六年（1618）蕭騰鴻師儉堂《鼎鐫陳眉公先生批評西廂記》，簡稱"陳本"。

15. 明萬曆後期金陵文秀堂《新刊考正全相評釋北西廂記》，簡稱"秀本"。

16. 明天啓間（1621—1627）凌濛初刻朱墨套印本《西廂記》，簡稱"凌本"。

17. 明天啓崇禎間孫鑛批點《硃訂西廂記》，簡稱"硃本"。

18. 明崇禎四年（1631）山陰延閣主人李廷謨訂正《徐文長先生批評北西廂記》，簡稱"延本"。

19. 明崇禎十二年（1639）刊《張深之先生正北西廂秘本》，簡稱"張本"。

20. 明崇禎十三年（1640）西陵天章閣醉香主人刻《李卓吾批點西廂記真本》，簡稱"天李本"。

21. 明崇禎十三年（1640）秋烏程閔寓五校刻《會真六幻》，簡稱"六幻本"。

22. 明崇禎間蕭騰鴻師儉堂《湯海若先生批評西廂記》，簡稱"湯本"。

23. 明崇禎間烏程閔氏刻湯顯祖評沈璟訂《西廂記會真傳》，簡稱"湯沈本"。

24. 明崇禎間孔如氏刻《三先生合評元本北西廂》，簡稱"三合本"。

25. 明崇禎間古吳陳長卿存誠堂刻本《新刻魏仲雪先生批點西廂記》，簡稱"魏本"。

26. 明崇禎間筆峒山房刻本《新刻徐筆峒先生批點西廂記》，簡稱"峒本"。

27. 明崇禎間《新訂徐文長先生批點音釋北西廂》，簡稱"徐音本"。

28. 明崇禎間潭邑書林歲寒友刻本《新刻徐文長公參訂西廂記》，簡稱"徐參本"。

29. 明後期《田水月山房北西廂藏本》，簡稱"田本"。

30. 清順治間含章館刻封岳《詳校元本西廂記》，簡稱"封本"。

31. 清康熙十五年（1676）學者堂刻西河毛甡論定《西廂記》，簡稱"毛本"。

32. 清康熙十九年（1680）刻本潘廷章評《西來意》，簡稱"潘本"。

二、會校會注會評細則

1. 本書正文以暖紅室翻刻凌濛初刻朱墨套印本爲底本，以其他 31 種刊本爲參校本。

2. 對《西廂記》原文作過大量增補刪改的評本，如《詞壇清玩·槃薖碩人增改定本西廂記》、金聖嘆《貫華堂第六才子書西廂記》，作爲附錄，附全本于本書之後。

3. 評語的形式，旁批簡稱"旁"，眉批簡稱"眉"，夾批簡稱"夾"，折（齣）末總批簡稱"尾"。凡一字（詞、句）之旁批，置于該字（詞、句）之後；一字（詞、句）之眉批，置于該句之後；一段之眉批，置于該段（一支唱詞，或一段說白）之後。夾批多置于段末，但也有段中夾批的，均按原樣置于段中。一句（一段）中有多種批語的，按照旁批、眉批、夾批、尾批的順序排列。

4. 旁、眉、夾、尾批語相同的，均于相同批語前標明版本，不重置。

5. 王驥德校注本，正文多是夾批注釋語音、詞義，重要批評文字均放在折尾；凌濛初刊本，正文有旁批、眉批、夾批，又在每本之尾附有"解証"；閔寓五校刻《會真六幻》，正文後附有《五劇箋疑》。對于這類放在折尾或本尾的批語，本書全部收錄，并按原樣置于折尾和本尾。

6. 評注者或係他人僞托，但在未考證清楚時，均沿用舊名。

7. 評注者非原評注人，顯係過錄者或藏書人的評注，一律標"補"，如陳眉公評本中的"陳補眉""陳補旁"等。

8. 一書有多個版本，評注乃後人加入的，如徐畫本，另有珠還室藏本和諸葛元聲序本，其中評語多與原書不同，此類評語另標爲"徐畫珠眉""徐畫珠旁""徐畫諸眉""徐畫諸旁"。

9. 所有評點本均按刊刻年代先後排序。對刊刻年代不明者，一是根據評語內容推定大致年代，如文秀堂本無啓禎後評語，故可推定當是萬曆時期刻本；二是把有因襲承傳關係的放在一起，如徐畫本、徐音本、徐參本，陳本、硃本、湯沈本、三合本，魏本、岣本。

10. 校核文字異同，注號置于所注字（詞、句）之後，一句或一段有异文的，注號置于一句（一段）文字標點符號之後。

11. 角色稱謂，如張生或謂"末"，或謂"生"，鶯鶯或謂"旦"，或謂"鶯"，等等，一般不作异同區分。

12. 校核文字，先標此字（詞、句）之前多"　"；繼標某字（詞、句）作"　"，一句中多個文字（詞、句）有异文的，中間用分號";"隔開，凡該字（詞、句）爲所注本中無有的，置于最後，標"某某本無"；最後標此字（詞、句）之後多"　"。

13. 注文置于每折（齣）尾評、尾注之後，共十個版本有注文。注文中分文字注和音注。文字注有异文的，某一字不同，在該字後括注某本作"　"；多字（句）不同的，在該數字（句）後括注中，先標該數字（句），再標某本作"　"。音注相同的合并一處，不重出。

14. 徐畫珠本、徐畫諸本、田本，正文文字與徐畫本同，故校核文字時祇標徐畫本，他本不出；謝本藏于日本，正文無由得見，但文中評語見楊緒容整理《王實甫〈西廂記〉彙評》（人民出版社，2014 版），故本書收錄謝氏評點，不核正文。

15. 爲能完整展現《西廂記》評點原貌，本書《西廂記》正文與評點文字均采用繁體字。

16. 爲了便于讀者閱讀時清楚瞭解曲文、評和注文，在排版時對其字體略作區分，曲文采用四號宋體，科、白、曲文中的襯字采用小四號仿宋體，評、注文字采用五號楷體，評、注文字段落內嵌的注文采用小五號宋體。

總目錄

壹

西廂記五劇第一本　張君瑞鬧道場雜劇 …………………………………… 1
 楔子 ……………………………………………………………………………… 6
 第一折 …………………………………………………………………………… 14
  【驥尾附】注一十四條 …………………………………………………… 42
  【六幻本】五劇箋疑 ……………………………………………………… 46
  【會注】 …………………………………………………………………… 50
 第二折 …………………………………………………………………………… 64
  【驥尾附】注二十二條 …………………………………………………… 109
  【六幻本】五劇箋疑 ……………………………………………………… 113
  【會注】 …………………………………………………………………… 117
 第三折 …………………………………………………………………………… 126
  【驥尾附】注一十五條 …………………………………………………… 151
  【六幻本】五劇箋疑 ……………………………………………………… 154
  【會注】 …………………………………………………………………… 156
 第四折 …………………………………………………………………………… 160
  【驥尾附】注一十二條 …………………………………………………… 179
  【凌尾附】西廂記第一本解證 …………………………………………… 181
  【六幻本】五劇箋疑 ……………………………………………………… 184
  【會注】 …………………………………………………………………… 186

西廂記五劇第二本　崔鶯鶯夜聽琴雜劇 …………………………………… 189
 第一折 …………………………………………………………………………… 191
 楔子 ……………………………………………………………………………… 221
  【驥尾附】注二十五條 …………………………………………………… 257
  【六幻本】五劇箋疑 ……………………………………………………… 263

【會注】	268
第二折	276
【驥尾附】注一十五條	301
【六幻本】五劇箋疑	304
【會注】	306
第三折	313
【驥尾附】注一十六條	346
【六幻本】五劇箋疑	349
【會注】	353
第四折	362
【驥尾附】注一十五條	384
【凌尾附】西廂記第二本解證	387
【六幻本】五劇箋疑	390
【會注】	393

貳

西廂記五劇第三本　張君瑞害相思雜劇	401
楔子	403
第一折	406
【驥尾附】注一十三條	431
【六幻本】五劇箋疑	434
【會注】	438
第二折	444
【驥尾附】注二十條	490
【六幻本】五劇箋疑	494
【會注】	498
第三折	506
【驥尾附】注一十五條	535
【六幻本】五劇箋疑	539
【會注】	542
第四折	547
【驥尾附】注一十四條	572
【凌尾附】西廂記第三本解證	575

- 【六幻本】五劇箋疑 …… 576
- 【會注】 …… 578

西廂記五劇第四本　草橋店夢鶯鶯雜劇 …… 583

楔子 …… 585

第一折 …… 590
- 【驥尾附】注一十八條 …… 610
- 【六幻本】五劇箋疑 …… 612
- 【會注】 …… 614

第二折 …… 621
- 【驥尾附】注一十四條 …… 650
- 【六幻本】五劇箋疑 …… 653
- 【會注】 …… 655

第三折 …… 658
- 【驥尾附】注一十九條 …… 687
- 【六幻本】五劇箋疑 …… 690
- 【會注】 …… 693

第四折 …… 700
- 【驥尾附】注一十四條 …… 726
- 【凌尾附】西廂記第四本解證 …… 730
- 【六幻本】五劇箋疑 …… 730
- 【會注】 …… 733

西廂記五劇第五本　張君瑞慶團圞雜劇 …… 737

楔子 …… 739

第一折 …… 744
- 【驥尾附】注一十三條 …… 768
- 【六幻本】五劇箋疑 …… 771
- 【會注】 …… 773

第二折 …… 779
- 【驥尾附】注一十五條 …… 801
- 【六幻本】五劇箋疑 …… 803
- 【會注】 …… 807

第三折 …… 815
- 【驥尾附】注一十三條 …… 844

【六幻本】五劇箋疑 …………………………………………………………… 846
　　【會注】 …………………………………………………………………………… 848
第四折 ……………………………………………………………………………………… 852
　　【驥尾附】注二十一條 ………………………………………………………… 887
　　【凌尾附】西廂記第五本解證 ………………………………………………… 890
　　【六幻本】五劇箋疑 …………………………………………………………… 891
　　【會注】 …………………………………………………………………………… 894

叁

附録一　《西廂記》各刊本附録、序跋及凡例 ……………………………………… 903
　一、弘治岳刻本 ……………………………………………………………………… 905
　　　刻書牌記 ………………………………………………………………………… 905
　二、謝世吉本 ………………………………………………………………………… 906
　　　（一）刻出像釋義西廂記引 …………………………………………………… 906
　　　（二）插圖聯語 ………………………………………………………………… 907
　三、徐士範本 ………………………………………………………………………… 908
　　　（一）崔氏春秋序 ……………………………………………………………… 908
　　　（二）重刻西廂記序 …………………………………………………………… 909
　四、熊龍峰本與劉龍田本 …………………………………………………………… 910
　　　插圖聯語 ………………………………………………………………………… 910
　五、繼志齋本 ………………………………………………………………………… 912
　　　（一）刻重校北西廂記序 ……………………………………………………… 912
　　　（二）重校北西廂記總評 ……………………………………………………… 912
　　　（三）重校北西廂記凡例 ……………………………………………………… 913
　六、屠隆本 …………………………………………………………………………… 915
　　　（一）王實父西廂記叙（金在衡） …………………………………………… 915
　　　（二）新刻合并西廂叙（張鳳翼） …………………………………………… 916
　七、起鳳館本 ………………………………………………………………………… 918
　　　（一）刻李王二先生批評《北西廂》序 ……………………………………… 918
　　　（二）新校北西廂記考 ………………………………………………………… 918
　　　（三）凡例 ……………………………………………………………………… 919
　八、徐畫本 …………………………………………………………………………… 921
　　　（一）西廂記叙（一） ………………………………………………………… 921

（二）西廂記題詞 ················· 921
　　（三）西廂記叙（二） ·············· 921
　　（四）西廂記序 ·················· 922
　　（五）凡例 ···················· 923

九、王驥德本 ······················ 924
　　（一）新校注古本西廂記自序（王驥德） ···· 924
　　（二）新校注古本西廂記序（毛以遂） ····· 925
　　（三）凡例三十六則 ··············· 926
　　（四）新校注古本西廂記跋（朱朝鼎） ····· 931

十、玩虎軒本 ······················ 933
　　（一）玩虎軒序 ·················· 933
　　（二）凡例 ···················· 933

十一、何璧本 ······················ 935
　　（一）北西廂記序 ················ 935
　　（二）凡例四條 ·················· 936

十二、陳眉公本 ····················· 937
　　（一）六曲奇序（余文熙） ············ 937
　　（二）西廂序 ··················· 938

十三、文秀堂本 ····················· 939
　　重刻北西廂記序 ················· 939

十四、凌濛初本 ····················· 940
　　（一）《西廂記》凡例（十則） ·········· 940
　　（二）凡例 ···················· 942

十五、硃訂本 ······················ 944
　　（一）千秋絶艷賦（王伯良） ··········· 944
　　（二）崔娘遺照跋（陶九成） ··········· 945
　　（三）崔娘遺照跋（祝允明） ··········· 946
　　（四）崔娘遺照跋（閔振聲） ··········· 946
　　（五）《西廂記》制藝文一十六篇 ········ 947

十六、延閣主人本 ···················· 959
　　（一）題辭（陳洪綬） ·············· 959
　　（二）跋語（李廷謨） ·············· 959
　　（三）北西廂記跋（范石鳴） ··········· 960
　　（四）西廂序（董玄） ·············· 960

（五）西廂叙（魯浚）⋯⋯⋯⋯⋯⋯⋯⋯⋯⋯⋯⋯⋯⋯⋯⋯⋯⋯⋯⋯⋯⋯⋯⋯⋯⋯⋯⋯ 961
　　（六）徐文長先生批評北西廂記凡例 ⋯⋯⋯⋯⋯⋯⋯⋯⋯⋯⋯⋯⋯⋯⋯⋯⋯⋯⋯⋯ 962

十七、張深之本 ⋯⋯⋯⋯⋯⋯⋯⋯⋯⋯⋯⋯⋯⋯⋯⋯⋯⋯⋯⋯⋯⋯⋯⋯⋯⋯⋯⋯⋯⋯⋯⋯ 963
　　（一）叙（馬權奇）⋯⋯⋯⋯⋯⋯⋯⋯⋯⋯⋯⋯⋯⋯⋯⋯⋯⋯⋯⋯⋯⋯⋯⋯⋯⋯⋯⋯ 963
　　（二）秘本西廂略則 ⋯⋯⋯⋯⋯⋯⋯⋯⋯⋯⋯⋯⋯⋯⋯⋯⋯⋯⋯⋯⋯⋯⋯⋯⋯⋯⋯⋯ 963

十八、天章閣本 ⋯⋯⋯⋯⋯⋯⋯⋯⋯⋯⋯⋯⋯⋯⋯⋯⋯⋯⋯⋯⋯⋯⋯⋯⋯⋯⋯⋯⋯⋯⋯⋯ 964
　　（一）題卓老批點西廂記（醉香主人）⋯⋯⋯⋯⋯⋯⋯⋯⋯⋯⋯⋯⋯⋯⋯⋯⋯⋯⋯ 964
　　（二）書《十美圖》後 ⋯⋯⋯⋯⋯⋯⋯⋯⋯⋯⋯⋯⋯⋯⋯⋯⋯⋯⋯⋯⋯⋯⋯⋯⋯⋯ 964

十九、會真六幻本 ⋯⋯⋯⋯⋯⋯⋯⋯⋯⋯⋯⋯⋯⋯⋯⋯⋯⋯⋯⋯⋯⋯⋯⋯⋯⋯⋯⋯⋯⋯ 966
　　（一）會真六幻序（閔寓五）⋯⋯⋯⋯⋯⋯⋯⋯⋯⋯⋯⋯⋯⋯⋯⋯⋯⋯⋯⋯⋯⋯⋯ 966
　　（二）題西廂（閔寓五）⋯⋯⋯⋯⋯⋯⋯⋯⋯⋯⋯⋯⋯⋯⋯⋯⋯⋯⋯⋯⋯⋯⋯⋯⋯ 967
　　（三）跋（閔寓五）⋯⋯⋯⋯⋯⋯⋯⋯⋯⋯⋯⋯⋯⋯⋯⋯⋯⋯⋯⋯⋯⋯⋯⋯⋯⋯⋯ 967

二十、三先生合評本 ⋯⋯⋯⋯⋯⋯⋯⋯⋯⋯⋯⋯⋯⋯⋯⋯⋯⋯⋯⋯⋯⋯⋯⋯⋯⋯⋯⋯⋯ 968
　　（一）合評元本北西廂序（王思任）⋯⋯⋯⋯⋯⋯⋯⋯⋯⋯⋯⋯⋯⋯⋯⋯⋯⋯⋯⋯ 968
　　（二）讀西廂記類語（李卓吾）⋯⋯⋯⋯⋯⋯⋯⋯⋯⋯⋯⋯⋯⋯⋯⋯⋯⋯⋯⋯⋯⋯ 968
　　（三）叙（湯若士）⋯⋯⋯⋯⋯⋯⋯⋯⋯⋯⋯⋯⋯⋯⋯⋯⋯⋯⋯⋯⋯⋯⋯⋯⋯⋯⋯ 969

二十一、田水月本 ⋯⋯⋯⋯⋯⋯⋯⋯⋯⋯⋯⋯⋯⋯⋯⋯⋯⋯⋯⋯⋯⋯⋯⋯⋯⋯⋯⋯⋯⋯ 971
　　西廂記序 ⋯⋯⋯⋯⋯⋯⋯⋯⋯⋯⋯⋯⋯⋯⋯⋯⋯⋯⋯⋯⋯⋯⋯⋯⋯⋯⋯⋯⋯⋯⋯⋯ 971

二十二、封岳本 ⋯⋯⋯⋯⋯⋯⋯⋯⋯⋯⋯⋯⋯⋯⋯⋯⋯⋯⋯⋯⋯⋯⋯⋯⋯⋯⋯⋯⋯⋯⋯ 972
　　詳校元本西廂記序 ⋯⋯⋯⋯⋯⋯⋯⋯⋯⋯⋯⋯⋯⋯⋯⋯⋯⋯⋯⋯⋯⋯⋯⋯⋯⋯⋯⋯ 972

二十三、毛西河本 ⋯⋯⋯⋯⋯⋯⋯⋯⋯⋯⋯⋯⋯⋯⋯⋯⋯⋯⋯⋯⋯⋯⋯⋯⋯⋯⋯⋯⋯⋯ 973
　　（一）論定西廂記自序（毛奇齡）⋯⋯⋯⋯⋯⋯⋯⋯⋯⋯⋯⋯⋯⋯⋯⋯⋯⋯⋯⋯⋯ 973
　　（二）崔娘遺照（毛奇齡）⋯⋯⋯⋯⋯⋯⋯⋯⋯⋯⋯⋯⋯⋯⋯⋯⋯⋯⋯⋯⋯⋯⋯⋯ 973
　　（三）西廂記考實（毛奇齡）⋯⋯⋯⋯⋯⋯⋯⋯⋯⋯⋯⋯⋯⋯⋯⋯⋯⋯⋯⋯⋯⋯⋯ 974
　　（四）毛西河論定西廂記序（吳興祚）⋯⋯⋯⋯⋯⋯⋯⋯⋯⋯⋯⋯⋯⋯⋯⋯⋯⋯⋯ 976
　　（五）毛西河論定西廂記跋 ⋯⋯⋯⋯⋯⋯⋯⋯⋯⋯⋯⋯⋯⋯⋯⋯⋯⋯⋯⋯⋯⋯⋯⋯ 977
　　（六）毛西河論定西廂記·附辨 ⋯⋯⋯⋯⋯⋯⋯⋯⋯⋯⋯⋯⋯⋯⋯⋯⋯⋯⋯⋯⋯⋯ 977

二十四、潘廷章本 ⋯⋯⋯⋯⋯⋯⋯⋯⋯⋯⋯⋯⋯⋯⋯⋯⋯⋯⋯⋯⋯⋯⋯⋯⋯⋯⋯⋯⋯⋯ 979
　　（一）西來意序 ⋯⋯⋯⋯⋯⋯⋯⋯⋯⋯⋯⋯⋯⋯⋯⋯⋯⋯⋯⋯⋯⋯⋯⋯⋯⋯⋯⋯⋯ 979
　　（二）序西來意 ⋯⋯⋯⋯⋯⋯⋯⋯⋯⋯⋯⋯⋯⋯⋯⋯⋯⋯⋯⋯⋯⋯⋯⋯⋯⋯⋯⋯⋯ 980
　　（三）梅岩手評西廂序 ⋯⋯⋯⋯⋯⋯⋯⋯⋯⋯⋯⋯⋯⋯⋯⋯⋯⋯⋯⋯⋯⋯⋯⋯⋯⋯ 980
　　（四）西來意小引 ⋯⋯⋯⋯⋯⋯⋯⋯⋯⋯⋯⋯⋯⋯⋯⋯⋯⋯⋯⋯⋯⋯⋯⋯⋯⋯⋯⋯ 981
　　（五）序 ⋯⋯⋯⋯⋯⋯⋯⋯⋯⋯⋯⋯⋯⋯⋯⋯⋯⋯⋯⋯⋯⋯⋯⋯⋯⋯⋯⋯⋯⋯⋯⋯ 982
　　（六）西廂說意序 ⋯⋯⋯⋯⋯⋯⋯⋯⋯⋯⋯⋯⋯⋯⋯⋯⋯⋯⋯⋯⋯⋯⋯⋯⋯⋯⋯⋯ 982

（七）西廂説意（潘廷章） …………………………………… 983
　　（八）西廂三大作法（潘廷章） ……………………………… 985
　　（九）西廂只有三人（潘廷章） ……………………………… 987
　　（十）讀西廂須其人（潘廷章） ……………………………… 988
　　（十一）附記語録一則（王廷昌等） ………………………… 990
　　（十二）記事（潘景曾等） …………………………………… 990
　　（十三）附西廂辨僞 …………………………………………… 991
　　（十四）序（任以治） ………………………………………… 1009
　　（十五）序（佚名） …………………………………………… 1010
　　（十六）金評西廂正錯序 ……………………………………… 1010
附録二　《詞壇清玩・槃薖碩人增改定本西廂記》 ………………… 1011
　詞壇清玩小引 …………………………………………………… 1013
　詞壇清玩西廂記叙 ……………………………………………… 1014
　玩西廂記評 ……………………………………………………… 1016
　刻西廂定本凡例 ………………………………………………… 1018
　會真記 …………………………………………………………… 1021
　附各詩詞 ………………………………………………………… 1026
　　古艷詩二首 …………………………………………………… 1026
　　古決詞三首 …………………………………………………… 1026
　　夢游春詩 ……………………………………………………… 1027
　詞壇清玩 ………………………………………………………… 1032
　　西廂記目録 …………………………………………………… 1032
　詞壇清玩　槃薖碩人增改定本 ………………………………… 1034
　　○西廂總題 …………………………………………………… 1034
　　○張生登程 …………………………………………………… 1035
　　○崔氏旅嘆 …………………………………………………… 1036
　　○佛殿奇逢 …………………………………………………… 1038
　　○禪房假寓 …………………………………………………… 1041
　　○傳語會情 …………………………………………………… 1049
　　○墻角聯吟 …………………………………………………… 1051
　　○齋壇鬧會 …………………………………………………… 1056
　　○飛虎横行 …………………………………………………… 1062
　　○感春幽嘆 …………………………………………………… 1062

- ○兵困求解 ……………………………………………………………………… 1065
- ○馳書解圍 ……………………………………………………………………… 1068
- ○移兵退賊 ……………………………………………………………………… 1071
- ○開筵請赴 ……………………………………………………………………… 1073
- ○杯酒違盟 ……………………………………………………………………… 1078
- ○琴心挑引 ……………………………………………………………………… 1084
- ○錦字傳情 ……………………………………………………………………… 1089
- ○妝臺窺簡 ……………………………………………………………………… 1094
- ○接書志喜 ……………………………………………………………………… 1098
- ○偷情阻興 ……………………………………………………………………… 1102
- ○問病通忱 ……………………………………………………………………… 1108
- ○月下佳期 ……………………………………………………………………… 1115

詞壇清玩　槃邁碩人增改定本 ……………………………………………………… 1122
- ○縱情漏機 ……………………………………………………………………… 1122
- ○知情許姻 ……………………………………………………………………… 1126
- ○長亭送別 ……………………………………………………………………… 1131
- ○野宿驚夢 ……………………………………………………………………… 1138
- ○閑游遣悶 ……………………………………………………………………… 1143
- ○飛捷報鶯 ……………………………………………………………………… 1147
- ○接音志想 ……………………………………………………………………… 1151
- ○村郎求匹 ……………………………………………………………………… 1156
- ○榮歸完成 ……………………………………………………………………… 1159

附錄三　金聖嘆《貫華堂第六才子書西廂記》 ………………………………… 1165
題聖嘆批點西廂序 ………………………………………………………………… 1167
貫華堂繪像第六才子西廂目錄 …………………………………………………… 1168
貫華堂繪像第六才子西廂卷之一 ………………………………………………… 1169
序一曰慟哭古人 …………………………………………………………………… 1169
序二曰留贈後人 …………………………………………………………………… 1171
貫華堂繪像第六才子西廂卷之二 ………………………………………………… 1174
讀第六才子書西廂記法 …………………………………………………………… 1174
貫華堂繪像第六才子西廂卷之三 ………………………………………………… 1184
會真記 ……………………………………………………………………………… 1184
貫華堂繪像第六才子西廂卷之四 ………………………………………………… 1198
題目總名 …………………………………………………………………………… 1199

第一之四章題目正名 ... 1200
一之一　驚艷 ... 1200
一之二　借廂 ... 1210
一之三　酬韵 ... 1221
一之四　鬧齋 ... 1230

貫華堂繪像第六才子西廂卷之五 ... 1238
第二之四章題目正名 ... 1238
二之一　寺警 ... 1238
二之二　請宴 ... 1254
二之三　賴婚 ... 1262
二之四　琴心 ... 1272

卷之六 ... 1283
第三之四章題目正名 ... 1283
三之一　前候 ... 1283
三之二　鬧簡 ... 1292
三之三　賴簡 ... 1305
三之四　後候 ... 1318

卷之七 ... 1328
第四之四章題目正名 ... 1328
四之一　酬簡 ... 1328
四之二　拷艷 ... 1339
四之三　哭宴 ... 1351
四之四　驚夢 ... 1361

卷之八 ... 1372
續之四章題目正名 ... 1372
續之一　泥金報捷 ... 1372
續之二　錦字緘愁 ... 1379
續之三　鄭恒求配 ... 1383
續之四　衣錦榮歸 ... 1390

才子西廂醉心篇 ... 1399
驚艷 ... 1399
借廂 ... 1399
酬韵 ... 1399
鬧齋 ... 1399

寺警	1400
請宴	1400
賴婚	1400
琴心	1400
前候	1400
鬧簡	1400
後候	1401
酬簡	1401
拷艷	1401
哭宴	1401
送別	1401
驚夢	1401
捷報	1401
寄衫	1402
團圓	1402
步香塵底印兒淺	1402
怎當他臨去秋波那一轉	1403
穿一套縞素衣裳	1404
隔墻兒酬和到天明	1405
我是個多愁多病身，怎當他傾國傾城貌	1407
筆尖兒橫掃五千人	1408
我從來心硬，一見了也留情	1409
端詳可憎	1410
他誰道月底西廂變做夢裏南柯	1411
他做了個影兒裏情郎，我做了畫兒裏愛寵	1412
中間一層紅紙，幾眼疏櫺，不是雲山幾萬重	1414
這叫做才子佳人信有之	1415
晚妝樓上杏花殘	1416
金蓮蹴損牡丹芽	1417
親不親盡在您	1418
難道是昨夜夢中來	1419
立蒼苔綉鞋兒冰透	1421
昨宵今日，清減了小腰圍	1422
四圍山色中，一鞭殘照裏	1423

慘離情半林黃蘗 …………………………………………………………… 1424
　　一寸眉心，怎容得許多顰皺 ………………………………………………… 1425
　　治相思無藥餌 ………………………………………………………………… 1427
　　偷韓壽下風頭香 ……………………………………………………………… 1428
　　願天下有情的都成了眷屬 …………………………………………………… 1429

肆

《西廂記》版畫 ……………………………………………………………………… 1431
　《西廂記》版畫演變述略 ……………………………………………………… 1433
　整理説明 ………………………………………………………………………… 1441
　《新刊大字魁本全相參增奇妙注釋西廂記》（弘治十一年刻）版畫 ………… 1443
　《重刻元本題評音釋西廂記》（熊龍峰忠正堂刊）版畫 ……………………… 1735
　《重刻元本題評音釋西廂記》（劉龍田喬山堂刊）版畫 ……………………… 1755
　《全像注釋西廂記》（羅懋登本）版畫 ………………………………………… 1783
　《重校北西廂記》（繼志齋陳邦泰刊）版畫 …………………………………… 1809
　《元本出相北西廂記》（汪氏玩虎軒刻）版畫 ………………………………… 1845
　《新刊合并王實甫西廂記》（周居易刻屠隆校）版畫 ………………………… 1889
　《李卓吾先生批評北西廂記》（虎林容與堂刻）版畫 ………………………… 1911

伍

《元本出相北西廂記》（起鳳館曹以杜刊）版畫 ………………………………… 1931
《重刻訂正元本批點畫意北西廂》（徐渭評本）版畫 …………………………… 1975
《新校注古本西廂記》（王驥德校注本）版畫 …………………………………… 1997
《北西廂記》（何璧校本）版畫 …………………………………………………… 2043
《鼎鐫陳眉公先生批評西廂記》（蕭騰鴻師儉堂刻本）版畫 …………………… 2063
《新刊考正全相評釋北西廂記》（金陵文秀堂刊本）版畫 ……………………… 2089
《詞壇清玩：西廂定本》（槃邁碩人修改定本）版畫 …………………………… 2133
《西廂記》（凌濛初刻朱墨套印本）版畫 ………………………………………… 2165
《硃訂西廂記》（孫鑛批點本）版畫 ……………………………………………… 2187
《徐文長先生批評北西廂記》（延閣主人訂正）版畫 …………………………… 2227
《張深之先生正北西廂秘本》（張深之）版畫 …………………………………… 2267
《李卓吾批點西廂記真本》（西陵天章閣醉香主人刻）版畫 …………………… 2281

《湯海若先生批評西廂記》（蕭騰鴻師儉堂刻本）版畫 …… 2325

《新訂徐文長先生批點音釋北西廂》（徐文長音釋本）版畫 …… 2347

《新刻徐文長公參訂西廂記》（潭邑書林歲寒友刻本）版畫 …… 2365

《三先生合評元本北西廂》（孔如氏刻本）版畫 …… 2369

《新刻魏仲雪先生批點西廂記》（陳長卿存誠堂刻本）版畫 …… 2381

《繪圖西廂記》（掃葉山房本）版畫 …… 2403

西廂記① 五劇第一本

[元] 王實甫　填詞

張君瑞鬧道場雜劇②

①【潘夾】元本北西廂，一稱夢覺關。

②西廂記五劇第一本　元王實甫填詞　張君瑞鬧道場雜劇：弘本開首作"奇妙全相注釋西廂記卷之一　焚香拜月"，範本、龍本作"重刻元本題評音釋西廂記卷上"；羅本作"重校北西廂記卷一。正名：老夫人閑春院，崔鶯鶯燒夜香。俏紅娘傳好事，張君瑞鬧道場"，繼本同，但"卷一"作"一卷"。容本作"李卓吾先生批評北西廂記卷之上"，徐畫本作"重刻訂正元本批點畫意北西廂卷一，元大都王實甫編關漢卿續。楔子：張君瑞巧做東床婿，法本師住持南禪地，老夫人開宴北堂春，崔鶯鶯待月西廂記。第一折，正名：老夫人開春院，崔鶯鶯燒夜香。小紅娘傳好事，張君瑞鬧道場"，徐音本作"新訂徐文長先生批點音釋北西廂卷上，元大都王實甫編關漢卿續，開場：張君瑞巧做東床婿，法本師住持南禪地，老夫人開宴北堂春，崔鶯鶯待月西廂記"，徐參本作"新刻徐文長公參訂西廂記上卷，羊城平陽郡佑卿甫評釋，潭邑書林歲寒友發兌"，驥本作"新校注古本西廂記卷一，元大都王實甫編，明會稽方諸生校注，明山陰徐渭附解，吳江詞隱生評，古虞謝伯美、山陰朱朝鼎同校。第一折，楔子引曲二章，用東鍾韻，夫人、旦；第一套仙呂宮曲一十五章，用先天韻，生；第二套中呂宮曲二十章，用江陽韻，生；第三套越調曲一十五章，用庚清韻，生；第四套雙調曲一十一章，用蕭豪韻，生、紅參"，何本作"北西廂記上卷，渤海逋客校梓"，陳本作"鼎鐫陳眉公先生批評西廂記卷之上。雲間眉公陳繼儒評，潭陽做韋蕭鳴盛校，一齋敬止余文熙閱，書林慶雲蕭騰鴻梓"，秀本作"新刊考證全像評釋北西廂記一卷。白阜肩雲逸叟校，金陵文秀堂梓"，硃本作"硃訂西廂記卷上。東海月峰先生孫鑛批點，後學諸臣校閱"，延本作"北西廂卷一，元大都王實甫編關漢卿續，明山陰延閣主人訂正。楔子：張君瑞巧做東床婿，法本師住持南禪地，老夫人開宴北堂春，崔鶯鶯待月西廂記"，張本作"張深之先生正北西廂秘本，元大都王實甫編關漢卿續，明沁水張深之正。楔子：張君瑞巧做東床婿，法本師住持南禪地，老夫人開宴北堂春，崔鶯鶯待月西廂記。卷一，正名：老夫人開春院，崔鶯鶯燒夜香。小紅娘傳好事，張君瑞鬧道場"，天李本作"李卓吾先生批點西廂記真本卷上"，六幻本作"王實父西廂記第一本"，湯本作"湯海若先生批評西廂記卷之上，書林師儉堂梓"，湯沈本作"西廂會真傳。老夫人閑春院，崔鶯鶯燒夜香。俏紅娘傳好事，張君瑞鬧道場"，三合本作"三先生合評元本北西廂卷一。明湯若士先生李卓吾先生徐文長先生合評。楔子：張君瑞巧做東床婿，法本師住持南禪地，老夫人開宴北堂春，崔鶯鶯待月西廂記。第一折，正名：老夫人開春院，崔鶯鶯燒夜香。小紅娘傳好事，張君瑞鬧道場"，魏本作"新刻魏仲雪先生批點西廂記卷上。上虞魏浣初仲雪父批評，門人李裔蕃九仙父注釋"，峒本作"新刻徐筆峒批點西廂記上卷，古臨筆峒山人徐奮鵬評閱"，封本作"詳校元本西廂記卷之上，元大都王實父編"，毛本作"西廂記卷之一，西河毛甡字大可論定并參釋，山陰葉維侯屏侯邵炳赤文較訂"，潘本作"西來意（元本北西廂，一稱夢覺關），渚山恒忍雪鎧道人說意（原名潘廷章，號梅岩氏）。楔子：張君瑞巧做東床婿，法本師住持南禪地，老夫人開宴北堂春，崔鶯鶯待月西廂記。第一卷，正名：老夫人開春院，崔鶯鶯燒夜香。小紅娘傳好事，張君瑞鬧道場"。屠本、起本、虎本無。

【謝眉】大抵《西廂記》詞調非後人所企及，故所以擬之行之者，亦不止于一端也。此折【西江月】雖非涉于節目，亦可以敷壇場，故書之壓首。按，《西廂記》始于元時王實甫所作，未完竟殁，後關漢卿續完。即今炙議妄擬某氏編、續者，似非正傳初意也。殊不知自《草橋驚夢》以前，乃實甫之所著，以後乃漢卿之所續而成也。錄之以俟後知。【延眉】雜本相沿，十差其九，可以正是者，惟碧筠齋所刻耳。今坊中少見，惜哉，埋没此等妙詞也。本既沿訛，解復杜撰，然而無有乎爾，則亦無有乎爾。【毛夾】"西廂記"三字，標目也。元曲未必有正名、題目四句，而標取末句，如雜劇有《城南柳》，因題目末句曰"呂洞賓三度城南柳"也。此名《西廂記》，因題目末句曰"崔鶯鶯待月西廂記"也。推此，則明曲之訛如徐天池《漁陽三弄》，而題目末句曰"曹丞相神仙入洞"者，不知凡幾矣。特目列卷末，今誤列卷首，如南曲開演例，非是；原本不列作者姓氏，今妄列若著若續，皆非也。說見左。或稱《西廂》為王實甫作，此本涵虛子《太和正音譜》也。涵虛子為明寧王臞仙，其譜又本之元時大梁鍾嗣成《錄鬼簿》，故王元美《卮言》亦云："《西廂》久傳為關漢卿作，邇來乃有以為王實甫者。"明隆萬以前，刻《西廂》者，皆稱《西廂》為關漢卿作。雖不明列所著名，然序語悉歸漢卿。如金陵富樂院妓劉麗華刻，口授古本《西廂》，在嘉靖辛丑，尚云："董解元、關漢卿為《西廂》傳奇。"而海陽黃嘉惠刻《董西廂》，在嘉隆後，尚云："《董西廂》為關漢卿本所從出。"且引"竹索纜浮橋"等語，為漢卿襲句，則久以今本屬關矣。但《正音譜》載元曲名目，其于漢卿名下，凡載六十本，而不及《西廂》，不可解也。或稱《西廂》是關漢卿作，王實甫續，他不可考。嘗見元人咏《西廂》詞，其【滿庭芳】有云："王家好忙，沽名吊譽，續短添長。別人肉貼在你腮頰上。"又【煞尾】云："董解元，古詞章。關漢卿，新腔韻，參訂《西廂》。有的本，晚進王生多議論，把《圍棋》增。"則是在元時已有稱王續關者。但今按《西廂》二十折，照董解元本填演，其在由歷不容增《圍棋》一關目，而在套數又不容于五本之外，特多此一折也。且《圍棋》一折，久傳人間，亦殊與實甫所傳雜劇手筆不類。則意漢卿亦曾為《西廂記》，有何人王生者，增《圍棋》一折,故有此嘲。實則漢卿《西廂》非今所傳本,王生非實甫,增一折亦非續四折也。故詞隱生云:"向之所謂王續關者,則據元詞王增關之說,而傅會之者也。今之所爲關續王者,則即向時王續關之說,而顛倒之者也。"此確論也。或稱《西廂》爲王實甫作,後四折爲關漢卿續。此見明周憲王所傳本,又《點鬼簿》目,標王實甫名,則云《張君瑞鬧道場》《崔鶯鶯夜聽琴》《張君瑞害相思》《草橋店夢鶯鶯》。標關漢卿名則云《張君瑞慶團圞》。故徐士范重刻《西廂》,則云:"人皆以爲關漢卿,而不知有王實甫。蓋自《草橋》以前作于實甫,而其後則漢卿續成之者也。"且《卮言》亦云:"或言實甫作至《草橋夢》止,或言至'碧雲天'止。"于是向以爲王續關者,今又以爲關續王,真不可解。《西廂》作法,斷不得止"碧雲天"者。元曲有院本,有雜劇,雜劇限四折,院本則合雜劇爲之,或四劇,或五劇,無所不可。故四折稱一劇,亦稱一本。"碧雲天"者,第四本之第三折也,而謂"劇"與"本"有止于三折者乎?若其不得止《草橋》者,《西廂》關目皆本董解元《西廂》,《草橋》以後原有寄贈、爭婚以至團圞,此董詞藍本也。元例傳演,皆有由歷。由歷一定,即李白嚇蠻,本傳所無,張儀激秦,與史乖反,亦不得不照由歷。所謂主司授題者,授此耳。今由歷在董,董未止,何敢輒止焉?且院本雖合雜劇,然仍分爲劇,如《西廂》仍作五本是也。但每本之末,必作【絡絲娘煞尾】二語,繳前啓後,以爲關鎖,此作法也。今《西廂》第一本【煞尾】已亡,第二、第三、第四本猶在也,第四本【煞尾】云:"都則爲一官半職,阻隔得千山萬水。"此正起末劇得官報喜之意,而謂夢覺即止,作者閣筆耶?且《西廂》,閨詞也,亦離合詞也。不特董詞由歷不可更易,即元詞十二科中有所謂悲歡離合者,雖《白司馬青衫泪》劇,亦必至完配而後已。公然院本而離,而不合科例謂何?《西廂》果屬王作,則必非關續。按關與王皆大都人,而關最有名,嘗仕金,金亡,不肯仕元。雖與王同時,而關爲先進,關向曾爲《西廂》矣,惡晚進者增一折而紛紛有詞,豈肯復爲後進續四折乎?且今之據爲王作者,以《正音譜》也。若據《正音譜》,則并無可爲續者。按《譜》所列,每一劇必注曰"一本"。一本者,四折也。今實甫《西廂記》下,明注曰"五本"。則明明實甫已全有二十折矣。且兩人成一本，元嘗有之，如馬東籬《岳陽樓》劇"第三折花李郎、第四折紅字李二"；范冰壺《鶼鶼裘》劇"第二折施君美、第三折黃德潤、第四折沈拱"之類，然皆有明注。此未嘗注曰後一本爲何人也，凡此皆所當存疑，以俟世之淹雅有卓識者。今不深考古，而妄肆褒彈，任情刪抹，且曰若編若續皆佳，若惡若是若否。嗟乎！吾不知之矣。參釋曰：《董解元西廂》，爲搊彈家詞，其人仕金章宗朝爲學士，去關、王百有餘年，而時之爲《西廂》者宗之。今董本俱在也，碧筠齋、徐天池輩，不經見董詞，初指今所傳本爲《董西廂》，則尤謬誤之甚者。古之不易考，每如此。

楔子①②

【凌眉】院本體止四折，其有情多用白而不可不唱者，以一二小令爲之，

① 謝本于【楔子】前，有【副末開場】云："【西江月】：放意談天論地，怡情博古通今。殘編披覽謾沉吟，試與傳奇觀聽。編成孝義廉節，表出武烈忠貞。莫嫌閨怨與春情，猶可衛風比并。（問內云）且問後房子弟，如今知音君子群聚于斯，以觀搬演，敢問是何題目？（內應云）崔張旅寓西廂記。（云）看官聽道：詩曰：純仁純義張君瑞，克嚴克謹老夫人。全貞全烈崔氏女，能文能武杜將軍。"範本、龍本于"第一齣"前，有【末上首引】："【西江月】：放意談天論地，怡情博古通今。殘編披覽謾沉吟，試與傳奇觀聽。編成孝義簾節，表出武烈忠貞。莫嫌閨怨與春情，猶可衛風此并。（問內科）且問後堂子弟，今日敷演誰家故事，那本傳奇？（內應科）崔張旅寓西廂風月姻緣記。（末）原來是這本傳奇，待小子略道幾句家門，便見戲文大意。從頭事，細端詳，僧房那可寄孤孀。縱免得僧敲月下，終須個禍起蕭牆。若非張杜作商量，一齊僧俗遭磨瘴。雖則是恩深義重，終難泯夫婦綱常，重酬金帛亦相當。鄭家的婦，豈堪作賞。翻雲覆雨，忒煞無常。種成禍孽不關防，空使得蜂喧蝶攘。全不怪妖紅快赸，憎嫌是士女輕狂。不思祖父尚書望，暮雨朝雲只恁忙。沒疤鼻的鄭恒他是枉死，無志氣的張珙你也何強。看官若是無懲創，重教話把笑崔張。詩曰：張君瑞蒲東假寓，崔鶯鶯月底佳期。老夫人忘恩負約，小紅娘寄簡傳書。題目：老夫人閑春院，崔鶯鶯燒夜香。正名：小紅娘傳好事，張君瑞鬧道場。"秀本于"第一齣"前，有【開場統略】："七言律（末云）三春行樂興無涯，詩酒相將度歲華。世事看來成幻化，登臺且唱後庭花。今日敷演《錦綉春秋》，看者洗耳以聞詞氣，便見戲文始終，略言大意：張君瑞閑游佛殿，崔鶯鶯玩景奇逢。孫飛虎恣情擄掠，杜將軍威鎮蒲東。"【秀眉】幻，音患。古文云："處世若大夢，胡爲勞其生。"此正幻之意也。又《金剛經》云："如夢幻泡影。"

② 楔子：弘本作"第一折"，範本、龍本、繼本、容本、起本、徐音本、徐參本、虎本、陳本、碌本、湯本、湯沈本、魏本、峒本、封本作"第一齣　佛殿奇逢"，羅本作"第一齣"，徐畫本作"第一套　佛殿奇逢"，驥本作"一套（今本第一折）遇艷"，何本作"奇逢"，秀本作"第一齣　蕭寺奇逢"，延本作"第一折"，天李本作"佛殿奇逢"，三合本作"第一套　奇逢"，潘本作"第一折　佛殿奇逢"。屠本無。

非【賞花時】,即【端正好】,如墊桿之以木楔,其取義也。今人不知其解,妄去之,而合之于第一折,殊謬。王伯良謂猶南之引曲,亦未是。【封眉】元人雜記有楔子者十六七,俗謂詞係周憲王所增,誤。即空主人曰:楔子者,有情多用白而不可不唱,以一二小令爲之,非【賞花時】,即【端正好】,如木楔然。今人不知其義而妄去之,合于本調,爲一誤。凡楔子不宜同唱,時本置"春間天道"白于【幺】篇後,誤。【毛夾】楔子,楔隙兒也。元雜劇限四折,倘情事未盡,則從隙中下一楔子,此在套數之外者,故名楔。他本列此在第一折內,固非;若王伯良以楔爲引曲,尤非也。一曲不引四折,况元劇有楔在二三折後者,亦引曲耶?【潘夾】《說文》:"楔,即榍也。"門傍兩木,門有開闔,楔立不動,規模既立,而開闔生焉,故曰楔子。所以提綱也,提綱處,漏却紅娘,而以法本凑人,殊失眼目,且以南北東陪起西字,愈加村氣。

(外扮老夫人上開)①【凌眉】劇體止末、旦、外、净四脚色,故老夫人以外扮。今人妄以南體律之,易以老旦者,誤。詳《凡例》中。老身姓鄭,夫主姓崔,官拜前朝②相國,不幸因病告殂③。【天李旁】徂。祇【天李旁】支。生得個小姐④,【羅眉】殂音徂,祇音止。【容眉】【徐畫珠眉】【湯眉】【湯沈眉】既説"祇生得這個小姐",後面不合説歡郎是崔家後代

---

① (外扮老夫人上開):弘本作"(外扮老夫人上開,二旦俠隨上)",範本、龍本作"(外扮老夫人上白)",羅本、繼本、容本、起本、徐畫本、徐音本、虎本、何本、陳本、砅本、天李本、六幻本、湯本、湯沈本、三合本、魏本、嵧本、潘本作"(夫人鶯紅歡郎上云)",徐參本作"(崔衆上)(夫云)",驥本、延本作"(老夫人引二旦歡郎上開)",秀本作"(夫人鶯鶯歡郎紅娘上云)",張本作"(夫人引鶯鶯紅娘歡郎上)(夫)",封本作"(夫人引鶯鶯歡郎紅娘上云)",毛本作"(扮老夫人引旦兒紅娘歡郎上開)"。
② 前朝:封本作"當朝"。
③ 因病告殂:告,徐參本作"身"。張本作"病殂"。
④ 祇生得個小姐:個小姐,羅本作"這個女兒",弘本、繼本、容本、起本、徐畫本、徐音本、徐參本、驥本、虎本、何本、陳本、秀本、砅本、延本、天李本、六幻本、湯本、湯沈本、三合本、魏本、嵧本、毛本作"這個小姐"。封本作"生得這個小姐",張本作"祇生這個女兒",潘本作"祇生得這個女孩兒"。

子孫。小字①鶯鶯，年一十九歲②，鍼黹【凌旁】音指。【三合旁】止。【羅眉】鍼，針同。黹，音止。【繼眉】【湯沈眉】鍼黹，古針指字。女工，詩詞書算，無不能者③。老相公④在日，曾許下老身之侄⑤，乃鄭尚書之長子鄭恒為妻⑥。【羅眉】長，上聲。因俺孩兒父喪未滿⑦，【羅眉】喪，平聲。未得⑧成合。又有個⑨小妮子，是自幼伏侍孩兒的⑩，喚做⑪紅娘。一個⑫小厮兒，喚做歡郎。⑬【張眉】"俺"是獨言，及對他人統括我家之詞；"喒""咱"是同自家人語；"您"是指他人、他家而言；"你""我"則覿面而謂，俱有分別。【封眉】時本作"前朝"，誤，德宗已立二十一年矣。時本作"祇生得"，豈未考《會真記》"弱子幼女"及"命其子曰歡郎"之句耶？時本作"十九歲"，誤，《會真記》所載甚明。先夫棄世之後⑭，老

---

① 小字：驥本、延本、毛本作"小字喚做"。
② 年一十九歲：徐畫本、三合本、潘本作"年十九歲"，驥本、毛本、張本作"年方一十九歲"，封本作"年一十七歲"。
③ 無不能者：徐畫本、驥本、延本、六幻本、毛本、潘本、張本作"無有不能"。
④ 老相公：弘本、驥本、延本作"老相"，張本作"夫主"，封本作"相公"。
⑤ 之侄：張本作"侄兒"。
⑥ 乃鄭尚書之長子：乃，張本無；之，驥本、延本、張本無。封本作"先尚書之長子"。為妻：封本作"為婚"。
⑦ 因俺孩兒父喪未滿：徐畫本、驥本、延本、三合本、潘本作"因為喪服未滿"，張本、毛本同，但無"為"字。
⑧ 未得：驥本、延本、張本、毛本作"不曾"。
⑨ 又有個：弘本、羅本、繼本、容本、起本、徐音本、徐參本、虎本、何本、陳本、砆本、延本、張本、天李本、六幻本、湯本、湯沈本、魏本、峒本、封本、毛本作"這"，秀本作"這個"，徐畫本、三合本、潘本作"又有這個"。
⑩ 是自幼：徐音本、徐參本、魏本、峒本作"自幼"。孩兒：張本作"女兒"。
⑪ 喚做：驥本、延本、毛本作"小名喚做"。
⑫ 一個：弘本、羅本、繼本、容本、起本、徐音本、徐參本、陳本、砆本、湯本、湯沈本、魏本、峒本作"這一個"，徐畫本、驥本、延本、張本、三合本、潘本作"這"。
⑬ "因俺孩兒父喪未滿"至"喚作歡郎"：封本無。
⑭ 先夫棄世之後：棄世，何本作"去世"。徐畫本、三合本、潘本作"是俺先夫在日討來壓子息的，俺夫主棄世"，驥本、延本、張本、毛本同，但"先夫""俺夫主"作"夫主"。

身與女孩兒扶柩【天李旁】匶。至博陵安葬①,【羅眉】柩,音白。因②路途有阻,不能得去③。來④到河中府,將這靈柩寄在普救寺內⑤。這寺是先夫相國修造的,【羅眉】相,去聲。是則天娘娘香火院,⑥【潘旁】諸事女主,便造一業。【徐音眉】武后香火,原是情種大來頭。【陳眉】【硃眉】則天娘娘香火院,原來頭不好。【三合眉】普救寺原來是風流皇后蓋造的。況兼法本長老⑦,又是俺相公剃度的和尚⑧。因此俺就這西廂下⑨一座宅子安下,【容眉】【硃眉】【湯眉】【魏眉】【峒眉】老夫人原大膽,和尚房裏可是往的?【三合眉】和尚房豈可內家住?老夫人甚欠明白。一壁寫

---

① 老身與女孩兒扶柩至博陵安葬:女孩兒,張本作"女兒";柩,驥本、延本、毛本作"靈柩";至,張本作"往",秀本作"回"。封本作"老身與女孩兒將領着歡郎孩兒扶柩回博陵安葬"。
② 因:驥本、延本、毛本作"因爲"。
③ 得去:張本作"前進"。
④ 來:驥本、延本、毛本作"行"。
⑤ 將這靈柩寄在普救寺內:將這,張本作"將";在,驥本、延本、毛本作"在這"。封本作"將靈柩暫停在普救寺內"。
⑥ 是先夫相國修造的,是則天娘娘香火院:先夫相國,封本作"相公先年";則天,羅本作"武則天"。徐畫本、驥本、延本、張本、三合本、毛本、潘本作"乃是武則天娘娘命俺夫主蓋造的香火院"。
⑦ 況兼:何本作"又兼",張本無。法本長老:徐畫本、驥本、延本、三合本、毛本、潘本作"本寺長老法本"。張本作"長老法本"。
⑧ 相公:弘本、羅本、繼本、起本、徐畫本、驥本、虎本、秀本、延本、張本、天李本、六幻本、湯沈本、三合本、封本、毛本、潘本作"公公"。和尚:容本、起本、徐音本、徐參本、何本、陳本、秀本、硃本、天李本、湯本、魏本、峒本、封本無。
⑨ 因此俺就這西廂下:就,徐音本無。徐畫本、驥本、延本、三合本、潘本作"因此上就這寺內西廂下";何本、毛本同,但何本"這"作"是",毛本"內"作"裏"。秀本作"因此暫借他西廂下";張本作"因此上在這寺西廂"。

書附京師去①，喚②鄭恒來，相扶回博陵去。③【羅眉】相，平聲。我想先夫④在日，食前方丈，從者數百⑤，【羅眉】從，去聲。今日至親則這三四口兒⑥，好生傷感⑦人也呵。【徐畫眉】【田眉】【延眉】曲大好大妙，可謂到八九分矣。中有俚語，太鑿鑿、太發露者，是亦小疵。而第四折中尤甚，令人有皇汗處。【徐畫諸眉】寺中豈可寄居。【徐參眉】老夫人叙事淒淒楚楚，一片柔腸無奈。【秀眉】坊本白盡訛。甚至有作夫人鶯不相見者，豈有首尾折不聚會之理？又將"如今春間天道"白攙入。故不勝讎辨，竟依古本改正，不復載其增損也。後仿此。【毛夾】他本或稱外扮老夫人，科例也。此不署扮色者，以本與杜皆外扮，恐雜出相混，故任其扮演。此與惠明不署扮色正同。若張為正末，而俗稱生，則入南曲矍色矣，原本之不可更易如此。元曲曲中皆有參白，一名帶白，唱者自遞一句，所稱"帶云"者是也。一名挑白，旁人攙問一句作挑別是也。碧筠齋、王伯良諸本，將曲中參白一概刪去，作法蕩然矣。參釋曰：填詞科，主司定題目、由歷、宮調、韵腳外，士人填詞。若賓白則照科抄入，不事雕飾，至明曲而文甚矣。臧晋叔訾梁伯龍《浣紗》、梅禹金《玉盒》諸本無一散語，為非詞例，良然。

【仙吕】⑧【賞花時】夫主京師禄命終，子母孤⑨孀途路

---

① 一壁：徐音本、魏本作"一壁厢"。附京師去：張本作"附京師"，封本作"至京師"。
② 喚：驪本、延本、毛本作"取"。
③ 相扶回博陵去：驪本、延本、毛本作"相扶靈柩往博陵去"。弘本、繼本此句後多："今日春間天道，好生困人。紅娘，佛殿上沒人燒香呵，和姐姐閑散心耍一遭去。"羅本、驪本、延本、湯沈本同，但羅本、湯沈本"春間天道"作"春景天氣"，羅本無喚語"紅娘"，"姐姐"作"小姐"；驪本、延本"今日"作"目今正遇着"，"困人"後多"也呵"，"姐姐"作"小姐"。
④ 我：張本作"俺"。先夫：驪本、延本、張本作"夫主"。
⑤ 數百：驪本、秀本、延本、毛本作"數百人"。
⑥ 至親：驪本、延本、毛本作"至親的"。三四口兒：徐參本作"兩三口兒"。
⑦ 傷感：容本、起本、陳本、碌本、湯本作"感傷"。
⑧ 封本此處前多"楔子"。
⑨ 孤：羅本作"居"。

窮。【羅眉】孀，音霜。因此上旅襯【魏旁】侵，去聲。在①梵【魏旁】范。王宮。【羅眉】襯，音秤。梵，音范。【秀眉】襯，音寸。盼不到博陵舊塚，【羅眉】塚，音冢。血淚灑杜鵑②紅。【潘旁】一句內將冥途共逆旅、空王并說，妙甚。【範眉】【龍眉】博陵崔氏，唐著姓。文皇以天子之貴，敵之而不可得。【繼眉】【湯沈眉】博陵崔氏，唐著姓。【徐畫眉】【田眉】【延眉】崔家富貴，文王以天子之貴，敵之而不可得。但此際亦似寥落矣，況曰"孤孀途路窮"，而中間有"軟玉屏、珠簾玉鈎"等句，亦當避忌者。【三合眉】崔家富貴，至此亦似寥落。況曰母子"孤孀途路窮"，而中間有"軟玉屏""珠簾玉鈎"等句，亦當避忌者。【徐畫夾】【田夾】【延夾】【三合夾】襯，音秤。冢，音腫。【驥夾】冢，音踵。【毛夾】楔子必用【仙呂・賞花時】【正宮・端正好】二調，間有【仙呂・憶王孫】【越調・金蕉葉】，偶然耳。首二句須對，起調法如此。"因此上""盼不到"，襯字也。此照原本，不分列，說見卷首。參釋曰：博陵，崔氏郡名。據王性之《辨證》，謂鶯是永寧尉崔鵬女，然亦擬議如是耳。況詞家《子虛》，原非信史，必謂崔是終永寧而歸長安，非終長安而歸博陵者，一何太鑿！【潘夾】開口便從崔相祿命終說入，將多少崇高熏灼，已作過眼浮雲看了。世尊云："如宰臣家，忽逢籍沒，宛轉零落，莫可哀救。"于一言可悟。

今日暮春天氣③，好生困人，【三合旁】老夫人也傷春。【潘旁】夫人在西院說此一語，張生同時在旅邸也說此一語，故是奇緣。不免喚紅娘出來分付他。紅娘何在？④（旦俫扮紅見科）（夫人云）⑤你看佛殿上沒

---

① 因此上旅襯在：張本作"旅襯"。
② 杜鵑：張本作"鵑"。
③ 今日暮春天氣：六幻本作"春間天道"。
④ "不免喚紅娘出來分付他。紅娘何在"：徐畫本、徐音本、張本、三合本、潘本作"紅娘"。六幻本無。
⑤ （旦俫扮紅見科）（夫人云）：六幻本作"紅娘"。

人燒香呵，和小姐閑散心耍一回去來①。【容眉】老婆子家教先不嚴了。【陳補眉】芳心露矣。【湯眉】老婆子家教先已壞了。【三合眉】老婆子家教先不嚴。【毛夾】他本以此白攙人前白"往博陵去"下，意謂司唱者唱畢即下，無吊場理耳。不知元曲《勘頭巾》《伍員吹簫》《雙獻功》等，原自有此。（紅云）謹依嚴命②。（夫人下）（紅云）小姐有請。③（正旦扮鶯鶯上）（紅云）④ 夫人着俺和姐姐佛殿上閑耍⑤一回去來。⑥

【幺篇】（旦唱）【凌眉】凡楔子不宜同唱，故夫人獨上獨唱先下，而鶯自上自唱，始爲得體。時本亦有從此者，乃他本竟作夫人、鶯、紅同上同唱同下，殊失北體矣。可正是**人值殘春蒲郡東，門掩重關蕭寺中。花落水流紅，**【羅眉】落，去聲。**閑愁萬種，**【羅眉】【秀眉】種，上聲。**無語怨東風。**⑦【湯沈旁】無限含情。（并下）【謝眉】重關，諸本作"梨花"者。【範眉】【徐畫眉】【田眉】【延眉】開卷便見情語。【容眉】【湯眉】【魏眉】便有態。【徐畫珠眉】便有態，這愁也儘不問。好美女，好春情！【徐

---

① 閑散心耍一回：徐畫本、徐音本、三合本、潘本作"閑耍散心一回"，張本作"閑散心一遭"。去來：六幻本作"去"。
② 謹依嚴命：張本作"曉得"。
③ （紅云）小姐有請：徐畫本、徐音本、張本、三合本、潘本無，六幻本作"（紅向鶯云）"。
④ （正旦扮鶯鶯上）（紅云）：六幻本無。
⑤ 俺：張本作"我"。上：張本作"去"。閑耍：張本、潘本作"耍"。
⑥ "今日暮春天氣"至"閑耍一回去來"：閑耍一回去來，六幻本作"閑耍去來"。弘本、羅本、繼本、容本、起本、徐參本、驪本、虎本、何本、陳本、秀本、硃本、延本、天李本、湯本、魏本、峒本、毛本無。
⑦ 範本、龍本、徐畫本、徐音本、六幻本、三合本、潘本此處後多："（紅云）姐姐，今日天氣晴明，咱兩個就往那壁廂去罷。你看：棋聲花院靜，幡影石壇幽。（鶯云）小院回廊春寂寂，落花飛絮兩悠悠。"另，六幻本無"天氣"，"你看"作"你聽"；晴明，徐音本作"清明"。張本此處後多："（鶯）小院回廊春寂寂，落花飛絮兩悠悠。（下）"。容本、起本、徐參本、虎本、何本、陳本、秀本、硃本、天李本、湯本、魏本、峒本、封本、毛本此處後多："（夫人云）如今春間天道，好生困人。紅娘，佛殿上没人燒香呵，和姐姐閑散心耍一遭去。"

參眉】滿腔心腹事,盡在不言中。【陳眉】【硃眉】一聲鶯囀出墻來,惹起無限春色。【凌眉】此曲終,竟下,亦是北體,時本有落場詩四句,則是南戲矣。【張眉】詞調之曲,南曰"前腔",北曰"幺",前腔有換頭,幺亦有增減字,與首曲略不同。【湯沈眉】【幺】,方本改作【幺】。凡北詞第二曲皆謂之【幺】,猶南詞之【前腔】也。開卷便見情語。【三合眉】北詞曰【幺】,猶南詞之【前腔】。開卷便見情語。【峒眉】描寫殘春景如畫。【驥夾】【延夾】直,借叶去聲。【毛夾】值,借叶去聲。【幺】,後曲也。唐人【幺】遍皆疊唱,故後曲名【幺】。陸機賦:"弦幺徽急。"《中原音韵》以"值"字分隸平韵,"人值"句,務頭,所謂第二字拗句也,今借音"滯"。"門掩"句,用李公垂《鶯鶯歌》語。【潘夾】大凡閨閣初解懷春,忽然蠢動。此時情思未有住着,故祗好説"閑愁"二字。然觸物增感,一往而深,種種撩人,種種難遣,其情事恰有萬端,送之天上不得,埋之地下不得,祗好怨東風而已。賈至詩曰"東風不曾吹愁去",蓋怨之也。

第一折①

【毛夾】折,不作齣。但碧筠齋諸本以一本爲一折,無據。王本又以一折爲一套,且引陶九成曰"有文章曰樂府,有尾聲曰套數"爲證,尤非也。一折可稱一套,則一曲可稱一樂府耶?俗本每折標四字,如"佛殿奇逢"類,此南曲科例也。王本又改四字爲二字,如以"佛殿奇逢"爲"遇艷",則更可笑。每本末已有正名四句,如"老夫人閒春院,崔鶯鶯燒夜香"類,是四折已標過四句矣,而又蛇足耶?按日新堂本目錄,又有第一本"焚香拜月",第二本"冰弦寫恨",第三本"詩句傳情",第四本"雨雲幽會",第五本"天賜團圓",則又每本各總標一句,與《點鬼簿》"張君瑞鬧道場"諸句同,亦似一例。但彼此各异,或亦後人所增耳。

(正末扮騎馬引俠人上開)② 小生姓張,名珙,字君瑞。本貫西洛人也。【潘旁】便爲西來標指。先人拜禮部尚書,不幸五旬之上,因

---

① 第一折:六幻本作"一之一 佛殿奇逢",毛本作"第一折 驚艷"。弘本、範本、龍本、羅本、繼本、屠本、容本、起本、徐畫本、徐音本、徐參本、驤本、虎本、何本、陳本、秀本、碌本、延本、張本、天李本、湯本、三合本、魏本、峒本、封本無。

② (正末扮騎馬引俠人上開):弘本作"(末扮騎馬引俠人上開)",範本、龍本作"(生引琴童上白)",羅本、繼本、容本、起本、徐畫本、徐音本、何本、陳本、秀本、碌本、張本、天李本、六幻本、湯本、湯沈本、三合本、魏本、峒本、封本、潘本作"(生引琴童上云)",徐參本、虎本作"(生上云)",毛本作"(正末扮張生引僕上開)"。

病身亡①,後一年喪母。②【羅眉】喪,去聲。小生書劍飄零③,功名④未遂,游于四方。即今貞元十七⑤年二月上旬,【封眉】時本作"十七年",誤。唐德宗即位⑥,【凌眉】院本皆供應內用,故當場須稱曩時廟號以爲別,考劇戲中無不如此者,蓋其體也。近有譏其稱廟號于即位之日,其言似是,然實學究家見耳。若《高祖還鄉》劇白云:"甚麽改姓更名,喚做漢高祖。"《子陵還詔》劇云:"誰識你那中興漢光武?"學究家不更駭倒乎?夏蟲豈可與語冰。【徐畫眉】【田眉】廟號不當稱于即位之日,殊不檢點。【湯沈眉】廟號何得稱于即位之日?【三合眉】廟號不當稱于即位之日。欲往上朝取應⑦。路經河中府,【秀眉】河中府,即今陝西治。過蒲關上⑧,有一人⑨姓杜,名確,【天李旁】却。【秀夾】音却。字君實,與小生同郡⑩同學。當初爲⑪八拜之交,後棄文就武,遂得武舉狀元,官拜征西

---

① 因病身亡:羅本、繼本、容本、起本、徐畫本、徐音本、徐參本、驥本、虎本、何本、陳本、秀本、硃本、延本、天李本、六幻本、湯本、湯沈本、三合本、魏本、峒本、封本、毛本、潘本作"得病而逝"。
② "不幸五旬之上"至"後一年喪母":張本無。
③ 書劍飄零:張本無。
④ 功名:羅本、繼本、容本、起本、徐畫本、徐音本、徐參本、驥本、虎本、何本、陳本、秀本、硃本、延本、張本、天李本、六幻本、湯本、湯沈本、三合本、魏本、峒本、封本、毛本、潘本作"風雲"。
⑤ 十七:封本作"十六"。
⑥ 唐德宗即位:驥本、何本、延本、張本、封本無。
⑦ 取應:徐參本作"應試"。
⑧ 過蒲關上:封本作"過",徐音本、徐參本、峒本作"過蒲關",張本無。
⑨ 人:繼本、容本、起本、徐畫本、徐音本、徐參本、虎本、何本、陳本、秀本、硃本、張本、天李本、六幻本、湯本、三合本、魏本、峒本、封本、毛本、潘本作"故人"。
⑩ 同郡:硃本作"同縣"。
⑪ 當初爲:徐畫本、起本、徐參本、何本、陳本、秀本、硃本、張本、天李本、六幻本、湯本、三合本、魏本、峒本、封本、毛本、潘本作"曾爲",徐音本作"曾與"。

大元帥，統領①十萬大軍，鎮守着②蒲關。小生就望哥哥一遭③，却往京師求進④。暗想小生螢窗雪案，刮垢【天李旁】苟。磨光⑤，【羅眉】刮，音聒。【秀眉】垢，音媾。不潔也。學成滿腹文章，尚在湖海飄零⑥，何日⑦得遂大志也呵！⑧【容旁】【硃眉】【湯眉】【三合旁】【魏眉】【峒眉】不獨你一個。【徐參眉】到此功名□輕。萬金寶劍藏秋水，滿馬春愁壓綉鞍。⑨【潘旁】上句作連環對。【潘夾】書廟號于即位之日，豈效魯隱公元年之例乎？要之，從事後追書，與作當時實叙，體各不同。傳奇雖非正史，亦不可不辨。

【仙吕】【點絳唇】游藝中原，【羅眉】游，音憂。脚根無綫，【羅眉】脚，音絞。【三合旁】緣何被崔娘絆住？如蓬轉。【謝眉】蓬，蒿草也，如浪裏蓬。【範眉】脚跟無綫，猶云去向無定，如蓬隨風展轉也。舊解非。望眼⑩連天，【徐畫眉】【田眉】一本作"醉眼"，必有所據，否則不應如此誤用。日近長安遠。【張眉】望眼連天，是在途路中遥望前頭，渺若連天，覺日近于長安爾。訛"醉眼"，非。【湯沈眉】望眼連天，正道中遥望前途，渺

---

① 統領：驥本、延本、毛本作"領"。
② 鎮守着：徐畫本、張本、秀本、三合本、潘本作"鎮守"。
③ 就望哥哥一遭：望，繼本、容本、起本、徐畫本、徐音本、徐參本、虎本、何本、陳本、硃本、六幻本、湯本、三合本、魏本、峒本、封本作"訪"，羅本、驥本、延本、張本、毛本作"探望"；哥哥，範本、龍本作"歌歌"；一遭，毛本作"走一遭"。秀本作"就此拜訪一遭"，潘本作"就訪一遭"。
④ 却：容本、徐音本作"然後却"，虎本、起本、徐參本、何本、陳本、秀本、硃本、湯本、魏本、峒本、封本作"然後"，潘本作"恰"。求進：張本作"未遲"，潘本後多"未遲也"。
⑤ 刮垢磨光：驥本、延本、張本、毛本、潘本無。
⑥ 湖海飄零：六幻本作"飄零湖海"。
⑦ 何日：驥本、毛本作"知他何日"，延本作"知俺何日"，潘本作"未知何日"。
⑧ 繼本、徐畫本、徐音本、張本、六幻本、三合本此處多"正是"。
⑨ 滿馬春愁壓綉鞍：春愁，繼本、湯沈本作"春風"。秀本此句後多"逆旅不堪回首處，一鞭行色望中看"。
⑩ 望眼：驥本、延本作"醉眼"。

若連天，而長安爲遠，描寫如畫。方本改作"醉眼"，甚無意味。【三合眉】望眼連天，道中遙望前途，渺若連天，而長安爲遠。改"醉眼"者，非。

【混江龍】向詩書經傳，蠹魚似①不出費鑽研。【謝眉】今之書中蛀書蟲，謂之蠹魚。【羅眉】蠹，音妒。研，音妍。【繼眉】蠹，音杜。【秀眉】蠹，音妒。書紙中多生，又名衣魚。將②棘圍守暖，把③鐵硯磨穿。投至得雲路鵬程九萬里，【陳補眉】真可爲路嗎？先受了雪窗④螢火二十年。【繼眉】雪窗，孫康故事。【容眉】【徐畫珠眉】【湯眉】【三合眉】【魏眉】【峒眉】如今姓張、姓李的都如此。才高難入俗人機，【羅眉】俗，音戍。時乖不遂男兒願⑤。【凌眉】"才高"二句，止用"男兒願"三字，亦可，蓋是其本調。"二十年"以下，添四字排句，不拘多寡，及不用韻皆可，但須以"平平去"三字，如此"男兒願"及《琵琶記》"休嗟嘆"，一韵句接之耳，非此調字句可增減也。作者知之。【徐畫眉】【田眉】嘆己好學未成，志則有待。【徐畫諸眉】西廂減字眼。【徐畫珠眉】四語豪暢。【徐音眉】今古同嘆！【延眉】嘆己好學未成，志有待。空雕蟲篆刻，【羅眉】雕，音刀。篆，穿，去聲。【封眉】雕蟲篆刻，揚雄語。綴斷簡殘編⑥。【田補旁】本是好學之人，但爲私慾所蔽耳。【繼眉】綴，音拙。雕蟲篆刻，出《法言》。【起眉】李曰：開筆處便不許俗人問津。【張眉】【仙呂】之【混江龍】【後庭花】【青歌兒】；【正宮】之【端正好】【貨郎兒】【煞尾】；【南呂】之【草池春】【鵪鶉兒】【黃鐘尾】；【中呂】之【道和】，【雙調】之【新水令】【折桂令】【梅花酒】【尾聲】，此數曲可像意增減字。【湯沈眉】開筆處便

---

① 似：屠本、封本作"般"，容本、起本、徐參本、虎本、陳本、秀本、碏本、天李本、六幻本、湯本、三合本、魏本、峒本作"般似"。
② 將：張本無。
③ 把：徐畫本、徐音本、徐參本、張本、三合本、潘本無。
④ 雪窗：範本、龍本作"雪案"。
⑤ 男兒願：羅本作"俺男兒願"。
⑥ 殘編：羅本作"落得這殘編"，張本作"殘篇"。

不許俗人問津。雪窗，孫康故事。【峒眉】功名有日。【驥夾】【延夾】俗，借叶去聲。【毛夾】俗，借叶去聲。游藝中原，"原"字宜陰而反陽，亦戾字也；後"相國行祠"，"祠"字亦如此。脚根無綫，"綫"字是韵，元曲唯《猪八戒》劇【點絳唇】此字無韵，要亦偶然耳。若【混江龍】調，正務頭所載字句可增減者，且通體對偶，調法如此。望眼，勿作"醉眼"，與《金錢記》"醉眼迷芳草"不同，此客游，非郊游也。"日近長安遠"，雖用史語，然亦元習用語。如《兩世姻緣》劇"赤緊的日近長安遠"。參釋曰：此自訴行徑也，蠹魚似，即蠹魚般也。【潘夾】棘圍守暖數行，爲感士不遇，大概説張恰未至此。

行路之間，早到①蒲津。這黃河有九曲②，此正古河内之地，你看好形勢也呵！③【封眉】時本多漏此白。

【油葫蘆】九曲風濤何處顯④，【羅眉】濤，音桃。【凌眉】顯，諸本訛作"險"，犯廉纖閉口韵，非。何處顯，言風濤何處顯得，故以"則除是此地偏"接之，語意自明。【封眉】即空主人曰：顯，諸本訛作"險"，犯廉纖閉口，誤。則除是⑤此地偏。這河帶齊梁、分⑥秦晉、隘幽燕。【潘旁】河亦一尤物也。雪浪拍長空，天際秋雲捲，【謝眉】諸本俱"秋雲"，似非春景氣象，依閩本作"浮雲"。竹索纜浮橋，【羅眉】纜，音爛。水上蒼龍偃，東西潰⑦九州，【羅眉】【秀眉】潰，音惠。【繼眉】

---

① 早到：六幻本作"已是"。
② 這黃河有九曲：六幻本無。
③ "行路之間"至"好形勢也呵"：張本作："行路之間，早到黃河這邊。你看好形勢也呵。"封本作："行路之間，早到蒲津。你看這黃河浩浩蕩蕩，波浪潑天，是好驚人也呵。"弘本、羅本、繼本、屠本、容本、起本、徐參本、驥本、虎本、何本、陳本、秀本、碏本、延本、湯本、湯沈本、魏本、峒本、毛本無。
④ 顯：範本、龍本作"險"。屠本此處多"我想天下之水，無如黃河"。
⑤ 則除是：張本作"除非是"，徐畫本、徐音本、驥本、延本、三合本、毛本、潘本無。
⑥ 分：張本無。
⑦ 潰：張本作"匯"。

偃，音衍。潰，音誨。南北串①百川。【起眉】王曰：駢儷中景語。聽之中倫，睇之成色。李曰：是詞曲中大地史，半入魏武《東臨碣石》篇云"日月之行，若出其中"的語致。歸舟②緊不緊如何見？却便似③弩箭乍離弦。【範眉】【龍眉】駢儷中景語。【羅眉】却，音恰。【徐畫眉】【田眉】【三合眉】此專狀河之險。這河，當作句豆。【徐音眉】"這河"一讀，詠河處正大有氣勢。【徐參眉】數段曲機，懸河而瀉，真是傲世、出世，君瑞果如是，鶯鶯當一見留情。【陳眉】客景客韵，俱飄然欲仙。【陳補眉】有江摧撼、排山倒海之雄。【延眉】此折專狀河之險。"這河"二字，當作句豆。【張眉】《西廂》【油葫蘆】一曲俱錯。"這河"是白，下應七字句。訛"帶"爲實字，又于"秦晉"上添"分"字作三句讀，非。第四、五句，俗以多三字訛作四句，今分別之。第六、七句俱少一字。"匯"言合衆水，"貫"言總大地，訛"潰"與"串"，又非。【天李眉】木華賦海，無此神力。【湯沈眉】"這河"宜讀斷，直貫至"泛浮槎到日月邊"，總來形容此河。張之行騎，一路沿河而來，寓目成感者也。【弘夾】天下之水，無如黃河最難。【範夾】【龍夾】【徐畫夾】【三合夾】【潘夾】潰，音惠。【湯沈夾】王元美謂"雪浪"四句，駢儷中景語。

【天下樂】只疑是銀河④落九天。【羅眉】落，去聲。九，平聲。淵泉⑤、雲外懸，【徐畫眉】【田眉】【三合眉】高源，猶言黃河之水天上來也，刊"淵泉"者，非。【延眉】高源，猶言黃河之水天上來也。作"淵泉"者，非。【湯沈眉】"銀河"二句，即"黃河之水天上來"意。淵泉，徐本作"高源"，二字作句；雲外懸，又句。調法如此。【封眉】疑上時本多一"只"

---

① 串：張本作"貫"。
② 歸舟：羅本作"試看那歸舟"。
③ 却便似：屠本、驥本、延本、毛本作"恰便似"，容本、徐參本、陳本、碌本、湯本、三合本、魏本、峒本、潘本作"却似"，張本、封本作"似"。徐畫本、徐音本無。
④ 只疑是銀河：只，徐畫本、徐音本、驥本、延本、張本、三合本、封本、毛本、潘本無。羅本此句後多"也那"。
⑤ 淵泉：徐畫本、徐音本、驥本、延本、張本、三合本、毛本、潘本作"高源"，羅本作"淵也麽泉"，封本作"源泉"。

字。時本誤做"淵泉"。入東洋不離此徑穿①。滋洛陽千種花,【羅眉】洛,去聲。潤梁園萬頃田,【羅眉】潤,上聲。也曾泛②浮槎到日月邊。【範眉】【龍眉】【湯沈夾】張生慢世之情,更作高世之語。【繼眉】槎,音查。【起眉】王曰:傲世的人,出世的語。【徐畫眉】【田眉】【延眉】【三合眉】【湯沈眉】泛槎,言河能泛,非指張騫也。【凌眉】王元美以"滋洛陽"二語,"雪浪拍長空"四句,"東風搖曳"二句,"法鼓金鐸""不近喧嘩"二對,爲駢儷中景語。元美七子之習,喜尚高華,不知實未是其勝場。【張眉】"此"錯訛"一",非。浮槎,言河可浮也。添"張騫"及"泛"者,非。【魏眉】【峒眉】傲世的人,出世的話。【毛夾】張至河中府,故二曲詠河。何處顯,只作"何處見"解,故曰"此地偏",言偏見得也。董詞"黃河那裏最雄,無過河中府"。疑是銀河落九天,用李白詩。高源,二字句,勿作"淵泉"。董詞"上連星漢泛浮槎",正是"高源"。泛槎,張騫事。末句借張姓映己曾求進意,正行文"顧主"一句。徐本刪"俺也曾""俺"字,以爲"也曾",指河則泛濫無理矣。參釋曰:此指點游歷也,四曲總是一節。【潘夾】借黃河之險,寫胸中之奇,全不似紈袴中人。他日片紙興師,胸有甲兵百萬;此日一目千里,氣吞河海八九。張具如許雄才灝氣,一切不能入,亦一切不能奪。故情之所鍾,百劫難灰,遂有後此之死心蹋地也。

　　話說間早到城中③,這裏一座店兒,琴童接下馬者。④ 店小二哥

---

① 離:羅本作"離了"。此徑:驥本、延本作"一徑"。
② 也曾泛:屠本作"我也曾",範本、龍本作"張騫也曾泛",張本作"也曾",毛本作"俺也曾泛"。
③ 話說間:弘本作"行說話間",屠本作"說話中間",羅本、起本、徐畫本、徐音本、徐參本、驥本、虎本、何本、陳本、延本、天李本、六幻本、湯沈本、三合本、魏本、封本、毛本、潘本作"說話間"。城中:屠本作"城市"。
④ 這裏一座店兒,琴童接下馬者:一座,張本作"好一座";店兒,屠本作"店房兒";接下,羅本、繼本、屠本、容本、起本、徐參本、驥本、虎本、何本、陳本、秀本、硃本、延本、張本、天李本、六幻本、湯本、湯沈本、魏本、峒本、封本作"接了",毛本作"安了"。範本、徐畫本、徐音本、三合本、潘本作"琴童接了馬者,這裏好一座店房也",龍本同,但"接了"作"接下"。

那裏①?（小二②上云）自家是這狀元店裏小二哥③。官人要下④呵，俺這裏有乾净店房⑤。（末云）頭房裏下⑥，先撒和那馬者。⑦【謝眉】撒和，猶云喂養也。【羅眉】撒，音薩。【秀眉】撒和，喂養馬曰撒和，北方鄉語。小二哥你來⑧，我問你：這裏有甚麼閑散心處？⑨【容旁】早些！【三合旁】太早些。名山勝境、福地寶坊皆可。⑩（小二⑪云）俺這裏有一座寺，名曰⑫普救寺⑬，是則天皇后香火院⑭，蓋造非俗⑮：琉璃

① 店小二哥：封本作"店家"。那裏：範本、龍本、徐畫本、徐音本、徐參本、三合本、潘本作"何在"，屠本作"在那裏"。
② 小二：弘本、範本、徐畫本作"末"。
③ 這狀元店裏小二哥：這，徐畫本、徐音本、驥本、延本、三合本、潘本無。屠本作"狀元坊裏店小二"，張本作"狀元坊店小二哥"。
④ 要下呵：屠本做"要尋下處"。
⑤ 店房：範本、龍本作"房"。
⑥ 頭房裏下：屠本作"我只要頭房裏安下"，張本作"便在頭房裏下"。
⑦ 先撒和那馬者：那，屠本作"了"。張本無。封本此句後多"（小二下）（生云）琴童，我好生悶倦。你問店家，此處有何閑地可以散心耍處？（童曰）"。
⑧ 你來：屠本無。
⑨ 封本此處多"我家相公要走一走"。
⑩ 名山勝境，福地寶坊皆可：福地寶坊皆可，徐畫本、徐音本、三合本、潘本作"福地洞天來麼"。弘本、羅本、繼本、屠本、容本、起本、徐參本、何本、秀本、碛本、天李本、六幻本、湯本、湯沈本、魏本、峒本、封本作"宮觀寺院，勝境福地皆可"，陳本同，但"勝境"作"勝景"。驥本、延本、張本、毛本無。
⑪ 小二：弘本作"外"。
⑫ 俺這裏有一座寺名曰：俺，範本、龍本無；一，弘本、羅本、繼本、容本、徐參本、驥本、虎本、何本、陳本、秀本、碛本、延本、張本、六幻本、湯本、湯沈本、魏本、峒本、毛本無；寺名曰，屠本無。
⑬ 普救寺：範本、龍本作"普救禪寺"，徐畫本、徐音本作"普救"。
⑭ 是則天皇后香火院：是，三合本、潘本無；皇后，範本、龍本、屠本、徐畫本、徐音本、驥本、延本、張本、三合本、毛本、潘本作"娘娘"；院，屠本無。
⑮ 蓋造非俗：範本、龍本作"蓋造得十分壯麗"，徐畫本、徐音本、驥本、延本、張本、三合本、毛本、潘本作"蓋造非常"。屠本作"果然棟宇非常，形勝據乎河洛；法門特異，蓋造攝於齊梁"。

殿相近青霄，舍利塔直侵雲漢①，南來北往，三教九流，過者無不瞻仰②，則除那裏③，可以君子④游玩。【徐參眉】小二指引路頭，真是見生菩薩福地，張君有緣乎！（末云）琴童，料持下晌午飯⑤，【秀眉】料持，猶云備辦。那裏走一遭便回來也⑥。【陳眉】【硃眉】走一遭，恐便回來不得。【魏眉】【峒眉】意參伕地禪，恐遇活菩薩，便迷人入色界也。【潘夾】一部《西廂》十六篇，以逆旅始，以逆旅終，此作者特特着意處，莫忽看過。寺爲則天娘娘蓋造，便不是福地，是孽地，不是洞天，是瘴天。多一分蓋造，便增一分孽瘴。夫人命小姐閒耍散心，張生亦思閒耍散心，同時如出一口，豈非孽冤相對？

（童云）安排下飯，撒和了馬，等哥哥回家。⑦（下）（法聰上）⑧

---

① 琉璃殿相近青霄，舍利塔直侵雲漢：相近，屠本、徐畫本、徐音本、潘本作"逼近"；青霄，屠本作"丹霄"，徐參本作"青瑣"，封本作"雲霄"；雲漢，屠本作"銀漢"，驥本、延本作"碧漢"，封本作"星漢"。張本無。
② 南來北往，三教九流，過者無不瞻仰：三教九流，張本無；無不，起本、陳本、秀本、硃本、湯本作"莫不"。驥本、延本、毛本無。
③ 則除那裏：羅本、六幻本、湯沈本作"則除是那裏"，範本、龍本、徐畫本、徐音本、張本、三合本、潘本作"只此處"。
④ 君子：範本、龍本、徐畫本、徐音本、張本、三合本、潘本無。
⑤ 料持下晌午飯：屠本作"安排下午飯"，範本、龍本、徐畫本、徐音本、三合本、潘本作"安頓行李"。徐參本作"且備下晌午飯"，驥本、延本作"辦下晌午飯"，張本作"安頓行李，撒和了馬"，毛本作"執料下晌午飯"。
⑥ 那裏走一遭便回來也：弘本、範本、龍本、羅本、起本、繼本、徐畫本、徐音本、徐參本、驥本、何本、陳本、秀本、硃本、延本、天李本、六幻本、湯本、湯沈本、三合本、封本、潘本此句前多"俺到"，張本此句前多"我到"，魏本、峒本此句前多"俺"。也，範本、龍本無。屠本作"俺到那裏走一遭去來"。
⑦ 安排下飯，撒和了馬，等哥哥回家：等哥哥回家，羅本、繼本、湯沈本作"等待哥哥回來"。屠本作"安排下飯，撒和下馬，等待官人也"。容本、虎本、起本、何本、陳本、秀本、硃本、天李本、湯本作"安排下飯，等着哥哥回來"，六幻本同，但"等着"作"等待"；封本同，但"回來"作"回來者"。徐畫本、張本、三合本作"安排下飯，等待回來者"，徐參本、魏本、峒本作"安排下飯，等着東人回來"。範本、龍本、驥本、延本、毛本、潘本無。
⑧ （法聰上）：弘本作"（淨扮潔郎上開）"。

小僧法聰，是這普救寺法本長老座下弟子①。今日師父赴齋去了，着我在②寺中，但有探長老③的便記着，待師父回來④報知。山門下⑤立地，看⑥有甚麼人來。(末上云)⑦ 却早來到也。(見聰了，聰問云) 客官【潘旁】通稱。從何來⑧？（末云）小生西洛至此【潘旁】明揭西來之意，聞⑨上刹幽雅清爽⑩，【羅眉】刹，音察。一來瞻仰佛像，二來拜謁長老。【三合眉】還有三來要結識冤家。敢問長老在麼？⑪（聰云）俺師父不在寺中⑫，貧僧⑬弟子法聰的便是。請先生【潘旁】改

---

① 是這：潘本作"是"。座下弟子：範本、龍本、徐畫本、張本、三合本、潘本作"徒弟"。
② 我在：張本作"俺在"，弘本、羅本、繼本、屠本、湯沈本作"我"。
③ 探長老：容本、起本、徐畫本、徐音本、徐參本、虎本、何本、陳本、秀本、碌本、張本、天李本、六幻本、湯本、三合本、魏本、岫本、毛本、潘本作"探望長老"，驥本、延本作"來望長老"。封本作"來探望"。
④ 回來：驥本、延本、毛本作"回來呵"。
⑤ 下：陳本作"外"。
⑥ 看：範本、龍本無。
⑦ 範本、龍本、徐畫本、徐音本、六幻本、三合本、潘本此處多"一徑通幽處，禪房花木深"，張本同，但"一徑"作"曲徑"。
⑧ 從何來：驥本、延本、毛本作"從何而來"，張本作"從何處來"。
⑨ 聞：驥本、六幻本、延本、毛本作"久聞"。
⑩ 幽雅清爽：屠本作"清閑幽雅"，弘本、羅本、容本、徐參本、虎本、何本、陳本、秀本、碌本、天李本、湯本、魏本、岫本、封本作"清爽幽雅"，繼本、徐畫本、徐音本、驥本、延本、張本、六幻本、湯沈本、三合本、毛本、潘本作"清幽"。
⑪ 敢問長老在麼：徐畫本、徐音本、驥本、延本、張本、六幻本、三合本、毛本、潘本無。
⑫ 俺師父不在寺中：寺中，徐畫本、徐音本、驥本、延本、張本、三合本、毛本、潘本無。屠本作"師父偶然下山探望施主，有失迎候"，封本作"俺師父赴齋去了"。
⑬ 貧僧：弘本作"貧僧也是"，容本、起本、徐參本、虎本、何本、陳本、秀本、碌本、張本、天李本、湯本、魏本、岫本、封本作"小僧是"，羅本、徐畫本、徐音本、驥本、延本、三合本、毛本、潘本作"貧僧是"。屠本無。

稱。方丈拜茶①。（末云）既然長老不在呵②，【潘旁】先將拜謁長老提過。不必吃茶③。敢煩和尚相引瞻仰一遭，幸甚④。（聰云）小僧取鑰匙⑤，【羅眉】鑰，音藥。匙，音時。開了佛殿、鐘樓、塔院、羅漢堂、香積厨，盤桓一會，⑥ 師父敢待回來⑦。（末云）⑧是蓋造得好也呵⑨！

【村裏迓鼓】⑩【凌眉】王伯良曰："此調舊作【節節高】。"誤。【節節高】係【黃鐘宮】曲，字句亦稍不同。按，元本原作【村裏迓鼓】。【封眉】時本誤做【節節高】，【節節高】係【黃鐘宮】曲，字句亦稍不同。隨喜了上方佛殿，【謝眉】【範眉】【龍眉】釋家謂閒耍爲隨喜。【秀眉】出家人閒耍游玩云之。早⑪來到下方僧院。行過⑫厨房近西、法堂北、鐘樓前

---

① 請：徐參本無。拜茶：羅本、繼本、容本、起本、徐參本、何本、陳本、秀本、碐本、天李本、六幻本、湯本、湯沈本、峒本、封本作"吃茶"。
② 呵：屠本無。
③ 吃茶：龍本、徐畫本、徐音本、張本、三合本、潘本作"賜茶"。
④ 敢煩和尚相引瞻仰一遭，幸甚：和尚，屠本無；一遭，屠本作"一邊"。幸甚：龍本無。
⑤ 小僧：屠本作"貧僧"。取鑰匙：驥本、延本、毛本作"將鑰匙來"，陳本作"取鎖匙"。
⑥ 開了佛殿、鐘樓、塔院、羅漢堂、香積厨，盤桓一會：塔院，範本、龍本、徐畫本、徐音本、三合本、潘本無。屠本作"開了佛殿，隨意盤桓一會"。
⑦ 敢待回來：繼本、容本、起本、徐參本、虎本、何本、陳本、碐本、張本、六幻本、湯本、湯沈本、魏本、峒本、封本此句後多"也"。屠本、毛本作"敢待來也"，秀本作"敢待回來了"，驥本、延本作"將次來也"。
⑧ （末云）：六幻本作"（生看佛殿科）（生云）"。
⑨ 好也呵：屠本作"齊整也"，範本、龍本、徐畫本、徐音本、張本、三合本、潘本作"好也"。
⑩ 【村裏迓鼓】：弘本、範本、龍本、羅本、起本、徐畫本、徐音本、徐參本、虎本、陳本、秀本、碐本、天李本、湯本、湯沈本、三合本、魏本、峒本、潘本作"【節節高】"。
⑪ 早：徐參本作"蚤"。徐畫本、徐音本、驥本、延本、張本、三合本、潘本無。
⑫ 行過：屠本作"行過那"。

面。【潘旁】安插佛、法、僧三字。【羅眉】北，音擺。【田補眉】叙得簡。游了洞房，登了寶塔①，【徐畫諸眉】南西廂云"登了寶塔"。將②回廊繞遍。【潘旁】以上是上刹清幽。數了羅漢，【潘旁】以下是瞻仰佚像。參了菩薩，拜了聖賢。③【田補眉】有筆力。【湯沈眉】【三合眉】叙入境條遞。【魏眉】節目裝得自然。(鶯鶯引紅娘撚花枝上云)④【天李旁】好。紅娘，俺去佛殿上耍去來。⑤（末做見科）⑥【容旁】【湯旁】好關目。【湯沈旁】忽然，且驚且喜。呀⑦！正撞着五百年風流業冤⑧。【範旁】【龍旁】無心處驀然相遇。【徐畫旁】【田旁】【延旁】湊語。【陳旁】果是。【湯沈旁】即可憎意。【羅眉】百，音擺。【徐參眉】普救寺景色已收入張生阿堵，不意別有風光，迴然物外，不負來游矣。【陳眉】【硃眉】關目妙絶。【張眉】西廂此曲第四句俱少一字。"游洞房"等句俱是隨事語，若添"了"字，既襯，實失景色，且于調不合。第八句多一字，"五百年風流"是一句，"業冤"兩字是一句，不應混讀。【天李眉】好。【湯沈眉】一見，唱一句。起陡絶有神，包

---

① 寶塔：徐畫本、徐音本、驥本、延本、三合本、潘本作"塔位"。
② 將：弘本、起本、繼本、徐參本、何本、陳本、秀本、六幻本、魏本、峒本、封本作"把"。
③ 數了羅漢，參了菩薩，拜了聖賢：張本作"數羅漢，參菩薩，拜聖賢"。
④ （鶯鶯引紅娘撚花枝上云）：羅本、湯沈本作"（鶯鶯撚花枝上云）"，容本、起本、虎本、陳本、秀本、硃本、天李本、湯本、魏本、峒本、封本作"（鶯紅撚花枝上）（鶯云）"，驥本、延本作"（旦引紅娘手撚花枝上佛殿來）"，張本、三合本、封本作"（鶯引紅撚花枝上）"，毛本作"（旦兒引紅娘手撚花枝上）（旦兒云）"。
⑤ 紅娘，俺去佛殿上耍去來：俺去佛殿，羅本、六幻本、湯沈本作"俺佛殿"，屠本作"和你佛殿"，張本作"咱去佛殿"；耍去來，屠本作"閑耍去來"，陳本、硃本、湯本、三合本作"去耍來"。驥本、延本無。
⑥ （末做見科）：羅本、容本、起本、虎本、陳本、秀本、硃本、湯本、湯沈本、魏本、峒本作"（生撞見鶯科）"，徐畫本、徐音本、張本、六幻本、三合本、潘本作"（生撞見科）"，屠本作"（做相見科）"，驥本、延本、毛本作"（生做撞見科）"。
⑦ 呀：徐畫本、徐音本、驥本、延本、張本、三合本、潘本無。
⑧ 撞：驥本、延本作"逢"。五百年：羅本、繼本作"五百年前"。業冤：潘本作"孽冤"。範本、龍本、屠本此句後多："不施朱粉天然態，總有丹青畫不成。"

着一部《西廂》。【三合眉】包着一部西廂。【峒眉】此女非五百年業冤，是汝渾家妻小。【毛夾】諸本以此曲作【節節高】，入【黄鐘宫】調，但元詞宫調出入與譜不同，故不敢定，説見卷首。王伯良曰：北人稱"神"爲"聖賢"。【潘夾】正在參菩薩、拜聖賢之際，一舉頭、轉眼間，忽現出風流業冤來。此正色空相禪之介，爲一部《西廂》起頭。詞意接而不接，情事聯而不聯，陡然若逢宿債，恍然若睹前因。此無明種子立地成魔，一時犯手，便不知何緣。了却不是一刀兩段，終無省頭日子，故直至草橋而後覺也。"風流孽冤"四字，并説尤妙，便可參破多少因緣，幻妄諸義。

　　【元和令】顛不剌【凌旁】音辣。【封眉】剌音辣，後俱同。的見①了萬千，【謝眉】顛，又作"逞"。外方所貢美女名。又，元人以不花爲牛，不剌爲犬。不詳孰是。【範眉】【龍眉】顛不剌，外方所貢美女名。又元人以不花爲牛，不剌爲犬，于此義不相涉，亦可以備考。【繼眉】顛不剌，美玉名。又，外方所貢美女名。又，元人以不花爲牛，不剌爲犬，于此義不相涉，亦可以備考。【秀眉】顛不剌，外國所貢美女之名。【峒眉】顛不剌，寶石名也。見《説鈴》。似這般可喜娘的龐兒②罕曾見。則着【湯沈旁】一本作"引的"。人③眼花撩亂口難言，魂靈兒飛在半天。【徐畫旁】【田旁】已上俱不成話。【延旁】湊語，不成話。【潘旁】句湊。他那裏④儘【張旁】音"爐"。人調戲嚲【張旁】【湯沈旁】音"朶"。【潘旁】多，上聲。着⑤香肩，【田補旁】正是輕狂處。【天李旁】好。【羅眉】調，音挑。【封眉】瞧盼，

---

① 見：驥本、延本作"看"。
② 的龐兒：弘本作"龐兒"，繼本、六幻本、封本作"的臉兒"，容本、起本、徐參本、虎本、何本、陳本、秀本、硃本、天李本、湯本、湯沈本、魏本、峒本作"臉兒"。羅本、屠本、驥本、延本、張本、毛本無。
③ 則着人：羅本、容本、起本、徐參本、何本、陳本、秀本、硃本、天李本、湯本、魏本、封本作"引的人"，驥本、延本、毛本作"則教人"。
④ 他那裏：徐畫本、徐音本、驥本、延本、張本、三合本、毛本、潘本無。
⑤ 調戲：封本作"瞧盼"。嚲着：張本作"嚲"。

時本誤做"調戲"。**只將花笑撚。**①【湯沈旁】肖神如生。【田補旁】所以可喜。【容眉】好！【徐畫眉】【田眉】【延眉】不剌，北方助語也。不音鋪，剌音辣。我親聞人說，怕人必帶曰"怕不剌"，唬人必曰"唬人不剌"。凡可墊助語處，皆帶此二字。顛者，輕狂也。言崔態美矣，而所犯者輕狂耳。今崔既美而不輕狂，何以見之？下"儘人調"三句，是不輕狂處，別說俱不是。"顛不剌"句起下"可喜"句，可喜處于"儘人調戲"三句見之。【徐畫諸眉】儘人調戲，非是聽人弄戲。正見大體不輕狂，如大方人不畏，作者描寫其狀也。【陳補眉】軃，多上聲，軃避也。撚，然上聲，揉也，以指搣物也。【張眉】《西廂》此曲第三句俱少二字。"不剌"是助語詞，"顛"是不穩重，言所見者縱美而顛也。"可喜娘"下添"龐兒"，非。末句少二字。【天李眉】【湯眉】好。【湯沈眉】顛不剌，外方所貢美女名。顛，輕佻也；不剌，方言，助語詞；不，音脯；剌，音辣。言輕佻者見得多，似崔之凝重可喜者少。下"儘人調戲"三句，正見不輕佻意。【三合眉】不剌，北方助語。顛者，輕狂也，言崔態美矣，而不犯輕狂。下"儘人調戲"二句，是不輕狂處。【驥夾】【延夾】剌，音辣，從朿，不從束，與剌音次不同。軃，音朵。【三合夾】不，音鋪；剌，音辣。【毛夾】剌，音辣；軃，音朵。顛不剌，俗解甚惡，即徐天池、王伯良輩以"顛"作輕佻，起鶯凝重，亦非也。千般裊娜，鶯固不在凝重。即以輕佻起凝重，可謂凝重乎？顛即顛倒，猶言沒頭緒也。言顛顛倒倒的看了萬千，今纔看著也。顛，張自指，不指所看者。董詞有"怕曲兒撚到風流處，教普天下顛不剌的浪兒們許"，以"顛"指浪兒，正此意。況此曲亦全抄董詞"這一雙鶻鴒眼，須看了可憎的千萬，兀的般媚臉兒不曾見"，上句單說自己，可驗。不剌，北襯詞。隨字可襯，不專襯"顛"。如《舉案齊眉》劇"破不剌碗兒"，又以"不剌"襯"破"，更可知也。"魂靈"句，人皆憎其惡，不知原本董詞"張生覷了魂不逐體"，且亦元襲語，如《玉壺春》劇"猛見了心飄蕩，魂靈兒飛在半天"。【潘夾】顛，差也。不剌，音鋪辣，猶言是否，蓋言差不多也，世解俱

---

① 只將花笑撚：只，屠本作"自"。羅本作"小姐只將這花笑撚"。範本、龍本、徐畫本、徐音本、三合本、潘本此句後多："（鶯云）咱往兜率宮看一看。"

謬。黃河奇險，一入眼，便信口寫得來；雙文奇艷，一入眼，便極口道不出。妙絶！妙絶！

【上馬嬌】這的是兜率宮，【範旁】【龍旁】佛院。【徐畫旁】【田旁】【延旁】可辨。【羅眉】率，上聲。休猜做了①離恨天。【謝旁】【龍旁】洞天。【徐畫旁】【田旁】【延旁】在諸天之上。【範眉】【龍眉】【繼眉】【湯沈眉】【三合眉】離恨天在諸天之上。【張眉】"又不是"訛"休猜作"，非。呀②，誰想着寺裏③遇神仙！【範旁】【龍旁】緊翻上句公案。【徐畫旁】【田旁】【延旁】緊翻上句，説遇之幸。【湯沈旁】翻然似真似假。【潘旁】句亦凑。【羅眉】神，音申。【陳眉】【硃眉】冤仙只在一轉間。我見他④宜嗔宜喜春風面，偏、【田補旁】作一字句。宜貼翠花鈿。⑤【潘旁】二句寫面。【羅眉】鈿，音田。【徐畫眉】【田眉】宜嗔喜，即西子顰笑皆工。【容眉】好！【秀眉】鈿，音田。以翠羽為花貼眉間。【凌眉】偏，一字韵句，所謂曲中短柱。以後"嗤，嗤的扯做紙條兒"，亦"嗤"字爲句。"哈，怎不肯回過臉兒來"，亦然。【上馬嬌】本調如此，凡劇皆然，勿誤認"偏宜""嗤嗤"連讀。【延眉】【湯沈眉】【三合眉】宜嗔宜喜，即西子顰笑皆工。【張眉】此曲第五句一字如偏、嗤、哈皆是，連下讀，非。【湯眉】好。【封眉】即空主人曰：偏，一字韵句，所謂曲中短柱。後"嗤嗤的"，亦上"嗤"字爲句，【上馬嬌】本調如此，勿認"偏宜""嗤嗤"連讀。【驥夾】【徐畫夾】【田夾】【三合夾】率，

---

① 休猜做了：羅本、屠本、容本、起本、徐參本、虎本、何本、陳本、秀本、硃本、天李本、六幻本、湯本、湯沈本、魏本、峒本、封本、毛本作"休猜做"，徐畫本、徐音本、驥本、延本、三合本作"休做了"，張本作"又不是"，潘本作"做了"。

② 呀：徐畫本、徐音本、驥本、延本、三合本、毛本、潘本無。

③ 誰想着寺裏：着，弘本、繼本、容本、徐參本、虎本、何本、陳本、硃本、天李本、六幻本、魏本、峒本、封本、毛本作"這"。屠本作"誰承望寺裏"，驥本、延本作"誰想寺裏"，張本作"誰想這裏"。

④ 我見他：徐畫本、徐音本、三合本、潘本作"你覷"，驥本、延本作"法聰，你覷"，峒本作"只見他"，張本作"覷"，封本、毛本作"則見他"。

⑤ 偏：羅本作"常好似偏"。範本、龍本、秀本此句後多："（紅云）姐姐，回轉頭來看。"

音律。【延夾】率，音律，"偏"字斷。【毛夾】率，音律。首二句似嘲誚語，不知是忖量語。言此是寺裏，非關情地也，誰道這寺裏便遇此也。兜率陀天，在三十三天以上二倍，此見佛經，故《倩女離魂》劇有"三十三天，戲了個離恨天最高"句。蓋兜率天、離恨天，人每取以相較者。誰想寺裏遇神仙，與《玉壺春》劇"怎生來這答兒遇着神仙"語同。"偏"字斷，作一字句，調法如此，然字斷而意接。"偏宜"與李珣《浣溪紗》詞"入夏偏宜淡泊妝"，歐陽修《小春詞》"天寒山色偏宜遠"同。俗子解"偏"作"側"，謂側轉鬢邊宜貼鈿也。不知此承"面"字來，言面上宜嗔宜喜又偏宜翠鈿，三"宜"字參錯呼應，甚妙。古貼鈿皆在面，從無貼鬢邊者。溫庭筠詞"翠鈿金壓臉"，顧敻詞"收拾翠鈿休上面"，明云在面。又西蜀牛嶠《南歌子》云"眉間翠鈿深"，顧敻《甘州子》云"翠鈿鎮眉心"，張泌《浣溪紗》詞云"翠鈿金縷鎮眉心"，且明云在面當中。而以爲側轉所見，則亦猥陋無學之甚，而舉世從而咻之，何也？況元曲句法，以讀斷而意不斷爲能事。《對玉梳》劇亦有【上馬嬌】調，末句云"真，是女吊客母喪門"，《爭報恩》劇末句"教，我和兄弟廝尋着"，"真"與"教"，亦斷字也，彼能斷解耶？參釋曰："正撞着"至此"遇神仙"，統言遇鶯耳。"宜嗔宜喜"至下曲"侵入鬢雲邊"，分寫容飾。"未語人前"至"花外囀"，寫言語。"行一步"至"晚風前"，寫步履。後曲則又從步履翻覆接入，章法秩然。【潘夾】偏字爲句，猶言獨妙也，方惟此春風面，方宜貼此花鈿。鈿窩在兩眉之間，古人安黃貼翠，俱在此際。《九歌》之賦山鬼也，曰："既含睇兮又宜笑。"蓋言宜喜也，宋玉之賦神女也，曰："顳薄怒以自持。"蓋言宜嗔也。此只用一語夾寫，愈覺盡態極妍。

【勝葫蘆】則見他宮樣眉兒新月①偃，【謝旁】傾人之色。【範旁】【龍旁】【湯沈旁】色色傾人。【潘旁】二句寫眉。【羅眉】則，入聲。【範眉】色色傾人。【峒眉】容貌可人。【封眉】你看那。時本作"則見他"，非。

---

① 則見他：徐畫本、徐音本、三合本、封本、潘本作"你看那"，驥本、延本、張本、毛本無。新月：魏本無。

斜侵入①鬢雲邊。（旦云）紅娘，你覷②：【羅眉】覷，音趣。寂寂僧房人不到，滿階苔襯落花紅。【徐畫珠旁】相國之女，豈入僧房人不到之處乎？誣良爲小人家女可知。（末云）我死也！③【容旁】是個人。【容眉】【徐畫珠眉】冷絕，妙絕！要死，要死！【陳眉】【硃眉】見了更死不得。未語人前先覥腆④，【謝眉】覥腆，含羞貌。【凌眉】覥腆，時作"覥覥"，誤。【封眉】眲腆，時本多作"覥腆"，亦作"覥覥"。字書：腆無慚義，覥與覥反切，同，皆誤。櫻桃紅綻，玉粳白露，【天李旁】好。【凌眉】王伯良曰："玉粳，齒也。"《曲江池》劇云："玉粳牙，休兜上野狐涎。"【秀眉】櫻桃喻唇，玉粳喻齒。【湯沈眉】【三合眉】玉粳，齒也。白露，一作"脂凝"，非。半晌恰方言。⑤【三合旁】媚絕！幽絕！【潘旁】四句寫口齒。【羅眉】覥，覥音。晌，音賞。【範眉】【龍眉】"宜嗔宜喜"與"半晌却方言"，描畫神手。【羅眉】晌，音賞。【起眉】李曰："宜嗔宜喜春風面""半晌却方言"，此畫史從嬴坐中想來者。【徐畫眉】【田眉】【延眉】此等語非不好，但能詞者皆可辨。【田補眉】玉粳，比牙也。《曲江池》劇："玉粳牙，休兜上野狐涎。"【徐參眉】以天姿國色之貌，當光風霽月之懷，自宜稱贊爾爾。【徐音眉】自是鶯鶯別贊。【湯眉】冷絕，妙絕！要死，要死。是個人。【魏眉】【峒眉】"宜嗔宜喜春風面""半晌却方言"，此畫史從嬴坐中想來者。【驥夾】【延夾】覥，音腆。【毛夾】宮樣，勿作"弓樣"，董詞"曲彎彎宮樣眉兒"。侵入，緊承"新月"來，用張仲宗詞"月如鈎，一寸橫波入鬢流"。寫鶯之語從"未語"始，

---

① 斜侵入：弘本、羅本、繼本、徐畫本、徐音本、徐參本、驥本、虎本、何本、陳本、延本、張本、六幻本、湯沈本、三合本、魏本、峒本、封本、毛本、潘本作"侵入"。
② 你覷：屠本作"看"，徐參本、潘本作"你看"。
③ 我死也：徐參本作"我見他"。驥本、何本、延本、張本無。
④ 覥腆：封本作"眲腆"，毛本作"面腆"。
⑤ 半晌恰方言：恰，羅本、繼本、張本、六幻本、湯沈本作"却"。範本、龍本、徐畫本、徐音本、三合本此句後多："（紅云）姐姐，你看好花呵。（鶯云）紅娘，在那裏？"張本、潘本同，但"呵"作"也"。

未語欲語先爲面腆。腆，厚也，面厚則慚。《書》云"顏厚有忸怩"是也。然猶未語也，但欲語矣。櫻桃紅綻矣，唇啟則齒見，玉粳露矣，玉粳是齒。《雍熙樂府》："櫻桃微綻玉粳齒。"然猶未語也，遲之半晌，恰纔出一語耳。

【幺篇】恰便似①嚦嚦鶯聲花外囀，【田補旁】屬上半句"恰方言"。【陳旁】果是鶯！【潘旁】一句寫聲音。【湯沈眉】"鶯聲"句，從其方言形容之。行一步②可人憐。【田補旁】形容得好，貫下四句。【徐畫眉】可辨。解舞③腰肢嬌又軟，【田補旁】婦人窈窕處，即"顛不刺"也，與前不合。千般裊娜，萬般旖旎，【潘旁】數句寫腰肢體態。【羅眉】裊娜，鳥那。旖旎，音奇尼。【湯沈眉】旖旎，音倚你，猶窈窕也。似垂柳晚風前④。【容眉】妙！【起眉】王曰："未語人前先覷覥""嚦嚦鶯聲花外囀"，皆情意上描空作有口，塑個出現的觀音。【徐畫諸眉】鶯鶯今宵一夜無眠，定是翻來覆去。張生今晚定是千思萬想，搗枕槌床。模寫得妙，形容得深，心苗上工夫。【田補眉】"解舞"以下，形容略似伎人，與前"顛不刺"數語相戾，且與前"未語人前"數語又自不類。【湯眉】妙！【徐畫夾】【田夾】【三合夾】旖旎，音倚你，猶窈窕也。【毛夾】及其語也，而流囀若鶯矣。"行一步"五句，亦本董詞"解舞的腰肢"諸句。

（紅云）那壁⑤有人，喒家去來⑥。【封眉】喒，平聲，祖含切。（旦

---

① 恰便似：容本、起本、徐參本、何本、陳本、秀本、硃本、天李本、湯本、魏本、峒本、封本作"恰似"。徐畫本、徐音本、驥本、延本、張本、潘本無。
② 一步：羅本作"一步兒"，張本作"步"。
③ 徐畫本、徐音本、驥本、延本、三合本、潘本此處多"的"。
④ 似垂柳晚風前：羅本作"恰便似垂柳在這晚風前"。
⑤ 那壁：弘本、羅本、繼本、屠本、容本、起本、徐畫本、徐音本、徐參本、驥本、虎本、何本、陳本、秀本、硃本、張本、天李本、湯本、湯沈本、三合本、魏本、峒本、封本、毛本、潘本作"姐姐那壁"，六幻本作"姐姐那壁廂"，羅本、屠本、繼本、驥本、延本、湯沈本、毛本作"那壁廂"。
⑥ 喒家去來：屠本作"回去罷"。

回顧覷末下)【硃眉】關目極妙。(末云)和尚,恰怎麼觀音現來?①(聰云)休胡説②!這是③河中開府崔相國的小姐。【羅眉】相,去聲。【三合眉】聰和尚不知禪理,小姐原是救苦難的活觀音。(末云)世間有這等女子④,豈非天姿國色乎?休説那模樣兒⑤,則那一對腳兒⑥,價值百鎰之金⑦。(聰云)偌遠地,他在那壁,你在這壁,繫着長裙兒⑧,你便怎知他腳兒小⑨?【容旁】【硃旁】【湯眉】俗和尚!【陳眉】【硃眉】有個鑽入長裙的眼睛。【秀眉】偌,音熱。鄉語字也。【三合眉】和尚那得

---

① 恰怎麼:恰,羅本、繼本、虎本、湯沈本無。徐畫本、徐音本、驪本、延本、張本、三合本、毛本、潘本作"恰纔"。現來:屠本作"出現",張本作"出現來"。
② 休胡説:封本作"先生敢眼花了"。
③ 是:驪本、延本、毛本作"的是"。
④ 這等女子:弘本、徐參本、魏本、峒本、封本作"此等女子",羅本、繼本、屠本、容本、起本、虎本、何本、陳本、秀本、硃本、天李本、湯本、湯沈本作"此等之女",範本、龍本作"這等的女子"。驪本、延本、毛本作"如此之女"。
⑤ 那模樣兒:羅本、繼本、六幻本作"那模樣",張本作"模樣"。
⑥ 那一對腳兒:範本、龍本作"這雙小腳兒",羅本、繼本、屠本、徐畫本、徐音本、驪本、何本、延本、張本、六幻本、湯沈本、三合本、潘本作"那一對小腳兒",容本、起本、徐參本、虎本、陳本、秀本、硃本、天李本、湯本、魏本、峒本、封本、毛本作"那一雙小腳兒"。
⑦ 價值百鎰之金:價值,範本、龍本作"也值",容本、起本、徐參本、虎本、陳本、秀本、硃本、天李本、六幻本、湯本、魏本、峒本、封本、毛本作"奚啻";百鎰之金,屠本、徐畫本、徐音本、驪本、延本、張本、三合本、潘本作"千金"。何本作"也愛殺人"。
⑧ "他在那壁"至"長裙兒":長裙兒,屠本作"八幅拖地羅裙"。徐畫本、徐音本、驪本、延本、張本、三合本、潘本作"小姐穿着拖地的長裙",毛本同,但無"的"字。
⑨ 你便怎知:屠本作"你便怎生見",徐畫本、徐音本、驪本、延本、張本、三合本、潘本作"你怎生便知道",徐參本作"你怎便知道",毛本作"你怎便知"。腳兒小:容本、起本、徐參本、虎本、何本、秀本、硃本、天李本、湯本、魏本、峒本、毛本作"小腳兒",屠本作"小腳兒來",驪本、延本、張本作"腳兒小也"。

知?（末云）法聰來來來①，你問我怎便知②，你覷③：【驥夾】【延夾】佸，音惹，平聲。

【後庭花】若不是襯殘紅芳徑軟，【羅眉】襯，音秤。【田補旁】隨處留心。怎顯得④步香塵底樣兒⑤淺。【潘旁】數句寫腳踪。【謝眉】軟鋪輕襯，鞋故顯底樣淺。【秀眉】底樣兒淺，云足之小也。【張眉】女人腳小，猶要纖瘦，稍有病痛，軟地上便印出。元劇中有"四面近圍塘，土兒裏更無餘剩"句，描寫極到。此曲首二句，亦是彼解。且休題眼角兒⑥留情處，【潘旁】"且休題"三字，退一步說正是進一步處。則這⑦腳踪兒將心事傳。【容旁】【湯旁】【硃旁】是個中人。【範眉】【龍眉】殘紅芳徑，軟鋪輕襯，故鞋底樣淺，惟回頭一顧，則腳踪微旋，故知其傳情。【羅眉】角，音絞。則，入聲。腳，音絞。【繼眉】【湯沈眉】回頭一顧，則腳踪微旋，故知其傳情。慢⑧俄延，投至到欞門兒⑨前面，【羅眉】欞，平聲。前，音千。【田補旁】此時小姐已留情張生可知。【徐音眉】慢俄延，非留戀張生而何？

---

① 法聰來來來：羅本、繼本、屠本、容本、起本、徐參本、驥本、虎本、何本、陳本、秀本、硃本、延本、天李本、六幻本、湯本、三合本、魏本、峒本、封本、毛本、潘本無。
② 你問我怎便知：怎，範本作"怎生"。龍本、徐畫本、徐音本、張本、三合本、潘本作"你道我怎生便知他"，驥本、延本、毛本作"你問我怎生便知他"。屠本無。
③ 你覷：羅本作"和尚，你覷波"，屠本作"你覷波"，範本、龍本、徐畫本、徐音本、徐參本、三合本、潘本作"你覷者"。
④ 怎顯得：弘本、羅本、容本、虎本、何本、陳本、硃本、天李本、湯本、魏本作"怎顯得這"，徐畫本、徐音本、驥本、延本、三合本、毛本、潘本作"怎顯這"。
⑤ 底樣兒，徐參本作"底樣"。
⑥ 眼角兒：弘本、羅本、繼本、屠本、容本、起本、徐畫本、徐音本、徐參本、驥本、虎本、何本、陳本、秀本、硃本、延本、天李本、六幻本、湯本、三合本、魏本、峒本、封本、毛本、潘本作"眼角"。
⑦ 則這：羅本作"則這雙"。
⑧ 慢：徐畫本、徐音本、三合本、潘本作"見他慢"，驥本、延本、毛本作"見慢"。張本作"他慢"。
⑨ 欞門兒：張本作"欞門"。

剛那了①一步遠。【範旁】【龍旁】脚踪。剛剛的②打個照面，【範旁】【龍旁】眼角。風魔了張解元，似神仙③歸洞天，【範旁】【龍旁】有情處忽然相失。【徐畫旁】【田旁】【湯沈旁】與前"寺裏遇神仙"句相應。【謝眉】與前"寺裏"句相應。【範眉】【龍眉】與前"寺裏遇神仙"句相應。【羅眉】神，音申。空餘下④楊柳烟。【田補旁】輕撚。只聞得鳥雀喧⑤。【羅眉】得，上音。【容眉】妙，妙！【徐畫眉】【延眉】"淺"與"深"對，是形容其體輕盈，故脚踪不重，非言短也。回頭不見傳情，反求諸脚踪回轉，大誤。"慢俄延"三字是甚？脚踪傳心事，不是脚踪回轉傳心事也。慢俄延，不肯急走，非留戀張生而何？慢俄延將到櫳門，只得舉步跨入，剛剛惟此一步那得遠些，其他步皆俄延而不肯那遠，非傳心事而何？言心事于此可卜矣，多少妙趣！與俗解以脚踪回轉者不可同日而語。此皆既去了形容。【徐參眉】無中描有，情外生情，自是絕技，足與才子佳人生色。【陳眉】【硃眉】若言他是佛，自己却是魔。【凌眉】"風魔了"以下，多演數語亦得，但俱須三字節。亦非可以妄增減短長，如徐、王所謂。【湯眉】妙！妙！【湯沈眉】"慢俄延"以下四句，正"脚踪兒將心事傳"，"剛剛打個照面"正"眼角兒留情處"，即後所謂"臨去秋波那一轉"也。櫳門，指崔進去之門，言其行之紆徐係戀，及門而舉步差遠，復"打個照面"，而傳情無已也。【三合眉】"慢俄延"是不肯急走，將到櫳門，只得舉步跨入，剛剛惟此一步那得遠些，其他步皆俄延而不肯那遠，非留戀張生而何？【魏眉】【峒眉】無中描有，情外生情。【毛夾】那，平聲。承上曲并賓白來，首二句一斷，勿說體輕，只答白"怎知"一問，言何由知之？知之以芳徑耳。"且休題"以下，却又從芳徑上寫出一層，言不特眼

---

① 剛那了：張本作"方那"。
② 剛剛的：羅本、張本作"剛剛"。
③ 似神仙：徐畫本、徐音本、驥本、延本、張本、毛本作"神仙"。
④ 空餘下：弘本、徐畫本、徐音本、驥本、延本、張本、毛本、潘本作"空餘"。
⑤ 只聞得鳥雀喧：得，驥本、延本、張本、毛本無；鳥雀，羅本作"鳥雀兒"。範本、龍本、徐畫本、秀本此句後多："（鶯鶯云）紅娘，把西廂門閉上了。"張本、三合本、潘本同，但"閉"作"掩"；張本"了"作"者"。

角留情也，只此芳徑中有心事焉。何也？其踪遷延，不忍遠也，及到入門處，因門有櫳，剛此一步差遠耳。餘俱不然，芳徑具在也，心事如此。却又剛于入門時，打一照面。豈非眼角留情乎？因此"風魔了"也。櫳門，猶檻門，言有檻之門也。董詞"忽聽得櫳門兒啞地開"。風魔，亦本董詞"被你風魔了人也嗏"。【潘夾】慢俄延打照面，臨去回頭秋波一轉，張生實實從雙文一種風韻上傳神寫照得來。而必曰雙文了不關情，豈知流盼倚徒，獨與目成，乃賦家之盛心，神人之深致也，莫將狹邪行徑來參看。○雙文佛殿一行，去來飄忽，真如巫山神女、洛水宓妃，寫得一片驚疑。若止前庭仁立，等于小婦市門之倚，欲抬高雙文，正没煞雙文也。如曰"千金不出閨門"，他日齋壇之會，又何以稱焉。

【柳葉兒】呀，① 門掩着②梨花深院，粉墻兒高似青天③。【徐畫旁】【田旁】湊語。【陳眉】【硃眉】【魏眉】春色滿園關不住。【秀眉】粉墻高似青天，謂阻隔不能見也。恨天，天④【田補旁】連讀勿斷。不與人行⑤方便，【凌眉】王伯良曰：天天，連讀勿斷。董詞："天天悶得人來彀。"《琵琶》："問天，天怎生結果。"【張眉】"人"下添"行"，非。【封眉】王伯良曰：天天，連讀勿斷。董詞："天天悶的人來彀。"《琵琶記》："問天，天怎生結果。"好着我⑥難消遣，端的是怎⑦留連。小姐呵，則被你兀的不

---

① 呀：徐參本無。
② 着：驥本、延本、張本、毛本、潘本作"了"字。
③ 青天：羅本作"那青天"。
④ 恨天天：羅本作"這裏恨青天"，屠本作"恨青天"，繼本、容本、起本、徐參本、虎本、何本、陳本、秀本、硃本、張本、天李本、湯本、湯沈本、魏本、峒本作"恨天"。
⑤ 行：徐畫本、徐音本、徐參本、驥本、延本、六幻本、三合本、毛本、潘本無。
⑥ 好着我：徐畫本、徐音本、驥本、延本、張本、三合本、毛本、潘本無。
⑦ 端的是怎：羅本作"端的爲甚不"，徐畫本、徐音本、驥本、延本、張本、三合本、毛本、潘本作"怎"。

引了人①意馬心猿。【田旁】湊插。【羅眉】則，音自。【起眉】坊本"恨天"下或接一"天"字，"怎"字下增一"生"字。大都歌人不審中州音律，故相增減以便其聲耳。【三合眉】便怨天尤人起來，張生忒煞無賴。【峒眉】風流司馬。【驥夾】【延夾】"天天"勿斷。【毛夾】參釋曰：自前曲"歸洞天"至末，總是一節。《蕭氏硏鄰詞說》：柳烟雀喧、梨花塔影，去後景也；蘭麝留香、珠簾映面，去後像也；春光眼前、秋波一轉，去後情也；開府牆高、梵王宮遠，去後思也。

（聰云）休惹事，河中開府的小姐，去遠了也。②【容旁】妙！

【寄生草】（末唱）蘭麝香仍在③，【羅眉】麝，音社。珮環聲④漸遠。【延旁】此皆既去之形容。【湯沈旁】一本作"仍還在""玉珮環"。【凌眉】俗本"仍"下多"還"字，"漸"下多"去"字，非。【封眉】時本漏"還"字、"去"字。東【湯沈旁】一作"輕"。風摇曳垂楊綫，【羅眉】曳，音亦。游絲牽惹桃花片，【徐畫旁】有深意存焉。【田補旁】人已去，猶如綫牽，則其留情深也。珠簾掩映芙蓉面。【徐畫旁】【田旁】此皆狀其閨中之景。【範眉】【龍眉】前已云門掩梨花，此却云簾映芙蓉，真是

---

① 小姐呵，則被你兀的不引了人：徐畫本、徐音本、六幻本、三合本、潘本無"則被你"，羅本、屠本無"兀的不"，驥本、延本、張本、毛本無"小姐呵，則被你"，天李本無"了"。
② （聰云）休惹事，河中開府的小姐，去遠了也：休惹事，屠本作"先生休惹閒事"；河中開府的，羅本句前多"此乃是"，屠本作"那"，徐畫本、徐音本、三合本、潘本作"河中府"，羅本、繼本、容本、起本、徐參本、虎本、何本、陳本、秀本、磻本、天李本、湯本、湯沈本、魏本、峒本、封本無"的"，張本、六幻本無。驥本無。弘本此句後多"（末云）未去遠哩"，繼本、屠本、容本、起本、徐畫本、徐音本、徐參本、虎本、何本、陳本、秀本、磻本、張本、天李本、六幻本、湯本、湯沈本、三合本、魏本、峒本、封本、潘本同，但"末"作"生"，封本無"去"。
③ 仍在：容本、起本、徐參本、虎本、陳本、秀本、磻本、天李本、湯本、魏本、峒本、封本作"仍還在"。
④ 珮環聲：容本、起本、徐參本、虎本、陳本、秀本、磻本、天李本、湯本、魏本、峒本本作"玉珮環聲"，封本作"佩環聲去"。

眼花撩亂。【繼眉】《西京雜記》：卓文君臉際常若芙蓉。【徐畫眉】【田眉】【延眉】"東風"三句，謂垂楊綫猶爲東風搖曳，桃花片猶爲游絲所牽惹，但鶯鶯芙容之面，則爲珠簾所遮映耳。上二句即【賺煞】"花柳依然"意。下句即"玉人不見"句意。但【賺煞】總叙前因，以致悵望之意，不嫌重複也。【徐參眉】想入三昧。【三合眉】"東風"三句，謂垂楊綫猶爲東風搖曳，桃花片猶爲游絲所牽惹，但鶯鶯芙蓉面，則爲珠簾所遮掩耳。上三句即【賺煞】"花柳依然""玉人不見"意。但【賺煞】總叙前因，以致悵望，不嫌重複。你道是河中開府相公家，我道是南海水月觀音現①。【範旁】【龍旁】與佛殿有情。【湯沈旁】現，徐本"院"。【謝眉】水月觀音，飾皆縞素，于時鶯扶襯，故以爲比。【範眉】【龍眉】水月觀音，飾皆縞素，鶯時扶襯，故以爲比。【起眉】王曰：垂楊綫、桃花片、芙蓉面，舌底吐五色紋，恍然天仙織成雲錦，却不從機上來，梭上得。【徐畫眉】【田眉】【延眉】"家"與"院"對，二字正指閨中，是想像其已到閨中之景如此。故古本"現"作"院"，大妙語也。今解者求其説而不得，妄解稀中，成得文理？【陳眉】【魏眉】【峒眉】總是。【秀眉】此段言鶯鶯美之極也。【張眉】院者，指到閨中而言。訛"現"，非。【湯沈眉】"東風"二句，興意。"珠簾"句，言崔芙蓉之面，則爲珠簾所遮映耳。此皆想像其櫳門裏面景色如此。《西京雜記》："卓文君臉際常若芙蓉。"【封眉】"相公家"三字甚虛活，與《王月英留鞋》劇"我本是深宅大院好人家"一樣語意。徐本誤認妄改，甚謬。【驥夾】【延夾】掩，古作遮。【毛夾】河中開府、水月觀音，直頂前【幺篇】後賓白來。俗本于此曲前又增（聰云）賓白一段，贅矣！觀音現，本是"現"字，朱石津改作"院"字，而天池伯良皆從之。不知此句係元人習語，本不容改，況此本董詞"我恰纔見水月觀音現"語，尤不得改。若云"現"對"家"不整，則《抱妝盒》劇有云："若不是昭陽宮粉黛

---

① 我道是南海水月觀音現：道是，範本、龍本作"則道是"，驥本、延本、毛本作"則道"，三合本作"道"。南海，弘本、繼本、屠本、驥本、秀本、延本、張本、六幻本、毛本、潘本作"海南"。觀音現，驥本、張本、六幻本、三合本、潘本作"觀音院"。徐畫本作"我道海南水月觀音院"，徐音本作"我道南海水月觀音院"。

美人圖，爭認做落伽山水月觀音現"，亦以"現"對"圖"，何也？觀音，"觀"字本宜陽，此與"玉堂金馬三學士""三"字，俱是詞病。"東風"三句對，調法如此。參釋曰：首二句猶乍遠乍近，疑聲疑臭。至接三句，則惝恍無定矣！故下直以神物擬之。【潘夾】"蘭麝香仍在"五句，皆承言未去遠之意也。楊柳搖風，桃花牽絲，依然伊人風度猶存。珠簾雖遮隔，而芙容之面，猶在掩映之間，去猶未去，遠猶未遠，純是一片神思繾綣所至。

"十年不識君王面，恰信嬋娟解誤人①。"小生便不往京師去應舉也罷②。【三合旁】是人，是人。（覷聰云）敢煩和尚對長老說知③，【羅眉】長，上聲。有僧房借半間④，【湯沈旁】何便起借寓他腸。早晚溫習⑤經史，勝如旅邸內冗雜⑥。【羅眉】冗，音茸。房金依例拜納⑦。小生明日【湯沈旁】古本有"必"字。自來也⑧。【潘夾】生聰明機警人也，故

---

① 十年不識君王面，恰信嬋娟解誤人：不識，弘本、羅本、屠本、繼本、湯沈本作"未識"；恰，羅本、屠本、徐參本、陳本、魏本、峒本作"始"；誤，羅本、屠本、湯沈本作"誤"，起本、硃本、湯本、魏本、峒本、封本作"悟"。毛本無。

② 便不往京師去應舉也罷：弘本無"便""去"，張本、三合本、封本、毛本、潘本無"應舉"。羅本、繼本、容本、起本、徐畫本、徐音本、徐參本、驪本、虎本、何本、陳本、秀本、硃本、延本、天李本、六幻本、湯本、魏本、峒本作"不往京師去也罷"，屠本作"不往京師應舉去也罷"。

③ 說知：繼本、容本、起本、徐畫本、徐音本、徐參本、驪本、何本、陳本、秀本、硃本、延本、張本、天李本、六幻本、湯本、三合本、魏本、峒本、封本作"說"。

④ 有僧房借半間：徐畫本、徐音本、驪本、延本、張本、三合本、毛本、潘本作"有空閒僧舍權借半間"。

⑤ 溫習：弘本、容本、起本、徐參本、虎本、何本、陳本、秀本、硃本、天李本、湯本、魏本、峒本作"可以溫習些"。羅本、繼本、徐畫本、徐音本、驪本、延本、張本、六幻本、毛本、潘本作"可以溫習"。

⑥ 勝於旅邸內冗雜：旅邸內，驪本、延本作"旅館"，張本作"旅邸"。屠本、毛本無。

⑦ 拜納：起本、徐畫本、徐音本、虎本、何本、陳本、秀本、張本、天李本、六幻本、湯本、三合本、魏本、峒本、封本、毛本、潘本作"酬納"。

⑧ 明日：何本作"即日"。自來也：容本、起本、徐參本、何本、陳本、秀本、硃本、天李本、六幻本、湯本、魏本、峒本、封本作"必自來也"，徐畫本、徐音本、三合本、潘本作"必自來拜見也"，驪本、延本、張本、毛本作"自來拜見也"。徐參本此句後多"是必傳言"。

一见便生借寓之想。生又豪爽磊落人也，故一见遂税往京之驾。见景生情，随机使巧，若必待终夜无眠而算出，张生愚不至此。

【赚煞】饿①眼望将穿，【徐画旁】【田旁】凑语。馋口涎空咽。【罗眉】馋，音谗。涎，音填。咽，音燕。【秀眉】馋，音缠。空着我透骨髓相思病染②【汤沈旁】一收煞了。，【罗眉】髓，音虽，上声。【凌眉】病染，"染"字犯廉纤韵，必有误。朱石津本作"寒"，金白屿本作"怎遣"，王伯良改为"病缠"，以为独得。盖此字原可平声，三字皆可，未知谁为本字耳。【陈眉】至今遍身酥麻起来。【张眉】缠，叶韵，讹"染"，非。【封眉】准备着，时本作"空着我"。殄，时本作"染"。故即空主人谓犯廉纤韵，有误。朱石津本改作"寒"，王伯良本改做"缠"。怎当他临去③秋波那一转。【范旁】【龙旁】收煞了"刚刚打个照面"一句。【徐画旁】【田旁】此一部《西厢》关窍。【潘旁】此处方正写秋波。【谢眉】"秋波"一句，乃《西厢》一书之大旨。【范眉】【龙眉】【继眉】"秋波"一句是一部《西厢》关窍。【徐画诸眉】临去秋波那一转，乃《西厢》一部之蘖端，一部之提要，一部之纲领，一部之关键，一部之游丝。【徐音眉】"临去"一句，一部《西厢》关窍。【汤沈眉】此总叙前因，以致怅望之意。染，方本改"缠"，亦未妥。"秋波"一句是一部《西厢》关窍。【三合眉】"临去秋波"一句，是一部《西厢》关窍。休道是小生④，便是铁石人也意惹情牵⑤。【徐画旁】【田旁】凑语。【田补眉】

---

① 饿：潘本作"饥"。
② 空着我：徐画本、徐音本、骥本、延本、张本、三合本、潘本作"怎不教"，毛本作"这"。病染：屠本、毛本作"怎遣"，徐画本、徐音本、骥本、延本、张本、三合本、潘本作"病缠"，封本作"病殄"。
③ 怎当：张本无。临去：罗本作"临去也那"，徐画本、徐音本、三合本、潘本作"临去也"。
④ 休道是小生：骥本、张本、毛本无。
⑤ 便是铁石人也意惹情牵：便是，屠本作"你便是"。徐画本、徐音本、三合本、潘本作"铁石人也恨惹情牵"。

恨惹，作"意惹"勝。【陳眉】【硃眉】至今遍身酥麻起來。近①庭軒，花柳爭妍②，【範旁】【龍旁】情中點景，緊處着慢。【湯沈旁】以下數語，即物在、人不在之意。【羅眉】妍，音研。【繼眉】"近庭軒"數語，情中點景，緊處着慢。【凌眉】爭妍，徐改"依然"，不知"春光在眼前"，正即"依然"之意，不必先竄之。【湯沈眉】"近庭軒"數語，情中點景，緊處着慢。"爭妍"亦不妨，徐本改作"依然"，復呆。【封眉】鮮妍，時本作"爭妍"。日午當庭③塔影圓，【徐畫旁】已上俱是在天夢中，此處方見青天。【羅眉】圓，音夗。【起眉】李曰："日午當庭塔影圓"，直出浮屠頂上，獨立橫睨，飄飄天致。春光在眼前。【羅眉】前，音千。爭奈玉人不見④，【繼眉】《世說》：裴楷，字叔則，容儀端美，時人謂之玉人。又稱近叔則如"玉山照映人"也。【徐畫眉】【田眉】"依然"二句，謂花柳依然如故，塔影春光在眼前，玉人則已去，不得見也。俗改"爭妍"，便覺無味。【延眉】"花柳依然"二句，謂花柳依然如故。塔影春光在眼前，玉人則已去，不得見也。俗改"爭妍"，便覺無味。【三合眉】"依然"二句，說花柳依然如故。塔影春光在眼前，玉人則已去不見。"依然"俗改"爭妍"，便覺無味。將一座⑤梵王宮，【範旁】【龍旁】佛院。【羅眉】梵，音范。疑是【湯沈旁】一作"似"，非。【徐參眉】我亦加疑。武陵源。（下）⑥【範旁】仙境。【容旁】有餘不盡，無限妙處。

---

① 近：驥本、延本、毛本作"近着"。
② 爭妍：徐畫本、徐音本、驥本、延本、張本、三合本、毛本、潘本作"依然"，封本作"鮮妍"。
③ 當庭：張本作"當天"。
④ 爭奈：徐畫本、徐音本作"爭耐"，三合本、潘本作"怎奈"，張本作"奈"。玉人：羅本作"玉人兒"，屠本作"這玉人兒"。
⑤ 將一座：徐畫本、徐音本、驥本、延本、張本、三合本、潘本作"這一所"。
⑥ 弘本此處多："【題目】老夫人閉春院，崔鶯鶯燒夜香。【正名】俏紅娘懷好事，張君瑞鬧道場。"範本、龍本、徐畫本、徐音本此處多："（生云）簾下三間出寺牆，滿階垂柳綠陰長，嫩紅輕翠間濃妝。驀地見來猶可可，却來閒處暗思量，如今情事隔仙鄉。（并下）"三合本、潘本同，但無"（生云）"。

【龍旁】仙境。【範眉】【龍眉】又翻"寺裏遇神仙"句公案。【起眉】王曰："將一座梵王宮，疑是武陵源"，影在日前，神離世外。【張眉】第七句少一字。依然，言景物如故，玉人已去矣。訛"爭妍"，非。日惟午始當天，塔影方圓。訛"庭"，非。【湯眉】有餘不盡，無限妙處。【湯沈眉】末二句又翻"寺裏遇神仙"句公案。【魏眉】將一座梵王宮，疑是武陵源，影在目前，神離世外。【峒眉】"將一座"一句，影在目前，神離世外。【徐畫諸夾】花柳依然，舊本"花柳爭妍"，二者爭妍，是也。【驥夾】纏，舊作"染"，不叶，見後注。【延夾】纏，舊本作"染"，不叶。【毛夾】相思怎遣，諸本作"相思病染"，"染"字屬廉纖閉口韻，固非。若朱氏本改作"病寒"，王本改作"病纏"，則亦非是。初見而曰"病纏""病寒"，情乎？且【賺煞】第三句末二字須用去上，"病纏"為去平，終是誤也。舊本"怎遣"最當，而或反議其與"怎當他"有礙，不知"怎當他"另起作轉，與"怎遣""怎"字參差呼應，最有語氣。若云"這相思怎遣得耶"，然非不欲遣也，怎當他臨去時如許傳情，則雖鐵石人也遣不得也。參釋曰：于仁望勿及處，又重提"臨去"一語，于意為回復，于文為照應也。又參曰：元人作曲，有鳳頭、猪肚、豹尾諸法，此處重加抖擻，正豹尾之謂。【潘夾】上數闋，將面龐眉齒、聲音體態，下至腳踪，件件寫盡。而獨云"休提眼角留情處"，直至此乃云"怎當他臨去秋波那一轉"。眼角留情處，到底不能不提。傳神寫照，正在阿堵中也。

【容尾】【湯尾】總批：張生也不是個俗人，賞鑒家，賞鑒家！【陳尾】批：摹出多嬌態度，點出狂癡行模，令人恍然親睹。【三合尾】湯若士總評：鶯也，紅也，張也，都是積世情種子，故佛地乍逢，各各關情如火。若聰和尚，便是門外漢矣！李卓吾總評：張生也不是個俗人，賞鑒家！賞鑒家！徐文長總評：只鄭氏叫小姐閒耍散心一語，做出許多色聲香味折子來。【魏尾】總批：窈窕嬌姿，風流狂興，情詞中發出，至今想像，恍如親睹。【峒尾】批：張生才子，鶯女佳人。一見賞心，百年秦晉。【潘尾】說意：此折當分作前後兩截看來，文情便覺陡然入勝。其前後界限，在"正撞着五百風流業冤"一句上截。自此以前，張生自西洛而來，不但胸中未有"色、艷"二字，即眼中、口中從無一語道及。讀"游藝中原"兩闋，張是個讀書游學、世家子弟，不則亦是功名事業中人。讀"九曲風濤"一闋，一往氣吞河海，張便是個蓋世英雄。及甫弛旅擔，即思走上刹，禮空王。讀"隨喜上方"一闋，張又是一個佛門種子，乃正在參菩薩、拜聖賢之際，忽分出色空兩境來。張于此便逗起無數情苗，便覺胸中、眼中、口中更無他事。蓋佛殿空王境也，雙文絕艷色也，于空王之境，忽現絕色，蓋空本無色，而色從空造。既已有色，便即非空。因現見而起慕悅，因慕悅而生煩惱，因煩惱而成顛倒，此所謂業冤，無能度脫者也。作者因于無色中示色，極諸妄因，直至草橋夢破而後已。俾一切沉溺愛欲苦海中者，咸登于大覺，而佛始無礙其爲也已。一部《西廂》，大指全托始于"佛殿"二字，蓋直爲佛祖現身說法，未可爲門外漢道。佛殿本空王境也，乃無端構此妄緣，遂種諸業，豈空王自爲之乎？或曰有因也。佛言一切世間，皆從因生，有因者則得生，無因者終竟不生。是故如來，教諸健兒，慎勿造因。如彼崔相，出堂俸，建別院，爲他日避賢之地，而已不覺爲身後之西廂。遠遠作因，雖然未知，因中之因也。夫普救爲何皇敕建？市卒曰："武則天娘娘也。"老夫人亦云："則天娘娘命夫主蓋造。"夫則天娘娘，乃大周皇帝也，此爲何如人乎？崔相職居宰輔，委身女主，不能匡正其媱惡，而又逢君佞佛，釁血塗膏，復没其國課之餘，私蓋別院，豈誠能出堂俸爲避賢地哉？此無明種子，轉輾相因，爲待月西廂所由來也。他日夫人云："這等事，不是我相國人家做出來底。"嗚呼，不于相國，更于誰氏？爲相國者，可不慎思與！

【驥尾附】注一十四條

【賞花時】【幺】博陵，今屬真定府。蒲郡，即今山西蒲州，唐爲河中府。鶯鶯，唐永寧尉崔鵬之女。永寧，今屬河南府。傳言崔氏孀婦，將歸長安。長安，今陝西西安府，唐所都也。博陵之崔，唐名族，鵬或徙居長安。又鵬妻鄭氏墓志，謂其既喪夫，遭亂軍。則鄭之歸鵬，當以官卒于永寧，不當言京師。由永寧至長安差近，不當復至河中。言歸長安，又不當復葬博陵。記中所謂相國崔珏，及此曲"夫主京師禄命終"，及"望不見博陵舊冢"，頗與志傳不合，皆詞家烏有之語耳。【賞花時】及第四折【端正好】二調，元人皆謂之楔兒，又謂楔子。北之楔兒，猶南之引曲也。孤，謂子；嬤，謂母。門掩重關蕭寺中，係本傳李公垂《鶯鶯歌》語。幺，音妖。俗作么，非。凡北詞第二曲皆謂之幺，猶南詞之前腔也。

【點絳唇】腳根無綫，言無繫定也。蓬，蒿屬。《埤雅》云："其葉散生如蓬，遇風輒拔而旋。"古者觀轉蓬而知為車。古本"醉眼"，本杜詩："弟妹悲歌裏，朝廷醉眼中。"又，（元喬夢符《金錢記》："空着我烘烘醉眼迷芳草。"）蓋元人多用此語，謂功名未遂，而客遊長醉也。今本俱作"望眼"，非。

【混江龍】"雲路鵬程"四句，《中原音韻》所謂"逢雙對"也。凡他曲逢雙者，皆仿此。此調字句可增減，故與他折時有异同。蠹魚似，猶言似蠹魚，倒句法也。投至得，猶言待到得也。末"空雕蟲篆刻，綴斷簡殘編"，與首"向詩書經傳，蠹魚似不出費鑽研"，似複。詞隱生云："俗人機，俗字《中原音韻》叶作平聲，似不如改世字為妥。"

【油葫蘆】曲中直詠黃河甚奇，然亦本董解元詞意。（董詞："黃流滾滾，時復起波濤"及"千金竹索，纜着浮橋。"）皆俊語也。九曲黃河，古有是語，故言此語從何處顯得，惟此地偏也。不然着一"顯"字，是趁韻矣。顯，諸本訛作"險"，入廉纖閉口韻，非。"這河"二字，係白，讀斷，直貫至"泛浮槎到日月邊"，總來形容此河。徐云："張之行騎，一路沿河而來也。""帶齊梁分秦晉臨幽燕"九字成文勿斷，原七字句，襯二字。

【天下樂】疑是銀河落九天，係李太白詩句。黃河之水天上來，故云"高源"，二字作句。雲外懸，又句。調法如此。杜工部詩："高尋白帝問真源。"俗本作"淵泉"，謬。末句直頂上文"這河"二字來，謂河流通天漢，故泛浮槎可到。海客乘槎事，見《博物志》及《獨异志》，不言張騫，惟《荊楚歲時記》直以屬騫。及杜詩有"乘槎消息近，無處問張騫"句，然殊未確。俗本益"張騫"二字，于本調多二字，從古本，去之。

【村裏迓鼓】此調舊作【節節高】，誤。【節節高】係【黃鐘宮】曲，字句亦稍不同。"廚房近西"與"法堂北鐘樓前面"，參差相對。（董詞："隨喜塔位，轉過回廊，見個竹簾挂起。到經藏北廚房南面鐘樓東裏。"）北人凡神佛皆稱聖賢，如關神稱"關聖賢"之類。"五百年"句用董語。（董白："與那五百年疾憎的冤家，正打個照面。"）

【元和令】"顛不剌"句，反起下"可喜娘"句。顛，輕佻也。不剌，方言，助語詞。元詞用之最多，不必其着顛字，【驟眉】詞隱生評："始覺俗解可恨。"如（《舉案齊眉》劇："破不剌，碗內吃了些淡不淡白粥。"）之類，（董詞："教普天下顛不剌的浪兒每許。"）言輕佻之甚者，見了萬千，似鶯鶯之凝重可喜者罕。下"儘人調戲"三句，正見凝重意。"儘人調戲"勿斷，七字句襯一着字。（董詞："儘人顧盼，手把花枝撚。"）徐云："眼花"及下"魂靈"二句，殊俚。

【上馬嬌】首三句，自驚疑駭咤之詞。藏經，三十三天已上一倍；夜摩天宮殿，夜摩天上又一倍；兜率，陀天宮殿，向上重重皆倍。"宜嗔宜喜"二句屬下，【勝葫蘆】曲看。"偏"字作一字句，本調如此，自來并"宜貼翠花鈿"一句下，誤。

【勝葫蘆】（董詞："宮樣眉兒山勢遠。"）古本作"弓樣"，殊新。但下既言"月偃"，又曰"弓樣"，兩譬喻似重。今從"宮"。覥，他典切，音腆。注："慚也。"面覥，言羞澀面慚也。詩："有覥面目。"彼作面見，又一義。俗本誤認作緬字音，又益一"䩄"字，不知字書并無此字，訛傳已久，無一識字者，可笑。玉粳，齒也。（元楊顯之《曲江池》劇："玉粳牙休兜上野狐涎。"）（《雍熙樂府》散曲："櫻桃微綻玉粳齒。"）綻字，原不用韵。

【幺】"噯噯鶯聲"屬上"半晌恰方言"句看，"行一步可人憐"又貫下四句。諸本首句有"恰便似"三字，與下"似垂柳晚風前"，兩"似"字重，古本無。徐云："解舞"以下四句形容，略似妓人，與前"顛不剌"數語相戾，且與前"未語人前"數語又自不類。

【後庭花】徐云："襯殘紅"二句，只應上白"怎生便知他腳小"意。"休提""眼角"以下，又推出一層意。"慢俄延"以下四句，正"腳踪兒將心事傳"也。"剛剛打個照面"，正"眼角兒留情處"也。櫳門，指鶯鶯進去之門，言其行之紆徐係戀，及門而舉步差遠，復打個照面而傳情無已也。（董詞："忽聽得檻門兒啞地開。"）（元《墻頭馬上》劇："小業種，把檻門掩上些。"）其爲門明甚，作檻訓，非。眼角傳情，打個照面，即後所謂"臨去秋波那一轉"也。此調句字亦可增減，與他折不同。徐云：至此方是妙語。

【柳葉兒】"天天"連讀勿斷，與（董詞："天天悶得人來殺。"）（《琵琶記》："問天天怎生結果？"）一例。"恨"字，係襯字。俗以"恨天"作句，謬甚。然此句亦俚。徐云：末句并近湊插。【驪眉】傳中如此洗發，裨益不少。

【寄生草】此總形容鶯鶯去後之景，不必如古注以"東風"二句，起下"珠簾"句看。徐云："觀音院"對"相公家"，天成妙語。"花柳"與"簾"，正形容院中景也。此"院"字，即上之洞天，下之武陵源。諸本俱作"現"，惟朱氏古本作"院"，今改正。（董詞："我恰纔見水月觀音現。"）蓋用其語，而稍易一"院"字耳。中三句，鼎足對法也，後仿此。掩映，古本作"遮映"，今并存。

【賺煞】諸本俱作"透骨髓相思病染"，染字，屬廉纖，閉口韻，非。朱本作"相思病寒"，寒字，亦生造，不妥。金本作"相思怎遣"，又與前"難消遣，怎留連"下"怎當他"，重甚。蓋【仙呂宮】【賺煞】第三句末四字，法當用平平去上，此本調也，亦有間用平平去平者，如（元關漢卿《玉鏡臺》劇："把我雙送入愁鄉醉鄉。"）（鄭德輝《王粲登樓》劇："夢先到襄陽峴山。"）（賈仲名《重對玉梳》劇："好痛苦也荊郎楚臣。"）（白仁甫《墻頭馬上》劇："與你個在客的劉郎得知。"）又，他如《虎頭牌》《單鞭奪槊》《漁樵記》《蕭淑蘭》《後庭花》《符金錠》《射柳蕤丸》等劇，及諸散套，凡數十曲皆然。故此曲斷爲平聲，病纏之誤無疑。【驪眉】北詞要入弦索，極拘平仄。然每句住頭字，則不必拘，凡南北詞皆然。此"纏"字改得絕妙。俗子本不識此格，欲求合上聲，則爲"染"，而不知失韻。朱本明知其誤，却求上聲韻中，無可易者，則強爲"寒"，而不知語不雅馴。金本易"怎遣"，于義稍妥，而不知重複之非體。蓋北詞平仄，往往有不妨互用者，即如下"臨去秋波那一轉"之"轉"，係上聲，後第三折"眉眼傳情未了時"之"時"，又易平聲。諸凡如此，記中甚多，此一字，去聲既不可用，上聲又無可易，則求之平聲韻中，無過"纏"字為穩者。又"病纏"二字，見白樂天《長慶集》中，亦本詩語。今直更定，然總之非妙語也。怎不教，今本作"空着我"，亦非。乍見而即云病，本自不妥，曰"空着我"，則直似已然，故不如"怎不教"之猶為虛活話頭，然亦與下"怎當他"亦稍礙，或更有誤字。意惹情牽，古本作"恨惹"，似"意"字勝。"花柳依然"以下數語，謂花柳依然如故，塔影春光在眼，玉人則已去不得見也。俗本作"爭妍"，非。此只當用天台桃源，用武陵亦漫，以聲不叶故耳。

【六幻本】五劇箋疑

楔子：元曲每本止四折，其有餘情難入四折者，別為楔子。止一二小令，非長套也。楔，音屑。墊卓小木謂之楔。木器笋鬆，而以木砧之，亦謂之楔。吳音讀如撒。

夫人鶯紅歡郎上：舊本相沿，稱謂各異。有外扮老夫人，旦俠扮紅娘，正旦扮鶯鶯，正末扮張生者。有生旦丑淨老旦末外者，有狚狐靚鴇捷譏引戲者。有如上云者，家誇善本，戶信真傳，亦安所適從哉？既非經世之典，何煩議禮之訟，意者取其長而已矣。記中異同，悉從此例。

鍼黹：鍼，古針字。黹，音指。晉人呼縫衣為黹，今俗作指。

祿：音慮。北音無入聲，凡入聲字，俱入平上去三聲。此風土相沿，非叶也。

梵王宮：梵，梵唄也，誦經聲。佛為空王，又曰法王，亦曰仁王，故佛寺為梵王宮。

博：去聲。

血：上聲。

杜鵑：鳥名。一名杜宇，又名子規。啼聲哀痛，目至流血。

幺：北詞第二曲謂之幺，猶南詞云前腔也，或作幺篇。

值：本音稚，去聲字也，并無入聲，然俗有讀作直者。徐文長云借叶去聲，豈亦未能免俗耶？

萧寺：南朝齊梁皆蕭姓，好造佛寺，因名焉。

花落：音傽。

脚：音皎。

一之一　佛寺奇逢：一作"第一折"，一作"第一套"，一作"第一齣"，一無"佛寺奇逢"字。

蓬轉：陳長方《步里客談》云：十人多用轉蓬，竟不知為何物。外祖林公使遼，見蓬花枝葉相屬，團欒在地，遇風即轉，問之，云轉蓬也。轉，去聲。

望眼連天：一作"醉眼"。

日近長安遠：晋明帝幼聰敏，元帝愛之。長安使來，元帝問曰："日與長安孰近？"對曰："長安近。不聞人從日邊來。"明日宴群臣，又問之。對曰："日近。"帝失色。曰："舉頭見日，不見長安。"帝益奇之。日，去聲。

蠹魚般似：或無"般"字。

出：上聲。

鐵硯：桑維翰讀書不第，人或勸其改業，維翰鑄鐵硯示之曰："硯穿則易他業。"卒進士及第。鐵，上聲。

投至得：巴得到也。得，上聲。

鵬程九萬：《莊子》："鵬之徙于南溟也，水激三千里，搏扶搖而上者九萬里。"

雪窗：孫康家貧無油，映雪讀書，後至御史大夫。窗，一作"案"，于韵不協。雪，上聲。

螢火：車胤家貧無油，夏月囊螢讀書。火，一作"窗"。

俗人之俗：去聲。

雕蟲篆刻：或問楊雄曰："吾子少而好賦？"曰："然。童子雕蟲篆刻。"俄而曰："壯夫不為也。"

九曲風濤何處顯：顯，或作"險"。曲，上聲。

則除是此地偏：一本無"則除是"三字。

拍：上聲。

竹：上聲。

北百：俱上聲。

却便似弩箭乍離弦：一本無"却便似"三字。却，上聲。

只疑是銀河落九天：陳江總詩："織女今夕渡銀河，當見清秋停玉梭。"言天河也。《孫子》："善攻者動于九天之上。"此但形容其高。俗本引東西南北中央等，無謂。只音子，一本無"只"字。

淵泉雲外懸：一本"淵泉"作"高源"。

梁園：《西京雜記》：漢梁孝王好士，有兔園，相如、枚生等悉延居其中。萬頃田，不可解。多士不可以無食耶？

浮槎：《博物志》：張騫居海上，每年八月，見浮槎從水漂來。遂具衣糧乘之，到一處，見城郭屋宇，婦人織機，丈夫牽牛飲。問曰："此是何處？"曰："君至蜀可訪嚴君平。"張還，如其言。君平曰："某年月日，有客星犯牛渚。"即張騫到天河時也。及得石歸，君平曰："此織女支機石也。"

節節高：王伯良本作【村裏迓鼓】，云【節節高】係【黃鐘宮】，字句亦稍不同。

佛：平聲。

早來到下方僧院：一本無"早"字。

把回廊繞遍：把，或作"將"。

塔：上聲。

羅漢：梵語也。華言應供，亦云殺賊，亦云無生。

菩薩：梵語也。其云菩提薩埵，稱菩薩，省文也。華言覺衆生。薩，上聲。

呀，正撞著五百年風流業冤：一本無"呀"字，一本"年"下有"前"字。業，去聲。

顛不剌：不剌，北方助語辭。不，音鋪。如怕人云怕人不剌的，唬人云唬人不剌的。凡可墊助語處，借帶此三字。顛者，輕狂也。剌，音辣，去聲。

可喜娘的臉兒罕曾見：臉，一作"龐"。

則著人：則，音子。著，音召。

他那裏儘人調戲：一本無"他那裏"三字。

亸著香肩：亸，音朵，一作"軃"。

撚：音乃殄切。

兜率宮：《阿含經》：須彌山半，四萬二千由旬，有四天王天。須彌山頂爲帝釋天，上一倍爲夜摩天，上爲兜率陀天，蓋三十三天之一也。率，音律。兜率，華言知足。離恨天乃調生之語，本無所出。舊注言在諸天之上者，妄也。

翠花鈿：韋固旅次戎城，遇异人何澄撿書，因問曰："何書？"曰："天下婚牘。"固曰："吾娶潘昉女可成乎？"曰："未也。君婦適三歲，十七入君門。"固曰："安在？"曰："店北賣菜陳嫗之女。"固見抱三歲女，哑刺損眉間。後十四年，王泰以女妻之，容貌端麗，眉貼花鈿。逼問之，曰："幼時爲賊所損，痕尚在。"宋城宰聞之，名其店曰："此定婚店也。"

涎䫄：上音免，下音腆。俗本以䫄爲免，音面，杜造一"䫄"字于下，讀爲腆字。或作"䫄腆"。

玉粳：齒也。《曲江池》劇云："玉粳牙休兜上野狐涎。"玉，去聲。

白：音排。

半餉却方言：餉，他本俱作"晌"，查字書無"晌"字。却，上聲，或作"恰"。

恰便似嚦嚦鶯聲花外囀：一本無"便"字，一本無"恰便似"三字。恰，上聲；嚦，去聲。

行一步可人憐：憐，愛也。可，猶言恰恰也。生公虎邱講經，宋文帝大會沙門，親御地筵，食至良久，衆疑過中。以僧律日過中即不食也。帝曰："始可中耳。"生公曰："白日麗天，天言可中，何得非中？"即舉箸食。劉禹錫詩曰："一輪明月可中庭。"皆言恰恰、正好。此云不但容貌聲音，色色堪愛，便走一步兒，也可可爲人憐愛也。下四句正是可人憐處。一，上聲。

怎顯得步香塵底樣兒淺：得，一作"這"。石崇以沈香末布于席上，令姬妾行。無迹者，賜珠百顆，有迹者，節其飲食，令體輕。閨中相戲曰："若非細骨輕軀,那得百顆珍珠。"

角:音繳。

慢俄延:一本上有"見他"二字。

似神仙歸洞天:一本無"似"字。

空餘下楊柳烟,只聞得鳥雀喧:一本無"下"字、"得"字。

門掩著梨花深院:著,一作"了"。

恨天天不與人方便:天天連唱勿斷。一本"人"下有"行"字。

好著我難消遣,端的是怎留連:或無"好著我""端的是"六字。

兀:去聲。

芙蓉面:《西京雜記》:"卓文君臉際長若芙蓉。"

我道是海南水月觀音院:院,俗本作"現",非。韵亦欠工,少風致。我道是,或作"我則道"。

空著我透骨髓相思病染:空著我,一作"怎不教"。染,或作"纏"。

臨去秋波那一轉:一本"去"下有"也"字。

意惹情牽:意,或作"恨"。

花柳爭妍:爭妍,一作"依然"。

玉人:裴楷儀容端美,時號為"玉人"。

將一座梵王宮:將一座,一作"這一所"。

武陵源:《桃花源記》:晋時武陵人捕魚溪行,忽逢桃花夾岸,芬芳鮮美。漁人異之,復前行,有小口,仿佛有光。初極小,復行數步,豁然開朗。屋宇阡陌,鶏犬相聞,男女耕織,悉如人世。漁者大驚,問所從來,曰:"先世避秦之所。"

【會注】

【弘注】【範注】【羅注】【起注】【陳注】【秀注】【硃注】【湯注】【魏注】【峒注】梵王宮:佛寺也。因(範本、羅本、起本、陳本、秀本、硃本、湯本、魏本、峒本無)梵王太子削髮爲僧,故(範本、羅本、秀本、硃本、湯本作

"因")名焉(起本、陳本、硃本、魏本、峒本無)。【徐音注】梵王宮:梵王太子削髮爲僧,因名寺爲梵王宮。【徐參注】梵王宮:寺曰梵宮,梵王太子削髮爲僧,故名。

【弘注】杜鵑,出《詩學》,一名杜鵑,一名杜宇,一名子規。四月五月偏嚎叫,其聲哀痛,口常流血,所訴何事?詩曰:"杜鵑口血能多少?都是愁人淚滴成。"【範注】【秀注】杜鵑:鳥也,一名杜宇,一名子規,四五月啼,聲哀痛,口至流血不已。詩曰:"杜鵑口血能多少,都是愁人淚滴成。"【羅注】【起注】【徐音注】【陳注】【硃注】【湯注】【魏注】【峒注】杜鵑:鳥名也(起本、徐音本、陳本、硃本、魏本、峒本無),一名杜宇,一名子規,四五月啼聲哀痛,口至流血不已(口至流血不已,起本、陳本、硃本、魏本、峒本作"口至流血",徐音本作"口流血乃止",湯本作"目均流血")。【徐參注】杜鵑:鳥名,一名杜宇,一名子規,啼聲口必流血。

【弘注】蕭寺,出《翰墨全書》。梁武帝姓蕭,好佛,造佛寺,故云蕭寺。令蕭子雲飛白書"蕭寺",至今有字存焉。今多稱僧居爲"蕭寺"者,必用梁武造寺,以姓爲題也,故號蕭寺。【羅注】【起注】【徐音注】【徐參注】【陳注】【秀注】【硃注】【湯注】【魏注】【峒注】蕭寺:梁武帝姓蕭,好佛造寺,因名焉(起本、徐音本、陳本、硃本、湯本、魏本、峒本無)。

【弘注】【範注】【羅注】【起注】【陳注】【湯注】【魏注】八拜,出《聞見錄》(範本、羅本無"出",起本、陳本、魏本無"出《聞見錄》")。韓魏公留守北京,李稷以國子博士,爲怠(範本、羅本、起本、陳本、魏本作"漕",湯本作"漬")慢。公抵潞,公代魏公爲守,稷謁見。公着道服出,語之曰:"汝父吾客也,當(範本、羅本、湯本作"只")八拜。"稷不得已,如數拜之(起本、陳本、魏本無)。【徐參注】八拜:謂父所交,子當八拜。

【弘注】萬金寶劍,出《吳越春秋》,又《蜀志》,又《群玉》。楚昭王卧而寤,得吳王寶劍于牀。昭王不知其故,乃問風胡子:"此劍不知是何劍也?"風胡子曰:"此爲湛盧之劍。"王曰:"何以知之?"風胡子曰:"臣聞吳得越,而獻寶劍三枝,一曰魚腸,二曰盤郢,三曰湛盧。魚腸以誅王侯,盤郢以送其死。女合葬，湛盧入楚也。"昭王曰："湛盧所去者何也？"風胡子曰："臣聞越王元帝，使歐冶子造劍五枝，以示薛燭。燭對曰：'魚腸不可服也，盤郢無益于人，故送死女合葬，湛盧入吳。然人君有逆理之謀，其劍即出，故去無道以就有道。今吳王無道，殺越謀楚，故湛盧入。'"楚昭王曰："其值幾何？"風胡子曰："臣聞此劍在越鮮有酬其值者。是劍有七星，五色龍文。鄰國聞知，請劍看之，與越駿馬三千四，雖斛量金珠，亦不可得見也。"【範注】【秀注】萬金寶劍：出《吳越春秋》。楚昭王夢得吳王寶劍在床，昭王不知其故，問臣名風胡子："主何吉凶？"對曰："此為湛盧之劍。"王："何以知之？""臣聞吳得越，而獻寶劍三：一曰魚腸；【秀眉】魚腸藏劍以刺人，故名之。二曰盤郢；三曰湛盧。魚腸以誅王僚，盤郢以送其死女合葬，湛盧入楚也。"昭王曰："湛盧何用也？"風胡子曰："臣聞越王先帝，使歐冶子造劍五枝，以示薛燭。燭對曰：'魚腸不可復也；盤郢無益于人，故送死女合葬；湛盧入吳。然人君有逆理之謀，其劍即出。故去無道以就有道，今吳王無道，殺越謀楚，故湛盧入楚也。'"昭王曰："劍值幾何？""臣聞此劍在越無有酬其值者，是劍上有七星五彩龍文。鄰國聞之，請觀者與越駿馬三千四。雖斛量金珠亦不可得也。"

【弘注】游藝，出《論語》。游者，玩物適情之謂。藝則禮樂之文，射御書數之法者，至理所寓而日用之不可缺者也。【範注】【羅注】游藝：《論語》。游者，玩物適情之謂；藝則禮樂之文，射御書數之法。

【弘注】脚根無綫，出《書學》。赤繩係足，韋固問月下老人□□□曰赤繩□□係夫婦也。□□□□□□□鄉□□□□□終□□□□□轉出事物□□□□□□□□□□□而旋故□□□□□。【範注】脚根無綫：出《書言》。赤繩繫足。韋固問月下老曰："囊中何物？"曰："赤繩，古者聘娶以采繩繫夫婦之足。雖讎敵之家，吳楚異鄉，富貴懸隔，此繩一繫，夫婦永遠，和合之意，終不可遣。"脚根無綫，言未娶也。【羅注】脚根無綫：古者聘娶，以彩繩繫夫婦之足。脚根無綫者，言未娶也。【秀注】脚根無綫：古者聘娶，以彩繩繫夫婦之足，雖讎敵之家，吳楚異鄉，富貴懸隔，此繩一繫，夫婦永遠，和合之意，終不可違。脚根無綫者，言未娶也。

【範注】【羅注】【秀注】【峒注】蓬轉：出《事物紀原》（羅本無"出《事物紀原》"）。蓬，蒿草也，遇風葉散，展轉而旋，直上九霄之上。故古者觀蓬轉爲輪。【起注】【硃注】【湯注】蓬轉：蓬蒿遇風，葉散展轉而旋，直上九霄之上，古者（硃本無）觀蓬轉而（硃本無）爲輪。【徐音注】蓬轉：蓬蒿遇風，葉散展轉而旋舞，古者觀蓬轉而爲輪。【徐參注】蓬轉：蓬遇風葉散亂而旋轉。

【弘注】【範注】【羅注】【起注】【徐音注】【陳注】【秀注】【硃注】【湯注】【魏注】【峒注】日近長安遠（範本、羅本無"長安遠"，起本、徐音本、陳本、湯本、魏本、峒本無"遠"）：出《晋書》（範本、羅本、起本、徐音本、陳本、秀本、硃本、湯本、魏本、峒本無"出《晋書》"）。晋明帝幼而聰哲（幼而聰哲，範本、羅本、起本、徐音本、陳本、硃本、湯本、魏本、峒本作"幼聰敏"），元帝愛之（硃本無"元帝愛之"）。時（範本、羅本、起本、徐音本、陳本、硃本、湯本、魏本、峒本無）長安使來，【秀眉】長安，今之陝西。帝因（帝因，範本、羅本、起本、徐音本、陳本、秀本、硃本、湯本、魏本、峒本作"元帝"）問曰："日與長安孰近？"（範本、羅本、起本、徐音本、陳本、秀本、硃本、湯本、魏本、峒本此處多"對曰"）"長安近，不聞人（範本、羅本無）從日邊來。（硃本無"不聞人從日邊來"）"明日會（範本、羅本、起本、徐音本、陳本、秀本、硃本、湯本、魏本、峒本作"宴"）群臣，又問之，對曰："日近。"帝失色。又（範本、羅本無）對曰："舉頭見日，不見長安。"帝益（起本、徐音本、陳本、硃本、湯本、魏本、峒本作"愈"，秀本作"甚"）奇之（硃本無）。【徐參注】日近長安：晋明帝幼聰敏，對元帝說日與長安孰遠近？有曰："舉頭見日，不見長安。"

【弘注】蠹魚，出魚豢《典略》。衣，書中蠹魚也，形如蠨蟭。又云白魚也，生死衣書間。【範注】蠹魚：出《魚典》。此魚出于書中，形似蟴蟭，更一在書中鑽研。【羅注】蠹魚：蛀書蟲也，形似蟴蟭，只在書中鑽研。【羅眉】蟴，音次。蟭，音齊。鑽，音攢。【起注】【陳注】【湯注】【魏注】【峒注】蠹魚：蛀（陳本、峒本作"蠹"）書蟲，似蟴蟭。【徐音注】【徐參注】蠹魚：蛀（徐參本作

"食")書蠹。【姝注】蠹魚：蟲名。

【弘注】棘圍，《出通典》。唐禮部閱試之日，皆嚴設兵衛，拵棘圍之，以防假濫。【範注】【羅注】【起注】【徐音注】【徐參注】【陳注】【秀注】【姝注】【湯注】【峒注】棘圍：唐禮部為考試之官（羅本無"之"，起本、徐音本、徐參本、陳本、姝本、湯本、峒本無"之官"）嚴切，設兵衛以（以，起本、徐音本、徐參本、陳本、姝本、湯本、峒本作"荊棘"）圍之，以（羅本無）防假濫。【魏注】棘圍：唐禮部考試嚴切，設兵衛棘圍之。

【弘注】鐵硯，出《書言》。桑維翰或令人改其業，又舉鐵硯以示人曰："硯穿則易他業。"卒以進士及第。【範注】鐵硯：出《書言》（羅本無"出《書言》"）。桑惟翰讀書不第，或人令改其業，惟翰鑄鐵硯以示人："硯穿則易他業。"卒以進士及第。【起注】【徐音注】【陳注】【湯注】【魏注】【峒注】鐵硯：桑惟翰讀書不第，人令改業，惟翰鑄鐵硯以示人，曰："硯穿則易他業。"卒及第。【徐參注】鐵硯：桑維翰書第，人令改業，翰鑄鐵硯以示人，硯穿則改易。【秀注】鐵硯：五代桑惟翰讀書不第，或勸其改業，惟翰鑄鐵硯以示人，曰："硯穿則易他業。"卒以進士及第。【姝注】鐵硯：桑維翰不第，人令改業。維翰鐵硯示人："硯穿易業。"卒及第。

【弘注】【範注】【羅注】【秀注】鵬程九萬里：出《詩學》（出《詩學》，羅本作"《莊子》"，秀本無）。"北溟有魚，其名曰鯤，化而為鳥，又名（又名，羅本、秀本作"其名曰"）鵬，背負青天，翼若垂雲。一飛九萬里，（秀本此處多"　"）風斯下矣。"【起注】【徐音注】【陳注】【姝注】【湯注】【魏注】【峒注】鵬程九萬里：（徐音本此處多《莊子》）"北溟有魚，其名曰鯤。化而為鳥，其名曰鵬。背負青天，翼若垂雲。"一飛則（姝本無）九萬里也（姝本無）。【徐參注】鵬程：鵬搏直上九萬里。【秀注】鵬程九萬里："北溟有魚，其名曰鯤。化而為鳥，其名曰鵬。背負青天，翼若垂雲。一飛九萬里，遇風斯下矣。"

【弘注】雪窗，出《日記》。孫康家貧，映雪讀書。少清介，交游不雜。後至御史大夫。【範注】【羅注】【秀注】雪窗：孫康家貧無油，【秀眉】孫康，晉時人也。（秀本此處多"冬月"）映雪讀書，（秀本此處多"後"）至御史大夫。【起注】【徐音注】【陳注】【硃注】【湯注】【魏注】【峒注】雪窗：孫康家貧，映雪讀書。

【弘注】螢火，出《日記》。車胤，字春子，幼恭勤博覽。家貧無油，夏月以紗縫囊，盛數十螢火照書，以夜繼日。【範注】螢火：車胤，字春子。家貧無油，夏月囊螢照讀，後及第。【羅注】【秀注】螢火：車胤家貧無油，夏月囊螢照讀。（秀本此處多"後及第"）【起注】【徐音注】【徐參注】【陳注】【硃注】【湯注】【魏注】【峒注】螢火：車胤家貧，夏月（徐參本作"夜"）囊螢照讀。

【弘注】雕蟲篆刻，出《詩學》，又《楊子》。楊子或問："吾子少而好學。"曰："然，童子雕蟲篆刻。"俄而曰："壯夫不爲也。"

【弘注】斷簡殘編，出《群玉》。後漢吳祐，父吳恢，爲南海太守。幼年十二，恢欲殺青竹簡以寫書。祐曰："大人遠在海濱，其俗多珍怪，此書若成，即承恐兼兩，爲國家所疑。"恢奇之。

【弘注】九州，出《群書》。荊、梁、雍、豫、徐、揚、青、兗、冀。【範注】【羅注】【秀注】九州：荊、梁、雍、豫、徐、揚、青、冀、兗，乃九州名也。

【弘注】銀河，出《群書》，又《淮南子》："萬物之精，上爲列星。星精上爲天漢，即銀河也。一云天河也。色白如銀，因名。"【範注】銀河：天河也，色白如銀，故名銀河。【起注】【陳注】【湯注】【峒注】銀河：天河也，色白如銀。【徐音注】銀河：即天河也。【硃注】銀河：天河色白如練。【魏注】銀河，天河。

【弘注】【範注】九天，出《群書》。皞天東方，陽天東南，赤天南方，朱天西南，咸天西方，幽天西北，玄天北方，奕天東北，鈞天中央。【羅注】九天：《爾雅》：東方爲皞天，東南爲陽天，南方爲赤天，西南爲朱天，西方爲咸天，西北爲幽天，北方爲玄天，東北爲奕天，中央爲鈞天。【羅眉】奕，音亦。【起注】【陳注】【硃注】【湯注】【魏注】【峒注】九天：東方皞天，東南陽天，南方赤天，西南朱天，西方咸天，西北幽天，北方玄天，東北奕天，中央鈞天。【徐參注】九天：東方九天，若皞天、鈞天云云。

【弘注】洛陽，出《水經》。水北爲汾，洛陽在渭水之北，故云洛陽。

【弘注】梁園：出《西京雜記》，漢梁孝王之兔園也。梁孝王好造宮殿花園之樂，作耀華之宮。築兔園，園中有百靈山，山中有膚寸石、落猿岩、西隴岫，又有雁池，間以鶴洲、鳧渚。其諸宮觀相連，延且數十里，奇花異樹，珍禽異獸畢備，王日與宮人賓客，弋釣其中。【範注】梁園：出《西京雜記》，漢梁孝王之兔園也。王好造宮殿花園之樂，作耀華之宮，園中有百靈山、膚寸石、落陽岩、西隴岫、雁池、鶴汀、鳧渚。其諸宮觀相連，嚴切數十里，奇花異果，珍禽異獸，日日與宮人池中弋釣游玩。【羅注】梁園：漢梁孝王之兔園也。王好造宮殿，做耀華之宮園，中有百靈山、膚寸石、落陽岩、西隴岫、雁池、鶴汀鳧渚，其諸宮觀相連數千里。【羅眉】好，去聲。鳧，音扶。【起注】【徐音注】【徐參注】【陳注】【硃注】【湯注】【魏注】【峒注】梁園：漢梁孝王花園。【秀注】梁園：漢梁孝王之兔園也。

【弘注】浮槎：出《博物志》。有人居海上，每年八月見浮槎來，各賫糧乘之。到一處，見城郭屋宇，婦人織，丈夫牽牛渚次飲之。乘槎人問曰："此是何處？"答曰："君至蜀都，訪君平。"君平曰："某年月日，有客星犯斗牛。"即張騫到天河，及得石歸，君平曰："此乃是上方織女支機石也。"【範注】【羅注】浮槎：《博物志》：張騫居海上，每年八月，見浮槎從水漂來，遂具衣糧乘之。到一處，見城郭屋宇，婦人織機，丈夫牽牛飲，問曰："此是何處？"【羅眉】騫，音謙。答曰："君至蜀，可訪君平。"平曰："某年月日，有客星犯牛渚。"即張騫到天河時。及得石歸，君平曰："此織女支機石也。"【起注】【陳注】【硃注】【湯注】【魏注】浮槎：張騫居海上，見浮槎從水飄來。具衣糧乘之，到一處，見婦人織機，丈夫牽牛。問曰："此是何處？"答曰："君至蜀可訪君平。"平曰："某日，有星犯牛渚。"即張騫到天河時。及得石歸，問君平，平曰："此乃天河織女支機石。"【徐音注】浮槎：張騫居海上，見浮槎從水飄來。裹衣糧乘之，到一處，見婦人織機，丈夫牽牛飲。問曰："此是何處？"答曰：

"君歸可訪君平。"平曰:"某日,有星犯牛女間。"即是騫也。騫得一石,平曰:"此織女支機石也。"【徐參注】浮槎:張騫乘浮槎入大河,不知所處,問君平知是天河。【秀注】浮槎:《博物志》:張騫居海上,每年八月,見一浮槎從水飄來。遂具衣糧,乘之到一處,見城郭屋宇,婦人織,丈夫牽牛飲。騫問曰:"此是何處?"答曰:"君至蜀,可訪君平即知。"平曰:"某年月日,有星犯牛渚。"即張騫到天河時。得石,歸問于君平。平曰:"此織女支機石也。"【峒注】浮槎:張騫居海上,每年八月,見浮槎從水飄來。裹衣糧乘之,到一處,見婦人織機,丈夫牽牛飲。問曰:"此是何處?"答曰:"君至蜀,可訪君平。"平曰:"某年月日,客星犯牛女間。"即張騫到天河時。及得石,歸問君平。平曰:"此乃天河織女支機石。"

【起注】【徐音注】【徐參注】【陳注】【硃注】【湯注】【魏注】【峒注】隨喜:釋家謂閑耍為隨喜。

【弘注】上方,出《隋書》《詩苑叢珠》。上方,佛寺也。隋常宗侍煬帝游寶山,帝曰:"幾時到上方?"琮曰:"昏暗應須到上頭。"左右皆失笑,帝曰:"淳古君子也。"【範注】上方:上方,寺也,隋常琮侍煬帝,游寶山。帝曰:"幾時得到上方寺?"琮曰:"昏晚方得到上頭。"左右皆笑,帝曰:"此古君子也。"【羅注】上方:上方寺也。隨常琮侍煬帝游寶山,帝曰:"幾時得到上方寺?"【羅眉】煬,音樣。璟曰:"昏晚方得到上頭。"左右皆笑。帝曰:"此古君子也。"【起注】【陳注】【硃注】【湯注】【峒注】上方:寺也。隨常琮侍煬帝,游賞(陳本、硃本無)寶山,帝曰:"幾時得到上方?"【徐音注】上方:寺院也。【徐參注】上方:寺也。隋煬帝有曰:"幾時得到上方?"【秀注】上方:寺也。

【起注】【徐參注】【陳注】【硃注】【湯注】【峒注】顛不剌:元時北方語。【徐音注】顛不剌:元時北方語,謂婦人也。

【弘注】菩薩,出《釋典》,又《韵會》,又《金剛注》。梵語菩薩,華言普濟也,菩者普也,薩者濟也。能普濟衆生,故曰菩薩。猶吾儒君子之稱也。【範注】菩薩:出《釋典》。梵語菩薩,華嚴普濟也。菩者,普也。薩者,濟也。能普濟一切衆生也,故曰菩薩。猶儒家人,仁君子之稱也。【羅注】菩薩:

《釋典》：菩者，普也，薩者，濟也。能普濟一切眾生，故曰"菩薩"。【徐參注】菩薩：菩，普也；薩，濟也。謂普濟眾生也。【陳注】【湯注】【峒注】菩薩：梵語。菩薩，華嚴普濟也。菩，普也；薩，濟也。能普濟一切眾生。【硃注】菩薩：梵語。菩薩，華嚴普濟也。

【弘注】兜率宮，出《太平廣錄》。昔有女僧，自稱聖菩薩，知人所在，大安和尚置禪心于四果漢地，女不能知，變作狐狸而走。【範注】【羅注】【秀注】兜率宮：出《太平廣記》（羅本無"出《太平廣記》"），宮內昔（羅本、秀本無）有女僧，自稱聖菩薩，【秀眉】菩，音蒲；薩，音撒。能知人心之善惡。大安和尚置禪心于四果（羅本、秀本此處多"羅"）漢地，尼僧不能知，（羅本、秀本此處多"遂"）變作狐狸而走。【羅眉】狐狸，音胡釐。

【弘注】【範注】【羅注】【秀注】離恨天：天之為天，不一也。有四天焉，有九天焉，又有三十三天（秀本此處多"焉"）。惟離恨天在諸天之上，最高之極也。【起注】【徐音注】【陳注】【硃注】【湯注】【魏注】【峒注】離恨天：有四天，有（魏本、徐音本無）九天，（硃本此處多"又"）有（魏本、徐音本無）三十三天，離恨天在諸天之上。

【弘注】翠花鈿：出《群玉》。去年今日此門中，人面桃花相映紅。人面不知何處去，桃花依舊笑春風。韋固妻貌美，眉間常貼翠花鈿。問之，曰："幼時為賊所刺。"【範注】【羅注】翠花鈿：韋固旅次戎城，遇异人何澄檢書。【羅眉】鈿，音田。旅，音呂。固問曰："何書？"答曰："天下婚牘。"固曰："吾娶潘昉女可成乎？"曰："未也。君婦適三歲，十七入君門。"固曰："安在？"曰："店北賣菜陳嫗之女。"固見，抱三歲女，啀刺損眉間。【羅眉】啀，音雜。後十四年，王泰女妻之，容貌端麗，眉帖花鈿。逼問之，曰："幼時為賊所損，痕尚在。"宋城宰聞之，名其店曰：此定婚店。【起注】【陳注】【硃注】【湯注】【峒注】翠花鈿：韋固旅次戎城，遇异人何登檢書。固問曰："何書。"答曰："天下婚牘。君婦適三歲，十七入君門，店北賣菜陳嫗之女。"固往見，把（湯本、峒本作"抱"）三歲女（硃本無"把三歲女"）暗刺，損眉間。後十四年（硃本無"十四年"），相州刺史王泰妻之（硃本無）以女。容貌端麗，眉貼花鈿。

固問之，曰："幼時乳母家（硃本、湯本、峒本無"乳母家"）為賊所（硃本無）損。"【徐音注】翠花鈿：韋固旅次宋城，見月下老人檢書。固問何書，答曰："天下婚牘。君婦適三歲，店北賣菜陳嫗之女。"固往見不夫，使人暗刺之，中眉。後十四年，湘州刺史王泰妻之以女。容貌端麗，眉貼花鈿。固問之，曰："幼時乳母家為賊所刺也。"【徐參注】翠花鈿：女人眉間帶翠花鈿。【魏注】翠花鈿：韋固旅次宋城，遇异人何澄月下檢書，固問："何書？"答曰："天下婚牘。君婦適三歲，十七入君門。店北賣菜陳嫗之女。"固往見不悦，因使暗刺之中眉。後十四年，湘州刺史王泰妻之以女，容貌端麗，眉貼花鈿，固問之，曰："幼時為賊所刺損故也。"

【弘注】裊娜：美好貌。旖旎：旌旗斜飛貌。

【弘注】步香塵：出《群玉》。石季倫所愛妾十數人，季倫常屑沉香末，布象床上，所愛者踐之無迹，賜珍珠百顆。有迹者，則節其飲食，令體輕。故閨中相戲曰："爾非細骨輕軀，那得百顆珍珠。"【範注】【羅注】步香塵：晋石崇，字季倫，愛妾數十人，以沉香末布于席上，令踐之，無迹者，賜珠百顆。有迹者，則節其飲食，令體輕。閨中相戲曰："若非細骨輕軀，那得百顆珍珠？"【羅眉】令，平聲。顆，音科。【起注】【徐音注】【陳注】【硃注】【湯注】【魏注】【峒注】步香塵：晋石崇有愛妾數十人（硃本無"有愛妾數十人"）。以沉香末布牙床上，令（硃本此處多"愛妾"）踐之（硃本無）。無迹者（硃本此處多"悦之"）賜珠百顆。【秀注】步香塵：晋石崇，字季倫，愛妾數十人。以沉香末布牙床上，令踐之。無迹者賜珠百顆，【秀眉】顆，音科。有迹者，節其飲食，令體輕。閨中戲曰："若非細骨輕軀，那得百顆珍珠？"

【弘注】解元：出《書言》，又《群玉》。解，除也。又，進士由歸而貢曰解，故鄉試榜首曰解元。

【弘注】芙蓉面：出《西京雜記》。卓文君，卓王孫之女也。臉如芙蓉。【範注】【秀注】【湯注】芙蓉面：《西京雜記》：卓文君，王孫之女也，面若芙蓉。【羅注】芙蓉面：□□□□□□□□□若芙蓉。【起注】【徐音注】【陳注】【硃注】【魏注】【峒注】芙蓉面：卓文君臉若芙蓉。【徐參注】芙蓉面：白樂天《長恨歌》："芙蓉如面柳如眉。"

【弘注】觀音：出《香山傳》。妙莊王天子第三公主，削髮爲尼。後因父瘡，剜目斷手救父。天知誠心，仍還手眼，故加以千手千眼，乃于無量百千萬億衆生，受諸苦惱，念是菩薩，觀其音聲，即能救護。凡遇水火等難，即得解脫。以是名觀音。【範注】【湯注】觀音：出《香山傳》。妙莊王第三公主削髮爲尼，後因父疾，剜目斷臂，以救其父。上蒼格其誠心，仍復手眼。今人受苦難，念觀音名號可脫。【徐參注】觀音：佛名，謂肯尋聲救苦。【陳注】【硃注】【魏注】【峒注】觀音：衆生受諸苦惱，念是菩薩，觀其聲音，即能救護，以是名觀音。

【弘注】秋波：出《文選》。秋波，目也。謂婦人俊美，見人斜視如水波之橫流也。【範注】【起注】【陳注】【硃注】秋波：月也，謂婦人目美如秋月澄澈。【徐音注】【魏注】秋波：謂婦人目美。【徐參注】秋波：指目美謂"秋波澄澈"。【湯注】秋波：月也，謂婦人目美，如秋月之澄澈也。

【弘注】鐵石人：出皮日休。宋璟爲相，貞姿勁質，剛態毅狀，疑有鐵石心腸，不解吐軟媚辭。又《觀梅花賦》，清新富麗，得徐庾體，外不類其爲人。【範注】【湯注】鐵石人：出皮日休。宋璟爲相，貞姿屬質，剛態毅狀，疑有鐵石心腸，不解吐軟媚辭。又《梅花賦》云："清新富麗，鐵石心腸。"【羅注】鐵石人：宋璟爲相，貞姿屬質，剛態毅狀，疑有鐵石心腸，不解吐軟媚辭。又《觀梅花賦》，鐵石心腸。【羅眉】相，去聲。態，音太。【起注】【陳注】【硃注】【魏注】【峒注】鐵石人：宋璟爲相，貞姿屬質，剛態毅狀（剛態毅狀，硃本作"剛方沉毅"），疑（硃本作"莊重"）有鐵石（硃本無）心腸。【秀注】鐵石人：宋璟爲相，貞姿屬質，剛態毅狀，疑有鐵石心腸，不解吐軟媚辭。又《梅花賦》："清新富麗，鐵石心腸。"

【弘注】玉人：出《書言》，又《世說》。晉裴楷，字叔則，容儀俊美，時人謂之玉人。又見稱叔則，如近玉山，照映人也。又嵇康，字叔夜，爲人岩岩若孤松之獨立。其醉也，若玉山之頹耳。【範注】【湯注】玉人：出《書言》。裴偕，字叔則，容儀端美，時人謂之玉人。又稱近叔則如玉山照映人也。又裴康，字叔夜，爲人岩岩若孤松之獨立。其醉也，若玉山之將頹。【羅注】玉人：裴偕，字叔則，儀端□□□□□玉人，又稱近叔則者如近玉山，照映人也。【起注】【秀注】玉人：裴偕，字叔則，容儀端美，時人謂之玉人。【徐參注】【陳注】【硃注】【魏注】【峒注】玉人：晉裴楷儀容端美，時人謂之玉人。

【弘注】相思：出《醉翁談》。"兒在湘江頭，郎在湘江尾。相思不相見，共飲相思水。出我相思門，入我相思戶。相思不相見，只我相思苦。長相思兮，短相思兮，無窮極。早知相思欲斷腸，悔不當初莫相識。"【範注】【湯注】相思：出《醉翁談》。"妾在湘江頭，郎在湘江尾。相思不相見，共飲相思水。出我相思門，入我相思戶，相思不相見，惟我相思苦。長相思兮短相思，短相思兮無窮極。早知相思又斷腸，悔不當初莫相識。"

【弘注】武陵源：出《三注》，又《桃源記》。晉太元中，武陵人捕漁溪行，忽逢桃花林，夾岸數百步，無雜樹，芳花鮮美。漁人異之，復前行，有小口，仿佛有光。初極小，復行數步，豁然開朗。屋宇儼然，阡陌桑竹，雞犬相聞，男女往來種作，着衣悉如外人。漁人大驚，問所從來，具答之。先世避秦亂，率妻子邑人來此絕境，不復出，遂與世間隔。其餘人各出酒食，停數日辭去，不復得路。【範注】【羅注】【湯注】武陵源：出（羅本無）《桃源記》。晉時武陵人捕漁谿行，【羅眉】谿，音溪。忽逢桃花林，夾岸數百步，芳花鮮美。漁人異之，復前行，有小口，仿佛有光。初極小，復行數步，豁然開明，屋宇儼然，阡陌桑竹，雞犬相聞，男女往來耕織，着衣悉如世（羅本無）人。漁者大驚，問所從來，答之曰："先世避秦之所，率妻子邑人來此。不復出，遂與世間隔。"其餘人各出酒食，停數日辭去，不復得路矣。【起注】【峒注】武陵源：晉時武陵人捕漁溪行，忽逢桃花夾岸。復前行，屋宇儼然，阡陌桑竹，雞犬相聞，男女往來耕織，着衣悉知禮義，皆如世人。漁者大驚，問所從來，答曰："先世避秦來此。"【徐音注】武陵源：晉武陵捕漁人溪行，見桃花夾岸，前有屋宇儼然，桑麻雞犬相聞，男女往來耕織，恍然異世，漁者驚問之，答曰："先世避秦亂，于此居焉。"【徐參注】武陵源：晉武陵人捕魚溪行，忽遇桃花夾岸，復前行，屋宇儼然，阡陌齊在，雞犬相聞，男女往來耕織，一如世人。

漁者大驚，問所從來，答曰："先世避秦至此。"【陳注】【硃注】武陵源：晋時（硃本無），武陵人捕魚溪行，忽遇桃花夾岸，復前行，屋宇儼然，阡陌（硃本無"阡陌"）桑竹，鷄犬相聞，男女往來（硃本無"往來"）耕織，著衣（硃本無"著衣"）悉知禮義，皆如世人。漁者大驚，問所從來，答曰："先世避秦。"【秀注】武陵源：晋時武陵人捕漁溪行，忽逢桃花林，夾岸數百步，芳花鮮美。漁人异之，復前行，有水口，彷彿有光。初極小，復行數步，豁然光明，【秀眉】豁，音活。屋宇儼然，阡陌桑林，鷄犬相聞，男女往來耕織，衣悉如人世。漁者大驚，問所從來，答之曰："先世避秦之亂，所率妻子邑人來此，不復出，遂與世間隔絕。"其餘人各出酒食，停數日辭去，不復得路矣。【魏注】武陵源：晋武陵捕魚人溪行，見桃花夾岸，前有屋宇，阡陌桑竹鷄犬，男女往來耕織，恍然异世，漁者大驚，問之。答曰："先世避秦亂來此居。"爲云云。

【起注】字音

闦困，上聲。幄，音惡。蛩，音窮。咀，音徂。甇，音瓊。恒，音形。妮，音你。柩，音臼。鬟，音環。顰，音頻。儭，倩，去聲。梵，音范。盼，音辨。蠹，音妒。綴，音贅。隘，音挨，去聲。纜，音爛。憒，音惠。槎，音茶。晌，音賞。篳，音必。籮，音羅。刹，音插。鑰，音藥。參，音食。刺，音獵。軃，音妥。撚，然，上聲。兜，音斗。覷，音趣。儭，音倩。覥，音免。腆，音忝。梗，音更。嚦，音栗。裊，音鳥。娜，音那。咽，音燕。旖，音奇。旎，音尼。咱，贊上聲。鎰，音益。您，寧，上聲。偌，音惹。涎，音延。邸，音抵。饞，上咸切。騫，音牽。兀，音屋。麝，音射。

【徐音注】字音

闦，捆。幄，惡。蛩，窮。咀，徂。甇，窮。妮，你。柩，舊。儭，倩。梵，范。盼，判。蠹，妒。綴，贅。纜，爛。憒，惠。槎，茶。晌，賞。篳，必。刹，插。鑰，藥。刺，臘。軃，朵。撚，染。兜，斗。覷，趣。覥，免。腆，忝。梗，更。裊，鳥。娜，那。咽，燕。旖，奇。旎，尼。喒，簪上聲。鎰，益。您，寧，上聲。偌，惹。涎，旋。邸，訊。饞，參。騫，牽。

【徐参注】字音

闉，音捆，门城。幄，音恶，帏幄。殂，音徂，殂落，死也。甇，音琼，甇独。柩，音白，丧柩。槻，音视，即柩也。梵，音范。盼，音辨，望也。蠱，音妒。槎，音叉，筏类。缆，音滥，繫人索。刹，音察，寺称。鑰，音药，锁鑰。嚲，音妥，堕貌。靦腆，音面典。梗，音更。袅娜，音鸟那。旖旎，音奇尼。咱，赞，赞上声。镒，音益。偌，音惹，骞，音牵。麝，音射。

【陈注】【硃注】【魏注】字音

闉，困，上声。幄，恶。蛮，窮。殂，徂。甇，琼。恒，形。妮，你。柩，白。鬟，环。颦，频。槻，侵，去声。陹，挨，去声。蠱，妒。梵，范。盼，辨。缀，赘。缆，烂，溃，惠。槎，茶。眴，赏。觱，必。鑼，罗。刹，插。鑰，乐音。燃，然，上声。参，餐。剌，猎。嚲，妥。兜，斗。觑，趣。视，倩。靦，免。腆，忝。梗，更。噁，栗。袅，鸟。娜，那音。咱，赞，上声。瞰，燕。旖，奇。旎，尼。镒，益。您，宁，上声。偌，惹。涎，延。邸，抵。儳，上咸切。骞，牵。兀，屋。麝，射。

【峒注】字音

闉，困，上声。幄，恶。蛮，窮。殂，徂。甇，琼。恒，形。妮，你。柩，白。鬟，环。颦，平。槻，侵，去声。梵，范。盼，辨。蠱，妒。缀，赘。陹，意。缆，烂，溃，惠。槎，差。眴，赏。觱，必。鑼，罗。刹，插。鑰，约。剌，蜡。嚲，妥。撚，然，上声。兜，斗。觑，妻，趄去声。视，称。靦，免。腆，忝。梗，更。袅，鸟。娜，那。旖，奇。旎，尼。咱，趄。镒，益。您，宁，上声。偌，惹。涎，延。饞，土咸切。骞，牵。麝，射。

第二折①

（夫人上白）② 前日長老③將錢去與老相公做好事，【三合眉】做好事做出奸事來。不見來回話。道與④紅娘，⑤ 傳着我的言語，去問長老，幾時好與老相公做好事？就着他辦下東西⑥的當了，來回我話⑦者。（下）（净扮潔上）⑧【徐參眉】略道幾句，關目員活。【凌眉】潔，老

---

① 第二折：範本、龍本、繼本、容本、起本、徐參本、虎本、陳本、秀本、碛本、湯本、魏本、峒本、封本作"第二齣 僧房假寓"，羅本作"第二齣"，徐畫、徐音本作"第二套 僧房假寓"，驥本作"二套（今本第二折）投禪"，何本作"假寓"，天李本作"僧房假寓"，六幻本作"一之二 僧寮假館"，湯沈本作"第二齣 僧寮假館"，三合本作"第二套 假寓"，毛本作"第二折 借廂"，潘本作"第二折 僧房假寓"。
② （夫人上白）：弘本作"（净去了，老夫人上開）"。
③ 前日長老：弘本、羅本、繼本、屠本、容本、起本、徐參本、虎本、何本、陳本、秀本、碛本、天李本、六幻本、湯本、湯沈本、魏本、峒本、封本、毛本作"自前日長老來"。
④ 道與：屠本、毛本作"叫"。
⑤ "前日長老"至"道與紅娘"：驥本、延本、張本作"紅娘，你來"。
⑥ 就着他辦下東西：容本、起本、徐參本、虎本、何本、陳本、秀本、碛本、天李本、湯本、魏本、峒本、封本、毛本作"就着他辦置齋供"，驥本、延本、張本作"問"。
⑦ 回我話：弘本作"回了話"。羅本、繼本、容本、起本、徐參本、虎本、何本、陳本、秀本、碛本、天李本、湯本、湯沈本、魏本、峒本、封本作"回話"。
⑧ （净扮潔上）：弘本作"（外扮長老上云）"。範本、龍本、徐畫本、徐音本、三合本、潘本作"（法本上云）：年老心閑無個事，麻衣草座亦容身"，六幻本同，但"座"作"履"。

僧之渾名。後"老潔郎"是也。老僧法本①，在這②普救寺內做長老。此寺是則天皇后③蓋造的，④【秀眉】則天，姓武，名曌，號則天。後來崩損⑤，又是崔相國重修的⑥。【陳眉】【硃眉】不要輕看這和尚，有大來頭。【湯沈眉】崔老夫人寓寺根由。【三合眉】崔夫人寓寺根由。見今崔老夫人⑦，領着家眷扶柩回博陵⑧，因路阻暫寓本寺西廂之下⑨，待路通

---

① 老僧法本：弘本、羅本、繼本、湯沈本作"貧僧"，屠本、容本、起本、徐畫本、徐音本、徐參本、驥本、虎本、何本、陳本、秀本、硃本、延本、天李本、六幻本、湯本、三合本、魏本、峒本、毛本、潘本作"貧僧法本"，範本、龍本作"老僧法本的便是"。封本作"貧僧法本，乃相國崔珏的令尊剃度的"。
② 在這：徐畫本、徐音本、三合本、潘本作"在"。
③ 皇后：屠本作"娘娘"。
④ 弘本、羅本、繼本、屠本、容本、起本、徐參本、虎本、何本、陳本、秀本、硃本、天李本、六幻本、湯本、湯沈本、魏本、峒本、毛本此句後多："貧僧乃相國崔珏的令尊剃度的。"
⑤ 後來崩損：弘本、羅本、繼本、屠本、容本、起本、虎本、何本、陳本、秀本、硃本、天李本、六幻本、湯本、湯沈本、毛本作"此寺年深崩損"，徐參本、魏本、峒本同，但"崩損"作"損壞"。封本作"香火院，年深崩損"。
⑥ 又是崔相國重修的：弘本、羅本、繼本、屠本、湯沈本作"又是相國修造的"，容本、起本、徐參本、虎本、何本、陳本、秀本、硃本、天李本、六幻本、湯本、峒本、毛本作"又是相國修造的，不料相國仙逝"，魏本同，但無"的"字；封本同，但"修造"作"重修"。徐畫本、徐音本、三合本作"又是崔相國重修。貧僧乃相國剃度的，不料相國仙逝"，潘本同，但"重修"作"重修的"，"仙逝"作"仙游"。
⑦ 見今崔老夫人：弘本、羅本、繼本、屠本、容本、起本、徐參本、虎本、何本、陳本、秀本、硃本、天李本、六幻本、湯本、湯沈本、魏本、峒本、封、毛本作"如今老夫人"，徐畫本、徐音本、三合本、潘本作"如今夫人"。
⑧ 領着家眷扶柩回博陵：弘本、羅本、繼本、屠本、容本、起本、徐參本、虎本、何本、陳本、秀本、硃本、天李本、六幻本、湯本、湯沈本、峒本、毛本作"將着家眷扶柩回博陵去"，魏本同，但"回"作"欲回"；封本同，但"回博陵去"作"還鄉"。
⑨ 因路阻暫寓本寺西廂之下：弘本、羅本、繼本、屠本、容本、起本、徐參本、虎本、何本、陳本、秀本、硃本、天李本、六幻本、湯本、湯沈本、魏本、峒本作："路阻難行，夫人惡市廛冗雜，因借此西廂下居住。"封本作"因路阻難行，惡市廛冗雜，暫借此西廂下居住"。毛本作："路阻難行，因借此西廂下居住。"

回博陵遷葬①。【徐音眉】不必。老夫人處事溫儉②，治家有方，【天李旁】針綫。【三合眉】不見"有方"，只一女兒的病，醫便没藥。是是非非③，人莫敢犯。④【三合旁】自有人來犯他。【容眉】【湯眉】自有人來犯他們。【徐參眉】話亦有不到處。【秀眉】此見王實甫關鍵至也。【湯沈眉】先埋伏。夜來老僧赴齋⑤，不知曾有人來望老僧⑥否？（喚聰問科）⑦（聰云）夜來有一秀才，自西洛而來，【潘旁】西來正指，已和盤托出。特謁我師⑧，不遇而返⑨。（潔云）山門外覷着⑩，若⑪再來時報我知道。【潘夾】"西來"二字，略從聰上人點逗機關。然張前已兩云"我自西洛至此"，未嘗忘所自來也，本云"倘再來報我"，張生本是再來人。（末上云）昨日見

---

① 回：弘本、羅本、繼本、屠本、容本、起本、徐參本、虎本、何本、陳本、秀本、硃本、天李本、六幻本、湯本、湯沈本、魏本、峒本、封本、毛本作"收拾回"。遷葬：徐畫本、徐音本、三合本、封本、潘本作"安葬"。
② 老夫人：弘本、羅本、繼本、屠本、六幻本、湯沈本作"夫人"，容本、起本、徐畫本、徐音本、徐參本、虎本、何本、陳本、秀本、硃本、天李本、湯本、三合本、魏本、峒本、封本、毛本、潘本作"那夫人"。處事溫儉：毛本、潘本無。
③ 是是非非：毛本、潘本無。
④ "此寺是則天皇后蓋造的"至"是是非非，人莫敢犯"：驥本、延本、張本無。
⑤ 赴齋：驥本、延本作"赴齋去"。
⑥ 有人：封本作"有客"。望老僧：容本、起本、徐參本、虎本、何本、陳本、秀本、硃本、天李本、湯本、魏本、峒本作"探望老僧"，張本作"探望"，封本作"寺中隨喜"。
⑦ （喚聰問科）：屠本作"法聰何在"。封本此處後多："我昨日赴齋去後，有人來探望不曾？"
⑧ 我師：硃本、湯本、魏本作"老師"。
⑨ 返：弘本、羅本、繼本、屠本、起本、驥本、虎本、延本、天李本、六幻本、湯沈本作"退"。容本、徐參本、何本、陳本、秀本、硃本、湯本、魏本、峒本、封本、毛本作"去"。
⑩ 覷着：驥本、延本、毛本作"看着"。
⑪ 若：容本、起本、徐畫本、徐音本、徐參本、驥本、虎本、何本、陳本、秀本、硃本、張本、天李本、六幻本、湯本、三合本、魏本、峒本、封本、毛本、潘本作"倘"。

了那小姐，到有顧盼小生之意。① 今日去問長老，借一間②僧房，早晚溫習③經史，倘遇那小姐出來，必當飽看一會。④【天李旁】初念不過如此。【容眉】【徐畫珠眉】【陳眉】【硃眉】【湯眉】看雖飽，然到底不能救飢。【三合眉】看雖飽，到底不能救饑。【魏眉】只怕未必。

【中呂】【粉蝶兒】【徐畫眉】【田眉】【延眉】此一套枝枝似常話，却何等真率，迢遞有趣。不做周方，【天李旁】周旋，方便。【謝眉】【範眉】【龍眉】【繼眉】【徐畫眉】【田眉】周方，猶云周旋方便。【秀眉】周方者，猶云周旋方便也。【凌眉】周方，舊解周旋、方便。【張眉】周方，言周旋方便也。埋怨殺你個⑤法聰和尚。【徐畫旁】來得突兀，正切張生心事，細味之自見。【羅眉】法，上聲。和，音活。【湯沈眉】首二句倒唱起意。周方，猶

---

① 昨日見了那小姐，到有顧盼小生之意：昨日，屠本、徐參本、魏本、峒本作"自夜來"；小生，徐參本、魏本、峒本無。弘本、羅本、繼本、容本、起本、虎本、何本、陳本、秀本、硃本、天李本、六幻本、湯本、湯沈本、封本作："自夜來見了那小姐，着小生一夜無眠，若非法聰和尚呵，那小姐到有顧盼之意。"毛本同，但"顧盼"作"顧盼小生"。徐畫本、徐音本作："自夜來見了那小姐，着小生一夜無眠，他到有顧盼之意。"驥本、延本同，但後句作"小姐到有顧盼小生之意"；三合本、潘本同，但後句作"他到有顧盼小生之意"；張本同，但無"他到有顧盼之意"。
② 一間：驥本、延本作"間"。
③ 溫習：容本、起本、徐畫本、徐音本、徐參本、虎本、何本、陳本、秀本、硃本、張本、天李本、湯本、三合本、魏本、峒本、封本、毛本、潘本作"溫習些"。
④ 倘遇那小姐出來，必當飽看一會：弘本、羅本、繼本、六幻本、湯沈本作："倘遇小姐出來呵，飽看一會。"屠本同，但後句作"必當飽看一會"；張本同，但前句無"呵"字，後句作"也好飽看一會兒"。容本、起本、虎本、何本、陳本、秀本、硃本、天李本、湯本、魏本、峒本、封本作"若遇小姐出來呵，飽看一會兒"，徐參本同，但"小姐"作"那小姐"。徐畫本、徐音本、毛本作"倘遇小姐出來，飽看一會兒"，驥本、延本、三合本同，但後句無"兒"字；潘本同，但"一會"作"一回"。
⑤ 埋怨殺你個：範本、龍本作"埋怨殺你"，羅本作"枉埋怨"，張本作"枉埋冤"，繼本、屠本、湯沈本作"埋怨殺"，容本、起本、虎本、何本、陳本、秀本、硃本、天李本、湯本、魏本、峒本、封本作"埋怨殺一個"。徐畫本、徐音本、三合本、潘本作"我枉埋怨殺你個"，驥本、延本、毛本同，但無"我"字。

云周旋、方便。借與我半間兒①客舍僧房，【湯沈旁】一部《西廂》，多從此段中生出。【羅眉】客，上聲。【封眉】望借我，時本作"借與我"。與我②那可憎才，【凌眉】不曰"可愛"，而曰"可憎"，反詞也，猶"冤家"之意。【湯沈眉】不曰"可愛"，而曰"可憎"，反詞見意。猶"業冤家"之謂，愛之極也。【張眉】可憎，愛極之反詞。【三合眉】周方，周旋方便也。可憎，可愛之反詞。居止處門兒相向。雖不能勾③竊玉偷香，【繼眉】彀，古勾字。且將這盼行雲眼睛兒④打當。⑤【田旁】初意不過如是。【謝眉】打當，即是打疊之意。【範眉】【龍眉】打當，猶云打迭。【羅眉】當，音蕩。【容眉】妙！妙！【起眉】李曰："不能勾竊玉偷香，且將這盼行雲眼睛打當"，字面玲玲瓏瓏，包藏許多機巧處。一部《西廂》，都從此根上抽出枝葉。【徐畫眉】【田眉】可憎才，愛之極，不曰可愛，而曰可憎，反詞也。打當，猶准備也，雖不能勾實受用，且備辦眼睛飽看。【徐音眉】□大目□。【徐參眉】□□□想，君瑞其垂涎于鶯鶯矣。【凌眉】徐士範曰："打當，猶云打迭。"【延眉】可憎才，愛之極，不曰可愛，而曰可憎，反詞也。打當，猶云准備也，雖不能勾實受用，且備眼睛飽看。【湯眉】妙！妙！【湯沈眉】打當，猶言准備。雖不能夠實受用，且備辦眼睛飽看。【魏眉】"不能勾"四語，字面玲玲瓏瓏，包藏許多機巧處，一部西廂都從此句上描出。【峒眉】"不能勾"四語，字面玲玲瓏瓏，包藏許多機巧處。一部西廂，都此句上描寫。【驥夾】【延夾】當，去聲，後同。【毛夾】當，去聲，後同。首二句跟賓白"若非法聰和尚呵"來，言昨見鶯時既不爲我周旋方便，雖埋怨煞你也枉然耳。你今則借寓與我，使我

---

① 借與我半間兒：徐畫本、徐音本、三合本、潘本作"你則借與我半間"，驥本、延本、毛本同，但"半間"作"半間兒"。張本作"則借俺半間兒"，封本作"望借我半間兒"。
② 與我：驥本、延本、毛本作"與俺"，張本作"與"。
③ 雖不能勾：張本作"雖不能"。
④ 眼睛兒：羅本、繼本、容本、起本、何本、陳本、秀本、硃本、張本、天李本、六幻本、湯本、湯沈本、魏本、峒本、封本、毛本作"眼睛"。
⑤ 範本、龍本此句後多"（生云）咱想將起來"。

打點一看，這便是周方也。此皆未見聰時自忖之語。俗子忘却賓白，妄爲對聰語，遂至改曲刪白，無所不至。嗟乎，何至此！周方，即周旋方便，歇後詞。《唐三藏》劇："恨韋郎不作周方。"可憎，可愛之反詞。董詞：生曰："可憎姐姐打當。"猶南云：打點當。點轉音。湯若士曰：只求一看者，大抵始初時亦祇作如是想耳。【潘夾】張初願不過如此，後便漸漸得隴望蜀。

【醉春風】往常時見①傅粉的委實羞，【湯沈旁】來得有致。【羅眉】傅，音富。畫眉的敢②是謊。今日多情人一見了有情娘③，【凌眉】多情人，徐、王俱言古本是"寡情人"，與本文語意及傳意俱合，且仄字起又合調。然不見其本，不敢更改。【張眉】"寡"訛"多"，非。着小生心兒裏早④癢癢。【容旁】妙！【範眉】【龍眉】疊"癢癢"二字，果見風魔。【羅眉】着，音招。【張眉】"癢"字另是一句。如"懶，懶""冷，冷""死，死"皆然。【三合眉】俗本改"寡情"作"多情"者，非。"癢癢"疊用，是【醉春風】腔調必宜然，下文歷歷可按。【封眉】"今日呵"句，即空主人本與徐本、王本俱拗繆，可笑。"癢癢"疊用，下"早則不冷冷"，"你好懶懶"，皆【醉春風】詞也，其體格宜然。上"癢"字下句"癢"字，一字成句。迤逗【湯沈旁】音駝豆。【繼眉】迤逗，音駝豆。得⑤腸荒，【徐畫旁】似湊。【秀眉】迤逗，欲進不進之意。斷送得眼亂，引惹得心忙⑥。【羅眉】

---

① 往常時見：徐畫本、徐音本、三合本、潘本作"我往常見"，驪本、延本作"我往常時聽得説"，張本作"俺往常見"。
② 敢：羅本、屠本作"都"。
③ 今日多情人：弘本、羅本、繼本、屠本、湯沈本作"多情人"，容本、起本、徐參本、虎本、何本、陳本、秀本、碌本、天李本、六幻本、湯本、魏本、峒本、封本作"今日呵"，徐畫本、徐音本、驪本、延本、張本、三合本、潘本作"今日寡情人"，毛本作"今日呵寡情人"。一見了：張本作"一見"。
④ 着小生：徐畫本、徐音本、驪本、延本、三合本、毛本、潘本作"呀"，秀本作"着"，張本無。早癢癢：弘本、羅本、繼本、屠本、容本、起本、徐參本、虎本、何本、陳本、秀本、碌本、天李本、六幻本、湯沈本、魏本、峒本、封本作"癢癢"。
⑤ 迤逗得：徐畫本、徐音本、驪本、延本、張本、三合本、毛本、潘本作"撩撥的"。
⑥ 心忙：驪本、延本、毛本作"心漾"。

得，音的。【容眉】畫，畫。【徐畫眉】【田眉】【延眉】首二句張生誇己不容易慕人。"寡情人"句、"心兒裏"句，與第六折"從來心硬，一見了也留情"意一樣。俗本改"寡"作"多"者，非。"癢癢"叠用，是【醉春風】之腔調必宜如此，下文歷歷可按。俗解云"果見風魔"，則"早不冷冷""你好懶懶"，皆【醉春風】也，當作何解？不過叠"冷"與"懶"字，其體格宜然耳。【凌眉】心忙，王改"心癢"。此句自宜仄聲住，然恐與"心癢，癢"複。【湯眉】畫，畫。【湯沈眉】首二句張説己不容易慕人。多，徐改"寡"，然"多"字更韵。"癢癢"叠用，是【醉春風】之腔調如此。兩"癢"字，後一"癢"字另唱。【驥夾】【延夾】寡，今作"多"。【毛夾】寡情，頂"傅粉"二句，勿作"多情"。"癢癢"勿連讀，後"癢"字一字句也。然用董詞："眼狂心癢、癢。"語腸荒腸熱也。董詞："滿壇裏熱荒。"心漾，心蕩也。元詞："花柳鄉中才見，使人心漾。"

（末見聰科）（聰云）師父正望先生來哩，只此少待①，小僧通報去②。（潔出見末科）（末云）是好一個和尚呵③！

【迎仙客】我則見他④頭似雪，鬢如霜，面如童⑤，少年得內養。【羅眉】則，音自。頭，音偷。得，上聲。貌堂堂，聲朗朗，

---

① 只此少待：容本、起本、徐畫本、徐音本、虎本、何本、陳本、秀本、張本、天李本、六幻本、湯本、三合本、魏本、峒本、封本、潘本無。
② 通報去：弘本、羅本、繼本、容本、起本、徐參本、驥本、虎本、何本、陳本、秀本、碌本、延本、天李本、湯本、湯沈本、魏本、峒本、封本、毛本作"報覆去"，屠本作"報覆"。
③ 呵：屠本作"也"，驥本、延本、毛本作"也呵"。
④ 我則見他：弘本、羅本、繼本、屠本、容本、起本、徐畫本、徐音本、徐參本、何本、陳本、秀本、碌本、延本、張本、天李本、六幻本、湯本、湯沈本、三合本、魏本、峒本、毛本、潘本作"我則見"。封本作"則見他"。
⑤ 面如童：張本、毛本作"面如"。

头直上只少个①圆光,【起眉】"一个",今本间无。却便似捏塑来的②僧伽像。【谢眉】【范眉】【龙眉】【继眉】僧伽大师,西域人。【罗眉】头,音偷。【徐参眉】与法本一誉,亦是赚套。【陈眉】【砵眉】虽生得好,总不及那尊活佛。【秀眉】塑,音素。【张眉】《西厢》此曲第二句俱少三字。言"有圆光"便似僧伽像矣,讹"少",非。【天李眉】好。【汤沈眉】只少个圆光,便似圣僧模样。僧伽太师,西域人。【三合眉】便是圣僧模样。【骥夹】【延夹】"童"字勿断。【毛夹】面如少年得内养,本七字句,诸作"童少年",非。

（洁云）请先生方丈内相见③。夜来老僧不在,有失迎迓。望先生恕罪④。（末云）小生久闻老和尚⑤清誉,欲⑥来座下听讲,何期

---

① 只少个：弘本作"只少",起本、徐参本、虎本、何本、陈本、秀本、砵本、汤本、魏本、峒本作"只少一个",张本作"有个"。
② 却便似：罗本、继本、屠本、容本、起本、徐参本、何本、陈本、秀本、砵本、天李本、六幻本、汤本、汤沈本、魏本、峒本作"恰便似",徐畫本、徐音本、三合本、潘本作"却是",骥本、延本、毛本作"恰似",张本作"却似"。捏塑来的：张本作"捏塑",魏本、峒本作"捏塑的"。
③ 相见：张本、封本作"坐"。
④ 望先生恕罪：恕罪,毛本作"勿罪"。潘本无。
⑤ 老和尚：范本、龙本、徐畫本、徐音本、三合本、封本、潘本作"长老",容本、起本、徐参本、骥本、虎本、何本、陈本、秀本、砵本、延本、天李本、汤本、魏本、峒本、毛本作"和尚",张本无。
⑥ 欲：容本、起本、徐参本、虎本、何本、陈本、秀本、砵本、天李本、汤本、魏本、峒本、毛本作"特"。

昨日不得相遇①。今能②一見，是小生③三生有幸矣。（潔云）先生④世家何郡？敢問上姓大名⑤，因甚至此⑥？（末云）小生⑦姓張，名珙，字君瑞。⑧【潘旁】將前拜謁長老補還。

【石榴花】大師一一問行藏，【徐畫眉】【田眉】【延眉】【三合眉】大讀如字，不作"太"。【張眉】大訛"太"，非。小生仔細訴衷腸。【湯沈眉】大師，僧家尊稱，如云"僧伽大師"之類。勿作"泰"音，後同。自來西洛是吾鄉，【潘旁】處處不脫西來本旨。【羅眉】洛，去聲。宦游

---

① 何期：弘本、羅本、繼本、屠本、容本、起本、徐參本、驪本、虎本、何本、陳本、秀本、碌本、延本、張本、天李本、六幻本、湯本、湯沈本、魏本、峒本、封本、毛本作"不期"。不得相遇：張本作"相左"。
② 能：徐畫本、徐音本、張本、三合本、潘本作"得"。
③ 是小生：弘本、屠本、驪本、延本作"是在下"，羅本、繼本、容本、起本、虎本、何本、陳本、秀本、碌本、天李本、六幻本、湯本、湯沈本、魏本、峒本、封本、毛本作"是"，徐畫本、徐音本、張本、三合本、潘本無。
④ 先生：容本、起本、徐參本、虎本、何本、陳本、秀本、碌本、天李本、六幻本、湯本、魏本、峒本、封本作"不敢。敢問先生"，徐畫本、徐音本、張本、三合本、潘本作"敢問先生"。
⑤ 敢問上姓大名：弘本、屠本、驪本、延本作"敢問高姓大名"，範本、龍本作"敢問先生上姓大名"，羅本、繼本、湯沈本作"敢問先生高姓大名"，容本、起本、徐參本、虎本、何本、陳本、秀本、碌本、天李本、六幻本、湯本、魏本、峒本、封本、毛本作"高姓大名"，徐畫本、徐音本、張本、三合本、潘本作"上姓大名"。
⑥ 因甚至此：至此，弘本、驪本、延本作"至此敝處"，羅本、繼本、湯沈本作"到敝處"，陳本、魏本作"到此"。封本無。
⑦ 小生：徐畫本、徐音本、驪本、延本、張本、三合本、潘本作"小生西洛人氏"。
⑧ 範本、龍本此處多"本貫西洛人也"，屠本此處多"西洛人也"，徐畫本、徐音本、三合本、潘本此處多"因經過此處，特來拜謁"，驪本、延本此處多"因為上朝取應，經過此處，特來拜謁和尚"，張本、毛本此處多"因上京應舉，經過此處"。

在四方，【徐參眉】一見傾倒處。**寄居咸陽。**① **先人拜**②**禮部尚書多名望**【陳旁】誇了。，③【繼眉】授，一作拜。【張眉】第三句少一字。**五旬上因病身亡。**④【徐畫諸眉】問及大人之壽，張云五旬而亡。在此生根，以起下文搭齋之意，此作者之高識也。【封眉】即空本去此白，殊未當。**平生正直無偏向，止留下四海一空囊。**⑤【三合旁】莫非要布施麼？【範眉】【龍眉】【徐畫眉】【田眉】【湯沈眉】【延眉】【三合眉】四海一空囊，其留多矣。【起眉】王曰：單句中巧語，隋園剪刀下碎錦。【徐音眉】其所留者多矣。【凌眉】北詞曲中間白之問答甚少，時本混增問語。至云"老相公弃世，必有所遺"，止欲引起下句，遂使老僧忽發無端俗問。【封眉】即空本亦漏此白。【驥夾】【延夾】大，如字，勿音泰。直，借叶去聲。【毛夾】大，如字，後同。直，借叶，去聲。

【鬥鶴鶉】**俺先人甚的是渾俗和光**⑥，【徐畫旁】語妙。【繼眉】

---

① 咸陽：徐畫本、徐音本、驥本、延本、三合本、潘本作"在咸陽"。範本、龍本、徐畫本、徐音本、三合本、潘本此句後多"（本云）令尊大人何處作宦"，屠本此句後多"（本云）老相公何處仕宦"。
② 拜：弘本、羅本、繼本、容本、起本、虎本、何本、陳本、秀本、硃本、天李本、湯本、魏本、毛本作"授"，徐參本作"曾拜"，張本無。
③ 範本、龍本此處多"（本云）令先大人不知高壽多少而歿"，徐畫本、徐音本、三合本、潘本同，但無"而歿"。屠本此處多"（本云）老相公高壽多少"。
④ 弘本此處多："（潔云）老相公弃世，必有所遺。"範本、龍本、羅本、繼本、屠本、容本、起本、徐畫本、徐音本、徐參本、虎本、何本、陳本、秀本、硃本、張本、天李本、湯本、湯沈本、三合本、魏本、峒本、封本、毛本、潘本同，但"潔"作"本"。
⑤ 弘本此處多："（潔云）老相公在官時，渾俗和光。"容本、起本、徐參本、虎本、何本、陳本、秀本、硃本、天李本、湯本、魏本、峒本同，但"潔"作"本"，後句作"可也渾俗和光麼"；封本同，但後句作"可也像如今渾俗和光麼"。羅本、繼本、湯沈本此處多："（本云）老相公在時，敢是渾俗和光。"屠本同，但"在時"作"在任時"；六幻本同，但"是"作"也是"。
⑥ 俺先人甚的是：徐畫本、徐音本、驥本、延本、張本、三合本、封本、毛本、潘本作"甚的是"。渾俗：毛本作"混俗"。

《老子》：和光同塵。【徐參眉】若論爲官，和同更好。【陳眉】【硃眉】【魏眉】【峒眉】今世爲官，渾俗更好。【封眉】"甚的"上時本多"俺先人"三字。衡【潘旁】音迪。一味風清月朗。【範眉】【龍眉】衡，奴丁切。【繼眉】衡，諸均反。【陳眉】【硃眉】果會做官，宜多名望。【秀眉】衡，音諄。【湯沈眉】《老子》：和光同塵。衡，音諄，正也，真也。（潔云）先生此一行，必上朝取應去。①（末唱）小生無意求官②，有心待聽講③。【容旁】【徐畫旁】【陳旁】【湯旁】【三合旁】言不由衷。【張眉】白應入此處。俗本在後，沒關會矣。【魏眉】有心不在聽講。【峒眉】聽講，假事。小生特謁長老，奈路途奔馳，無以相饋④，量着窮秀才人情則是紙半張⑤，【羅眉】着，音招。【徐音眉】後亦人情半張紙，并聘幣俱用不着。又沒甚⑥七青八黃，【張眉】"怎如"中多"強"字，非。儘着你⑦【潘旁】音查。說短論

---

① 先生此一行，必上朝取應去：屠本作"先生此行，必爲上朝求取功名"，張本作"先生此行，定然榮捷"，容本、起本、徐畫本、徐音本、徐參本、虎本、何本、陳本、秀本、硃本、天李本、湯本、三合本、魏本、峒本、潘本作"先生此一行，必爲上朝取應"，六幻本、封本、毛本同，但無"一"字。驥本、延本無。

② 求官：範本、龍本、羅本、繼本、屠本、容本、起本、徐參本、虎本、何本、陳本、秀本、硃本、天李本、六幻本、湯本、湯沈本、魏本、峒本、封本、毛本作"去求官"。

③ 待聽講：屠本、封本作"來聽講"，徐畫本、徐音本、張本、三合本、潘本作"聽講"。

④ 小生特謁長老，奈路途奔馳，無以相饋：小生，屠本作"今日小生"，何本作"小生今來"；長老，弘本、羅本、繼本、容本、徐參本、虎本、何本、陳本、秀本、硃本、天李本、六幻本、湯本、湯沈本、魏本、峒本、毛本作"和尚"；饋，屠本作"贈"。張本作"途路無可申意，聊具白金一兩，與常住公用，伏望笑留"，驥本、延本無。

⑤ 量着：徐畫本、徐音本、三合本、潘本作"那"，驥本、延本、毛本作"則那"，張本無。則是紙半張：羅本、徐畫本、徐音本、驥本、延本、張本、三合本、毛本、潘本作"紙半張"。

⑥ 又沒甚：徐畫本、徐音本、驥本、延本、三合本、毛本、潘本作"怎強如"，張本作"怎如"。

⑦ 儘着你：徐畫本、徐音本、驥本、延本、張本、三合本、毛本、潘本作"儘教咱"。

長，【羅眉】八，音把。黃，音荒。長，音昌。一任待①掂【湯沈旁】估意。斤播兩。【謝眉】七青八黃，掂斤播兩，俱鄉語。今南中亦然。【範眉】【龍眉】七青八黃，掂斤播兩，俱鄉語。今南中亦有之。【繼眉】《格古論》："金成色，七青八黃，九紫十赤。"【徐畫眉】【田眉】【延眉】《格古論》：金成色，七青八黃，九紫十赤。掂斤播兩，俱鄉語。今南中亦有之。【秀眉】掂，音顛。【凌眉】"待"字襯字，時本混刻，徐、王直刪去之。"儘著你"二句，俱恐其嫌輕之意，徐改爲"儘教咱""他則待"，并下語俱不白矣。【湯沈眉】《格古要論》："金成色，七青八黃，九紫十赤。"末四句自家私語，云我秀才人情甚薄，盡教你說論長短，掂估斤兩耳。掂斤、播兩，俱鄉語，今南人亦有之。【三合眉】《格古論》：金成色，七青八黃，九紫十赤。【範夾】【龍夾】【徐畫夾】【田夾】【三合夾】銜。音諄。【田補夾】七青八黃，金之成色也。出于《格古論》。【驥夾】【延夾】銜，音諄。俗，借叶去聲。【毛夾】俗，借叶去聲。銜，音真。宦游，泛指先世，故又加"先人"別之。"甚的"二語，緊承上曲"正直"二語來言正直無偏。何者是混俗和光？只一味清白而已，所以貧也。也則待，俗本誤作"他則待"，遂以"掂斤播兩"指法本，大謬！人情半張，自嘲則可；掂斤播兩，面叱豈可耶？若王伯良解作私刺本語，則"窮秀才"二語自嘲又不合。此四句是將饋寓金而預爲謙讓未遑之意，言窮措大人情如紙，無以爲饋，縱說長道短，終是瑣屑。此以自謙作詞，笑語妙絕。讀此知原本之一點一畫，總不可移易乃爾。王伯良曰：《格古要論》謂：金品七青八黃九紫十赤。參釋曰："大師"至"月朗"一段，是敘家世。"小生"以下連下二曲，則借寓之意。

---

① 一任待：範本、龍本、繼本、陳本、張本、湯沈本作"一任你"，徐畫本、徐音本、三合本、潘本作"它則待"，驥本、延本作"他則待"，毛本作"也則待"。

徑禀：有白銀一兩①，與常住公用，略②表寸心，望笑留是幸。③【容眉】【湯眉】秀才出此一兩銀子，只爲那個人耳。不然好不肉痛，安得有此？大汗。【徐畫珠眉】秀才留此一兩銀子，只爲那個人耳。不然好不肉痛，安得有此？大汗。【陳眉】【硃眉】秀才出此一兩銀子，只爲那人耳。不然，好不肉痛，安得有此？大汗。若不爲那人，便是個大施主。【三合眉】窮秀才出銀一兩，好不肉痛，只爲可憎才故而撒漫使錢。（潔云）先生客中，何故④如此？（末云）物鮮不足辭，但充講下一茶耳。⑤

　　【上小樓】小生特來見訪，大師何須謙讓。（潔云）老僧決不敢受。⑥（末云）這錢⑦也難買柴薪，【徐畫眉】【田眉】【延眉】"這

---

① 徑禀有：範本、龍本、屠本、容本、起本、徐參本、虎本、何本、陳本、秀本、硃本、天李本、六幻本、湯本、魏本、峒本、封本、毛本作"小生聊具"，湯沈本作"小生具"，徐畫本、徐音本、三合、潘本作"徑禀老和尚，小生聊有"，驥本、延本同，但"聊有"作"有"。白銀：容本、起本、徐畫本、徐音本、徐參本、驥本、虎本、何本、陳本、秀本、硃本、延本、天李本、六幻本、湯本、三合本、魏本、峒本、封本、毛本、潘本作"白金"。

② 略：弘本、羅本、繼本、屠本、容本、起本、徐畫本、徐音本、徐參本、虎本、何本、陳本、秀本、硃本、天李本、六幻本、湯本、湯沈本、三合本、魏本、峒本、封本、毛本、潘本作"權"。

③ "徑禀有"至"望笑留是幸"：望笑留是幸，徐畫本、徐音本、三合本、潘本作"伏望笑留"。張本無。

④ 何故：徐參本作"何勞"，魏本、峒本作"何須"。

⑤ （末云）物鮮不足辭，但充講下一茶耳：封本作"貧僧決不敢受"。範本、龍本、屠本、容本、起本、徐畫本、徐音本、虎本、何本、陳本、秀本、硃本、張本、天李本、六幻本、湯本、三合本、魏本、峒本、潘本無。

⑥ 老僧決不敢受：老僧：羅本、繼本、容本、徐畫本、徐音本、徐參本、虎本、何本、硃本、天李本、湯本、三合本、峒本、潘本作"貧僧"，屠本作"貧生"。驥本、延本、張本、封本、毛本無。弘本此句後多"（末云）物鮮不足辭，但充講下一茶耳"，屠本、容本、起本、徐參本、虎本、何本、硃本、天李本、湯本、魏本、峒本同，但"末"作"生"，屠本"物鮮"作"鮮物"；範本、龍本此句後多"（生云）物鮮何足爲辭，但備講下一茶"，徐畫本、徐音本、三合本、潘本同，但"何足爲辭"作"何以固辭"。

⑦ 這錢：封本作"這銀"。

錢"當斷,與前"這河"同。【封眉】銀,時本作"錢"。時本此曲中多賓白。**不勾齋糧,且備茶湯。**(覷聰云)**這一兩銀,未爲厚禮。**①【容眉】【湯眉】他不說上,自家倒說上。你痴,痴。【三合眉】他不說上,自家反說上。你痴,痴!**你若有主張**②,【湯沈旁】主撮合,成好事意。【起眉】【虎眉】有主張,一作"把小張"。亦有意見。**對艷妝,**【繼眉】艷,音厭。**將**③**言詞說上,**【凌眉】"有主張"以下,以意中事私心作謔也。徐改作"把小張",無是理。元人謔語自雅,決無如此酸氣。王反謂"有主張"爲謬,可謂阿所好矣。【湯沈眉】"你若"三句,是張冷唬口與心語之言,非真實語也。有主張,方本作"把小張",蓋是央及和尚之詞。**我將你**④**衆和尚死生難忘。**【羅眉】和,音活。【徐畫眉】【田眉】"你若是"三句:是張生冷諕口與心語之言,非真實語也。一本"有主張"作"把小張",蓋是央及法聰之詞,故以"小"自謙也。甚通,今從之。【延眉】"你若是把小張"三句:是張生冷諕口與心語之言,非真實語也。"把小張"蓋是央及法聰之詞,故以"小"自謙也。【張眉】西廂此曲第五、六句俱少一字。"您若"下是背言,若作當面語則鹵莽甚矣。徐文長更爲央浼法聰之言,改"有主張"爲"把小張",益非。【峒眉】言詞太陡。【驥夾】【延夾】【湯沈夾】忘,去聲。【毛夾】忘,去聲。把小張,勿作"有主張",此是假調笑爲顧題處,然亦私語如此。【潘夾】"把小張"數句,非顯語,乃口下心頭自謔之詞,見小小揮金未足多也。

---

① 這一兩銀,未爲厚禮:這一兩銀,徐畫本、徐音本、三合本、潘本作"這一兩",徐參本、魏本、峒本作"這一兩銀子";厚禮,潘本作"厚理"。驥本、延本、張本、封本、毛本無。
② 你若有主張:徐畫本、徐音本、驥本、延本、三合本、毛本、潘本作"你若是把小張",張本作"您若是有主張"。
③ 將:驥本、延本、毛本作"着",封本作"把"。
④ 我將你:徐畫本、徐音本、驥本、延本、張本、三合本、毛本、潘本作"把您"。

（潔云）先生必有所請①。（末云）小生不揣有懇②，因惡旅邸冗雜③，早晚④難以溫習經史，欲假⑤一室，晨昏⑥聽講。房金按月任意多少⑦。（潔云）敝寺頗有數間⑧，任先生⑨揀選。【秀眉】君瑞借寓而安，淫念起此。【潘夾】每見少年請于父兄，欲于僧房道院，別覓精舍，閉關下榻。父兄問何以故，則云家中繁冗，難以溫習經史。及至，則呼朋引類，樗蒲六博，品竹彈絲，出入狹邪，豪呼浪飲，靡事不爲。所云經史，不知束置何所。經史得不從塵封紙綑中，大聲號屈耶？觀挽弓借房引端，恐禮部尚書必

---

① 必有所請：容本、起本、徐參本、虎本、何本、陳本、秀本、硃本、天李本、六幻本、湯本、魏本、峒本、封本、毛本作"必有所命"，張本作"還有甚見教"。

② 不揣有懇：屠本作"久因荒疏"。

③ 因惡：屠本作"爲嫌"，驥本、延本、毛本作"因爲"。旅邸：驥本、延本、毛本作"旅館"。冗雜：弘本、羅本、繼本、屠本、容本、起本、徐畫本、徐音本、驥本、虎本、何本、陳本、秀本、硃本、延本、張本、天李本、六幻本、湯本、湯沈本、三合本、魏本、峒本、封本、毛本、潘本作"繁冗"，徐參本作"煩冗"。

④ 早晚：容本、起本、徐畫本、徐音本、徐參本、虎本、何本、陳本、秀本、硃本、張本、天李本、六幻本、湯本、三合本、魏本、峒本、封本、潘本無。

⑤ 欲假：弘本作"欲問我師假"，羅本作"敢問老師假"；繼本、徐畫本、徐音本、湯沈本、三合本、潘本作"欲問老師假"；容本、起本、徐參本、虎本、何本、天李本、六幻本、魏本、峒本、封本作"欲問我師求假"，湯本同，但"假"作"借"；驥本、延本、毛本作"欲問我師借"，陳本、秀本、硃本作"欲問老師求借"；張本作"欲借"。

⑥ 晨昏：弘本、羅本、繼本、屠本、湯沈本作"可以晨昏"，容本、起本、虎本、何本、陳本、秀本、硃本、天李本、六幻本、湯本、魏本、峒本、封本作"且得晨昏"。

⑦ 按月任意多少：範本、龍本作"任尊裁"，容本、起本、虎本、何本、陳本、秀本、硃本、天李本、六幻本、湯本、湯沈本作"任意奉納"，徐參本作"任尊意拜納"，魏本、峒本作"任尊意奉納"，封本作"照例奉納"。

⑧ 數間：範本、龍本、張本作"空房"，容本、起本、徐畫本、虎本、何本、陳本、秀本、硃本、天李本、湯本、三合本、魏本、峒本、封本、潘本作"數間房"，六幻本作"閑房"，驥本、延本、毛本作"數間空房"。

⑨ 任先生：弘本、羅本、繼本、屠本、容本、起本、驥本、虎本、何本、陳本、秀本、硃本、延本、天李本、六幻本、湯本、湯沈本、魏本、峒本、毛本作"從先生"，徐畫本、徐音本、張本、三合本、潘本作"一憑"，徐參本作"憑先生"，封本作"任從先生"。

在九原頓足也。

【幺篇】【張眉】西廂此曲第一、二句俱少三字。第五、六句亦俱少一字。（末唱）也不要①香積厨，枯木堂②。【田補眉】瀏陽崇勝寺，有堂名枯木。遠着③南軒，【徐畫眉】【田眉】"怎生"二字用得妙，即設法之意、處置之意。【延眉】"怎生"二字極用得妙，即設法之意、處置之意。【三合眉】"怎生"二字妙，即設法處置之意。【封眉】時本多漏"怎生得"三字。離着④東墙，靠着⑤西廂。【潘旁】不好直說西廂，特特借來陪襯。近⑥主廊，過⑦耳房，都皆停當。【謝眉】南軒、東墙、西廂，自然字眼。應上"柴薪"三句。【範眉】【龍眉】有情語，灑灑然。【容眉】妙！【陳眉】【硃眉】窮秀才專會算未來帳。【凌眉】徐本"遠着"上有"怎生"二字，亦可。然下有"都皆停當"，而"遠離、靠近、過"數字，語意俱明，無二字亦無礙。【湯眉】妙！【湯沈眉】徐本"遠着南軒"上，有"怎生"二字貫下。怎生，即如何設法處置之意，覺趣甚。【魏眉】數盡僧房，總不如西廂最好。【峒眉】數盡僧房，總不如西廂最良。（潔云）便不呵⑧，就與老僧同處何如⑨？【容旁】【湯旁】知趣。【田旁】有味。【徐畫旁】知所謂不入手之趣，但

---

① 也不要：徐畫本、驥本、延本、張本、三合本、潘本作"小生也不要"，毛本作"不要"。
② 枯木堂：張本作"也不要枯木堂"。
③ 遠着：徐畫本、徐音本、驥本、延本、張本、三合本、毛本、潘本作"怎生離着"，封本作"怎生得遠着"。
④ 離着：徐畫本、徐音本、驥本、延本、張本、三合本、毛本、潘本作"遠着"。
⑤ 靠着：徐畫本、徐音本、驥本作、延本、張本、三合本、毛本、潘本作"近着"。
⑥ 近：徐畫本、徐音本、驥本、延本、張本、三合本、毛本、潘本作"靠"。
⑦ 過：驥本、延本、毛本作"傍"。
⑧ 便不呵：弘本作"便不可"，屠本、驥本、延本、毛本無。
⑨ 就與老僧同處何如：就與，羅本、屠本、繼本、六幻本、湯沈本作"與"；同處，弘本、羅本、屠本、繼本、容本、起本、徐畫本、徐音本、徐參本、虎本、何本、陳本、秀本、硃本、張本、天李本、六幻本、湯本、湯沈本、三合本、魏本、峒本、封本、毛本、潘本作"同榻"；何如，弘本作"如何"。驥本、延本無。

發一笑。【容眉】【徐畫珠眉】【湯眉】老和尚到看上小張了。【徐畫諸眉】老僧同榻，趣極。【三合眉】老和尚到看上小張。（末笑云）要恁怎麽①？【湯沈旁】非張本意了。你是必休題着②長老方丈。③【潘旁】落句自然蘊藉。【徐音眉】于"聽講"意爲合。【徐參眉】穩擇一枝，西廂備全樹乎？【毛夾】總只欲近西廂耳，然故作數折波瀾無際。"不要"二句，言不須爾爾。"怎生"三句，言如何得爾爾。"靠主廊"三句，此皆可爾。"則休題"一句，不可爾。參釋曰："怎生"是商量之詞，與他處不同。南軒、東墻，借引西字，主廊、耳房，皆近西廂者。【潘夾】"不要"數語，正接"一憑揀選"來，却曲曲有許多算計處。

（紅上云）老夫人着俺④問長老，幾時好與老相公做好事，看得停當⑤回話，須索走一遭去來。⑥【陳眉】【砆眉】引魂使者來了。【秀眉】紅請修齋，過接甚妙。（見潔科）長老萬福，夫人使侍妾⑦來問，幾時

---

① 要恁怎麽：恁，弘本、繼本、容本、起本、天李本、徐畫本、徐音本、徐參本、虎本、何本、陳本、秀本、砆本、六幻本、湯本、湯沈本、三合本、魏本、峒本、封本作"你"。範本、龍本作"要恁做甚麼，却使不得"，屠本、驥本、延本、張本、毛本、潘本無。
② 你是必休題着：羅本、屠本作"你是必再休題"，徐畫本、徐音本、三合本、潘本作"再休題"，驥本、延本、張本、毛本作"則休題"，封本作"是必休提着"。
③ 驥本、延本此處多："（本云）西廂側邊一間空房，甚是瀟灑，正可先生安下。（生云）就令僕人搬行裝去。"
④ 俺：弘本、羅本、繼本、屠本、徐參本、湯沈本、魏本、峒本作"我"。
⑤ 看得停當：弘本、羅本、繼本、屠本、容本、起本、徐畫本、徐音本、徐參本、虎本、何本、陳本、秀本、砆本、天李本、六幻本、湯本、湯沈本、三合本、峒本、封本、潘本作"看得停當了"，張本作"問的當了"。
⑥ "（紅上云）老夫人着俺問長老"至"須索走一遭去來"：須索走一遭去來，弘本、羅本、繼本、容本、起本、虎本、何本、陳本、秀本、砆本、天李本、六幻本、湯本、湯沈本、魏本、峒本、封本作"須索走一遭"，屠本作"須索走一遭去"，徐參本作"須走一遭"，徐畫本、徐音本、張本、三合本、潘本無。驥本、延本無。
⑦ 夫人：封本作"老夫人"。使侍妾：弘本、屠本、驥本作"使得妾"。

好與老相公做好事①，【羅眉】相，去聲。着看的停當了回話②。（末背云）好個女子也呵③！【潘夾】見和尚便説好一個和尚，見女子便説好一個女子，畢竟二者孰勝？

【脱布衫】【張眉】此曲合【小梁州】係【正宮】，【中呂】可借用。大人家舉止端詳④，全没那⑤半點兒輕狂。【陳旁】輕狂，好意在後。【容眉】【湯眉】你後來看他輕狂。【田補眉】此亦見紅娘穩重而不輕佻，與前"顛不剌"曲意同。【三合眉】後來你看他們輕狂。【魏眉】初見端詳，後來輕狂。大師行深深⑥拜了，【秀眉】行，平聲，當去聲。啓朱唇語言的當。【徐參眉】紅娘作樣處處。【峒眉】誠大人家風範。【毛夾】當，去聲。

【小梁州】可喜娘的⑦龐兒淺淡妝，【封眉】龐，時本誤作"庬"。穿一套縞素衣裳，【羅眉】縞，音稿；裳，音長。胡伶渌老⑧不尋常。【謝眉】【範眉】【龍眉】眼爲"渌老"，今教坊中猶有此語。《董解元傳奇》云："一雙渌老。"【繼眉】睩老，謂眼也。今教坊中猶有此語。董解元傳奇云："一雙睩老。"按，《楚辭》："蛾眉曼睩，目騰光些。"王逸注："睩，

---

① 好與：弘本、屠本、容本、起本、徐畫本、徐音本、徐參本、驤本、虎本、何本、陳本、秀本、磩本、延本、張本、天李本、湯本、三合本、魏本、峒本、封本、潘本作"可與"。相公：驤本、延本作"相國"。好事：範本、龍本作"好事者"。
② 着看的停當了回話：着看的，範本、龍本作"看"，繼本、毛本作"看得"；回話，弘本、範本、龍本、屠本作"來回話"。魏本作"着看的當了回話"，徐參本同，但無"着"字；徐畫本、徐音本、驤本、延本、三合本、潘本無。
③ 好個女子也呵：屠本作"好一個女子也"，驤本、延本、毛本作"好女子也呵"。
④ 端詳：魏本作"行詳"。
⑤ 没那：徐畫本、徐音本、驤本、延本、張本、三合本、毛本、潘本作"不見"，徐參本、魏本、峒本作"没有"。
⑥ 深深：徐畫本、徐音本、驤本、延本、三合本、毛本、潘本作"深深的"。
⑦ 可喜娘的：弘本作"可意娘的"，羅、徐畫本、徐音本、驤本、延本、三合本、毛本、潘本作"可喜娘"，張本作"可喜"，魏本作"可喜的娘"。
⑧ 胡伶：驤本、延本、毛本作"鶻憐"。渌老：弘本作"六老"。

視貌，言美女好目曼澤，睞睞然視，精光騰馳，驚惑人心也。"觀此，則元人謂眼爲"睩老"，抑不古矣。【起眉】"胡伶渌老"，今教坊中猶有此語。董解元傳奇云"一雙渌老"，說雙眼光也。【秀眉】渌老，即眼也。【凌眉】胡伶，董詞作"鶻鴿"，伶利也。眼爲渌老，今教坊中猶有此語，董詞"一雙渌老"。【張眉】鶻眼最伶。"渌老"調侃眼，言紅娘眼乖如鶻也。【三合眉】胡伶，作"鶻伶"，鶻眼最明慧。渌老，調侃說眼，此說紅娘眼乖。**偷睛望，眼挫裏抹張郎。**①【範旁】【龍旁】連下三"眼"字。【徐畫旁】是張生抹紅娘，反以紅娘抹張生，妙。【湯沈旁】紅亦看上張郎了。【徐畫眉】【田眉】"胡伶"句，是說紅娘好雙乖眼也。胡伶，當用"鶻伶"字，鶻眼最明慧。伶字，韵書是心了慧貌，讀爲"零"字音，作"憐"字"愛"字用，非也。渌老，調侃說眼也。《太平樂府》顧群澤詞有："懵懂的憐磕睡，鶻伶的惜惺惺。"【徐音眉】小紅煞是大乖巧人。【徐參眉】多是兩眼相覷。【延眉】"鶻憐"句，是說紅娘好雙乖眼也。"鶻憐"，俗用"胡伶"字，鶻眼最明慧。伶字，韵書是心了慧貌，讀爲"零"字音，作"憐"字"愛"字用，非也。渌老，調侃說眼也。《太平樂府》顧君澤詞有："懵懂的憐磕睡，鶻伶的惜惺惺。"【湯沈眉】胡伶，一作"鶻憐"，伶利之意。渌老，謂眼，言紅娘好雙乖眼也。下"偷睛望"二句，正見其眼之乖。董詞："那鶻鴿渌老兒，難道不清雅，見人不住偷睛抹。"【驥夾】【延夾】鶻憐，音胡靈。【毛夾】鶻，音胡。北詞指伶俐爲鶻伶，或作"鶻鴿"，或作"胡伶"。渌老，調侃謂眼也，亦作"睩老"，亦作"六老"。"老"是襯字，如身爲軀老，手爲爪老類。抹，目睫撩撇也。抹張郎，言紅之撩己，正用董詞"見人不住偷睛抹"語。陋者妄欲抬紅聲價，解云：抹殺張郎，猶目中無張也。則《兩世姻緣劇》云："他背地裏斜的眼梢抹。"彼指韋皋視玉簫也，豈亦眼中無簫耶？王伯良曰：鶻伶非眼，而帶言渌老，則指眼耳。如宋方壺詞"鶻憐的惜惺惺"，王和卿詞"假聰明逞胡伶"，皆不專指眼，可驗。參釋曰：三曲俱寫紅，【脫布衫】寫紅舉止言詞之妙。"可喜"二句，寫紅

---

① 範本、龍本此句後多"（生背地裏覷云）好個小娘子呵"。

妝束之雅。"鶻伶"三句，寫紅俊眼。【潘夾】胡伶，作鶻伶；溑老，調侃眼也。此説紅娘眼乖。"鶻伶"二字，是紅娘定評。眼挫裏抹張郎，偏不是他人看來如此，即紅亦未必遂然。偏是張生偷睛看來如此。張滿眼眶盡是一個紅娘，反覺紅眼稍頭略無半點。張生有一種急欲求當于紅之心，遂有此一種唯恐不當于紅之意。有才人生平自負，眇視一切，一旦遇着個大方識者，亦未免損了多少傲氣。

【幺篇】若共他多情的小姐①同鴛帳，【範旁】【龍旁】妄想。【延旁】雖不見好詞，却句句真率有味。【湯沈旁】妄情。怎捨得他②叠被鋪床。【田補旁】不以奴婢待之，此中未免有意。我將③小姐央，【徐畫旁】【田旁】央，商議得中也。【延旁】央，商議得中也。夫人快④，【湯沈旁】何勞張愁的用情？【凌眉】"快"字，舊本如此，蓋此字宜仄聲。夫人快，即"不令許放"之意。詩本誤作"央"，王擬改爲"強"。【封眉】誆，時本亦作"央"，誤。此字宜仄聲，故即空本改作"快"，謂即不令許放之意思，是反多一層。他⑤不令許放，【封眉】儻，時本作"他"。我親自寫與從良⑥。【容眉】【徐畫珠旁】窮秀才專會算未來帳。【徐畫眉】【田眉】【延眉】古法：放出奴婢，等齊民，爲從良。"我獨寫與"句，奴婢是賤人，張生欲紅娘不爲奴婢，寫與從良，惜之至也。此中未免有得隴望蜀之意。【徐參眉】善

---

① 多情的：弘本、羅本、繼本、屠本、容本、起本、徐音本、徐參本、虎本、何本、陳本、秀本、硃本、張本、天李本、六幻本、湯本、湯沈本、魏本、峒本、封本、毛本作"多情"。小姐：驥本、延本、毛本作"姐姐"。
② 怎捨得他：屠本作"怎捨得"，徐畫本、徐音本、驥本、延本、張本、三合本、毛本、潘本作"怎教他"。
③ 我將：弘本、羅本、繼本、屠本、容本、起本、徐畫本、徐音本、驥本、虎本、何本、陳本、秀本、硃本、延本、張本、天李本、六幻本、湯本、湯沈本、三合本、魏本、峒本、封本、毛本、潘本作"將"。
④ 快：六幻本作"央"，封本作"誆"。
⑤ 他：封本作"儻"。
⑥ 親自寫與：弘本作"自寫與"，屠本作"親寫與"，徐畫本、徐音本、驥本、延本、三合本、毛本、潘本作"獨自寫與個"，張本作"寫與個"。

想。【湯眉】窮秀才專會算未來帳。【湯沈眉】古法：放出奴婢，等齊民，爲從良。張愛惜紅之至也。此中未免有得隴望蜀之意。【三合眉】秀才家專會算未來帳。央，商議得中也。【魏眉】想忒早些。【峒眉】想忒早。【毛夾】此以調紅爲調鶯語。央者，央說，許放耳。怏，不肯也。《史記》："諸將與帝爲編户民，今北面爲臣，心常怏怏。"《漢書》曰："塞其怏怏心。"言倘夫人不肯，不教小姐許放，我獨寫與從良券合耳。許屬鶯，令屬夫人，"令許"二字俱有着落。俗作"夫人央"，平韵不叶。王本欲改勉强之"强"，亦謬。參釋曰：此曲全在首句，蓋借此與"多情姐姐"作一照顧耳。舊解作惜紅，且云有得隴望蜀之意，則鑿矣！【潘夾】不是空打一片未來帳？張亦自負達識，相人于牝牡驪黄之外，將紅已作夾袋中物了。

（潔云）二月①十五日，【封眉】時本作"二月十五"，誤。前已云"人值殘春"矣。可與老相公做好事。（紅云）妾與長老同去佛殿看了②，却回夫人話。③（潔云）先生請④少坐，老僧同小娘子看一遭⑤便來。（末云）何故却⑥小生？便同行一遭，又且何如⑦？（潔云）便⑧同行。（末云）着小娘子先行，俺近後些。【容旁】假志誠。【徐畫諸眉】近後些，又假套也。【陳眉】【硃眉】【魏眉】【峒眉】【湯夾】假志誠。（潔云）

---

① 二月：封本作"三月"。
② 去佛殿看了：去，弘本、屠本作"至"。羅本、繼本、陳本、湯沈本作"至佛殿上看了"，容本、起本、徐畫本、徐音本、徐參本、虎本、何本、秀本、硃本、天李本、六幻本、湯本、三合本、魏本、峒本、毛本、潘本作"至佛殿上看停當了"。
③ "（潔云）二月十五日"至"却回夫人話"：張本無。
④ 請少坐：弘本、羅本、繼本、屠本、容本、起本、徐畫本、徐音本、虎本、何本、陳本、秀本、硃本、張本、天李本、六幻本、湯本、湯沈本、三合本、封本、毛本、潘本作"少坐"，徐參本、魏本、峒本作"請坐"。
⑤ 看一遭：張本作"至佛殿上一看"，封本作"看了"。
⑥ 却：屠本作"見却"。
⑦ 便同行一遭，又且何如：又且，容本、起本、徐畫本、徐音本、虎本、何本、陳本、秀本、硃本、天李本、湯本、湯沈本、三合本、魏本、峒本、封本、毛本、潘本無。何如，弘本作"如何"。屠本作"便同行如何"，張本作"便同行何如"。
⑧ 便：屠本作"便此"，徐畫本、徐音本、張本、三合本、潘本作"請便"。

一個①有道理的秀才。【三合眉】不是"有道理的秀才",是假志誠的秀才。(末云)小生有一句話説②,敢道③麼?(潔云)便道不妨④。

【快活三】(末唱)崔家女艷妝,莫不是演撒你個老潔郎⑤?【繼眉】演撒,元時鄉語。潔郎,是嘲僧。【容眉】【徐畫珠眉】【湯眉】不合便謔。【秀眉】演撒者,猶牽絆之意也。(潔云)俺出家人那有此事。⑥(末唱)即不沙⑦,【湯沈旁】呵,徐作"沙"。【封眉】即空主曰:沙,褫語,猶"呵"字也。却怎睃趁着你頭上放⑧毫光,【羅眉】睃,音梭。【繼眉】睃,音梭,斜視曰"睃"。趁,音疢。【封眉】瞉,音梭,偷視也。視之略也,時本作"睃",誤。睃,止音俊,董詞"睃"字乃亦作"梭",音讀或因偏旁類"梭",故從俗用之耳。打扮的⑨特來晃。【謝眉】演撒,元之時人鄉語。潔郎,亦是嘲僧語也。"沙"字乃是褫語。【範眉】【龍眉】演撒,元時鄉語。

---

① 一個:範本、龍本、徐參本、魏本、峒本作"是個",張本作"好一個"。
② 話説:弘本、羅本、繼本、屠本、容本、起本、徐畫本、徐音本、徐參本、虎本、何本、陳本、秀本、硃本、張本、天李本、六幻本、湯本、湯沈本、三合本、魏本、峒本、封本、毛本、潘本作"話"。
③ 道:張本作"説"。
④ "(潔云)二月十五日"至"便道不妨":便道不妨,屠本作"便説何妨",徐參本作"有話便道不妨",張本、三合本、潘本作"不妨",毛本作"便道何妨"。驥本、延本無。
⑤ 莫不是:徐畫本、徐音本、驥本、延本、張本、三合本、毛本、潘本作"莫不"。你個:羅本、徐畫本、徐音本、驥本、延本、張本、三合本、毛本、潘本作"上",屠本作"上個"。
⑥ (潔云)俺出家人那有此事:屠本作"(本云)休説閒話",張本作"(本)那有此事",封本作"(本云)老僧出家人,先生是何言語?"弘本、容本、起本、徐參本、驥本、虎本、何本、陳本、秀本、硃本、延本、天李本、湯本、魏本、峒本、毛本無。
⑦ 沙:羅本、繼本、屠本、徐畫本、陳本、硃本、湯本、魏本、峒本作"呵",何本作"消"。
⑧ 却怎睃趁着你頭上放:睃,封本作"瞉"。羅本作"睃趁着頭上放",徐畫本、徐音本、驥本、延本、三合本、潘本作"睃趁顯",張本作"睃趁",毛本作"可怎生睃趁着顯"。
⑨ 打扮的:繼本、徐畫本、徐音本、驥本、延本、張本、三合本、潘本作"打扮着"。

潔郎是嘲僧，"沙"字是襯語。睃，音梭，邪視曰"睃"。【徐畫眉】【田眉】【延眉】演撒、潔郎，俱坊中調侃，非鄉語也。樂坊中刊本另有解。"既不沙"三句，"睃趁"二字，調侃説看；"顯毫光"三字，嘲其秃首之詞，意謂既無演撒上的事，何紅娘看着你光頭，打扮齊整，特來晃你也。【徐畫諸眉】亦不當譃長老，是疑心。【徐音眉】小紅自是冶誨□也。【徐參眉】罵了和尚頭。【陳補眉】晃，黄上聲，暉也，明也，光也，實明也。【凌眉】演撒，教坊市語。沙，襯語，猶南曲之"呵"字。睃，音梭，邪視曰"睃"。【張眉】演撒，勾搭也；既不沙，無也；睃趁，看也。言既無勾搭的事，何爲看着光頭打扮來晃也。【湯沈眉】演撒，謂有；潔郎，謂僧；睃趁，謂看。俱調侃詞。頭上放毫光，嘲其秃首之詞。意謂既無演撒上的事，何紅娘看着你光頭，打扮齊整，特來晃你也。晃，炫耀之意。睃，音梭，邪視曰"睃"，趁，音疢。徐本無"頭上"二字。放，徐作"顯"。【三合眉】此詞謂既無演撒上的事，何紅娘看着你光頭，打扮齊整，特來晃你也。【徐畫夾】【田夾】【三合夾】睃，音梭，邪視貌。【毛夾】睃，音梭。演撒，調侃弄也。第十九折"這妮子定和酸丁演撒"，《墨娥小録》以"演撒"訓有，非也。睃趁，做眼而趁逐也。《偶梅香》劇"打睃這東西"，董詞"貪趁眼前人"。王伯良以"睃趁"爲看，非也。既不沙，猶言若不然。沙，助詞。晃，眩人貌。董詞："諸僧與看人驚晃。"言此艷妝者，莫不弄上你耶！若不然，何以看着你妝來的特艷也。佛眉間放光，爲毫光，故戲指本。《度柳翠》劇："駕一片祥雲放五色毫光。"既不沙，曲中襯白。不屬下句，大凡此三字定作一轉。如《勘頭巾》劇："既不沙，作無個放拾慈悲。"《黄粱夢》劇："既不沙，可怎生蝶翅舞飄摇。"一例。諸本脱"可怎生"三字，遂至誤解。參釋曰：接上艷妝作調笑語，爲下迎問張本。

（潔云）先生是何言語！早是那小娘子不聽得哩，若知呵，是

甚意思！①【羅眉】思。去聲。（紅上佛殿科）

【朝天子】（末唱）過得②主廊，引入洞房，好事從天降。我與你看着門兒，你進去。③【徐畫旁】此張之激言也，蓋張生不知鶯鶯履歷，若問又不好意思。故反言以使之自供，豈非仙才！【陳眉】【硃眉】謔得不雅。【魏眉】【峒眉】狂態一觸即發，一發莫制。（潔怒云）先生，此非先王之法言④。【羅眉】行，音幸。豈不得罪于聖人之門乎⑤？老僧偌大年紀，【羅眉】偌，音熱，下同。焉肯作此等之態。⑥【容旁】【湯旁】也不必。（末唱）⑦ 好模好樣忒⑧莽撞，【凌眉】"好模好樣"句，俗作本唱，

---

① "先生是何言語"至"是甚意思"：不聽得哩，範本、龍本作"不聽呵"，徐參本、魏本、峒本作"不曾聽得哩"；知，徐參本、驥本、延本、魏本、峒本、毛本作"知道"；甚，弘本、範本、龍本、羅本、繼本、容本、起本、徐畫本、徐音本、徐參本、驥本、虎本、何本、陳本、秀本、硃本、延本、張本、天李本、六幻本、湯本、湯沈本、三合本、魏本、峒本、封本、毛本、潘本作"甚麼"。屠本作："先生，若是那小娘子聽得，是甚麼道理？"封本作："若是那小娘子聽見呵，是甚意思？"
② 過得：羅本作"轉過他"。
③ 我與你看着門兒，你進去：進，弘本作"入"。範本、龍本作"我爲你關着門，你入去"，屠本作"長老，我看你兩個到似有情的，我與你看着門，你自進去"，潘本無。
④ 先生，此非先王之法言：先生，潘本無；先王，三合本、潘本作"先生"；法言，弘本、羅本、繼本、容本、起本、徐參本、虎本、何本、陳本、秀本、硃本、天李本、湯本、湯沈本、魏本、峒本、封本作"言行"，徐畫本、徐音本、三合本、潘本作"言"。屠本作"你是讀書人，如何輕發此言"。
⑤ 豈不：弘本、羅本、繼本、容本、起本、徐畫本、徐音本、徐參本、虎本、何本、陳本、秀本、硃本、天李本、湯本、湯沈本、三合本、魏本、峒本、封本作"豈不爲"。門：屠本作"道"。
⑥ 焉肯作此等之態：焉肯，羅本、繼本、湯沈本作"焉敢"。容本、起本、徐參本、虎本、何本、陳本、秀本、硃本、天李本、六幻本、湯本、峒本作"焉有此等妄念"，魏本同，但"妄念"作"妄想"；封本作"豈可此等妄疑"。潘本無"老僧偌大年紀，焉肯作此等之態"的道白。驥本、延本、毛本無"我與你看着門兒"至"焉肯作此等之態"的道白，張本此段道白作："（本怒）先生又來了。"
⑦ （末唱）：範本、龍本作"（本唱）"。
⑧ 忒：範本、龍本、屠本作"也忒"，羅本作"忒煞"，徐畫本、徐音本、驥本、延本、三合本、毛本、潘本作"也待"。

大謬。本無唱體。【湯沈眉】忒，徐本作"特"。① 没則羅便罷②，煩惱則麽耶③唐三藏？【繼眉】【湯沈眉】唐玄宗時，僧無畏號"三藏"。【起眉】耶，今本作"那"，訛。【張眉】"怎麽耶"乃三襯字，"耶"讀"呀"，北方帶口聲。即是説你煩惱何爲？徐文長以"怎麽耶"爲僧名，不惟與"唐三藏"重疊，且與"煩惱"字隔礙，強作解事，可笑甚。"堂"，叶韵。訛"司"及添"生"字，非。【封眉】即空主人曰：元人則麽、子麽、怎麽皆一樣解。徐謂亦是僧名，可笑。④ 怪不得小生疑你⑤，【容眉】【硃眉】【湯眉】多疑，然亦不得不疑。偌大一個宅堂⑥，【謝眉】唐玄宗時，僧無畏號"三藏"。"偌"字俱亦鄉語。【範眉】【龍眉】唐玄宗時，僧無畏號"三藏"。偌，亦鄉語。【羅眉】宅，音齋。【繼眉】"偌"字是鄉語。【起眉】"堂"字叶韵，一作"司"，一作"院"，悉非。【凌眉】"宅堂"用韵，一作"院"，王作"司"，皆非。【封眉】宅房，用韵，時本多訛。可怎生别没個⑦兒郎，【湯沈旁】一本添出"個"字。【張眉】堂，叶韵，訛"司"及添"生"字，非。使得梅香來

---

① 範本、龍本、六幻本此處多"（生云）"。
② 没則羅便罷：驥本、延本、毛本無。範本、龍本此句後多"（生唱）"。
③ 則麽耶：範本、龍本、容本、起本、徐參本、虎本、何本、陳本、秀本、硃本、張本、天李本、六幻本、湯本、魏本、峒本作"怎麽耶"，羅、繼、湯沈本作"怎麽那"，屠本作"怎麽"，三合本、潘本作"則摩耶"。
④ 六幻本此處多"（生云）"。
⑤ 怪不得小生疑你：小生，屠本作"我"。驥本、延本、毛本無。
⑥ 一個：徐畫本、徐音本、驥本、延本、三合本、毛本、潘本作"個"，張本無。宅堂：弘本作"宅院"，屠本、容本、徐畫本、徐音本、驥本、虎本、何本、秀本、延本、天李本、湯本、三合本、毛本、潘本作"宅司"，封本作"宅房"。
⑦ 可怎生：徐音本、驥本、延本、三合本、毛本、潘本作"怎生"，張本作"怎"。别没個：羅本、繼本、湯沈本作"别没"，屠本、徐畫本、徐音本、延本、三合本、毛本、潘本作"没個"，張本作"没"。

說①勾當?【徐畫旁】剝得倒。【陳眉】與你有甚相關?【三合眉】則摩耶,是僧名,俗作"怎麼",笑殺,笑殺!多疑,亦不得不疑。(潔云)老夫人②治家嚴肅,【凌眉】"治家嚴肅"等話,非生所樂聞,故猶疑。本之一時強口耳,王謂跟前崛強,背後有許多輕薄處,殊失生爾時語意。內外③并無一個男子出入。(末背云)這禿厮巧說!④你在⑤我行、口強,【秀眉】強,音降。硬抵着頭皮撞⑥。【羅眉】行,音杭。着,音招。皮,音陪。【徐畫眉】【田眉】【延眉】則麼耶,亦是僧名,今誤作"怎麼",笑殺,笑殺!此言大師非則麼耶、唐三藏之比,淫欲或所不免,何用噴己之戲謔也?"硬抵着頭皮"強不過,重疊上句,俗改作"撞",惡俗之甚。【徐參眉】倡狂笑罵,自是不羈之品,軼駕必多。【張眉】"上"言硬着來,強也。俗求之不得,遂改作"撞"。徐文長亦妄作兩"強"字,分別上字為平,下字為去,亦非。【湯沈眉】偌字,鄉語。堂,徐作"司"。撞,徐作"強"。連用兩"強"字,未妥。首回"本怒"云云,故言你何妝此好模樣以莽撞我,我亦煩惱了,甚麼唐三藏而便怪我耶。彼許大人家,而使梅香來,迹自可疑。你不過在我跟前口強,硬抵頭皮撞,不知背後如何輕薄處也。【封眉】戇,音撞,憨戇凶頑貌。此言其

---

① 使得:弘本、繼本、屠本、容本、起本、徐參本、虎本、何本、陳本、秀本、硃本、天李本、六幻本、湯本、湯沈本、魏本、峒本、封本作"使",徐畫本、徐音本、驥本、延本、張本、三合本、毛本、潘本作"教"。來說:羅本作"來說甚",張本作"說"。
② 老夫人:容本、起本、徐畫本、徐音本、徐參本、虎本、何本、陳本、秀本、硃本、張本、天李本、湯本、三合本、魏本、峒本、封本、潘本作"元來先生不知,那老夫人",六幻本同,但無"那"。
③ 內外:羅本作"內裏"。
④ "(潔云)老夫人治家嚴肅"至"這禿厮巧說":禿厮,張本作"禿";巧說,徐參本、魏本作"好巧說"。驥本、延本、毛本無。
⑤ 你在:驥本、延本作"你",張本作"在"。
⑥ 硬抵着:張本作"硬着"。頭皮撞:羅本作"頭皮兒撞",徐畫本、徐音本、三合本、潘本作"頭皮兒強",驥本、延本作"頭皮強",張本作"頭皮上",封本作"頭皮戇"。

憨，自是不知和柔也。《史記》"汲黯之憨"，亦猶此意。時本誤作"撞"，可笑。【驥夾】【延夾】借，見前。上強字，平聲；下強字，去聲。【毛夾】答賓白言，前言不為過也。往來禪室無非好事，我此一言，豈好模樣如師者亦將怒耶？將煩惱了甚唐三藏耶？況事有可疑，尚倔強耶？好事，借上做好事，作謔最妙。俗本改作"美事"，一誤。好模好樣，有體面也。《合汗衫》劇白："看那廝也好模好樣的。"俗注作妝模作樣，二誤。莽撞，怒也。《李逵負荊》劇："按不住莽撞心頭氣。"俗解作法本衝撞于生，即王本亦然，三誤。口強，故抵撞一氣下，《伍員吹簫》劇："打這些十分口強。"《魔合羅》劇："硬抵着頭皮對。"俗以頭皮撞為戲僧，四誤。王本注唐僧玄奘，號三藏法師。天池生謂：則麼耶亦僧名，無據。

（潔對紅云）這齋供道場都完備了①，十五日請夫人小姐拈香②。（末問云）何故？（潔云）這是崔相國小姐至孝③，為報父母之恩，又是老相公禪日，【羅眉】禪，音單。【田補眉】禪，除服祭名也。《禮記》注：二十七月而禪。【湯沈眉】禪，除服祭名。二十七月而禪，音袒。就脫孝服，④所以做好事。⑤【徐畫諸眉】好機會，好際遇。（末哭科云）【田補旁】多是實景。【湯沈旁】那有這副急淚？【潘旁】見景生情，張機巧也來得快，淚也來得快。【容眉】【湯眉】那得這副淚來？【徐參眉】那討這一副應急

---

① 這齋供道場都完備了：都，毛本作"俱"。範本、龍本作"這道場都完備"。
② 夫人：徐畫本、徐音本、張本、三合本、潘本作"老夫人"。拈香：範本、龍本作"拈香者"。
③ 至孝：徐畫本、徐音本、驥本、延本、張本、六幻本、三合本、毛本、潘本作"孝心"。
④ 又是：容本、起本、何本、秀本、碟本、天李本、湯本、魏本、峒本、封本、毛本作"又值"。老相公禪日，就脫孝服：禪日，屠本作"禪事"；就脫，毛本作"了"。弘本作"老相公禪事了孝服"，驥本、延本同，但"相公"作"相國"；羅本、繼本、湯沈本作"老相公禪事脫服"，容本、起本、徐參本、虎本、何本、陳本、秀本、碟本、天李本、湯本、魏本、峒本、封本作"老相公禪服之際"，徐畫本、徐音本、三合本、潘本作"老相公禪日"，六幻本作"老相公禪日脫服"。
⑤ "為報父母之恩"至"所以做好事"：張本作"為追薦父親，來擇日做好事"。

眼泪？【三合眉】那討此副急泪？【魏眉】那討這副應急泪來？【峒眉】那討這應急泪來？"哀哀父母，生我劬勞，【羅眉】劬，音鞠。欲報深恩①，昊天罔極。"【羅眉】昊，音先。【陳眉】虧他做出這勾當。【硃眉】甚便當。【封眉】此篇與下篇顛倒。小姐是一女子②，尚然有報父母之心③；小生湖海飄零數年，自父母下世之後④，并不曾有一陌紙錢相報⑤。望和尚慈悲爲本⑥，小生亦備錢五千，怎生帶得一分兒齋⑦，【潘旁】畢竟是五千錢得力，不然哭穿眼睛也無益。【羅眉】分，去聲，下同。【秀眉】雖云報本，實恣私情。【三合眉】這分齋是媳婦帶挈的。前日一兩，今日五千，小張大費錢本。追薦俺父母咱⑧。便夫人知也不妨，以盡人子之心。⑨【潘

---

① 深恩：屠本作"之德"。
② 一女子：範本、龍本、屠本作"女子"。
③ 尚然有報父母之心：尚然，徐畫本、徐音本、三合本、潘本作"尚"。張本作"尚思報本"。
④ 小生湖海飄零數年，自父母下世之後：下世，羅本、繼本、容本、起本、徐畫本、徐音本、徐參本、虎本、何本、陳本、硃本、天李本、六幻本、湯本、湯沈本、三合本、魏本、峒本、毛本、潘本作"去世"，秀本作"生世"。封本作"小生自父母去世之後，湖海飄零"。
⑤ "小生湖海飄零數年"至"并不曾有一陌紙錢相報"：不曾有，範本、龍本、徐畫本、徐音本、三合本、潘本作"無"。驥本、延本、張本無。
⑥ 望和尚慈悲爲本：和尚，範本、龍本、屠本、封本作"長老"。張本、潘本作"望和尚慈悲"。
⑦ 小生亦備錢五千，怎生帶得一分兒齋：亦，屠本作"也"。範本、龍本作"容小生帶得一分兒齋"。
⑧ 俺父母咱：範本、龍本作"亡父母"，羅本、繼本、屠本、容本、徐畫本、徐音本、徐參本、何本、陳本、秀本、硃本、張本、天李本、六幻本、湯本、湯沈本、三合本、魏本、峒本、潘本作"俺父母"，驥本、延本、毛本作"俺生身父母"，封本作"父母"。
⑨ 便夫人知也不妨，以盡人子之心：不妨，弘本作"無妨"。範本、龍本、屠本作"以盡人子之心，便夫人知道也無妨"，羅本、繼本、湯沈本同，但"無妨"作"不妨"；徐畫本、徐音本、張本、三合本、潘本同，但"也無妨"作"料也不妨"。容本、起本、虎本、何本、陳本、秀本、硃本、天李本、湯本、魏本、峒本作"少盡人子之心，便夫人知料也不妨"，徐參本、六幻本、封本同，但"知"作"知道"；驥本、延本作"便夫人知道，有何妨礙"；毛本作"便夫人知道，料也不妨"。

旁】將個"孝心"二字去壓他。【容眉】【湯眉】【硃眉】有此段至誠言語，前面一發不該戲了。【徐畫珠眉】有此段志誠言語，前面一發不該戲矣。（潔云）法聰，與這先生帶一分者①。（末背問聰云）那小姐明日來②麼？【三合眉】此問正緩不得，倘小姐不來，五千幾為浪費。（聰云）他父母的勾當，如何不來③？（末背云）這五千錢使得有些下落者④！【硃眉】【湯眉】【容夾】與聰戲可，與本戲不可。【何夾】勾當，猶言辦理。【潘夾】早則送過齋金一兩，也須一并登記。此亦空囊所遺，不可浪費。

【四邊靜】人間天上，看鶯鶯強如做⑤道場。【徐畫眉】【田眉】【延眉】真率有味。軟玉溫香，休道是相親【湯沈旁】親，徐作"偎"。傍⑥，【張眉】言，平聲，合調。添字作句，徒費周折。若能勾他一湯⑦【湯沈旁】湯，讀如字，一作"蕩"。【潘旁】此盼行雲眼睛，又進一步矣。【範眉】【龍眉】湯，韻書亦有作去聲者。【羅眉】蕩，音湯。【凌眉】湯，

---

① 與這先生帶一分者：帶，範本、龍本、屠本作"帶薦"。弘本、羅本、湯沈本作"與這生帶一分者"，徐參本作"與這先生帶了一分齋"，驥本、延本、毛本作"既是先生誠心，與他帶齋一分者"。
② 來：容本、起本、徐畫本、徐音本、徐參本、虎本、何本、秀本、硃本、張本、天李本、六幻本、湯本、三合本、魏本、峒本、封本、潘本作"可來"。
③ 他：範本、龍本作"為"。勾當：驥本、延本、毛本作"齋供"。如何：潘本作"為何"。
④ 五千錢使得有些下落者：五千錢，弘本作"五千"，驥本、延本、毛本作"五千抄"。使得有些下落者，弘本、羅本、繼本、容本、起本、徐參本、虎本、何本、陳本、秀本、硃本、天李本、六幻本、湯本、湯沈本、魏本、峒本、封本作"使得着也"，範本、龍本、屠本作"不枉使得着也"，徐畫本、徐音本、張本、三合本、潘本作"使得着了也"，驥本、延本、毛本作"使得好着也"。
⑤ 看：徐畫本、徐音本、驥本、延本、三合本、潘本作"見"。強如：秀本作"強似"。做：羅本、驥本、延本作"看做"。
⑥ 休道是：屠本作"休道"，張本作"休言"。相親傍：徐畫本、徐音本、驥本、延本、三合本、毛本、潘本作"相偎傍"，張本作"偎傍"。
⑦ 湯他一湯：羅本作"蕩他一蕩，蕩他一蕩"。容本、起本、徐參本、虎本、何本、陳本、秀本、硃本、天李本、湯本、魏本、峒本作"蕩他一蕩"。

猶俗言"擦着"，元人多用之。【封眉】湯，時本多作"蕩"。**到與人消災障。**【容眉】妙，妙！【徐畫眉】【田眉】凡人禮佛，祈求消災長福。今之軟玉溫香，不必偎傍，若得一探，便能消災障，何必禮佛爲也？湯，是探湯義，非"蕩"字。偎傍，即南諺"親近"也。俗本作"親傍"，非北語。【徐參眉】細思真可消災，尤能滅火。【湯沈眉】湯，偶一近身之謂。親傍，言長久；湯，言暫。凡人禮佛，不過消災。今崔之溫軟，休道親傍，若得一湯着其身，便可除災消障矣。此欣慕之極意。【三合眉】偎傍，親近也。俗作"親傍"，非北語。湯，是探湯義，非"蕩"字。軟玉溫香，不必偎傍，若得一探，便能消災障，何必禮佛。【魏眉】【峒眉】一蕩亦可消災，親傍真能續命。【驥夾】【延夾】傍，去聲。湯，平聲。【毛夾】強如做道場，勿作強如看做道場。"軟玉"四語，申強如意，言觸着即消炎耳。湯勿作"蕩"，湯與偎傍有深淺之別，勿分久暫。《金綫池》劇："休想我指尖兒湯着你皮肉。"參釋曰：此節預擬鬧道場也。

（潔云）都①到方丈吃茶。（做到科）（末云）小生更衣咱②。【羅眉】咱，音查。（末出科云）那小娘子已定出來也③，我則在這裏等待問他咱④。（紅辭潔云）我不吃茶了，恐夫人怪來遲，去回話也。⑤

---

① 都：屠本作"都請"。
② 更衣咱：屠本作"推去更衣"，徐參本、峒本作"更衣者"。
③ 已定：羅本、繼本、容本、起本、徐畫本、徐音本、徐參本、虎本、何本、陳本、秀本、硃本、張本、天李本、湯本、湯沈本、三合本、魏本、峒本、封本、潘本作"一定"，驥本、延本、毛本作"擬定"。出來也：屠本作"出來"。
④ 我：張本作"俺"。則在：屠本作"只在"，驥本、延本作"在"。問他咱：屠本作"問他一句話兒"，張本作"問他者"。
⑤ 恐夫人怪來遲，去回話也：恐，驥本、延本、毛本作"誠恐"，弘本、六幻本無。來遲，容本、起本、虎本、何本、陳本、秀本、硃本、天李本、湯本、封本作"去遲"，六幻本作"我去遲"，毛本作"我遲"。範本、龍本、徐畫本、徐音本、三合本、潘本作"恐夫人怪我去遲回話也"，羅本、繼本、湯沈本同，但無"恐"字；屠本、徐參本、魏本、峒本同，但"去遲"作"遲去"；張本作"恐夫人怪遲，我回話去也"。

（紅出科）（末迎紅娘衹揖科）小娘子拜揖①。（紅云）先生萬福。（末云）小娘子莫非鶯鶯小姐的侍妾麼②？【湯沈旁】問亦突然。（紅云）我便是。何勞先生動問③？【湯沈旁】妙答。【徐音眉】小張一介情痴，惹笑得□。（末云）小生姓張，名珙，字君瑞，本貫西洛人也④。年方二十三歲⑤，【田補眉】爲從本傳，以二十二歲爲正。【封眉】時本作"二十三"，誤。正月十七日子時建生⑥。并不曾娶妻……【田補旁】以此挑動，可笑。【三合旁】老面皮。【容眉】【徐畫珠眉】【湯眉】老面皮。【陳眉】【硃眉】就要寫庚帖了，虧殺老面皮。【湯沈眉】突然說起鄉貫、姓名、妻室，可駭可笑。【三合眉】突然說起鄉貫、姓名，可駭，可笑。（紅云）誰問你來？⑦（末云）敢問小姐常出來麼？⑧【田補旁】真可笑。（紅怒云）⑨ 先

---

① 小娘子拜揖：範本、龍本作"小娘，小娘子拜揖"，驥本、延本作"小娘子"。
② 小娘子：驥本、延本、毛本作"敢問小娘子"。小姐的：秀本作"小姐"。麼：範本、徐畫本、徐音本、驥本、延本、張本、三合本、毛本、潘本作"乎"。
③ 何勞先生動問：範本、龍本作"先生何勞動問"，張本作"何勞動問"。驥本、延本此句後多："（生云）小生有句話敢說麼？（紅云）有言即說，不可隱諱。"張本同，但紅娘白作"有話但說"。
④ 也：張本作"氏"。
⑤ 二十三歲：封本作"二十二歲"。
⑥ 正月十七日子時建生：十七日，範本作"十五日"，龍本作"十五"。徐參本、峒本無。
⑦ 誰問你來：屠本作"我又不會推算子平，說合姻眷，端的誰問你來"，驥本、延本作"誰問你生時八字來"。範本、龍本、徐畫本、徐音本、張本、三合本、潘本此句後多"我又不是算命先生，要你那生年月日何用"。
⑧ 敢問小姐常出來麼：敢問，範本、龍本作"動問小娘子"，徐畫本、徐音本、三合本、潘本作"敢問小娘子"，張本作"再問小娘子"；常，羅本、繼本、六幻本、湯沈本"可常"。屠本作"小姐常時到此閒耍麼"，驥本、延本無。範本、龍本、徐畫本、三合本、潘本此句後多"（紅云）出來便怎麼？（生云）小生有句知心的話兒對他說"，封本同，但紅娘道白作"怎麼說"；張本此句後多"（紅怒科）出來便怎麼"。
⑨ 弘本、羅本、繼本、容本、起本、徐畫本、徐音本、徐參本、虎本、何本、陳本、秀本、硃本、天李本、六幻本、湯本、湯沈本、三合本、魏本、峒本、潘本此處多"噫"。

生是①讀書君子，孟子曰②："男女授受不親，禮也。"君知③"瓜田不納履，李下不整冠"④。道不得個"非禮勿視，非禮勿⑤聽，非禮勿言，非禮勿動"。⑥【三合旁】紅娘也講道學起來。【謝眉】借聖人之言，形眼前之事。【容眉】【徐畫珠眉】【湯眉】紅娘也講道學。【田補眉】一等搶白，而以正道教之。妙，妙！【陳眉】何緣出個女道學？【秀眉】面斥數言，此見紅娘好處。【硃眉】何緣出個女道士。【魏眉】言言皆經史，是個道學丫鬟。俺夫人治家嚴肅⑦，有冰霜之操。內無應門五尺之童，年至十二三者⑧，非呼召⑨，不敢輒入中堂。【湯沈眉】假惺惺。向日鶯鶯潛出閨

---

① 是：屠本作"是個"。
② 孟子曰：範本、龍本、屠本作"豈不聞孟子曰"，徐畫本、徐音本、三合本、潘本作"豈不聞"，秀本作"孟子云"。
③ 君知：範本、龍本、徐畫本、徐音本無。容本、起本、徐參本、虎本、何本、陳本、秀本、硃本、天李本、六幻本、湯本、魏本、封本作"又不聞"，峒本作"豈不聞"。
④ 瓜田不納履，李下不整冠：徐畫本、徐音本、三合本、潘本作"瓜田李下"。
⑤ 勿：湯沈本作"弗"。
⑥ "先生是讀書君子"至"非禮勿動"：驥本、延本作"先生既讀孔聖之書，不知周公之禮"，毛本同，但"不知"作"不達"；張本作"先生是讀書君子，道不得個非禮勿言，非禮勿動"。
⑦ 夫人：弘本、羅本、繼本、屠本、起本、徐畫本、徐音本、徐參本、驥本、虎本、何本、陳本、秀本、硃本、張本、六幻本、湯本、湯沈本、三合本、魏本、峒本、封本、毛本、潘本作"老夫人"。嚴肅：驥本、延本作"嚴切"。
⑧ "有冰霜之操"至"年至十二三者"：年至十二三者，弘本、羅本、繼本、屠本、六幻本、湯沈本作"至十二三者"，徐畫本、徐音本、驥本、延本、三合本、毛本、潘本無。張本作"凜若冰霜，即三尺童子"。
⑨ 呼召：弘本、容本、起本、徐參本、虎本、何本、陳本、秀本、硃本、天李本、湯本、魏本、峒本作"喚"，羅本、繼本、屠本、徐畫本、徐音本、張本、六幻本、湯沈本、封本、潘本作"呼喚"。

房①，夫人窺之②，召立鶯鶯于③庭下，責之曰④："汝⑤爲女子，不告而出閨門，倘遇游客小僧私視⑥，豈不自恥？"鶯立謝⑦而言曰："今當改過從新⑧，毋敢⑨再犯。"【峒眉】這使女到也停當，亦通書史。是他親女⑩，尚然如此，何況以下侍妾乎！⑪ 先生習先王之道⑫，尊

① 鶯鶯：容本、起本、徐畫本、徐音本、徐參本、虎本、何本、陳本、秀本、硃本、天李本、六幻本、湯本、三合本、魏本、峒本、封本、毛本作"小姐"。閨房：範本、龍本作"閨中"，徐參本作"閨門"。
② 夫人窺之：弘本、羅本、繼本、屠本、湯沈本作"老夫人窺之"，容本、起本、徐畫本、徐音本、徐參本、虎本、何本、陳本、秀本、硃本、天李本、六幻本、湯本、三合本、魏本、峒本作"老夫人知之"，驥本、延本作"夫人窺知"，封本、毛本作"夫人知之"。
③ 召立：徐畫本、徐音本、三合本作"召"。鶯鶯于：容本、起本、徐畫本、徐音本、徐參本、虎本、何本、陳本、秀本、硃本、天李本、湯本、三合本、魏本、峒本、毛本作"小姐于"，封本作"于"，六幻本無。
④ 責之曰：弘本、容本、起本、徐參本、虎本、何本、陳本、秀本、天李本、湯本、魏本、峒本、毛本無。
⑤ 汝：弘本、羅本、繼本、屠本、容本、起本、徐畫本、徐音本、驥本、虎本、何本、陳本、秀本、硃本、延本、天李本、六幻本、湯本、湯沈本、三合本、魏本、峒本、封本、毛本作"你"。
⑥ 游客：毛本作"過客"。小僧：容本、起本、徐畫本、徐音本、虎本、何本、陳本、硃本、天李本、湯本、三合本、魏本、峒本、封本作"游僧"，徐參本作"行僧"，秀本無。私視：弘本、羅本、繼本、屠本、驥本、延本、湯沈本作"私視之"，容本、起本、徐畫本、徐音本、徐參本、虎本、何本、陳本、秀本、硃本、天李本、六幻本、湯本、三合本、魏本、峒本、封本作"私窺之"，毛本作"私窺"。
⑦ 鶯：容本、起本、徐畫本、徐音本、徐參本、虎本、何本、陳本、秀本、硃本、天李本、湯本、三合本、魏本、峒本、封本、毛本作"小姐"。立謝而言：封本作"泣謝而言"，毛本作"立謝"。
⑧ 從新：徐畫本、徐音本、三合本、封本作"自新"。
⑨ 毋敢：羅本、繼本、容本、起本、徐畫本、徐音本、徐參本、虎本、何本、陳本、秀本、硃本、天李本、六幻本、湯本、湯沈本、三合本、魏本、峒本、封本、毛本作"不敢"，屠本作"無敢"。
⑩ 親女：範本、龍本作"親生女子"。
⑪ "向日鶯鶯潛出閨房"至"何況以下侍妾乎"：潘本無。
⑫ 習先王之道：範本、龍本作"既讀孔孟之書"，驥本、延本、毛本無。

周公之禮①，不干②己事，何故用心?③【徐畫珠眉】紅娘也曾讀書?【三合眉】是真正干己事，怎教他不用苦心。早是妾身④，可以容恕。若夫人知其事呵⑤，決無干休⑥!【天李旁】點得趣。今後得問的問⑦，【潘旁】何等方是得問的? 不得問的休胡說⑧!（下）【珠眉】【湯評】【三合眉】【容夾】大凡口裏講得停當的，身上做得決不停當。如紅為老馬泊六，精撮合山，不在他時，則在此時，已定之矣。道學先生也，紅娘也。紅娘也，道學先生也。【徐參眉】紅娘到會賣弄兩片皮，使張生惴惴然。【湯沈眉】危詞利害，足喪張膽矣。【三合眉】危詞利害，足喪張膽。（末云）這相思索是害也⑨。【田補夾】此一段曲折有味。【六幻夾】噫，音臨。【毛夾】二十三歲，出董解元本，《會真記》作二十二歲，此從董者，正以由歷在董耳，詞例之嚴如此。參釋曰：前"崔家女"三曲，祇調笑以起此一問，故夫人寬嚴，僮僕有無，皆

---

① 尊周公之禮：尊，範本、龍本作"必達"。徐畫本、徐音本、驥本、延本、三合本、毛本、潘本無。
② 不干：範本、龍本作"今後不干"。
③ "向日鶯鶯潛出閨房"至"何故用心"：何故，範本、龍本作"勿得"，徐畫本、徐音本、驥本、延本、三合本、毛本、潘本作"何苦"。張本作"先生絕無瓜葛，何得如此"。
④ 身：徐畫本、徐音本、驥本、延本、三合本、潘本作"知"，張本作"前"。
⑤ 知其事呵：弘本作"知其此事"，容本、起本、徐參本、虎本、何本、陳本、秀本、硃本、天李本、六幻本、湯本、魏本、峒本作"知有此語"，徐畫本、徐音本、驥本、延本、三合本、潘本作"知此"，張本作"知道"，封本作"知呵"，毛本作"得知"。
⑥ 決無：徐畫本、徐音本、三合本、潘本作"決不"，張本作"豈便"。干休：驥本、延本作"甘休"。
⑦ 得問的問：範本、龍本、屠本、徐畫本、徐音本、三合本、潘本作"得問的便問"，張本作"當問的便問"。
⑧ 不得問的休胡說：休胡說，範本、龍本作"休問"，屠本作"休再胡說"。徐畫本、徐音本、三合本、潘本作"不得問休得胡問"，驥本、延本作"切莫胡說"，張本作"不當問的休得胡問"。
⑨ 索是害也：弘本、羅本、繼本、容本、起本、徐參本、虎本、何本、陳本、秀本、硃本、天李本、六幻本、湯本、湯沈本、魏本、峒本、封本、毛本作"索害也"，屠本作"索要害也"，徐畫本、徐音本、張本、三合本、潘本作"索是害殺我也"，驥本、延本作"須索害也"。

在紅口中傳出，自有步驟。今或誤，見坊本"梅香來說勾當"下有本云："老夫人治家嚴肅，并無男子出入。"諸語，便謂前三曲是巧爲探問法則。此處複出，不成理矣，烏知前白是場外人竄入者耶！【潘夾】紅娘辭嚴義正，絕無半點輕狂，真所謂"眼挫裏抹張郎"也。雖然，意中却有張郎矣。張明知紅娘眼無張郎，而舍紅無由入港。且邂逅之緣，不能數遇，情不自勝，遂爲此斬關奪隘之計，披肝瀝膽之陳。一經挫折，計無復之，遂爾指東畫西，變成下此之無數怨亂也。

【哨遍】【張眉】此曲係【般涉調】，【中呂】借用。聽說罷心懷悒怏，【徐畫旁】此一調是恨老夫人之辭。【秀眉】悒怏，音亦殃。把一天愁都撮在①眉尖上。【範眉】【龍眉】果是五百年前業緣。【羅眉】悒，快音。撮，音錯。說"夫人節操②凜冰霜，不召呼，誰敢輒入中堂！"【羅眉】輒，音折。【硃眉】妙，妙。自思想③，比及你心兒裏畏懼老母親④威嚴，【張眉】"心兒"兩句，反添字作一句，非。小姐呵⑤，你不合臨去也回頭兒⑥望。【範旁】【龍旁】與"臨去秋波"一轉相應。【謝眉】"臨去回頭"句，與前"秋波一轉"句相應。【繼眉】"你不合"句，與"臨去秋波那一轉"相應。【徐參眉】鶯鶯回望，足吊人魂。待颭【湯沈旁】颭，董作"漾"。下【徐畫旁】三字妙。教人怎颭？【羅眉】【秀眉】颭，音揚。

---

① 都撮在：驥本、延本、張本、毛本、毛本作"撮在"。
② 節操：弘本、屠本、容本、起本、徐畫本、徐音本、徐參本、驥本、虎本、何本、陳本、秀本、硃本、延本、張本、天李本、六幻本、三合本、魏本、峒本、毛本、潘本作"潔操"。
③ 思想：驥本、延本、張本、毛本作"思量"。
④ 比及你心兒裏：裏，三合本無。徐畫本、徐音本、張本、潘本作"早知你心兒"，驥本、延本作"早知你心兒裏"。老母親：張本、峒本作"老母"。
⑤ 小姐呵：驥本、延本、張本、毛本無。
⑥ 你不合：張本作"不合"。回頭兒：弘本、羅本、繼本、屠本、容本、起本、徐畫本、徐音本、徐參本、驥本、虎本、何本、陳本、秀本、硃本、延本、張本、天李本、六幻本、湯本、湯沈本、三合本、魏本、峒本、封本、毛本、潘本作"回頭"。

【湯沈眉】"你不合"句，與"臨去秋波那一轉"相應。"待颺下"句，古注：即俗云欲丟丟不下也。赤緊的情沾了①肺腑，意惹了②肝腸。【徐畫旁】【田旁】此等亦湊。【三合眉】"赤緊的"以下，亦湊，亦俚。若今生難得有情人，【湯沈旁】一本多"則除"二字。是③前世燒了斷頭香。【潘旁】俚而淺。我得時節手掌兒裏奇擎④，【範旁】【龍旁】妄想。【羅眉】得，上聲。【張眉】"那裏討"言雖欲如此，今不能也。與上文縴聯屬。訛"得他時"，非。心坎兒裏⑤溫存，眼皮兒上供養。⑥【徐畫旁】【田旁】【延旁】此等人以爲大好，我則不然。【範眉】【龍眉】駢儷中情語。【羅眉】皮，音陪。【容眉】妙！妙！【起眉】王曰：駢儷中情語，橫睨六朝以上，把《洛妃》《高唐》并吞出。【徐畫眉】【田眉】"自思量"以下，不合，不當也。言你若守母訓，不應回頭看我；既看我，是不畏母也。我能獨不思哉？待颺下，即俗云欲丟丟不下。"赤緊"者，打緊之意。【徐音眉】措大算及未來。【陳眉】【硃眉】【魏眉】【峒眉】珍重處恐成灰弃。【秀眉】如此珍護，可謂愛之至矣。【凌眉】自是當行語，徐文長不以爲好，何足以知之。【延眉】"待颺下"二句即俗云欲丟丟不下也。"赤緊"者，打緊之意。唐時大縣名赤縣，緊縣古亦稱赤縣。赤緊者，要緊之謂，打緊之謂。【湯眉】妙！妙！【湯沈眉】

---

① 情沾了：徐畫本、徐音本、驥本、延本、張本、潘本作"情沾"。
② 意惹了：徐畫本、徐音本、驥本、延本、張本、潘本作"意染"。
③ 是：容本、起本、虎本、何本、陳本、秀本、硃本、天李本、六幻本、湯本、魏本、峒本、封本、毛本作"則除是"，徐參本作"同鴛帳，則除是"，徐畫本、徐音本、驥本、延本、張本、三合本、潘本作"則是"。
④ 我得時節：羅本作"得來呵"，屠本、毛本作"我得他時"，徐畫本、徐音本、驥本、延本、三合本、潘本作"我得他時節"，張本作"那裏討"。兒裏：驥本、延本、張本、峒本、封本、毛本作"兒上"。
⑤ 兒裏：弘本、羅本、繼本、容本、起本、屠本、驥本、虎本、何本、陳本、秀本、硃本、延本、張本、天李本、六幻本、湯本、三合本、魏本、峒本、封本、毛本、潘本作"兒上"，徐參本作"兒底"，徐畫本、徐音本作"上"。
⑥ 範本、龍本此句後多"（生云）我張珙仔細想將起來"，屠本此句後多"早不聽這話好來"。

【三合眉】打點得太早些。【驥夾】【延夾】供、養，俱去聲。【毛夾】首二句用董詞，"說夫人"三句述紅語如此。"自思量"四句，言鶯又不合如此。"待揚下"三句，正留連不得決也。"若今生"五句，又通頂上來，言使鶯有情如此，而我不能得，則除是前生造下斯已耳，不然不但已也，且我之得之也，而豈徒哉。我將心心眼眼把玩供養，不怕消不起也。參釋曰：此至末因紅語而反覆，惆悵以作結也。

【耍孩兒】【張眉】此曲係般若調，【中呂】【正宮】俱借用。當初那巫山遠隔如天樣，【徐畫旁】此調是代鶯鶯設想之辭，妙。聽說罷又在巫山那廂。【範眉】【龍眉】【繼眉】歐陽公詞：平蕪盡處是春山，行人更在春山外。業身軀雖是立在①回廊，魂靈兒已在他行【湯沈旁】一作"傍"。【謝眉】"魂靈兒"句與前"半天"句應。【羅眉】軀，音區。行，音杭。【起眉】【虎眉】行，一作"傍"。【秀眉】行，音杭。本待要【湯沈旁】指鶯鶯。安排心事傳幽【湯沈旁】幽，徐作"游"。客②，我子怕漏泄③春光與乃堂。【繼眉】杜詩：漏泄春光有柳條。【起眉】我則怕，今本或作"休得要"，謬甚。【徐畫眉】【田眉】【延眉】"恰待要安排"二句，指鶯言；游客，張生自謂。說鶯鶯欲以心事受我，但恐老夫人知也。【虎眉】我則怕，今本或作"休得要"，謬甚。【湯沈眉】歐陽公詞：平蕪盡處是春山，行人更在春山外。杜詩：漏泄春光有柳條。【三合眉】怕漏泄的，決不如此留連顧望。【封

---

① 業身軀：徐畫本、徐音本、驥本、延本、三合本、毛本、潘本作"我這業身軀"，張本作"俺這業身"。立在：張本作"立"。
② 本待：徐畫本、徐音本、驥本、延本、三合本、潘本作"恰待"，張本作"恰得"。幽客：徐畫本、徐音本、驥本、延本、三合本、潘本作"游客"，張本作"幽閣"。
③ 我子怕漏泄：弘本、容本、起本、虎本、何本、陳本、硃本、天李本、湯本作"我則怕泄漏"，範本、龍本作"休得要漏泄"，羅本、繼本、屠本、徐參本、秀本、六幻本、湯沈本、魏本、峒本作"我則怕漏泄"；徐畫本、徐音本、三合本、潘本作"只恐怕漏泄"，毛本同，但"只"作"則"；驥本、延本、張本作"早恐怕漏泄"；封本作"又則怕泄漏"。

眉】又則，時本作"我則"，非。夫人怕女孩兒①春心蕩，【潘旁】句法出《左傳》"王心蕩"。怪黃鶯兒②作對，【繼眉】黃鶯性好雙飛。怨粉蝶兒③成雙。④【田補旁】名句。【範眉】【龍眉】黃鶯性好雙飛。【羅眉】作，音造。【容眉】妙！妙！【徐參眉】想老夫嚴切，鶯鶯決不可誘。【凌眉】"怪黃鶯"二句，誚夫人，不韵。見物類之雙對者，而亦猜忌耳。王伯良謂指鶯，"春心蕩"處，則宜言羡言慕，不宜言怨怪也，且解亦甚費添補。【張眉】傳幽閣，言欲傳心事而怕漏泄云云。改"幽閣"爲"游客"，是反屬鶯鶯身上，與上下文何干？至如"春心蕩"，言自己蕩。偌更添"夫人怕女孩兒"數字，不知何所見？分明首尾照應妙詞，一經不解事訓注，便如嚼蠟。【湯眉】妙！妙！【湯沈眉】黃鶯性好雙飛。曰怪曰怨，指鶯說，皆"春心蕩"意。着夫人說不得。【魏眉】【峒眉】口有沉瀣，筆有涌泉。【驥夾】【延夾】蝶，借叶，去聲。【毛夾】蝶，借叶，去聲。言初以爲遠，今更遠也，與詩餘"平蕪盡處是青山行，人更在青山外"意同。幽客，是幽閨客也。言本欲傳情而夫人之嚴又早如此。王伯良曰：怨恨俱着鶯言，夫人恐女心之蕩，見燕鶯而生怨恨也。參釋曰：幽客，王本作"游客"，謂張自指，甚謬！

【五煞】小姐年紀小⑤，性氣⑥【徐畫旁】此是恨紅娘當面搶白他之辭。【湯沈旁】一作"兒"。剛。【起眉】【虎眉】兒，今本多作"氣"，非。

---

① 夫人怕女孩兒：張本無。
② 怪：徐畫本、徐音本、驥本、延本、張本、三合本、毛本、潘本作"怨"。黃鶯兒：張本作"黃鶯"。
③ 怨：徐畫本、徐音本、驥本、延本、張本、三合本、毛本、潘本作"恨"。粉蝶兒：張本作"粉蝶"。
④ 範本、龍本此句後多"（生云）怎麽生出這般樣女子來"。
⑤ 小姐：徐畫本、徐音本、驥本、延本、三合本、毛本、潘本作"則是"。張本作"你則是"。年紀小：陳本、硃本、湯本、三合本作"年紀少"。
⑥ 性氣：容本、起本、徐參本、虎本、何本、陳本、秀本、硃本、天李本、六幻本、湯本、三合本、魏本、峒本作"性兒"。

張郎倘得相親傍①，乍相逢②厭見何郎粉，【湯沈旁】一轉。【繼眉】《魏略》：何晏性自喜，動靜粉帛不去手，行步顧影。看邂逅③偷將韓壽香。【潘旁】用事亦熟。【羅眉】邂逅，音懈后。【繼眉】韓壽事見《世說》。【秀眉】邂逅，不期而遇。纔到是未得④風流況，【湯沈旁】又一轉。【羅眉】纔，音才。成就了會溫存的⑤嬌婿，【徐畫旁】這等容易，張生情狀如畫。怕甚麼能拘束【湯沈旁】一作"束"。的⑥親娘。⑦【徐畫旁】此是言及自己亦配得過，故妄欲成之之辭。【範眉】【龍眉】傅粉，何晏故事。韓壽、張敞、阮郎，俱見舊解。【容眉】【湯眉】好。【徐畫眉】【田眉】【延眉】"看邂逅"三句，僥幸一遇，不敢期必之意。蓋以鶯鶯年小性剛，未得風流況味故也。【徐參眉】成了決不怕。【陳眉】【硃眉】鶯也不是怕娘的。【張眉】二曲後，首句三字、五字俱可。【湯沈眉】倘，未必之詞。言鶯年小性剛，倘與親傍，恐乍逢未免厭畏。看這邂逅偷香，如何便得風流況味耶？若果成就會溫存嬌婿，那時無厭，且得況味矣。怕甚麼親娘拘束乎。此是無端轉念，方解未合。【三合眉】未成就時，親娘幾曾管束得來？【峒眉】詞句俱佳。【毛夾】此又一轉。言鶯之所以憚夫人者，也則是少年性氣不耐受耳。倘得我親傍時，雖初間不耐，到一親傍後，試看何如？蓋其所以有性氣者，終是未得情耳。倘得情，夫人且不憚，何性氣耶？參釋曰："看邂逅"句，是虛住語。"終則是"句，是隔接語。他本"終則"作"纔到"，字形之誤。

---

① 倘：驥本、封本、毛本作"儻"。親傍：張本、三合本、潘本作"偎傍"。
② 乍相逢：張本作"遭逢"。
③ 看邂逅：張本作"邂逅"。
④ 纔到是未得：纔到是，羅本、繼本、湯沈本作"纔道是"，徐畫本、徐音本、驥本、延本、毛本、潘本作"終則是"。張本無。
⑤ 會溫存的：張本作"溫存"。
⑥ 能拘束的：羅本、繼本、屠本、湯沈本作"能拘管的"，徐畫本、徐音本、驥本、延本、毛本、潘本作"能管束的"。張本作"管束"。
⑦ 範本、龍本此句後多"（生云）這夫人好沒來頭"。

【四煞】夫人忒慮過①,【羅眉】忒,入聲。小生空②【湯沈旁】一作"豈"。妄想。【龍旁】自忖自嘆。【張眉】忒慮過、空妄想,總是承上,自己商忖之詞。添"夫人"無謂。郎才女貌合相彷③【凌旁】一作"訪"。【徐畫眉】【田眉】【延眉】訪,即尋訪。言如此女貌,正宜訪配如此之才郎也。【封眉】以"合相訪",故曰"豈妄想"。時本訪作"彷",豈作"空",皆非。休直待眉兒淺淡思張敞④,【繼眉】張敞常為妻畫眉,長安傳張京兆眉憮。【起眉】【虎眉】豈,今本盡作"空",遂與下文矛盾。淡了,一作"淺淡",腐語。【封眉】淡了,時本作"淺淡",對"飄零"雖切,乏致。春色飄零憶阮郎。【羅眉】色,音曬。【繼眉】阮郎,用阮肇入天台事。【秀眉】句句含情,字字着力。【湯沈眉】彷,彷佛也,作"訪",非。"休直待"二句,因夫人慮過,恐誤其時節。非是咱自誇獎⑤,他有德言工【田補旁】本作功。貌⑥,【羅眉】咱,音匝。德,入聲。【起眉】【虎眉】一作"德行容貌",一作"德言容貌",皆非。【凌眉】工貌,俗本作"容貌",非。小生

---

① 夫人忒:張本作"忒"。慮過:毛本作"過慮"。
② 小生空:容本、起本、徐參本、虎本、何本、陳本、秀本、碌本、天李本、六幻本、湯本、魏本、峒本、封本、毛本作"小生豈",張本作"空"。
③ 合相彷:弘本、羅本、容本、起本、徐畫本、徐音本、徐參本、虎本、何本、陳本、秀本、碌本、張本、天李本、六幻本、湯本、三合本、魏本、峒本、封本、潘本作"合相訪",驥本、延本作"當合彷"。
④ 休直待:羅本、徐畫本作"直待",徐音本作"恁直待",驥本、延本、三合本、毛本、潘本作"您直待"。淺淡:弘本、羅本、繼本、容本、起本、徐畫本、徐音本、徐參本、虎本、何本、陳本、秀本、碌本、天李本、六幻本、湯本、湯沈本、三合本、魏本、峒本、封本、潘本作"淡了",毛本作"淡薄"。思張敞:徐畫本、徐音本、驥本、延本、毛本、潘本作"尋張敞"。
⑤ 非是咱自誇獎:張本作"非誇獎"。
⑥ 德言工貌:弘本作"德行容貌",範本、龍本作"德言容貌",屠本作"德行言貌",驥本、延本、六幻本、湯沈本作"德言功貌"。

有①恭儉溫良。②【湯沈旁】二句正"相仿"意。【徐畫旁】【田旁】【延旁】此正是合相訪。【容眉】【湯眉】好。【徐音眉】此正合相訪。【徐參眉】以貌配貌，以德配德矣。【驥夾】【延夾】尋，一作"思"。【湯沈夾】《禮記》："婦人有四德：德言容功。"諸本作"工"，非。【毛夾】且夫人亦過慮耳，我豈妄想耶？郎才女貌正相當也。必如所慮，將直待眉淡尋敲、春去思阮耶？晚矣。我非敢自誇，實相當也。彷即彷彿，勿作"訪"。豈妄想，俗作"空妄想"，非。參釋曰：此三曲反覆紅語，緊承上"回頭一望""老母威嚴"二意，以申其纏綿之情，步步轉變。

【三煞】想着他③眉兒淺淺描，臉兒淡淡妝，粉香膩玉搓咽項④。【徐畫眉】言粉玉搓成一條項頸。【田眉】言粉玉搓成一條項頸。蘇長公詞"膩玉圓搓素頸"。【虎眉】晃，今本作"項"，項哪得搽脂？【凌眉】王伯良曰："咽項二字連。"徐文長曰："言粉玉搓成一條咽項也。"【延眉】言粉玉搓成一條項頸。搓咽項，俗作"搽脂項"，可笑，可笑。【湯沈眉】蘇長公詞："膩玉圓搽素項。"俗本作"搽胭項"，非。【封眉】"粉香膩"句是用蘇長公《滿庭芳》"香靨雕盤"詞也。時本誤作"玉搽胭晃"，大繆。翠裙⑤鴛繡金蓮小，紅袖鸞銷玉筍長。【徐畫旁】此復回想儀容，恰好收上句。自【哨遍】調到此一氣呵成，善體人情，妙！【湯沈旁】佳對。【謝眉】"翠裙鴛繡"與"紅袖"天然聯句，今人自不及此。【羅眉】着，音招。繡，音秀。筍，

---

① 小生有：徐畫本、徐音本、驥本、延本、毛本、潘本作"小生更"，張本作"小生"。
② 範本、龍本此句後多"（生云）那小姐呵"。
③ 想着他：繼本、湯沈本作"想着"，徐畫本、徐音本、驥本、張本、三合本、毛本、潘本無。
④ 搓咽項：弘本、羅本、繼本作"搽胭項"，範本、龍本作"搽脂項"，容本、起本、徐參本、虎本、何本、陳本、秀本、碌本、天李本、湯本、魏本、峒本作"搽胭晃"，張本、毛本作"搓胭項"。
⑤ 翠裙：羅本、繼本、湯沈本作"他翠裙"。

笋同。【秀眉】玉笋，喻手之美也。不想呵其實強①，【虎眉】諸本無"是"字。【張眉】強，去聲。你撇下②半天風韻，我③拾得萬種思量。【範眉】【龍眉】【湯沈眉】撇、拾二字，描寫撇者丟情，拾者落得。【羅眉】強，上聲。撇，音別。種，音冢。【繼眉】撇、拾二字，描寫入畫。【容眉】妙。【起眉】李曰：予少習本業，每屏去《西廂》不見，非不欲見，見便不忍釋手。"你撇下半天風韻，我拾得萬種思量"，一字一態，使人那得不愛？【陳眉】【硃眉】中他機謀八九分。【秀眉】用"你""我"二字，合宜。【湯眉】好。【三合眉】他掉下的，誰要你拾來？精扯淡。【魏眉】中了他機關。【峒眉】挑上了相思擔子。【毛夾】又提所以想之之故，漸趨作結。搓胭項，用蘇長公詞"膩玉圓搓素頸"語，然原本胭項即素頸意，勿作"咽項"。鶯銷，銷金作鶯也，俗作"鶯綃"，非。參釋曰：此復作形容者，因前過緊切，此是放慢一步法。【潘夾】掉下，如遺掉下東西，被人拾得去也。掉的是簪珥，拾的是簪珥，掉的是箋帕，拾的亦是箋帕。此掉的是風韻，彼拾的是思量。如雲英化水，箏絲成龍，奇變不可方物。昔人稱韓娥去後三日，歌聲猶然繞梁，此蓋善於言掉下者矣。然聲音之道，却實實有此種情理。此更加在風韻上，愈覺幻化空靈，若在巫山暮雨之中。

却忘了辭長老。【羅眉】長，上聲，下同。（見潔科）小生敢問長老：房舍何如④？（潔云）塔院側邊西廂一間房⑤，【潘旁】標題在此。

---

① 強：容本、起本、徐畫本、徐音本、徐參本、驥本、虎本、何本、陳本、硃本、延本、天李本、六幻本、湯本、三合本、魏本、峒本、封本、毛本、潘本作"是強"。
② 撇下：徐畫本、徐音本、驥本、何本、延本、張本、六幻本、三合本、毛本、潘本作"掉下"。
③ 我：驥本、延本、張本作"俺"。
④ 何如：弘本、羅本、繼本、屠本、容本、起本、徐參本、虎本、何本、陳本、秀本、硃本、天李本、六幻本、湯本、湯沈本、魏本、峒本、封本作"如何"。
⑤ 塔院側邊：張本作"塔院"。一間房：徐畫本、徐音本、張本、三合本作"有一間房"。

甚是瀟灑①，正可先生安下。見收拾下了②，隨先生早晚來③。（末云）小生便回店中搬去。④【羅眉】搬，音般。（潔云）既然如此，老僧准備下齋⑤，先生是必便來⑥。（下）（末云）若在⑦店中人鬧，到好⑧消遣；搬在寺中靜處⑨，怎麼捱這凄涼也呵⑩！【範眉】【龍眉】此白語却自真境。【容眉】妙！【徐參眉】正人自迷。【凌眉】王本去此一段白，將西廂根據盡抹殺矣，況法本復在，何時下場耶？徐士範曰："此白語却自真境。"【三合眉】幽靜中自有熱鬧處在，不消愁得。

　　【二煞】院宇深，枕簟涼。【羅眉】簟，音殿。一燈孤影搖書幌。【羅眉】幌，蓋上聲。縱然酬得今生志，【羅眉】酧，音酬。着甚

---

① 瀟灑：秀本作"清灑"。
② 見收拾下了：屠本作"見收拾完備"。範本、龍本、張本無。
③ 隨先生早晚來：屠本作"但憑先生早晚下降"。
④ 小生便回店中搬去：搬去，屠本、徐音本、毛本作"搬來"，徐參本作"裹來"，魏本、峒本作"裹去"，張本作"搬行李去"。範本、龍本作"請長老收拾了，小生取行李便來"。弘本此句後多"（潔云）吃齋了去。（末云）老僧收拾下齋，小生取行李便來"，羅本、繼本、屠本、容本、起本、徐畫本、徐音本、徐參本、虎本、何本、陳本、秀本、砆本、天李本、六幻本、湯本、湯沈本、三合本、魏本、峒本、毛本、潘本同，但"潔"作"本"，"末"作"生"，"老僧"作"長老"；屠本同，但"吃齋了去"作"吃了齋去"，"老僧"作"請長老"；封本同，但無"老僧收拾下齋"。
⑤ 既然如此，老僧准備下齋：老僧，屠本、毛本作"小僧"。範本、龍本作"既然如此，小僧准備下"。張本無。
⑥ 便來：張本作"來者"。
⑦ 若在：徐畫本、徐音本、三合本、潘本作"若到"。
⑧ 到好：弘本、羅本、繼本、屠本、容本、起本、徐參本、虎本、何本、陳本、秀本、砆本、天李本、湯本、湯沈本、魏本、峒本、毛本作"到可"。
⑨ "若在店中人鬧"至"搬在寺中靜處"：搬在寺中靜處，弘本、屠本、容本、起本、徐參本、天李本作"搬至寺中幽雅處"，虎本、何本、秀本、砆本、湯本、魏本、峒本、封本、毛本同，但"幽雅"作"幽靜"；陳本同，但"幽雅"作"幽閑"；羅本、繼本、湯沈本同，但"寺中"作"寺內"；徐畫本、徐音本作"搬這寺中靜處"，六幻本作"搬至寺內幽靜處"，三合本、潘本作"搬這寺中幽靜處"。張本作"搬則搬來"。
⑩ "却忘了辭長老"至"怎麼捱這凄涼也呵"：捱這，範本、龍本作"消遣"，也呵，屠本作"也"。驥本、延本無。

支吾此夜長!【田補眉】"縱然"二句,言後雖成就,此時此夜,殆難爲情耳。【湯沈眉】"縱然酬得"二句,言後雖成就,此時此夜,殆難爲情耳。睡不着如翻掌,少可①【湯沈旁】一作"可"。有一萬聲長吁短嘆,五千遍②倒枕搥床。【徐畫旁】【田旁】亦俚。【範眉】【龍眉】此處微見痕疵。【羅眉】着,音招。長,音昌。搥,音垂。【徐參眉】難捱如年夜。【陳眉】【魏眉】【峒眉】數不盡相思情態。【秀眉】此見生思之深,慕之切。【凌眉】徐士範曰:"此處微見痕疵。"二語何元朗所摘,以其太着相也,只易"一萬聲""五千遍"二襯語便妙矣。【封眉】時本誤作"五千遍",無怪爲何元朗所摘。

【尾】嬌羞③花解語,【秀眉】解,去聲。溫柔玉有香。【田補眉】花、玉二語,古有之。今于鶯鶯始信,故曰"誰想",言不想真有這樣人也。我和他乍相逢記不真嬌模樣④,【湯沈旁】想極反復模糊。【封眉】即空本作"記不真",便相懸遠。我則索手抵着牙兒慢慢的想⑤。(下)【範眉】【龍眉】此時要記真嬌模樣,何不初見時莫眼花撩亂。【羅眉】得,上聲。牙,音呀。【容眉】【湯眉】妙!妙!【起眉】王曰:"記不真嬌模樣",不索之想外,亦不束之想中,轉從九回腸裏抉出"慢慢的"妙竅,入一解,深一解。李曰:"索手抵着牙兒慢慢的想",渠想不了,人聽之亦想不了。【徐參眉】愈想愈結。【虎眉】今本作"得",總不如"盡"。【湯沈眉】"真"字,俗本作"得",非。【三合眉】只一"想"字,參透情字玄關。【毛夾】着甚,將甚也。

---

① 可:羅本、繼本、驥本、延本、張本、六幻本、湯沈本、毛本作"呵"。
② 五千遍:封本作"幾千遍"。
③ 嬌羞:徐畫本、徐音本、驥本、延本、三合本、毛本作"誰想嬌羞"。
④ 我和他乍相逢:潘本作"乍相逢",張本無。記不真嬌模樣:弘本作"記不得喬模樣",羅本作"記不得嬌模樣",容本、起本、徐參本、虎本、何本、陳本、秀本、硃本、天李本、湯本、魏本、峒本、封本作"記不盡嬌模樣"。
⑤ 我則索:羅本、繼本、屠本、容本、起本、徐參本、虎本、何本、陳本、秀本、硃本、天李本、六幻本、湯本、魏本、峒本、封本作"則索",徐畫本、徐音本、延本、毛本、潘本作"儘教我",張本作"儘教俺",三合本作"則索我"。慢慢的:延本、張本、三合本、潘本作"慢慢",魏本、封本作"漫漫的"。

誰想，猶言不道也。參釋曰："院宇"一節，回顧"借寓"，正見章法。"乍相逢"一語宜入第一折，而結在此者，爲下折見鶯地與"比初見時龐兒越整"句相應。【潘夾】想字是參破情關種子，張于此方是入想，直至草橋夢破，方是出想。夢也、想也、因也，若使一轉便合，則情關不透，大覺不開。"慢慢"二字，正是用想入微妙境。張是菩薩乘，不是佛，故法從漸入。雖電光隙影，亦時露慧根，不然，幾于當面搓過。

【容尾】【碛尾】總批：無端一見，瞥爾生情，便打下許多預先帳，却是無謂，却是可笑。秀才們窮饞餓想種種如此！到底做上了，所謂有志事竟成也。【徐音尾】【魏尾】總批：記不盡嬌模樣，不索之想外，亦不束之想中，從九回腸裏抉出的妙竅，入一解，深一解。【陳尾】批：一見如許生情，極盡風流雅致。【湯尾】總批：無端一見，便打下許多預先帳，却是無謂，却是可笑。秀才們窮饞餓想種種如此！到底做上，所謂有志事竟成也。【三合尾】湯若士總評：老和尚智慧僧也，亦參不徹、跳不出小張圈套裏，却被小張算定全局。李卓吾總評：無端一見，瞥爾生情，便打下許多預先帳，却是可笑。秀才們窮饞餓想，種種如是，到底也做得上，只是有志者事竟成也。徐文長總評：假寓蕭寺，乃張生無聊極思，及見紅娘，不覺驚喜，遽爾涉譫，法本不解此情，便鑿鑿認真。既而要紅娘私語，亦是無聊情緒不能已已，猶冀紅娘見憐，反被搶白，而此心終不厭冷，張生因是情痴。【峒尾】批：嬌姿如此絕世，須鐵佛子、泥羅漢，尤難遏其真矣。【潘尾】説意：《西廂》情文之妙，妙在崔張之互寫，尤妙在紅娘之旁寫參寫。崔張所說不出者，紅則爲之顯喻而切諷之。崔張所不自知者，紅則爲之深彈而曲中之。紅苟非極慧巧，極敏便，千伶百俐人，則崔張之情，十不得二三耳。即少解事焉，亦十得五六而止耳。則紅誠天下之極慧巧，極敏辨，千伶百俐，無復有過焉者也。而紅之千伶百俐，極慧巧，極敏便，又孰從而寫之？夫人之體，無稱揚也，小姐之情，有瞥過也。因遂于張之驟然接對間，力發其極慧巧，極敏便，千伶百俐之狀。于紅娘未曾旁寫參寫。崔張之情，之前乃以見，後此紅娘之旁寫參寫，誠有如是之慧巧敏便，千伶百俐者也。故此篇之襯寫紅娘，非止單襯雙文，正以并襯崔張也。全部是崔張傅，此幅是紅娘傳。百丈往參馬祖，被祖一喝，直得三日耳聾。張得紅娘峻拒之詞，將一天歡喜，變作恁地嗔癡。張雖具猛力，未免顛倒墮其雲中。紅侍者，機鋒簇簇，此只當得入門一棒。

【驥尾附】注二十二條

【粉蝶兒】首二句，反詞。周方，即周旋方便之意，北人歇後隱語。（關漢卿《謝天香》劇："想着俺用不當，不作周方。"）（《唐三藏》劇："恨韋郎不作周方。"）（董詞："見了可憎的千萬。"）不曰可愛，而曰可憎，反詞見意，猶業冤家之謂，愛之極也。（元白仁甫《喜春來》詞："向前摟住可憎娘。"）（關漢卿《玉鏡臺》劇："穩坐的有，那穩坐人堪愛；但舉動有，那舉動可人憎。"）（喬夢符《金錢記》："龐兒俊俏可人憎。"）可證。"你則借與我"以下，正做周方意，盼行雲眼睛打當，周高安所謂俊語也。

【醉春風】古本"寡情人一見了有情娘"，今本作"多情"。"寡情人"二句，與後折"我從來心硬，一見了也留情"一例，又與上文"往常時聽得說""傅粉的委實羞"二句，文氣正接。及《會真傳》中，稱張生"內秉孤貞"數語皆合。又【醉春風】譜第三句，第一字當用仄聲，似當從古本。兩"癢"字，後一"癢"字另唱。心漾，即狂蕩不自由之謂。（元詞："花柳鄉中，綺羅叢裏，纔見使人心漾。"）俗本作"心忙"，謬。然"惹"字得平聲，方叶。

【迎仙客】"面如童，少年得內養"一句下，勿斷，原七字句，襯一字，言老而面尚如童，以少年得內養故也。頭直上，猶言頭兒上，北語也。（董詞："只少個圓光，便似聖僧模樣。"）

【石榴花】大師，僧家尊稱，如云僧伽大師之類，勿作泰音，後同。行，輩也。《史記》大父行，丈人行，皆音去聲，記中多作平聲用。唐都陝咸陽，關中地也。張生以應舉，道經于蒲，此不宜更有"寄居咸陽"之語，稍戾。四海空囊，及下"風清月朗"，將言所酬輕鮮，故先敘其家世清苦如此。

【鬥鵪鶉】和光，用老子語。衡，正也，真也。"風清月朗"以上二句，當屬上【石榴花】調看，上皆說先人事。"小生"兩字以下，皆說己事。"窮秀才"勿斷，七字成文，襯一字。《格古要論》謂金品：七青八黃，九紫十赤。末四句，蓋自家商量私語之詞，非直對長老說也。觀用一"他"字及下白"逕稟老和尚"數語可見，言秀才人情，從來甚薄，儘教我訴說清苦，他定自掂斤估兩而議論我之輕鮮也。

【上小樓】把小張、對艷妝，着言詞說上，是央及和尚之詞，故曰"小張"，俗本改作"有主張"，謬。

【幺】湖廣瀏陽縣石霜山，有崇勝寺，僧普會居之，名其堂曰枯木。張生所不欲者，廚堂、方丈；其所欲者，離南軒。以下數句，"怎生"二字貫下。

【脫布衫】此亦見紅娘穩重而不輕佻，與前"顛不剌"曲意同。

【小梁州】"可喜娘"勿斷。（董詞："穿一套兒白衣裳，直許多韻相。"）時居崔相之喪，故曰"淺淡妝"，又曰"縞素衣裳"。鶻伶，伶俐之意。鶻，《中原音韻》讀作胡。伶，音零，了慧貌，俗作"憐"字通用，非。董詞作"鶻鴒"，他詞或作"胡伶"。古本六老，（董詞作"淥老"），今從董。北人調侃謂眼，見《墨娥小錄》。鶻伶淥老不尋常，稱紅娘之眼，乖俊異常，下"偷睛望，眼挫裏抹張郎"，正見其眼之乖也。（董詞："那鶻鴒淥老兒，難道不清雅？見人不住偷睛抹。"）【驥夾】叶駕。大都北語，元無正音，故字多通用，鶻伶概言伶俐，而帶言淥老，則指眼耳。（元宋方壺詞："懵懂的憐磕睡，鶻伶的惜惺惺。"）（王和卿詞："假胡伶，騁聰明。"）可徵其不專為眼也。

【幺】愛惜紅娘之至，故不欲其疊被鋪床。奴婢贖身，妓女落籍，皆曰從良。央，央及也。諸本兩"央"字，重。又下一句，法當用仄聲，央字不叶。古本作"夫人快"，復難解，"快"字擬以勉強之"強"易之。下言即夫人小姐不肯，我亦硬做主張，自寫與個契券，而使他從良耳。古注云："蓋得隴望蜀之妄想。"

【快活三】"女艷妝"三字連讀，猶言艷妝女也。演撒，謂有。潔郎，謂僧。朘趁，謂看。俱調侃詞也。【驥眉】傳中諸解，皆證據的確，所以解順。見《墨娥小錄》。"既不沙"勿斷，"既"字襯；沙，助語詞。下七字成文。特來，猶後別樣、出落之謂，甚之詞也。晃，炫耀之意。言崔家艷妝之女，莫不有你老僧之意。不然你非佛菩薩，既非為看你能顯毫光而來，何故打扮得十分炫耀如此也。（董詞："諸僧與看人驚晃。"）晃字，正此意。古注謂顯毫光，嘲其禿首，杜撰無據。及解，于義似近，實非本旨。何元朗云："曲至緊板，即古樂府所謂趨。趨者，促也。弦索中，大和弦，是慢板；至花和弦，則緊板矣。北曲如【中呂】至【快活三】臨了一句，放慢來，接唱【朝天子】【正宮】至【呆骨都】，【雙調】至【甜水令】，【仙呂】至【後庭花】，【越調】至【小桃紅】，【商調】至【梧葉兒】，皆大和弦，又慢板矣。"南人少解此者，并附。

【朝天子】"好模好樣"句，俱生唱，俗本作法本唱，非。因上白本云"先生是何言語"數語，故言你何必妝此好模樣以莽撞于我，我即以此謔你，煩惱了甚麼唐三藏，而便怪我耶？然你亦無怪我說，許大人家，不使兒郎來而使梅香來，迹自可疑。你不過在我跟前，一時口強，硬抵頭皮，為此倔強之態，不知背後有許多輕薄處也。我行、口強，各二字成句，與上主廊、洞房，一例。兩"強"字，一如字，一去聲，各音，見本曲下。徐云："則麼耶，亦古僧名。"然無考。又此句調法須五字，則麼耶，係襯字，若作古僧名則多三字矣，不敢從。

（白）禪，除服祭名也。《禮記》注："二十七月而禪。"禪事，別本或作"禪日"。

【四邊靜】湯，偶一近身之謂。相偎傍，以長久言也。湯，以暫言也。即後"看邂逅、偷將韓壽香"之意。（鄭德輝《㑇梅香》劇："誰敢湯着你那小蠻腰。"）（《玉鏡臺》劇："我不曾將你玉笋湯。"）（《金綫池》劇："休想我指甲兒湯着你皮肉。"）俗本作去聲，非。徐云："凡人禮佛，以祈求消災長福。今鶯之軟玉溫香，不必偎傍，若得一湯着其身，便可消除災障矣，何必禮佛以求之耶。"

（白）年方二十三歲，當從本傳，以二十二為正。

【哨遍】（董詞："百千般悶和愁，盡總撮在眉尖上。"）待揚下教人怎揚，古注：即俗云欲丟丟不下也。揚，董作"漾"。

【耍孩兒】前三曲一意相屬，【三煞】追思鶯鶯之艷麗，【二煞】摹寫旅館之淒涼。游客，張生自謂。言鶯本欲將心事傳我，但畏懼老夫人知之，故不敢耳。"怨黃鶯"二句，指鶯鶯說，謂夫人恐其女春心之蕩，怨黃鶯作對，恨粉蝶成雙，而自尋配偶也。曰怨，曰恨，便着夫人說不得。

【五煞】乍相逢厭見何郎粉，應"年紀小，性氣剛"句。看邂逅偷將韓壽香，應"張郎倘得相親傍"句。大約言鶯鶯年小性剛，未得風流之情況，故尚厭畏于我，看我得親傍而一竊其香之後，彼自然愛我溫存不暇，而尚肯懼夫人之拘束耶？

【四煞】彷，彷彿也，筠本作"訪"，非。當合彷，謂己與鶯鶯才貌相當，正宜配合。而夫人過慮不肯，直待誤其時節，眉淡而尋張敞，春去而憶阮郎耶？"非是咱誇獎"以下三句，正所謂才貌之相彷也。《禮記》："婦人四德：德、言、容、功。"舊俱作德言容貌。容，與貌重，且四德缺一。顧玄緯本作工貌，今從之。工，本作"功"，今更正。徐云："恭儉溫良，此男子四德也。"

【三煞】咽、項二字相連。搓字，當虛活字用。蘇長公詞："瀲玉圓搓素頸。"實甫本此，俗本作搭胭項，謬甚。徐云："言粉玉搓成一條咽項也。"

【二煞】中二句，言後雖成就，此時此夜，殆難為情耳。（"睡不着如翻掌"，係董詞。）少呵，略讀，作白，諸本作"少可"，非。倒枕，顛倒其枕也。徐云："一萬聲二句，猥俗，何孔目譏之，良是。"

【尾】古本首有"誰想"二字。花解語，玉有香，古有是語，今于鶯鶯始信，故曰"誰想"，言不想真有這樣人也。詞隱生云："有此二字反滯，不若從今本刪去。"

【六幻本】五劇箋疑

一之二　僧寮假館

周方：周旋方便。

埋怨殺你個法聰和尚：一本"埋怨"上有"我枉"二字。你，一作"一"。或無"你個"二字。怨殺，或作"冤煞"。殺，上聲。

借與我半間兒客舍僧房：一本"借與"上有"你則"二字。

可憎才：不曰可愛，而曰可憎，猶曰冤家，愛之極也。反語見意。

縠：縠、勾二字通用。

竊：上聲。

行雲：自古言楚襄王夢與神女遇，以楚辭考之，殊不然。《高唐賦》云："昔者先王嘗游高唐，怠而晝寢。夢一婦人曰：'妾巫山之女，朝爲行雲，暮爲行雨。朝朝暮暮，陽臺之下。'"先王，懷王也。又，《神女賦》云："宋玉賦高唐之事，其夜王寢，夢與神女遇。"是前之夢懷王也，後之夢宋玉也，襄王無與焉，從來虛受其名耳。

打當：猶言準備。當，去聲。一本"打"上有"兒"字。

往嘗時：一作"我往嘗"。

今日呵一見了有情娘：一本"今日寡情人一見了有情娘"，一本"今日多情人一見了有情娘"。

著小生心兒裏癢癢：一本"癢"上有"早"字，一本作"呀，心兒裏早癢癢"。

迤逗得腸慌：迤逗，一作"撩撥"。得字，或俱作"的"字。記中得、的二字通用，後不贅。

我則見頭似雪：一本"見"下有"他"字。

恰便似捏塑來的僧伽像：恰便似，一作"却是"，一作"却便似"。僧伽，即西竺祖師也。然梵語謂僧，總曰僧伽。華言衆也。今但云僧者，亦省文。捏，上聲。

寄居咸陽：一本"居"下有"在"字。

平生正直：直，去聲。

俺先人甚的是：一本無"俺先人"三字，并無前本云"老相公在時，敢也是渾俗和光"十四字。

小生無意去求官，有心待聽講：一本無"去"字，一本無"去""待"二字。

量著窮秀才人情則是紙半張：一本"量著"作"則那"，無"則是"二字。

又沒甚七青八黃，儘着你説短論長，一任待掂斤播兩：又沒甚，一本作"怎強如"。沒，上聲。《宣和格古》云："金成色，七青八黃，九紫十赤。"七，上聲。儘着你，或作"儘教咱"。説，上聲；論，平聲。一任待，或作"他則待"。掂字，字書不載，俗讀如顛。

你若有主張：你，一作"您"。有主張，一作"把小張"。

我將你衆和尚死生難忘：我將你，一作"把您"。忘，去聲。

香積厨：《維摩詰經》："上方有國號香積，以鉢盛滿香飯，悉飽衆僧。"故今僧舍厨名香積。

枯木堂：木，去聲。

遠著南軒，離著東墻，靠著西厢，近主廊：一本"遠著"上有"怎生"二字。遠，一作"離"。離，一作"遠"。靠，一作"近"。近，一作"靠"。離，去聲。著，平聲。

你是必休題著長老方丈：你是必，一作"再無著"字。毗耶城有維摩居士石室，以手板縱橫量之，有十笏，故曰方丈。

全沒那：沒那，一作"不見"。

可喜娘的龐兒：一無"的"字。

胡伶淥老：胡伶，即鶻鴒，徐文長本作"鶻憐"。鶻，鳥眼，最伶俐。董詞有："這一雙鶻鴒眼。"淥老，調侃云眼也，或作"睩老"。只是讚紅娘好雙垂眼。方言有音無字，不妨通用，正不必拘泥也。淥，音慮。

眼挫裏抹張郎：抹，上聲，塗抹也。亂曰塗，長曰抹，謂作一長圈也。楊億在翰林日草制，爲宰相勾抹如鞋底樣，楊不平之，因就缺處補足。書其上曰："舊業楊家鞋底是也。"今人以布轉桌，亦曰抹。謂紅娘偷睛在張郎身上。抹，一轉也。

若共他多情小姐：一本"情"下有"的"字。

怎捨得他疊被鋪床：怎捨得他，一作"怎教他"。疊，上聲。

我親自寫與從良：一作"我獨自寫與個從良"。古法，放出奴婢等齊民爲從良。

莫不是演撒你個老潔郎：一作"莫不演撒上老潔郎"。演撒，有也。潔郎，僧也。俱教坊市語。撒，上聲。

既不沙，却怎睃趁你頭上放毫光，打扮的特來晃：沙，襯語，猶南曲"呵"字。一本作"既不呵，睃趁顯毫光，打扮著特來晃"。睃，音梭，邪視曰睃趁。放毫光，嘲其禿也。

好模好樣忒莽撞：忒，平聲。一作"好模好樣也特莽撞"。

怎麽耶：一作"則麽耶"，是不必煩惱之意。或以爲僧名，不知何據。

唐三藏：玄奘法師陳氏，洛陽緱氏縣人，往天竺取經六百餘部，經一藏，律一藏，論一藏，故號三藏。然後稱三藏法師者多矣，謂其能通經律論也。

若大一個宅堂：一作"偌大個宅司"。偌，音惹，平聲。宅，音柴。

可怎生別沒個兒郎，使梅香來說勾當：一本無"可"字、"別"字。使，一作"教"，一作"使得"。別，上聲。

硬抵著頭皮撞：一本"皮"下有"兒"字。撞，一作"強"，重上韵。

湯他一湯：湯，如字。一作去聲，猶俗言擦著之意，元詞多用之。或作探湯義，未是。一本作"蕩"。

紅怒云噷：噷，音臨，不可作平聲，見韵書。

比及你心兒裏：比及，一作"早知"，一無"裏"字。

待揚下教人怎揚：猶俗語要丟丟不開也。

赤緊的情沾了肺腑，意惹了肝腸：赤緊，打緊之意。赤，上聲。一本無二"了"字。惹，一作"染"。

巫山：巫山縣在夔州府，此言高唐神女難追也，非謂其高，舊注誤。

隔：上聲。

業身軀：一本上有"我這"二字。

本待要安排心事傳幽客：本，一作"恰"。幽，一作"游"。客，上聲。

我則怕：一作"只恐怕"。言鶯怕也，亦是一解。

蝶：去聲。

性兒剛：兒，今本俱作"氣"，此依舊本。

何郎粉：魏何晏美姿容，面至白。文帝疑其傅粉，夏月令食湯餅，汗出，以巾拭之，面愈白。

韓壽香：晋賈充爲相，每宴賓僚，充女輒于青瑣中窺，見韓壽而悦之。形于夢寐。使婢通其意，壽聞而心動。女令夕入與通。時西域貢异香，著人經月不散。韓壽燕處甚馥郁。充計武帝唯賜己，疑女與壽私。詰左右，以狀對。充秘之，竟以女妻焉。

纔倒是：一作"終則是"。

小生豈妄想，郎才女貌合相訪：豈，一作"空"。訪，尋訪。合，合該也。言如此女貌，正合訪配才郎也。俗本作"彷"，義悖。合，上聲。

休直待眉兒淡了思張敞：休，一作"您"。思，一作"尋"。張敞爲京兆尹，爲婦畫眉，長安中傳張京兆眉嫵。有司以奏，上問之，敞對曰："閨房之内，夫婦之私，有過于畫眉者。"上愛其能，弗責也。

阮郎：漢永平中，剡縣有劉晨、阮肇，入天台山采藥，迷路糧盡，望見山頭有桃，共取食之。下山飲于澗水，忽見蔓草從山後出。次一杯流至中，有胡麻飯屑，山羊脯。食之甚美，相謂曰："去人不遠矣。"過一水，又過一山，見二女，容貌絶美，便呼劉阮姓名："郎君來何晚也？"因邀至家，設旨酒。數仙持三五桃來慶女婿，各出樂器，歌調爲樂，日暮盡夫婦之禮。天氣和暖，長如二三月，百鳥和鳴。久之，求歸甚切。女曰："罪根未滅，使君等如此。"更唤諸女仙，作樂以送。劉阮出洞口還歸，驗得七代子孫，傳聞上祖入山不出。二公欲返于女家，不復得路矣。至晋太康八年，失二公所在。

粉香膩玉搓咽項：言似粉香膩玉捏成一個咽項也。或作"搋胭項"，誤。項，一作"晃"。

金蓮：齊東昏用金爲蓮花貼地，令潘妃行其上，曰："此步步生蓮花也。"

玉笋：唐張祐客淮南，日暮赴宴。杜紫薇爲中書舍人。南座有妓女，無繇見其手，故索骰子賭酒。妓以袖包手而拈骰，紫竟不得見。紫薇詩曰："骰子巡巡裏手拈，無繇得見玉纖纖。但應報道金釵墜，彷彿還應露指尖。"

其實是強：一本無"是"字。實，平聲。

你掉下：掉，一作"撇"。

我拾得：拾，平聲。一本作"我捨得"。

睡不著：著，去聲。

花解語：太液池開千葉蓮，帝與妃子共賞，謂左右曰："何似我解語花也？"解，去聲。

玉有香：唐肅宗賜李輔國玉辟邪香，各長一尺五寸，奇巧非人間所有。其香可聞數百步，雖金函玉匱，不能淹其氣。或衣裾誤拂，滌浣數次，亦不消歇。

我則索手抵著牙兒慢慢的想：我則索，一作"盡教我"，一無"的"字。

【會注】

【起注】【徐音注】【陳注】【硃注】【魏注】【峒注】周方：猶言周旋、方便。【徐參注】周方：周旋、方便。

【弘注】偷香故事，詳見本折【耍孩兒】五煞下。

【弘注】和尚，出《要覽》。萬里相聚曰和，父母反拜曰尚，故曰和尚。【範注】【起注】【徐音注】【陳注】【硃注】【湯注】【魏注】【峒注】和尚：千里相逢（陳本、硃本、魏本、峒本作"聚"）曰和，父母反拜曰尚。

【弘注】行雲：出《釋文》。昔楚襄王游雲夢之臺，望此高臺之觀，獨有雲氣，王問玉曰："此何氣？"對曰："朝雲。"王曰："何謂朝雲？"玉曰："昔□先生，嘗游高唐，怠而晝寢，夢見一婦人曰：'妾巫山之女，爲高唐之客，聞主游高唐，願爲枕席。'王因幸之，去而辭曰：'妾在巫山之陽，高唐之北。朝爲行雲，暮爲行雨。朝朝暮暮，陽臺之下。'"【範注】【湯注】行雲：出《三注》。昔楚襄王與宋玉游于雲夢之臺，望有雲氣，王問曰："此是何氣？"玉對曰："朝雲。"王曰："何謂朝雲？"玉曰："昔先王晝寢于此，夢一婦人曰：'妾乃巫山之女也，聞王游高唐，板薦枕席之歡。'王遂幸之而去。辭曰：'妾在巫山之陽，高唐之北。朝爲行雲，暮爲行雨。朝朝暮暮，陽臺之下。'"【羅注】行雲：《高唐賦》：昔楚襄王與宋玉游于雲夢之臺，望有雲氣，王問曰："此是何氣也？"對曰："朝雲。"王曰："何謂朝雲？"【羅眉】朝，音招。玉曰："昔先王晝寢于此，夢一婦人曰：'妾乃巫山之女也。聞王游高唐，扳薦枕席之歡。'王遂幸之而去。辭曰：'妾在巫山之陽，高唐之北，朝爲行雲，暮爲行雨，朝朝暮暮，陽臺之下。'"【起注】【徐音注】行雲：楚襄王游于雲夢之臺，晝寢于此，夢一婦人曰："妾在巫山之陽，高唐之北。朝爲行雲，暮爲行雨。"【徐參注】行雲：即出女朝行雲、暮行雨之説。【陳注】【硃注】【魏注】【峒注】行雲：王游于雲夢之臺，晝寢于此，夢一婦人曰："妾在巫山之陽，高唐之北。朝爲行雲，暮爲行雨。"【秀注】行雲：巫山神女事。

【起注】【徐音注】【陳注】【硃注】【魏注】【峒注】打當：猶云打迭。

【弘注】何郎傅粉故事詳見本折【耍孩兒】五煞下。

【弘注】張敞畫眉故事詳見本折【耍孩兒】四煞下。

【弘注】內養：出《莊子·養生篇》。單豹岩居水飲，行年七十而有嬰兒之色。【範注】【湯注】【峒注】內養：出《莊子·養生篇》。豹嵒行年十七而有嬰兒之色。【羅注】【秀注】內養：《莊子·達生篇》：單豹，齊人，嵒居水飲，行年七十而有嬰兒之態。【起注】【徐音注】【陳注】【硃注】【魏注】內養：《莊子·養生篇》：豹嵒行年七十而有嬰兒之色。【徐參注】內養：即寡欲養心。

【弘注】僧伽：出《高僧傳》。僧伽大師，西域人何氏，先在泗洲臨淮乞地建寺。標下掘得古寺銘記，金像一軀，上有普照王佛字，遂建寺。中宗迎入薦福寺，獨處一室。嘗濯足，人飲水，痼疾皆愈。後端坐而終。薦福起塔供養，俄然風起，臭氣遍滿，中宗問近臣："師意思舊？"默許，臭氣遂息，奇香郁烈。送至舊處,起塔供養,即今塔是也。中宗問萬回:"僧伽大師何人?"萬回曰:"是觀音化身也。"【範注】【羅注】【秀注】【湯注】僧伽:大(羅本、秀本作"太")師西域人,何氏,先在泗洲臨淮乞化建寺。標下掘得古寺銘及金像一尊,上有普照佛字,【秀眉】普照,即定光佛也。遂建塔寺。中宗迎入薦福寺。獨處一室。常濯足,人飲其濯足水,痼疾皆愈。後端坐而終。本寺起塔供奉,俄然風起,【羅眉】俄,音蛾。臭氣遍滿,中宗問近臣:"師意思舊(羅本、秀本此處多"處耶")?"默許(羅本、秀本此處多"之"),臭氣遂息,奇香馥郁。【羅眉】馥,音福。送至舊處供奉,即(羅本、秀本無)今塔是也。中宗問萬回:"僧伽大師何人耶?"萬回(萬回,羅本、秀本作"回答")曰:"觀音化身也。"【起注】【徐音注】【陳注】【硃注】【魏注】【峒注】僧伽:太師,西域僧伽之稱。

【弘注】三生:出《群玉》。有一省郎游法華寺,夢碧岩下一老僧,言烟隱極微。僧云此是檀越,結願香烟猶存,而檀越已三生矣。第一生玄宗時,劍南安撫巡官;第二生憲皇時,西蜀書記;第三生即今生也。省郎洗然方悟。【範注】【秀注】【湯注】三生:出《群玉》。有一省郎游華嚴寺,夢碧岩下一老僧,言烟隱極微。僧云僧是檀越,【秀眉】稱施主曰檀越。結願香烟猶存,而檀越已三生矣。第一生玄宗時,安撫巡官;二生憲宗時,西蜀書記;三生即今省郎,皆檀越結願來也。省郎淡然方悟。【起注】【徐音注】【陳注】【硃注】【魏注】【峒注】三世:有一省郎游草岩寺,夢碧(硃本無)岩下一老僧言:"檀越已三生矣。第一生玄宗時(硃本無)安撫巡官,二生憲宗時西蜀書記,三生即今省郎,皆檀越結願來也。"

【弘注】大師:出《要覽》。大者簡小之言,師者範也,故云大師。《瑜伽論》云:"能化道無量眾生,令苦寂滅。"又云:"推滅邪穢外道,出現世間,故號大師。"【範注】【羅注】【湯注】太師:出《要覽》。太者簡小之言,師者範也,故云太師。《瑜伽論》云:"能化道無量眾生,令苦寂滅。邪魔外道出現世間,能滅邪魔,故號太師。"【羅眉】魔,音墨。【起注】太師:能化道無量眾生,令苦寂滅。邪魔外道出現世間,能滅邪魔,故號太師。【秀注】太師:太者簡小之言，師者範也，故云太師。

【弘注】咸陽：出《地理志》，又《水經》。咸陽，縣名。在京兆府西四十里，以渭水并龍首山，皆在南，故云咸陽。【範注】【羅注】【湯注】咸陽：縣名，在京兆府西四十里，以渭水并龍首山，皆在南，故云咸陽。【起注】【陳注】【魏注】【峒注】咸陽：縣名。【秀注】咸陽：縣名，在京兆府。

【弘注】【範注】【羅注】【湯注】尚書：出《事物紀原》。尚者，主也。秦置是官在殿中，主發書（發書，範本、羅本、湯本作"書案"），故曰尚書。出納王命，敷奏萬機。【起注】【陳注】【魏注】【峒注】尚書：尚者，主也。秦置是官于殿中，主書案。【硃注】咸陽尚書：咸陽，縣名。尚者，主也。秦置是官于殿中，主書案。

【弘注】【範注】【起注】【起注】【徐音注】【陳注】【硃注】【湯注】【魏注】【峒注】和光：出（硃本無）《老子》："和光同塵。"【徐參注】《老子》："和光同塵，不立圭角。"

【弘注】和尚故事詳見前【粉蝶兒】下。

【弘注】香積厨：出《詩學》，又《詩苑叢珠》。《維摩經》云：維摩詰往上方，有國號香積，以衆香鉢盛蒲香飯，悉飽衆會。故今僧舍厨名香積厨。【範注】【湯注】香積厨：出《詩學》。維摩詰往上方，有國號香積。以鉢盛蒲香飯，悉飽衆會。故今僧舍厨名香積。【羅注】香積厨：《維摩詰經》：上方有國號香積，以鉢盛滿香飯，悉飽衆會。故今僧舍厨名"香積"。【羅眉】盛，音成。【起注】【徐音注】【陳注】【硃注】【秀注】【魏注】【峒注】香積厨：維摩詰往上方，有國號香積。以鉢盛滿香飯，悉飽衆會。故今僧（硃本此處多"舍"）厨名香積。

【弘注】長老：出《要覽》，又《禪門規戒》，又《金剛經》注。肇法師云："內有智德可尊曰長老，道高臘長呼爲須菩提。"亦曰長老，年高德劭是名長老。又曰，但有德業，便名長老。有長者老年之德，名長老。【範注】【秀注】【湯注】長老：出《要覽》，又《禪門規戒》，《金剛經》注云："內有智慧可尊曰長老，道高臘長呼爲菩提，但年高德厚通玄門經律論者，稱爲長老。"【徐參

注】長老：即和尚，年高德厚爲長老。【陳注】【硃注】【魏注】【峒注】長老：年高德厚通玄門經律論者，稱爲長老。

【弘注】方丈：出《詩學》，又《要覽》。長老所居曰方丈。毗耶城有維摩居士石室，以手板縱橫量之，有十笏，故曰方丈。【範注】【湯注】方丈：出《詩學》，又《要覽》。僧燕居之所也。毗耶城有維摩居士石室，以手板縱橫量之，有十笏，故曰方丈。【羅注】【起注】【徐音注】【陳注】【硃注】【魏注】【峒注】方丈：僧燕居之（硃本無）所也。毗耶城有維摩居士石室，以手板縱橫量之，有十笏，故曰方丈。【徐參注】方丈：僧燕居所，室有方丈。

【弘注】【範注】【羅注】【湯注】唐三藏：出（羅本無）《高僧傳》。玄莊法師，陳氏，洛陽候氏縣人。遂（羅本無）往西域天竺國，取（羅本此處多"佛"）經六百餘部，經一藏，律一藏，論一藏，故曰三藏。【起注】【徐音注】【陳注】【秀注】【硃注】【魏注】【峒注】唐三藏：玄莊（陳本、硃本、魏本、峒本作"宗"）法師，陳氏，往西域天竺國，取經六百餘部，經一藏，律一藏，論一藏，曰三藏。

【弘注】道場故事詳見本折後【鴛鴦煞】下。

【弘注】軟玉故事詳見第四折【勝葫蘆】下。

【弘注】巫山：出《圖經》。巫山在夔城巫山縣。綿亘七百里，自非亭午夜分，不見日月。【範注】【羅注】【湯注】巫山：今巫山縣，在湖廣（湖廣，羅本作"四川"）夔州府。綿亘百里，有自飛亭，午夜均分，不見日月，最高之極也。【起注】【陳注】【硃注】【魏注】【峒注】巫山：綿亘百里，有自飛亭，午夜均分，不見日月，最高之極。

【弘注】【範注】【羅注】【起注】【徐音注】【陳注】【秀注】【硃注】【湯注】【魏注】【峒注】何郎粉：出《釋文》（《釋文》，範本、湯本作"《三注》"。羅本、秀本、起本、徐音本、陳本、硃本、魏本、峒本無"出《釋文》"）。魏何晏（範本、湯本作"宴"），字平叔（起本、徐音本、陳本、硃本、魏本、峒本無"字平叔"），美姿容，面至白。文帝疑其傅粉，夏月令食湯餅，汗出，以巾拭之，愈潔白也（潔白也，範本、羅本、秀本、起本、徐音本、陳本、硃本、湯本、魏本、峒本作"白")。【徐参注】何郎粉：何晏美姿，面如傅粉。

【弘注】【范注】【罗注】【汤注】韩寿香：出《启蒙》(罗本无"出《启蒙》")。晋贾充家(范本、罗本、汤本作"为相")，每宴宾僚，充女辄于青琐中窥，见(范本、罗本、汤本作"韩寿")而悦之，发(范本、罗本、汤本作"形")于梦寐。使婢往具(范本、罗本、汤本无)说，寿闻而心动。女令夕入，寿愈(范本、罗本、汤本无)与通。时西域贡奇香，着人经月不散。韩寿燕处，甚(范本、汤本作"其")芳馥。充计武帝惟赐己，疑女与寿私盗与(范本、罗本、汤本无"盗与")。考问女(考问女，范本、罗本、汤本作"诘")左右，俱以状对。充秘之，遂妻焉。因名韩寿香。【起注】【徐音注】【陈注】【硃注】【魏注】【峒注】韩寿香：晋贾充为相，宴宾僚，充女窥韩寿而悦之，夕入，寿与通。时西域贡异香，着人经月不散。韩寿燕处甚馥郁。充计武帝惟赐己，疑女与寿私。诘左右，俱以状对。充秘之，遂以妻焉。因名韩寿香。【徐参注】韩寿香：贾充为相，得外国异香，其女与寿通，窃香与之。【秀注】韩寿香：晋贾充为相，每宴宾僚，充女辄于青琐中窥韩寿而悦之，形于梦寐。使婢往说，寿闻而心动。女令夕入，寿与通。时西域贡异香，着人经月不散。韩寿行动，香气袭人。充计武帝惟赐己，疑女与寿私。诘左右，俱以状对。充秘之，遂妻焉。因名韩寿香。

【弘注】【范注】【罗注】【秀注】【汤注】张敞眉：出《通鉴》(罗本、秀本无"出《通鉴》")。汉张敞为京兆尹，常为妇画眉，长安传以张京兆眉妩。有司以(范本、罗本、秀本、汤本无)奏，上问之。敞对曰："(范本、罗本、秀本、汤本此处多"臣闻")闺房之内，夫妇之私，更(范本、罗本、秀本、汤本无)有过于此(范本、罗本、秀本、汤本作"画眉")者。"上弗问(范本、罗本、秀本、汤本无"上弗问")。【起注】【徐音注】【陈注】【硃注】【魏注】【峒注】张敞眉：汉张敞为京兆尹，常为妇画眉。上问之，对曰："臣闻闺房之内，夫妇之私，有过于画眉者。"【徐参注】张敞眉：张京兆为妻画眉。

【弘注】阮郎：出《续齐谐记》，又《氏族》。汉明帝永平中，郯县有刘晨、阮肇，入天台山采药，迷失道路。粮尽，望山头有桃食，共取食之。下山得涧水飲之，望見蔓菁菜，從山後出。次有一杯流出，中有胡麻飯屑，二人相謂曰："去人不遠。"由過水又過一山，見二女容貌絕妙。便呼劉阮姓名："郎君來何晚也？"因邀過家，廳館服飾，各有床帳帷慢，七寶瓔珞，下胡麻飯，山羊脯，食之甚美。又設旨酒，數仙客持三五桃至，云："來慶女婿。"各出樂器、歌詞作樂，日暮盡夫婦之禮。住半年，天氣和適，常如二三月，百鳥哀鳴，求歸甚切。女曰："罪根未滅，使君等如此。"更喚諸仙女，共作樂，吹送劉阮出洞口。還鄉，驗得七代子孫，傳聞上祖入山不出。二公欲還女家，尋山路不獲。至大康八年，失二公所在。【範注】【羅注】【秀注】【湯注】阮郎：出《氏族》。漢明帝永平中，郯縣有劉晨、阮肇，【秀眉】肇，音兆。入天台山采藥，迷失道路。糧盡，望山頭有桃，共取食之。下山得澗水飲之，望見蔓菁菜，從山後出。次有一杯流出，中有胡麻、飯屑、山羊脯，【羅眉】脯，音甫。食之甚美。相謂曰："去人不遠。"過一水，又過一山，見二女容貌絕美。便呼劉阮姓名："郎君來何晚也？"因邀過家，又設旨酒，數仙持三五桃來慶女婿。各出樂器，歌調而樂，日暮盡夫婦之禮。天氣和暖，常如二三月，百鳥和鳴，求歸甚切。女曰："罪根未滅，使君等如此。"更喚諸仙女，作樂吹送劉（羅本作"別"）阮出洞口。還鄉，驗得七代子孫，傳聞上祖入山不出。二公欲還（羅本作"返"）女家，不復得路。至大康八年，失二公所在。劉阮入天台即此（羅本無"劉阮入天台即此"）。【起注】【徐音注】【陳注】【硃注】【魏注】【峒注】阮郎：劉晨、阮肇入天台山采藥，迷失道路。糧盡，望山頭有桃，共取食之。過一水，又過一山，見二女容貌絕美。便呼劉阮姓名，曰："郎君來何晚也？"因邀過家，日暮盡夫婦之禮。【徐參注】阮郎：劉晨、阮肇入天台采藥，遇二仙女，得為夫婦。

【弘注】【範注】【羅注】【起注】【徐音注】【陳注】【硃注】【湯注】【魏注】【峒注】金蓮：出《書言》，又《南史》（羅本無"出《書言》，又"，起本、徐音本、陳本、硃本、魏本、峒本無"出《書言》，又《南史》"）。齊東昏侯作金為蓮花貼地，令潘妃行其上，曰"此步步生蓮花也"。【秀注】金蓮：《南史》：齊東昏侯用金為蓮花，帖鋪地面，使潘妃行其上，因謂之"步步生蓮花也"。

【弘注】玉笋：出《東坡詩集》。唐張祐客淮南幕中，赴宴。杜紫微爲中書舍人，南坐，見妓女。索骰子賭酒。紫微吟曰："骰子巡巡裹手拈，無因得見玉纖纖。但應報道金釵墜，彷彿還因露指尖。"玉笋，手指也。【範注】【羅注】【湯注】玉笋：出（羅本無）《杜牧之詩集》。唐張祐客淮南，日暮赴宴。杜紫微爲中書舍人，南坐，見妓女。無由見手，故索骰子賭酒。妓以袖包手而拈骰子，又不得見（羅本此處多"手"）。紫微吟曰："骰子巡巡裹手拈，無因得見玉纖纖。但應報道金釵墜，彷彿還應露指尖。"【羅眉】應，平聲。玉笋，美手之稱。（羅本無"玉笋，美手之稱"）【起注】【陳注】【硃注】【魏注】【峒注】玉笋：乃美手之稱。【徐音注】手纖如玉笋。

【弘注】【範注】【羅注】【湯注】花解語：出《詩學》（羅本無"出《詩學》"）。太液池開千葉蓮花，帝與妃子共賞。謂左右曰："何似我解語花耶？"【秀注】花解語：唐明皇與妃子在太液池邊共賞蓮花【秀眉】液，音意。，謂左右曰："何似我解語花耶？"

【弘注】玉有香：出《孔帖》。唐肅宗賜與輔國玉辟邪香，各長一尺五寸，奇巧非人間所有。其香可聞數百步，雖鎖于金函玉匵，終不能掩其氣。或以衣裙誤拂，則芳馥經年，縱浣濯數次，亦不消歇。【範注】【羅注】【秀注】【湯注】玉有香：出（羅本無"出"）《孔帖》。唐肅宗賜輔國玉辟邪香，各長一尺五寸，奇巧非人間所有。其香可聞數百步，雖鎖金函玉匵中（羅本無），（羅本此處多"終"）不能掩其氣。或以衣裙誤拂，滌濯數次【秀眉】滌，音剔。，亦不消歇也。

【起注】字音

珏，音各。鏖，音繩。掂，音顛。播，波，入聲。笋，音機。槨，音果。偌，音惹。襌，音淡。昊，音浩。悒，音邑。颺，音揚。敞，音廠。膩，尼，去聲。幌，荒，上聲。酧，即酬也。捶，音錘。㧎，音埃。衒，音諄。快，音殃。索，音色。揣，初委切。伽，音茄。懇，音肯。龐，音忙。

【徐音注】字音

珏，各。廛，纏。掂，顛。播，波，入聲。笄，機。編，果。偌，惹。襌，坦。昊，浩。悒，邑。颺，揚。膩，尼，去聲。銜，諄。幌，荒，上聲。快，恙。揣，初委切。伽，茄。

【徐參注】字音

珏，音各，玉也。廛，音纏，市宅。掂，音拈。偌，音惹。襌，音淡，祭名。颺，音羊，颯揚。銜，音諄。幌，音恍。

【陳注】【硃注】字音

珏，各。廛，纏。掂，顛。播，波，入聲。笄，機。編，果。偌，惹。襌，淡。昊，浩。悒，邑。颺，揚。搥，錘。膩，尼，去聲。捱，挨。銜，諄。幌，荒，上聲。快，殃。索，色。揣，初委切。伽，茄。懇，肯。龐，忙。酹，即酬也（即酬也，硃本作"與酬同"）。

【魏注】【峒注】字音

珏，各。廛，纏。掂，顛。播，波，入聲。笄，機。編，果。偌，惹。襌，淡。昊，浩。悒，邑。颺，揚。膩，尼，去聲。銜，諄。幌，荒，上聲。快，殃。揣，初委切。伽，茄。酬，即酬也。

第三折①

　　（正旦上云）老夫人着紅娘問長老去了②，這小賤人不來我行③回話。【容旁】【徐畫旁】嬌態。【羅眉】行，音杭。【湯眉】嬌態，嬌態。（紅上云）回夫人話了④，去回⑤小姐話去。（旦云）使你問長老，幾時做好事？⑥【容旁】嬌態。（紅云）恰回夫人話也⑦，【羅眉】恰，音却。

---

① 第三折：範本、龍本、容本、起本、徐音本、虎本、秀本、封本作"第三齣　墻角聯吟"，羅本作"第三齣"，徐畫本作"第三套　墻角聯吟"，徐參本、魏本作"第三齣　隔墻聯吟"，驥本作"三套（今本第三折）賡句"，何本作"聯吟"，陳本、硃本、湯本作"第三齣　墻角吟詩"，繼本、湯沈本作"第三齣　花陰倡和"，天李本作"墻角聯吟"，六幻本作"一之三　花陰倡和"，三合本作"第三套　聯吟"，毛本作"第三折　酬韵"，潘本作"第三折　墻角聯吟"。
② 着：弘本、羅本、繼本、屠本、容本、起本、徐畫本、徐音本、徐參本、驥本、何本、陳本、秀本、硃本、延本、張本、天李本、六幻本、湯本、湯沈本、三合本、魏本、峒本、封本、毛本、潘本作"使"。去了：徐畫本、徐音本、三合本、潘本作"修齋日期去了"，封本同，但"修"作"做"。張本作"修齋日期"。
③ 這小賤人不來我行：不來，容本、起本、徐參本、何本、陳本、秀本、硃本、天李本、六幻本、湯本、魏本、峒本、封本作"怎麽不來"；行，範本、龍本、徐參本、魏本、峒本作"根前"。屠本作"這賤人怎麽不來"，徐畫本、徐音本、三合本、潘本作"小賤人去多時還不見來"，張本作"這小賤人去了多時還不見來"。
④ 回夫人話了：範本、龍本作"我回夫人話過"，屠本作"回了夫人話"。
⑤ 去回：羅本、繼本、六幻本作"回"，屠本作"然後回"，延本、毛本作"却去回"。
⑥ 容本、起本、徐參本、虎本、何本、陳本、秀本、硃本、天李本、湯本、魏本、峒本、封本、毛本此處多："如何不來回我？"
⑦ 話也：羅本、繼本作"也"，驥本、延本、毛本作"話了"。

正待回姐姐話①。二月十五日請夫人、姐姐②拈香。(紅笑云) 姐姐，你不知③，我對你説一件好笑的勾當。【潘旁】妙于發端。【湯沈眉】説起閨外所見事情，乃人家婦女常事。【魏眉】【峒眉】巧哉媒婆！不媒之媒。咱【潘補旁】簪，平聲。前日寺裏見的那秀才④，【潘旁】事事凑巧，還他印證。【羅眉】咱，音沓。今日也在方丈裏。他先出門兒⑤外，等着⑥紅娘，深深唱個喏道：⑦【潘補旁】音惹。【羅眉】喏，音惹。"小生姓張，名珙，字君瑞，本貫西洛人也⑧，年⑨二十三歲，正月十七日⑩子時建生，并不曾娶妻。"【天李旁】述一番尤妙。【潘旁】竟住妙。【陳眉】【砄眉】好媒婆。姐姐⑪，却是⑫誰問他來？【潘旁】與前"誰問你來"相應。

---

① 待：秀本作"來"。姐姐：陳本、魏本作"小姐"。
② 二月：封本作"長老説，三月"。夫人、姐姐：弘本、容本、起本、徐參本、虎本、何本、陳本、砄本、天李本、六幻本、湯本、魏本、峒本作"姐姐、夫人"，範本、龍本作"夫人、小姐"，秀本作"老夫人、姐姐"。
③ 你不知：容本、起本、徐畫本、徐音本、徐參本、驥本、虎本、何本、陳本、秀本、砄本、延本、張本、天李本、六幻本、湯本、三合本、魏本、峒本、封本、毛本、潘本無。
④ 前日：六幻本作"咱前日"。那秀才：秀本作"好秀才"。
⑤ 出門兒：屠本作"出門"，驥本、砄本作"在門"。
⑥ 等着：範本、龍本作"等候着"。
⑦ 深深：驥本、延本、毛本作"向前深深"。唱個喏道：範本、龍本作"作個揖道"，驥本、延本、毛本作"唱個喏，别無餘話，自稱"。徐畫本、徐音本、張本、三合本、潘本此句後多"小娘子莫非鶯鶯小姐侍妾乎？又道"，封本同，但"小姐"後多一"的"字，"乎"作"麽"，無"又道"。
⑧ 也：張本作"氏"。
⑨ 年：範本、龍本、繼本、屠本、徐畫本、徐音本、徐參本、驥本、延本、張本、六幻本、湯沈本、三合本、魏本、峒本、封本、毛本、潘本作"年方"。
⑩ 十七日：範本、龍本作"十五日"。
⑪ 姐姐：徐畫本、徐音本、張本、三合本、潘本作"(鶯)誰着你去問他？(紅)"。驥本、延本無。
⑫ 却是：範本、龍本作"是"。

他又问①:"那壁小娘子②,莫非莺莺小姐的侍妾乎?③ 小姐常出来么④?"被红娘抢白了一顿呵⑤,回来了⑥。【罗眉】抢,音枪。姐姐,我不知他想甚么哩,【徐画珠旁】【容眉】【陈眉】【硃眉】【汤眉】你道想甚么?世上有这等傻角⑦!【谢眉】傻角即是乔才,字意相似。【罗眉】哩,音里。傻,音耍。【继眉】傻,音灑。【徐画眉】【田眉】【延眉】傻音灑,傻俏不仁,曰轻慧貌。此句甚有意,宋人谓风流蕴藉为"角",故有角妓之名,今杂剧尚有外角,其遗语也。傻角,是排调语。【徐参眉】俗所谓"就是红娘"者,正在此处看出。【秀眉】傻角,音灑寡。【凌眉】徐文长曰:"傻,音灑,轻慧貌。"宋人谓风流蕴藉为"角",故有角妓之名,傻角,是排调语。【汤沈眉】傻音灑,傻俏不仁,曰轻慧貌。此句甚有意。宋人谓风流蕴藉为"角",故有角妓之名。傻角,是排调语。【三合眉】俊俏轻慧为傻,风流蕴藉为角。傻音灑。(旦笑云)红娘⑧,休⑨对夫人说。【徐画旁】和盘托出了。【田补旁】肺腑之言。惟恐漏泄春天机。【潘旁】妙于会意。【汤沈眉】休对夫人说,便是有心人了。随说去烧香,其意云何?【三合眉】如此知疼识趣的人儿,怎教人

---

① 又问:屠本作"又问我",张本作"还问"。
② 那壁小娘子:范本、龙本、屠本、容本、起本、徐参本、虎本、何本、陈本、秀本、硃本、天李本、六幻本、汤本、魏本、峒本、毛本作"小娘子",骥本、延本作"红娘"。
③ "那壁小娘子,莫非莺莺小姐的侍妾乎":徐画本、徐音本、张本、三合本、封本无。
④ 小姐常出来么:么,峒本作"否"。骥本、延本无。封本此句后多"小生有句知心的话儿对他说"。
⑤ 抢白:骥本、延本作"好生抢白"。一顿呵:范本、龙本、罗本、继本、徐画本、徐音本、骥本、延本、张本、汤沈本、三合本、毛本、潘本作"一顿"。
⑥ 回来了:骥本、延本、毛本作"去了"。
⑦ 世上:徐画本、徐音本、张本、潘本作"世间"。傻角:骥本、延本、毛本作"傻子"。
⑧ 红娘:徐画本、徐音本、六幻本、三合本、潘本作"红娘,不抢白他也罢",张本同,但"红娘"作"你"。
⑨ 休:六幻本作"你休"。

不想個死。天色晚也①，安排香案②，咱花園③內燒香去來。④（下）
【三合夾】你道想甚麼?【驥夾】【延夾】【毛夾】傻，音灑。【潘夾】紅的笑是裝點着面皮去動人，鶯的笑是領會在心苗裏自想，各有一種說不出口處。

（末上云）搬至寺中，正近西廂居址⑤。【潘旁】揀選得好。【羅眉】址，音止。我問和尚每來⑥，小姐每夜花園內燒香。這個花園，和俺寺中合着⑦。比及小姐出來⑧，我先在太湖石畔墻角兒邊等待⑨，【羅眉】畔，音半。飽看⑩一會。兩廊僧衆都睡着了⑪，夜深人靜，月朗風

---

① 晚也：秀本作"晚了"。
② 香案：弘本、羅本、繼本、容本、起本、驥本、虎本、何本、陳本、秀本、硃本、延本、天李本、六幻本、湯本、湯沈本、魏本、毛本作"着香卓"，屠本、封本作"香桌"，徐參本、峒本作"着香案"。
③ 咱花園：屠本作"花園"。
④ 範本、龍本、徐畫本、六幻本、潘本此處多："正是：無端春事關心事，閑倚薰櫳待月華。"徐音本同，但"閑倚"作"悶對"；張本、三合本同，但"春事"作"春色"。
⑤ 居址：範本、龍本作"舉止"，屠本作"居止"。
⑥ 我問和尚每來：我，張本作"俺"；每來，範本、龍本作"每道"，起本、徐畫本、徐音本、虎本、何本、陳本、秀本、硃本、湯本、三合本、潘本作"道"，張本、封本作"說"，毛本作"們"，屠本無。容本、徐參本、天李本、魏本、峒本作"我聞和尚道"。
⑦ 和俺寺中合着：俺寺中，容本、起本、虎本、何本、陳本、秀本、硃本、天李本、六幻本、湯本作"俺這寓中"，徐參本作"我寓中"，魏本、峒本、封本作"俺寓中"，毛本作"正與俺居處"，徐畫本、徐音本、驥本、延本、三合本、潘本作"正與小生居處"；合着，屠本作"通着"，徐畫本、徐音本、三合本、潘本作"相近"，驥本、延本作"相對"。張本作"恰好花園更是緊鄰"。
⑧ 出來：屠本作"出來時"。
⑨ 我：張本作"俺"。先在：範本、龍本作"只在"。邊：弘本、羅本、繼本、屠本、容本、起本、徐畫本、徐音本、徐參本、驥本、虎本、何本、陳本、秀本、硃本、延本、張本、天李本、六幻本、湯本、湯沈本、三合本、魏本、峒本、毛本、潘本作"頭"。等待：弘本、屠本作"等待小姐出來"，容本、起本、虎本、何本、秀本、硃本、天李本、湯本、魏本、峒本、封本作"等待他出來呵"，徐畫本、徐音本、三合本、潘本同，但無"呵"字；徐參本、陳本同，但無"待"字。
⑩ 飽看：驥本、何本、延本、張本、六幻本、魏本、毛本作"飽看他"。
⑪ 兩廊僧衆都睡着了：僧衆，羅本作"衆僧"。張本作"且喜"。

清，是好天氣①也呵！正是②：閑尋方丈高僧語，悶對西廂皓月吟。③【徐參眉】真有心人。【毛夾】"傻子"亦作傻角，坊語，佻浪也。近有將曲白全改者，他不必論，即如此白內"前日寺裏那秀才"諸句，因欲實己、鶯不游寺之說，將"寺裏"改作"庭院"，其胸中曖昧又如此。【潘夾】"驚夢"篇中，歷敘僮睡，張亦睡，夫人和紅娘都睡，不知此時兩廊僧眾，先已都睡着了。一班魔頭，不解事人，宛然可想，豈真打參入定耶？

【越調】【鬥鵪鶉】玉宇無塵，銀河瀉影，【羅眉】瀉，音寫。月色橫空，花陰滿庭。【虎眉】庭，一作"徑"。羅袂生寒，【羅眉】袂，音玦。芳心自警。側着耳朵兒聽④，躡着腳步兒⑤行：悄悄冥冥，潜潜等等。【範眉】【龍眉】夜月清絕，春情豐膽，具見此曲。【羅眉】躡，音聶。朵，音躲。【容眉】畫。【起眉】李曰：自警芳心，就于花月生寒，寫出花弄色弄陰。【徐畫眉】【田眉】【延眉】【湯沈眉】自好。【徐音眉】描等候情，非身有其事者不能一字。【徐參眉】張生身心都被鶯鶯束縛了。【田補眉】亦見成語。【陳眉】【硃眉】描景真趣。【秀眉】咏夜景，天清月皎處妙甚。【凌眉】【鬥鵪鶉】首句元不用韻，如後"彩筆題詩""夜去明來"，皆不用韻。故用"塵"字，非以真文誤入庚青也。【湯眉】畫。【三合眉】妙手王維描不出。【魏眉】【峒眉】描出真趣。【封眉】即空主人曰：【鬥鵪鶉】首句元不用

---

① 好天氣：範本、龍本、屠本作"好天良夜"。
② 正是：弘本作"詩曰"，羅本、繼本、屠本、容本、起本、徐畫本、徐音本、徐參本、驥本、虎本、何本、陳本、秀本、硃本、延本、張本、天李本、六幻本、湯本、湯沈本、三合本、魏本、峒本、封本、毛本、潘本無。
③ 閑尋方丈高僧語，悶對西廂皓月吟：方丈，弘本、羅本、繼本、屠本、容本、起本、徐參本、驥本、虎本、何本、陳本、秀本、硃本、延本、天李本、六幻本、湯本、湯沈本、魏本、峒本、封本、毛本作"丈室"；語，徐畫本、徐音本、徐參本、張本、魏本、峒本、封本、潘本作"話"；皓月，湯沈本作"待月"；吟，何本作"人"。範本、龍本作："人間良夜静不静，天上美人來不來。"
④ 側着：羅本作"側着我"。耳朵兒：張本作"耳朵"。
⑤ 腳步兒：張本作"腳步"。

韵，後"彩筆題詩""夜去明來"皆然，非以真文誤入庚青也。【潘夾】芳心自警，是初學偷香，有多少戰戰兢兢處，下"側耳躡足"從此生出。

【紫花兒序】等【潘旁】"等"字接上。待那①齊齊整整，裊裊婷婷②，【羅眉】裊，音鳥。婷，音亭。姐姐③鶯鶯。【田補旁】多是想像。【容眉】【硃眉】【湯眉】妙！妙！一更④之後，萬籟無聲，【羅眉】籟，音奈。直至鶯庭⑤。【封眉】中庭，時本作"鶯庭"。若是回廊下沒揣的見俺可憎⑥，【謝眉】【範眉】【龍眉】【繼眉】沒揣的，猶云不意中。【田補眉】沒揣，猶言不着意，猛然間也。【凌眉】徐士範曰："沒揣的，猶云不意中。"【湯沈眉】此多是虛妄想。沒揣的，猶云不意中。將他來緊緊的摟定⑦，【潘旁】比湯他一湯進一層，一入妄來，魔高十丈。【秀眉】緊，音謹。則問你那⑧會少離多，有影無形⑨。【羅眉】形，音興。【容眉】餓極了。【起眉】王曰：意中景，影中情。【徐畫眉】【田眉】【延眉】【湯沈眉】"會少"句，擬對鶯語；"有影"句，張自況也。【虎眉】坊本間增："怎生這般兒有影無形。"如此鄙俚之甚。【陳眉】想來快活。【凌眉】無非謂鶯難得等閒見面，妄擬以此詰之。徐云："有影句，張自況。"不通。【硃眉】【湯眉】餓極

---

① 等待那：徐畫本、徐音本、驥本、延本、張本、三合本、潘本作"等待"，秀本作"等待他"。
② 婷婷：範本、龍本作"停停"。
③ 姐姐：羅本作"等着俺姐姐"。
④ 一更：羅本作"這早晚一更"。
⑤ 鶯庭：封本作"中庭"。
⑥ 若是：羅本作"轉過"。徐畫本、徐音本、三合本、潘本作"若是那"，屠本無。俺可憎：徐畫本、徐音本、驥本、延本、三合本、毛本、潘本作"俺那可憎"，張本作"那可憎"。
⑦ 將他來：徐畫本、徐音本、驥本、延本、三合本、毛本、潘本作"你看我"，張本作"你看俺"。緊緊的：張本作"緊緊"。
⑧ 你那：範本、龍本、徐畫本、徐音本、驥本、延本、三合本、毛本、潘本作"你"，羅本作"他那"，張本作"他"。
⑨ 有影無形：範本、龍本作"怎生這般兒有影無形"。

了。【張眉】《西廂》此曲第一二三句俱少三字。【三合眉】痴態痴心，一筆勾出。奚趐如畫，此矣入化。【魏眉】【峒眉】意中景，景中情。【驥夾】【延夾】憎，平聲。【毛夾】"羅袂"二句，是遙揣語。羅袂、芳心俱指鶯言，以此時夜久涼生，芳心易動，揣鶯未必不出也。故下直接"等鶯"諸句，"自警"之"自"，作自然解。"一更之後"是虛揣語，言倘一更後寂然，則我將爾爾矣。"直至"與董詞"漸至"不同，"漸"是實境，"直"是空寫也。沒揣的，猶云無意間也。"有影無形"是惝恍語，最妙。通折亦俱有疑鬼疑神之意。參釋曰："玉宇"至"鶯鶯"，揣其必至之情；"一更"至"無形"，預為不至之計。二曲作一節。又參曰：董詞"玉宇無塵，銀河瀉露"，《㑵梅香》劇"靜無人悄悄冥冥"，《蘇小卿》劇"怎和他等等潛潛"，又董詞"張生微步，漸至鶯庭"等，俱成語。

（旦引紅娘上云）① 開了②角門兒，將香桌出來者。③

【金蕉葉】（末唱）猛聽得④角門兒呀的一聲，風過處花香細生。【潘旁】香從花上細處風生，試參之。【田眉】好。跕着⑤腳尖兒仔細定睛：【羅眉】跕，音店。睛，音精。【秀眉】跕，音店。【張眉】"跕"是腳尖着地，訛"蹺"，非。【封眉】"跕"字，查字書無。或亦"墊"字之義，時本皆然。比我那初見時龎兒⑥越整。【範旁】翻上"記不真嬌模樣"句。【湯沈旁】鍾情處的真如此。【謝眉】翻上那"記不真嬌模樣"句。【繼眉】

---

① （旦引紅娘上云）：六幻本作"（鶯上云）"。
② 開了：弘本作"紅娘，上去開了"。羅本、繼本、容本、起本、徐畫本、徐音本、徐參本、虎本、何本、陳本、秀本、硃本、張本、天李本、六幻本、湯本、湯沈本、三合本、魏本、峒本、封本、毛本、潘本作"紅娘，開了"。
③ 開了角門兒，將香桌出來者：香桌，範本、龍本、屠本作"香桌兒"，徐畫本、徐音本、張本、三合本、魏本、潘本作"香案"；出來者，屠本作"排下者"。驥本、延本無，毛本無"將香桌出來者"。
④ 猛聽得：驥本、延本、毛本作"聽"。
⑤ 跕着：徐畫本、徐音本、驥本、延本、三合本、潘本作"蹺着"。
⑥ 比我：羅本作"比着"，張本作"比"。龎兒：封本作"庬兒"。

"比我"句，翻上"記不真嬌模樣"句。【容眉】【硃眉】【湯眉】畫。【起眉】王曰：就前"記不真模樣"句，透出一層。【徐畫諸眉】若這等看得分明，則是牆低之甚。【延眉】好。【湯沈眉】此方是實景。"比我"句，翻上"記不真嬌模樣"句。【三合眉】月下看人愈覺俊美，龐兒比前越整，是從實境寫出，連小張也不知此意。【毛夾】此寫鶯與首折又异，故以"初見時"一語微作分別。"花香"不實指花，門一開而香已襲，似風過花生香者。董詞："聽得啞地門開，襲襲香至。"又聽琴時，"朱扉半開啞地響，風過處唯聞蘭麝香"，皆指鶯，可驗。參釋曰：此合下曲，俱寫鶯語。【潘夾】凡天下未曾經見之物，初視之，猶若驚疑，繼視之，乃覺詳審。初視之，即仔細，猶驚疑也，繼視之，即不什分仔細，已覺詳審也，此物理自然之節次。

（旦云）紅娘，移香桌兒，① 近太湖石畔放者②。（末做看科云）料想春嬌厭拘束，等閑飛出③廣寒宮。看他容分④一臉，體露半襟，【羅眉】襟，音今。靸香袖⑤以無言，【秀眉】靸，音妥。垂羅裙⑥而不語。似湘陵妃子，斜倚⑦舜廟朱扉；如月殿嫦娥⑧，【羅眉】偎，音煨。

---

① （旦云）紅娘，移香桌兒：桌兒，容本、起本、徐參本、虎本、何本、陳本、秀本、硃本、天李本、湯本、魏本、封本作"卓"，徐畫本、徐音本、張本、三合本、峒本、潘本作"案"。屠本作"（紅云）姐姐，香桌兒移"。
② 石畔：弘本、羅本、繼本、容本、起本、徐畫本、徐音本、徐參本、虎本、何本、陳本、秀本、硃本、張本、天李本、六幻本、湯本、三合本、魏本、峒本、封本、潘本作"石"。放者：範本、龍本、魏本、峒本作"放着"，屠本作"放下者"。
③ 飛出：徐參本作"飛來"，何本作"飛自"。
④ 看他容分：弘本作"宿粉"，範本、龍本作"看他容粉"，徐畫本、徐音本、張本、三合本、潘本作"容分"。
⑤ 香袖：驥本、延本、毛本作"羅袖"。
⑥ 羅裙：弘本、羅本、繼本、容本、起本、徐畫本、徐音本、徐參本、驥本、虎本、何本、陳本、秀本、硃本、延本、張本、天李本、湯本、湯沈本、三合本、魏本、峒本、毛本、潘本作"湘裙"。
⑦ 倚：弘本、羅本、徐畫本、徐音本、驥本、延本、張本、六幻本、湯沈本、三合本、毛本、潘本作"偎"。
⑧ 月殿嫦娥：羅本、繼本、起本、徐參本、虎本、何本、秀本、湯沈本、三合本、魏本、峒本作"月殿姮娥"，徐畫本、徐音本、張本、潘本作"月裏姮娥"。

扉，音非。姮，音常。微現蟾宮素影。① 是好女子也呵②！【徐參眉】形容贊嘆，不盡所思。【凌眉】此白全用董解元語。【潘夾】見紅娘，便贊好女子也，見鶯鶯，又贊好女子也，畢竟又孰勝？紅侍者，已不減床頭捉刀人。今遇小姐，便如徐洪客見太原公子，其餘皆將相才矣。

【調笑令】我這裏甫能、見③娉婷，【田旁】二字作句。【秀旁】音聘亭。【秀眉】娉婷，美好貌。【凌眉】王伯良曰："甫能"二字作句。【封眉】王伯良曰："甫能"二字作句。比着那月殿嫦娥也不恁般撐④。【範眉】【龍眉】撐，音稱，去聲。【羅眉】着，音招。【繼眉】撐，音瞠。【徐畫眉】【田眉】"月殿"句，言鶯鶯與姮娥一般不爭差也。您爭，言不與你爭也，如云"不我欺"。【徐音眉】描月便似月，總見情至。【硃眉】關目好。【延眉】"月殿"句，言鶯鶯與嫦娥一般不爭差也。【張眉】"不恁爭"，言不爭差也。訛"撐"，非。【湯沈眉】甫能見娉婷，言我纔見有這樣美麗人。撐，方言，謂美也。不恁撐，言嫦娥未必如此之美。方本作"不恁爭"，以不解"撐"字義耳。【三合眉】不您般爭，言與你不爭差。遮遮掩掩【範旁】【龍旁】娉婷。穿芳徑，料應來⑤小脚兒難行。【徐畫旁】真是情種。【虎眉】那，或作

---

① "看他容分一臉"至"蟾宮素影"：素影，弘本、羅本、繼本、徐畫本、徐音本、湯沈本、三合本、潘本作"金殿"，驥本、何本、延本、張本作"玉户"。屠本作："真個人間天上，國色無雙。"
② 也呵：屠本、峒本作"也"。
③ 我這裏：張本無。見：屠本作"見俺"。
④ 比着那：羅本作"側這見聘婷，呀，比着那"，徐畫本、徐音本、驥本、延本、張本、三合本、毛本、潘本無。月殿：弘本、羅本、繼本、屠本、徐畫本、徐音本、張本、湯沈本、三合本、潘本作"月殿裏"。嫦娥也不：羅本作"姮娥忒"，徐畫本、徐音本、張本、三合本、潘本作"姮娥不"，徐參本、魏本、峒本作"姮娥也不"，驥本、延本、毛本作"嫦娥不"。恁般撐：屠本、徐畫本、徐音本、三合本作"恁般爭"，潘本作"您般爭"，驥本、延本、毛本作"恁撐"，張本作"恁爭"。
⑤ 來：範本、龍本、容本、起本、徐參本、虎本、何本、陳本、秀本、硃本、天李本、六幻本、湯本、魏本、峒本、封本作"那"。

"來"。可喜娘的①臉兒百媚生,【羅眉】脚,音絞。喜,音嬉。百,音擺。兀的不引了人②魂靈!【徐畫旁】【田旁】【延旁】【三合旁】此句塞白,湊插而已。【容眉】好。【徐畫眉】如是本中,如此湊數句亦不少。【田眉】本中如此湊數句亦不少。【硃眉】妙!【延眉】本中如此湊數句亦不可。【湯眉】好。【三合眉】本中如此湊句亦不少。【驥夾】【延夾】娉,平聲。【毛夾】甫能見娉婷,頂上曲"比初見時"來,言今日纔見得也。甫能,"能"字是韵,然一氣下,與前"偏、宜貼翠鈿"同,正是詞例。撑,過人也。《梧桐雨》劇"生得一件件撑"。擬嫦娥者,對月耳。末句似湊,然亦元習語,如《兩世姻緣》劇"兀的不坑了人性命,引了人魂靈"。【潘夾】甫能云者,非前不見,而今始見也,前者殿上之見,是無心撞出來的。今夜之見,是有心算計來的。故自誇其能,甫之爲言,自此始也,是管後之詞,非翻前之詞。

(旦云)取③香來。(末云)聽小姐祝告甚麽④。(旦云)此⑤一炷香,願化去先人⑥,早生⑦天界;此一炷香,願堂中老母身安無

---

① 可喜娘的:徐畫本、徐音本、驥本、延本、張本、三合本、潘本作"可喜娘"。
② 引了人:張本作"引了"。
③ 取:弘本、羅本、繼本、容本、起本、徐畫本、徐音本、徐參本、驥本、虎本、何本、陳本、秀本、硃本、延本、張本、天李本、六幻本、湯本、湯沈本、三合本、魏本、峒本、封本、毛本、潘本作"將"。屠本作"紅娘將"。
④ 聽小姐祝告甚麽:聽,容本、起本、徐參本、虎本、何本、陳本、秀本、天李本、湯本、魏本、峒本、封本作"且聽",範本、龍本、屠本作"且聽那";祝告,範本、龍本作"祝",何本作"禱告"。驥本、延本、毛本無。
⑤ 此:範本、龍本作"這"。
⑥ 化去先人:範本、龍本、羅本、繼本、湯沈本作"化的先人",徐畫本、徐音本、驥本、延本、張本、三合本、毛本、潘本作"亡過先靈"。
⑦ 生:羅本、繼本、起本、徐畫本、徐音本、張本、六幻本、湯沈本、三合本、潘本作"昇"。

事①；此②一炷香……（做不語科）【容眉】關目好。【陳眉】【硃眉】不語處，情更真切。【秀眉】噤聲不祝，意在不言之表。【三合眉】絕好關目。【魏眉】【峒眉】不語處深可想想。（紅云）姐姐不祝這一炷③香，我替姐姐禱告④：【羅眉】禱，音島。願俺姐姐早尋一個⑤姐夫，拖帶紅娘咱⑥！【徐參眉】不語正是心香，紅娘和盤托出。（旦再拜云）⑦心中無限傷心事，盡在⑧深深兩拜中。（長吁科）⑨【硃眉】關目好。【湯眉】關目好。妙！【三合眉】不由人不想殺。【封眉】"心間"二句即空本作"（鶯云）"，誤。（末云）小姐倚欄長嘆⑩，似有動情之意⑪。【容眉】妙！【潘夾】代

---

① 願堂中老母身安無事：堂中，徐參本、魏本、峒本作"堂上"；身安無事，張本作"百年長壽"，封本作"身安無恙"。範本、龍本、屠本作"上願老母身安，下願歡郎無恙"，驪本、延本作"願堂中老母百年長壽，身安無事"。徐畫本、徐音本、三合本、潘本此句後多"百年長壽"。
② 此：範本、龍本、毛本作"這"。
③ 不祝這：驪本、延本作"如何不祝此"，張本作"如何不言此"，毛本作"如何不祝這"。一炷：範本、龍本作"炷"。
④ 姐姐：容本、起本、徐參本、虎本、何本、陳本、硃本、天李本、湯本、魏本、峒本作"小姐"。禱告：徐參本作"囑告"，驪本、延本作"禱告，此一炷香"。
⑤ 俺姐姐：徐畫本、徐音本、張本、三合本、潘本作"姐姐"。尋：羅本、繼本、徐畫本、徐音本、張本、六幻本、潘本作"配"，容本、起本、徐參本、虎本、何本、陳本、秀本、硃本、天李本、湯本、魏本、峒本、封本作"嫁"。一個：範本、龍本、驪本、延本、毛本作"個"，羅本、繼本、張本、六幻本、湯沈本作"一個好"，徐畫本、徐音本、潘本作"一個俊俏好"。
⑥ 拖帶：三合本作"煩姐夫拖帶"。咱：範本、龍本作"的"，屠本作"吃些喜酒也是好的"。
⑦ （旦再拜云）：六幻本作"（鶯添香拜云）"，封本作"（鶯拜長吁科，紅云）俺姐姐"。
⑧ 心中：弘本、羅本、繼本、容本、起本、徐畫本、徐音本、徐參本、驪本、虎本、何本、陳本、秀本、硃本、延本、張本、天李本、湯本、湯沈本、三合本、魏本、峒本、封本、毛本、潘本作"心間"，屠本作"眼前"。傷心：驪本作"傷春"，張本作"傷懷"，魏本、封本作"傷情"。盡在：魏本作"只在"。
⑨ （長吁科）：封本無。
⑩ 倚欄長嘆：屠本無。
⑪ 意：秀本作"意也呵"。

姐姐祝禱,妙矣,忽將自家陪襯一句,口角宛然紅娘,于此亦殊有茅土之思。

【小桃紅】夜深香靄散空庭,簾幕東風靜。拜罷也斜將曲欄①憑,【羅眉】憑,音并。【秀眉】憑,音憑。【砵眉】妙甚。長吁了兩三聲。剔團圞②明月如懸鏡,【羅眉】剔,音踢。圞,音欒。【容眉】【湯眉】妙!妙!【陳眉】妙甚。又不是③輕雲薄霧,【羅眉】雲,氲音。薄,音保。都則是④香烟人氣,兩般兒氤氳得⑤不分明。⑥【謝眉】影出景象,攝出古人,而尤寫出情意,真作手也。【範眉】【龍眉】幽思致語。【田補眉】始也"月如懸鏡",因"香烟人氣"之氤氳,月遂不明,見怨氣之多也。【秀眉】氤,音因;氳,音云。【凌眉】此後有增一【幺】篇者,語重複支離,古本所無。【張眉】"又不見"言何曾有雲霧?不過"香烟人氣",遂若遮蔽云云。"見"訛"是",既重出且無味。【湯沈眉】幽思致語。今本有"一輪明月"一折,古本無,不載。【驥夾】【延夾】憑,去聲。【毛夾】憑,去聲。此曲詞最俊妙。首四句接科白"燒香長吁"來。"剔團圞"以下,總作一掉,言明月如許,又無障翳,只空庭散香,曲欄長嘆,便使我懞恍然也。參釋曰:寫燒香只此一節。【潘夾】從仔細定睛處,又説了一層不分明來,聞其倚門長嘆,更欲深窺其情態也,此文情上下相生不盡處。

---

① 曲欄:容本、起本、徐參本、虎本、何本、陳本、秀本、砵本、張本、天李本、六幻本、湯本、魏本、峒本、封本作"曲檻"。
② 剔團圞:張本作"團圞"。
③ 又不是:驥本、延本、張本、毛本作"又不見"。
④ 都則是:徐畫本、徐音本、驥本、延本、張本、三合本、潘本作"則是"。
⑤ 兩般兒:徐畫本、徐音本、驥本、延本、三合本、毛本、潘本無。氤氳得:弘本、羅本、容本、起本、徐參本、虎本、陳本、秀本、砵本、天李本、湯本、魏本、峒本、封本作"氤氳"。
⑥ 範本、龍本此處多:"(生云)呀,好明月。【幺】(生唱)一輪明月可中庭,似對鸞臺鏡。常恨團圓照孤另,轉傷情。恰萬里長天凈,忽的風雲亂生,暈的清光掩映,吁的人作唧愁聲。"此曲後眉批有:【範眉】【龍眉】翻宋人詩。繼本同,但無"(生云)呀,好明月",并有眉批:【繼眉】劉禹錫詩:"一方明月可中庭。"古本無"一輪明月"一折,姑存之。何本同繼本,但無眉批。

我雖不及司馬相如，我則看小姐頗有文君之意。①【陳眉】【硃眉】兩俱不亞。我且高吟一絕②，看他則甚③：月色溶溶夜，花陰寂寂春。如何臨皓魄，【秀眉】皓魄，音顥珀。不見月中人？【羅眉】好詩。【徐參眉】動人幽思。（旦云）④ 有人牆角吟詩⑤！（紅云）這⑥聲音，便是那二十三歲不曾娶妻的那傻角⑦。【容旁】妙！妙！【潘旁】又作一番印證。【陳眉】【魏眉】果認得真！【三合眉】紅娘的是秦賣油，可兒可兒。【峒眉】果認的真。（旦云）好清新之詩⑧！我依韻做⑨一首。【徐音眉】有膽有才。（紅云）你兩個是好做一首⑩！【羅眉】恁，音吝。（旦念詩云）蘭閨⑪

---

① 我雖不及司馬相如，我則看小姐頗有文君之意：我雖，張本作"俺雖"；我則看，範本、龍本作"那"，屠本作"看這"，徐畫本、徐音本、張本、三合本、潘本無。封本作"我雖不及司馬相如，我則願小姐頗如文君憐念"，驥本、延本、毛本無。

② 我且高吟一絕：弘本、繼本、驥本、延本作"我歌一絕"，羅本、容本、起本、徐畫本、徐音本、徐參本、虎本、何本、陳本、秀本、硃本、天李本、湯本、三合本、魏本、峒本、封本、潘本作"試高歌一絕"，張本同，但"高歌"作"高吟"；六幻本、湯沈本同，但無"高"字。屠本作"我且高歌一絕"，毛本作"我試歌一絕"。

③ 則甚：弘本、羅本、繼本、屠本、容本、起本、徐畫本、徐音本、驥本、虎本、何本、秀本、硃本、張本、天李本、六幻本、湯本、湯沈本、三合本、毛本、潘本作"說甚的"，徐參本、陳本、延本、魏本、峒本作"說甚麼"。

④ （旦云）：屠本作"（紅云）"。

⑤ 有人牆角吟詩：牆角，羅本、屠本、容本、起本、徐畫本、徐音本、徐參本、驥本、虎本、何本、陳本、秀本、硃本、延本、張本、天李本、湯本、三合本、魏本、峒本、封本、毛本、潘本作"在牆角"。範本、龍本作："有人在牆角吟詩，試聽咱。"

⑥ （紅云）這：屠本作"試聽這個"。

⑦ 那傻角：範本、龍本、繼本、屠本、六幻本作"傻角"，驥本、延本作"傻子"。

⑧ 詩：毛本作"句"。

⑨ 依韻：驥本、延本作"依他韻"。做：範本、龍本、屠本作"也和"，羅本、繼本、容本、起本、徐畫本、徐音本、徐參本、虎本、何本、陳本、秀本、張本、天李本、六幻本、湯本、湯沈本、三合本、魏本、峒本、封本、毛本、潘本作"和"。

⑩ 一首：羅本、容本、起本、徐畫本、徐音本、徐參本、虎本、何本、秀本、硃本、張本、天李本、六幻本、湯本、三合本、封本、毛本、潘本作"一首兒"，魏本、峒本作"一首兒者"，陳本作"一首詩"。

⑪ 蘭閨：峒本作"蘭房"。

久寂寞,【羅眉】寂寞,音即莫。無事①度芳春。料得行吟②者,【潘旁】太作相知。應憐長③嘆人。【徐畫諸眉】鶯和韵之詩,更有心于張,更有思春之意。【徐參眉】【魏眉】消魂音律。【陳眉】【硃眉】銷魂銷魄之句。【湯眉】妙!【三合眉】有此酬和,千載可憐,況行吟者。【峒眉】知趣人兒。(末云)好應酬得快也呵④!

【禿厮兒】早是那臉兒上撲堆⑤着可憎,【徐畫眉】【田眉】【延眉】好。那堪那心兒裏埋沒着⑥聰明。【羅眉】埋,音招。【範眉】【龍眉】【繼眉】"埋沒"句下字入神。【起眉】李曰:"埋沒"句下字入神。【凌眉】徐士範曰:埋沒,下字入神。【三合眉】"埋沒"句,言但知其色之美,今又驚其能詩。【封眉】那更那,作"那更堪""那堪那",皆非。他把那⑦新詩和得忒應聲,【秀眉】忒,音特。一字字訴衷情⑧,【羅眉】訴,音素。堪聽。⑨【徐畫眉】【田眉】【延眉】"埋沒",下字入神。言但知其色之美,今又驚其能詩也。【湯沈眉】"早是"與"那更"相應。"埋沒"句下字入神,言初但知其色之美,今又驚其能詩也。"衷情"句斷,"堪聽"另唱。【驥夾】【延夾】聽,平聲。

---

① 無事:羅本作"無計"。
② 行吟:羅本作"高吟"。
③ 長:陳本作"久"。
④ 也呵:範本、龍本、屠本作"也"。
⑤ 早是那:羅本、徐畫本、驥本、延本、張本、三合本、毛本、潘本作"早是"。撲堆:屠本作"鋪堆",張本作"堆"。
⑥ 那堪那:屠本作"更那堪",容本、起本、徐參本、虎本、何本、陳本、秀本、硃本、天李本、湯本、魏本、峒本作"那更堪",徐畫本、徐音本、三合本、潘本作"那更你",驥本、延本、張本、毛本作"那更",六幻本、湯沈本、封本作"那更那",羅本無。埋沒着:張本作"埋着"。
⑦ 他把那:徐畫本、徐音本、驥本、延本、三合本作"將",潘本作"好",張本無。
⑧ 衷情:弘本、容本、起本、徐參本、驥本、虎本、何本、陳本、秀本、硃本、延本、天李本、湯本、魏本、峒本、毛本作"真情"。
⑨ 堪聽:羅本作"端的堪聽"。範本、龍本此句後多:"(生云)好清雅的緊!"

【聖藥王】那語句清①，音律輕②，【湯沈旁】一作"正"。【起眉】【虎眉】正，今本多作"輕"，非。歌有輕重抑揚，豈有偏輕之賞？小名兒不枉了喚做③鶯鶯。【湯沈旁】以吟詩如鶯之囀。他若是④共小生、廝覷定，隔墻兒酬和到⑤天明，【徐畫諸眉】只怕不等酬和到天明，酬和三首兒，要設法過去了。【三合眉】若酬和到天明了，只怕又要想酬和外事。方信道惺惺的【湯沈旁】指鶯。自古惜惺惺。⑥【湯沈旁】張自謂。【羅眉】覷，音趣。咱，音趨。和，音賀。惜，音昔。【範眉】譴綣貪羨，三復更奇。【繼眉】元樂府："葫蘆提憐懵懂，惺惺的惜惺惺。"【徐參眉】魂靈兒已在他行。【凌眉】元樂府："葫蘆的憐懵懂，惺惺的惜惺惺。"言人各有臭味也。【湯沈眉】譴綣貪羨，三復更奇。元樂府："葫蘆提憐懵懂，惺惺的惜惺惺。"【毛夾】"早是"二句，言初但見其貌，今且知其才也。埋沒，只是包藏意，或謂以色而掩其才，則元詞"埋沒著禍根苗"，豈掩其禍耶？"小名"句亦本董詞

---

① 那：羅本作"説來的那"，徐畫本、徐音本、驥本、延本、張本、三合本、毛本、潘本無。語句：屠本作"語句兒"。
② 音律：屠本作"音律兒"。輕：容本、起本、徐參本、虎本、何本、陳本、秀本、硃本、天李本、湯本、魏本、峒本作"正"。
③ 不枉了：硃本作"不枉"。喚做：張本作"喚"。
④ 他若是：徐畫本、徐音本、驥本、延本、張本、三合本、毛本作"若是"。
⑤ 隔墻兒：羅本作"咱兩個隔墻兒"，張本作"隔墻"。到：徐畫本、徐音本、三合本作"至"。
⑥ 方信道：徐畫本、驥本、延本、張本、三合本、毛本、潘本作"便是"。的自古：屠本、徐參本、魏本、峒本作"自古"，羅本、徐畫本、驥本、延本、張本、三合本、毛本、潘本無。範本、龍本此句後多："（紅云）姐姐，焚罷香時，早還繡房。今夜天寒，恐傷風露呵。正是：月明風細羅衣薄，只恐姮娥不耐寒。（生云）再住一會也好，這紅娘忒淺情也。"屠本同，但"天寒"作"天氣"，"恐傷風露呵，正是"作"你看"，"月明"作"月微"，"姮娥"作"嫦娥"，"淺情"作"不情"；繼本同，但"月明"作"月微"，"姮娥"作"嬌娥"，無"（生云）再住一會也好，這紅娘忒淺情也"；徐畫本、徐音本、何本、六幻本同繼本，但"姮娥"作"嫦娥"，六幻本"風細"作"花細"；湯沈本同繼本，但"姮娥"作"嬌娘"；三合本、潘本同繼本，但"姮娥"仍作"姮娥"。

"小名兒叫得愜人意"諸語。覷定,認得定也。此時不隔牆,反曰"隔牆"者,言能認定我雖隔牆,酬我亦是憐我耳。況已不隔耶,所以褰衣欲就也。王伯良本《凡例》中有云:記中有成語如"惺惺惜惺惺"類,有經語如"靡不有初"類,有方語如"顛不刺"類,有調侃語如"渌老"爲眼類,有隱語如"四星"爲下梢類,有反語如"可憎才"類,有歇後語如"周方"類,有掉文語如"有美玉于斯"類,有拆白語如"木寸馬户尸巾"類。此亦詞例,不可不知,因附識此。但又有襯副語,如"扢搭地""没揣的"類;有坊語,如悶曰"擷窖"、鬧曰"鑊鐸"類。既非侃語,又非方言,是教坊相襲語。如此甚多,總以意會始得。至若務頭所禁九語,如市語、嗑語、蠻語、方語等,又別有解説。且務頭所列多有未確,此不深論。參釋曰:二曲實寫酬和也。【潘夾】覷,音娶。即將鶯鶯二字來評詩,妙甚,最切清、輕二字。

我①撞出去,看他説甚麽②。【容眉】【硃眉】【湯眉】妙!妙!【徐畫眉】【田眉】好。

【麻郎兒】【封眉】時本此曲白多錯簡。我拽起羅衫欲行③,【起眉】【虎眉】今本"衫"下添一"待"字,似便于唱。(旦做見科)【容眉】妙!【魏眉】【峒眉】好關目。他陪着笑臉兒相迎。④【羅眉】拽,音曳。陪,音賠。【徐畫諸眉】"笑臉相迎"句,是牆必低,方可見面。【三合眉】"笑臉相迎"誠不易得,張珙合當下拜謝恩。不做美的紅娘忒⑤淺情,便

---

① 我:範本、龍本、屠本作"且",驥本、延本、毛本作"我這裏",張本作"俺"。
② 他説甚麽:範本、龍本作"他怎麽説",徐畫本、徐音本、延本、張本、三合本、潘本作"小姐説甚麽話",驥本、毛本同,但"甚"作"怎"。驥本、延本、張本、湯沈本此句後多"(紅云)姐姐,有人,咱家去來,怕夫人嗔責。(旦回顧生下)",六幻本同,但"責"作"着"。
③ 我:張本作"俺"。欲行:範本、龍本、徐參本、魏本、峒本作"欲待要行"。
④ 他:羅本作"他忙"。陪:容本、陳本、硃本、湯本作"倍"。笑臉兒:張本作"笑臉"。封本、毛本此句後多"(紅云)姐姐,有人,咱家去來,怕夫人嗔責。(生)"。
⑤ 不做美的:徐畫本、徐音本、驥本、延本、張本、三合本、毛本、潘本作"不做美"。忒:羅本、屠本、驥本、延本、張本、毛本無。

便做道①謹依來命。【田補眉】不當，調侃"不該"，言紅娘不該如此謹依夫人之命而促之去也。【凌眉】生欲行，鶯欲迎，而紅在側。故謂其"淺情""不做美"。便做道謹依來命，言何不便依了我們意也。謹依來命，是成語，故用之。所取只一"依"字，猶"願隨鞭鐙"之類。此曲家法，徐改為"不當個"，而王強解云："不當依夫人之命，而促之去。"何啻千里！【張眉】《西廂》此曲首二句，俱多一字。【湯沈眉】"便做道"句，言方與鶯見，紅何便做道謹依夫人之命而促之去也。便做道，徐本改作"不當個"。【封眉】即空主人曰：便則道謹依來命，言何不便依我們之意也。"謹依來命"是成語，故用之，此曲家法。而王解云"不當依夫人之命，而促之去"，何啻千里！（紅云）姐姐，有人②！咱家去來，怕夫人嗔着③。【羅眉】嗔，音瞋。（鶯回顧下）④【容眉】【徐畫珠眉】好關目。【陳眉】關目甚好。【秀眉】彼此皆有送目傳情之意。【湯眉】妙！好關目。【湯沈眉】他本把"姐姐有人"以下白，載在【麻郎兒】下，倒了，多與曲意不合。【三合眉】恨殺這丫頭，狠毒敗興。妙句傳神！【容夾】好關目。

【幺篇】（末唱）我忽聽⑤、一聲、猛驚⑥，【謝眉】忽聽、一聲、猛驚，所謂六聲三韵。【範眉】【龍眉】忽聽、一聲、猛驚，所謂六聲三韵，詞家以此見奇。人言《西廂》意重複而語蕪類，乃知金元雜劇止于四折，未為無見。然如此十六套，觀之不厭，唯恐終場。海錯此珍，固不嫌其多。

---

① 便做道：弘本作"更做道"，徐畫本、徐音本、驥本、延本、張本、三合本、毛本、潘本作"不當個"。
② 姐姐：範本、龍本無。有人：屠本作"有人了"。
③ 怕夫人嗔着：嗔着，弘本、羅本、繼本、容本、徐畫本、徐音本、徐參本、虎本、何本、陳本、秀本、硃本、湯本、三合本、魏本、峒本作"嗔責"。屠本無。驥本、延本、張本、湯沈本、封本、毛本無"（紅云）姐姐有人，咱家去來，怕夫人嗔着"。
④ "（紅云）姐姐，有人"至"（鶯回顧下）"：六幻本無。
⑤ 我忽聽：弘本、羅本、容本、起本、徐參本、虎本、何本、陳本、秀本、硃本、天李本、湯本、魏本、峒本作"我忽聽得"，屠本、徐畫本、徐音本、驥本、延本、張本、六幻本、三合本、封本、毛本、潘本作"忽聽"。
⑥ 範本、龍本、屠本此處多"我則道有人來也"，封本同，但無"我"。

【繼眉】忽聽、一聲、猛驚，所謂六聲三韵，詞家以此見奇。【容眉】還説驚紅娘之言更妙！【徐參眉】【陳眉】【硃眉】【湯眉】【魏眉】還是驚紅娘之言更妙！【湯沈眉】"忽聽"三句，所謂六聲三韵，然須韵脚俱用平聲。【三合眉】"忽聽"六字作三句讀，所謂六聲三韵也。然須韵脚都用平聲。【峒眉】還是驚紅娘之言妙甚！【封眉】聽、聲、驚，六字三句，用韵填字不得。後【麻郎兒】【幺篇】皆然。元來是撲剌剌①宿鳥飛騰，顫巍巍花梢弄影，亂紛紛落紅滿徑。【徐音眉】可謂征鴻怨。【田補眉】此與下曲，皆鶯去後之景。首六字，本調所謂務頭，詞家以此見巧。【秀眉】此正狀鶯鶯行步之態。【延眉】大差，大礙血脉。【驥夾】【延夾】【毛夾】聽，平聲。【潘夾】一聲何聲？即下"撲剌剌宿鳥飛騰"也。張方欲褰衣向前，忽聽宿鳥飛騰而止。聯下數句讀去，寫得偷香人毛骨竦然。

小姐你去了呵，那裏發付小生！②

【絡絲娘】空撇下③碧澄澄蒼苔露冷，明皎皎花篩月影。白日淒凉④枉耽病，【羅眉】耽，音單。【秀眉】耽，音丹。今夜把相思再整。⑤【湯沈旁】有味。【潘旁】所謂賦詩見志。【徐畫眉】【田眉】"白日"作"向日"，"再整"作"投正"，大有理。言往日干相思、枉得病，今夜却幸得與之酬和，又陪着笑臉相迎，于一向之相思爲不枉，故曰"把相思投正"也。【凌眉】白日裏枉耽凄凉，夜裏再整相思，本明白。徐扭殺一天好事，

---

① 元來是：徐畫本、徐音本、驥本、延本、張本、三合本、毛本、潘本無。剌剌：弘本、羅本、容本、起本、徐參本、虎本、何本、陳本、秀本、硃本、天李本、湯本、魏本、峒本作"剌剌的"。
② 小姐你去了呵，那裏發付小生：你去，繼本作"去"；發付，張本作"發"；小生，屠本、毛本作"小生也"。驥本、延本無。
③ 空撇下：徐畫本、徐音本、延本、三合本作"空撇了"，潘本無。
④ 白日：範本、龍本、屠本作"白日裏"，徐畫本、徐音本、驥本、張本、毛本、潘本作"向日"。淒凉：驥本、延本、張本、毛本作"相思"。
⑤ 再整：徐畫本、徐音本、驥本、延本、張本、三合本、潘本作"投正"，毛本作"折正"。範本、龍本此句後多："（生云）把這相思害殺張珙也呵。"

二語竄改，紛紛以"白日"爲"向日"，以"再整"爲"投正"，而硬解"四星"爲"有下稍"，總之胸中有僻也。【延眉】言往日干相思、枉得病，今夜却幸得與之酬和，又陪着笑臉相迎，于一向之相思爲不枉，故曰"把相思投正"也。【張眉】"向日"二句言往日相思，今得酬和，故曰"投正"。訛"白日"，既非，且下曲有"凄涼"字，更不宜重犯也。【湯沈眉】"白日"與"今夜"相映，徐本作"向日"；"再整"作"投正"，投正，語似未俊。【三合眉】"投正"句，言今夜幸得與之酬和，向之凄涼身病爲不枉。【驥夾】【延夾】投正，今作"再整"。【毛夾】不當個，猶言不見得也，言不見得個能將命也，與後折"不當個信口開合"，董詞"思量不當個口兒穩，野鴨兒喳喳叫，驚覺人來"，"不當個嘴兒巧"俱同。《墨娥小錄》解"不當"作"不該"，一何杜撰可笑！一聲，指紅，故"猛驚"，且宿鳥、花梢俱因之驚墜也。《㨃梅香》劇"忒楞楞宿鳥飛騰，撲簌簌落紅滿徑"，俱排遮語。"忽聽"三句，三韻俱平，見務頭。"空撇下"二句煞上，"今夜"二句又起下二節。"折正"即"折證"，言向來枉相思耳。今夜且折證，果何如也？正起下曲，與尾"照證"相呼應。諸本作"再整"固謬，他本或誤作"投正"，致使紛紛之說，謂今夜酬和想思得着曰"投正"，竟與上下文不相接，又與下"今夜凄涼有四星"句重。若王伯良引董詞"便做了受這栖惶也正本"爲據，則不知"正本"亦即是"證本"，如《凍蘇秦》劇"蘇秦只是舊蘇秦，今日個證本"，《朱太守》劇"直將你那索離休的冤讎，待證了本"。證本、照本，總言不折本也。正"折證"之"證"，蓋折本爲虧本，證本爲得本，故折證者或虧或得，兩兩參酌之義。"折"與"投"，此字形偶誤耳。伯良、天池鑒俗本"再整"之誤，而仍得誤本，遂起妄解。始知校核不精，雖稱古本，無益也。況趁臆改竄耶？參釋曰：諸曲至末，皆寫鶯去惆悵意。

【東原樂】簾垂下，户已扃。却纔個悄悄①相問，【湯沈旁】此下追言前事，而嘆其不遇。【羅眉】扃，音窘。纔，音才。【秀眉】扃，音均，閉也。他那裏②低低應。【湯沈旁】應笑臉相迎。【魏眉】【峒眉】"低低應"大有情，令人想絶。月朗風清恰③二更，厮覷幸④，【徐畫旁】【田旁】此等數句，俱狀僥幸。【延旁】此數句俱狀僥幸。他⑤無緣，小生薄命。⑥【羅眉】薄，音保。【容眉】【湯眉】妙！妙！【徐畫眉】【田眉】【延眉】非分而得之曰"幸"，以幸薄，故不得謂之"薄幸"。僥幸，僥巧之謂，言既已僥巧矣，而不做美之紅娘忽來打散，故曰"你無緣，小生薄幸"。厮者，相也，即你我之謂。【徐參眉】細爲他忖度摹想。【陳眉】【硃眉】好運將來了。【張眉】第四句多一字，第五句少三字。凑巧言"僥幸"，言已凑巧而紅娘忽打散，故接"你無緣"云云。【湯沈眉】僥幸，戲弄之意。言紅不肯做美，忽來打散真戲，弄殺我也，是他"無緣"，我又"薄命"。【三合眉】僥巧曰僥幸。言既已僥巧，而紅娘忽來打散，故曰"你無緣"云云。【驥夾】【延夾】扃，音京。僥，平聲。【凌夾】僥幸，有僥幸意，有蹺蹊意，有可幾幸意，有無着落意，亦在可解不可解。王解爲"戲弄"，非也。僥落乃是欺負、作弄之解耳。【毛夾】此懺恍自省之詞，正"折證"也。簾已垂，户已扃矣，恰纔我以詩叩之，他即以詩應之耶。却又二更矣，是何僥幸我也？豈他無緣、我又無分耶？二更，與次曲"一更"照應。僥幸，做弄意，言翻然而逝，一若有神物調弄之

---

① 却纔個：範本、龍本作"我却纔個"，屠本作"我却纔"，徐畫本、徐音本、三合本、潘本作"恰纔個"，驥本、延本、張本、毛本作"恰纔"。悄悄：弘本、羅本、繼本、容本、起本、徐畫本、徐音本、徐參本、虎本、何本、陳本、秀本、硃本、天李本、六幻本、湯本、湯沈本、三合本、魏本、峒本、封本、潘本作"悄悄的"。
② 他那裏：徐畫本、徐音本、驥本、延本、張本、三合本、毛本、潘本作"他"。
③ 恰：毛本作"已"。
④ 厮覷幸：範本、龍本作"厮僥幸"，羅本作"這的是僥幸"。
⑤ 他：徐畫本、徐音本、張本、三合本、潘本作"你"。
⑥ 小生：範本、龍本作"也奈"。薄命：徐畫本、徐音本作"薄幸"。範本、龍本此句後多"（生云）我待要進去睡呵。"

者。《梧桐雨》劇"兀的不僥幸煞斷腸人"，《硃砂擔》劇"我則怕沿路上有人僥幸"。赤文曰：諸曲前後多矛盾，此曲尤甚。如"恰纔悄悄相問"一語，痴人必以爲真問真應矣。【聖藥王】隔墙酬和，【絡絲娘】相思折正，與此曲問、應、僥幸，俱非大解人不得。

【綿搭絮】恰①尋歸路，伫立空庭，【秀眉】伫，音住。竹梢風擺，【羅眉】擺，音注。斗柄雲橫。呀②，今夜淒涼有四星，【謝眉】古人以二分半爲一星，淒涼有四星，言十分也。舊解：斗柄雲橫，掩其三星，止有四星，故云。【範眉】古人以二分半爲一星，淒涼有四星，言十分也。舊解：斗柄雲橫，掩其三星，故云四星。如元人樂府，有所謂"愁煩迭萬埃，淒涼有四星"，上無"斗柄雲橫"，當作何解？此解是，舊解非。【繼眉】古人以二分半爲一星，淒涼有四星，言十分也。舊解：斗柄雲橫，掩其三星，故云四星。如元人樂府，有所謂"愁煩迭萬埃，淒涼有四星"，上無"斗柄雲橫"，當作何解？【虎眉】四星，一作"月星"，非。古以二分半爲星，四星，十分也。【凌眉】徐士範曰：古人以二分半爲一星，四星，言十分也。他③【湯沈旁】一轉。不偢人【湯沈旁】反語。待怎生！【範旁】如此則前所云笑相迎、低低應，俱是妄臆。【凌眉】我淒涼而彼已進去，即所謂"不偢人"，非與"笑相迎"戾也。雖然是【湯沈旁】又一轉。眼角④【湯沈旁】徐本作"眉眼"。傳情，【羅眉】角，音絞。咱兩個⑤口不言心自省。【範旁】北人以我爲"咱們"。【三合旁】真！真！【潘旁】數語俱指崔說。【容眉】【硃眉】【湯眉】妙！妙！【徐畫眉】【田眉】【延眉】古人釘秤，每斤處用五星，惟到稍之末用四星，故往往諱言下稍爲"四星"。《兩世姻緣》雜劇云："我比卓文君，

---

① 恰：驥本、延本作"却"。
② 呀：屠本無。
③ 他：屠本無。
④ 雖然是：驥本、延本、張本、毛本無。眼角：徐畫本、徐音本、驥本、延本、張本、六幻本、三合本、毛本、潘本作"眉眼"。
⑤ 咱兩個：驥本、延本、張本、毛本無。羅本作"咱兩個口不言"。

有上稍没了四星。"是言有上稍没下稍也。"今夜淒涼",雖淒涼矣,却可卜其有下稍也。何者?使他不偢睬,我將奈之何哉?而今聯詩,又陪笑相迎,是偢睬人矣。是雖淒涼,而今夜有下稍矣,即上文"把相思投正"之意,何等貫串,何等僥幸喜羡!下文又云:雖然眉眼留情,却口不言而心可自省。其如此云云也,亦是僥幸之意。【秀眉】"咱"者,猶云"我"也,北方鄉語,與"咱"同。【張眉】西廂此曲首四句俱少一字。"四星",下稍也。言今雖淒涼,見他笑臉相迎,可卜有下稍矣。且云若使"他不偢人",將如之何?業已眉眼傳情,是以不言自省,有如此爾。文章變幻,妙不可言。【絡絲娘】訛"淒涼""再整",益見其非。【湯沈眉】四星,調侃語,謂下稍也。古人釘秤,每斤處用五星,唯末稍用四星,故往往諱言下稍爲"四星"。今夜雖淒涼,却可卜其有下稍,何也?使他不瞅睬我,將奈之何哉!而今聯詩相迎,是瞅睬人有下稍矣。下"眼角"三句,正瞅人見有下稍也。【三合眉】古人釘秤,每斤處用五星,惟到稍之末用四星,故諱言下稍爲"四星"。【毛夾】佇立空庭,徘徊不入也。"今夜"句,又陡憶起酬和來,故加"呀"字,是以"折證"得"照證"意。四星,隱語下稍也。徐天池云:製秤之法,末稍有四星,故云。《兩世姻緣》劇"我比卓文君有了上稍,没了四星"可證。言今夜雖淒涼,但得一酬和,便有下稍了。假若他不偢睬人,不酬和,待怎生他耶?况入去時又眉眼間嘿相會耶?此照證也。"眉眼"二句,不頂酬和,酬和非不言矣。參釋曰:此又提請旦兒回顧下一關目。【潘夾】雙文未至之前發一段猛想,有入穴搗巢之意,雙文既去之後,又作一番虛擬,有從事失時之憾。及予身歸來,四顧無聊,又作一番自解自慰自幸之詞,所謂屠門大嚼,亦且快意,然愈排遣處,愈覺無聊。

今夜甚睡到得我眼裏呵①!

---

① 今夜甚睡到得我眼裏呵:甚,徐畫本、徐音本、徐參本、張本、三合本、峒本作"甚麽";睡,範本、龍本、徐畫本、徐音本、徐參本、張本、三合本、魏本、峒本作"睡魔";我,張本作"俺";呵,範本、龍本作"去呵"。羅本、容本、起本、虎本、何本、陳本、秀本、硃本、天李本、湯本、封本無"呵"字。屠本、毛本作"今夜有甚睡得到我眼裏來"。驪本、延本、潘本無。

【拙魯速】對着盞碧熒熒①短檠燈，【羅眉】熒，音招。倚着扇冷清清舊幃屏②。燈兒又不明③，【凌眉】燈不明，也是孤眠一慘景。徐改爲"不滅"，夫要滅亦何難。夢兒又不成④；窗兒外淅零零的風兒⑤透疏櫺，【秀眉】櫺，音陵。忒楞楞的⑥紙條兒鳴；枕頭兒上⑦孤另，被窩兒裏⑧寂静。【羅眉】櫺，音陵。楞，音能。另，音令。窩，音渦。【徐音眉】又凄涼，又煩惱，又聒鬧，諸景一時。你便是鐵石人⑨，鐵石人也動情⑩。【容眉】【硃眉】【湯眉】畫，畫！【徐參眉】是個相思景。【陳眉】一幅相思景。【張眉】少第九，四字一句。末句多一字。【三合眉】直以真率少許，足以對人多多許。【魏眉】【峒眉】相思景。【封眉】上"鐵石人"是襯句，非本調，應叠。【徐畫夾】【田夾】【三合夾】嘌，音飄，無節度也。【驥夾】【延夾】泠，音靈。嘌，音飄。【毛夾】嘌，音飄。

---

① 熒熒：範本、龍本、屠本作"熒熒的"，徐參本作"熒的"。
② 冷清清：弘本、範本、龍本、屠本、容本、起本、虎本、何本、陳本、秀本、硃本、天李本、湯本、魏本、峒本作"冷清清的"，徐參本作"冷清的"，羅本作"冷冷清清"。幃屏：毛本作"圍屏"。
③ 又不明：徐畫本、徐音本、延本、三合本、潘本作"又不滅"，張本作"不明"，峒本作"是不明"。
④ 又不成：張本作"不成"，峒本作"是不成"。
⑤ 窗兒外淅零零的：屠本、六幻本、湯沈本無"的"字。羅本作"紗窗外淅零零"，徐畫本、徐音本、三合本、潘本作"淅瀝瀝"，驥本、延本、張本、毛本作"淅泠泠"。風兒：張本作"風"。
⑥ 楞楞的：弘本、羅本、繼本、屠本、容本、起本、徐參本、虎本、何本、陳本、秀本、硃本、張本、天李本、六幻本、魏本、峒本、封本作"楞楞"，徐畫本、徐音本、驥本、延本、三合本、毛本、潘本作"嘌嘌"。
⑦ 枕頭兒上：徐畫本、徐音本、驥本、延本、張本、三合本、毛本、潘本作"枕頭兒"。
⑧ 被窩兒裏：徐畫本、徐音本、驥本、延本、張本、三合本、毛本、潘本作"被窩兒"。
⑨ 你便是鐵石人：封本無"你"字。屠本、湯沈本作"你便是"，徐畫本、徐音本、驥本、延本、張本、三合本、毛本、潘本作"便是"。
⑩ 也動情：範本、龍本、驥本、延本作"也感動情"，毛本作"敢動情"。

【幺篇】怨不能，恨①不成，【範旁】【龍旁】無可奈何。坐不安，睡不寧。【延旁】此即"有下稍"意。有一日柳遮花映，【秀眉】柳遮花映，點二月景。霧障雲屏，夜闌②人静，海誓山盟——恁時節風流嘉慶，【羅眉】障，音瘴。恁，音吝。錦片也似③前程；【延旁】此句解見第七折。美滿恩情，咱兩個畫堂④春自生。【範旁】【龍旁】又妄想。【徐畫旁】【田旁】此即"有下稍"意。【田補旁】此一轉絕處逢生。【湯沈旁】此即"有下稍"意。無聊之極時，想快樂境界，《世説》所謂"情痴"。【繼眉】淒涼時想快樂境界。【容眉】秀才們都如此過了日子。【徐音眉】又算未來，未來正不得不算也。【徐參眉】人情大都如此，于此爲甚。【硃眉】秀才大都如此過日子。【湯眉】秀才大都如此過了日子。【三合眉】秀才家都如此過了日子。【魏眉】大凡人情都是如此。【峒眉】相思景況如畫。【驥夾】【延夾】闌，古作"凉"。【何夾】俗言如此曰"恁"。【毛夾】本自怨恨，反曰"怨不能、恨不成"，蓋到此怨恨都加不得矣。四語繳上曲"有一日"至末，一氣掉轉，大抵怨恨不加處，自有一絕處逢生之法，所謂妄想也。"錦片也似前程"，倒句，言向前好光景如錦片耳，指會合，不指名利。《曲江池》劇"只爲些蠅頭微利，蹬脱了我錦片前程"。

【尾】一天好事從今定，一首詩分明照證⑤。【徐畫旁】【田旁】【延旁】此尤見"有下稍"，的確之甚。【湯沈旁】此尤見"有下稍"。【虎眉】定，今本一作"認"。作，一作"照"。【張眉】首句多一字。再不向青

---

① 怨：驥本、延本作"恨"。恨：驥本、延本作"怨"。
② 夜闌：徐畫本、徐音本作"夜凉"，三合本、潘本作"夜良"。
③ 錦片也似：羅本、屠本、張本作"錦片"。
④ 咱兩個：羅本作"咱兩個畫堂"，徐畫本、徐音本、驥本、延本、張本、三合本、毛本、潘本無。
⑤ 照證：範本、龍本、羅本、容本、起本、徐本、徐畫本、徐音本、徐參本、虎本、何本、陳本、秀本、硃本、張本、天李本、六幻本、湯本、三合本、魏本、峒本、封本作"作證"，潘本作"質證"。

瑣闥夢兒中尋，【羅眉】闥，音塔。【秀眉】闥，音撻。則去那碧桃花樹兒①下等。（下）【起眉】李曰：又弄巧。【凌眉】王伯良曰：凡北詞佳者，必用俊語收之，不獨《西廂》爲然。世人作南詞，似少有知此竅者。【湯沈眉】"青瑣闥"二語俊甚。【三合眉】前套"想"字結尾，此套"等"字結尾，煞有深意。知音者芳心自懂耳。【魏眉】【峒眉】又巧弄。【毛夾】結將題繳明，"照證"與"折證"應。【潘夾】是一首詩方妙，將此一重公案竟打到雙文身上，若兩首并提，有何意味。說意：崔張關情起頭，全要看紅娘入手，用何法關笋。此篇紅娘入手處，最妙在述張之言上，只在言前加"有件好笑勾當"一語，于述張之言之外并不加添一字，竟住此絕妙神理。直待雙文詰問，然後申出"搶白了一頓"之語，先留了自家身分，後將小姐輕挑一句，又將張生橫贊一句，明而不明，了而不了，有無數機縠在內。其法全從《左傳》"魏絳和戎"一篇得來。晉悼之問伐戎也，絳忽置一語曰："夏訓有之，有窮后羿。"此外竟不復贅。公問："后羿何如？"絳始述其篡夏自滅而終之以虞人之箴："獸臣司原，敢告僕夫。"曰："虞箴如是，可不懲乎？"將虞箴略贊一句，將悼公輕挑一句，此外又不復贅。若不知有戎之事者，而公遂恍然于戎之當和也，此導引聰明有意思人的絕妙機縠，不謂紅竟以此得之于雙文也。張生往往見彈求炙，見卵求晨，如甫在借寓，便算到與艷妝說上，初見紅娘便算到寫與從良。只此一刻間事，果否鶯來，便算到回廊摟定，慣打一片未來帳，儒佛家皆所謂妄想也。窮措大閉門高枕，將一切窮高富厚，聲伎滿前，或出入禁闥，聯輿對寢，或立功絕域，肘後懸金，無不滿盤算下。及乎時會不偶，蹭蹬紆途，或遺大投艱，一長莫展，仍孑然一措大而已。始信生平一切揣摹，必待做出方見，未來諸緣，不是豫先算得下，決得定也。張于萬籟無聲之際，方欲奮臂出其間，及將解衣盤礴，忽然猛驚而止，從前志大言大，唯有設諸妄想而已，宜其屢遭鶯挫，疊受紅嘲也。其于懦也不既甚乎，雖然張生才力未經諳練，故每每有志未逮，然于眉眼傳情處，認却廬山，便爾一靈咬定，萬劫不

---

① 則去那：徐畫本、徐音本、驥本、延本、三合本、毛本、潘本作"只去這"，徐參本、魏本、峒本作"則去"，張本作"只去那"。樹兒：徐參本作"樹陰"。

灰。一則曰"今夜把相思投正"，再則曰"一首詩分明質證"，認得真，守得定，有志者事亦竟成，但張終是漸根，非頓根。

【容尾】【湯尾】總批：如見如見，妙甚妙甚！【徐音尾】總批：今夜看燒香，明朝做功德，真虧此生勞神。【陳尾】【魏尾】【峒尾】批：今夜看燒香，明朝做功德，到虧此生勞神。【硃尾】今夜燒香，明朝佛會，到虧此生勞神。【三合尾】湯若士總評：張生痴絕，鶯娘媚絕，紅娘慧絕，全憑著王生巧絕之舌描摹幾絕。李卓吾總評：非但能言人不可得，正索解人亦不可得。徐文長總評：崔家情思，不減張家。張則隨地撒潑，崔獨付之長吁者，此是女孩家嬌羞態，不似秀才們老面皮也，情則一般深重。

【驥尾附】注一十五條

【鬥鵪鶉】首句，"塵"字元不用韵（董白："玉宇無塵，銀河瀉露。"），警，警醒之意。"悄悄冥冥，應側着耳朵兒聽"句，"潛潛等等，應躡着腳步兒行"句，"潛潛等等"亦見成語。（元《蘇小卿》劇："怎和他等等潛潛。"）（《蕭淑蘭》劇："抵多少等等潛潛。"）

【紫花兒序】接上曲，看萬籟，指風聲也。此皆商量預擬之詞。沒揣的，猶言不着意，猛然間也。（董詞："張生微步，漸至鶯庭。"）

【金蕉葉】至此方是實景。（董詞："聽得啞地門開，襲襲香至，瞥見鶯鶯。"）又，（後聽琴："朱扉半開啞地響，風過處惟聞蘭麝香。"）又，（"眼睛兒不轉，子細把鶯鶯偷看。"）

【調笑令】"甫能"二字作句，甫能見娉婷，言我纔見有這樣美麗人也。撐，方言，謂美也。【驥眉】解"撐"字灑然。（喬夢符《兩世姻緣》劇："容貌兒實是撐。"）（白仁甫《秋夜梧桐雨》劇："生的一件件撐。"）可證。月殿裏嫦娥不恁撐，言嫦娥未必如此之美也。古本作"不您爭"，蓋不解"撐"字義耳。（董詞："遮遮掩掩衫兒窄。"）又，（"臉兒稔色百媚生，出得門來慢慢行，便是月殿裏嫦娥也沒恁地撐。"）當從董本爲的。中二句言其遮遮掩掩緩步而來，以小腳之難行故也。"可喜"二語，不接，祇湊句數。

【小桃紅】始也"月如懸鏡",因"香烟人氣"之氤氳,月遂不明,見怨氣之多也。(董詞:"對碧天晴,清夜月如懸鏡。")又,("覷着剔團團的明月,伽伽地拜。")全篇俊甚。俗本此後僞增一曲,兩古本所無。前既曰"剔團圞明月如懸鏡",又曰"一輪明月",又曰"似對鸞臺鏡",又曰"常恨團圞";前既曰"玉宇無塵",又曰"萬里長天淨";前既有"輕雲薄霧"三語,又曰"風雲亂生";前既曰"長吁了兩三聲",又曰"喟愁聲"。重疊如此,又皆張打油語,鄙猥可恨。知決爲貧子竄入無疑,今直删去。

【秃厮兒】"早是"與"那更"相應,"埋没"是以色而掩其聰明之謂。言向但知其色之美,今又驚見其能詩也。"心兒裏"句,貫下數句;"真情"句,斷;"堪聽",另唱。

【聖藥王】鶯聲清且輕,吟詩如鶯之囀,故曰"小名兒不枉了,喚做鶯鶯也"。(董詞:"那更堪小字兒叫得愜人意,蟲蟻兒裏,多情的鶯兒第一【驪夾】叶倚。,偏稱縷金衣。"惺惺惜惺惺,古語也,元詞多用之。上"惺惺"指鶯鶯,下"惺惺"張生自謂。

【麻郎兒】不當,調侃,不該,見《墨娥小録》。不當個謹依來命,言紅娘不該如此謹依夫人之命而促之去也。

【幺】此與下曲,皆鶯去後之景。"忽聽、一聲、猛驚",只指"宿鳥飛騰"句。下"花梢弄影"因"宿鳥飛騰"來,"落紅滿徑"又因"花梢弄影"來。首六字,本調所謂務頭,連用三韵,詞家以此見巧,然須韵脚俱用平聲。《中原音韵》引(《周公攝政》傳奇【太平令】云"口來、豁開、兩腮")正此例。記中如"本宫、始終、不同",皆用三平韵,後"世有、便休、罷手",及"訕斤、發村、使狠",間用仄韵,蓋其次也。

【絡絲娘】"向日相思枉耽病"二句,謂向日相思,不見他意思,是枉耽了疾病;今夜酬和間已見真情,是相思得着了。故曰"把相思投正",(董詞:"便做了受這恓惶也正本。")即此意。諸本作:"白日凄涼枉耽病,今夜把相思再整。"語亦俊,第"凄凉"二字,稍似贅耳。今并存之。"花篩月影"與前"月色橫空""花陰滿庭",似複。

【東原樂】首二句言與鶯隔絕之意，下却追言前事，而又嘆其不遇也。"恰纔悄悄相問，他低低應"，係七字句，襯二字。僥幸，戲弄之意。(《梧桐葉》劇："兀的不僥幸殺斷腸人。")(《羅李郎》劇："則被你將人僥幸倒。")(《陳摶高臥》劇白："又教這個大王僥幸我也。")言今日他既無緣，我又薄命，真戲弄殺我也。

【綿搭絮】今夜淒涼有四星，四星，調侃謂下梢也。製秤之法，末梢用四星，故云。【驥眉】從來解"四星"都是說夢。(元喬夢符《兩世姻緣》劇："我比卓文君有了上梢，沒了四星。")足爲明證。又(馬東籬《青衫淚》劇："直到夢撒撩丁，也纏子四星歸天。")(石君寶《曲江池》劇："倒宅計抗的他四星。")(《玉鏡臺》劇："折莫發作半生，我也忍得四星。")(《雲窗秋夢》劇："瘦得那俊龐兒沒了四星。")皆可證。舊解作"十分"，謬甚。張生蓋言今夜雖說淒涼，然隔墻酬和，似後來尚有美意，是有下梢矣。下皆"有下梢"意，正與上"相思投正"相照應。"他不偢人"句，反詞也，謂如何見得有下梢？他若不偢采人，而不與我相酬和，你便待怎生了他？下"眉眼傳情"三語，正偢采人意，正見有下梢也。

【拙魯速】筠本作"燈兒又不滅"，似不如諸本作"不明"，正與上"碧熒熒"相應。(董詞："漸零零的夜雨兒擊破窗，窗兒破處，風吹着忒飄飄響，不許愁人不斷腸。")飄飄，筠本作"嘌嘌"。嘌嘌，無節度貌。朱本作"慓慓"，非。末"鐵石人也感動情"，徐云："感"作"敢"，更勝。

【幺】恨之又不可，怨之又不可。正前所謂"待颺下教人怎颺"也。叙淒涼後，復爾癡想一番，故是人情。"障"字、"屏"字，皆作活字，用與上"遮""映"字一例看。"夜闌人靜"，古本作"夜涼"，并存。

【尾】"青瑣闥"二句，語俊甚。言從今非夢想而可，即真境也。凡北詞佳者，煞尾必用俊語收之，不獨《西廂》爲然，世人作南詞，似少有知此竅者。

【六幻本】五劇箋疑

一之三　花陰倡和

傻角：傻，音灑。徐文長云輕慧貌。宋人謂風流蘊藉角，故有角妓之名也。按，今中州、齊魯之間，以訾呆者曰"傻瓜"，乃傻角之遺音也。直是罵詞，絕無風流蘊藉之意。徐解非是。聞諸彼中縉紳云。

色：上聲。

側：音子。

躡：上聲。

萬籟：風聲爲天籟，木竅爲地籟，笙竽爲人籟。

沒揣的：猶云不意中。

見俺可憎：一作"見俺那可憎"。

越：去聲。

甫能見娉婷：言纔見也。徐本"甫能"句，今從之。

比著那月殿裏嫦娥也不恁般撐：弈得不死之藥于西王母，其妻嫦娥竊以奔月。將往，枚筮之于有黄。有黄占之曰："吉。翩翩歸妹，獨將西行。逢天晦芒，毋恐毋驚，後且大昌。"嫦娥遂托身于月，是爲蟾蜍。撐，音崢，方言美也。言嫦娥未必如此撐達。一本無"比著那"三字，一本無"裏"字，一無"也"字。恁般撐，一作"您般争"。

料應那：那，一作"來"。

曲檻憑：檻，一作"欄"。

剔團圞：剔，上聲。

都則是香烟人氣，兩般兒氤氲的不分明：一本無"都"字并"兩般兒"三字。

早是那臉兒上撲堆著可憎：一本無"那"字。撲，上聲。憎，平聲。

那更那：一作"那更你"。

他把那：一作"將"字。

酬和到天明：到，一作"至"。

方信道惺惺的自古惜惺惺：元樂府有"葫蘆提憐憒懂，惺惺的惜惺惺"。

欲行：欲，去聲。

便做道謹依來命：便做道，一作"不當個"。

忽聽：一本"忽"上有"我"字，一本"聽"下有"得"字。

元來是撲剌剌：一本無"元來是"三字，一本"剌剌"下有"的"字。

空撇下：下，一作"了"。

碧：上聲。

白日：一作"向日"。

再整：一作"投正"。

他那裏低低應：一無"那裏"二字。

厮僥幸：言幾乎得僥幸成事也。

他無緣，小生薄命：他，一作"你"。命，一作"幸"。薄，平聲。

立：去聲。

有四星：四星，調侃下梢也。古人釘秤，每斤處用五星，唯到梢末為四星，故往往諱言下梢曰"四星"。《兩世姻緣》雜劇云"我比卓文君有上梢沒了四星"，是言沒下梢也。今夜雖淒涼矣，却是有下梢的。淒涼何者？比如他不僦不睬，我亦無可奈何。今隔墻酬和，笑臉相迎，低聲答應，是不但僦睬，而且傳情，足可卜其有下梢也。或云四星，十分也。古二分半為一星。

眉眼傳情：眉眼，一作"眼角"。

燈兒又不明：明，一作"滅"。

窗兒外淅零零：一作"淅瀝瀝"，一"零"下有"的"字，一無"窗兒外"三字。淅，上聲。

忒楞楞：一作"忒嘌嘌"，一本"楞楞"下有"的"字。

枕頭上孤月被窩兒裏静：一無"上"字、"裏"字。寂，平聲。

你便是鐵石人，鐵石人也動情：一無"你"字，一無重"鐵石人"三字。

夜闌人静：闌，一作"凉"。

咱兩個畫堂春自生：一本無"咱兩個"三字。

分明作證：作，一作"照"。

閨：平聲。

則去那：一本作"則去這"。

【會注】

【弘注】【範注】【起注】【陳注】【湯注】【峒注】萬籟：出《群玉》《詩學》（範本、湯本無"《詩學》"，起本、陳本、峒本無"出《群玉》《詩學》"）。籟，三孔籥也。風聲爲天籟，水聲爲地籟，笙竽爲人籟。風吹萬物有聲，故曰"萬籟"。（峒本此處多"莊子曰"）汝聞人籟而未聞地籟，汝聞地籟而未聞天籟。人籟則此竹是也，地籟則衆竅是也，天籟則人心之自動也。【羅注】【徐音注】【秀注】【魏注】萬籟：【秀眉】籟，音賴。籟（秀本無），三孔籥也。風聲爲天籟，水聲爲地籟，笙竽爲人籟。風吹萬籟有聲，故曰"萬籟"（秀本此處多"是也"）。【徐參注】萬籟：籟，三孔籥也。凡物有聲，則爲籟。兹統言之。【硃注】籟，三孔籥也。風聲爲天籟，水聲爲地籟，笙竽爲人籟。風吹萬物有聲，故曰"萬籟"，則人心之自動也。

【起注】【徐音注】【陳注】【硃注】【魏注】【峒注】没揣的：猶云不中意。【徐參注】没揣的：猶不中意。

【弘注】嫦娥：出《詩學》。羿得不死之藥于西王母。嫦娥，羿妻。竊之將奔月，故筮之有黄，黄占曰："吉。翩翩歸妹，獨將西行，逢天晦芒。毋驚毋恐，後且大昌。"嫦娥遂托身入月，是爲蟾蜍。【範注】【湯注】出《詩學》。羿得不死之藥于西王母，其妻嫦娥竊之以奔月，是爲蟾蜍。【羅注】姮娥：羿得不死之藥于西王母，其妾竊而食之，奔入月宫，是爲蟾蜍。【起注】【陳注】【硃注】【峒注】羿得不死之藥于西王母，其妻嫦娥因竊之以奔月，遂托身爲蟾蜍。【徐音注】【魏注】姮娥：羿得不死之藥，其妻姮娥竊食之，遂奔月宫居焉。

【弘注】【範注】【羅注】【起注】【徐音注】【徐參注】【陳注】【硃注】【湯注】【魏注】【峒注】娉婷：出《群玉》（起本、徐參本、陳本、硃本、峒本無"出《群玉》"）。美好之貌（之貌，範本、起本、徐參本、陳本、硃本、湯本、峒本作"也"，羅本、徐音本、湯本作"貌"）。

【弘注】今夜淒涼有四星，出本傳。一說天南地北參辰卯酉四星，似與此不合。北斗七星，今文勢觀之，斗柄雲橫，掩其三星，止有四星。蓋以天之尚有不周，況于人乎？姑記所聞，以俟知者。【範注】【羅注】【秀注】【湯注】四星：出本傳（羅本、秀本無"出本傳"）。一說天南地北參辰卯酉四星，于理不合。北斗七星，今夕看之，斗柄雲橫，掩其三星，只有四明。蓋以天之尚有不周，況于人乎？姑記所聞，以俟知者。【陳注】【硃注】【魏注】【峒注】古人以二分半爲一星。淒涼有四星，言十分也。【徐音注】四星：古以二分半爲一星，四星共是一星。【徐參注】四星：古以二分半爲一星。四星，言十分也。

【弘注】【範注】【羅注】【秀注】【湯注】青瑣闥：出《書言》（羅本、秀本無"出《書言》"）。闥，宮中小門也。以青瑣塗戶邊，故云"青瑣闥"。【起注】【陳注】【硃注】【魏注】【峒注】青瑣闥：闥，宮中禁門也。以青瑣（硃本無）塗戶邊鏤中，天子制也，刻爲青鎖紋（硃本作"門"）。【徐參注】青瑣闥：闥，宮中禁門也。以青塗戶邊，刻瑣文。

【弘注】碧桃花：出《啓蒙》，又《漢武故事》。七月七日，有一青鳥集殿前，帝問方朔，答曰："此王母來也。"少頃，王母至。帝令侍女索桃，母以玉盤盛桃七枚，自啖二枚，五枚與帝，帝留核種之。母曰："此桃非下土所生，三千年一開花，三千年一結子。"指東方朔曰："此桃已三熟，此子不良，已三偷食矣。"【範注】【湯注】碧桃花：出《啓蒙》，又《漢武故事》。七月七日，有一青鳥集于殿前，帝問東方朔，對曰："此王母欲來也。"少刻，王母至。帝令侍女索桃，王母以玉盤盛桃七枚，自啖二枚，五枚與帝，帝留核種之。母曰："此桃非下土所生，三千年一開花，三千年一結子。"母指朔曰："此桃已三熟，此子已三偷食之矣。"【起注】【陳注】【魏注】【峒注】碧桃花：武帝生日，有一青鳥集于殿前，帝問東方朔何鳥，對曰："此爲青鸞，西王母所蓄，預來傳信，王母將至陛下矣。"少刻，王母果至。以玉盤捧桃七枚，王母二枚，以五枚與帝。帝欲留核種之。王母曰："此天上之碧桃，三千年開花，三千年結實，非下土所種種。"以手指朔曰："此子不良。吾桃三熟，已被此子三竊矣。"【徐參注】碧桃花：詩云："天上碧桃和露種。"謂非人間種。【硃注】碧桃花：武帝生日，西王母以玉盤捧桃七枚與帝。帝欲留核種之。王母曰："此天上之碧桃，三千年開花，三千年結實，非下土所能種。"以手指朔曰："此子不良。吾桃三熟，已被三竊矣。"

【起注】字音

址，音止。瀉，音卸。袂，音寐，褶也。躡，音業。悄，音樵，上聲。裊，音鳥，輕好貌。婷，音亭。籟，音賴。摟，音婁，抱也。踮，音店，趴，音妥。娉，音聘，美態。蛟，音矯。撐，音稱，去聲。靄，音遏，瑞氣。憑，音屏，倚也。圂，音樂。別，音忘。氳，音因。捏，乃結切。覷，音趣，視也。顫，音戰。耽，音單。扃，音炯，去聲。傒，音奚，倖，音幸。咱，音贊，上聲。熒，音容。櫺，音靈。楞，音凌。闍，音塔。檠，音琴，燈，燈架也。暈，音作運，昏也。

【徐音注】字音

址，止。裊，鳥，輕好貌。趴，朵。憑，音屏，倚也。顫，戰。覷，音趣，視也。傒，奚。熒，容。闍，塔。咱，纘。楞，冷。

【徐參注】字音

躡，音業。趴，音朵。顫，音戰，戰同。傒，音奚。扃，音拱。熒，音熊。櫺，音靈。楞，音棱。

【陳注】【硃注】字音

址，止。瀉，卸。袂，寐，衣褶也。躡，業。悄，樵，上聲。裊，鳥，輕好貌。婷，亭。籟，賴。摟，婁，抱也。踮，店。趴，妥也。覷，趨視也。傒，奚。扃，炯，去聲。倖，幸。咱，贊，上聲。檠，音燈，架琴。熒，容。櫺，靈。暈，作運，昏也。楞，凌。闍，塔。

【魏注】字音

址，止。蹅，業。梟，鳥，輕好貌。跕，店。嚲，朵。憑，音屏，倚也。圞，欒。顫，戰。覷，趣，視也。徯，奚。熒，容。欞，靈。扃，炯，去聲。咱，贊，上聲。楞，凌。闍，塔。檠，音琴，燈架。暈，作運，昏也。

【峒注】字音

址，止。蹅，業。梟，音鳥，輕好貌。跕，店。嚲，朵。憑，音屏，倚也。圞，欒。顫，戰。覷，音趣，視也。徯，音奚。扃，音炯，去聲。咱，贊，上聲。熒，容。欞，靈。楞，凌。闍，塔。檠音琴，燈架也。暈，作運，昏也。

第四折①

（潔引聰上云）② 今日二月十五日開啓③，衆僧動法器者④！請夫人⑤小姐拈香。【羅眉】拈，音年。比及夫人未來，先請張生⑥拈香，【徐畫諸眉】特爲崔家做好事，却先令搭齋者拈香，此不是處。怕⑦夫人問呵，則説道貧僧親者⑧。【潘旁】老僧亦打誑語。【容眉】【陳眉】【硃眉】

---

① 第四折：範本、龍本、容本、起本、徐音本、徐參本、虎本、陳本、秀本、硃本、湯本、魏本、峒本、封本作"第四齣　齋壇鬧會"，羅本作"第四齣"，繼本、湯沈本作"第四齣　清醮目成"，徐畫本作"第四套　齋壇鬧會"，驥本作"四套（今本第四折）附齋"，何本作"鬧會"，天李本作"齋壇鬧會"，六幻本作"一之四　清醮目成"，三合本作"第四套　鬧會"，毛本作"第四折　鬧齋"，潘本作"第四折　齋壇鬧會"。
② （潔引聰上云）：屠本作"（諸僧上云）"。
③ 今日二月十五日開啓：今日，弘本、繼本、湯沈本作"今"，羅本、容本、起本、徐畫本、徐音本、徐參本、虎本、何本、陳本、秀本、硃本、張本、天李本、湯本、三合本、魏本、峒本、毛本、潘本作"今日是"；今日二月，延本作"今月"，六幻本作"今日是"，封本作"今日三月"；十五日，羅本、容本、起本、徐畫本、徐音本、虎本、何本、陳本、硃本、張本、天李本、湯本、三合本、潘本作"十五"；開啓，徐畫本、徐音本、六幻本、三合本作"開啓法筵"。驥本作"今日十五日"。
④ 法器者：驥本作"法器"。
⑤ 夫人：封本作"老夫人"。
⑥ 張生：容本、起本、徐畫本、徐音本、徐參本、虎本、何本、陳本、秀本、硃本、張本、天李本、六幻本、湯本、三合本、魏本、峒本、封本、毛本、潘本作"張先生"。
⑦ 怕：驥本、延本作"若"。
⑧ 道：弘本、容本、起本、徐參本、虎本、何本、陳本、硃本、天李本、湯本、魏本、峒本、封本作"道是"，繼本、徐畫本、徐音本、驥本、延本、張本、六幻本、湯沈本作"是"。貧僧：張本作"老僧"。親者：驥本、延本作"的親眷"。

【湯眉】【魏眉】還是夫人的親麼？【徐參眉】【峒眉】還是夫人的親。【三合眉】還是夫人的親春。（末上云）今日二月十五日①，和尚請拈香②，須索走一遭。③

【雙調】【新水令】梵王宮殿月輪高，碧琉璃瑞烟籠罩。【羅眉】梵，音范。琉璃，音流離。罩，音棹。香烟④雲蓋結，【封眉】爇香，時本多誤作"香烟"。諷咒⑤海波潮。【羅眉】咒，音晝。【繼眉】諷，音鳳。【田補眉】《詩》："瓜瓞唪唪。"似于經聲不伴。【凌眉】王伯良曰：兩"烟"字重，以"香烟"對"諷咒"，亦不的。似有誤字。幡影飄飄，諸檀越盡來到。⑥【範眉】【龍眉】【繼眉】僧稱施主曰檀越。【秀眉】【新水令】俱以雙調入詞品。【湯沈眉】碧琉璃，殿瓦也。諷，誦也。謂誦咒之聲如海潮之聲。兩"烟"字重。僧稱施主曰檀越。【毛夾】諷，誦也，與"香"對，非虛字。猶言經誦與經咒也，或作"唪咒"，誤。佛號，念佛之名號也，俗作"沸號"，誤。"諸檀越"句暗起鶯未至之意，最妙。"侯門"二句，則因鶯未至，而急作揣度之詞，言僧眾固難通，梅香應報知也，此時當至也。報是報鶯，故云"紗窗"。王伯良解作紅娘應報長老，誤矣。北人稱眼為"眼腦"，

---

① 今日二月十五日：今日，徐音本、峒本作"今日是"；十五日，羅本、繼本、容本、起本、徐畫本、徐音本、虎本、何本、陳本、秀本、碔本、天李本、湯本、湯沈本、三合本、毛本、潘本作"十五"。驥本、延本、張本作"今日十五日"，封本作"今日十五"。
② 拈香：屠本作"去拈香"。
③ 須索走一遭：遭，徐參本作"遭兒"，驥本、延本、毛本作"遭去"。封本作"見小姐呵，再飽看一會兒"，屠本無。範本、龍本、徐畫本此句後多："今夜若見鶯鶯小姐呵，小生再得飽看一會。晴雲兩濕天花亂，海藏風翻貝葉經。"三合本、潘本同，但"晴雲"作"雲晴"，潘本"經"作"輕"；屠本同，但後二句詩作："正是：本來不解參禪意，此日空勞學道心。"徐音本同，但無後二句詩；張本同，但無前兩句道白，"晴雲"作"雲晴"；六幻本同，但無"今夜""小生"，"晴雲"作"雲晴"。
④ 香烟：封本作"爇香"。
⑤ 諷咒：徐畫本、徐音本、三合本、潘本作"唪咒"。
⑥ 範本、徐畫本、徐音本、湯本、三合本、潘本此句後多"（生云）好個齊整的法堂"，張本此句後多"好個齊整法堂也"。

《連環計》劇"眼腦兒偷睛望"。月輪高，祇言起早，月未沉耳。今必謂月初上爲高，試思諸檀越到，則老少村俏亦已畢至，不止張一人，非昏時矣。況"月輪高"本王昌齡宮詞"未央前殿月輪高"語。彼方擬深夜承寵，而陋者必欲云"月初上"，何耶？參釋曰：起調整麗，元人所謂鳳頭也。"月影""瑞烟"是實拈句，"雲蓋""海潮""春雷""風雨"是借擬句。《楞嚴經》"佛發海潮音，遍告同會"。【潘夾】唪，音捧。張生附齊，老僧尚且費了多少心，調了多少謊？舍崔張之外，更有檀越乎？諸檀越者，蓋指崔氏一門而言也。張生方到法壇，注意在此，故爲此忖度之詞，意其母子主婢，必已盡到。其如實且未到，故又有下文【駐馬聽】一節也。"梵王宮殿月輪高"一語，清麗蕭森，酷似青蓮宮辭。此日法壇，是薦亡焰口，啓建必于暮夜，故必待月輪高，檀越方到也。起幡，焰口之一證也。

【駐馬聽】法鼓金鐸①，【湯沈旁】一作鏡。【虎眉】鏡，今本盡作"鐸"，不韵。二月春雷響殿角；【湯沈旁】叶皎。詞中有畫。鐘聲佛【湯沈旁】一作"弗"。號，半天風雨灑松梢。【謝眉】當二月之景，引二月之詞，足見才思。【起眉】王曰："二月春雷響殿角""半天風雨灑松梢"，信口道出，自俳自偶，一片焰光撲人，好似烟花，烟花還有凋落，此却不凋落。【陳補眉】絕對。【湯沈眉】首四句隔句對法。"佛號"與"鐘聲"相對，全句又與"法鼓金鐸"相對。侯門不許老僧敲，紗窗外定有紅娘報②。【封眉】梅香，即空本作"紅娘"，誤。害想思的饞眼腦③，【湯沈旁】一作惱。【羅眉】鐸，音僥。灑，音灘。敲，音礁。饞，音讒。【田補眉】眼腦，即眼也。【封眉】"眼惱"字甚妙，因饞極而惱，故打點十分下狠看。即

---

① 金鐸：羅本、屠本、容本、起本、徐畫本、徐音本、虎本、何本、陳本、秀本、張本、天李本、湯本、三合本、魏本、封本、潘本作"金鐃"。

② 紗窗外：屠本、驥本、毛本作"紗窗"，徐音本作"那門外"。報：秀本、三合本作"到"。

③ 相思的：屠本作"相思"。腦：羅本、容本、起本、徐畫本、徐音本、虎本、何本、陳本、秀本、硃本、天李本、湯本、三合本、封本、潘本作"惱"。

空本作"腦"，便謬。見他時①須看個十分飽。【陳眉】【硃眉】眼飽心不飽。【張眉】此曲首四句當隔扇對，今差者多。"報"是遙想報鶯鶯也。訛"到"，非。【三合眉】前夜看得飽，怎生又饑了？此眼大費物料。【潘夾】張見鶯之未至，心輒跼蹐，既不能遣僧叩請，如何得即來。因轉一念，小姐紗窗之外，紅娘定去相報，殿上鐘鼓之聲，已大喧鬧，法事開建，可去矣。當即催促而來，我饑眼乃得飽看也。（末見潔科）（潔云）先生先②拈香，恐③夫人問呵，則說是老僧的親④。（末拈香科）⑤【徐參眉】□□在茲。【驥夾】【延夾】鐸，叶刀，後同。角，叶皎。【湯沈夾】鐸，叶刀。

【沈醉東風】惟願存在的人間壽高⑥，【湯沈旁】一本"惟願存人間壽考"。【凌眉】王謂"壽高"宜作"壽考"，此無不可。但言本調首句末字當用上聲，則未確也。本傳"槐影風搖暮鴉"，《王魁負桂英》劇云"人間語天聞若雷"，《追韓信》劇云"幹功名千難萬難"，《王妙妙哭秦少游》劇云"虛飄飄拔着短篆"，《武陵春》詞云"瑤華細分明舞裀"，《人月重圓》劇云"同宿在紗廚絳綃"。用平聲者不可勝舉，豈皆無法者耶？亡化的天上⑦逍遙。【湯沈眉】"人間壽考"對"天上逍遙"，親切工致。而本調首句末字，法當用

---

① 見他時：張本作"見他"。
② 先：徐參本作"請"。
③ 恐：羅本、容本、起本、徐畫本、徐音本、徐參本、驥本、虎本、何本、陳本、秀本、硃本、張本、天李本、湯本、三合本、魏本、峒本、封本、毛本、潘本作"若"。延本無。
④ 則說是：延本作"說是"。親：羅本、容本、起本、徐參本、驥本、虎本、何本、陳本、秀本、硃本、天李本、湯本、魏本、峒本、封本作"親眷"，屠本作"親者"。
⑤ 範本此處多："張珙今日在河中府普救寺中，追薦亡魂，早登仙界。"
⑥ 存在的人間：弘本作"存在人間的"，羅本、容本、起本、虎本、何本、陳本、秀本、硃本、天李本、湯本、魏本、峒本作"存人間的"，徐畫本、徐音本、驥本、延本、三合本、毛本作"存在的教人間"。壽高：徐畫本、徐音本、徐參本、驥本、何本、延本、湯沈本、三合本、毛本、潘本作"壽考"。
⑦ 天上：徐畫本、徐音本、驥本、三合本、毛本作"教天上"。

上聲，諸本作"壽高"，非。爲曾祖父先靈，禮佛法僧三寶①。【謝眉】曾、祖、考，佛、法、僧，俱切字眼。【秀眉】曾、祖、父，佛、法、僧，此正見王實甫之妙處。【三合眉】"曾祖父"對"佛法僧"是用意處。焚②【湯沈旁】焚，徐作"爇"。名香暗中禱告：則願得紅娘③休劣，【徐音眉】小紅信不劣矣。夫人休焦，犬兒休惡④【湯沈旁】叶豪。佛囉，早成就了⑤。【湯沈旁】方改"和尚每回施些"。幽期密約。【湯沈旁】叶杳。【範眉】【龍眉】鳩摩什有生二子故事。幽期密約，佛天故不惜爲結良緣也。【羅眉】爇，音薛。禱，音搗。劣，音力。【容眉】【陳眉】【硃眉】【湯眉】【三合眉】【魏眉】【峒眉】好個至誠檀越。【徐畫眉】【田眉】"惟願"二句，可以明言。"梅香"四句，是私情，難以明言，故暗禱告也。"曾祖父"三代對"佛法僧"三寶，亦是用意處，有"崔家的"三字方妥。【徐參眉】所願者三，所樂者一。【延眉】"惟願"二句，可以明言，"梅香"四句，是私情，難以明言，故暗禱告也。"曾祖父"三代對"佛法僧"三寶，亦是用意處。【張眉】俗以"曾祖父""佛法僧"可對偶，遂插入爲巧。殊不知既失本調，且與前白失照。"夫人"下添"犬兒"句，從何得來？【湯沈眉】"佛法僧"是謂三寶，"梅香"等語乃私情，故曰"暗中禱告"。稱佛，乃張祝願佛助之意。說到和尚懺福上去，便與"暗中禱告"之旨悖矣。至徐本云"崔家的犬兒"，尤爲可笑。【驥夾】【延夾】父，朱本作"禰"。惡，叶豪，去聲，似好惡之"惡"，不加圈。

---

① 爲曾祖父先靈，禮佛法僧三寶：父，屠本作"考"。張本作"爲先靈，禮三寶"。
② 焚：羅本、屠本、徐畫本、徐音本、驥本、延本、張本、三合本、毛本、潘本作"爇"。
③ 則願得：徐畫本、徐音本、驥本、延本、三合本、毛本、潘本作"只願"，秀本、張本作"則願"。紅娘：弘本、羅本、繼本、屠本、起本、徐畫本、徐音本、徐參本、驥本、虎本、何本、陳本、秀本、硃本、延本、張本、天李本、六幻本、湯本、湯沈本、三合本、魏本、峒本、封本、毛本、潘本作"梅香"。
④ 犬兒休惡：徐畫本、徐音本、三合本、潘本作"崔家的犬兒休惡"，張本無。
⑤ 佛囉，早成就了：佛囉，羅本、徐畫本、徐音本、張本、三合本、潘本無；早，徐參本作"蚤"；成就了，張本作"成就"。驥本、延本、毛本作"和尚每回施些"。

約，叶杳。【凌夾】總是痴心禱佛之語。王云"早成就了"而改爲"和尚每回施些"，云以此祈和尚每回施，恐戾。【毛夾】每，音們。後，同施，去聲。禱語最莊，暗禱語又最諧，故妙。復爇名香者，重其事也。施僧曰"布施"，反乞僧曰"回施"。王伯良曰：本調首句用仄韻，俗改"壽考"爲"壽高"，非。參釋曰："和尚每"或作"佛囉"，則與"禱告"複矣。或從"和尚"下添一"佛"字，尤謬。

（夫人引旦上云）長老請拈香，小姐，咱走一遭。①（末做見科）（覷聰云）爲你志誠呵，神仙下降也②。（聰云）這生却早兩遭兒③也。【三合眉】也記不得許多。【湯沈夾】前寺中初見有"遇神仙"語，故云"兩遭"。

【雁兒落】（末唱）我則道這玉天仙離了碧霄④，【範旁】【龍旁】又翻寺裏遇神仙意。【湯沈旁】應白"神仙下降"語。元來⑤是可意種來清醮。【羅眉】種，音冢。醮，音喬，去聲。【起眉】李曰："可意種"三字，賣俏的話又來了。【徐畫眉】【田眉】【延眉】"離碧霄"對"來清醮"，豈容填字？【容眉】【硃眉】【湯眉】【魏眉】【峒眉】淡得好。淡得好。【湯沈眉】"離碧霄"對"來清醮"，豈容填"了"字？合去之。【封眉】徐文長曰："離碧

---

① 長老請拈香，小姐，咱走一遭：小姐，張本無；咱，範本、龍本作"同去"；一遭，驥本、延本作"一遭去來"。屠本作："長老今日請殿上拈香。紅娘，請小姐同去走一遭。"
② 爲你志誠呵，神仙下降也：也，範本、龍本作"來也"。屠本作："長老今日齋禮志誠，果然神仙下降。"
③ 這生却早兩遭兒：這生，封本無；早，徐參本、魏本、峒本作"見"，六幻本、毛本無。屠本作"這生又來撒吞了"。
④ 我則道這：弘本、羅本、繼本、屠本、容本、起本、徐參本、虎本、何本、陳本、秀本、硃本、天李本、六幻本、湯本、湯沈本、魏本、峒本、封本、毛本作"我則道"，徐畫本、驥本、延、三合本、潘本作"我只道"，徐音本作"我道是"，張本作"俺只道"。離了：羅本、屠本、徐畫本、驥本、延本、張本、三合本、封本、毛本、潘本作"離"。碧霄：範本、龍本、硃本作"碧雲霄"。
⑤ 元來：屠本作"却元"。

霄"對"來清醮"豈容填字？小子①多愁多病身，【湯沈旁】且慢勞慮。怎當他②傾國傾城貌。③【範眉】【龍眉】古詩：一笑傾城，再笑傾人國。此解實本此詩。舊解以幽王爲褒姒舉烽火，非。【繼眉】古詩：一笑傾人城，再笑傾人國。【徐音眉】愁無已，病無日，奈何？【陳眉】更能傾命否？【張眉】此曲與【德勝令】四句俱五字，《西廂》有不一處。

【得勝令】恰便似檀口④點櫻桃，【封眉】你看那，時本多誤作"恰便似"。粉鼻兒⑤倚【湯沈旁】一作膩。瓊瑶。淡白⑥梨花面，輕盈楊柳腰。妖嬈⑦，【凌眉】妖嬈，面龐冶麗；苗條，身體嫋娜。各相配，故自妥。徐、王顛轉之，且爲之説，不敢以爲然。滿面兒撲【湯沈旁】方本無"撲"字。堆⑧着俏；【繼眉】撲，一作鋪。【張眉】"堆"上添"撲"，非。苗條⑨，一團【湯沈旁】一作身。兒衠【湯沈旁】音諄。是嬌。【羅眉】妖嬈，音天饒。衠，音諄。【繼眉】衠，諸均反。【容眉】【湯眉】鶯鶯小像。【田補眉】"苗"與"條"，皆嬌嫩之物，故借以形容其面之俏。【徐參眉】越看越俏，愈思愈嬌。【虎眉】倚，一作"膩"，亦自佳。團，一作身。【秀眉】數句道盡鶯鶯美處。【湯沈眉】苗條正是俏，妖嬈正是嬌。俗本倒轉，非。【徐畫夾】【田夾】【三合夾】衠，音純。【驥夾】【延夾】白，借叶，上聲。【何夾】衠，音迍，真也、正也、不雜也。【毛夾】白，借叶，上聲。"天仙"二句，承

---

① 小子：屠本作"料小生"，驥本、延本、毛本作"小子是"，張本作"小子這"。
② 怎當他：張本作"怎當那"。
③ 範本、龍本此處多"（生背云）這小姐呵"。
④ 恰便似：羅本作"他生的"，徐畫本、徐音本、驥本、張本、三合本、潘本作"則見他"，延本、毛本作"則見那"，封本作"你看那"。檀口：屠本作"檀口兒"。
⑤ 粉鼻兒：羅本作"他生的粉鼻兒"，驥本、延本、張本、毛本作"粉鼻"。
⑥ 淡白：羅本作"他生的淡白"。
⑦ 妖嬈：徐畫本、徐音本、驥本、延本、湯沈本、三合本作"苗條"。
⑧ 滿面：羅本作"滿臉"。撲堆：繼本、六幻本、湯沈本作"撲"，屠本作"鋪堆"，驥本、何本、延本、張本、毛本作"堆"。
⑨ 苗條：徐畫本、徐音本、驥本、延本、湯沈本、三合本作"妖嬈"。

賓白"傾城"二句，起下曲"怎當他"，言受不起也。此是扯淡語，故妙。下曲又于稠人中寫鶯，故不下險語。"滿面"句應"淡白"句，"苗條"句應"楊柳"句。參釋曰：二曲寫鶯，下曲寫看鶯者。又參曰：王本以"苗條"加"滿面"句上，"妖嬈"加"一團"句上，顛倒不合。苗條，言秀且軟也，不拈"面"。【潘夾】衕，音真。一團兒純是嬌，妙極形容。上數語，就口鼻面腰分寫之，末以一字總括之，并諸名相，俱可不設。支道林畜一馬，目之曰神駿，覺"竹批兩耳，風入四蹄"等語，尚屬鱗爪。

（潔云）貧僧一①句話，夫人行敢道麼②？老僧有個③敝親，是個飽學的④秀才，父母⑤亡後，無可相報，對我說央及帶一分齋⑥，追薦父母⑦。貧僧一時應允了⑧，恐夫人見責。⑨（夫人云）長老的

---

① 貧僧：張本作"老僧"。一：範本、龍本、屠本、驪本、延本作"有一"，徐參本、毛本作"有"。
② 夫人行敢道麼：行，屠本作"上"。張本作"敬稟夫人"。屠本此句後多"（夫云）但說不妨。（本云）"。
③ 老僧有個：屠本作"貧僧有一"，容本、起本、徐畫本、徐音本、徐參本、陳本、秀本、硃本、延本、天李本、湯本、三合本、魏本、峒本、毛本、潘本作"貧僧有個"，張本作"有"，封本作"有個"。
④ 是個：羅本作"是"。飽學的：屠本、徐參本、魏本、峒本作"飽學"。
⑤ 父母：驪本、毛本作"他父母"。
⑥ 對我說央及：屠本作"要"，容本、起本、徐畫本、徐音本、徐參本、虎本、何本、陳本、秀本、硃本、天李本、湯本、三合本、魏本、峒本、封本、毛本、潘本作"央及貧僧"，驪本、延本作"央及"，張本作"央老僧"。齋：羅本作"齋兒"。
⑦ 父母：驪本、延本、毛本作"他父母"，封本無。
⑧ 貧僧一時應允了：屠本無。
⑨ 夫人見責：驪本、延本作"老夫人見疑"，毛本作"老夫人見責"。範本、龍本、屠本此句後多"特此相稟"。

親，便是我的親，① 請來厮見咱②。【羅眉】應，音英。咱，音查。（末拜夫人科）（衆僧見旦發科）

【喬牌兒】大師年紀老③，法座上④也凝眺；【湯沈旁】謂看鶯。【秀眉】此狀長老邪視處。舉名的班首真【湯沈旁】痴，徐作真。呆僗⑤，【潘旁】只因志，不呆。【繼眉】僗，一作了。覷着法聰頭做金磬⑥敲。【謝眉】呆僗，是鄉語，村貌。【範眉】【龍眉】到此際，入定禪師定情不住。呆僗，是鄉語。【羅眉】凝，音迎。眺，音跳。呆，音待。僗，音澇。覷，音趣。磬，音磬。敲，音磽。【容眉】【硃眉】【湯眉】好一班志誠和尚！【起眉】李曰：到此際，入定禪師定情不住。【徐畫眉】【田眉】【延眉】北人罵人，長帶"僗"字，如囚則曰"囚僗"，饞則曰"饞僗"，但不知何義。【凌眉】徐士範曰：呆僗，是鄉語。【徐音眉】罵得妙。【陳眉】和尚都是如此。【張眉】"僗"，罵人帶字。"磬"上添"金"，蛇足。【三合眉】好一班至誠和尚！北人罵人，每帶"僗"字，不知何義。【湯沈眉】北人罵人，長帶"僗"字，如"囚僗""饞僗"之類。董詞："諸人與看人驚晃，瞥見一齊都望，住了念經，罷了隨喜，忘了上香。"【封眉】即空本作"真呆僗"，非。此蓋言見鶯而然也。呆，古某字，今俗以爲痴呆字。【驥夾】【延夾】大，音見前。僗，去聲。【何夾】僗，與勞同。又去聲，伴僗也。【毛夾】僗，勞，去聲。【潘夾】僗，音

---

① 長老的親，便是我的親：範本、龍本、屠本、徐參本作"既是長老的親"，容本、起本、虎本、何本、陳本、秀本、硃本、天李本、湯本、魏本、峒本、封本、毛本作"既是長老的親何害"，徐畫本、徐音本、張本、三合本、潘本同，但無"既是"。六幻本句後多"何害"。
② 厮見咱：羅本、陳本、硃本、湯本、魏本作"相見咱"，秀本作"相見"，屠本作"厮見"。
③ 老：繼本作"小"。
④ 上：徐畫本、徐音本作"下"。
⑤ 真呆僗：弘本、羅本、繼本、容本、起本、徐參本、虎本、何本、陳本、秀本、硃本、天李本、六幻本、湯本、湯沈本、魏本、峒本、封本作"痴呆僗"，屠本作"痴呆了"。
⑥ 金磬：張本作"磬"。

涝。升座，焰口又一證也。

【甜水令】① 老的小的②，村的俏的，沒顛沒倒【湯沈旁】去聲。，勝似鬧元宵。稔色人兒，【秀眉】稔，音忍。【凌眉】"稔色"二句，疊呼鶯之詞，怕人知道，與下句意連，惟怕人知，故偷瞧也。可意冤家③【湯沈旁】一本"可意"四字改"他家"。【張眉】冤家，徐文長作"他家"，勾深其詞，《西廂》正不爾。【封眉】"稔色"二句，疊呼鶯之詞，時本多誤。怕人知道，看時節淚眼偷瞧。④【湯沈旁】且淚且瞧。【羅眉】稔，音忍。瞧，音僬。【容眉】【湯眉】妙！【徐畫眉】【田眉】【延眉】稔色，指崔。他家，生指自己也。言可意我，又怕別人知道，故瞧我只偷瞧也，何等妙！如云"冤家"，非特沒埋，與下文何相干？【虎眉】勝似，一作"說甚麼"。"他家"句，坊本有作"可意冤家"，將謂嘔心，實成添足。【陳眉】嬌極。【湯沈眉】稔色，美色也。冤家，徐改"他家"，未妥。【峒眉】情景如畫觀者。【驥夾】【延夾】倒，去聲。【潘夾】"稔色"二語側串，冤家，張自指也，言這稔色的人可意我這冤家。意欲瞧科，怕人知覺，假為彈淚，聊一偷視。"鬧元宵"句，暗將二月十五夜對一針。張欲附薦瞧崔，便忽然下淚；崔因追薦瞧張，便偷彈淚眼。可見瞧是真瞧，淚是假淚，哀哀父母之情都供他借用。

【折桂令】着小生迷留沒亂⑤，【張眉】首有"迷留沒亂"四字，

---

① 【甜水令】：徐畫本、徐音本、潘本作"【滴滴金】"。
② 老的小的：小的，繼本、容本、起本、虎本、何本、陳本、秀本、硃本、天李本、六幻本、湯本、湯沈本、魏本、峒本、封本作"少的"。羅本作"我只見老的少的"。
③ 可意冤家：弘本、容本、起本、虎本、何本、陳本、秀本、硃本、天李本、六幻本、湯本、魏本、峒本作"他家"，羅本、屠本、徐畫本、徐音本、驥本、延本、三合本、毛本作"可意他家"。
④ 看時節：張本作"看時"。淚眼：範本、龍本作"淚眼兒"，徐畫本、徐音本、驥本、延本、三合本、毛本、潘本作"着淚眼兒"。範本、龍本此句後多"（生云）一家兒好不嬌媚呵。"
⑤ 着小生迷留沒亂：着，驥本、延本、毛本作"教"。張本作"着小生"。

調既不合，且覺贅牙。心癢難撓①【湯沈旁】撓，方作"揉"。下二句駢儷中情語。。【羅眉】癢，音養。撓，音鏡。【凌眉】"撓"字，王以爲上去二音，平聲無此字，反以周德清韵中有之，爲元人相沿之誤，竟改爲"猱"，且云世謂妓女爲猱兒。夫妓女之解自如此，撓癢之"撓"，非"猱"也。《看錢奴》劇云"撓不着心上癢"，亦此"撓"字。韵書在下平四豪，何以云無？韵中注："又，奴巧切。"則上聲者耳。哭聲兒似鶯囀喬林②，泪珠兒似露滴花梢。【虎眉】滴，一作"在"，亦好。【秀眉】此狀鶯之孝思。【硃眉】嬌極。大師也難學③【湯沈旁】叶夭。把一個發慈悲的臉【湯沈旁】音欽，上聲。兒來朦着④。【湯沈旁】音潮。【羅眉】朦，音蒙。【張眉】"臉兒朦着"便足，"發慈悲"字不必。【徐畫眉】【田眉】【延眉】【三合眉】難學，言人難學大師之嘴臉也，下句是也。【湯沈眉】"哭聲"二句，起下意。慈悲臉兒朦着，正大師之難學處，蓋其假裝志誠，將慈悲臉皮朦着耶。凝眺，偷看之意，這也難學得他嘴臉也。泂是一國之人皆若狂。擊磬的頭陀懊【湯沈旁】懊，一作意。惱⑤，【封眉】意惱，時本誤作"懊惱"。添香的行者⑥心焦。【範眉】【龍眉】駢儷中諢語。【羅眉】懊，音奧。行，去聲。【起眉】王曰：一片諢語，賣弄出許多駢儷，如華□飛綃而雜纖羅。【徐畫眉】【田眉】"意"纔對"心"過。【張眉】意惱、心焦，見成對偶，訛"懊"，非。燭影風搖，香靄雲

---

① 撓：驪本、延本、毛本作"猱"。
② 囀：容本、起本、虎本、陳本、硃本、湯本作"轉"。喬林：毛本作"林喬"。
③ 也難學：徐畫本、徐音本、驪本、延本、張本、三合本、毛本、潘本作"難學"。羅本此句後多"太師也難學"。
④ 一個：徐畫本、徐音本、驪本、延本、張本、三合本、毛本、潘本作"個"。發慈悲的：延本、毛本作"發慈悲"。張本無。來朦着：羅本、屠本、驪本、延本、三合本、毛本、潘本作"朦着"。
⑤ 擊磬的：羅本作"主盟的"，徐畫本、徐音本、驪本、延本、三合本、毛本、潘本作"執磬的"。懊惱：徐畫本、徐音本、驪本、延本、張本、三合本、封本、潘本作"意惱"。
⑥ 行者：毛本作"侍者"。

飘,【罗眉】霭,音蔼。贪看莺莺,烛灭香消。【徐画诸旁】实话。【骥夹】【延夹】猱,奴刀反。学,叶奚,交反。脸,音敛。着,叶潮,下同。乔林,古作"林乔"。【毛夹】揉,音能刀切。三曲参错,写看莺处,如《陌上桑》曲,虽本董词,而章法特妙,"大师"至"元宵"一断是总写,"稔色"至"难揉"又一断,写莺与己也。下即从"泪眼"接入,写众僧耳。稔色,丰于色者,指莺;"他家",自指也。言莺可意而又惧人知,故假泪眼窃视己也。董词"齐齐整整忒稔色"。迷留没乱,迷乱也。董词"迷留没乱没处者"。揉,本音柔,然元曲"心痒难揉"语最多,俱叶萧豪韵。想曲韵另有读例,如"晙趁""晙"字,韵书皆读俊,而元曲读梭,入歌戈韵,可知也。诸作"挠",朱石津本改作"猱",俱失之矣。且予是本,并不敢擅易原本一字,以为妄改者之戒,虽曲为参解,不无未当,应俟识者更定,但予例如此耳。参释曰:初云"大师凝眺"后,又云"难学",似矛盾,不知以凝眺之师,能假覆以慈悲之脸,故"难学"也。又参曰:曲中如老的小的、村的俏的、添香侍者、执磬头陀,与"贪看莺莺"诸语,俱出董词。【潘夹】大师虽将脸儿朦着,眼眶却也凝眺,合前【乔牌儿】一阕看来,诸般情态如见。要只为"贪看莺莺"四字着魔。

(洁云)风灭灯也①。(末云)小生点灯烧香②。(旦与红云)那生忙了一夜③。【容眉】【汤眉】好。【徐音眉】妇人不可登山入庙,虑荡心目,信哉。如是知是。【陈眉】却忙几夜了。【砞眉】妙,妙。【三合眉】我辈犹怜是美人。【峒眉】亦心与之俱动矣。【潘夹】忙了一夜,写尽挽弓有事为荣意象,双文此语亦尖亦爱。

---

① 灭灯也:弘本、罗本、骥本、延本、毛本作"灭了灯也",继本、徐画本、徐音本、张本、六幻本、汤沈本、三合本、潘本作"灭了烛也",屠本作"灭了灯",容本、起本、徐音本、虎本、何本、陈本、秀本、砞本、天李本、汤本、魏本、峒本作"灭了灯了",封本作"灭了烛了"。
② 点灯烧香:点灯,罗本作"便点灯",继本、徐画本、徐音本、徐参本、六幻本、汤沈本、三合本、封本、潘本作"点烛"。张本作"点烛",魏本作"点灯烧香者"。
③ 那:屠本作"这"。一夜:罗本作"一夜者"。

【錦上花】【驥夾】一作（紅唱）外像兒風流，青春年少；內性兒聰明，冠世①才學。【徐畫旁】【田旁】【三合旁】何由知之？扭捏着身子兒②百般做作，【徐畫諸旁】實話。【秀眉】扭捏，音鈕聶。來往向人前③，賣弄俊俏④。【徐畫諸眉】深知其意。【徐參眉】□□佛也點頭。【三合眉】逼真，是張解元風魔態。【峒眉】的是賣俏，豈曾窺覷來與？（紅云）我猜那生⑤——【容眉】【硃眉】【湯眉】好。【田補眉】自來北詞惟一人唱，此參旦唱，且詞太露太過，殊屬可疑。全本都以紅唱，較是。【湯沈眉】自來北詞惟一人唱，此參旦唱，未解。今本作紅唱。

【幺】⑥黃昏這一回，白日⑦那一覺【湯沈旁】叶較。【秀眉】覺，音教。窗兒外那會鑊【湯沈眉】鑊，一作獲，無解。鐸⑧，【羅眉】學，音梟。着，音招。百，音擺。作，音造。【謝眉】【範眉】【龍眉】【繼眉】鑊鐸，往來貌。【徐畫眉】【田眉】【延眉】白日那一覺，一覺謂睡也，而却為窗外之鈴鐸攪醒，則其相思客況益無聊之甚，故下文云云。解"往來"者誤，此是體量其日夜過不得之意。獲，作"鑊"，豈亦鈴鐸之類耶？到晚來向書

---

① 冠世：弘本、羅本、繼本、容本、起本、虎本、陳本、秀本、硃本、天李本、湯本、湯沈本作"貫世"。
② 扭捏着：張本作"扭捏"。身子兒：徐畫本、徐音本、張本、六幻本、湯沈本、三合本作"身子"。
③ 向人前：張本作"人前"。
④ 俊俏：羅本、屠本作"他俊俏"。
⑤ 我猜那生：毛本作"則我猜那生呵"，驥本、延本無。
⑥ 凌本、驥本、延本、六幻本將此曲并入上支【錦上花】。潘本無【錦上花】【幺】二曲及道白。
⑦ 白日：魏本、峒本作"向日"。
⑧ 窗兒外：羅本作"我在窗兒外"，徐畫本、徐音本、驥本、延本、三合本、毛本作"來窗兒外"，張本作"窗兒外頭"。那會：範本、龍本、繼本作"那一會"。鑊鐸：龍本、羅本、繼本、徐參本、陳本、秀本、硃本、天李本、湯本、魏本、峒本作"獲鐸"。

幃裏①，比及睡着，千萬聲②長吁，捱不【湯沈旁】方作"怎得"。
到③曉。【徐畫諸旁】你亦同。【羅眉】白，音擺。覺，音叫，鐸，音托。着，
音招。【徐音眉】寫張生心，正是鶯自寫心也。【徐參眉】小丫頭更慣熟。【張
眉】□竟少"頭"字，作一句，可笑。"怎捱到曉"是紅娘忖度未然之詞。【湯
沈眉】"黃昏"對"白日"，"窗兒外"對"書幃裏"，"鑊鐸"對"長吁"，參差
相對。一覺，謂睡也。鑊，想亦鈴鐸之類。睡而却爲窗外之鈴鐸攪醒，則其相
思客况，益無聊之甚。夜復長吁，則日夜難捱矣，此紅想像其苦如此。【三合
眉】此詞是體量其日夜過不得之意。【封眉】即空本"黃昏這一會"不作幺篇，
竟與上"外像兒"爲一。後【錦上花】皆然。却曰：北詞惟一人唱，忽參鶯紅
各唱一曲，非體；疑後人添入。既曰各唱一曲，則應作【幺篇】矣，後折不盡
皆一人唱，豈皆添入？是北劇之變體也。【驥夾】【延夾】作，叶早。覺，叶
校。得，借叶，平聲。【毛夾】得，借叶平聲。北曲每折必一人唱，而院本則
每本末折參唱數曲，此定例也。此互參鶯紅二曲，一調笑，一解惜，如擲彈家
詞。于鋪序中突攙旁觀數語，最爲奇絶。他本俱作鶯唱，兩曲不貫。金在衡本
俱作紅唱，則與生曲又不接。諸本或前鶯後紅，則兩曲語氣又各不相肖。至若
妄者不識詞例，目爲攙入，一概删去，則了撦矣。烏知作者本來，元自恰好如
此。風流、聰明，調笑其賣弄也。"黃昏"以下，是既解其忙而轉諒其凄寂也。
那會，那樣一會也。鑊鐸，鬧也。比及，若使也，與前白"比及夫人未來"
同。言黃昏、白日往常那一回優息，已被今日作那樣一會兒鬧，則欲其書幃向
晚獨睡，凄寂何可耐也，此其所以不得不忙也。此以諒生作憐生語，正接解
"忙了一夜"句。鑊鐸，又作"和鐸"，總是鬧意。《曲江池》劇"階垓下鬧鑊
鐸"，董詞"譬如這裏鬧鑊鐸，把似書房裏睡取一覺"。【錦上花】本二曲，然

---

① 到晚來向：徐畫本、徐音本、三合本作"到晚向"，驥本、延本、毛本作"他到晚
向"，張本作"到晚"。書幃裏：張本作"書幃"。
② 千萬聲：張本作"千萬"。
③ 捱不到：徐畫本、徐音本、三合本作"捱得到"，驥本、延本、毛本作"怎得到"，張
本作"怎捱到"。

必兩列【幺】，起句必五字，諸本與元曲細考皆然。碧筠齋諸本合作一曲，王本因之，且引《正音譜》爲據。鳥知譜凡【幺】兩列者皆不分，如【六幺序】【麻郎兒】分明有【幺】，而合下不分，可驗也。參釋曰：二曲別一波瀾，在章法之外。又參曰：《百花亭》劇"他那裏笑鑊鐸"，以喧聲似鑊鐸耳，然舊解真作鑊鐸之聲，便不是。

（末云）那小姐好生顧盼小子①。【陳眉】豈嘗竊窺來與？【魏眉】豈嘗竊覷來麽？

【碧玉簫】【凌眉】北詞惟一人唱，忽參二旦每唱一曲，非體。疑後人妄添入耳。【折桂令】竟接入【碧玉簫】，亦是合調，但不敢遽刪。情引眉梢，心緒你②知道；愁種心苗，情思我③猜着。【張眉】遙作對面語，用"您"字是。暢懊惱④，響鐺鐺⑤雲板敲，行者又嗥，沙彌又哨⑥，恁須⑦不奪人之好。【羅眉】你，音您。行，音幸。號，音号。恁，音吝。【田補眉】行者、沙彌，擾攘其間，張生不得致其私款，故曰"奪人之好"。【陳補眉】人更好，豈獨小張。【秀眉】奪人之好，出乎自然。【張眉】第五句少三字。少第七，三字一句。【湯沈眉】暢，甚詞。嗥、號，同平聲。哨，喧鬧，意多人擾嚷。張不得致其私款，故曰"奪人之好"。"眉梢""心苗"對。【三合眉】委實可惱。【徐畫夾】【田夾】跳，音陶。【驥夾】【延

---

① 好生顧盼小子：小子，容本、起本、徐畫本、徐音本、徐參本、驥本、虎本、陳本、秀本、硃本、延本、張本、天李本、湯本、三合本、魏本、峒本、封本、毛本、潘本作"小生"。屠本作"眉來眼去，好生有顧盼小子之意"。
② 心緒：徐畫本、徐音本、三合本、封本、潘本作"我心緒"，張本作"俺心緒"。你：屠本作"我"，峒本作"他"。
③ 情思：徐畫本、徐音本、張本、三合本、封本、潘本作"你情思"。我：驥本、延本、湯沈本、毛本作"你"，張本作"俺"。
④ 暢懊惱：羅本作"好教我暢懊惱"。
⑤ 鐺鐺：徐畫本、徐音本、張本、湯沈本、三合本、潘本作"璫璫"，徐參本作"叮噹"，驥本、延本、毛本作"當當"。
⑥ 哨：徐畫本、徐音本、三合本作"跳"，驥本、延本、毛本作"哨咷"，何本作"咷"。
⑦ 恁須：張本作"須"，何本、六幻本、毛本、潘本作"您須"。

夾】哨，音雙罩切，呲，音陶。【何夾】您，與你同。【毛夾】哨，音雙照切。呲，音陶。"情引"四句應上曲，益信上曲非紅唱矣。"情引""愁種"俱指鶯，"心緒""情思"俱自指。"懊惱"以下，起科白了道場意，好事將畢，板喧僧嚷，故煩惱頓生。此游船近岸，搬演下欄候也。嚎、哨、呲總是喧意，元時習語。法事了則速鶯之去，故曰"奪人之好"。與白中"再做一會也好"相應。若以看鶯爲"奪好"，不惟失雅，且與前"呆儍""懊惱"相複出矣。大抵元詞多曲白互引，如風將滅燭，則曲中先伏曰"燭滅香消"。跳牆折，紅將處分生，則曲中先伏曰"香美娘處分俺那花木瓜"，此亦詞例。若白之逗曲，又不待言者。參釋曰：前以"頭陀懊惱"寫看鶯，此以"沙彌哨呲"寫了事，固自不同。【潘夾】哨，七妙切。"情引眉梢"四語，兩心正在好處。雲板敲，行者嚎，沙彌哨，是法事將終，亂音促節之象。雙文于此亦將散去矣，故曰"奪人之好"。

（潔與眾僧發科）動法器了。（潔搖鈴跪宣疏了，燒紙科）（潔云）天明了也，請夫人小姐回宅。①（末云）再做一會也好，【潘旁】五千錢也值了。【徐畫諸眉】做十日齋也好。【三合眉】只要再費五千。那裏發付小生也呵②！【陳眉】【魏眉】【峒眉】討些貼饒。

【鴛鴦煞】有心爭似③無心好，【潘旁】此是本意。多情却被無情④惱。【潘旁】此爲妄緣。【繼眉】東坡詞，多情却被無情惱。【延眉】無心、無情，指行者沙彌等。【封眉】鍾情，時本多作"無情"。勞攘了一

---

① 天明了也，請夫人小姐回宅：天明了也，屠本作"呀，却早天色明了"；回宅，驥本、延本作"回宅歇息去"。秀本無。
② 那裏：屠本作"從此那裏"。也呵：秀本作"呵"，驥本、延本無。
③ 爭似：弘本、範本、龍本、羅本、繼本、屠本、容本、起本、徐參本、虎本、陳本、秀本、碌本、天李本、湯本、魏本作"爭奈"。
④ 多情却被無情：無情，封本作"鍾情"。潘本作"無情却被多情"。

宵①，【繼眉】攮，一作鬧。月兒沈②，鐘兒響③，雞兒叫④。【凌眉】因大家動火而喧嚷，故張曰"此乃我所好也，恁須不奪人之好"。因古有"君子不奪人之好"語，故以此爲謔。元人機局多如此，王謂張生不得致其私款，故云，殊未得。唱道是玉人⑤歸去得疾，【凌眉】"唱道是"三字是【鴛鴦煞】本色。《追韓信》劇"唱道是惆悵功名"，《漢宮秋》劇"唱道是佇立多時"，可證。徐王本刪之，緣不解耳。好事⑥收拾得早。道場畢諸人⑦散了，酩子裏各歸家⑧，葫蘆提鬧到曉。（并下）【謝眉】酩子裏，猶云昏黑。葫蘆提，猶云不明白。俱北方鄉語。酩，一作"冥"；提，今作"蹄"。【範眉】【龍眉】東坡詞："多情却被無情惱"。酩子裏，猶云昏黑。葫蘆提，猶云不明白。俱北方鄉語。酩，一作"冥"；提，一作"蹄"。【羅眉】攮，音禳。得，上聲。各，音槅。【繼眉】酩子裏，猶云昏黑；葫蘆提，猶云不明白，俱方言。【徐畫眉】【田眉】無心、無情，指行者沙彌。胡蘆提，是方言，猶越諺"糜糟兒"。【徐畫諸眉】胡蘆提，猶云大家攪混快暢，鬧到天明。【徐音眉】張不堪，是此鬧後一着。【徐參眉】好筵席定散，眼飽肚飢時。【秀眉】"月兒沉"三句，總重在"玉人歸去得疾"上。【延眉】胡蘆提，是方言，猶越諺"糜糟兒"。【三合眉】胡蘆提，猶越語"糜糟兒"，此是方言。【峒眉】未免有情，誰能作此？【驥夾】【延夾】攮，上聲。【毛夾】此俱興闌語也，"多情"句用東坡詞，言多情人却爲此無意遭際事所惱，指道場也。酩子，亦作"螟

---

① 攮：繼本、徐畫本、湯沈本、三合本作"嚷"。一宵：驥本、延本、毛本作"這一宵"。
② 沈：張本作"已沈"。
③ 響：張本作"早響"。
④ 叫：張本作"又叫"。
⑤ 唱道是玉人：屠本作"玉人兒"，徐畫本、徐音本、驥本、延本、張本、六幻本、湯沈本、三合本、毛本、潘本作"玉人"。
⑥ 好事：屠本作"好事也"。
⑦ 道場畢諸人：張本作"道場"。
⑧ 歸家：張本作"回家"。

子"，暗地裏也。葫蘆提，糊塗也。鬧亦指道場言，不頂"歸家"，若云散後意，鬧則到曉，爲無理矣。此亦用董詞"一夜葫蘆提鬧到曉""螟子裏歸去"。

【潘夾】讀"有心""無情"二語，張于此已略有醒頭，此時平旦之氣也。當雞鳴夢醒，晨鐘一覺，讀至"玉人歸去"數語，真有漏盡鐘鳴、客散堂空之感。説意：近有解事者，謂"梵王宮殿月輪高"一語，當是十四初更也。齋壇正日，本在十五，若十五之早，月方落盡，何以言高？因謂張急于從事，顛倒至此。人謂其精于核事，巧于爭閒矣，而不知其不然也。凡立言之旨，必尋之有故，按之成文。使作者之意，通體相安，閲者之目，無間可入。然後爲真奇，爲真確，惟真確，而後爲真奇也。若所謂"月輪高"者，仍然之爲十五，而非十四也。然在十五之早，疑于非度；在十五之晚，疑于逾時。何據而定爲十五乎？蓋當日所建法筵，乃薦亡焰口也。薦亡焰口，啓建必于暮夜，故必待月輪高也。何以知其爲薦亡焰口也？觀于夫人與鶯、與紅、與張之持説而知之矣。一則曰薦老相公，再則曰薦老相公也；此則曰追薦，彼則曰附薦也。是以知其爲薦亡焰口也，薦亡焰口則必待月輪高也。此其在十五，尋之有故者也。即曰張篤于言情，勇于從事，幾于失日，幾于失夜矣，則十五爲齋壇正日也。十五爲齋壇正日，則十四下春，宜即有事于壇矣。或香焉，或燈焉，或疏或像焉，或陳鐘設磬焉。豈月上初更，而殿梱猶閉，悄無人聲者乎？琉璃瑞烟之爲鬱蔥也，昭昭然也，不然，下即繼之以香烟咒聲之如雲如潮也，此豈咄嗟可辦，而喧寂頓畢也？使其在十五，則按之成文者也。使其在十四，則法筵之撤，必兩夜一日矣。何以作者止言宵，不言日也？以月高始，以月沈終也。鶯云忙了一夜，張云勞嚷了一宵也。止爲十五夜，昭昭然也。此通體相安者也。使必曰十四，則張雖愚，未必失日失夜，至于此極也。僧雖怠，未必失事至于此極也。何以叙夜不叙日也？何以月始而月終也？使其在十五，則無間可入者也。然此皆十五之晚之事也，十五之日，諸比丘竟無事于壇乎？曰有之。有何事？曰念《法華經》，禮梁皇懺也。法聰諸衆俱在，惠明獨不在，故惠明次日啓口即言之也，此史家補書之法也。若曰昨者，念經禮懺非吾事，今者厮殺乃吾事也。然則念經禮懺，諸檀越可不至乎？曰不必據至也，念經禮懺爲焰口先聲，如有事于泰山，先有事于配林也。崔不必據至，張亦不必據來也，故請拈香在日而赴齋壇在暮也，此世俗之昭昭者也，可無深辨也。

【絡絲娘煞尾】則爲你閉月羞花相貌，少不得翦草除根大小。① 【繼眉】一本有【絡絲娘煞尾】"則爲你閉月羞花相貌，少不得剪草除根大小。"此意不合先説出，且複用【煞尾】，今刪去。【凌眉】此有【絡絲娘尾】者，因四折之體已完，故復爲引下之詞結之，見尚有第二本也。此非復扮色人口中語，乃自爲衆伶人打散語。猶説詞家"有分交"以下之類，是其打院本家數。王謂是掬彈引帶之詞而削去，太無識矣。【湯沈眉】俗本有【絡絲娘煞尾】："則爲你閉月羞花相貌，少不得翦草除根大小。"皆俗工掬彈引帶之詞，今刪去。【毛夾】院本亦以四折爲一本，中用【絡絲娘煞尾】聯之，此作法也。且《正音譜》已收西廂煞尾入譜中，第一本偶亡耳。王伯良將後本三曲俱刪去，妄矣！又雜劇亦間有用【絡絲娘煞尾】作結者，見《兩世姻緣》劇。

題目　老夫人閑春院　崔鶯鶯燒夜香
正名　小紅娘傳好事　張君瑞鬧道場②

【毛夾】閑，即"門掩重關"之意，雖出游，猶閉也。俗子倡爲鶯不游寺之説，必謂院開而鶯見，遂易"閉"爲"開"，嗟乎乃爾！參釋曰：好事，即道場也，他本以"問"作"懷"，非。

西廂記五劇第一本終

---

① 弘本、羅本、繼本、屠本、容本、起本、徐畫本、徐音本、徐參本、驥本、虎本、何本、陳本、秀本、硃本、延本、張本、天李本、湯本、湯沈本、三合本、魏本、峒本、封本、毛本、潘本無【絡絲娘煞尾】一曲。弘本折尾作："佳人才子正青春，月下相逢欲就親。不憶兵來圍普救，傷心誰是解危人。多情佳儷無緣難會洞房春，有意書生無計支吾飛虎將。"

② 範本、龍本結尾作"題目：張君瑞破賊計，莽和尚生殺心。正名：小紅娘書請客，崔鶯鶯夜聽琴"，繼本、徐畫本、張本同，但四句均作"正名"，"書"作"晝"，置于二卷之首。延本折尾作"正名：老夫人閑春院，崔鶯鶯燒夜香。俏紅娘懷好事，張君瑞鬧道場。"毛本同，但"懷"作"問"。六幻本無"題目、正名"。

【容尾】【湯尾】總批：做好事的看樣。【徐音尾】批：做功德，結良緣，原是一項事，此却凑合得好。【陳尾】批：鬧熱極，莊嚴極，不可思議功德。【硃尾】如見，如見。妙甚，妙甚。【三合尾】湯若士總評：中篝之醜，十有八九從佛境僧房做來。良繇佛法慈悲，以方便爲第一善事也，故呵護最靈。今欲清閨閣之風，須先塞此徑竇。李卓吾總評：做好事的看樣！徐文長總評：且看糶的要糶，糴的要糴，大是熱鬧。單則夫人、法本，被"老"字板殺，不作此態，却也曾打從這熱鬧場裏過來。【魏尾】總批：做功德，結良緣，原是一項事，此却凑會得恰好。【峒尾】批：薦父母是虛情，看鶯鶯是實事。

【驥尾附】注一十二條

【新水令】碧琉璃，謂殿瓦也。諷，誦也。筠本作"唪咒"，唪，音捧，又音邊孔反。《說文》：大聲也，又多實貌。《詩》："瓜瓞唪唪。"于經聲不侔，今從"諷"。《楞嚴經》："佛興慈悲，發海潮音，遍告同會。"謂諷咒之聲，如海潮之聲也。兩"烟"字重，以"香烟"對"諷咒"，亦不的，似有誤字。

【駐馬聽】首四句，隔句對法，後仿此。"侯門"二句，因鶯未到，想像之辭，謂長老不可去問消息，算來紅娘好歹必來回覆長老也。眼腦，即眼也。近一俗本，"佛號"改作"沸號"，又于序中盛誇獨見，可笑。佛號，佛之名號，即今緇流所誦阿彌陀佛之類。"佛號"與"鐘聲"相對，全句又與"法鼓金鐸"相對，自然之理。稍通文義者，當自識之也。

【沉醉東風】以"人間壽考"對"天上逍遙"，不惟字面親切，而本調首句末字，法當用上聲。諸本作"壽高"，非。曾祖父，朱本作"曾祖禰"，良是，但不諧俗，今并存。曾祖父是謂三代，佛法僧是謂三寶，以三寶對三代，亦一的對。"存在"二句，可以明言；"梅香"四句，是私情，難以明言，故曰"暗中禱告"。"回施"者，主人醮畢謝僧，僧亦懺福回答，此俗至今相沿。張生所欲者，"幽期密約"耳，故以此祈和尚每也。俗本不知，添一"佛"字，謬甚。（白）法聰曰"却早兩遭兒"者，以前寺中初見，有遇神仙之說；此又云"爲你志誠，神仙下降"，故云兩遭。

【雁兒落】玉天仙，又應上白"神仙下降"語。"清醮"對"碧霄"，借字對也。

【德勝令】"苗"與"條"，皆嬌嫩之物，故借以形容其面之俏。妖嬈，正與"嬌"字相屬，俗本倒轉，非。

【喬牌兒】呆僗，方言也，猶言痴呆、懵懂之意，古本作"勞"，音義并同。（董詞："諸人與看人驚晃，瞥見一齊都望，住了念經，罷了隨喜，忘了上香。"）

【甜水令】"鬧元宵"以上四句，屬上曲看。稔色，美色也。"稔色人兒"，指鶯鶯；"他家"，張生自謂，代鶯言也。言鶯之有意于己，而又怕人窺破，故着淚眼偷瞧之也。（董詞："老的小的，村的俏的，滿壇裏熱荒。老和尚也眼狂心癢，小和尚每捼頭縮項。"）

【折桂令】首二句，又屬上曲看。"迷留沒亂"，即迷亂之意。（董詞："迷留沒亂沒處着。"）"心癢難揉"之"揉"，諸本作"撓"。朱本及元人諸劇，用此語者，皆作"揉"。"撓"本上去二音，平聲，諸韻書無此字。惟周德清《中原音韻》有之，蓋亦元人相沿之誤。"揉"本音"柔"，又皆"揉"字，字形相近之誤。揉，猴屬，能爲虎揉癢而食其腦，故世謂妓女爲"揉"，今改正。"哭聲兒"二句，起下意。喬林，古本作"林喬"，語生，不從。慈悲臉兒蒙着，正大師之難學處。大師音義見前注。臉，音斂，【驪夾】上聲，不音檢。張生迷亂，頭陀、行者又都貪看，皆已不能強制，大師雖凝眺動情，他却以慈悲遮臉，假妝志誠，所以難學也。此段與上【喬牌兒】意稍複。（董詞："添香侍者似風狂，執磬的頭陀呆了半晌，作法的闍黎神魂蕩揚。不顧那本師和尚，聒起那法堂，怎遮當？貪看鶯鶯，鬧了道場。"）

【錦上花】自來北詞惟一人唱，此參旦唱，且"黃昏這一回"後，詞意太露，不宜鶯鶯遽爲此語，殊屬可疑。金本作紅唱，較是，今并存之。"黃昏"對"白日"，"窗兒外"對"書幃裏"，"鑊鐸"對"長吁"，皆想像張生之自苦，凡夜、凡日、凡行、凡臥，無處非無聊之境也。"窗兒外"與"書幃裏"四句，參差相對，總之二項事，與上"黃昏""白日"二句又相對。鑊鐸，喧鬧之意。

（董詞：「譬如這裏鬧鑊鐸，把似書房裏睡取一覺。」）（關漢卿《魯齋郎》劇：「不索你鬧鑊鐸，磕頭禮拜我。」）（鄭廷玉《後庭花》劇：「這壁廂鑊鐸殺五臟神。」）（石君寶《曲江池》劇：「階垓下鬧鑊鐸，鬧火火爲甚麼？」）（《百花亭》劇：「他那裏笑鑊鐸，我去那窗兒外瞧破。」）可證。舊解眞作「鑊鐸」之聲，非。兩「那」字，俱去聲。那會鑊鐸，那一會之鑊鐸也。此調有分「黃昏這一回」以下作【幺篇】者，古本不分。《正音譜》亦只作一調，後仿此。

【碧玉簫】暢，甚辭。嚎，與「號」同，【驥夾】平聲。哨，咷，喧鬧之意。行者、沙彌，擾嚷其間，張生不得致其私款，故曰「奪人之好」。「眉梢」「心苗」，對巧。

【鴛鴦煞】多情却被無情惱，東坡詞句。無心無情，俱指行者、沙彌等，承上曲來。（董詞：「瞑子裏歸去，又一夜葫蘆提鬧到曉。」）瞑子，亦作「酪子」，瞑子，調侃暗地也。葫蘆提，方言，糊塗之意。俗本每折後各有僞增【絡絲娘煞尾】二句，皆俗工摘彈引帶之詞，今悉削去。

【凌尾附】西廂記第一本解證

楔子

子母孤嫠途路窮：徐文長云：「既云『窮』，則中間軟玉屛、珠簾、玉鈎等句亦當避忌。」夫所謂「窮」，只此遭喪旅襯便是窮處，賓白中「路途有阻」是也，豈相公家齎一無所攜而言「窮」耶？吳越語自以「貧」爲「窮」耳，古人何嘗以「窮」字訓「貧」字。阮籍車迹所窮，輒慟哭而返，豈亦以囊無錢耶？可笑。

第一折

望眼：一作「醉眼」，亦可。然王伯良引杜詩及他劇確證其爲「醉眼」。彼「望眼」獨無出處耶？

蠹魚似：猶言蠹魚般也。後「錦片也似」亦然。

顛不刺：舊解爲美人名，固非。徐及王解云："顛，輕狂也。不刺，方言助語。""顛不刺"句反起"可喜"句。言輕狂者見了萬千，似鶯鶯之凝重可喜者少。"儘人調戲"三句正見凝重處。考之"不刺"，爲北方助語則是，而其解則非也。"顛不刺"，詞中用之不少，如"顛不刺情理是難甘"，"顛不刺喬癥候"等語。豈亦以"顛"爲"輕狂"而反起可喜耶？繹其意，似言沒頭腦，沒正經之意，如"葫蘆提"，"酩子裏"之類，可解不可解之間。湯臨川《邯鄲記》中"顛不刺自裁刮用得合"，若依徐解，則下"解舞腰肢"四語，豈亦贊其凝重耶？既"軃香肩"而笑撚花，亦非凝重氣象矣。

靦腆：上忙扁切，下他璉切。《中原音韻》并載。先天韻中元曲多有之，《金綫池》劇："使不着撒靦腆"可證，今俗謂羞澀軟膩者，猶有此聲。王伯良易以"面靦"，引詩有靦面目爲證，而謂字書無"靦"字，不知曲中，元不用"靦"字，時本自誤刻耳。若作"面"，則從"去"，竟無此二字音矣。

南海水月觀音現：徐以朱氏本作"院"，以爲對"家"字工而改之，并改"南海"爲"海南"以對"河中"。工則工矣，然自來無"海南水月"之語，況實甫貫用董解元詞，董詞云"我恰纔見水月觀音"，現正直取其句，不以屬對爲工耳。舊本作"現"，不敢喜新而從徐也。

第二折

小姐央：即央及也，與紅娘討分上也，倘其不肯，我自寫與之，甚明。而徐解云"商量得中"，不知何謂？

從良：奴婢贖身爲從良，今世猶有行此法者，倡家小侑亦皆然。寫與從良，便是惜其爲侍女，故云，即欲善嫁之之意。徐解云"未免有得隴望蜀之意"，則張乃自認收幸之爲從良耶？若自用，亦復何須寫？

睃趁着你頭上放毫光：猶俗云"眼裏放得火出也"，徐與王伯良各有解，皆迂拙。

煩惱則麼耶唐三藏：舊本元自如此，蓋元人則麼、子麼、怎麼皆一樣解。今本不知其解而改爲"怎麼"，固不必爲徐解者。偶見舊爲"則麼耶"，遂妄謂亦是僧名，而曰言大師，非則麼耶、唐三藏之比，淫慾在所不免。何用嗔已之戲謔更可笑。煩惱則麼耶，正言何用煩惱？唐三藏，即調稱法本，煩惱則麼耶唐三藏，猶息怒波卓文君、學去波漢司馬，與別本"免禮波雙通叔""熱忙也沈東陽"之類，一樣句法也。今如徐解，則"煩惱"二字如何連接？且云何用嗔已之戲謔，仍是煩惱則麼之解矣。或果有僧名則麼耶，亦決不如是用也，況無考者乎？皆好為異說而不通者，王伯良不從，有見。

第三折

不恁般撐：言姮娥亦未必如此撐達也。元本時有此語，《兩世姻緣》雜劇云"看了他容顏兒實是撐"，此句蓋用董解元"便是月殿嫦娥也沒恁地撐也"。徐本改為"不恁般爭"，注曰"不爭差也"，又曰："您爭，言不與你爭，如云不我欺也。"謬其義而強為之解，自相支離。

四星：舊解為"十分"，未知何處，然揣其義，不過言其甚也。徐解乃曰："古人釘秤，末梢用四星，四星謂下稍也。"《兩世姻緣》雜劇云："比卓文君有了下稍，沒了四星。"是言有上稍沒下稍也。今夜雖淒涼，然隔墻酬和，是有下稍矣。其說如此，玩本折尾聲語氣，此說近似，然詞中有"卻遮了北斗杓兒柄，這淒涼有四星"，樂府"愁煩迭萬埃，淒涼有四星"，《玉鏡臺》劇云"折莫你發作我半生，我也忍得四星"，又當作何解？恐又非"有下稍之說"可通耳。要之，"十分"之意為是。或曰：天南地北參辰卯酉四星，蓋此星朝暮不得相見，詞家往往用為阻隔之義，意或少近耳。

第四折

犬兒休惡：此本無可疑，徐本"犬兒"上添"崔家的"三字，評云"有此方妥"，可笑之甚。犬之警吠，礙人幽期，故禱之耳。此時張初至寺中，未到崔家書院，豈止崔家者休惡，而寺中餘犬皆可任其嗥吼耶？況崔家止寓寺中耳，豈別有一種崔家犬，非寺中犬耶？前謂其"途路窮"，玉鈎、珠簾皆非所攜，而獨牽相府中舊犬豢養之耶？穿鑿鄙陋，可為粲肌。

稔色人兒，可意冤家，怕人知道，看時節淚眼偷瞧：上二句連呼鶯，言鶯鶯欲看己而怕人知道，故泪眼偷瞧，意本明白。但以腔調所限，倒此"看時節"三字在下耳。徐改"冤家"爲"他家"，而曰："生指自己，言可意我又怕人知道，故瞧我只偷瞧。"夫以張生自指，而代鶯鶯稱"他家"，恐世無此等文理，乃反以"冤家"爲没理，謂與下文無干。夫詞中稱所歡爲"冤家"，其嘗也，是豈嘗語而與下不相接耶？又，一古本無"可意"二字，直作"他家怕人知道"，《雍熙樂府》亦作"他怕人知道"，亦自直截，但【甜水令】本調一少二字，一少三字耳。

鑊鐸：方言，猶言"羅唣"，鬧攘之類。燈詞有"聽的社火鑊鐸"；《後庭花》雜劇有"鑊鐸殺了五臟神"；《曲江池》雜劇"階垓下鬧鑊鐸"。元人用之，不一而足。舊解爲往來，固非。徐解爲寺中鈴鐸，謬甚。

【六幻本】五劇箋疑

一之四　清醮目成

碧琉璃：殿瓦。

諷咒：一作"唪咒"。

檀越：梵語也。華言施主。

法鼓金鐸：法，上聲。鐸，平聲，一作"鐃"。

惟願存在的人間壽考：一作"惟願存人間的壽考"，一本"考"作"高"，一本"的"下有"教"字，下句同。

曾祖父：朱本"父"作"禰"。

焚名香：焚，一作"爇"。

則願得：一作"只願"。

犬兒休惡：一本上有"崔家的"三字。惡，叶豪，去聲。

佛囉：一本無二字。

密約：約，音杳。

我則道玉天仙離了碧霄：則，一作"只"。記中則、只通用，後不贅。一本"道"下有"這"字，一本無"了"字。

恰便似檀口點櫻桃：恰便似，一作"則見他"。

淡白：白，上聲。

櫻桃口，楊柳腰：白樂天二姬，樊素善歌，小蠻善舞。詩云："櫻桃樊素口，楊柳小蠻腰。"

妖嬈苗條：一本"妖嬈"作"苗條"，"苗條"作"妖嬈"。

法座上也凝眺：上，一作"下"。

癡呆儜：呆，字書不載，詞中讀兀，上聲，俗讀如孩。儜，勞，去聲。北方罵人多帶"儜"字，如云囚儜、饞儜之類，不知何義。癡，一作"真"。

老的少的：少，一作"小"。

稔：音飪，穀熟也。稔色，言美得豐足。

他家：一作"可意他家"，一作"可意冤家"。

泪眼偷瞧：一作"著泪眼兒偷瞧"。

滴：上聲。

也難學：學，奚交切。下"才學"同。

把一個發慈悲的臉兒來朦著：一無"一"字，一無"來"字。著，平聲。

懊惱：一作"意惱"。

貫世才學：貫，一作"冠"。

做作：作，音早。

窗兒外那會鑹鐸：一本"窗"上有"來"字。鑹鐸，是方言彳亍，踟躕無聊之音。今吳音亦謂慢行曰鐸鑹，解謂為窗外鈴鐸驚醒，殊謬。董解元本"鬧會"詞有："譬如這裏鬧鑹鐸，把似書房睡取一覺。"鐸，音刀。

到晚來：一無"來"字。

比及睡著：及，平聲。

捱不到曉：不，一作"得"。

心緒你知道：一"心"上有"我"字。

情思我猜著：一"情"上有"你"字。

沙彌又哨：哨，一作"咷"，一作"跳"。

奪：平聲。

有心爭似：似，一作"奈"。

勞攘了一宵：攘，一作"嚷"。

玉人歸去的疾：一本"玉人"上有"唱道是"三字，此是收場語。如四卷曲情已完，則宜用之。此尚有第二本在，未得用此。茲從諸本。疾，精齊切。

酪子裏：猶云昏黑。

葫蘆提：見"惺惺惺"注。猶云昏懂懂。

絡絲娘煞尾：此因四折已完，故爲引起下文之詞以結之。盡而不盡，見有第二本在也。非復扮色人口中語，乃自爲衆伶人打散語。猶演義小說，每回說盡，有"有分教"云云之類，是宋元院本家數，或刪去者，非矣。

閑春院：閑，一作"閉"。

小紅娘傳好事：小，一作"俏"。

【會注】

【弘注】【範注】【湯注】檀越：出《要覽》。僧稱施主曰檀越，又曰檀那，梵語云陀那，是。【起注】【徐音注】【陳注】【硃注】【魏注】【峒注】檀越：僧稱施主。【徐參注】僧道稱施主。

【弘注】【範注】【湯注】三寶：出《要覽》。佛也，法也，僧也。【羅注】【起注】【陳注】【秀注】【硃注】【峒注】三寶：佛也，法也，僧也。【徐音注】【魏注】三寶：佛、法、僧。

【弘注】【範注】【湯注】傾國傾城貌：出《通鑒》。周幽王寵褒姒，姒不好笑。王與諸侯約，有寇至則舉烽火爲信，則舉兵來援。王欲褒姒笑，乃無故舉火，諸侯悉至，至而無寇，褒姒大笑。後舉烽火，徵兵不至，遂殺幽王驪山下，虜褒姒。【羅注】【秀注】傾國傾城貌：周幽王寵褒姒，姒不好笑，王與諸侯約，寇至則舉烽火爲信，火與兵來。王欲褒笑，乃無故舉火，諸侯悉至，至而無寇，褒姒大笑。後舉烽火，徵兵不至，犬戎殺幽王，虜褒姒而去。【起注】

【徐音注】【陳注】【魏注】【峒注】傾國傾城貌：古詩曰："一笑傾人城，再笑傾人國。"【徐參注】傾國傾城貌：詩："一笑傾人城，再笑傾人國。"【砆注】傾國傾城貌：古詩"一笑傾人城，再笑傾人國"云云。

【弘注】【範注】櫻桃口楊柳腰：出《古今詩話》，又《雲溪友議》。白樂天二妾，名樊素，善歌；小蠻，善舞。故詩云："櫻桃樊素口，楊柳小蠻腰。"【羅注】【秀注】【湯注】櫻桃口楊柳腰：《古今詩話》：白樂天有二妾，名曰樊素、小蠻。樊素善歌，小蠻善舞，詩云："櫻桃樊素口，楊柳小蠻腰。"【秀眉】樂天名居易，宋人。【起注】櫻桃口楊柳腰：白樂天有二妾，一名樊素善歌，一名小蠻善舞。詩云："櫻桃樊素口，楊柳小蠻腰。"【徐音注】【陳注】【砆注】【魏注】【峒注】櫻桃口楊柳腰：白樂天有二妾，一名樊素，一名小蠻，而皆姿容（陳本、砆本、魏本、峒本無"姿容"）善舞。詩云（砆本無）："櫻桃樊素口，楊柳小蠻腰。"

【起注】【徐音注】【徐參注】【陳注】【砆注】【魏注】【峒注】呆傢：元時鄉語也。

【弘注】【範注】【湯注】頭陀：出《圓覺要覽》，又《群玉》。梵語杜名（範本、湯本作"多"），漢云抖（云抖，範本、湯本作"科"）。故謂三毒如塵，能坌污真心，此人能振掉除去，今說稱頭陀。【羅注】【秀注】頭陀：《圓覺要覽》云：頭陀，抖擻也。【羅眉】抖擻，音斗叟。抖擻去煩惱，謂"三毒"。如塵坌其心，此人能除也。【起注】【陳注】【砆注】【魏注】【峒注】頭陀：梵語三毒如塵，能坌污真心，此人能振掉除去，今說稱頭陀。

【弘注】行者：出《要覽》經中。修行人為行者，自晉始有此名。見《善律》云：有善男子，欲求出家，未得衣鉢，欲依寺中住者，名叫頭波羅沙。【範注】【湯注】行者：出《要覽》經中。始修行人有德行曰行者，又云未得衣鉢曰行者，自宋始有此名。【起注】【陳注】【砆注】【魏注】【峒注】行者：始修行人有德行曰行者，又云未得衣鉢曰行者。【徐音注】行者：始修行曰行者，又云未得衣鉢曰行者。

【起注】【徐音注】【陳注】【砆注】【魏注】【峒注】鑊鐸：往來貌。

【弘注】【範注】【湯注】沙彌：出《釋氏要覽》。僧落髮後，稱沙彌僧，華言息慈也。謂安息于慈悲之地，又謂息惡盡而行慈也。【起注】【陳注】【硃注】沙彌：僧落髮後，稱沙彌僧。【徐音注】【魏注】【峒注】沙彌：僧落髮後稱沙彌僧，華言息慈也。

【弘注】無情惱：出東坡《秋遷》詩："笑漸不聞聲漸杳，多情却被無情惱。"【範注】【湯注】無情惱：東坡詩云："笑漸不聞聲漸遠，多情却被無情惱。"【羅注】無情惱：《東坡詞》云："笑漸不聞聲音，多情却被無情惱。"【秀注】無情惱：《東坡詞》云："笑漸不聞聲漸杳，多情却被無情惱。"

【起注】【徐音注】【陳注】【硃注】【魏注】【峒注】酪子裏：猶云昏黑。

【弘注】【範注】【湯注】葫蘆提：出《群玉》。到了非干藤蔓事，葫蘆自去纏葫蘆也（範本、湯本作"又《北地鄉談》"）。【羅注】【秀注】葫蘆提：《群玉》云：到了不干藤蔓事，葫蘆自去纏葫蘆，又《北地鄉談》。【起注】【徐音注】【徐參注】【陳注】【硃注】【魏注】【峒注】葫蘆提：猶云不明白，俱北方鄉語。

【起注】【陳注】【硃注】閉月羞花：俗云女子美麗有閉月羞花之貌、沉魚落雁之容。

【起注】字音

幡，音番。眺，音兆。稔，音忍。饡，產，平去聲。嚎，音豪。罹，音離。擂，音雷，聲。鐺，當、稱二音。唵，音庵。

【徐音注】【魏注】【峒注】字音

幡，番。眺，兆。稔，忍。饡，產，平聲。嚎，豪。罹，離。唵，庵。

【陳注】【硃注】字音

幡，番。眺，跳。稔，忍。饡，產，平聲。嚎，豪。罹，離。擂，雷。鐺，當，稱二音。唵，音庵。

西廂記五劇第二本

[元] 王實甫　填詞

崔鶯鶯夜聽琴雜劇*

＊西廂記五劇第二本　元王實甫填詞　崔鶯鶯夜聽琴雜劇：弘本作"奇妙全相注釋西廂記卷之二　冰弦寫恨"，繼本作"重校北西廂記二卷。正名：張君瑞破賊計，莽和尚生殺心。小紅娘晝請客，崔鶯鶯夜聽琴"，徐畫本作"重刻訂正元本批點畫意北西廂卷二，元大都王實甫編關漢卿續。第二折，正名：張君瑞破賊計，莽和尚生殺心。小紅娘晝請客，崔鶯鶯夜聽琴"，驥本作"新校注古本西廂記卷二。元大都王實甫編，明會稽方諸生校注，明山陰徐渭附解，吳江詞隱生評，古虞謝伯美、山陰朱朝鼎同校。第二折：第一套仙呂宮曲一十四章，用真文韵，紅；正宮曲一十一章，用監咸韵，惠明。第二套中呂宮曲一十六章，重用庚青韵，紅。第三套雙呂調曲一十六章，用哥戈韵，旦。第四套越調曲一十五章，用東鍾韵，旦"，延本作"北西廂卷二，元大都王實甫編關漢卿續，明山陰延閣主人訂正"，張本作"張深之先生正北西廂秘本卷二，正名：張君瑞破賊計，莽和尚生殺心。小紅娘晝請客，崔鶯鶯夜聽琴"，六幻本作"王實父西廂記第二本"，湯沈本作"西廂會真傳。張君瑞破賊計，莽和尚生殺心。小紅娘晝請客，崔鶯鶯夜聽琴"，三合本作"三先生合評元本北西廂卷二。第二折，正名：張君瑞破賊計，莽和尚生殺心。小紅娘晝請客，崔鶯鶯夜聽琴"，毛本作"西廂記卷之二，西河毛甡字大可論定并參釋，山陰葉維侯屏侯邵炳赤文較訂"，潘本作"西來意（元本北西廂，一稱夢覺關），渚山恒忍雪鎧道人説意。第一卷，正名：張君瑞破賊計，莽和尚生殺心。小紅娘晝請客，崔鶯鶯夜聽琴"。範本、龍本、羅本、屠本、容本、起本、徐音本、徐參本、虎本、何本、陳本、秀本、硃本、天李本、湯本、魏本、峒本、封本無。

第一折①

（孫飛虎上開）自家姓孫，名彪，【羅眉】彪，音蕉。字飛虎。②方今唐德宗即位，天下擾攘。③因主將丁文雅失政④，彪統着五千人

---

① 第一折：範本、龍本、繼本、容本、徐音本、徐參本、虎本、陳本、秀本、湯本、湯沈本、魏本、峒本、封本作"第五齣　白馬解圍"，羅本作"第五齣"，屠本作"第五折"，起本作"第五齣　惠明寄書"，徐畫本作"第一套　白馬解圍"，驥本作"一套（今本第五折）解圍"，何本作"解圍"，砅本作"第五齣　兵圍普救"，天李本作"白馬解圍"，六幻本作"二之一　白馬解圍"，三合本作"第一套　解圍"，毛本作"第五折　寺驚"，潘本作"第一折　白馬解圍"。
② 自家姓孫，名彪，字飛虎：字，範本、龍本作"表字"。張本作"自家孫飛虎便是"。屠本此句後多"平生勇略過人，才能出衆。因此上領着五千人馬，鎮守河橋"。
③ 方今唐德宗即位，天下擾攘：唐德宗，屠本作"德宗"，凌本原作"上德宗"。驥本、何本、延本、張本、六幻本、湯沈本作"方今天下擾攘"，範本、龍本作"麾下五千人馬，駐扎蒲關"，封本作"方今朝家多難，天下擾攘"。
④ 因主將：範本、龍本作"只因"，屠本、驥本、延本、張本、六幻本作"主將"。失政：屠本作"尚且失政，況我輩偏裨乎？只得在此聚衆擄掠，權且安身"。

馬，鎮守河橋。① 近知先相公崔珏②之女鶯鶯，眉黛青顰，【羅眉】黛，音代。【繼眉】珏，音角。【秀眉】鈺，音各。【凌眉】元曲時用白中語作曲，以爲照應，因此飛虎口中有"眉黛"等語，故後夫人亦云然，而鶯曲遂述之耳。時本刪去，則後來夫人之語何所自？又有并夫人亦無白者，則鶯奈何忽自贊耶？【封眉】即空主人曰：元曲時用白中句，以爲照應，因飛虎有"眉黛"等語，故後夫人亦云，然而鶯曲遂述之耳。時本多漏，則夫人之語何所自？又有并夫人白亦無者，鶯奈何忽自贊耶？時本多漏"圍寺高叫"一段，則後"博望燒屯"與"諸僧衆污血痕"等語，無著落矣。蓮臉生春③，有傾國傾城之容，西子太真之顏，④【謝眉】西子，即西施；太真，即楊妃。【秀眉】西子，即西施。太真，楊貴妃也。現在河中府普救寺借居⑤。我心中⑥想

---

① 彪統着五千人馬，鎮守河橋：彪統着，凌本原作"俺分統"，驥本、延本作"彪統"，張本作"俺統"；鎮守，驥本、延本作"鎮守着"。弘本、繼本作"彪鎮守河橋，統着五千人馬，劫擄良民財物"，六幻本、湯沈本同，但無"劫擄良民財物"；範本、龍本作"以致軍中擾亂，劫擄地方。縱虎咆出于柙中，放豺狼游于孔道。我想來，他日廟堂不過下一招安文榜而已，何足慮哉"。封本此句後多"自渾太師薨逝，丁文雅不善御軍，軍無紀律"。
② 近知先相公崔珏：近知，張本作"探知"，封本作"近聞"；先相公，弘本、羅本、繼本、容本、起本、徐畫本、徐音本、徐參本、虎本、何本、陳本、秀本、碌本、天李本、湯本、湯沈本、三合本、魏本、峒本、封本、毛本、潘本作"先相國"，驥本、延本、張本作"相國"。範本、龍本作"近聞崔相國"，屠本同，但"崔"作"先"。
③ 眉黛青顰，蓮臉生春：弘本、範本、龍本、繼本、屠本、徐畫本、徐音本、徐參本、驥本、何本、延本、六幻本、湯沈本、潘本無。
④ 有傾國傾城之容，西子太真之顏：容，弘本、羅本、繼本、容本、起本、徐畫本、徐音本、徐參本、驥本、虎本、何本、陳本、秀本、碌本、延本、張本、天李本、六幻本、湯本、湯沈本、三合本、魏本、峒本、封本、潘本作"貌"；顏，張本、三合本、潘本作"色"。範本、龍本作"有羞花閉月之容，傾國傾城之貌"，屠本作"有西子太真之容，傾國傾城之顏"。
⑤ 現：驥本、延本無。借居：屠本作"寄居"，驥本、延本作"借居停喪"。
⑥ 我心中：驥本、延本作"我心"，張本作"俺心中"。

來，當今用武之際①，主將②尚然不正，我獨廉何爲③?【容旁】【硃旁】有理。【陳眉】【硃眉】説得極是。【三合眉】説得有理。大小三軍，聽吾號令④：人盡銜枚⑤，【羅眉】枚，音梅。馬皆勒口，連夜進兵⑥河中府，擄鶯鶯⑦爲妻。是我平生願足⑧!⑨（法本慌上）⑩ 誰想孫飛虎將⑪半萬賊兵，圍住⑫寺門，鳴鑼擊鼓，呐喊⑬摇旗，欲⑭擄鶯鶯小

---

① 當今用武之際：張本無。
② 主將：弘本、羅本、繼本、徐畫本、徐音本、驥本、虎本、何本、秀本、延本、張本、天李本、六幻本、湯沈本、三合本、潘本作"首將"。
③ 我獨：徐音本作"我咱"，張本作"俺獨"。爲：容本、起本、徐畫本、徐音本、驥本、虎本、何本、陳本、秀本、硃本、延本、天李本、六幻本、湯本、三合本、魏本、峒本、封本、毛本、潘本作"哉"。
④ 吾：容本、魏本、峒本、封本、毛本作"我"。號令：弘本、繼本、驥本、延本、湯沈本作"將令"。
⑤ 銜枚：弘本、起本、徐畫本、徐音本、虎本、何本、張本、天李本、三合本、魏本作"唧枚"。
⑥ 進兵：弘本作"兵進"，封本作"進兵前去"。
⑦ 擄：徐畫本、徐音本、張本、三合本、潘本作"擄掠"。鶯鶯：羅本容本、起本、徐參本、驥本、虎本、何本、陳本、秀本、硃本、延本、天李本、湯本、魏本、峒本、封本、毛本作"崔鶯鶯"。
⑧ 是我：弘本、羅本、繼本、容本、起本、驥本、虎本、何本、陳本、秀本、硃本、延本、天李本、湯本、湯沈本、魏本、峒本、毛本作"是"，六幻本無。願足：湯沈本作"之願足"。
⑨ "我心中想來"至"平生願足"：屠本作"心下只要擄他爲妻。今日率領三軍進兵前去，若能遂願，也是我小運通也。衆軍士聽吾令者，兵至寺前去。衆和尚聽着：俺飛虎將軍要鶯鶯小姐做壓寨夫人，你每急早獻他出來。晚得燒了寺院，殺了衆僧。快與夫人説去"。封本此句後多"（領兵圍寺科，下，卒子内高叫云）寺内人聽者，快將鶯鶯小姐獻出來，與俺將軍成親，萬事干休。三日之後不獻出，將寺院焚燒，僧俗盡殺，不留一個"。
⑩ 屠本此處多"禍事了，禍事了"，徐畫本、徐音本、張本、三合本此處多"禍事到"，潘本此處多"禍事到了"。
⑪ 將：驥本、延本、張本、毛本作"領"。
⑫ 住：驥本、延本作"了"。
⑬ 呐喊：弘本、驥本作"納喊"。
⑭ 欲：驥本、延本、張本、毛本作"要"。

姐爲妻。我今不敢違誤①,即索報知夫人走一遭②。③(下)(夫人上慌云)如此却怎了?俺同到小姐卧房裏商量去④。(下)(旦引紅上云)自⑤見了張生,神魂蕩漾⑥,情思不快⑦,【羅眉】思,去聲。茶飯少進⑧。早是離人傷感⑨,況值暮春天道⑩,好煩惱人也呵!⑪ 好句

---

① 我今:張本作"俺今"。違誤:毛本作"違慢"。
② 即索:弘本、繼本、驪本、延本、湯沈本作"必索"。夫人:徐畫本、徐音本、張本、三合本、潘本作"夫人、小姐",驪本、延本、六幻本、湯沈本、毛本作"老夫人"。走一遭:張本無。
③ "吶喊搖旗"至"報知夫人走一遭":屠本作:"要擄鶯鶯爲妻,報的夫人知道。"
④ 如此却怎了?俺同到小姐卧房裏商量去:卧房裏,驪本、延本、毛本作"卧房前",張本、潘本作"房前";商量去,弘本、繼本作"商議去來",羅本、容本、起本、徐畫本、徐音本、徐參本、虎本、何本、陳本、張本、天李本、湯本、湯沈本、魏本、峒本、封本、潘本作"商議去",硃本作"相議去",三合本作"嘀議去",驪本、延本、毛本作"商量去來"。屠本作"此事怎了?且去與小姐商議者",秀本無。
⑤ 自:屠本作"自從"。
⑥ 蕩漾:屠本、驪本、延本、峒本、毛本作"飄蕩"。
⑦ 情思不快:羅本、容本、起本、徐參本、虎本、何本、陳本、秀本、硃本、天李本、六幻本、湯本、魏本、峒本作"情思難禁",屠本作"情思不寧",封本作"情思無聊"。張本無。
⑧ 茶飯少進:屠本無。
⑨ 早是離人傷感:驪本、何本、延本、張本、六幻本、封本、毛本無。
⑩ 況值:封本作"又值"。天道:羅本、徐畫本、徐音本、張本、三合本、潘本作"天氣"。
⑪ "現在河中府普救寺借居"至"好煩惱人也呵":煩惱人,封本作"傷感人";也呵,屠本作"也"。範本、龍本作:"見今扶柩在普救寺中,若擄將來做個壓夫人,平生之願足矣!模金發冡未爲奇,好色貪財霸者資。軍中不聞天子詔,閫外權將號令施。軍校何在?俺即日起兵往普救者,擄崔鶯鶯爲妻,須索走一遭來。(衆應下)(鶯上云)夢覺金屏依舊空,杜鵑聲咽隔簾櫳。玉郎何在去無踪。情耿耿,恨重重,泪界連腮一綫紅。(紅上云)惆悵良宵月下期,看花不語苦尋思。露他宮裏小腰肢,眉眼細,鬢雲垂,惟有多情宋玉知。姐姐爲何憂悶?(鶯云)自從昨夜聽着那人吟詩之後,不覺春心飄蕩,情思昏昏,好感傷人也!正是:",羅本此句後多"詩曰",繼本、六幻本、湯沈本此句後多"正是"。

有情聯夜月①,【潘旁】不忘唱和時。落花無語怨東風。【徐參眉】張、鶯之情態同一致矣。【陳眉】嬌媚可人。【硃眉】絕句。【三合眉】二曲駢麗中情語。【容夾】好貨。【驥夾】【延夾】玨,音角。

【仙吕】【八聲甘州】懨懨瘦損,早是傷神②,【田補眉】俗本改"多愁"作"傷神",強叶,非。言本以多愁而瘦,又因傷春而增。那值③殘春。【羅眉】損,上聲。神,音申。那,音哪。【凌眉】首二句不用韵亦可,然首句儘多用韵者。《雍熙樂府》中"花遮翠擁,香藹飄霞,燭影搖紅",《明皇望長安》劇云"中秋夜闌,寶篆烟消,玉漏聲殘",《天寶遺事》引"開元至尊,舞按霓裳,政失君臣",又"中華大唐,四海衣冠,萬里梯航"是也。至《咏蝶詞》"春光艷陽,人意徊徨,花柳濃妝",則兩句俱用韵矣,此曲亦然。王謂不用韵,而從徐本之"多愁",雖不妨,然舊本却是"傷神"。【封眉】更,時本多作"值"。羅衣寬褪,能消幾度④黃昏?【湯沈旁】趙德麟詞。【羅眉】黃,音荒。【繼眉】趙德麟詞:斷送一生憔悴,能消幾個黃昏?【徐參眉】難消幾個黃昏!【硃眉】嬌甚。風裊篆烟⑤不捲簾,【徐畫眉】【田眉】【三合眉】串烟,挂香也,作"篆烟",非。雨打梨花深閉門;【範眉】【龍眉】閨怨幽趣,偲偲逼人。秦少游:"雨打梨花深閉門。"【繼眉】秦少游詞:雨打梨花深閉門。【張眉】多愁又值殘春,愁益難堪。訛

---

① 聯:繼本、屠本、容本、起本、徐畫本、徐音本、徐參本、驥本、虎本、何本、陳本、秀本、硃本、延本、張本、天李本、湯本、湯沈本、三合本、魏本、峒本、封本、毛本、潘本作"憐"。夜月:張本作"皓月"。
② 傷神:徐畫本、徐音本、驥本、延本、張本、湯沈本、三合本、毛本、潘本作"多愁"。
③ 那值:屠本作"又值",徐畫本、徐音本、延本、張本、三合本作"那更"。
④ 幾度:弘本、羅本、繼本、屠本、容本、起本、徐畫本、徐音本、徐參本、驥本、虎本、何本、陳本、秀本、硃本、延本、張本、天李本、湯本、湯沈本、三合本、魏本、峒本、封本、毛本、潘本作"幾個"。
⑤ 篆烟:徐畫本、徐音本、三合本、毛本作"串烟"。

"傷"，非。"篆"是實字，對"梨"字，訛"串"，非。無語憑闌干①，【封眉】憑，音病。目斷行雲。【羅眉】行，音幸。【容眉】嬌甚。【徐畫眉】【田眉】【延眉】松江何孔目首可此套，恐未必然。【徐音眉】困人天氣，情有所不堪，于此可見。【秀眉】此一折正點暮春天氣。【湯眉】嬌甚。【湯沈眉】此調第三句起韵。首句偶用"損"字作韵，次句不用，第三句"春"字復用韵。俗本將"多愁"改作"傷神"強叶，非。【魏眉】【峒眉】嬌媚。【毛夾】憑，去聲。【潘夾】此際言愁則非閒愁矣，特因傷春而加劇耳。

【混江龍】落紅②【凌旁】一作花。成陣，風飄萬點正愁人；【湯沈旁】杜子美詩。【繼眉】杜子美詩：風飄萬點正愁人。池塘夢曉，闌檻③辭春。【秀眉】檻，音監，木闌也。蝶粉④輕沾飛絮雪，燕泥香惹落花塵。【羅眉】落，去聲。愁，音蒭。辭，音思。落，去聲。繫春心情短柳絲長，隔花陰人遠天涯近。【範眉】【龍眉】《混江龍》一曲起，李供奉爛醉操觚，未能遠過。【羅眉】情，音青。短，音段。隔，音揭。【徐畫眉】【田眉】【延眉】情本長，柳絲本短，人本近，天涯本遠。今日事已無成，與張無會期，則是情反短于柳絲，人反遠于天涯也。此怨恨之詞。【徐參眉】景況撩人。【三合眉】本是情長柳絲短，人近天涯遠。只今會合無期，則是情反短于柳絲，人反遠于天涯也。此怨恨之詞。【魏眉】又想着老張了。【峒眉】又在想那生。香消了六朝金粉⑤，【謝眉】六朝：齊楚燕韓趙魏。【封眉】淹消，時本多誤作"香消"。清減⑥了三楚精神。【羅眉】六，去聲。【起眉】李曰：王實夫作《西廂》，韓苑洛以當司馬子長，固是猛。"香消

---

① 闌干：屠本、陳本、六幻本作"欄杆"，何本、湯本、毛本作"欄干"。
② 紅：弘本、範本、龍本、屠本、徐參本作"花"。
③ 闌檻：六幻本、毛本作"欄檻"。
④ 蝶粉：徐畫本、徐音本、三合本、潘本作"粉蝶"。
⑤ 香消：驥本、延本、張本、潘本作"消疏"，封本作"淹消"，毛本作"看消"。金粉：驥本、何本、延本作"胭粉"，張本作"脂粉"。
⑥ 清減：毛本作"漸減"。

了六朝金粉，清減了三楚精神"，自當盧駱艷歌，溫韋麗調。【容眉】【湯眉】好。【張眉】"脂粉""精神"是對。訛"金粉"，非。【湯沈眉】池塘夢曉，用謝惠連事，稍不切；夢，作活字。春心繾綣，情反短于柳絲；花陰所隔，人反遠于天涯。此思張難會，極其怨恨之詞。六朝、三楚多麗人，故云。二曲皆絕麗之詞，王弇州謂駢儷中情語。【峒眉】句中有畫。【凌夾】王伯良欲易"香消"為"消疏"，"金粉"為"烟粉"，不為無見。【毛夾】自此至【寄生草】曲，總是閨詞，然分二截。"厭厭"至"氣分"猶多自傷，"往常"至"無人問"則全是懷生矣。王元美稱為駢儷中情語，何元朗謂雖李供奉復生，何以加此，良然！看消，諸本誤作"香消"，王伯良又改作"消疏"。漸減，諸本誤作"清減"，徐天池又改作"玉減"，不知"看"與"香""漸"與"清"，俱字形相近之誤，改則益誤矣。金粉，房幃中飾也，"金粉"二色與"精神"對。唐顧敻詞"金粉小屏猶未掩"，陸龜蒙詩"好將花下承金粉"。若"精神"二字，則出宋玉《好色賦》"精神相依憑"，其云六朝、三楚者，正以"齊梁多綺麗，湘漢饒美艷"也。王本改"金粉"為"胭粉"，反謂"金粉"無出，則更妄矣！臧晉叔曰：此首二句不用韻，"損"字偶然與韻值耳。俗改"多愁"為"傷神"，以為叶韻，謬甚！參釋曰："能消"句用趙德麟詞，"雨打"句用秦少游詞，"無語"句用孫光憲詞，"人遠"句用歐陽修詞，"風飄"句用杜詩。"若怕黃昏、羅衣褪、掩重門、手捲珠簾、目送行雲"諸語，又俱出董詞。【潘夾】二曲句句從暮春寫出愁怨，所謂景中情也。

（紅云）姐姐情思不快，我將①被兒薰得香香的，睡些兒②。【陳旁】【硃旁】知趣。【陳眉】【硃眉】又想着老張了。【硃補眉】服，服！意思各自貫串。

---

① 我將：弘本、繼本、容本、起本、徐畫本、徐音本、徐參本、虎本、何本、陳本、硃本、延本、張本、天李本、六幻本、湯本、湯沈本、三合本、魏本、峒本、毛本、潘本作"我將這"，羅本作"將這"。
② "姐姐情思不快"至"睡些兒"：睡些兒，弘本、範本、龍本作"姐姐睡些兒"，屠本作"姐姐睡去罷"，驥本、延本作"姐姐睡些兒咱"。秀本無。

【油葫蘆】（旦唱）翠被生寒壓綉裯，休將①蘭麝薰；【凌眉】"蘭麝薰盡"句連，非。"薰"字句，而"盡"字連下也。便將蘭麝②薰盡，則索自溫存③。【羅眉】寒，音酣。則，音自。索，音灑。【田補眉】薰蘭麝而無人溫存，所以不欲薰也。【硃眉】畫，入神。昨宵個錦囊佳製④明勾引，【羅眉】昨，音造。【繼眉】【湯沈眉】李賀每出，小奴背古錦囊以隨，得句寫投其中。暮歸，母探之，見詩多，輒曰：是兒嘔出心肝乃已耳。今日個⑤玉堂人物難親近。【秀眉】此以"玉堂"方之，便見鶯鶯期珙有科名之意。這些時坐⑥又不安，睡又不穩⑦，【湯沈旁】穩，諸本作"寧"。"寧"字係庚青韻，非。【田補眉】不穩，諸本作"不寧"，"寧"是庚清韻，非。我欲待登臨又不快⑧，【凌眉】王伯良曰：穩，諸本作"寧"，係庚清韻，非。"登臨"句，七字句，襯二字。【封眉】王伯良曰：穩，俗本多作

---

① 休將：範本、龍本作"紅娘，休將得"。
② 便將蘭麝：起本、天李本作"便將麝蘭"，張本作"蘭麝"。
③ 自溫存：羅本作"溫存"。
④ 昨宵個：弘本、容本、起本、徐參本、驥本、虎本、何本、陳本、秀本、硃本、延本、張本、天李本、湯本、湯沈本、魏本、峒本作"昨宵"，羅本作"昨宵可也"。佳製：驥本、和本、湯沈本、毛本作"佳句"。
⑤ 今日個：徐畫本、徐音本、驥本、延本、張本、三合本、潘本作"今日"，毛本作"今日裏"。
⑥ 坐：弘本、羅本、繼本、屠本、容本、起本、徐參本、虎本、何本、陳本、秀本、硃本、天李本、六幻本、湯本、湯沈本、魏本、峒本、毛本作"睡"，徐畫本、徐音本、封本作"臥"。
⑦ 睡又不穩：弘本、羅本、繼本、屠本、容本、起本、徐參本、虎本、何本、陳本、秀本、硃本、天李本、六幻本、湯本、魏本、峒本、毛本作"坐又不寧"，湯沈本、封本作"坐又不穩"，範本、龍本作"睡又不寧"，潘本作"立又不穩"。屠本、毛本此句後多"（紅云）姐姐，我和你太湖石畔散悶去來"。
⑧ 我欲待：封本作"欲待"，徐畫本、徐音本、驥本、延本、張本、六幻本、湯沈本、三合本、潘本無。又不快：弘本、羅本、繼本、容本、起本、徐參本、虎本、何本、陳本、秀本、硃本、張本、天李本、湯本、魏本、封本、毛本作"不快"。

"寧"，係庚清韻，非。"登臨"係七字句，襯二字。閑行又悶①【範旁】【龍旁】與前"怨不能"四句對貼。【田補旁】董本作"悶"。【凌旁】一作"困"。，每日價情思睡②昏昏。【湯沈旁】真情真態。【謝眉】"每日價"的"價"字，乃北人鄉語。【範眉】【龍眉】"價"字是北方鄉語。【羅眉】欲，音玉。價，音家。【容眉】【湯眉】畫。入神。【徐音眉】無處可遣。【徐參眉】好生珍重。老張神勞夢想。【陳眉】【硃眉】你思睡，他却睡不得。【張眉】"鎮"，猶言常則是也。訛"悶"，非。【三合眉】白描入神。【魏眉】畫畫。【凌夾】"登臨又不快，閑行又悶"，董詞乃道張生者，移為鶯語，覺非女人本色。【延夾】悶，朱作"困"。【潘夾】將行住坐，襯出"睡"字，只因紅娘一"睡"字，生出許多波瀾，見睡是我之本等也。

【天下樂】紅娘呵③，我則索搭伏定鮫綃枕頭兒上④盹【田補旁】小睡也。，【範眉】【龍眉】盹，亦北方言。此間怨尤之語，微見直突。【羅眉】則，音自。索，音灑。頭，音偷。【起眉】王曰：此間恨着紅娘之語，真情無嫌直突。【湯沈眉】此小睡意，一云日欲出也，言其枕上晏眠，情有所鍾也。但出閨門，影兒般⑤不離身。【容眉】【硃眉】【湯眉】妙甚。【徐音眉】前守後縱，小紅大是有操作女子。【徐參眉】真恨！【凌眉】首句宜仄（平可）仄平平仄（平可）仄平（仄可），乃襯"頭兒"二字者，王本謂襯"兒"字，而反去"上"字，便不合調。【三合眉】没來由把我摧殘。【魏眉】此悶恨着紅娘之語真情無嫌直。【峒眉】恨紅娘語逼真。（紅云）不干紅娘

---

① 悶：徐畫本、徐音本、何本、張本、三合本、潘本作"困"。
② 每日價：徐畫本、徐音本、驥本、何本、延本、張本、三合本、毛本、潘本無，封本作"鎮日價"。睡：張本作"鎮"。
③ 紅娘呵：屠本、徐畫本、徐音本、驥本、延本、張本、三合本、毛本、潘本無。
④ 我則索：徐畫本、徐音本、驥本、延本、張本、三合本、毛本、潘本作"則索"。搭：徐畫本、張本、三合本、潘本作"拓"，徐音本作"榻"，驥本、延本作"蹋"。鮫綃：羅本作"鮫綃也那"，徐畫本、徐音本作"絞綃"。兒上：徐畫本、徐音本、驥本、延本、張本、三合本、毛本、潘本作"兒"。
⑤ 般：徐畫本、徐音本、驥本、延本、張本、三合本、毛本、潘本作"也似"。

事，老夫人着我跟着姐姐來。①（旦云）俺娘也好沒意思②。【三合眉】你娘自是有意思的人，只是不十分有意思的緊。這些時直恁般隄防着人！③【容眉】【湯眉】便是這些時要隄防。【田補眉】言除我打盹之時則已，但出閨門又如此提防着人，不得自由也。【虎眉】"這些時"句，今或作"白天"，謬。【陳眉】【硃眉】越提防，越疏略。【秀眉】防紅怨母，便見鶯有致身從琪之意。小梅香伏侍的勤④，老夫人拘繫的⑤緊，【羅眉】着，音招。得，音的。則怕俺女孩兒⑥折了氣分。【三合旁】你也知道。【起眉】這些詩句今或作白，大謬。【徐畫眉】【田眉】【延眉】氣分，去聲，猶體面之謂；地步，崖岸之謂；折氣，猶云折氣與他也；分，即名分之分。女子為人所移，是折倒名分也。氣分，北方有此語，非杜撰也。【凌眉】氣分，猶言氣焰。《金綫池》劇"年紀少須是有氣分，年紀老無人問"，《羅李郎》劇"顯耀男兒氣分"，其意可想。王作"聲勢"解猶近，徐以為"名分"之"分"，酸甚。【張眉】氣倒名分也。【湯沈眉】折了氣分，猶言輸了聲勢體面之謂。【三合眉】折氣分者，女子為人所移，是折倒名分也。【驥夾】【延夾】蹋，音塔。盹，音敦，上聲。分，去聲。【毛夾】離，分，并去聲。"搭伏"句煞上起下，言誰願行游，則索自盹耳。且行游豈自由也？但出閨門則拘繫益甚也。搭伏，搭而伏

---

① 不干紅娘事，老夫人着我跟着姐姐來：我，羅本作"俺"；跟着，弘本、羅本、繼本、容本、起本、徐畫本、徐音本、徐參本、虎本、何本、陳本、秀本、硃本、張本、天李本、六幻本、湯本、湯沈本、三合本、魏本、峒本、潘本作"看"。屠本、毛本作"不干紅娘事，老夫人着我來"，驥本、延本無。
② 俺娘也好沒意思：好沒，弘本、羅本作"沒"。屠本作"俺娘呵"，驥本、延本、毛本無。
③ 恁般：張本作"恁"。隄防着：繼本、屠本、起本、徐畫本、徐音本、三合本、潘本作"隄備着"，驥本、延本、張本、毛本作"隄備"。羅本此句後多"這些時老尊堂只恁般抵被着人"。
④ 的勤：羅本作"的我勤"，張本作"勤"。
⑤ 拘繫的：陳本、硃本、湯本作"拘束得"，張本作"拘繫"。
⑥ 俺女孩兒：起本、徐畫本、徐音本、驥本、延本、張本、三合本、毛本、潘本作"女孩兒家"。

之。如《竇娥冤》劇"今日搭伏定攝魂臺"類。諸本作蹋伏，誤。折氣分，猶言不爭氣也。《老生兒》劇"顯的俺兩口兒沒氣分"。【潘夾】此節是不足紅娘之詞，言我只合去睡，略見動憚。老夫人拘管甚緊，使紅娘似影隨身，到處堤備，使我不好意思滅損威風。下節因言我平素原極自把持，不須堤備得，但不知一見那人，陡覺關心，此又情之不能自已處，雖堤備，亦無益也。文思一綫，縈洄如此。

（紅云）姐姐往常不曾如此無情無緒①，自曾②見了那生，便却③心事不寧，却是如何④？【三合旁】隨你理會。【容眉】【砅眉】【湯眉】隨你理會。

【那吒令】（旦唱）往常但見個外人⑤，氲的早嗔⑥【田補旁】怒意。；但見個客人⑦，【羅眉】常，音昌。客，上聲。厭的倒褪⑧；

---

① 無情無緒：驥本、延本作"没情緒"，毛本作"没情没緒"。
② 自曾：繼本、屠本、徐參本、秀本、六幻本、湯沈本、魏本、峒本作"自從"，起本作"只自"，徐畫本、徐音本、張本作"只自從"，驥本、延本毛本作"自"，三合本、潘本作"只有從"。
③ 便却：弘本、羅本、繼本、屠本、容本、起本、徐畫本、徐音本、徐參本、驥本、虎本、何本、陳本、秀本、砅本、延本、張本、天李本、六幻本、湯本、湯沈本、三合本、魏本、峒本、潘本作"便覺"，封本作"便"，毛本作"覺"。
④ 却是如何：繼本作"是欲如何"，屠本、張本作"却是爲何"，驥本、延本作"却是如何也呵"。
⑤ 往常：起本、徐畫本、徐音本、驥本、延本、張本、三合本、潘本作"我往常"。個：弘本、範本、羅本、龍本、繼本、容本、徐參本、陳本、秀本、砅本、六幻本、湯本、湯沈本、魏本、峒本、封本、毛本作"一個"。外人：起本、徐畫本、徐音本、驥本、延本、張本、湯沈本、三合本、潘本作"客人"。
⑥ 氲的早嗔：的，範本、龍本、屠本作"得來"，羅本作"的我來"。起本、徐畫本、徐音本、驥本、延本、張本、湯沈本、三合本、潘本作"厭的倒褪"。
⑦ 但見個客人：個，弘本、範本、羅本、龍本、繼本、容本、徐參本、陳本、秀本、砅本、六幻本、湯本、湯沈本、魏本、峒本、封本、毛本作"一個"；客人，驥本、延本、張本、湯沈本作"外人"。起本、徐畫本、徐音本、三合本、潘本作"若見一個外人"。
⑧ 厭的倒褪：的，羅本作"的我來"，屠本作"得來"。起本、徐畫本、徐音本、驥本、延本、張本、湯沈本、三合本、潘本作"氲的早嗔"。

【徐畫旁】【田旁】此即是不折氣分之證。【田補旁】羞意。【湯沈眉】"倒褪"有羞意，"早嗔"有怒意。從見了那人，①兜的便②親。【徐畫旁】【田旁】此即是折氣分，而所以折氣分者，以下文云云。【延旁】此即是折氣分，而所以折氣分者，以下文云云然也。【容眉】妙！妙！"那人"與"外人""客人"不同。【徐畫眉】【陳眉】"那人"與"外人""客人"不同。【硃眉】那人與外、客不同，趣甚。【湯眉】"那人"與"外人""客人"不同。妙！妙！【三合眉】"那人"與"客人""外人"不同。想着他昨夜詩③，【羅眉】昨，音造。依④前韵，酬和得清新⑤。【徐參眉】想老張不了，相思過半矣。【硃眉】這正是五百年前風流業寃。【張眉】第二、四、六句俱少一字。第七、八、九句俱少二字。【峒眉】是本心話。

【鵲踏枝】吟得句兒勻⑥，念得字兒真⑦，【秀眉】此狀生之聲音。咏月新詩，【羅眉】得，音的。咏，音用。煞强似⑧織錦回文。【繼眉】晉竇滔為秦州刺史，被徙流沙。妻蘇若蘭思之，為織錦回文以寄，名曰"璇璣圖"，宛轉循環，文意凄切。又范陽盧姆王氏撰天寶回文詩，凡八百十二字。誰肯把【田補旁】與上"把"字礙，法却佳。【凌旁】一本無"把"

---

① 羅本此處多"從見了那人"。
② 便：羅本作"我便"，屠本作"來便"。
③ 想着他昨夜詩：想着他，弘本、範本、羅本、龍本、繼本、容本、徐參本、虎本、何本、陳本、秀本、硃本、六幻本、天李本、湯本、魏本、峒本、封本、毛本作"想着"。起本、徐畫本、徐音本、驥本、延本、張本、三合、潘本作"想昨夜的詩"，湯沈本作"想着昨夜的詩"。
④ 依：範本、龍本、繼本、屠本、起本、徐畫本、徐音本、驥本、延本、張本、湯沈本、三合本、潘本作"依着"。
⑤ 清新：羅本作"這清新"。
⑥ 吟得：羅本作"吟得來"。句兒勻：屠本作"句兒新"，起本、徐畫本、徐音本、驥本、延本、張本、三合本、潘本作"字兒真"，湯沈本作"句兒真"。
⑦ 字兒真：起本、徐畫本、徐音本、驥本、延本、張本、三合本、潘本作"句兒勻"，湯沈本作"字兒勻"。
⑧ 煞强似：弘本、容本、起本、徐畫本、徐音本、徐參本、驥本、虎本、何本、陳本、秀本、硃本、延本、張本、天李本、六幻本、湯本、三合本、魏本、峒本作"强似"。

字。【湯沈旁】一作"將"。針兒將①【湯沈旁】一作"做"。綫引，【繼眉】《淮南子》：綫因針而入，不因而急，如女因媒而成也。【虎眉】今本一作"誰肯針兒將綫引"，一作"誰肯把針兒將綫引"，不知此句，全以"做"字妝點。【凌眉】"把針兒"句，言把針兒將綫引過去，本自不礙。王謂"將"字與"把"字礙而去之，則須言"把針兒引綫"乃可，"綫引"便不通矣。【三合眉】眼前就有針兒在。向東鄰，【田補眉】東鄰，用宋玉東家子事。通個殷勤。②【容眉】妙！妙！【徐音眉】可人無所不可。【陳眉】【硃眉】針綫明明在眼裏。【湯沈眉】晉竇滔爲秦州刺史，被徙流沙，妻蘇若蘭思之，爲織錦回文以寄，名曰"璇璣圖"，縈轉循環，文意凄切。【魏眉】針綫總你自知。【峒眉】針綫總你自知。

【寄生草】想着文章士③，【湯沈旁】一作"文章士"。【羅眉】着，音招。旖旎人，【凌旁】文章士，徐改爲"風流客"，"旖旎"即風流也。仍舊本爲是。【秀旁】音依你。【謝眉】旖旎，斜行飄逸貌。他臉兒清秀身兒俊④，【徐畫眉】【田眉】韵，是風韵。性兒溫克情兒順，不由人口兒裏作念心兒裏印⑤。【範眉】【龍眉】【湯沈眉】【三合眉】《西廂》詞多用"兒"字，于情近，于事諧，故是當家。【羅眉】克，上聲。作，音早。【起眉】王曰：眼前事，口頭語，信筆連用"兒"字。不妝不飾，使人自識爲"旖

---

① 把針兒將：弘本作"針兒將"，容本、虎本、何本、陳本、硃本、天李本、湯本、峒本、封本作"將針兒做"，徐參本、秀本、魏本作"做針兒將"，驥本、延本、張本作"把針兒"。
② 範本此處後多："（鶯云）那生呵。"
③ 想着文章士：起本、徐畫本、徐音本、驥本、延本、張本、三合本、潘本作"風流客"，湯沈本、毛本作"想着風流客"。
④ 他：羅本、屠本作"他生得"，起本、徐畫本、徐音本、驥本、延本、張本、三合本、潘本無。身兒：羅本作"身自兒"，屠本作"身子兒"。俊：起本、徐畫本、徐音本、驥本、延本、張本、三合本、毛本、潘本作"韵"。
⑤ 不由人口兒裏作念心兒裏印：起本、徐畫本、徐音本、驥本、延本、張本、三合本、潘本作"教人口兒作念心兒印"。

旂人"。豈真人旖旎也？旖旎在中山兔穎耳！【徐參眉】影弔神隨，心心相印。【凌眉】徐士範曰：《西廂》詞多用"兒"字，于情近，于事諧，故是當家。學得來①一天星斗煥文章，【羅眉】學，音校。不枉了②十年窗下無人問。【容眉】【湯眉】妙！妙！【田補眉】"十年"句，只用見成語，不著緊，言此人又俊雅，又着人，又有文學，不由我不愛，非以顯達期之也。【凌夾】不由人，即"不覺的"一意，言連身子做不得主也。今人常于"人"下添"不"字，不惟不知其本，而襯字用四，亦非體。【毛夾】把針將綫引，把其針而將綫引也。王本以把將犯見，遂去一"將"字，誤矣！東鄰用宋玉事，"臉兒"三句，元時習語，亦雜見董詞。"一天"二句，非惜其未達，言似此人怎教不俛睞他也。與"不由人"句應。參釋曰：此折章法頗奇，鶯與惠分兩截，鶯又分兩截，此以前爲綿邈詞，以後爲急搶詞。又參曰：諸本以"外人早嗔"列"客人倒褪"後，以"吟的句兒"列"念的字兒"後，俱不合。【潘夾】崔頗有憐才之意，曾從面試過來。

（飛虎領兵上圍寺科）（下）（卒子内高叫云）寺裏人聽者：限你們三日内，將鶯鶯獻出來，與俺將軍成親，萬事干休。三日之後不送出，伽藍盡皆焚燒，僧俗寸斬，不留一個。③（夫人潔同上，敲門了，紅看了云）姐姐，夫人和長老都在房門前④。（旦見了科）

---

① 學得來：起本、徐畫本、徐音本、驥本、延本、張本、三合本、毛本作"恁的般"，潘本作"恁的"。
② 不枉了：羅本作"張生不枉了"，起本、徐畫本、徐音本、驥本、延本、張本、三合本、毛本作"怎生教"，潘本作"怎教"。
③ "飛虎領兵上圍寺"至"不留一個"：弘本、羅本、繼本、屠本、容本、起本、徐畫本、徐音本、徐參本、驥本、虎本、何本、陳本、秀本、碎本、延本、張本、天李本、六幻本、湯本、湯沈本、三合本、魏本、峒本、封本、毛本、潘本無。
④ 夫人：驥本、秀本、延本、毛本作"老夫人"。和長老：張本作"長老"。前：起本、徐畫本、徐音本、張本、三合本、潘本作"外"。

（夫人云）孩兒，你知道麼①，如今孫飛虎將②半萬賊兵，圍住寺門，道你③眉黛青顰【秀眉】顰，音平。，蓮臉生春，④似傾國傾城的太真⑤，要擄你做壓寨夫人。⑥孩兒，怎生是了也？⑦【容眉】【徐畫珠眉】【湯眉】老孫來替老張作伐了。【徐參眉】鶯鶯的媒人到了。【陳眉】【硃眉】張生的媒人消息到了。【凌眉】今本去此"卒子高叫"一段白，後來"將伽藍火內焚"，及"博望燒屯"等語，俱無着矣。【三合眉】老孫來替老張作伐。【魏眉】鶯張的媒人到了。【峒眉】鶯張媒人到了。

【六幺序】（旦唱）聽說罷魂離了⑧殼，見放着⑨禍滅身。【羅

---

① 你知道麼：封本無。
② 將：弘本、羅本、容本、虎本、陳本、秀本、硃本、天李本、湯本、魏本、峒本作"將領"，徐參本作"今領"。驥本、延本、毛本作"統"。何本、張本、封本作"領"。
③ 道你：延本作"説你"。
④ 眉黛青顰，蓮臉生春：何本無。
⑤ "道你眉黛青顰"至"似傾國傾城的太真"：似傾國傾城的太真，弘本、容本、徐參本、虎本、陳本、秀本、硃本、天李本、湯本、魏本、峒本作"有傾城太真之色"，羅本、屠本、驥本、延本、毛本作"有傾國傾城太真之色"，繼本、起本、徐畫本、徐音本、張本、六幻本、湯沈本、三合本、封本作"有傾國傾城之貌，西子太真之色"，何本同，但無"之貌"二字。潘本無。
⑥ 封本此處多"説三日之後不獻出，將寺院焚燒，僧俗盡殺"。
⑦ "姐姐，夫人和長老都在房門前"至"怎生是了也"：怎生是了也，弘本、繼本、湯沈本作"怎了也呵"，羅本、驥本、延本作"却怎了也呵"，屠本作"怎生了也"，容本、徐參本、虎本、何本、秀本、天李本、魏本、峒本、封本、潘本作"怎生是了也呵"，徐參本作"怎生計了也"，陳本、硃本、湯本作"怎生是了"，六幻本作"怎了也呵"。範本、龍本無。
⑧ 離了：弘本、羅本、繼本、屠本、容本、起本、徐畫本、徐音本、徐參本、驥、虎本、何本、陳本、秀本、硃本、延本、張本、天李本、六幻本、湯本、湯沈本、三合本、魏本、峒本、封本、毛本、潘本作"離"。
⑨ 見放着：起本、徐畫本、徐音本、驥本、延本、張本、湯沈本、三合本、潘本作"放着個"，毛本作"見放着個"。

眉】見，音憲。着，音招。下同。將袖梢兒搵不住①啼痕。【起眉】住，一作"處"。【張眉】"滿"字佳，亦作"濕"。好教我【凌旁】此下可以疊四字句，不拘多少。去住無因②，進退無門。可着俺那【凌旁】一作"心"。堝兒裏③人急偎親？【潘旁】意中便注着那壁廂人矣。【田補眉】堝兒裏，猶今諺語這所在、那所在之謂。人急偎親者，人急迫而相偎傍也。【秀眉】偎，音威。【凌眉】那堝兒裏，那所在也。人急偎親，是成語。孤孀子母④無投奔，【羅眉】投，音偷。赤緊的先亡過了⑤有福之人。耳邊廂金鼓連天振⑥，征雲冉冉，土【湯沈旁】一作"吐"，又作"妒"。雨紛紛。⑦【繼眉】吐雨，一作"妒雨"。首句亦六聲三韵。【起眉】吐，一作"妒"。【徐畫眉】【田眉】【延眉】北方多雨，塵土如霧。【徐音眉】又可與共患難矣。【虎眉】住，一作"處"。吐，一作"妒"。【凌眉】土雨，董解元記

---

① 將：羅本作"我將"，屠本作"我將這"，起本、徐畫本、徐音本、驥本、延本、張本、三合本、封本、毛本、潘本無。搵不住：弘本、範本、羅本、龍本、繼本、容本、徐參本、虎本、何本、陳本、秀本、碌本、天李本、湯本、湯沈本、魏本、峒本作"搵住"，起本、徐畫本、徐音本、驥本、延本、張本、六幻本、三合本、潘本作"搵滿"。

② 好教我：弘本、羅本、繼本、容本、徐參本、虎本、何本、陳本、秀本、碌本、天李本、六幻本、湯本、湯沈本、魏本、峒本、封本、毛本作"好着我"，起本、徐畫本、徐音本、驥本、延本、張本、三合本、潘本無。去住：羅本作"去處"。

③ 可着俺：驥本、延本、毛本作"教俺"，三合本作"可着我"，封本作"可教俺"。堝兒裏：範本、龍本、繼本、陳本、碌本作"窩兒裏"，張本作"堝兒"，羅本作"搭兒裏"，屠本作"塔兒裏"。

④ 子母：起本、徐畫本、徐音本、三合本作"母子"。

⑤ 赤緊：羅本、繼本、容本、虎本、何本、陳本、秀本、碌本、天李本、六幻本、湯本、湯沈本、魏本、峒本作"吃緊"。亡過了：起本、徐畫本、徐音本、驥本、延本、張本、三合本、毛本、潘本作"亡了"。

⑥ 耳邊廂：起本、徐畫本、徐音本、張本、三合本作"耳邊"。振：驥本、何本、延本、毛本作"震"。

⑦ 土雨：範本、羅本、龍本、繼本、容本、徐參本、虎本、陳本、秀本、碌本、天李本、湯本作"吐雨"，三合本作"吐納"。範本、龍本此句後多"（鶯云）母親呵"。

中語"滿空紛紛土雨",言人馬沓來,而塵土紛起如雨也。《戰英布》劇亦有"紛紛濺土雨"句,俗作"吐",謬。【湯沈眉】有福之人,謂崔相國。北方塵土如雨,故曰"土雨"。【封眉】即空主人曰:土雨,俗作"吐",謬。【驥夾】【延夾】殼,叶音巧;塌,或作窩;迸,音奔,去聲。

【幺篇】那厮每【凌旁】一本無"每"字。風聞,胡云,【湯沈旁】首句亦六聲三韵。【謝眉】"風聞"句,亦是六聲三韵。【範眉】【龍眉】首句亦六聲三韵。【凌眉】王伯良曰:"風聞,胡云",四字二韵。"那厮每"三字係襯字,元不用韵,與前後【麻郎兒】三句各叶者不同。【延眉】亦六聲三韵。【封眉】王伯良曰:"風聞胡云"四字二韵,"那厮每"係襯字。道我【凌旁】此下亦可以叠四字句,不拘多少。眉黛青顰①,【羅眉】眉,音妹。蓮臉生春,恰便似傾國傾城的②太真。【張眉】"風聞,胡云",言傳其說云云,首添"那厮每"何耶?"西子太真"繞合調,且與前白照應。少"西子"作一句,非。兀的不送了他三百③僧人!【徐音眉】□着僧寺何不□着自□。【三合眉】更有"兜的便親"的"那人"。半萬賊軍④,【羅眉】百,音擺。賊,平聲。【湯沈眉】古本及今本俱作"賊兵","兵"字入庚青韵。方本作"軍"字,亦可。半霎兒【湯沈旁】一作"半會兒"。敢⑤剪草除根。【繼

---

① 那厮每:張本無。道我:羅本作"他道我"。青顰:弘本作"青嚬"。
② 恰便似:容本、徐參本、陳本、硃本、湯本、魏本、峒本作"恰便是",起本、徐畫本、徐音本、驥本、延本、張本、三合本、毛本、潘本作"似那"。傾城的:羅本作"傾城",張本作"傾城西子"。
③ 兀的不送了他三百:送了他三百,起本、徐畫本、徐音本、驥本、延本、三合本、毛本、潘本作"送了三百來",張本作"把三百來"。羅本作"呀,兀的不送了人三百"。
④ 賊軍:弘本、範本、羅本、龍本、繼本、容本、陳本、秀本、硃本、天李本、湯本、湯沈本、魏本、峒本、毛本作"賊兵",起本、徐畫本、徐音本作"來賊兵",驥本、三合本、潘本作"來賊軍"。
⑤ 半霎兒敢:羅本作"一霎時",繼本、徐參本、陳本、硃本、六幻本、湯本、湯沈本、魏本、峒本作"一霎時敢",容本、起本、虎本、何本、天李本、封本作"一霎兒敢",徐畫本、徐音本、三合本、潘本作"半會兒敢",驥本、延本、毛本作"半合兒敢",秀本作"一霎時兒敢",張本作"半合兒"。

眉】時，一作"兒"。【起眉】【虎眉】一作"半霎兒"，一作"一霎時間"，均可。【徐參眉】不之責之，人安用過？畓無計矣。【田補眉】會，作"合"。戰陣有一合、二合之說，不待其合之畢，言易也。【秀眉】霎，音撒。這①廝每**于家為國無忠信**，【張眉】"于家國"句言此無忠信輩有何益于家國？中添"為"字，非。**恣情②的擄掠人民。更將那天宮般蓋造焚燒③盡**，【封眉】時本作"焚燒"。**則没那④諸葛孔明**，【羅眉】國，音鬼。掠，音料。葛，音高。**便待要⑤博望燒屯**。【凌眉】則没那諸葛孔明，言單得没那諸葛孔明，他却要做出博望燒屯事來。元人下語每如此。王去"則没那"，而易以"則麼言甚麼孔明"，牽強，非作者意。徐易以"那裏"，也亦不必。【張眉】"則麼"言如何便要這等。訛"則没"，亦非。【湯沈眉】末句言飛虎是甚麼孔明？而便欲博望燒屯也。【驥夾】【延夾】為，去聲。【毛夾】為，去聲。那塌兒裏，猶言那搭里也。《負桂英》劇"這塌兒是俺送行的田地"。人急偎親，言人急則倚所親也，偎，勿作"猥"。《虎頭牌》劇"莫便只人急偎親，暢好道廝殺無過父子軍"。半合兒，即半恰兒、一霎時也，勿解作陣合之"合"。《燕青博魚》劇"半合兒歇息在牛王廟"。半萬賊兵，"兵"字與前"坐又不寧""寧"字，俱犯庚青韻。但元詞多有一二字出韻者，如《青衫淚》劇末折用家麻韻中云"山呼委實不會他"，又云"舊主顧先生好麼"，兩犯歌戈韻。初以為疑，及偶揀之《梧桐雨》《燕青博魚》《兩世姻緣》《誤入桃源》諸劇，無不盡然。一韻如此，他韻可知，然後知一韻不出者，反近人之拘陋也。赤文曰：王

---

① 這：起本、徐畫本、徐音本、驥本、延本、張本、三合本、封本、毛本、潘本作"那"。
② 恣情：羅本作"姿情"。
③ 更將那：羅本、繼本、容本、起本、徐參本、虎本、何本、陳本、秀本、硃本、天李本、湯本、魏本、峒本作"便將那"，徐畫本、徐音本、驥本、延本、張本、三合本、毛本、潘本作"更將這"，封本作"更要將"。焚燒：封本作"焚抄"。
④ 則没那：屠本、徐畫本、徐參本、三合本作"那裏也"，驥本、延本、張本作"則麼"，毛本作"是恁的"，潘本作"那裏是"。
⑤ 便待要：秀本作"便待"，毛本作"便"，驥本、延本、張本無。

本改"賊兵"爲"賊軍",自誇獨見。烏知元曲反不拘者,天下強解人最誤事,況妄改耶!參釋曰:"風聞胡云"二字句,"那廝每",襯字。

（夫人云）老身年六十歲①,不爲壽夭②;奈孩兒年少③,未得從夫④,却如之奈何⑤?（旦云）孩兒有一計⑥:【潘旁】此非實誠,將來觸動夫人也。想來則是將我與賊漢爲妻⑦,庶可免一家兒性命⑧。【秀眉】只此便有歸重張生之意。【陳眉】【硃眉】【峒眉】果好妙策。【湯沈眉】是鶯倒跌法。（夫人哭云）俺⑨家無犯法之男,再婚⑩之女,【潘旁】此語

---

① 老身年六十歲:驥本、延本、毛本作"老身六十歲",封本作"老身年將六十"。
② 不爲壽夭:容本、起本、徐畫本、徐音本、徐參本、虎本、何本、陳本、秀本、硃本、張本、天李本、六幻本、湯本、三合本、魏本、峒本、封本、潘本作"死不爲夭",驥本、延本、毛本作"不爲夭壽"。
③ 奈:秀本作"奈何"。孩兒年少:弘本、羅本、繼本、容本、起本、徐參本、驥本、虎本、何本、陳本、秀本、硃本、延本、天李本、六幻本、湯本、湯沈本、魏本、峒本、封本、毛本作"孩兒"。
④ 從夫:封本作"成婚"。容本、起本、徐畫本、徐音本、徐參本、虎本、何本、陳本、秀本、硃本、天李本、湯本、三合本、魏本、峒本、封本、毛本、潘本此句後多"又遭此難",張本此句後多"早逢此難",六幻本此句後多"今遭此難"。
⑤ 奈何:驥本、延本、毛本作"何"。
⑥ 孩兒有一計:屠本作"孩兒別無他計",驥本、延本、毛本作"你孩兒有一計策",張本、封本作"孩兒"。
⑦ 想來則是:屠本作"則除是",徐畫本、徐音本、三合本作"則是",弘本、繼本、容本、起本、徐參本、驥本、虎本、何本、陳本、秀本、硃本、延本、天李本、六幻本、湯本、湯沈本、魏本、毛本無。與賊漢爲妻:屠本、徐參本作"獻與賊人",容本、起本、徐畫本、徐音本、虎本、何本、陳本、秀本、硃本、張本、天李本、湯本、魏本、峒本、封本作"獻與賊漢",驥本、延本、湯沈本、三合本、毛本作"獻與賊漢爲妻",六幻本作"與賊漢"。
⑧ 庶可免一家兒性命:驥本、延本、張本、毛本無"兒"。弘本、羅本、繼本、容本、起本、徐畫本、徐音本、徐參本、虎本、何本、陳本、秀本、硃本、天李本、六幻本、湯本、湯沈本、三合本、魏本、峒本、潘本作"庶幾可免一家性命",屠本作"庶免全家禍患"。
⑨ 俺:屠本作"我"。
⑩ 再婚:範本、龍本作"無再婚"。

把門關煞了。【三合眉】再婚之女怎説得個無？怎捨得你獻與賊漢①，却不辱没了俺家譜②？（潔云）俺同到法堂③兩廊下，【潘旁】本亦想着那人。問僧俗有高見者④，俺一同商議個長便。⑤（同到法堂科）（夫人云）

---

① 怎捨得你獻與賊漢：賊漢，容本、起本、徐參本、虎本、何本、陳本、秀本、硃本、天李本、湯本、魏本、峒本、封本作"賊人"。屠本作"怎生捨得將你獻與賊人"。
② 辱没了：屠本作"辱末了"，徐參本、魏本、峒本作"辱没"，驪本、延本作"辱莫了"。家譜：屠本作"家世"。
③ 俺同到法堂：法堂，弘本、羅本、驪本、延本作"法堂上"，繼本作"法堂上問"。容本、起本、徐參本、虎本、何本、陳本、秀本、硃本、天李本、六幻本、湯本、魏本、峒本作"咱每到法堂上問"，徐畫本、徐音本、張本、三合本、潘本同，但"到"作"同到"；封本、毛本同，但"咱"作"俺"。
④ 問：繼本、容本、起本、徐畫本、徐音本、徐參本、虎本、何本、陳本、秀本、硃本、張本、天李本、六幻本、湯本、三合本、魏本、峒本、封本、毛本、潘本無。有：弘本、羅本、驪本作"頗有"，延本作"中頗有"。者：容本、起本、徐畫本、徐音本、徐參本、虎本、何本、陳本、秀本、硃本、張本、天李本、六幻本、湯本、三合本、魏本、峒本、封本、毛本、潘本作"的"。
⑤ "俺同到法堂"至"俺一同商議個長便"：俺一同商議個長便，容本、起本、徐畫本、徐音本、徐參本、虎本、何本、陳本、秀本、硃本、天李本、三合本、魏本、峒本、封本、毛本、潘本作"一同商議個長策"，繼本、湯本、湯沈本作"俺一同商議個長策"，驪本、延本作"俺一同商議個長便計策"，六幻本作"一同商議長策"，張本無"俺"。屠本作："夫人小姐且不要驚慌，待我去問兩廊僧俗人等，但有善退賊兵者出來獻計。"

小姐，却是怎生？① (旦云) 不如將我與賊人②，其便有五。③【魏眉】更有一便，免得相思病。

【後庭花】④【徐畫眉】【田眉】【延眉】鋪序有條理。【封眉】時本俱只作【後庭花】，誤。第一來【湯沈旁】一轉。免摧殘⑤老太君；【秀眉】老太君即三寶也。第二來免堂殿作灰燼⑥；第三來諸僧無事得安存⑦；【羅眉】作，音早。得，上聲。第四來先君⑧靈柩穩；第五來歡郎雖是⑨未成人，【凌旁】若【後庭花】本調，此句止"未成人"是正字。【徐畫珠旁】【陳眉】【三合眉】第六來自家又早嫁了人。(歡云) 俺呵，打甚麼

---

① 小姐，却是怎生：小姐，範本、龍本、徐畫本、徐音本、張本、三合本、潘本作"孩兒，咱"，繼本、六幻本、湯沈本作"孩兒"；怎生，驥本、延本、毛本作"怎生計較"。屠本作"孩兒，如何是好"，容本、起本、徐參本、虎本、何本、秀本、硃本、天李本、湯本、魏本、峒本作"小姐，却怎生好"，陳本作"孩兒，却怎生是好"，封本同，但無"是"字。
② 不如將我與賊人：不如，繼本、湯沈本作"不若"；我，徐參本、魏本、峒本作"俺"；與，繼本、容本、起本、徐參本、驥本、虎本、何本、陳本、秀本、硃本、天李本、湯本、湯沈本、魏本、峒本、毛本作"獻與"；賊人，弘本、羅本、繼本、湯沈本作"敵人"，驥本、延本作"賊"，毛本作"賊漢"。範本作"休愛惜孩兒一身，不如將我與賊人"，龍本、徐畫本、徐音本、三合本、潘本同，但"與"作"獻與"；張本同，但後句作"還是獻與賊漢"；屠本作"母親，休要愛惜孩兒一身，不如早早將我獻出"，六幻本作"不若將我獻與敵人"，封本作"事出無奈，不如將我獻與賊人"。
③ 屠本此句後多"(夫云) 孩兒，有那五便"。
④ 【後庭花】：驥本、延本作"【元和令】"，張本、三合本、六幻本、封本、潘本作"【元和令帶後庭花】"。
⑤ 摧殘：徐畫本、徐音本、驥本、延本、三合本、毛本、潘本作"摧殘你個"。
⑥ 堂殿：羅本作"法堂"。灰燼：弘本、容本、起本、徐參本、虎本、何本、陳本、硃本、天李本、湯本、魏本、峒本作"灰塵"。
⑦ 安存：秀本作"安寧"。
⑧ 先君：張本作"先君的"。
⑨ 雖是：陳本、硃本、湯本作"須是"。

不緊。①【容眉】【硃眉】【湯眉】第六來，自家又早嫁了人。傳歡郎處奇。（旦唱）須是崔家後代孫②。【張眉】"是崔家"句，調應如此，中少"兒"字，首反添"須"字，非。【湯沈眉】方本"第一來"起至"後代孫"，作【元和令】。"鶯鶯若惜己身"至末，作【後庭花】。忽認歡郎爲後代孫。鶯鶯爲③惜己身，不行從【湯沈旁】一作"不幸去"。着④亂軍，【徐畫眉】【田眉】【延眉】不行從亂軍，言不從軍，其害如此；儻從軍，其辱如此。此"不行從亂軍"，對下文"待從軍"，二策俱不可，故尋死。【虎眉】去，今本作"至"，非。【凌眉】徐文長曰：不行從亂軍，言不從軍，其害如此。【三合眉】行即"行成"之"行"。諸僧衆污血痕，【秀眉】痕，音恒。將伽藍火內焚，⑤ 先靈⑥爲細塵，斷絕了⑦愛弟親，割開了慈母恩⑧。【凌旁】王以此二句與上序存不相應，而倒轉之，不思前首言"老太君"，而此

---

① （歡云）俺呵，打甚麼不緊：不緊，徐參本作"要緊"。羅本作"打甚麼緊"。硃本作"（歡云）俺打什麼要緊"，範本、龍本、繼本、屠本、徐畫本、徐音本、驤本、何本、延本、張本、六幻本、湯沈本、三合本、潘本無。
② 須是：凌本原作"須事"。範本、龍本、屠本作"也是"，張本作"是"。崔家：羅本作"崔家門裏"。後代孫：屠本作"後胤"，張本作"後代兒孫"。
③ 鶯鶯爲：羅本作"鶯鶯若是"，繼本、徐畫本、徐音本、驤本、何本、延本、六幻本、湯沈本、三合本、毛本、潘本作"鶯鶯若"，張本作"若鶯鶯"。驤本、延本此下作【後庭花】。
④ 不行從着：弘本、秀本作"不幸上從着"，範本、龍本、繼本作"不幸從着"，羅本作"我不幸從着"，屠本作"不幸上逢着"，容本、起本、徐參本、虎本、陳本、硃本、天李本、湯本、魏本作"不幸去從着"，徐畫本、徐音本、驤本、延本、張本、三合本、封本、毛本、潘本作"不行從"，何本作"不行去從着"。
⑤ 諸僧衆污血痕，將伽藍火內焚：諸，凌本原作"著"。徐畫本、徐音本、驤本、延本、張本、三合本、潘本作"伽藍火內焚，諸僧污血痕"，六幻本同，但"伽藍"作"將伽藍"。
⑥ 先靈：羅本作"將先靈"，繼本、屠本、六幻本作"把先靈"。
⑦ 斷絕了：繼本、六幻本作"斷送了"，驤本、延本、張本作"斷絕"。
⑧ 割開了：弘本、容本、起本、徐參本、驤本、虎本、何本、陳本、秀本、硃本、延本、張本、天李本、湯本、魏本、峒本、毛本作"割開"。弘本此句後多"割開了慈母恩"。

未言"慈母恩",何嘗一一照序耶?【範眉】【龍眉】此鶯鶯自怨自艾之辭,可入神品。評者以此折比明妃自請嫁胡人,所謂盲人觀場,可資噱笑。【羅眉】着,音招。衄,入聲。刲,音告。【起眉】王曰:一段自怨自艾之辭,僂指而數,道真却假,道假却真,使人皆落其籠絡中,政這輩調弄喉舌處。或以比之明妃請嫁胡人,盲子觀場耳。【徐畫眉】【田眉】【延眉】有條理。【徐畫珠眉】方說出本心,但不知那人手段如何?【徐音眉】見危授命,惟婦人女子亦有之。【徐參眉】其便雖有五,其不便則有萬。果其心舍那人否?好詐!【凌眉】此調若作【後庭花】,則"後代孫","孫"字不宜平韵,宜爲"後胤者",是。王定"後代孫"以上爲【元和令】調,自叶;但以下爲【後庭花】,則本調不全。乃謂【後庭花】可增減,不知【後庭花】亦止"斷絕了愛弟親",以下三字爲節者,可多演數語,非可任意增減也。金百嶼作【元和令帶後庭花】,不爲無見。【湯沈眉】行,即行成之意,如不行成而從亂軍,則如下面之禍,不可言矣。俗本"伽藍""諸僧"二句倒轉,與上次序不相應,從古本改定。【容夾】妙!【湯沈夾】此鶯娘自怨自艾之詞,可入神品。

【柳葉兒】呀,將俺一家兒不留一個①齠齔。【繼眉】齠齔,音條襯,始毀齒也。【秀眉】齠齔,音調稱,未生齒髮人。【三合眉】齠齔,音條寸。待從軍【湯沈旁】又一轉。又怕辱没了②家門,【潘旁】漸漸轉出意思來,此亦陪說。【謝眉】齠齔,不分人小也。家門,搬演家語。【範眉】【龍眉】齠齔,音條襯。家門,搬演家語。【湯沈眉】齠齔,音條襯。我不如白練套頭兒③尋個自盡,【虎眉】坊本多作"套頭兒","兒"字,固本奇熟

---

① 呀:屠本、徐畫本、徐音本、驥本、延本、張本、三合本、毛本、潘本無。俺:羅作"俺那"。一個:羅本、屠本、驥本、延本、張本、封本、毛本作"個"。
② 辱没了:屠本作"辱末了",徐畫本、徐音本、三合本作"辱莫了",驥本、延本、毛本作"辱莫",張本作"辱没"。
③ 套頭兒:羅本作"套兒",容本、起本、徐參本、虎本、何本、陳本、硃本、張本、天李本、湯本、魏本、峒本、封本作"套頭"。

字面，但此折不應作嬌癡語。【魏眉】自盡到是。**將我尸襯①，獻與②賊人，**【天李旁】二計。【羅眉】白，擺。賊，平聲。【容眉】【湯眉】他要你尸襯做甚麼？【三合眉】賊人那要你尸襯。**也須得個③遠害全身。**④【起眉】王曰：番上又作一轉語，正見半吞不了。【徐音眉】多情種子一時消。【徐參眉】死是第一美，亦舍老張不下。【田補眉】此危辭，為下曲"不揀何人"數語張本。【陳眉】【硃眉】肯死到好，只怕死不得。【驥夾】【延夾】齫齪，音條襯。【毛夾】齫齪，音條襯。三曲凡三策，分作三段。"第一來"起至"齫齪"一段，是獻賊之策。"待從軍"至"全身"一段，是自盡之策。"都做了"至"秦晉"一段，是退兵結婚之策。末策是本意，然須逐節遞入方妙。【後庭花】一曲，王本與碧筠齋本俱改作【元和令】【後庭花】二曲，最多事。【後庭花】曲調可增可減，本自恰合，何必爾也。"第一來"諸語俱本董詞，"鶯鶯"下作一反語，"諸僧"五句應上五段，然本自參錯。他本或以前"殿堂諸僧"二句與後"諸僧"二句次第不合，故作倒轉，反板俗矣！且"先靈為細塵"緊承"火內焚"來，相隔不得。伽藍即殿堂，佛經達嚫國有迦葉佛伽藍。不行或作"不幸"，字聲之誤。"將俺一家"句煞上曲，"待從軍"一轉，故作跌宕，實為下張本也。"你"字單指夫人，言不計其他，只就夫人說也，應得保全耳。參釋曰：歡郎本討壓子息，而曰"愛弟親""後代孫"，使今人為此，必作如許認真矣。古人賦《子虛》耳。後本生中探花，而曲白中又時稱狀元，一例。

---

① 將我：張本作"將"。尸襯：羅本作"尸和襯"，徐畫本、徐音本、驥本、延本、三合本、毛本、潘本作"輿襯"。

② 獻與：張本作"獻"。

③ 也須得個：也，毛本作"你也"，徐畫本、徐音本、驥本、延本、三合本、潘本作"你"。張本作"你須得"。

④ 龍本、徐畫本、徐音本、三合本、潘本此處多"（鶯云）紅娘，你勸母親好歹把我獻與賊人去罷"。

【青哥兒】母親，都做了鶯鶯生忿①，【延旁】條理。【徐畫眉】【田眉】【延眉】分，音奮。生分，猶云出位，與上文"氣分"之"分"同。【田補眉】言我非生他心生分，事出不得已也。此分明有意于張生矣。【凌眉】生忿，與"生分"同，猶劣撒也。詳《解證》中。【封眉】生分，時本有作"忿"者，非。對傍人一言難盡。② 母親③，休愛惜④鶯鶯這一身。【湯沈旁】又一轉。【羅眉】一，音已。惜，音洗。【容眉】【湯眉】關目好。【秀眉】"母親"二字重用，詞義之絕者，因上起下之辭。【凌眉】此句"休愛惜"便含下意，非復如前欲獻賊人也。俗人不解而添一"好歹將我獻與賊人罷"一句白，便與"辱家門而尋自盡"戾矣。恁孩兒別有一計⑤：不揀⑥何人，【天李旁】三計。【三合旁】好計！【潘旁】意中已揀人了。建立功勳，殺退賊軍，掃蕩妖氛⑦，倒陪⑧家門，情願⑨與英雄結婚姻，【羅眉】賊，平聲。情，音青。成秦晉。【湯旁】關目好。【範眉】【龍眉】此愈見鶯鶯貞潔之操。【繼眉】先有【後庭花】一折，到此方露正意，多少委屈。【容眉】【湯眉】【三合眉】【魏眉】方說出本心來，但不知那人手段何

---

① 母親：徐畫本、徐音本、驥本、延本、張本、六幻本、三合本、毛本、潘本無。生忿：羅本作"鶯鶯生忿"，徐畫本、徐音本、驥本、何本、延本、張本、三合本、封本、潘本作"生分"。
② 羅本此處多"對傍人一言難盡"。
③ 母親：毛本作"莫則"。徐畫本、徐音本、驥本、延本、張本、三合本、潘本無。
④ 愛惜：張本作"惜"。
⑤ 恁孩兒別有一計：恁孩兒，羅本、繼本、容本、起本、徐參本、虎本、何本、陳本、秀本、硃本、天李本、六幻本、湯本、湯沈本、魏本、峒本、封本作"孩兒"，張本作"您孩兒"。驥本、延本、毛本無。
⑥ 不揀：羅本作"我可也不揀"。
⑦ 殺退賊軍，掃蕩妖氛：賊軍，弘本、範本、羅本、龍本、繼本、容本、起本、徐參本、虎本、何本、陳本、秀本、硃本、天李本、湯本、湯沈本、魏本、峒本、毛本作"賊兵"。妖氛，驥本、延本、張本、毛本作"烟塵"，何本作"妖塵"。徐畫本、徐音本、三合本、潘本作"掃蕩烟塵，殺退賊軍"。
⑧ 陪：徐參本、陳本、魏本、峒本作"賠"。
⑨ 情願：張本作"願"。

如耳。【徐音眉】尤恐墮落莽禿之手，奈何！【徐參眉】英雄□□。【陳眉】僧人退得如何？【凌眉】"不揀何人"以下四字疊句可以添多，首尾之調自不可易。王謂此調字句亦可增減，與本譜不同，未知其深者。【天李眉】□了方說正話。【湯沈眉】到此方露鶯本懷，前語皆開場好話耳。多少委曲！此《西廂》之所以爲妙。【峒眉】方說出本心來，但不知那人手段何如。【封眉】即空主人曰："不何揀人"以下四字疊句可以添多，首尾之調自不可易。王謂此調字句亦可增減，與本譜不同，未知其深者。【容夾】關目好。【驥夾】【延夾】分，去聲。【毛夾】生忿即生分。《漢書·地理志》"薄恩禮，好生分"，言妄自生發也。《神奴兒》劇"原來把親兄弟殺，都是伊生忿"，與《對玉梳》劇白"別人家女兒孝順，偏我家這等生分"，二字同義。此欲作退兵結婚之策，恐人疑己，故先下撇清二語，言此非己所宜言，恐嫌疑之際，迹類生發，有難以表白向人者，但不得不說耳。此正屬意生處也。莫則，否則也，頂上一轉，最妙。俗作"母親"，此字聲相近之誤。而稱爲古本者，竟刪去"母親"二字，便難辨矣。所以戒刪改者，以誤字亦饞羊也。"倒陪家門"與"辱莫家門"不同。辱莫是門戶，《虎頭牌》劇"一來是祖父的家門"；倒陪是家私，《對玉梳》劇"你則待賣弄有家門"。【潘夾】雙文于此，乃特特算出上策也。雙文與張兕的已親，方憾無針引綫，何意戎馬生郊，凶鋒切注。將文章煥斗之英，必有慷慨除殘之略。此非其立功效命，取威定霸之日乎？而惜乎誦言之不得也，自媒焉不可也。璧銜投縗，皆是劫著，全非本心。姑就兩廊僧衆，胸中打點之意，先爲逗破機關，將錦囊未啓之秘，特特留下，以待夫人法本熟思尋討出來。其如諸人茫無就理，而勢已不能旋踵，遂不得不以固然之情，難明之隱，俱和盤托出。豈漫以身委之兩廊僧衆，而爲此人盡夫之論哉？其意中早已將一人算下矣，張果抵掌而起，談笑麾之，崔遂云"只願那生退了賊者"。天下事竟有實實算計得來如是者也，此天作之合，亦人謀之定也。誠上上策也，鈍根不知，乃曰下策。

（夫人云）此計較可①。雖然②不是門當户對，也強如陷于賊中③。長老，在法堂上高叫④：兩廊僧俗，但有退兵之策⑤的，倒陪⑥房籢，斷送鶯鶯⑦與他為妻。【湯眉】關目好。（潔叫了，住）⑧【硃眉】【三合眉】此時高叫兩廊僧俗，萬一有個和尚能退兵，如何如何？（末鼓掌上云）我有退兵之策⑨，何不問我⑩？【湯眉】老面皮。（見夫人了）（潔云）這秀才便是前日帶追薦的秀才⑪。【秀眉】前後照應，俱于此詞白見之。（夫人云）計將安在⑫？（末云）重賞之下，必有勇夫；賞罰

---

① 較可：屠本作"是好"。
② 雖然：弘本、羅本、繼本、屠本、容本、起本、徐畫本、徐音本、虎本、何本、陳本、秀本、硃本、張本、天李本、六幻本、湯本、湯沈本、三合本、魏本、峒本、封本、潘本作"雖"。
③ 強如：容本、徐參本、陳本、硃本、湯本、魏本、峒本、封本作"強似"。于賊中：羅本作"賊兵之手"，繼本、湯沈本作"于賊兵之手"，容本、起本、徐參本、虎本、何本、陳本、秀本、硃本、天李本、六幻本、湯本、魏本、峒本、封本、毛本同，但"兵"作"人"。徐畫本、徐音本、張本、三合本、潘本作"于賊人"。
④ 在法堂上高叫：法堂上，繼本作"堂上"，驥本、延本作"法堂"。封本作"你問"。
⑤ 退兵之策：之策，容本、起本、徐參本、虎本、何本、陳本、秀本、硃本、天李本、六幻本、湯本、峒本、毛本作"計策"，羅本作"之計策"。弘本、屠本作"退賊兵之計策"，驥本、延本同，但無"策"字；範本、龍本同，但"退"作"退得"；徐畫本、徐音本、三合本、潘本同範本，但無"之"字。張本、魏本作"退得賊兵"，封本作"計策能退兵"。
⑥ 到陪：驥本、延本、毛本作"老夫人倒陪"，陳本、湯本、魏本、峒本作"到賠"，封本作"情願倒陪"。
⑦ 斷送鶯鶯：張本作"便送鶯鶯"，魏本作"送鶯鶯"，封本作"斷送小姐"。
⑧ 範本、龍本、屠本、徐畫本、徐音本、三合本此處多："（生上開云）多情佳儷，無緣難遇洞房春；有意書生，甚計支吾飛虎將。（做想科）"潘本同，但無"（做想科）"。
⑨ 我有退兵之策：我，張本作"俺"；策，秀本、張本作"計"。範本、龍本、徐畫本、徐音本、三合本、潘本作"我能退兵"。
⑩ 何不問我：我，張本作"俺"。羅本作"何不用我"，徐參本、魏本、峒本、潘本無。
⑪ 前日：範本、龍本作"前"。帶：峒本作"帶齋"。的秀才：魏本、封本作"的"。
⑫ 計將安在：在，驥本、秀本、延本、毛本作"出"。屠本作"先生計將安出"。

若明①，其計必成。（旦背云）只願這生退了賊者②。【張旁】有情有意。【潘旁】方道出本意。【範眉】【龍眉】【湯沈眉】二白語亦自關鍵。【三合眉】此中未易，多有□□。（夫人云）恰纔與長老説下，【羅眉】纔，音才。但有退得賊兵的③，將小姐與他④爲妻。（末云）既是恁的⑤，【秀眉】恁，音壬。休諕了我渾家⑥，【張旁】還未穩。【容旁】老面皮。【陳旁】趣！【羅眉】諕，音下。【陳眉】【硃眉】關目絕妙。【魏眉】好關目。【峒眉】關目好。請入卧房裏去，俺自有退兵之策⑦。【湯眉】妙！（夫人云）小姐和紅娘回去者⑧。（旦對紅云）難得此生這一片好心⑨。【容旁】妙！【徐畫眉】【田眉】【湯沈眉】有味。【三合眉】高情遠致，早已服膺，莫須今日。【容夾】好關目。此時高叫兩廊僧俗，萬一有個和尚能退兵，如何如何？【湯夾】批：此時高叫兩廊僧俗，萬一有個和尚能退兵，如何如何？

---

① 若明：容本、起本、虎本、何本、陳本、秀本、天李本、湯本作"著明"，魏本、峒本作"者明"。
② 賊者：弘本、羅本、容本、起本、虎本、何本、陳本、秀本、硃本、天李本、六幻本、湯本、魏本、峒本作"者"。
③ 的：潘本作"者"。
④ 將小姐與他：將，屠本作"情願將"。張本作"便將小女"。
⑤ 既是恁的：範本作"既是恁"，屠本作"既然如此"。
⑥ 休諕了我渾家：我渾家，驥本、延本、毛本作"俺渾家者"。屠本作"休要諕了我的渾家"，潘本作"小姐"。
⑦ 俺：屠本無。策：弘本、容本、起本、徐畫本、徐音本、徐參本、驥本、虎本、何本、陳本、秀本、硃本、延本、張本、天李本、湯本、三合本、魏本、封本、毛本、潘本作"計"。
⑧ 小姐和紅娘回去者：和，驥本、延本作"與"。回去，弘本、繼本、驥本、延本作"去"，容本、起本、徐畫本、徐音本、虎本、何本、陳本、秀本、硃本、張本、天李本、六幻本、湯本、湯沈本、三合本、魏本、峒本、封本、毛本、潘本作"回"。屠本無。
⑨ 難得此生這：此，驥本、延本、毛本作"這"。弘本、羅本、容本、起本、虎本、何本、陳本、秀本、硃本、天李本、湯本、魏本、峒本、封本作"難得這生"，屠本作"姐姐，難得這生"。好心：屠本作"好心也"，秀本作"的好心"。

【賺煞】諸僧衆①各逃生，【羅眉】各，音鴿。衆家眷誰僽問。【繼眉】僽，音揪。這生不相識横枝兒②着緊。【田補眉】横枝，非正枝也。張生非親非故，乃曰："我能退兵。"是所謂横枝着緊也。【凌眉】徐士範曰：白語亦有關鍵。王伯良曰：横枝非正枝也，非親非故，乃曰："我能退兵。"是所謂"横枝着緊"也。【湯沈眉】不僽問，言衆家眷不僽睬相問，這生非親非故，乃曰"我能退兵"，是"横枝兒着緊"也。非是書生多議論，也隄防着③玉石俱焚。【羅眉】論，去聲。着，音招。【秀眉】《尚書》云："火焰昆崗，玉石俱焚。"雖然④是不關親，可憐見⑤命在逡巡。【謝眉】逡巡，頃刻貌，言其危之急矣。濟不濟權將秀才來儘⑥。【秀眉】儘，音井。【三合眉】你再儘一個濟的來？果若有出師表文⑦，嚇蠻⑧書信，【範眉】【龍眉】赫蠻書，舊解謬。【繼眉】世傳李白醉草嚇蠻書，然亦無確證，舊解則謬甚矣。【徐畫眉】【田眉】【延眉】下燕，俗作"嚇蠻"，便淺了。以李左車教韓信下燕事為證，得之。【凌眉】嚇蠻書信，蓋小說家有李翰林醉草嚇蠻書，以爲李太白有是事，故往往用之。元劇用事正不必正史有也。徐以爲"下燕"，以舊解李左車教韓信下燕爲證，可謂信傳疑經矣。即果爲下燕。何不道魯仲連聊城書乎？【張眉】"下燕"是李左車教韓信事，訛"赫蠻"

---

① 衆：徐畫本、徐音本、驥本、何本、延本、張本、潘本作"伴"。
② 這生：徐畫本、徐音本、驥本、延本、三合本、毛本、潘本作"他"。横枝兒：張本作"横枝"。
③ 着：驥本、延本作"着個"，張本無。
④ 雖然：徐畫本、徐音本、驥本、延本、張本、三合本、潘本作"雖"。
⑤ 可憐見：徐畫本、徐音本、驥本、延本、三合本、潘本作"可憐見咱"，張本、毛本作"可憐咱"。
⑥ 秀才來儘：徐畫本、徐音本、驥本、延本、三合本、潘本作"這個秀才且儘"，張本作"秀才儘"，毛本作"這秀才來儘"。
⑦ 果若：範本、龍本作"果若是"。表文：徐畫本、徐音本、驥本、延本、張本、三合本、潘本作"的表文"。
⑧ 嚇蠻：徐畫本、徐音本、驥本、延本、張本、三合本、潘本作"下燕的"。

既俗，改"諕"者更非。【三合眉】下燕，是李左車教韓信下燕事，俗作"嚇蠻"便淺。張生呵，則願得【湯沈旁】一作"則願得"。**筆尖兒橫掃了**[1]**五千人**。【羅眉】筆，音彼。【範眉】此自工部"筆陣獨掃千人軍"來，可謂化腐爲新矣。【繼眉】杜工部詩："筆陣獨掃千人軍。"【容眉】妙！【湯眉】妙！【湯沈眉】徐文長改爲"下咽書信"，謬甚矣。杜工部詩："筆陣獨掃千人軍。"（下）【驥夾】【延夾】石，借叶去聲。【毛夾】石，借叶，去聲。橫枝，橫出枝節也。關漢卿詞"怎當他橫枝羅惹"。此承上，言僧衆家眷不着緊，而不相識者着緊，故曰"橫枝"，與下"不關親"句應。"非是"二句一氣下，言非是好事，且亦非畏波及也，特以命在旦夕，雖是不相識，也生憐耳。似此好心，不論濟與否，亦當權儘其意，況果濟耶？儘，憑着也。通體反覆爲生解說，且似爲用生者解說，最有意趣。元劇有李白寫嚇蠻書事，此小說家本，無實據者，然元詞習用，如"嚇蠻書醉墨雲飄"類。屛侯曰："也堤防"句，似張爲己。"可憐咱"句，似張爲鶯，雜出矛盾。"非是"二句直下，則"也"字當"與"字看爲是。王伯良曰：橫枝出《傳燈錄》，弘忍云"和尚化後，橫出一枝佛法"語。【潘夾】權字，雙文聊自解嘲，恐有自媒之嫌也。與月亭權做夫妻，同一吞吐。不是將秀才去，姑試凶鋒，若張生之必能退賊，雙文已深信不疑，觀下文三句，其意自明。

---

[1] 張生呵，則願得：則願得，羅本作"則願"，屠本作"則願你"。徐畫本、徐音本、驥本、延本、張本、湯沈本、三合本、潘本作"敢教那"，毛本作"管教他"。橫掃了：羅本、張本、三合本、潘本作"橫掃"。

楔子①

【封眉】即空主人曰：歷考諸劇，楔子止用【仙吕】【賞花時】，或一或二，及【仙吕】【端正好】一曲耳，此獨竟以【正宫】諸曲演而成套，若另爲一折然者。蓋因欲寫惠明之壯勇，難以一二曲盡，而爲此變體耳。時本竟去"楔子"二字，則似多一折，若并前【八聲甘州】爲一，則一折二調，尤非體矣。

（夫人云）此事②如何？（末云）小生有一計，先用着③長老。（潔云）老僧④不會厮殺，【羅眉】厮，音色。請秀才別換一個⑤。【秀眉】只此白轉下去，方無滲漏。（末云）休慌⑥，不要你厮殺。你出去與賊漢⑦説："夫人本待便將小姐出來，送與將軍⑧，奈有父喪⑨在身。

---

① 楔子：弘本、範本、龍本、羅本、繼本、屠本、容本、起本、徐畫本、徐音本、徐參本、驥本、虎本、何本、陳本、秀本、碛本、延本、張本、天李本、湯本、湯沈本、三合本、魏本、峒本、封本、毛本、潘本無。
② 此事：封本作"事將"。
③ 用着：陳本作"用"。
④ 老僧：範本、龍本、屠本作"老僧無用"。
⑤ 秀才別換一個：秀才，張本作"先生"。範本、龍本作"秀才別用一人"，屠本作"先生別用一人"。
⑥ 休慌：弘本作"休荒"，範本、龍本、屠本作"你休慌"。
⑦ 你出去與賊漢：屠本作"只要你出去與賊人"，封本作"你去與賊人"。
⑧ 本待便將小姐出來，送與將軍：便將，屠本作"今日送"；出來，封本無；送與，屠本作"與"，驥本、延本、毛本作"獻與"，碛本作"送出與"。張本無。
⑨ 奈有：龍本、徐畫本、徐音本、三合本、潘本作"奈"，張本作"説小姐"。父喪：容本、起本、虎本、何本、陳本、秀本、碛本、天李本、湯本、魏本、峒本作"父服"，驥本、延本、毛本作"父孝"，張本作"孝服"。

不爭①鳴鑼擊鼓，驚死小姐，也可惜了②。將軍若要做女婿呵，可按甲束兵③，退一射④之地。限三日功德圓滿⑤，脫了孝服，換上顏色衣服，⑥倒陪⑦房奩，【羅眉】盦，音連。定將⑧小姐送與將軍。不爭⑨便送來，一來父服⑩在身，二來于軍⑪不利。"你去說來⑫。【徐參眉】建言即見，生計可就。【魏眉】計到好，只恐賊去了關門。（本云）三日⑬如

---

① 不爭：屠本作"不必"，何本、六幻本作"不便"。陳本、硃本、湯本、魏本、峒本作"不須"。
② "不爭鳴鑼擊鼓"至"驚死小姐也可惜了"：驚死小姐也可惜了，羅本、容本、起本、徐畫本、徐音本、虎本、何本、陳本、秀本、硃本、天李本、湯本、三合本、魏本、峒本、毛本、潘本作"驚死小姐可惜了"，屠本作"驚了小姐"，封本作"驚死可惜了"。張本無。
③ 若要做女婿呵，可按甲束兵：若要，張本作"要"；女婿呵，範本、龍本作"女婿"；束兵，屠本作"收兵"。秀本無。
④ 射：張本作"箭"。
⑤ 圓滿：徐音本、陳本作"完滿"。
⑥ 脫了孝服，換上顏色衣服：脫了，屠本作"脫去"；孝服，容本、起本、虎本、何本、陳本、秀本、硃本、天李本、湯本作"孝衣"；換上，羅本、徐畫本、徐音本、三合本、潘本作"換了"；顏色衣服，屠本作"新妝"，容本、起本、徐畫本、徐音本、徐參本、虎本、何本、陳本、秀本、硃本、天李本、六幻本、湯本、魏本、峒本、封本、毛本作"吉衣"，三合本、潘本作"吉服"。張本作"改換妝飾"。
⑦ 陪：陳本、魏本、峒本作"賠"。
⑧ 定將：徐參本、魏本、峒本作"將"。
⑨ 不爭：陳本作"不則"。
⑩ 父服：張本作"孝服"，六幻本作"父喪"。
⑪ 于軍：弘本、徐畫本、徐音本、三合本作"與君"，羅本、繼本、容本、起本、徐參本、虎本、何本、陳本、秀本、硃本、天李本、湯本、魏本、峒本作"與將軍"，六幻本、湯沈本、封本、毛本作"于將軍"。
⑫ "定將小姐送與將軍"至"你去說來"：說來，弘本、範本、驥本、延本作"說去"。屠本作："就與將軍結爲姻眷。你快去説。"
⑬ 三日：屠本作"三日後"。

何?(末云)有計在後。① (潔朝鬼門道叫科)請將軍打話。② (飛虎卒上云)快送出鶯鶯來③!(潔云)將軍息怒。夫人使老僧來與將軍說④。(說如前了)⑤(飛虎云)既然⑥如此,限你三日後若不送來⑦,我著你人人皆⑧死,個個不存。你對夫人說去:恁的這般好性兒的女婿,【潘旁】還有好性兒的在。【羅眉】恁,音字。【三合眉】好性兒的女婿儘多。教他招了者!⑨【潘夾】倥偬之際,第一在用人。何如先用長老,次用惠明?老弱居前,壯佼居後,純是誘敵之法。(潔云)賊兵退了也⑩【潘

---

① 有計在後:弘本、繼本作"計在後",羅本、驥本、延本作"計策在後"。弘本于此句後多:"題目:張君瑞破賊計,莽和尚生殺心。正名:小紅娘晝請客,崔鶯鶯夜聽琴。"并起"第二折"。
② 請將軍打話:屠本無。
③ 送出鶯鶯來:送,陳本、碌本作"請"。屠本作"送鶯鶯小姐出來",徐參本、魏本、峒本作"送鶯鶯來",張本作"送鶯鶯出來"。
④ 夫人:封本作"老夫人"。使:屠本作"着"。來與將軍說:說,屠本作"說知"。驥本、延本、毛本作"來說與將軍",秀本、封本作"與將軍說"。
⑤ (說如前了):容本、起本、徐晝本、徐音本、徐參本、虎本、何本、陳本、秀本、碌本、張本、天李本、湯本、三合本、魏本、峒本、潘本作"云云",湯沈本作"(說白如前)",封本作"(本待云云)",毛本作"(云云如前了)"。
⑥ 既然:驥本、延本、毛本作"既"。
⑦ 限你三日後:三日後,範本、龍本作"三日之後",繼本、六幻本、湯沈本作"三日,三日後",屠本、張本作"三日"。羅本作"限他三日後,若將小姐出來,萬事俱休。三日之後",驥本、延本同,但"他"作"你","將"作"送";毛本作"限你三日後送來,萬事俱休"。若不送來:屠本作"若遲了半刻"。
⑧ 我着你:屠本作"着你",張本作"我着"。皆:驥本、延本、毛本作"俱"。
⑨ 恁的這般好性兒的女婿,教他招了者:恁的這般,容本、起本、徐參本、虎本、何本、陳本、秀本、碌本、天李本、湯本、魏本、峒本、封本作"這般",徐晝本、徐音本、張本、三合本、毛本、潘本作"恁般",驥本作"您得這般";好性兒的,驥本、延本作"好性兒";教,弘本、羅本作"交"。屠本無。
⑩ 賊兵退了也:屠本作:"夫人,先生,賊兵果然退了",驥本、延本作"賊兵依我說,退了也"。

旁】兵機迅捷如此。，三日後不送出去①，便都是死的②。（末云）小子有一故人③，姓杜，名確，【秀眉】確，音却。號爲白馬將軍，見統十萬大兵④，【羅眉】見，音現。鎮守着⑤蒲關。一封書去⑥，此人⑦必來救我。此間離蒲關四十五里⑧，寫了書呵，怎得人送去?⑨（潔云）若是白馬將軍肯來⑩，何慮孫飛虎⑪！俺這裏有一個⑫徒弟，喚作⑬惠明，則是要吃酒厮打。【潘旁】此英雄不受羈絡處。若使央他去，定

---

① 三日後不送出去：屠本作"你若三日後不送小姐出去"，驥本、延本、毛本作"三日若不送出小姐去"。
② 便都是死的：便，弘本、羅本、繼本、容本、起本、徐參本、虎本、何本、陳本、秀本、硃本、天李本、六幻本、湯本、湯沈本、魏本、峒本、封本、毛本作"俺"。屠本作"俺一門兒都是死也"，徐畫本、徐音本、驥本、延本、張本、三合本、潘本作"俺都是死數"。
③ 小子：羅本、繼本、容本、起本、徐畫本、徐音本、徐參本驥本、虎本、何本、延本、張本、天李本、六幻本、湯本、湯沈本、三合本、魏本、峒本、封本、毛本、潘本作"小生"。一故人：驥本、延本、毛本作"一故友"，魏本作"個故人"。
④ 大兵：屠本作"大軍"。
⑤ 鎮守着：屠本、張本作"鎮守"。
⑥ 一封書去：範本、龍本、徐畫本、徐音本、三合本、潘本作"與僕爲生死之交，我若修一封書去"，屠本同，但"與僕爲"作"與我結爲"，"我若修"作"若修"。驥本、延本、毛本作"若修一封書去"，張本作"我若修書去"。
⑦ 此人：徐參本作"故人"，張本、封本無。
⑧ 此間離蒲關四十五里：四十五里，驥本、延本、毛本作"四五十里"，封本作"四十餘里"。屠本作"此去四十餘里"，張本無。
⑨ 寫了書呵，怎得人送去：屠本作"不知有何人能去下書"，張本無。
⑩ 若是：張本作"若"，範本、龍本、徐畫本、徐音本、三合本、潘本無。肯來：驥本、延本、毛本作"肯來呵"，張本作"前來"。
⑪ 何慮孫飛虎：張本作"慮甚麼孫飛虎。先生作速修書者。（生修書科）書已修完，只要一人送去"，毛本作"何慮那厮"。屠本此句後多"不擒"。
⑫ 這裏：屠本作"寺裏"，驥本作"這寺内"，延本、毛本作"這寺裏"，封本無。一個：徐參本、張本、毛本作"個"。
⑬ 喚作：屠本作"法名喚做"，龍本、繼本、容本、起本、徐畫本、徐音本、徐參本、驥本、虎本、何本、陳本、秀本、硃本、延本、張本、天李本、六幻本、湯、湯沈本、三合本、峒本、封本作"喚做"，毛本作"名喚"。

不肯去；①須將言語激着他，他便去。②【三合眉】就是妙人。（末喚云）有書寄③與杜將軍，誰敢去？誰敢去？④【潘旁】"敢"字有膽量。

【正宮】【端正好】【張眉】此折俱與原調不同，稍更正之。（惠明上唱）不念《法華經》，不禮《梁皇⑤懺》，【凌眉】首二句襯"不念""不禮"二字，元曲甚有襯作七字者，然三字是本調。王謂與【碧雲天】調不同，非也。【三合眉】總好。䰄【凌旁】音丟。了僧伽帽，【範眉】【龍眉】䰄，音丟，或音准。【繼眉】䰄，音丟，去也。【徐畫眉】【田眉】【延眉】總好。袒下我這偏衫⑥，【凌旁】俗作"偏紅衫"，非。【湯沈旁】一本"偏"下有"紅"字。【秀眉】偏衫，古僧人律制，身披偏衫袴，如來袈衣，露左膊，即西天之威儀也，故曰"偏衫"。【湯沈眉】全本子子節本色語，視諸曲更一機

---

① 若使央他去，定不肯去：弘本、羅本、驪本、延本作"使他去，不肯去"，屠本作"若叫他去，他便不肯去"，徐畫本、徐音本、張本、三合本、潘本作"若使他去，便不肯"，容本、起本、徐參本、虎本、何本、陳本、秀本、碌本、天李本、湯本、魏本、峒本、封本、毛本同，但無"若"字。

② 須將言語激着他，他便去：須將，弘本、羅本、容本、起本、徐參本、驪本、虎本、何本、陳本、秀本、碌本、延本、天李本、湯本、魏本、峒本、封本、毛本作"將"，六幻本作"須要"；激，弘本、羅本、起本、虎本、秀本、天李本作"擊"；他便去，徐參本、魏本、峒本作"他便肯去"，驪本、延本作"便去"。屠本作"只説他去不得，他却要去"。

③ 寄：張本作"送"。

④ 誰敢去？誰敢去：範本、龍本此句前多"你僧衆"，屠本此句前多"你衆和尚"。羅本作"誰敢去？（惠云）我敢去"，徐畫本、徐音本、張本、三合本、潘本作"你僧衆誰敢去"。弘本此句後多"（外）我敢去"，範本、龍本、繼本、屠本、容本、起本、徐畫本、徐音本、徐參本、驪本、虎本、何本、陳本、秀本、碌本、延本、張本、天李本、湯本、湯沈本、魏本、峒本、封本、毛本、潘本此句後多"（惠明上云）我敢去！我敢去"，六幻本同，但"上"作"應"；屠本此後作"第六折"，封本此後作"楔子"。

⑤ 皇：容本、徐參本、驪本、魏本、峒本、封本、毛本作"王"。

⑥ 我這偏衫：弘本、範本、龍本、繼本、屠本、容本、起本、徐參本、虎本、何本、陳本、秀本、碌本、天李本、湯本、魏本、峒本作"偏紅衫"，羅本、徐畫本、徐音本、驪本、延本、張本、六幻本、湯沈本、三合本、毛本、潘本作"偏衫"，封本作"破偏衫"。

軸，故是妙手。颩，音丟，去也。【封眉】時本多作"袒下偏紅衫"，非。殺人心逗起英雄膽，【羅眉】皇，音荒。殺，音灑。兩隻手將烏龍尾鋼椽搲①。【潘旁】搲，簪上聲。【謝眉】閔本此枝另作一首，吳本貫末一首，今從之。【繼眉】覃鹽詞家謂爲啞韵，今用之瑰壯乃爾。曩見吳水部爲文，輒先朗誦此詞一過。與崔延伯臨陣則召田僧超爲壯士歌何異？【徐畫眉】【田眉】【延眉】北人謂把握爲"搲"。【徐音眉】真正行人本色。【徐參眉】古來有這和尚，顛狂勝于修禪。【陳眉】【硃眉】更是大慈悲長老。【張眉】搲，兩手握也。【三合眉】《法華經》《梁皇懺》，既不會消災難，念他禮他何用？語語可入宗鏡，惠和尚是普救寺第一祖。鋼椽，鐵裏頭棍。搲，握也。【峒眉】更是慈悲長老。【驥夾】【延夾】颩，音丟。搲，音鏊。【徐畫夾】【田夾】【三合夾】颩，音丟。【毛夾】颩，音磋；搲，音鏊。元曲少監咸韵，故其下語頗險峻。但此與鐙刀趕棒科數又自不同。此曲用董詞"不會看經，不會禮懺，只有天來大膽"諸語。颩，字書無此字，元劇讀磋，刷也。《對玉梳》劇："樺皮臉風痴着，有甚颩抹。"搲，把也。鋼椽，鋼頭棒也。棒法有名烏龍蓋頭者，故以烏龍尾形椽耳。王伯良曰：記中惠明、法本、法聰，皆借古神僧爲戲。《壇經》：僧惠明曾與六祖爭衣鉢。《神僧傳》：梁僧法聰能入水火定，嘗有二虎及雌雄龍侍坐。法本，梁天福中，與一僧期會相州竹林寺，僧至無寺，以杖擊石柱，風雲四起，樓臺聳峙，本從內出。又，天衣聰禪師，亦名法聰。參釋曰：刷帽袒衫，正指妝束。而俗注以颩音丟，遂至扮演家必去帽卸衫而後已，解誤之流弊乃爾。【潘夾】可見二月十五，莽和尚不在法壇。如在法壇，彼行香點燭，執磬敲板，諸比丘必被他一瞅一喊，連小張也未免立腳不牢。此時莽和尚何在？在火工。今日念經禮懺，諸衆何在？在僧房裏胡捛。

---

① 兩隻手將：徐畫本、徐音本、驥本、延本、張本、三合本、毛本作"兩隻手把"，潘本作"便將那"。鋼椽：羅本作"鋼"。搲：繼本作"咱"。

【滾綉球】非是我貪①，不是我敢②，知他怎生喚做打參③【凌旁】參字，宜去聲。【謝眉】打參，即是放參。【範眉】【龍眉】【繼眉】打參，猶云放參，釋家語。【田眉】打參，即釋家語放參。【虎眉】貪，一作"悍"，亦可。【封眉】參，去聲，七紺切，音摻，又上聲，桑感切，音槮，時本作"參"，誤，此字宜仄。大踏步直④殺出虎窟龍潭。【羅眉】殺，音灑。龍，平聲。非是我攙⑤，不是我攬⑥，【湯沈眉】"攙"為攙先，"攬"謂兜攬。這些時吃菜饅頭委實⑦口淡，【田補眉】攙者，攙先；攬者，兜攬。非是我攙、攬要去，我平生不曉打參，只會廝殺。非是我貪與敢而要殺人，以口淡思食肉耳。【張眉】"攙"與"攬"，言硬出頭攙行攬事也。五千人也不索炙煿煎燻。⑧【羅眉】索，音煞。【陳眉】【硃眉】禪髓！【秀眉】炙，音只。脾，音薄。【凌眉】燻，羅檐切，平聲，陽韵。王以為音不叶而改為"燂"，豈未考韵耶？【三合眉】煿，音卜。燂，音延。【封眉】燔，時本多作"燻"，徐、王本作"燂"。腔子裏熱血權消渴，【羅眉】血，音

---

① 貪：徐畫本、徐音本、驪本、延本、張本、六幻本、湯沈本、三合本、毛本、潘本作"攙"。
② 不是：屠本作"非是"。敢：徐畫本、徐音本、驪本、延本、張本、六幻本、湯沈本、三合本、毛本、潘本作"攬"。
③ 知他怎生：羅本、徐畫本、徐音本、驪本、延本、張本、三合本、潘本作"怎生"。打參：徐參本作"參禪"。
④ 直：徐畫本、徐音本、驪本、延本、三合本、潘本作"的"，張本無。
⑤ 非是：屠本、驪本、延本、毛本作"不是"。攙：徐畫本、徐音本、驪本、延本、張本、六幻本、湯沈本、三合本、毛本、潘本作"貪"。
⑥ 不是：驪本、延本、毛本作"非是"。攬：徐畫本、徐音本、驪本、延本、張本、六幻本、湯沈本、三合本、毛本、潘本作"敢"。
⑦ 吃菜饅頭：範本、龍本作"吃菜饅頭的"，羅本作"菜饅頭"。委實：屠本、徐畫本、徐音本、驪本、延本、三合本、毛本、潘本作"委實的"，徐參本、峒本作"委是"。
⑧ 五千人：羅本作"覷着五千人"，屠本作"自他那五千人"。炙煿：羅本作"煿"，徐參本、虎本、陳本、秀本、硃本、天李本、魏本作"炙脾"。煎燻：徐畫本、徐音本、驪本、延本、張本、六幻本、三合本、潘本作"煎燂"，魏本作"燻"，封本作"煎燔"。

歇。肺腑内生心且解饞，有甚腌臢！【謝眉】腌臢，不潔也。【範眉】【龍眉】腌臢，是鄉語，不潔貌。【羅眉】腌臢，音安簪。【繼眉】腌臢，穢惡不潔貌。【容眉】【湯眉】活佛。你何不退了兵，得了鶯鶯？【徐畫珠眉】【珠眉】你何不退了兵，得了鶯鶯？【湯沈眉】腌臢，不潔貌，音庵簪。【魏眉】自誇英雄，何不自退了兵也，得了鶯鶯。髆音搏，腌臢音庵贊。【峒眉】自誇英雄，何不自退了兵，已得這鶯鶯。【封眉】腌臢，音葉簪。【驥夾】【延夾】髆，音博。燂，音談，原作"爁"，音覽，不叶。腌臢，音庵簪。【毛夾】爁，讀藍；腌臢，音庵簪。【潘夾】攪，音殘；髆，音博。如是謂之打參，如是便何消打參？

【叨叨令】浮沙【湯沈旁】徐作"烆"。羹寬片粉添些①雜糝；【田補眉】"寬片粉"對"浮烆羹"，藍采和劇"闊片粉"可證。【三合眉】烆，音徹。酸【湯沈旁】徐作"碎"。黃虀爛豆腐休調啖②，【田補眉】休調淡，欲其調和得好也。【凌眉】休調啖，言休調此等與我吃，我待將吃人肉饅頭也。俗本俱作"淡"，誤。【張眉】酸，訛"碎"，非。萬餘斤黑麵從教暗③，【虎眉】暗，一作"按"，似是。【張眉】從教，訛"雖然是"，非。【封眉】淡，即空本作"啖"，謬。按，揉按也，時本多誤作"暗"。我將這五

---

① 浮沙羹：羅本作"只恁浮沙羹"，封本作"您將那浮沙羹"。徐畫本、徐音本、驥本、延本、三合本、潘本作"恁將那浮烆羹"，張本、毛本同，但"恁"作"您"。片粉：徐畫本、徐音本、潘本作"粉片"。添些：張本作"添"。

② 酸：徐畫本、徐音本、驥本、延本、三合本、毛本、潘本作"碎"。休調啖：弘本、繼本、屠本、容本、起本、徐畫本、徐音本、驥本、陳本、秀本、硃本、延本、張本、天李本、湯本、湯沈本、三合本、魏本、峒本、封本、毛本、潘本作"休調淡"，何本作"休調澹"，羅本、屠本作"油調淡"。

③ 從教：徐畫本、徐音本、驥本、延本、三合本、潘本作"雖然是"。暗：羅本、繼本、秀本、六幻本、封本作"按"，驥本、延本、張本、潘本作"黯"，屠本無。

千人做一頓①饅頭餡。【秀眉】饅，音漫。是必休誤了②也麼哥，休誤了③也麼哥！包殘餘【湯沈旁】一作"餘"。肉把青鹽蘸④。【範眉】【龍眉】僧家豪俠之狀，形容都盡。【羅眉】蘸，音站。【繼眉】蘸，音湛。【起眉】王曰：僧家豪杰之狀，舌底調來驃騎，灌陰尤在不屑。【容眉】佛。【徐音眉】□□惠□自有□行血□。【徐參眉】這和尚好一片慈心。【張眉】餘，言肉之餘，非孫飛虎筵客有肉復有魚也。笑煞。【湯沈眉】羹粉虀腐，皆僧家本等素食，乃要添囑休要人肉餡，要蘸餘肉，極狀己不管葷素，能大餐之意。【三合眉】一片殺人心。【驥夾】【延夾】煏，丑涉反。【毛夾】煏，丑涉反。二曲似雜出不倫，要只發揮董詞"送齋時做一頓饅頭餡"語。前曲言我非攪出而好攬事也，其所以好厮殺者，亦非是貪與敢也。以久吃菜饅頭，頗口淡耳。然則這五千人也，無暇炙煏，祇生食可矣。後曲又一轉，言雖是如此，既是吃菜饅頭口淡，則且將羹粉與腐糝備下，憑着甚黑麵，且將這五千人做了饅頭餡亦得，其包餘者，則青鹽蘸食耳。二曲一氣，轉折殊妙！俗注謂極狀其不辨葷素，則索然矣！始知古文須細心體會，莫草草也。煏，燒也。《蕭淑蘭》劇"將韓王殿忽然火煏"。王本以"煏"本去聲，遂改作"燀"，由未審元詞讀例耳。寬片粉，闊片粉也。《藍采和》劇"俺吃的是大饅頭、闊片粉"。腌臢，不潔也。《黑旋風》劇"他見我血漬的腌臢，從教儘着也"。北人稱黑曰"暗"，董詞"手中鐵棒經年不磨，被塵暗"，王本改"黯"，非。參釋曰：二曲反覆寫好殺意。以後七曲，則實從寄書作鋪張耳。【潘夾】煏，音徹。此方是吃齋茹素的真果，世有縱虎養蛇而日放生者，實造彌天之業。

---

① 我將這：弘本、範本、羅本、龍本、繼本、徐參本、虎本、陳本、秀本、碌本、六幻本、魏本、峒本作"我將"，屠本作"俺只將"，徐畫本、徐音本、驥本、延本、三合本、潘本作"我待教"，張本作"我待把"，封本作"我將他"，毛本作"我待將"。一頓：張本作"頓"。
② 休誤了：羅本作"你休誤了咱"。
③ 休誤了：羅本作"是必你休誤了咱"。
④ 包殘：屠本作"飽餐"。餘肉：湯沈本作"魚肉"。把：徐畫本、徐音本、驥本、延本、張本、三合本、潘本作"旋教"。蘸：範本、龍本作"來蘸"。

（潔云）張秀才着你寄書去蒲關①，你敢去麼②？

【倘秀才】（惠唱）你那裏問小僧敢去也那③不敢，我這裏啓大師用笞也不用笞④。【田補眉】咱，《中原音韻》作平聲調，法爲用仄，聲須從俺。【凌眉】"笞"字，上聲，我也。此句宜仄韻，而諸本作"咱"，則平聲矣。王從朱本爲"俺"，亦疑其宜仄耳，不知仄韻自有"笞"字也。【三合眉】大道不在口談，説得是。【封眉】咱，子感切，此句宜仄韻。即空本謂"咱"字只是平聲，誤矣。你道是飛虎將聲名⑤播斗南；【謝眉】【範眉】【龍眉】【繼眉】【湯沈眉】斗南，言北斗以南。唐人詩："聲名過北斗。"【秀眉】唐狄仁杰爲當時名相，人稱之曰："北斗以南，一人而言。"【張眉】飛虎，賊也。句亦當如是，添"將"字何謂？那厮能淫欲，會貪婪，【羅眉】婪，音藍。誠【湯沈旁】一作"成"，指鶯鶯事。何以堪⑥！【徐畫旁】湊語。【田旁】湊語。【繼眉】"成"字指鶯鶯事。作"誠"，非。【容眉】【湯眉】

---

① 張秀才着你寄書去蒲關：寄，繼本、容本、起本、徐畫本、徐音本、徐參本、虎本、何本、陳本、秀本、碌本、張本、天李本、六幻本、湯本、湯沈本、三合本、魏本、峒本、封本、潘本作"送"；去蒲關，範本、龍本、繼本、徐畫本、徐音本、湯沈本、三合本、潘本作"到蒲關去"，張本作"到蒲關"，容本、起本、徐參本、虎本、何本、秀本、天李本、六幻本、封本作"蒲關"，陳本、碌本、湯本、魏本、峒本作"蒲關去"。屠本作"張先生着你到蒲關下書"。

② 你敢去麼：你，屠本作"你可"。驥本、延本、毛本作"你果是敢去不敢"，張本作"你敢去不敢去"。

③ 敢去：弘本、範本、龍本、羅本、繼本、屠本、容本、起本、徐畫本、徐音本、徐參本、虎本、何本、陳本、秀本、碌本、天李本、六幻本、湯本、湯沈本、三合本、魏本、峒本、封本、潘本作"敢"。也那：張本無。

④ 也：弘本、容本、起本、徐參本、虎本、何本、陳本、秀本、碌本、天李本、六幻本本、湯本、魏本、峒本、封本、毛本作"那"，張本、湯沈本無。笞：驥本、延本均作"俺"。

⑤ 你道是：封本作"你道"，弘本、羅本、繼本、容本、起本、徐畫本、徐音本、徐參本、虎本、何本、陳本、秀本、碌本、張本、天李本、六幻本、湯本、湯沈本、潘本無。飛虎將：張本、封本作"飛虎"。聲名：徐音本作"聲色"。

⑥ 誠何以堪：誠，繼本、容本、起本、虎本、陳本、秀本、天李本、湯本作"成"，碌本作"成何以"。弘本作"不成何以堪"，羅本作"成何濟堪"。

活佛。淫欲、貪婪，原來不濟事。佛語，佛語。【徐參眉】亦痛恨無禮，自是激昂。【三合眉】原來淫欲、貪婪，都不堪事的，是佛語。【三合夾】婪，盧含切。【毛夾】咱，讀上聲；將，去聲。【潘夾】咱，簪上聲。雄才屈于短馭，老將厄于暮年，用不用彼操之，反曰敢不敢我爲之。讀惠明二語，乃知投筆請纓，據鞍躍馬，皆是極無聊事，便欲擊碎唾壺。世間那一件事，是淫欲貪婪人做得來的？即用淫欲貪婪人做淫欲貪婪事，亦教立敗。惠明審于直壯曲老之勢，聲強實弱之情，即身膺節鉞，自可制勝千里，莽和尚竟不莽至此。

（末云）你是①出家人，却怎不看經禮懺②，則廝打爲何③？【羅眉】廝，音色。【徐畫珠眉】【硃眉】【湯批】時勢甚急，不宜閒話。【陳眉】時勢甚急，勿閒話罷。【峒眉】你道事勢甚急，閒話莫說罷。

【滾綉球】（惠唱）我經文也不會談，逃禪也懶去參；④【範眉】【龍眉】杜《八仙歌》："醉中往往愛逃禪。"【繼眉】杜子美《飲中八仙歌》："醉中往往愛逃禪。"【秀眉】《八仙歌》云："蘇晉長齋綉佛前，醉中往往愛逃禪。"戒刀頭近新來⑤鋼蘸，鐵棒上無半星兒土漬【湯沈旁】一

---

① 你是：範本、龍本作"你這"。
② 却怎不：羅本作"怎不去"，屠本作"怎生不會"。禮懺：屠本作"念佛"。
③ "你是出家人"至"則廝打爲何"：則廝打爲何，繼本、湯沈本作"則好廝打爲何"，容本、起本、徐參本、陳本、秀本、硃本、天李本、六幻本、湯本、魏本、峒本作"則要廝打爲何"，秀本作"則打爲何"，屠本作"只去舞棒掄槍"。驥本、延本、封本、毛本無。
④ 我經文也不會談，逃禪也懶去參：徐畫本、徐音本、驥本、延本、三合本、潘本作"法空我不會談，逃禪我不會參"，張本作"經文也不會談，逃禪也不會參"，毛本作"我法空也不會談，逃禪我也懶去參"。
⑤ 來：弘本、範本、龍本、羅本、繼本、容本、起本、虎本、何本、陳本、秀本、硃本、天李本、六幻本、湯本、湯沈本、魏本、峒本、封本、毛本作"來將"，徐畫本、徐音本、驥本、延本、三合本、潘本作"來教"，屠本作"來只將"，張本無。

作"迹"。塵緘①。【羅眉】緘，音兼。【起眉】暗，一作"漬"。【虎眉】暗，一作"漬"。塵含，一作"塵緘"，與下書"一緘"重。【封眉】即空本作"土漬"，誤。別的都②僧不僧、俗不俗、女不女、男不男，則會齋的飽也則向那僧房中胡淨③，【謝眉】胡淨，亦是鄉語。【範眉】胡淨，是鄉語。【徐畫眉】【田眉】別的，言別僧也。那裏怕焚燒了兜率伽藍④。【羅眉】俗，音戍。淨，音淹。率，音煞。【容眉】【田補眉】【徐畫珠眉】【湯眉】好和尚，説得是。【張眉】管，亦作"問"。【湯沈眉】非別的，謂他僧也。【三合眉】不如焚燒了也，大家清凈。則爲那⑤善文能武人千里，憑着

---

① 無半星兒：徐畫本、徐音本、驥本、延本、三合本、毛本、潘本作"怎生教半星兒"，張本作"怎教"。土漬：弘本、羅本、繼本、容本、起本、徐參本、虎本、何本、陳本、秀本、硃本、天李本、六幻本、湯本、湯沈本、魏本、峒本、封本作"土暗"。塵緘：徐畫本、徐音本、湯沈本、三合本、潘本作"塵含"，驥本、延本、六幻本作"塵銜"，張本作"塵淹"。

② 別的都：弘本、羅本、容本、起本、徐畫本、徐音本、徐參本、驥本、虎本、何本、陳本、秀本、硃本、延本、張本、天李本、六幻本、湯本、三合本、魏本、峒本、封本、毛本、潘本作"別的"，範本、龍本、繼本、屠本、湯沈本作"別的來"。

③ 也則向那：弘本、範本、龍本、羅本、繼本、屠本、容本、起本、徐參本、虎本、何本、陳本、秀本、硃本、天李本、六幻本、湯本、湯沈本、魏本、峒本、封本作"去"，徐畫本、徐音本、驥本、延本、三合本、毛本、潘本無。中：徐畫本、徐音本、驥本、延本、張本、三合本、毛本、潘本作"裏"。胡淨：屠本、徐畫本、徐音本、驥本、延本、張本、湯沈本、三合本、毛本、潘本作"胡掄"。

④ 那裏怕焚燒了兜率伽藍：怕，羅本、屠本、何本、張本作"管"，徐畫本、徐音本、驥本、延本、三合本、潘本作"問"。焚燒了，羅本作"燒焚了"，秀本作"焚燒"。伽藍，羅本、屠本、徐畫本、徐音本、驥本、何本、延本、三合本、潘本作"也伽藍"。弘本、範本、龍本、繼本、容本、起本、徐參本、虎本、陳本、秀本、硃本、天李本、六幻本、湯本、湯沈本、魏本、峒本、封本、毛本作"那裏管焚燒了兜率也似伽藍"。

⑤ 則爲那：弘本、範本、龍本、羅本、繼本、屠本、徐參本、魏本、峒本作"恁那裏"，容本、起本、虎本、何本、陳本、秀本、硃本、天李本、六幻本、湯本、湯沈本、三合本、毛本作"您那裏"，徐畫本、徐音本、驥本、延本、張本、封本作"您那"，潘本作"恁那"。

這濟困扶危書一緘①,【封眉】函,時本誤作"緘"。有勇無憖②。【徐畫旁】【容旁】【湯旁】真!【淩眉】有勇無憖,惠明自負之言甚明。徐改爲"憨",注云:謂杜帥勇且智也。何謂?只看上下文,此時何與推許杜帥耶?【徐畫眉】【田眉】【延眉】憨,愚也,音酣,言杜帥既勇又智也。【陳眉】【魏眉】【峒眉】句句真宗。【湯沈眉】憨,音酣,癡也。言我非徒勇而癡者也。俗本作"慚","慚"字淺。【三合眉】憨,音酣,愚也。言杜帥既勇又智也。【驥夾】【延夾】憨,音酣。【毛夾】憨,音酣。"法空"二語,又言不説法參禪,與上不看經、禮懺又深一層。鋼蘸,蘸以鋼也,《昊天塔》劇"宣花也這柄蘸金斧"。"戒刀"二句,用董詞"腰間戒刀"諸語。胡撐,胡塗掩飾也。"別的"至"伽藍",以他人撐飾,形己着力來,言别的不關心斯已耳。今濟困扶危,全在此書,而可不着力,作癡憨耶?憨,癡也,俗作"慚",字形之誤。《蕭淑蘭》劇"諕的我手忙脚亂似癡憨"。或解以後三句爲謔生,而改"則在這"爲"我這裏",遂以"則這"句爲惠自指。則濟困扶危,不屬之緘書之人,而屬之寄書之人,寧近理耶?【潘夾】有勇無憨,惠自謂也。蓋言勇往向前,並不爲成敗利鈍所惑,具大覺性,發大勇猛。

---

① 憑着這:弘本、範本、龍本、羅本、繼本、屠本、容本、起本、徐參本、虎本、何本、陳本、秀本、碌本、天李本、六幻本、湯本、湯沈本、魏本、峒本、封本作"盡在這",徐畫本、徐音本、驥本、延本、三合本、潘本作"我這",張本作"憑着",毛本作"則在這"。緘:封本作"函"。
② 有勇無憖:徐畫本、徐音本、驥本、延本、三合本、潘本作"有勇波無憨",張本、六幻本、湯沈本、毛本作"有勇無憨"。

（末云）他倘不放你過去，如何？① （惠云）他不放我呵，你放心。②

【白鶴子】着幾個小沙彌把③幢幡寶蓋擎，【羅眉】着，音招。【秀眉】僧落髮後稱沙彌。壯行者將捍棒钂叉④擔。【凌眉】捍棒钂叉，徐作"捍杖火叉"。言寺中無兵杖，故各執所有，猶夫擎幢幡也，亦有議論。蓋本董解元"或拿着切菜刀、捍麵杖"等語來。然捍棒钂叉亦是寺中所有，非軍器也，不改亦可。你排陣腳將⑤衆僧安，我撞釘子把賊兵來探⑥。【範眉】【龍眉】撞釘子，即今所謂探子。【徐畫眉】【田眉】【延眉】"把幢幡""將捍杖"及後"綉幡開"句：寺中原無兵器，捍杖、叉、綉幡却是有的，急時將此作戰伐具，本有意味。俗改"杆杖"爲"杆棒"，"火叉"爲"钂叉"，

---

① 他倘不放你過去，如何：他倘，徐畫本、徐音本、張本、三合本、潘本作"他若"，驪本、延本、毛本作"倘賊"；過去，驪本、延本作"去"，湯沈本作"過"；如何，繼本、容本、起本、徐參本、陳本、秀本、硃本、天李本、湯本、湯沈本、魏本、峒本、封本、毛本作"却如何"，徐畫本、徐音本、張本、三合本、潘本作"却待如何"。羅本作"他倘不放過你去，却如何的"，屠本作"倘賊兵不放，你怎生得過去"。

② 他不放我呵，你放心：呵，徐畫本、徐音本、張本、三合本、潘本作"過去"；放心，容本、起本、徐畫本、徐音本、虎本、何本、陳本、秀本、硃本、張本、天李本、六幻本、湯本、三合本、潘本作"寬心"，徐參本、魏本作"且寬心"。弘本作"不放我，你寬心"，羅本作"若不放我，你寬心者"，屠本作"你放心，你放心"，繼本、湯沈本作"他不放我，你寬心"。

③ 把：封本作"將"。

④ 壯行者：潘本作"病行者"。將：封本作"把"。捍棒钂叉：捍，陳本、硃本、六幻本、湯本、魏本、峒本、封本作"杆"。徐畫本、徐音本、驪本、延本、張本、三合本作"捍杖火叉"，毛本作"杆杖火叉"。

⑤ 你排陣腳將：你，毛本作"您這壁"。徐畫本、徐音本、延本、張本作"您這壁列陣腳把"，驪本、三合本、潘本同，但"您"作"恁"。

⑥ 我撞釘子把賊兵來探：來探，弘本、繼本、屠本、容本、起本、徐參本、虎本、何本、陳本、秀本、硃本、天李本、六幻本、湯本、湯沈本、魏本、峒本、封本作"探"。徐畫本、徐音本、驪本、三合本、潘本作"我那裏撞丁子般把賊兵探"，延本同，但"賊兵"作"賊軍"；張本同，但"般把"作"將"；毛本同，但無"般"字。範本、龍本此句後多"（生云）他布着陣勢，不放你去呵"。

"綉幡"爲"綉旗",殊失作者意。【徐音眉】人有安排。【徐參眉】不但遞書,且肯衝陣,何憂事不濟乎?【張眉】撞折釘子,言硬漢也。【湯沈眉】【白鶴子】後二調,方本與徐本次序顛倒,更定"幡幢"等及後"綉幡開"句。寺中無兵仗,故各執所有,正作者用意處。俗本改者,非。【三合眉】"幢幡"等是本色語,寺中無兵器,故各執所有。【湯沈夾】董詞:"或拿着切菜刀、捍麵杖,着綾幡做,把鉢盂做頭盔戴着頭上。"正本色語。【潘夾】好軍威,旌旗壁壘都是本地風雲,可知惠大師好方略。

【二】① 遠的破開步將②鐵棒彨,近的順着手把③戒刀釤;【凌旁】音衫,去聲。【湯沈旁】平聲。【繼眉】【魏眉】釤,音山。【張眉】北方刈麥用釤,利而便也。有小的提起來將脚尖踭,④【凌旁】踭,字書所無,宜作"撞"。【繼眉】踭,音壯。有大的扳下來把髑髏鍖。⑤【魏旁】音趁。【羅眉】彨,音丢。釤,音斬。踭,音狀。髑,音畜。髏,音樓。鍖,音湛。【凌眉】鍖,即砍。元人每用之,王謂扳下來以己之頭而鍖之,不知己之頭如何鍖。【陳眉】已證阿羅漢果。【湯沈眉】釤,音山,斬去之謂。撞,俗本作"踭",係俗字,字書無之,古本作"撞"。【封眉】即空主人曰:鍖,即砍,元人每用之。【徐畫夾】【田夾】釤,音山。【驥夾】釤,三,去聲。撞,平聲,今作踭,詳見注。【凌夾】俗本無二"有"字。髑髏,今人詈人之頭猶云然。

---

① 【二】:驥本、延本此枝曲作"【一】"。
② 破開步:張本作"破步"。將:徐畫本、徐音本、驥本、延本、張本、三合本、潘本作"着"。
③ 順着手把:張本作"順手用"。
④ 有小的:範本、龍本、繼本、屠本、徐畫本、徐音本、驥本、秀本、延本、張本、六幻本、湯沈本、三合本、毛本、潘本作"小的",羅本作"有那小的"。脚尖踭:徐畫本、徐音本、三合本、潘本作"脚尖兒撞",湯沈本作"脚尖撞"。
⑤ 有大的:範本、龍本、繼本、屠本、徐畫本、徐音本、驥本、延本、張本、六幻本、湯沈本、三合本、毛本、潘本作"大的"。扳下來:驥本作"攀下來",張本作"扳下呵"。把髑髏:驥本、延本作"着撒髏"。鍖:弘本、範本、龍本、羅本、容本、起本、徐參本、虎本、何本、陳本、秀本、碌本、天李本、六幻本、湯本、魏本、峒本作"鍖",徐畫本、徐音本、張本、三合本、毛本、潘本作"砍"。

王謂是死人之頭骨，以爲非，而改作"撒樓"，謂方言頭也，亦多事矣。【三合夾】釤，音山。髑，音蜀。【毛夾】釤，三去聲；跭，讀莊。【潘夾】釤，音衫。超度了無數惡鬼，勝如焰口薦亡。

【一】① 瞅一瞅古都都翻了②海波，【徐畫眉】【田眉】【湯沈眉】目斜視而瞬，曰瞅。滉一滉廝琅琅振動③山岩；脚踏得赤力力地軸搖，手扳得忽剌剌天關撼。④【範眉】【龍眉】轉見雄豪，《法藏》中故自有此教也。【羅眉】滉，音晃。瞅，愁，去聲。撼，音旱。【起眉】王曰：雄豪，《法藏》中自有此教。乃其捭闔操縱，自是才子筆。陣勢如楚霸王，叱咤千人。【容眉】【硃眉】【湯眉】這和尚也是個烈漢子，何難立地成佛？【徐畫珠眉】這和尚也是個烈漢，何難立地成佛？【三合眉】如此烈漢，何難立地成佛？【驥夾】【延夾】瞅，丑，上聲。【三合夾】瞅，丑音。剌，音蠟。【毛夾】瞅音丑。【白鶴子】三曲，他本及王本將後二曲倒列，以"瞅一瞅"置"破開步"前，反稱古本。不知鐵棒、戒刀，接上幢蓋、杆杖來。"力力、剌剌"起下"駁駁劣劣"來，次第秩然。首曲用董詞"或拿着切菜刀、杆麪杖，著綉幡做甲，把鉢盂做頭盔帶着頭上"諸語。髟，解見前。釤，鐮也。以刀鐮斷之曰"釤"，猶元詞"口如潑釤"之謂。跭，蹤也，字書無此，此詞曲中字。髑髏，頭骨也。《莊子》"枕髑髏而臥"，俗改作"撒樓"。而俗注如《墨娥小錄》諸

---

① 【一】：弘本、範本、龍本、羅本、繼本、容本、起本、徐畫本、徐音本、徐參本、虎本、何本、陳本、秀本、硃本、天李本、湯本、湯沈本、三合本、魏本、峒本、潘本此枝曲作"【三】"，驥本、延本、張本作"【二】"。
② 古：屠本作"骨"，徐畫本、徐音本、驥本、延本、潘本作"教古"。翻了：徐畫本、徐音本、張本、三合本、潘本作"翻"。
③ 滉一滉：徐畫本、徐音本、三合本、潘本作"唾一唾教那"，驥本、延本同，但無"那"字，張本作"喊一喊"。振動：徐畫本、徐音本、三合本、潘本作"振勘"，驥本、延本作"震"，張本作"振"，毛本作"震動"。
④ 扳：羅本、繼本、容本、起本、徐畫本、徐音本、虎本、何本、陳本、秀本、硃本、延本、張本、天李本、湯本、湯沈本、三合本、封本、潘本作"攀"。忽：徐畫本、徐音本、延本、三合本、潘本作"希"。範本、龍本此句後多："（生云）只是賊兵甚強，怕你殺不過。"

書，亦遂以撒樓爲頭。一何可笑！抛，扳也，勿作"攀"。《黑旋風》劇"我可敢抛倒那嵯峨"。砍，斬也。小者蹾以脚，大者砍其頭，于文甚明。砍，勿作"勘"。蹾、砍俱着敵人，與《昊天塔》劇"胸脯上脚去蹬，面門上手去摑，乞留扢義砍他鼻凹"語同。瞅，努目也。滉，猶蕩，即搖也。勿作"唾"。與《昊天塔》劇："瞅一瞅赤力力的天摧地塌，搖一搖厮琅琅振動了琉璃瓦"語又同。參釋曰：儞古本以"砍"爲勘比也。王伯良又以"髑髏"爲"撒樓"，爲用己之頭勘之。則天下無有以比頭爲武藝者，且以脚蹾頭撞分技力大小，尤屬無謂，作儞之不審度如此。【潘夾】二闋叙得一天火焰，滿地神通。

【耍孩兒】① 我從來②駁駁劣劣，【繼眉】駁，音剝。世不曾忑忑【凌旁】音忒，吐膽切。【湯沈旁】音忐。忐忑③【湯沈旁】音祖。，【範眉】【龍眉】忐，音祖；忑，音忑。【羅眉】駁，音剝。忐，音祖。別書讀"懇倒"。忑，音忑。【繼眉】忑忐，音忑祖。【秀眉】忐忑，音坦忑。【張眉】北方以心之疑怯不定云，忐上忑下，本文也。【三合眉】忐忑，音倒肯，恐懼意。【魏眉】駁音剝，忐忑音祖忑。打熬成不厭天生敢。我從來④斬釘截鐵常居一，【羅眉】常，音昌。【凌眉】常居一，猶言常算我第一也。不似恁惹草拈⑤花沒掂三。【謝眉】常居一、沒掂三，俱是鄉語。【範眉】【龍眉】常居一、沒掂三，俱鄉語。【起眉】王曰：常居一、沒掂三，俱鄉語，自成俏語。【徐畫眉】【田眉】常居一，猶言有我分也，非鄉語。沒掂三，亦非鄉語，乃調侃語也。【延眉】忐忑，見三官經，當"忑"字在上押韵。常居一，猶言

---

① 【耍孩兒】：弘本、範本、龍本、羅本、繼本、容本、起本、虎本、何本、陳本、秀本、硃本、天李本、湯本、湯沈本、魏本、峒本此枝曲作"【四】"，徐畫本、徐音本、三合本、潘本此曲作"【五】"，張本作"【幺】"。
② 我從來：張本作"是這般"。
③ 世不曾：張本作"又何曾"。忑忑忐忐：弘本、範本、龍本、羅本、容本、起本、徐參本、虎本、何本、陳本、秀本、硃本、天李本、湯本、魏本、峒本作"忐忐忑忑"。
④ 我從來：張本作"纔顯俺"。
⑤ 恁：羅本、張本作"你"，徐畫本、徐音本、六幻本、三合本作"您"。拈：驥本、延本、張本、三合本作"粘"。

有我分也，非鄉語。沒掂三，亦非鄉語，乃調侃語也。【天李眉】真漢子家風。**劣性子人皆慘①，捨着命提刀仗劍②，更怕甚③勒馬停驂。④**【羅眉】驂，音參。【繼眉】掂，音店。驂，音參。【徐音眉】大丈夫□爲如是。【徐參眉】這漢子何患不成佛？【陳眉】【硃眉】金剛圈裏打筋斗。【湯沈眉】方諸生云："駁駁劣劣"二曲，原是【耍孩兒】，今本俱作【白鶴子煞】。忢忢，俗字，恐懼意。"打熬"句，謂打熬成的。不厭，天生的勇敢也。沒掂三，不着緊要之意。末句言不肯勒馬停驂，而以去爲快也。【魏眉】【峒眉】好個烈漢子，何難立地成佛？【驥夾】【延夾】忢，音忎。忎，吐膽反，係閉口，俗音祖，入寒山韻，非。【毛夾】忢，音忎；忎，吐膽反。【潘夾】忢忢音忎淡。此節中結出"敢"字，正將前問"我敢不敢"句通勢收住。五煞中亦只說得一"敢"字透快。凡成佛學，道破賊除奸，問鼎登龍，俱不出一"敢"字。俱要斬釘截鐵爲之，若小有驚疑，未免首尾回惑。張生一味懦，所以將成屢敗，後得紅侍者授以一偈有云："肯不肯，怎由他；親不親，盡在您。"將一"敢"字傾囊交付，所以遂登彼岸。不知此時惠大師已大聲高唱而付之，惜張終是漸根非頓根也。

---

① 劣性子人皆慘：劣，屠本作"烈"。慘，陳本、硃本、天李本、湯本作"摻"。徐畫本、徐音本、驥本、延本、張本、三合本、毛本、潘本作"就死也無憾"。
② 捨着命提刀：徐畫本、徐音本、驥本、延本、張本、三合本、毛本、潘本作"便持刀"。仗劍：峒本作"伏劍"。
③ 更怕甚：弘本、範本、龍本、羅本、繼本、屠本、容本、起本、徐參本、虎本、何本、陳本、秀本、硃本、天李本、湯本、魏本、峒本作"更怕我"，六幻本、湯沈本作"更怕"，徐畫本、徐音本、驥本、延本、三合本、毛本作"怕"，張本作"怎"，潘本作"肯"。
④ 範本、龍本此處多"（生云）好和尚，休得要退縮了"，封本此處多"（生云）如此去得，就將書付你送去"。

【二】① 我從來欺硬怕軟②，吃苦不甘③，你休只因親事胡撲俺④。【湯沈旁】此惠慎重之意。【容眉】【湯眉】真。若是杜將軍不把干戈退，張解元干將風月擔⑤，【秀眉】杜將軍，張解元，對得自然也。我將不志誠的⑥言詞賺。【羅眉】賺，音替。【繼眉】賺，音湛。倘或紕繆⑦，【羅眉】綢，音酬。繆，音謀。倒大羞慚。【徐畫眉】【田眉】【延眉】末二句難解，便做戲謔張生，亦不通，此際可戲謔耶？【田補眉】倒大，北人語詞。【徐音眉】惠明又是誠正君子。【徐參眉】爲張生一算，張生定睛點頭。【湯眉】畫。【三合眉】也須慮著。【驥夾】【延夾】紕，音批。【湯沈夾】方以此曲爲戲謔張，非。紕繆，俗本作"綢繆"，繆于千里矣。【毛夾】紕，音批。凡馬色不純曰駁，性不純曰劣。此言"駁劣"，以駁本音爆，但借字聲作爆烈，不借字義作駁雜解。忈忐，心或上或下也。《抱妝盒》劇"急得我忈忈忐忐"，或作"忒忺"，非。打熬成不厭天生敢，言打疊成的不厭，天生成的勇敢也。不厭，猶不怠。沒搭三，沒緊要也。惹草粘花，因生激己，而故作刺生之詞。董詞"沒搭三、沒三思"，俱指浪子，可驗。不然，誇己能去，而突着此七字無謂。"持刀"二語，言即此便行，怕停泊耶？正誇己能去意。【二煞】總頂生激己來，言從來欺硬吃苦，你莫因親事情急唐突我也。使我不去，而將軍不來，亦空耽風月耳。若我則一諾，無餘事矣。倘空言賺你，萬一

---

① 【二】：弘本、範本、龍本、羅本、繼本、容本、起本、虎本、何本、陳本、秀本、硃本、天李本、湯本、湯沈本、魏本、峒本此枝曲作"【五】"，徐畫本、徐音本、三合本、潘本此枝曲作"【四】"，張本此枝曲作"【耍孩兒】"，置于張本【幺】曲之前。
② 怕軟：徐畫本、徐音本作"欺軟"。
③ 不甘：潘本作"辭甘"。
④ 你休：羅本作"休"。胡撲：羅本作"胡遮"。俺：徐參本作"掩"。
⑤ 張解元：徐畫本、徐音本、驥本、延本、張本、三合本、毛本、潘本作"你個張解元"。干：屠本作"空"，徐參本作"怎"。擔：徐畫本、徐音本、驥本、延本、張本、毛本、潘本作"耽"。
⑥ 我將：徐畫本、徐音本、驥本、張本、三合本、潘本作"且將你"。志誠的：羅本作"志的"，徐畫本、徐音本、張本、三合本作"志誠"。
⑦ 紕繆：羅本作"綢繆"。

差失，豈不大羞慚哉？此正自許，并折其激己處。王本解作譙生，則"欺硬"二語不接，且以不"志誠言詞"指生，增一"你"字，則書非言詞，別有言詞又不得，大謬。倒大，絕大也。《誤入桃源》劇"倒大來福分"。參釋曰：俗本以【耍孩兒】曲名俱混作【白鶴子煞】，又偽古本以"欺硬怕軟"曲列前，俱非是。【潘夾】于此益見惠明有勇無憨處，恐張以書生謀事，出于一時幾幸，未必萬全，故以志誠激之。志誠是敢字骨子，敢字是志誠作用。張于敢字作用未足，于志誠骨子有餘。天下何事不從志誠做出，志誠于天下何事做不來。惠明亦只是一味志誠，所以能突圍陷陣。志誠二字，是佛種子、英雄種子、道學種子、風流種子，後來雙文果以志誠許張生。此惠法師之所授。

（惠云）將書來，你等回音者①。【潘旁】必不辱命。

【收尾】恁與我助【湯沈旁】一作"借"。威風②擂幾聲鼓，【繼眉】擂，音泪。【虎眉】借神威，今本盡作"助威風"，重煩下文，對亦不工。【封眉】借神威，即空本作"助威風"，陋。仗佛力吶③一聲喊。【起眉】李曰："仗佛力"字，亦齒齦中餘讞。綉旗下④【凌眉】綉旗下，徐改為"綉幡開"，謂即上"擎幢幡"之幡也，亦可。然即曰"遙見"，則此綉旗乃飛虎軍中者，故亦不必改。【封眉】旗下，時本有作"旗開"，誤。遙見英雄俺⑤，【田補眉】綉幡句俊甚。"俺"字押得巧。【田眉】【延眉】"俺"字押得巧。我

---

① 將書來，你等回音者：你等，屠本作"專等"，容本、起本、徐參本、陳本、秀本、碌本、天李本、湯本、魏本、峒本、封本、毛本作"等我"；回音，徐畫本、徐音本、張本、三合本作"回書"。驥本、延本、陳本無。
② 恁與我助威風：恁與我，徐畫本、徐音本、驥本、陳本、秀本、碌本、延本、張本、三合本作"您"，潘本作"恁"；助威風，容本、起本、陳本、秀本、碌本作"借神威"。徐參本、虎本、何本、天李本、六幻本、湯本、魏本、峒本、封本、毛本作"您與我借神威"。
③ 吶：弘本、驥本、毛本作"納"。
④ 綉旗下：徐畫本、徐音本、驥本、延本、張本、六幻本、湯沈本、三合本、毛本、潘本作"綉幡開"。
⑤ 俺：羅本作"漢"。

教那半萬賊兵唬破①膽。(下)【範眉】【龍眉】唬破膽，契丹軍中之謠。【羅眉】【秀眉】唬，音夏。【容眉】【湯眉】好和尚！【湯沈眉】"繡幡開"句語俊甚，押"俺"字甚奇。唬破膽，契丹軍中之謠。【三合眉】雖千載上死人，懍懍如有生氣。【毛夾】董詞"開門但助我一聲喊"。繡幡，俗作"繡旗"，非。【潘夾】"俺"字押句妙甚，前者運水搬柴是俺，吃酒廝打是俺，而皆非俺也。今者繡幡開處，遠遠望見一個英雄，方是俺。此惠大師見出本來面目，純是一段龍象威神，諸大眾日日相見，豈不當面錯過。惠大師一去，真如龍騰虎嘯，賊眾早已破膽。兵家所云，先聲奪魄處也。杜將軍亦只乘虛取勝，所以遂成破竹。若麟閣書名，當以惠大師為第一。

(末云)老夫人、長老都放心②，此書到日③，必④有佳音。眘眼觀旌節旗，耳聽好消息。⑤你看一封書札逡巡至，半萬雄兵咫尺來。⑥(并下)(杜將軍引卒子上開)林下曬衣嫌日淡，池中濯足恨魚腥；花根本艷公卿子，虎體鵷班將相孫。⑦【羅眉】鵷，音冤。自

---

① 我：張本作"則"，封本作"管"，潘本作"先"。破：屠本作"破了"。
② 老夫人：屠本、封本作"夫人"。放心：屠本作"放心者"。
③ 日：潘本作"時"。
④ 必：屠本作"便"。
⑤ 眘眼觀旌節旗，耳聽好消息：眘，屠本作"正是"；眼觀，魏本、峒本作"眼望"；旌節旗，弘本、繼本、徐參本、虎本、陳本、秀本、碌本、天李本、湯本、湯沈本、魏本、峒本作"旌捷旗"，何本作"旗捷旌"，屠本作"旌節至"。張本無。毛本此下作"楔子"。
⑥ 你看一封書札逡巡至，半萬雄兵咫尺來：你看，張本無；書札，弘本、羅本作"書到"，驤本、延本、張本作"書信"；雄兵，羅本作"賊兵"。屠本、容本、起本、徐參本、虎本、何本、陳本、秀本、碌本、天李本、六幻本、湯本、魏本、峒本、封本、毛本無。
⑦ "林下曬衣嫌日淡"至"虎體鵷班將相孫"：鵷班，羅本、延本作"鵷班"，何本作"原頒"，六幻本作"原斑"。屠本作："漢將承恩西破戎，捷書先奏未央宮。天子豫開麟閣待，祇今誰數貳師功。"張本無。

家①姓杜，名確，字君實，本貫西洛人也。【潘旁】杜將軍亦生西方樂國，本是韋佗尊者化身，所以能降魔消劫。自幼與君瑞同學儒業②，後棄文就武，當年武舉及第③，官拜征西大將軍④，正授管軍元帥⑤，統領十萬之衆⑥，鎮守着⑦蒲關。有人自河中來⑧，聽知君瑞兄弟在普救寺中，不來望我；着人去請，亦不肯來，不知主甚意。⑨【魏眉】

---

① 自家：羅本、繼本、容本、起本、徐參本、虎本、何本、陳本、秀本、碌本、天李本、六幻本、湯本、湯沈本、魏本、峒本、封本作"下官"。
② 自幼：張本作"幼"。君瑞：屠本、容本、起本、徐參本、虎本、何本、陳本、秀本、碌本、張本、天李本、湯本、魏本、峒本、封本、毛本作"張君瑞"。儒業：屠本作"業儒"。
③ 當年武舉及第：當年，容本、起本、虎本、何本、陳本、秀本、碌本、天李本、湯本、魏本、峒本、封本作"遂得"，屠本作"僥幸"，徐參本作"得遂"。弘本作"當年文武及第"，羅本作"皆及第"，驥本、延本、毛本作"當年中武舉第一"。
④ 大將軍：弘本、羅本、繼本、容本、起本、徐參本、驥本、虎本、何本、陳本、秀本、碌本、延本、天李本、六幻本、湯本、湯沈本、魏本、峒本、封本、毛本作"將軍"。
⑤ 正授管軍元帥：正授，羅本作"正授着"；元帥，範本、龍本作"元師"。屠本無。
⑥ 統領：弘本、羅本、繼本、容本、起本、徐參本、驥本、虎本、何本、陳本、秀本、碌本、延本、天李本、六幻本、湯本、湯沈本、魏本、峒本、封本、毛本作"統"。之衆：屠本作"雄兵"。
⑦ 鎮守着：屠本、容本、起本、徐參本、虎本、何本、陳本、秀本、碌本、張本、天李本、湯本、魏本、峒本、封本作"鎮守"。
⑧ 有人自河中來：有人，驥本、延本、毛本作"近有人"；自，陳本、碌本、湯本作"在"；河中，範本、龍本、羅本、徐畫本、徐音本、驥本、延本、張本、三合本、毛本、潘本作"河中府"。屠本無。
⑨ "聽知君瑞兄弟"至"不知主甚意"：君瑞兄弟，繼本、湯沈本、六幻本作"君瑞"；在，封本作"寓在"；我，張本作"俺"；主甚意，範本、龍本、徐畫本、徐音本、張本、三合本、潘本作"甚意"，繼本、容本、起本、徐參本、虎本、何本、陳本、秀本、碌本、天李本、六幻本、湯本、湯沈本、魏本、峒本、封本作"何意"，驥本、延本、毛本作"主何意"。張本、封本無"着人去請，亦不肯來"。屠本作："近聞君瑞兄弟上京取應，路經此地。他如何到今不至？"

今人有此念舊不？今聞①丁文雅失政，不守國法②，剽掠黎民③。我爲不知虛實，未敢造次興師。④【封眉】時本"興師"下有"孫子曰"一段，甚可厭。孫子曰⑤：【秀眉】純用孫武子兵法來講。"凡用兵⑥之法，將受命于君，合軍聚衆⑦，圮地無舍，【秀眉】圮，音啓。衢地交合⑧，絕地無留；圍地則謀，死地⑨則戰；途有所不由⑩，軍有所不擊，城有所不攻⑪，地有所不爭，君命有所不受。故將通于九變之利⑫者，知用兵矣。治兵不知九變之術，雖知五利，不能得人用⑬矣。"吾之⑭未疾進兵征討者，爲不知地利淺深出沒之故也。⑮ 昨日探聽去⑯，不

---

① 今聞：屠本作"又聞"。
② 不守國法：封本作"軍校每不守法紀"，張本無。
③ 黎民：徐畫本、徐音本、張本、三合本、潘本作"人民"。
④ 我爲不知虛實，未敢造次興師：爲，徐參本作"們"；興師，陳本、碻本作"興兵"。張本作"即當興師，虛實不明，未敢造次"。
⑤ 《孫子》曰：容本、起本、徐參本、虎本、何本、陳本、秀本、碻本、天李本、湯本、魏本、峒本作"嘗讀《孫子》曰"。
⑥ 凡用兵：秀本作"凡讀孫子"。
⑦ 聚衆：秀本作"聚地"。
⑧ 交合：六幻本作"合交"。
⑨ 死地：羅本作"攻地"。
⑩ 由：六幻本作"從"。
⑪ 不攻：徐參本作"必攻"。
⑫ 利：徐參本作"術"。
⑬ 人用：羅本作"人之用"。
⑭ 之：容本、起本、虎本、何本、陳本、秀本、碻本、天李本、湯本、峒本作"今"，魏本作"今日"。
⑮ "《孫子》曰"至"爲不知地利淺深出沒之故也"：範本、龍本、徐畫本、徐音本、驥本、延本、張本、三合本、封本、毛本、潘本無。
⑯ 昨日探聽去：去，弘本、羅本、繼本、屠本、容本、起本、徐參本、陳本、秀本、碻本、天李本、六幻本、湯本、湯沈本、魏本、峒本、封本作"去了"。徐畫本、徐音本、驥本、延本、三合本、潘本作"昨日差人探聽去了"，毛本同，但"差人"作"着人"；張本作"昨又差探去了"。

見回報①。今日升帳，看有甚②軍情，來報我知道者③。【謝眉】句句孫吳韜略，深切用兵之體，真可酌古準今。【徐參眉】談兵有律，是善爲表者。（卒子引惠明和尚上開，惠明云）我④離了普救寺，一日至⑤蒲關，見杜將軍走一遭⑥。（卒報科）⑦（將軍云）着他過來⑧。（惠打問訊了云）貧僧是普救寺⑨。今有⑩孫飛虎作亂，將半萬賊兵⑪，圍住寺門⑫，欲劫故臣崔相國女⑬爲妻。有游客張君瑞，奉書令小僧拜投于⑭麾下，【羅眉】【秀眉】麾，音揮。欲求將軍以解倒懸之危⑮。（將軍

---

① 不見回報：張本無。
② 甚：繼本、六幻本作"甚麼"。
③ 我知道者：範本、龍本、屠本作"我知"，徐參本作"我知者"，張本作"者"。
④ 我：屠本作"小僧"，張本作"俺"，封本無。
⑤ 一日至：屠本作"一日到了"，驥本、延本毛本作"一日早至"，張本、封本作"早至"。
⑥ 走一遭：屠本、驥本、延本、毛本作"走一遭去"，張本作"者"。
⑦ （卒報科）：封本作"（見卒子科云）普救寺有急軍情，求見元帥。（卒子通報科云）轅門外有普救寺僧人，爲軍情事稟見"。
⑧ 着他過來：羅本、徐畫本、徐音本、張本、三合本、封本、潘本作"着他進來"，屠本作"和尚那裏來的"。
⑨ 貧僧是普救寺：貧僧，張本作"小僧"；寺，驥本、延本、張本作"寺僧"。屠本作"小僧從普救寺裏來"，容本、起本、虎本、何本、陳本、秀本、碌本、天李本、湯本、魏本、峒本、封本作"小僧是普救寺的"，徐參本同，但"的"作"裏"。毛本後多"來的"。
⑩ 今有：徐參本、魏本、峒本作"今"。
⑪ 賊兵：容本、起本、徐參本、虎本、何本、陳本、秀本、碌本、天李本、湯本、峒本、封本、毛本作"兵"。
⑫ 寺門：秀本作"普救寺門"。
⑬ 女：範本、龍本、繼本、湯沈本作"女子鶯鶯"，屠本作"小姐鶯鶯"，徐畫本、徐音本、張本、三合本、潘本作"女鶯鶯"，驥本、延本、封本作"之女"。
⑭ 令：驥本、延本作"着"。拜投于：繼本、容本、起本、徐參本、驥本、虎本、何本、陳本、秀本、碌本、延本、天李本、六幻本、湯本、湯沈本、魏本、峒本、封本、毛本作"報于"，張本作"拜投"。
⑮ 欲求、以解：張本作"求""速解"。毛本無"欲求將軍"四字。危：容本、起本、徐畫本、虎本、何本、陳本、秀本、碌本、天李本、湯本、魏本、峒本、封本作"厄"。

云）將過書來①。（惠投書了）（將軍拆書念曰）"珙頓首再拜大元帥將軍②契兄纛下：【羅眉】纛，音道。伏自洛中，拜違犀表③，寒暄屢隔，積有歲月④，仰德之私，銘刻如也⑤。⑥憶昔聯床風雨⑦，嘆今彼各天涯；客況復生于肺腑，離愁無慰于羈懷。【羅眉】羈，音機。念貧處十年藜藿，走困他鄉；羨威統百萬貔貅，【羅眉】貔，音皮。貅，音休。藜，音梨。藿，音霍。坐安邊境。故知虎體食天祿，瞻天表，大德勝常；使賤子慕台顏，仰台翰⑧，寸心爲慰。【謝眉】書札合曲調，詞義合腔體。輒稟：⑨【秀眉】此書以前句句叙德，至"輒稟"處繞入事，方道之曲直來。【魏眉】【峒眉】筆下應有戈兵。小弟辭家⑩，欲詣帳下⑪，以叙數載間闊之情⑫；奈至河中府普救寺⑬，忽值采薪之憂。【謝眉】

---

① 將過書來：繼本、容本、起本、徐畫本、徐音本、徐參本、驪本、虎本、何本、陳本、秀本、砅本、延本、張本、天李本、六幻本、封本、毛本、潘本作"將書過來"，屠本作"將書來"。
② 再拜：羅本作"百拜"，驪本、延本作"再拜奉書"。將軍：張本無。
③ 拜違犀表：繼本、六幻本作"拜違"。
④ 積有歲月：張本無。
⑤ 仰德之私，銘刻如也：私，徐參本作"思"；如也，羅本作"如舊"，繼本、徐畫本、徐音本、張本、六幻本、三合本作"不忘"。潘本作"風雨之思，時刻不忘"。
⑥ "伏自洛中"至"銘刻如也"：範本、龍本、屠本作"向日洛中，折柳一番之別；後臨京內，看梅幾度之凋。想尊容切切于心，慕德業拳拳在念"，封本作"伏自拜違犀表，寒暄屢隔。仰慕台顏，寸心如結"。
⑦ 昔：陳本作"惜"。聯床：範本、龍本、屠本作"對床"，羅本、徐參本作"連床"。
⑧ 仰台翰：湯本作"翰"。
⑨ "憶昔聯床風雨"至"輒稟"：範本、龍本、屠本、徐畫本、徐音本、三合本無"輒稟"。潘本作"羨今威統百萬貔貅，坐安邊境"。張本無，封本同，但有"輒稟"。
⑩ 小弟辭家：範本、龍本、屠本、徐畫本、徐音本、三合本作"小弟辭家以來"，張本作"辭家以來"，封本作"小弟自前月辭家"，潘本作"弟辭家"。
⑪ 欲詣帳下：詣，範本、龍本、徐畫本、徐音本、三合本、潘本作"謁"。張本作"即擬謁覲"。
⑫ 數載間闊之情：範本、龍本、屠本、徐畫本、徐音本、潘本作"數載間闊"，張本作"間闊"，封本無"數載"。
⑬ 奈至：弘本、羅本作"奈"。河中府：毛本作"河中"。

采薪之憂，出《孟子》義。不期有賊將①孫飛虎，領兵半萬②，欲劫故臣崔相國之女③，實爲迫切狼狽④。【羅眉】狼，音郎。狽，音貝。小弟之命⑤，亦在逡巡⑥。萬一朝廷知道，其罪何歸？⑦將軍倘不弃舊交之情，興一旅之師，⑧上以報天子之恩，下以救蒼生之急；⑨使故相

---

① 不期有賊將：弘本、繼本、容本、起本、驥本、虎本、何本、陳本、秀本、碌本、延本、天李本、六幻本、湯本、湯沈本、魏本、峒本、封本、毛本作"不及徑造，不期有賊將"，羅本作"不及進造，不期有賊"，張本作"未能如願，不期賊將"，範本、龍本、徐畫本、徐音本、三合本作"未能如願。不幸渾太師喪于蒲郡，丁文雅失制河橋。乃有賊將"，潘本同，但"蒲郡"作"蒲東"。
② 領兵半萬：驥本、延本作"領半萬賊兵"，毛本同，但無"賊"字；封本作"作亂"。
③ 崔相國：陳本、碌本作"崔相"。之女：封本作"之女爲妻"。
④ 實爲迫切狼狽：範本、龍本、屠本、徐畫本、徐音本、三合本作"只今見圍普救寺，事迫勢危，實爲狼狽"，潘本同，但"實爲狼狽"作"莫保旦夕"；張本作"目今見圍寺門，事迫勢危，實爲狼狽"，封本作"圍困甚急"。
⑤ 小弟之命：範本、龍本、屠本、徐畫本、徐音本、張本、三合本、潘本作"區區微命"。
⑥ 亦在逡巡：弘本、羅本、驥本、延本作"且爾"。範本、龍本、繼本、屠本、徐畫本、徐音本、湯沈本、三合本此句後多："況百姓倒懸一方受害，倘將軍坐視不救，必致賊兵猖獗，失禦昭然。"
⑦ 萬一朝廷知道，其罪何歸：張本此句前多"將軍坐視不救"。知道，範本、龍本、繼本、屠本、徐畫本、徐音本、張本、三合本作"知之"。六幻本、潘本作"況百姓倒懸一方受害"，容本、起本、徐參本、虎本、何本、陳本、秀本、碌本、天李本、湯本、魏本、峒本、封本、毛本無。弘本、羅本此句後多"是將軍坐視不救，故令賊兵猖狂"，驥本、延本同，但後句作"故縱賊兵猖獗，有失防禦"。
⑧ 將軍倘不弃舊交之情，興一旅之師：張本作"倘不弃舊交，興師一旅"，封本作"仁兄儻不弃舊交，速興一旅之師"。毛本無"將軍"。
⑨ 上以報天子之恩，下以救蒼生之急：張本、潘本作"上報天子，下救蒼生"，封本作"以救焚擄之慘"。

國雖在九泉①，亦不泯將軍之德②。願將軍虎視去書，使小弟鵠觀來旌。③【謝眉】虎視鵠觀，何等大體。【羅眉】鵠，音谷。【陳眉】【硃眉】筆下亦有戈兵。造次干瀆，不勝慚愧。④【羅眉】勝，音升。伏乞台照不宣。【潘旁】一札冗俗不堪，略無尺牘風致。張珙⑤再拜，二月⑥十六日書。"【容眉】【湯眉】書束可厭。【虎眉】依古本刪正。【三合眉】書束庸冗可厭。（將軍云）既然如此，和尚你行，我便來。⑦【徐參眉】書至興兵，同袍雅誼。（惠明云）將軍是必疾來者。⑧【封眉】俗本于"是必疾來者"下，有惠明唱【賞花時】曲二。全白嶼謂相傳周憲王增西【賞花時】，其意似謂不止此，臧晉叔謂止此是其筆。即空主人謂憲王故是當家手，不學究庸俗乃爾，定係俗筆溷入。況此亦"楔子"也，"楔子"無重見，且一人之口，無再唱之體。徐以前後白多，去之，覺冷淡而姑存之，不知劇體正套前後，原不妨白多

---

① 使故相國雖在九泉：使故相國，範本、龍本、屠本、徐畫本、徐音本、三合本作"使故相國崔公"，容本、起本、徐參本、虎本、何本、陳本、秀本、硃本、張本作"故相國"，驥本、延本作"俾故相"，毛本作"即故相"，潘本作"故相國崔公"；雖在，張本無。封本作"故相雖在九原"。
② 亦不泯將軍之德：德，容本、起本、徐參本、虎本、何本、陳本、秀本、硃本、天李本、湯本、魏本、峒本、毛本作"德矣"。封本作"亦不泯吾兄之德矣"，潘本作"亦荷恩光"。
③ 願將軍虎視去書，使小弟鵠觀來旌：來旌，徐畫本、徐音本、張本、三合本作"來節"，毛本作"來耗"。封本、潘本無。範本、龍本、徐畫本、徐音本、張本、三合本此句後多"再生之賜，皆荷恩光"，屠本同，但"賜"作"德"，"荷"作"尚"。
④ 造次干瀆，不勝慚愧：慚愧，驥本、延本、封本、毛本作"慚懼"。張本無。
⑤ 張珙：驥本、延本、毛本作"琪"。
⑥ 二月：封本作"三月"。
⑦ 既然如此，和尚你行，我便來：行，範本、龍本、徐畫本、徐音本、張本、三合本、潘本作"先回去"，羅本、繼本、容本、起本、徐參本、驥本、虎本、何本、陳本、秀本、硃本、延本、六幻本、魏本、峒本、毛本作"先行"；來，容本、起本、徐參本、虎本、何本、陳本、秀本、硃本、天李本、毛本作"來也"。屠本作"我知道了。和尚你且先去，我即便起兵來剿除他也"，封本作"和尚你先行，我便到也"。
⑧ 將軍是必疾來者：是，徐畫本、徐音本、張本、三合本、潘本作"事情緊急"；疾來者，羅本作"便來者"，屠本作"早些兒來"，魏本作"疾來也"。驥本、延本作"事情緊急，將軍疾來者"。

者。王伯良去之，是。【潘夾】此下有【賞花時】一闋，元本所無，今刪之。但前後白多，文情殊覺冷淡。惠明歸途，亦少氣焰。

【仙呂】【賞花時】（惠唱）那廝擄掠黎民①，德行短；【羅眉】擄，音魯。行，音幸。將軍鎮壓②邊廷，機變寬。他彌天罪有百千般，若將軍不管，縱賊寇，騁無端。【羅眉】百，音擺。騁，音逞。【徐畫眉】【田眉】起二句湊，後亦湊。此二套，古本無。但前後白多，恐去之覺冷淡了，姑存之。【徐音眉】僅用數□（語），傾動□（富）貴，大有使才。【秀眉】若不重囑此二詞，則張生成不得言而有信，而杜確焉成得威而不猛之人乎？【三合眉】此二套，古本無。但前後白多，恐去之覺冷淡了，姑存之。

【幺】便是你坐視朝廷將帝主③瞞，【天李眉】古今通弊。若是④掃蕩妖氛着百姓歡。【羅眉】瞞，音漫。氛，音分。干戈息，大功完，歌謠遍滿，傳名譽到金鑾。⑤【羅眉】謠，音搖。鑾，音欒。【田補眉】鄙惡甚。【徐參眉】一激一獎，將軍用命。【凌眉】此處俗本有惠明唱【賞花時】二段，金白嶼謂周憲王增《西廂》【賞花時】，其意似謂不止此；臧晉叔謂止此是其筆。然憲王所撰，儘可逼元，不學究庸俗乃爾。其本原無故不載，聊附之《解證》中。【湯沈眉】方本云：俗本有【賞花時】二曲，鄙惡，從古本削去。徐本云：此二套古本無，但前後白多，恐去覺冷淡了，姑存之。【毛夾】院本例有楔子，已見前解。俗不識例，并不識楔子，妄刪此二曲，遂致如許科白，而不得一楔，殊為可怪。若以二曲為俚，則白中書詞俚惡，百倍于曲。此正作者故為賣弄處。今不敢刪白而獨刪曲，何也？且曲白互見，意不

---

① 黎民：峒本作"人民"。
② 鎮壓：徐畫本、徐音本作"鎮"。
③ 便是你：羅本作"你便是"。帝主：徐畫本、徐音本、三合本、魏本、峒本作"帝王"。
④ 若是：羅本無。
⑤ 歌謠遍滿，傳名譽到金鑾：毛本作"捷書未遠，重與寄金鑾"。

複出。故"坐視不救,獲罪朝廷"諸語,不見于書,而傳之惠明口中。今諸本既刪二曲,而又增"朝廷知道,其罪何歸"數語,于"小弟之命"之下,則前後不接。明係周旋補入,而反稱古本,何古本之不幸也。且二曲雖俚,其詞連調絕語,排氣轉處,真元人作法三昧。即末句將已寄書意急作一照顧,亦殊俊妙。衹俗本誤"重與"爲"傳譽",遂有妄改"邊庭"爲"關城""捷書"爲"歌謠"者,不知"邊庭"本書詞,"捷書"非凱歌,不容改也。且後本楔子,俚惡特甚,"靈犀一點"與"楚襄王先在陽臺上",殊不是西廂俊筆,皆不蒙刪,而獨刪此,豈此亦漢卿續耶?

(將軍云)① 雖無聖旨發兵,將在軍,君命有所不受。② 大小三軍,聽吾將令:速點五千人馬,人盡銜枚,【羅眉】【秀眉】枚,音梅。馬皆勒口,③ 星夜起發④,直至河中府普救寺,救張生走一遭⑤。(引卒子上開)(將軍引卒子,騎竹馬,調陣,拿綁下)(夫人潔同

---

① 容本、起本、徐參本、虎本、何本、陳本、秀本、磉本、天李本、六幻本、湯本、魏本、峒本、封本此處多"若無萬丈深潭計,怎得驪龍項下珠"。
② 雖無聖旨發兵,將在軍,君命有所不受:雖無聖旨,容本、起本、虎本、陳本、湯本作"雖無○○",磉本作"雖君";有所不受,驪本、延本作"不受"。範本、龍本、徐畫本、徐音本、張本、三合本、封本、潘本無。
③ 人盡銜枚,馬皆勒口:銜枚,弘本、起本、虎本、何本、陳本、秀本、磉本、天李本、湯本、魏本作"啣枚";皆,秀本作"盡"。張本、封本無。
④ 起發:羅本、驪本、延本作"起程",屠本作"起兵"。
⑤ 救張生走一遭:救張生,封本作"討孫飛虎",毛本作"救俺君瑞兄弟";走,徐畫本、徐音本、張本、三合作"去走";一遭,屠本、毛本作"一遭去"。潘本作"去"。

末上云)① 下書已②兩日，不見③回音。（末云）山門外吶喊搖旗④，【羅眉】吶，音丫。喊，音撼。莫不是俺哥哥軍至了⑤?【秀眉】非此一段情由，怎能有許多關鍵？（末見將軍了）（引夫人拜了）（將軍云）杜確⑥有失防禦，致令老夫人受驚，切勿見罪是幸⑦。【徐參眉】將軍敘事雍容，勿驕勿欺。（末拜將軍了）自別兄長台顏⑧，一向有失聽教⑨。今得一見，如撥雲睹日。⑩（夫人云）老身子母，如將軍所賜之命，

---

① （引卒子上開）（將軍引卒子騎竹馬調陣拿綁下）（夫人潔同末上云）：羅本作"（杜將軍引卒子上陣綁拿飛虎將下）（夫人張生衆上）"，繼本、容本、起本、徐畫本、虎本、何本、陳本、秀本、碌本、天李本、六幻本、湯本、湯沈本、魏本、峒本、毛本作"（飛虎引卒上）（將軍引卒調陣拿綁下科）（夫人本生上云）"，屠本作"（卒上做兩軍相對科）（夫人法本張生同上）（生云）"，徐音本、徐參本、張本、三合本、潘本作"（孫引卒上）（杜引卒調陣拿綁孫下科）（夫本上云）"，驥本、延本作"（將軍引卒子騎竹馬調陣拿綁孫飛虎下）（夫人長老同張生上云）"，封本作"（飛虎引卒上，將軍引卒調陣拿綁下科）（夫人本生上，夫人云）"。
② 下書已：已，弘本、範本、龍本作"得"，羅本作"的"，驥本、延本、毛本作"去"，屠本無。封本作"書去已"。
③ 不見：容本、起本、虎本、何本、陳本、秀本、碌本、天李本、湯本、魏本、峒本、封本作作"尚不見"，徐參本作"怎不見"，六幻本作"如何不見"。
④ 山門：弘本作"三門"，屠本作"聽得山門"。吶喊搖旗：吶，弘本、驥本、毛本作"納"。容本、起本、徐參本、虎本、何本、陳本、秀本、碌本、天李本、湯本、魏本、峒本、封本作"喊聲大舉"。
⑤ 莫不是：弘本、驥本、延本、毛本作"莫不"，張本作"莫非是"。俺哥哥軍至了：屠本作"俺哥哥到來也"，驥本、延本、毛本作"俺君實哥哥領兵到了"，張本無"軍"字。
⑥ 杜確：毛本作"下官"。
⑦ 切勿見罪是幸：屠本、張本作"切勿見罪"，容本、起本、徐參本、虎本、何本、陳本、秀本、碌本、天李本、六幻本、湯本、魏本、峒本、封本、毛本作"望勿見罪"。
⑧ 自別：徐畫本、徐音本、三合本、潘本作"自拜"。兄長台顏：張本作"台顏"。
⑨ 一向有失：容本、起本、徐參本、虎本、何本、陳本、秀本、碌本、天李本、湯本、魏本、峒本、封本、毛本作"久失"，徐畫本、徐音本、三合本、潘本作"一載有失"，張本作"有失"。聽教：屠本作"候教"，徐參本作"領教"。
⑩ 今得一見，如撥雲睹日：一見，羅本作"一睹"。睹日，羅本、毛本作"見日"。封本作"今蒙拯救，感同再生"。

將何補報?①（將軍云）不敢，此乃職分之所當爲。②【羅眉】分，去聲。敢問賢弟，因甚不至戎帳?③（末云）小弟欲來④，奈小疾偶作⑤，不⑥能動止，所以失敬⑦。【陳眉】【硃眉】眞病!【魏眉】眞傷症。【峒眉】是眞病。今見⑧夫人受困，所言⑨退得賊兵者，以小姐妻之，【羅眉】妻，去聲。因此愚弟作書請吾兄⑩。（將軍云）既然有此姻緣，

---

① 老身子母，如將軍所賜之命，將何補報：子母，羅本、張本作"母子之命"，徐畫本、徐音本、三合本、潘本作"母子"；如，容本、起本、徐參本、虎本、何本、陳本、秀本、硃本、張本、天李本、湯本、魏本、峒本、封本作"皆"；所賜之命，羅本、張本作"所賜"；補報，弘本、羅本、繼本、容本、起本、徐參本、驪本、虎本、何本、陳本、秀本、硃本、延本、天李本、六幻本、湯本、湯沈本、魏本、峒本、封本、毛本作"以報"。屠本作："老身母子，幸得保全。活命之恩，何以爲報?"
② 不敢，此乃職分之所當爲：屠本作"此乃職分當爲，豈敢言謝"。封本此句後多科介"（問生云）"。
③ 敢問賢弟，因甚不至戎帳：敢問，封本無；戎帳，容本、起本、徐參本、虎本、何本、天李本、湯本、魏本、峒本、封本作"小營"。屠本作"動問賢弟，因甚久不下顧"。
④ 小弟欲來：屠本作"小弟到此，正欲趨拜"，容本、起本、徐參本、虎本、何本、陳本、秀本、硃本、天李本、湯本、魏本、峒本作"小弟甚欲來"，張本作"小弟"，封本作"小弟甚欲謁"。
⑤ 奈：毛本作"因"。小疾：屠本作"因賤疾"，驪本、延本作"賤疾"。偶作：範本、龍本作"偶"。
⑥ 不：驪本、延本、張本、毛本作"未"。
⑦ 失敬：容本、起本、徐參本、虎本、何本、陳本、秀本、硃本、天李本、湯本、魏本、峒本、封本、毛本作"失叩"，驪本、延本、六幻本作"失候"，張本、潘本作"失謁"。
⑧ 今見：羅本作"今又見"，張本作"適見"，封本作"今見崔老"。
⑨ 所言：屠本作"曾言"，容本、起本、徐參本、虎本、何本、陳本、秀本、硃本、天李本、六幻本、湯本、魏本、峒本、封本作"定言"，徐畫本、徐音本、張本、三合本、潘本作"故此干瀆。況老夫人有言"。
⑩ 愚弟作書請吾兄：愚弟，徐畫本、徐音本、六幻本、三合本、封本、潘本作"小弟"；作書，容本、起本、徐參本、虎本、何本、陳本、秀本、硃本、天李本、湯本、魏本、峒本、封本、毛本作"奉書"，驪本、延本作"修書"；請吾兄，驪本、延本作"拜請仁兄"，封本作"上請吾兄"，毛本作"而請吾兄"。屠本作"作書遠勞。一來爲人除患，二來爲弟作伐。不知哥哥意下如何"，張本作"專請吾兄"。

可賀可賀！①（夫人云）安排茶飯者②。（將軍云）不索③。【範眉】【龍眉】鄭重，乃恭敬稠疊之意，此賣弄學問處。倘有④餘黨未盡，小官去捕了⑤，却來望賢弟⑥。左右那裏，去斬孫飛虎去！⑦（拿賊了）⑧ 本欲斬首示衆⑨，具表奏聞⑩，見丁文雅失守之罪⑪。恐有未叛者，今將

---

① 有此姻緣，可賀可賀：有此，容本、起本、徐參本、虎本、何本、陳本、秀本、硃本、天李本、湯本、魏本、峒本、封本作"又有此"，徐畫本、徐參本、驥本、三合本作"如此"；姻緣，驥本、延本、毛本作"姻緣會合"；可賀可賀，弘本、範本、龍本、羅本、繼本、徐畫本、徐音本、驥本、延本、湯沈本、三合本、毛本作"當如之何"，張本作"可喜可賀"。屠本作"如此，謹當奉命"。
② 安排茶飯者：屠本作"請將軍少坐，安排酒飯，爲將軍解困者"，徐畫本、徐音本、三合本作"老身自有處分，安排茶飯者"，張本同，但"自"作"尚"。
③ 不索：範本、龍本、繼本、徐畫本、徐音本、六幻本、湯沈本、三合本作"不索鄭重"，羅本作"不勞"，容本、起本、徐參本、虎本、何本、陳本、秀本、硃本、天李本、湯本、峒本、封本作"不索安排"，魏本作"不須安排"。
④ 倘有：弘本、羅本、繼本、驥本、延本、六幻本、湯沈本作"尚有"，容本、起本、徐參本、虎本、何本、陳本、秀本、硃本、天李本、湯本、魏本、峒本、封本作"恐"，張本、毛本作"恐有"。
⑤ 小官：封本作"下官"。去捕了：驥本、延本作"去剿捕了"，張本作"尚須料理"。
⑥ 望賢弟：容本、起本、徐參本、虎本、何本、陳本、秀本、硃本、天李本、湯本、魏本、峒本、封本、毛本作"有話說"。六幻本此後多"（出寺科）"。
⑦ 左右那裏，去斬孫飛虎去：孫飛虎，羅本、繼本、湯沈本作"飛虎"。容本、起本、徐參本、虎本、何本、陳本、秀本、硃本、天李本、六幻本、湯本、魏本、峒本、封本作"左右，拿孫飛虎過來"。弘本此句後多"詩曰：英雄將叛從今起，攪亂賊徒到此休"，羅本同，但"詩曰"作"杜云"；容本、起本、徐畫本、徐音本、徐參本、虎本、何本、陳本、秀本、硃本、天李本、三合本、魏本、峒本同，但無"詩曰"；驥本、延本、毛本同，但"起"作"止"；六幻本同，但無"詩曰"，"攪"作"擾"。
⑧ （拿賊了）：六幻本作"（拿賊下科）（將軍云）拿賊了"。
⑨ 本欲：驥本作"本當"。斬首示衆：封本無。
⑩ 奏聞：弘本、範本、龍本作"聞奏"，驥本、延本作"文奏"。
⑪ 見丁文雅失守之罪：封本作"大行誅戮"。羅本、徐畫本、徐音本、驥本、延本、三合本、毛本無"見"字。

爲首①各杖一百，餘者盡歸舊營去者！②（孫飛虎謝了下）③（將軍云）張生建退賊④之策，夫人面許結親⑤，若不違前言，淑女可配君子也。⑥【秀眉】按，此處杜將軍一力贊成，則無後日之恫也。（夫人云）恐小女有辱君子⑦。【潘旁】性參灑句不是謙詞。（末云）⑧請將軍筵席者！

---

① 今將爲首：爲首，弘本、羅本、繼本、容本、起本、徐參本、驪本、虎本、何本、陳本、秀本、碌本、延本、六幻本、湯本、湯沈本、魏本、峒本、毛本作"爲首者"。封本作"今除孫飛虎綁候聽法，同謀者"。
② "（將軍云）既然有此姻緣"至"餘者盡歸舊營去者"：餘者盡歸舊營去者，羅本、繼本、容本、起本、徐參本、虎本、何本、陳本、秀本、碌本、天李本、六幻本、魏本、峒本、毛本作"餘者盡歸營去者"，容本、起本、徐參本、虎本、何本、陳本、秀本、碌本、天李本、湯本作"其餘盡歸舊營去者"，驪本、延本、毛本作"餘黨爲從者盡歸舊營去者"，封本作"餘盡歸營去者"。潘本無。
③ 六幻本此處多"（將軍歸寺科）"。
④ 張生建退賊：張生，容本、起本、徐參本、虎本、何本、陳本、秀本、碌本、天李本、湯本、魏本、峒本、封本、毛本作"張君瑞"，延本作"夫人，張生"；建退賊，弘本、繼本、羅本、容本、起本、徐參本、虎本、何本、陳本、秀本、碌本、天李本、六幻本、湯本、湯沈本、魏本、峒本、毛本作"親事不可忘也，建退軍"，範本、徐畫本、徐音本、驪本、延本、湯沈本、封本作"建退軍"，潘本作"建退兵"。
⑤ 夫人面許：封本作"老夫人許與"。結親：驪本、延本作"親事不可忘也"。
⑥ "不索"至"淑女可配君子也"：淑女可，容本、起本、徐參本、虎本、何本、陳本、秀本、碌本、天李本、湯本、魏本、峒本、封本、毛本作"是淑女"；君子也，驪本、延本作"君子"。屠本作"小官不敢久離信地，即此告辭。但退軍之策，實由君瑞賢弟。夫人面許爲親，此誠淑女可配君子也"。
⑦ 小女有辱君子：小女，徐參本、虎本、何本、陳本、秀本、碌本、天李本、湯本、魏本、峒本作"女"；君子，驪本、延本、毛本作"君瑞"。弘本、羅本、繼本、容本、起本、六幻本、湯沈本作"女有辱君瑞"，屠本作"小女有玷"。
⑧ （末云）：弘本、容本、起本、虎本、何本、陳本、秀本、碌本、湯本、魏本、峒本、封本作"（又云）"，即下句爲夫人白，羅本、徐參本、驪本、延本、天李本、六幻本、湯沈本、毛本無"（末云）"，仍爲夫人白。

（將軍云）我不吃筵席了，我回營去①，② 异日却來慶賀。③（末云）不敢久留兄長，有勞台候。④【三合眉】杜將軍急急辭去，便埋著夫人背盟根子。（將軍望蒲關起發）（衆念云）⑤ 馬離普救敲金鐙⑥，人望蒲關唱凱歌。（下）⑦【羅眉】鐙，音登。凱，音愷。【秀眉】凱，音慨。（夫人云）先生大恩⑧，不敢⑨忘也。自今先生休在寺裏下⑩，則着僕人寺内⑪養馬，足下來家内書院裏⑫安歇。【潘旁】更多此一事。【徐畫諸眉】

---

① 我不吃筵席了，我回營去：我不吃，驥本、延本、六幻本、毛本作"不吃"；了，毛本作"也"。徐畫本、徐音本、三合本、潘本作"多謝了，我回營去"，封本作"營中事煩，不勞筵席"。
② "却來望賢弟"至"我回營去"：張本無。
③ 却來：封本作"當來"。慶賀：驥本、延本、毛本作"慶賀親事"。
④ "請將軍筵席者"至"有勞台候"：有勞台候，容本、起本、徐參本、虎本、何本、陳本、秀本、碌本、天李本、六幻本、湯本、魏本、峒本、封本、毛本作"有妨閫政"，張本作"有妨軍政"。屠本作："（生云）請哥哥飲叙半晌，何如？（杜云）容日再來賀喜。（生云）多勞台候，没齒不忘。（并下）"
⑤ （衆念云）：弘本、羅本、繼本、徐參本、秀本、碌本、天李本、六幻本、湯本、湯沈本、魏本、峒本下兩句詩作將軍白。
⑥ 敲金鐙：驥本、延本、毛本作"搖金勒"，魏本、峒本作"皆金鐙"。
⑦ 蒲關：羅本、容本、起本、徐參本、虎本、何本、陳本、秀本、碌本、天李本、湯本、魏本、峒本、封本作"蒲東"。唱：驥本、延本作"和"。弘本此上爲第二本第二折，此下作"第三折"。範本、龍本、羅本此上爲第五齣，附有"【正名】張君瑞破賊計，莽和尚生殺心。小紅娘書請客，崔鶯鶯夜聽琴"，範本、龍本此下作"第六齣紅娘請宴"，羅本此下作"第六齣"。屠本此上爲第六折，此下作"第七折"。
⑧ 先生：容本、起本、徐參本、虎本、何本、陳本、秀本、碌本、天李本、湯本、魏本、峒本、封本、毛本作"張先生"。大恩：弘本作"大師之恩"，驥本、延本作"請兵之恩"。
⑨ 不敢：弘本作"故不敢"，驥本、延本作"固不敢"。
⑩ 自今先生休在寺裏下：弘本作"張生休在寺中下"，羅本、繼本、容本、起本、徐參本、虎本、何本、陳本、秀本、碌本、天李本、六幻本、湯本、湯沈本、魏本、峒本、毛本作"先生休在寺中下"，封本作"今休在寺中下"。
⑪ 寺内：封本作"寺中"，毛本作"在寺内"。
⑫ 足下：羅本、繼本、容本、起本、徐參本、虎本、何本、陳本、秀本、碌本、天李本、六幻本、湯沈本、魏本、峒本、毛本作"是必"，封本作"先生"。家内：封本作"宅内"。書院裏：潘本作"書院"。

夫人云自今休在寺裏,來家内書院安歇,末向後又要逾墻。我已①收拾了,便搬來者。②【羅眉】搬,音般。【湯沈眉】爲此一句,後邊做出許多事來。到明日略備草酌③,着紅娘來請你④,是必來一會,别有商議。⑤【潘旁】便伏金帛相酹之意。【徐參眉】别有商議,即是搖擺不定之處,夫人已變卦也。【秀眉】夫人云"别有商議",意有在焉。【湯眉】好了。【魏眉】漸近也,是好了。(末云)這事都在長老身上⑥。【羅眉】長,上聲。【陳眉】【硃眉】長老不是管這事的。【峒眉】長老不管這事。(問潔云)小子親事未知何如⑦?(潔云)鶯鶯親事⑧,擬定妻君⑨。【羅眉】妻,去聲。只因兵火至,引起雨雲心⑩。【範眉】【龍眉】【湯沈眉】"只因兵火"二句,却

---

① 已:封本作"即著"。
② "自今先生休在寺裏下"至"便搬來者":"則着僕人寺内養馬"至"便搬來者",張本作"來家内書院安歇"。驥本、延本無。
③ 到明日:驥本、延本、張本、封本作"明日"。草酌:羅本、繼本、容本、起本、徐參本、陳本、秀本、硃本、天李本、六幻本、湯本、湯沈本、魏本、峒本、封本、毛本作"小酌",驥本、延本作"蔬酌"。
④ 你:驥本、延本、張本作"先生",封本、毛本無。
⑤ 是必來一會,别有商議:來一會,容本、起本、徐參本、陳本、秀本、硃本、天李本、六幻本、湯本、魏本、峒本、封本作"勿拒",驥本、延本、張本作"來者";别有商議,驥本、延本、張本無。毛本作"别有商議,是必來者,勿推故"。
⑥ 這事都在長老身上:這事都,徐畫本、徐音本、三合本作"小生親事若何,都",潘本同,但"都"作"多";驥本、延本、張本作"這親事都",毛本作"這親事"。封本無。
⑦ (問潔云)小子親事未知何如:小子,徐參本、峒本、封本作"小生";何如,弘本、範本、龍本、羅本、繼本作"何時"。魏本作"(問本云)小生親事若何",徐畫本、徐音本、驥本、延本、張本、三合本、毛本、潘本無。封本此句後多"都在長老身上"。
⑧ 鶯鶯親事:容本、起本、徐參本、虎本、何本、陳本、秀本、硃本、天李本、湯本、魏本、峒本作"鶯鶯",張本、封本作"小姐"。
⑨ 擬定妻君:範本、龍本、徐畫本、徐音本、三合本、潘本作"理合擬定",張本作"一定妻君"。封本此句後多"老僧自當贊成也"。
⑩ 雨雲心:繼本作"雨雲來",秀本作"雲雨心"。

自天然。(下)(末云)小子收拾行李,去花園裏去也!①(下)②【容旁】淡得妙!【容眉】好了。【湯眉】淡得妙。【三合眉】極得喜不自勝光景。

【容尾】【湯尾】【硃尾】總批:描寫惠明處,令人色壯。【徐音尾】批:張皇惠明處,大爲禪林增彩。【陳尾】【峒尾】批:如許入手,便不落莫。【三合尾】湯若士總評:兩下只一味寡相思,到此便没趣味,突忽地孫彪出頭一攪,惠明當場一轟,便助崔張幾十分情興。李卓吾總評:描寫惠明處令人色壯。徐文長總評:杜將軍、惠明和尚都是護法善神,飛虎將軍亦是越客猛虎。【魏尾】總批:張白之惠明處,大爲禪林增采。【潘尾】説意:二月十五日修齋,十六日即兵起。《法華經》誦聲甫微,梁皇懺拜具未收,而鐘磬變爲金鼓,幡幢變爲旗幟,一片空王境界,幾歸劫火。謂念經禮懺之所致,與非念經禮懺之所致,與夫業有由造,緣有由生,孫飛虎非孫飛虎也,白馬將軍非白馬將軍也,惠明非惠明也。自當日業緣初遘,苦厄便生,從空造色,因色成魔,而法本老僧不能開示。本來還歸清净,而又構諸男女,陳經設懺,鶉奔膻逐,點污空王。借先靈爲媒媾,假啼哭作睇笑,業高十丈魔高百丈,則見有猛火光中,若羅刹王,鳩槃荼王,率諸無量藥義,牛頭獸面,齒牙猙獰,齊來嚙人;若刀山、鐵橛、劍樹、劍輪,殺氣飛動;若轟雷霹靂,飛砂炮石,爲擊爲衝;若水火鐵圍重重,匝繞不可度脱。此業由因生現前果報,爾時世尊在清净國土,大發慈憫,命火頭阿羅漢現身惠明,降伏此魔。命韋馱尊者現身白馬,將鎮定山門。庶爾後一切比丘,比丘尼,善男子,善女人勿以念經禮懺造諸業緣。流逸不生,塵根永斷,偕歸樂土,獲大安穩。此不念《法華經》,不禮梁皇懺,是

---

① 小子收拾行李,去花園裏去也:小子,徐參本、陳本、張本、魏本、封本作"小生";去花園裏,六幻本、湯沈本作"花園裏";去也,張本作"也"。徐畫本、徐音本、三合本、潘本作"小生收拾行李者,去花園裏走一遭",驥本、延本無。

② "(夫人云)先生大恩"至"去花園裏去也!(下)":此段道白,弘本、範本、龍本、羅本、屠本置于下一折之首。屠本作:"(夫人引紅上云)紅娘,張先生大恩,俺一家兒難忘。你可收拾下書房,就將張先生行李搬入裏面安歇,來日安排筵席,請來一會,别有商議。(下)(生本俱上)(生云)長老,今日幸而退了賊兵,蒙夫人前日許下親事,都在長老身上。(本云)這個親事,乃夫人當面許下,料他決不肯背恩,況又有我師徒、紅娘三人作證,畢竟成就。正是:只因兵火至,引起雲雨心。(并下)"

惠大師自道。本覺虛明真性，不受輪回，爲現前一切比丘、比丘尼、善男子、善女人，懺悔說法也。信陵之救趙也，非救趙也，非救趙而何以竊符奪兵。若是其急也，則以平原使書相屬于道也。夫平原之于信陵，肺腑之戚也，以肺腑之戚，當纍卵之危，信陵食其下咽乎？是以不憚拯溺救楚以趨之也。逮長平之圍解而趙之社稷以存，若是乎，趙非信陵不救也。而何以曰救趙者非救趙也，夫信陵因平原而救趙，固欲使平原樹功于趙，而厚結于王也，此竊符奪兵之志也。今觀杜將軍帶甲十萬，坐鎮雄關，寇生肘腋，勢將燎原而猶托言，偵候逗留不前，安所稱北門鎖鑰也。及尺書飛至，銜枚疾渡，不因肺腑之交，豈能倍道兼馳若此乎？則解普救之圍者，非真謂蒲東塗炭慰望來蘇，特以故人誼重失陷請援，欲爲之樹功于崔，而厚結于夫人也。此銜枚疾發之志也。然虞卿請封，而信陵固辭，君瑞求婚，而夫人卒拒者，又何其樹功則同而食報則異也。

【驥尾附】注二十五條

【八聲甘州】此調第三句起韵，《正音譜》（鮮于伯機詞："江天暮雪，最可愛青帘，搖曳長杠。"）可證。此曲首句偶用"損"字作韵，次句不用，至第三句"春"字始復用韵。俗本改"多愁"作"傷神"，強叶，非。言本以多愁而瘦，又因傷春而益增其瘦也。趙德麟詞"斷送一生憔悴，只消幾個黃昏"；秦少游詞"雨打梨花深閉門"。（董詞："怕黃昏，忽地又黃昏。月憔花悴羅衣褪，生怕傍人問。寂寥書舍掩重門，手捲珠簾，雙目送行雲。"）又有（"銀葉龍香爐"），語俊甚。

【混江龍】首句古本作"落花成陣"，與下"燕泥"句兩"落花"矣。秦淮海詞"落紅萬點愁如海"，又（落紅萬點，亦董語）也，從今本作"落紅"是。"風飄"句係杜詩。丘豫見庭中落花，曰"飛此一片，減卻春色，池塘夢曉"，用謝惠連事，稍不切。"夢"作活字，連下"曉"字看，與"辭春"相對。"繫春心"二句，即日近長安遠之意。李易安詞"遙想楚雲深，人遠天涯近"。金粉，徐本作"胭粉"，清減作"玉減"，六朝三楚多麗人，故云云。用"金粉"，無謂，不若從"胭粉"爲俊。上文自"池塘夢曉"以下，對仗精整，不應以

"清減"與"香消"作對，香消、玉減分對，復近學究，且與上"香惹"兩"香"字亦礙。"香消"蓋"消疏"之誤耳，【驥眉】"消疏"妙甚，譬美人面上滅去一痣。今正。即"香惹"對"輕沾"亦不的，終有誤字。總之二曲皆絕麗之詞，王元美謂駢麗中情語，何元朗謂雖李供奉復生豈能加之哉！但二調中用三"春"字、三"花"字、兩"風"字、兩"香"字、兩"粉"字，既曰"落紅"，又曰"落花"，未免重疊過甚，為足恨耳。

【油葫蘆】薰蘭麝而無人"溫存"，所以不欲薰也。睡又不穩，諸本作"不寧"，"寧"字係庚清韻，非。"登臨不快"勿斷，七字句，襯二字。（董詞："待登臨又不快，閒行又悶，坐地又昏沉睡不穩，只倚着個鮫綃枕頭眠。"）朱本作"閒行又困"，較俊，似勝"悶"字，第董本作"悶"，今并存之。

【天下樂】首句承上接下之詞，上言"情思睡昏昏"，故"則索塌伏定鮫綃枕頭兒眠"耳。眠，小睡也。又謂：除我打睡之時則已，但出閨門，又如此堤防着人，不得自由也。折了氣分，猶言輸了聲勢也。（關漢卿《金綫池》劇："年紀小呵，須是有氣分。"）

【那吒令】倒褪，有羞意。早嗔，有怒意。兜的便親，反上二意。末二句，屬下曲看。

【鵲踏枝】次句，金本謂元作"詠得句兒新"，作"匀"字，非。于理自可，但上云"酬和得清新"，下又云"詠月新詩"，三"新"字複甚，殊非古本。元作"誰肯把針兒將綫引"，"將"字與上"把"字礙，且于本調反多一字，今去之。東鄰，用宋玉東家之子事。

【寄生草】臉兒清秀身兒韵，韵，謂有風韵也。古注引（吳昌齡詞："海棠標格紅霞韵，宮額芙蓉印。"）謂此調"韵""印"二押從此曲來，則實甫之生似先昌齡，未必爾也。徐云："十年"句，鶯鶯自語，此只用見成語。"十年窗下"四字，俱不着緊，言此人又俊雅、又着人、又有文學，不由我不愛之也，非以功名顯達期之也。

【六幺序】《演繁露》云：唐有新翻羽調【綠腰】。《白樂天詩》注：即六幺也。《青箱雜記》又謂之"綠要"，【驥夾】平聲。言霓裳羽衣之要拍也。堨，從筠本，諸本皆訛作"窩"，非。(《冤家債主》劇："儻有些兒好歹，可着我那塌裏發付。")(《王魁負桂英》劇："哎耶耶也，這塌兒是俺那送行的田地。")可證。塌兒裏，斷；"人急偎親"四字，另句。調法如此。塌兒裏，猶今俗言這所在、那所在之謂。人急偎親者，人急迫而相偎傍也。赤緊，猶要緊。有福之人，指崔相國也。(董詞："鶯聞人道森森地，諕得魂離殼。【驪夾】叶巧。孤孀子母沒處投告。")又("滿空紛紛土雨")，徐云：北方塵土如雨，故曰土雨。

【幺】風聞、胡云，四字二韵。首"那厮每"三字係襯字，元不用韵，與前、後【麻郎兒】三句各叶不同。首六句一直下，謙言賊軍風聞人言說我之美，而欲虜我，且貽累僧人及寺宇也。古本及今本俱作"半萬來賊兵"，"兵"字入庚青韵，當作"軍"字無疑，今改正。此句意帶下句看，言半萬賊軍，敢半合兒便要剪草除根此三百僧人耶。戰陣有一合二合之說，半合兒者，不待其合之畢，言易也。兩"來"字，俱助語辭。末言飛虎是甚麼諸葛孔明，而便欲博望燒屯也？古注泥"諸葛孔明"四字，欲反從俗本，非是。然此言燒寺，前白中宜先着此意。(董詞元有"更一個時辰打不破，屯着山門便點火"之語，似缺。)

【元和令】此及下曲，今本合作一調，并名【後庭花】。筠本前調作【元和令】，後調作【帶後庭花】。金本亦并作【後庭花】，且謂第六句"後代孫"，"孫"字元誤，宜作去聲，舊因平韵難唱，以腔就字，扭入【元和令】，至第七句又入本腔。後入楚，遇有易作"他也是崔家後胤者"，遂改弦和入本調，始叶。不知此元是【元和令】，與【後庭花】兩調，犁然自別，特句字稍似，遂起俗工之誤。【驪眉】拆骨還父，拆肉還母。蓋【元和令】末句末字，《正音譜》元作平韵，他曲間有用仄韵者，渠却疑作【後庭花】，遂欲以"孫"字易作去聲。又，【後庭花】，句字元可增減，故益傅會其說，遂沿無窮之誤。即筠本亦作【帶後庭花】，亦緣舊有以【元和令帶後庭花】冠調首者，覺其非是，遂螯爲二，後調却不去"帶"字。不知元人作單題小令，有以二調并填一詞而曰"帶某調"者，如【雁兒落帶德勝令】【水仙子帶折桂令】之類。全套中不當復言"帶"也，蓋由俗士謂此二調語勢必須接去，遂妄自并而爲一。不知記中，兩調而意却接搭者，不可勝數。彼分之者，亦非透徹之識，遂不去"帶"字，均之誤也。前調言獻與賊，其便有五；下言不從亂軍，其害有五；與此正相反。安存，古本作"安寧"，亦入庚青韵，非，從今本爲是。末言歡郎雖小，然我既獻與賊，須不害及他，而得爲崔家子孫矣，與上對看。（董詞："若惜奴一個，有大禍三條：第一我母難再保，第二諸僧須索命夭，第三把兜率般伽藍柱火內燒。"）

【後庭花】"伽藍火內焚"四句，應上"免堂殿作灰燼"五句；"割開慈母恩"，應上"免摧殘你個老太君"句。俗本"伽藍""諸僧"二句倒轉，與上次序不相應，今從古本改定。此調句字俱屬增減，與前折不同。

【柳葉兒】"將俺一家兒"句，屬上曲看。下又言"待從軍，又怕辱莫家門"，故意爲此危詞，爲下曲"不揀何人"數語張本。末"你"字，泛指衆人，總結上意。

【青歌兒】（元貫仲名《對玉梳》劇："則爲你娘狠毒兒生分。"）生分，猶言出位，不守女兒之本分而出位言之也，暗指下"不揀何人"數語。先委曲其詞，言非我有他心生分，事出不得已也，此分明有意于張生矣。此調句字亦可增減，與本譜不同。

【賺煞】橫枝，非正枝也。《傳燈錄》道信大師曰："廬山紫雲如蓋，下有白氣，橫分六道，汝等會否？"弘忍曰："莫是和尚化後，橫出一枝佛法否？"諸僧伴既各自逃生，衆家眷又無人偢問，張生非親非故，乃曰"我能退兵"，是所謂"橫枝兒着緊"也。（實甫《麗春堂》劇："則我這家私上，橫枝兒有一萬端。"）（馬致遠《陳摶高臥》劇："索甚我橫枝兒治國安民。"）（關漢卿詞："怎當那橫枝羅惹，不許堤防。"）玉石俱焚，則已意張生之有意于己矣。"濟不濟權將這個秀才且儘"，俊語也。下燕書信，魯仲連遺燕將書事。俗本作"嚇蠻書信"，緣（元詞）多用此語，如（"嚇蠻書醉墨雲飄"）之類，然杜撰無據；古注謂下燕是李左車事，亦謬。

【端正好】全套字字皆本色語，視諸曲更一機軸，故是妙手。烏龍尾鋼橡，謂鐵裏頭棍也。北人以握爲"搿"。（董詞："不會看經，不會禮懺，不清不淨，只有天來大膽。")此調句字亦可增減,故首二句與【碧雲天】調不同。董本賞書無惠明,即前法聰。記中惠明、法聰及前法本,辭雖烏有,然皆借古神僧爲戲。《壇經》:僧惠明,曾與六祖爭衣鉢。又劉宋《釋老志》:大明中,丹陽中興寺設齋,一沙門來投,曰:"我惠明,從天安寺來。"然天下無此寺,言訖不見。《神僧傳》:梁僧法聰,能入水火定,常有二虎及雌雄龍侍座。法本,梁天福中,與一僧期會相州竹林寺。僧至無寺,以杖擊石柱,風雲四起,樓臺聳峙,本自內出。此無與本記,亦以見作者之非鑿空也。

【滾繡球】攪者攪先,攬者兜攬。非是我攪與攬而要去,我平生不曉打參,只曉得廝殺。非是我貪與敢而要殺人,以"口淡"思食肉耳。"炙爊煎爁"之"爁",元作"燢",燢音覽,不叶,今正。腌,不潔之謂,後四句,皆足上"口淡"句意。

【叨叨令】"寬片粉"對"浮爁羹",古本作"寬粉片",誤。(元《藍采和》劇:"俺吃的是大饅頭,闊片粉。")可證。休調淡,欲其調和得好也。羹、粉、虀、腐,皆僧家本等素食,又承上"口淡"來,故要添"雜糁",又囑令"休調淡",又要將人肉做饅頭餡,又要將餘肉把青鹽蘸,極狀已不管葷素,能大餐之意。黯,亦黑也,舊作"暗",誤,言不擇精物也。(董詞:"做齋時,做一頓饅頭餡。")"休誤了"二句,承上文,接下末句,並是丁寧厨人語也。雖然是黯,金本作"從教俺",以己意易之耳。

【倘秀才】朱本"用俺也不用俺",諸本俱作"咱",咱,《中原音韻》作平聲,調法須用仄聲,今從"俺"。能者,甚詞,猶言着實也。誠何以堪,言人不堪之也。惠明言:你每不須看得孫飛虎是件大事,便如此荒張。你怕我不去,我只怕你不用我耳。你聞得飛虎之名,便自畏縮,不知他貪淫之甚,人皆不堪其毒而欲鏟除他,即甚猖獗,何足懼哉?

【滾繡球】首二句,與上怎"生喚做打參"意複。杜子美《飲中八仙歌》"醉中往往愛逃禪",朱本作"道禪",無出。古本"怎生教土漬塵含","含"不如"銜"較妥,今易;俗作"塵緘",與下書"一緘"重,非。言鐵棒使得滑熟,無纖毫塵翳也。憨,痴也。波,語詞。首誇己之勇,即笑僧伴之無用;

末又謔張生，言你所仗者杜將軍，不知還仗我寄書之人要緊耳。你莫道我徒勇而痴，我非痴者也。

【白鶴子】【白鶴子】後二調，俗本次序顛倒，今從古本更定。"幡幢寶蓋，杆杖火叉"及後"綉幡開"句：寺中無兵仗，故各執所有，正作者用意處，俗本改爲"杆棒""钁叉""綉旗"等，俱非。（董詞："或拿着切菜刀、捍麵杖，着綾幡做甲，把鉢盂做頭盔，戴着頭上。"）正本色語也。

【二煞】瞅，音丑，北人謂怒目相視爲"瞅"。

【一煞】釤，斬去之謂，作活字用，古注作大鐮解，非。【驥眉】此等解，非大雅之士，却不能識。今本作"脚尖踮"，踮，蹴也，係俗字，字書無之。古本作"撞"，撞亦可叶作平聲。韓退之詩："文章自娛戲，金石日擊撞。"歐陽永叔《廬山高》篇"洪濤巨浪，日夕相衝撞"是也。今并存之。撒髏，本作"撒樓"，方言，調侃謂頭也，猶《說文》之諧聲，見《墨娥小錄》。諸本作"髑髏"，非。髑髏，死人之頭骨耳。勘，校也，于文亦甚用力之意。《輟耕錄》元院本有"大勘刀"，言以刀相勘比也。言小的則提起來，以己之脚而撞之；大的則攀下來，以己之頭而勘之，非言他人之頭也。俗作"砍"，謬甚。

【耍孩兒】【耍孩兒】二曲，今本俱混作【白鶴子煞】，諸本首"駁駁劣劣"一調，而古本首"欺硬怕軟"一調，以上文【白鶴子】資序觀之，當接言己之悍劣喜殺，而後及戲張之詞。如古本，則文勢顛倒矣，不若從今本爲是。駁，馬色不純，又驕駁之謂，言己之莽戇好殺也。古本作"剥"，亦非。忑忐，俗字，恐懼意，本作"忐忑"，心或上或下也，此從韵倒用。朱本作"忒忲"，音義并同，然"忲"亦字書不載。打熬成不厭天生敢，謂打熬成的不厭，天生的勇敢也。沒掂三，不着緊要之意。（貫仲名《蕭淑蘭》劇："柳下惠等閑沒掂三。"）怕勒馬停驂，言不肯勒馬停驂，而以去爲快也。

【二煞】此皆謔張之詞，言你莫道我憨劣好殺，可激以成你之親事也。蓋我雖欺硬，而遇軟則柔；寧受苦口，而不好甘詞。你今日但當以真情求我，不可貪圖親事而僥幸萬一，以誤我也。若書去而杜將軍不來，你不乾擔風月而爲此無益之妄舉哉？又謔言，你若爲親事而僥幸戲我，則我此去亦將戲你，且把你不志誠的言詞，對將軍以賺你，致將軍不來，而你之計策差謬，則親事斷然不成。不亦大羞慚哉？胡撲俺，筠本作"胡撲掩"，"掩"字入廉纖韵，非。倒大，北人語詞，與後"倒大福蔭"一例。

【收尾】"綉幡開"句，語俊甚，押"俺"字甚奇。（董詞："開門但助我一聲喊。"）俗本此後有偽增【賞花時】二曲，鄙惡甚，從古本削去。

【六幻本】五劇箋疑

二之一 白馬解圍

早是傷神：傷神，一作"多愁"。

那值殘春：值，一作"更"。

能消幾個黃昏：個，一作"度"。

篆烟：《香譜》：近世作香篆，其文為十二辰，分百刻，然一晝夜乃已。篆，一作"串"。

目斷行雲：目，去聲。

池塘夢曉：謝惠連幼有奇才，從兄靈運云：每有篇章對，惠連輒得佳句。嘗于承嘉西堂思詩，竟日不就。夢見惠連，即得"池塘生春草"，曰"此語有神助，非吾語也"。

飛絮雪：謝安石與兒女內集，俄而雪驟，公欣然曰："白雪紛紛何所似？"兄子胡兒曰："撒鹽空中差可擬。"兄女道韞曰："未若柳絮因風舞。"公大笑樂。

香消了六朝金粉，清減了三楚精神：六朝之文香艷，多金碧脂粉之辭；屈宋之文清苦，多枯槁憔悴之語。皆借文辭以喻其瘦損也。或云六朝三楚多麗人，故云。豈別朝別處少麗人耶？舊注引《貨殖傳》：孰為南楚？孰為東楚？孰為西楚？尤堪捧腹。六，音溜。

壓：去聲。

錦囊佳句：唐李長吉每出，令小奚奴背古錦囊，以隨得句，即投其中。

登臨又不快，閑行又悶："登臨"上，一本有"我欲待"三字；"登臨"下，一無"又"字。悶，一作"困"。

每日價情思睡昏昏：一無"每日價"三字。睡，一作"悶"。

紅娘呵，我則索搭伏定鮫綃枕頭兒上盹：《北夢瑣言》：鮫人泉客，織于冰室，賣與人間。昔張建章爲幽州司馬，嘗以府命行渤海，遇水仙遺鮫綃帕，云夏月溽暑，展之滿堂凜然。《琅嬛記》：沈休文夜坐，風開竹扉，一女子攜絡絲具，入門便坐，風飄細雨如絲。女隨風引絡燭，未及跋，得數兩。起贈沈曰："此謂冰絲，贈君造，以爲冰紈。"忽不見。沈後織成紈，鮮潔明净，不异于冰制扇。當夏日，甫攜在手，不摇而自凉。一本無"上"字。伏，平聲。一無"紅娘呵，我"四字。搭，一作"拓"。

則怕俺女孩兒折了氣分：舊解云猶俗語輸了體面，一云氣分猶氣焰也。詳生"小梅香"二句，似作折了福意。一本無"俺"字，一本"兒"下有"家"字。

往嘗但見一個外人，盒的早噴；但見一個客人，厭的倒褪：一本無二"一"字，一本上下二句倒，一本"但"作"若"。

想著昨夜詩，依前韻：一本"想著昨夜的詩，依著前韵"。

吟得句兒匀，念得字兒真：一本二句上下倒。

織錦回文：竇濤爲秦州刺史，被徙流沙。妻蘇若蘭思之，爲織錦回文以寄，旋轉循環，文意淒切。

東都：按，司馬相如《美人賦》云："臣之東鄰，有一女子，恒翹翹而西顧，欲留臣而共止。登垣而望臣，三年于兹矣。"

想著文章士：一作"風流客"，無"想著"二字。

他臉兒清秀身兒俊：一本無"他"字。俊，一作"韵"。

克：上聲。

不繇人口兒裏作念心兒裏印：不繇人，一作"教人"。一無二"裏"字。

學得來：一作"恁的般"。

不枉了：一作"怎生教"。

魂離殼：一作"魂離了殼"。殼，音巧。

見放著禍滅身：見放著，一作"放著個"。見，音現。滅，去聲。

將袖梢兒搵滿啼痕：一無"將"字。滿，一作"不住"，一作"住"。

好著我去住無因：一本"著"作"教"，一本無"好著我"三字。

塌兒裏人急偎親：塌兒裏，猶云這所塊。急偎親，言人方急迫時，更相親傍也。塌，窩同。

奔：去聲，一作"逩"。

吃緊的先亡過了有福之人：吃，一作"赤"。一本無"過"字。

耳邊廂：一無"廂"字。

那廝每：每，音門。

恰便似：一作"似那"。

送了他三百僧人：一作"送了三百來僧人"。

半萬賊兵：一作"半萬來賊軍"。賊，平聲。

一霎時：一作"半會兒"。

國：上聲。

更將那：那，一作"這"。

則沒那：一作"那裏也"。

博望燒屯：孔明與夏侯惇戰，計燒于博望坡。夏侯惇軍十萬，敗而還。初出茅廬第一功也。

惜：上聲。

將伽藍火內焚，諸僧污血痕，把先靈爲細塵：一本無"將"字、"把"字，一本"諸僧衆污血痕，將伽藍火內焚，先靈爲細塵"，前後倒轉。

呀：一本無"呀"字。

齠齔：音條襯，小兒初毀齒也。

辱沒了家門：沒，一作"莫"。

也須得：也，一作"你"。

都做了鶯鶯生忿：一本上有"母親"二字。生忿，與"生分"同，猶言劣撇也。謂如上獻賊、自盡等語，母親疑我使性劣撇，不知我實有難言者。如下云云是也。元詞多用"生忿"，或用"生分"，皆是戾氣之意。或云：生忿，忤逆也。禍始于鶯而及于母，故自引爲己之忤逆，亦得。忿，一作"分"。

母親休愛惜：一本無"母親"二字。

母親休愛惜：一本無"母親"二字。

殺退賊兵，掃蕩妖氛：一作"掃蕩烟塵，殺退賊軍"。

結：上聲。

秦晉：兩國世爲婚姻。

諸僧伴：一作"諸僧衆"。

這生不相識：這生，一作"他"。識，上聲。

玉石俱焚：《尚書》："火炎昆崗，玉石俱焚。"石，去聲。

雖然是不關親：一無"然"字。

可憐見命在逡巡：一本"見"下有"咱"字。

權將秀才來儘：一本"權將這個秀才來儘"。

出師表文，嚇蠻書信：孔明前後《出師表》："李白醉草《嚇蠻書》。"一本"師"下"蠻"下俱有"的"字。嚇蠻，一作"下燕"。嚇，去聲。

張生呵，則願得筆尖兒橫掃了五千人。一本無"張生呵"三字。則願得，作"敢教那"。筆，上聲。

楔子

梁皇懺：梁武帝后郄氏殂，後數日，帝夢寢殿一大蟒，駭曰："朕宮殿嚴密，非爾類可得入也。"蟒爲人言曰："吾郄氏之化身也。因在世嫉妒，損物虐人，謫爲蟒。感帝眷愛之厚，故爾現形。願帝憐閔，乞令高僧作大功德，可得超升。"帝命志公作懺，選高僧，建大齋七晝夜。齋畢，郄復得見夢曰："以功德力。脫去蟒身矣。言訖不見。"

颩：音丟，義同。

袒下偏衫：一作"袒下我這偏衫"，一本"偏"下有"紅"字。

烏龍尾鋼橡撧：烏龍尾鋼橡，是鐵裏頭棍。北方以把握爲撧，音鏊。

知他怎生喚做打參：一無"知他"二字。

窟：上聲。

吃：上聲。

炙煿煎爁：煿，音博。爁，音談，或作"爤"，音覽，聲不叶。炙，上聲。

渴：上聲。

腌臢：音庵簪，穢惡貌。

浮沙羹寬片粉：一作"恁將那浮爐羹寬粉片"。

休調淡：淡，一作"啖"。

從教按：一作"雖然是"。黯，按，一作"暗"。

我將五千人：一本"將"下有"這"字。一本"我待教五千人"。

把青鹽蘸：把，一作"旋教"。

用咱那：一作"用咱也"。咱，一作"俺"。

飛虎將聲名播斗南：一本"飛虎"上有"你道是"三字。長史藺仁基謂狄仁杰"北斗以南，一人而已"。

誠何以堪：誠，一作"成"。言擄鶯鶯若成，何以堪乎？

我經文也不會談，逃禪也懶去參：一作"法空我不會談，逃禪我不會參"。杜詩"醉中往往愛逃禪"。俗不俗：俗，平聲。

伽藍：梵語也。華言土地。

有勇無憨：憨，音酣，愚也，痴也，一作"慚"。

撞：平聲，俗作跧。

剗：音山，斬去也。

瞅：丑，平聲，斜視而瞬曰瞅。

赤力力：赤，上聲；力，去聲。

軸：平聲。

駮駮劣劣：駮，上聲，一作"剥"。劣，去聲。一本"駮駮劣劣"一枝在後，"欺硬怕軟"一枝在前。

忑忑忐忐：忐，音忒；忑，音吐膽切。俱俗字，恐懼意，并合口音。坊本忐音袒，入寒山韻，非。又坊本作"忐忐"，韻不押。《三官經》：忐忑，音懇倒。

截：上聲。

長居一：猶言每每算我第一。

沒據三：非鄉語也，調侃不著緊意。

劣性子人皆慘：一作"就死也無憾"。慘，一作"摻"。

張解元幹將風月擔：一作"你個張解元幹將風月耽"。

紕：音批。

繒：疏也。

借神威：一作"助威風"。

繡幡開：一作"繡旗下"。

【賞花時】：二曲古本無，云是後人增入。

【會注】

【弘注】【範注】【湯注】西子：出《吳越春秋》。苧羅山若耶溪傍有東施家、西施家。西施，越女子也，有絕世之美色。越王勾踐納之宮中，以獻吳王夫差，卒至傾國。魚見之而沉，鳥見之而高飛。後越滅吳，范蠡求解職，復娶西施，乘扁舟游之五湖而不返。【秀注】西子：西施，越女也，有絕世之美色。越王勾踐納之宮中，以獻吳王夫差，卒至傾國。魚見之而沉，雁見之而落。後越滅吳，范蠡求解職，【秀眉】蠡，音呂。復娶西施，乘舟游五湖而不返也。

【弘注】闌干故事詳見第三折【小梁州】下。

【弘注】行雲故事詳見前三折【粉蝶兒】下。

【弘注】【範注】【湯注】池塘夢曉：出《翰墨》。謝惠蓮年十歲能文，族兄靈運，忽夢惠蓮，即得"池塘生春草"之句，大以為功，常謂此句有神助。

【羅注】池塘夢曉：出《翰墨全書》：謝惠連十歲能文，族兄靈運，夢惠連即得"池塘生春草"之句，人以為奇，常謂此句有神助。【起注】【徐參注】【陳注】

【硃注】【峒注】池塘夢曉：謝惠蓮十歲能文，族兄靈運，夢惠蓮即得"池塘生春草"之句，謂有神助（謂有神助，硃本作"大以爲工"）。【徐音注】池塘夢曉：謝靈運思詩不成，忽夢叔惠蓮，即得"池塘生春草"之句，人謂有神助也。【魏注】池塘夢曉：謝靈運西堂思詩不成，夢叔惠連，即得"池塘生春中"之句，謂有神助。

【弘注】六朝：出《群書》。東吳朝、晋朝、宋朝、齊朝、梁朝、陳朝。【範注】【羅注】【湯注】【陳注】【硃注】六朝：出《群書》（陳本、硃本無"出《群書》"）。東吳朝、宋朝、齊朝、梁朝、陳朝、晋朝。【起注】【徐音注】【徐參注】【魏注】【峒注】六朝：東晋朝、宋、齊、梁朝、陳朝、隋朝。

【弘注】【範注】【羅注】【起注】【徐音注】【徐參注】【陳注】【秀注】【硃注】【湯注】【魏注】【峒注】三楚：出《貨殖傳》（起本、徐音本、徐參本、陳本、硃本、魏本、峒本無"出《貨殖傳》"）。淮北沛、陳汝南郡，此西楚也；彭城以東、海吳廣陵，此東楚也；衡山（羅本、起本、徐音本、徐參本、陳本、硃本、魏本、峒本無"衡山"）九江、江南、豫章、長沙，此南楚也。

【弘注】錦囊佳制：出《氏族》。唐李賀，字長吉，苦吟。每旦出，騎弱馬，小奚奴背古錦囊隨後，遇所得投其中。暮歸，母探囊，見所出多，即怒曰："是兒嘔出心肝乃已。"【範注】【羅注】【秀注】【湯注】錦囊佳制：出《氏族》（羅本、秀本無"出《氏族》"）。唐李賀，字長吉，苦吟。每旦出，騎弱馬，攜小奴背古錦囊隨後，遇所得好句，寫投其中。暮歸，其母探囊中，見所多即怒，曰："是兒嘔出心肝（羅本、秀本此處多'也'）。"【羅眉】嘔，音漚。【起注】【徐音注】【徐參注】【陳注】【硃注】【魏注】【峒注】錦囊佳制：唐李賀苦吟，每旦出，騎弱馬，攜小奴背古錦囊隨後，遇所得好句，寫投其中。

【起注】【徐音注】【徐參注】【陳注】【硃注】【魏注】【峒注】價：是（硃本作"此"）北方鄉語。

【弘注】【範注】【羅注】【湯注】鮫綃：出（羅本無）《北夢瑣言》。鮫人泉客，織于冰（羅本作"水"）室，賣于（羅本作"與"）人間。昔張建章爲幽城司馬，曾以府命行渤海，遇水仙遺鮫綃帕。自覺以進，云（羅本無"自覺以進，云"）夏月溽暑，展展（羅本作"之"）滿堂凜然。【羅眉】渤，音不。溽，音辱。【起注】【徐參注】【陳注】【硃注】【魏注】【峒注】鮫綃：鮫人泉客，織于水室，賣與人間。張達章行渤海，遇水仙遺鮫綃帕。夏月溽暑，展之滿堂凜然。【徐音注】鮫綃：張建章行渤海，遇水仙遺鮫綃帕。夏月溽暑，展之滿室（硃本作"堂"）凜然。【秀注】鮫綃：《北夢瑣言》。鮫人泉客，織于水室，賣與人間。昔張建章爲幽州司馬，曾以府命行渤海，遇水仙遺鮫綃帕。夏月溽暑，展之凜然。

【弘注】【範注】【湯注】織錦回文：出《詩學》。晋竇滔妻蘇氏，滔爲秦州刺史，被徙流沙。妻思之，爲織錦回文以寄滔，名《璇璣圖》，宛轉循環，文甚凄切。【羅注】【秀注】回文：晋竇滔妻蘇氏，名若蘭。滔爲秦州刺史，被徙流沙，【秀眉】徙，音洗。其妻思之甚切，爲織錦回文，以獻于朝，乞放夫回，名曰《璇璣圖》，宛轉循環，其文意凄切。【起注】【陳注】【硃注】【魏注】【峒注】織錦回文：晋竇滔被徙流沙，其妻蘇若蘭思之，爲織錦回文以寄滔，名曰《璇璣圖》。【徐音注】織錦回文：晋竇滔被徙流沙。其妻蘇若蘭思之，爲織錦回文以寄。

【弘注】【範注】【羅注】【湯注】針兒將綫引：出《淮南子》。綫因針而入，不因而急，如女因媒而成（範本、羅本、湯本此處多"也"）。【起注】【陳注】【硃注】【峒注】針將綫引：綫因針而入，如女因媒而成也。

【弘注】一天星斗：出《韵府》。唐李賀，字長吉，因韓愈、皇甫過家，使賀上詩："二十八宿羅心胸，元精炯炯貫當中。"【範注】【羅注】【湯注】一天星斗：出（羅本無）《韵府群玉》。唐李賀，字長吉（羅本無"字長吉"），因韓愈、皇甫過家，使李賀上詩云："二十八宿羅心胸，元精炯炯貫當中。"【羅眉】炯，音扃。【起注】【峒注】一天星斗：唐李賀，因韓愈、皇甫過家，上詩云："二十八宿羅心胸，元精炯炯貫當中。"【陳注】【硃注】一天星斗：唐李賀，字長吉（硃本無"字長吉"），因韓愈、皇甫過家，上詩云："二十八宿羅心胸，元精炯炯貫當中。"

【弘注】太真：出《對類》。太真，楊貴妃號也。【範注】【羅注】【起注】

【徐音注】【徐參注】【陳注】【硃注】【湯注】【魏注】【峒注】太真：唐楊貴妃號也。

【弘注】博望燒屯：出《通鑒》。諸葛亮率大衆，由斜谷，作木牛流馬運米。乃以運糧不維，使己志不伸，乃分兵屯田，爲久駐之基，耕者雜于渭濱。氐居之間，止之以安堵，軍無私焉。後亮糧盡勢窮，憂患嘔血。一夕，燒營遁走穀道，發疽而卒。【範注】【羅注】【秀注】【湯注】博望燒屯：孔明與夏侯敦戰，計燒于博望坡。夏侯敦大軍十萬，燒敗而還，乃初出廬第一功也。【起注】【陳注】【魏注】【峒注】博望燒屯：諸葛亮與夏侯惇戰，計燒于博望坡，夏侯惇大軍十萬，燒敗而還，乃初出茅廬第一功也。【徐音注】博望燒屯：諸葛亮于博望燒屯戰夏侯敦，初出茅廬第一功也。【徐參注】博望燒屯：孔明與夏侯敦戰，計燒于博望坡，夏侯敦大兵十萬，卒燒敗而還。【硃注】博望燒屯：諸葛亮與夏侯惇戰，計燒于博望坡，乃初出茅廬第一功也。

【弘注】【範注】【湯注】成秦晉：出《翰墨》。秦與晉兩國世爲婚姻，晉太子圉爲贄于秦，秦穆公納五女，懷嬴與焉。【羅注】秦晉：《翰墨全書》。秦晉兩國世爲婚姻，晉太子圉爲贄于秦，秦穆公納五女，懷嬴與焉，後又事重耳而爲妻焉。【羅眉】妻，去聲。【起注】【徐音注】【陳注】【秀注】【硃注】【魏注】【峒注】成秦晉：秦晉兩國，世結婚姻。

【弘注】【範注】【羅注】【起注】【徐音注】【湯注】【魏注】【峒注】玉石俱焚：出《尚書》。火炎昆崗，玉石俱焚。【陳注】玉石俱焚：《尚書》。火炎昆崗，玉石俱焚而已。

【弘注】【範注】【湯注】出師表：出《古文》。孔明出師一表（出師一表，範本、湯本作"所作"），簡而且盡，非秦漢以（範本、湯本作"而"）下事君爲悦者所能至也。【羅注】出師表：《古文》：孔明所作，簡而文，蓋非秦漢而下，事君爲悦者所能至也。【起注】【徐音注】【魏注】【峒注】出師表：孔明所作。【陳注】【硃注】出師表：孔明時之（硃本無"時之"）所作。

【弘注】【範注】【湯注】嚇蠻書：出《通鑒》。韓信既破趙，令軍中有得李左車者與千金。有縛至麾下者，信解其縛。東向坐，師事之，問曰："僕欲北攻燕，東伐齊，若何而有功？"左車曰："將軍不終朝破趙二十萬，威振天下，此將軍之所長也。燕若不服，齊必自強，此將軍之所短也。今爲將軍計，莫若按甲休兵，鎮撫趙民，遣辯士奉咫尺之書，燕必聽從，而東臨齊，雖有智者，亦不知爲齊計矣。"信從其策，燕從風而靡，未穩。【羅注】嚇蠻書信：【羅眉】嚇，音曷。韓信破趙，令軍中有得李左車者與千金。有縛至麾下者，信解其縛。【羅眉】縛，音弗。麾，音揮。東面坐，師事之而問曰："僕欲北攻燕，東伐齊，若何而有功？"左車曰："將軍不終朝，破趙三十萬，軍威振天下，此將軍之所長也；燕若不服，齊必自強，此將軍之短也。今爲將軍計，莫若按甲兵休兵，鎮撫趙民，遣辯士奉咫尺之書，燕必聽從；燕已從，而東臨齊，雖有智者，亦不知爲齊計矣。"【羅眉】爲，去聲。信從其策，燕望風而靡。

【弘注】【範注】梁皇懺：出《釋氏要覽》。梁武帝皇后郗氏崩，後數日，帝追悼之。居寢殿，乃見一蟒，帝驚駭起，謂蟒曰："朕宮殿嚴謹，非爾類所入之處，必其怪焉。"蟒爲人言："吾乃郗氏。生于疾妒，損物害人，以是謫爲蟒耳。感帝平昔眷愛之厚，故來現焉，祈功德以爲拯拔。"帝大集沙門，撰悔文，共成十卷，以爲懺禮。帝因仰視，乃見一夫人，容儀端麗，謂帝曰："吾乃蟒身也。蒙帝功德，已得超生。"言訖不見。【羅注】【秀注】【湯注】梁皇懺：《釋氏要典》（秀本無"《釋氏要典》"）。武帝皇后郗氏崩，後數日，帝追悼之。【羅眉】悼，音到。居寢殿，乃夢一蟒，帝驚駭起，謂蟒曰："朕宮殿嚴謹，非爾類可得而入。"【羅眉】蟒，音莽。駭，音解。其蟒作爲人言："吾乃郗氏之化身也，因爲在世疾妒，損物虐（秀本作"害"）人，以是謫爲蟒。感帝平昔眷愛之厚，故來現形，願帝憐憫，可令高僧作大功德，方得超昇。"帝于次日宣志公和尚作《梁武（秀本作"皇"）懺》十卷，選諸寺高僧啓建天地，大齋七晝夜。齋畢，又夢夫人，言此功德，脫去蟒身，言訖不見。（秀本此處多"是出《釋氏要典》"）

【弘注】偏衫：出《要覽》。古僧依律制，只有僧衹支。此名覆膊，亦名掩腋衣。此長覆左膊，及掩右腋，蓋襯三衣。即西天竺之儀，乃作于衹支上，因名焉。【範注】【羅注】【湯注】偏衫：出《要覽》（羅本無"出《要覽》"）。

古僧依律制，身披偏衫裌，如來袈裟，露其（羅本無）左膊，即西天之威儀也。故名（羅本作"曰"）"偏衫"。【羅眉】膊，音榜。【起注】【徐音注】【陳注】【硃注】【峒注】偏衫：古僧依律制，身被偏衫裌，如來袈裟，露其左膊。【徐參注】偏衫：僧法服，偏披露其左膊。

【羅注】【起注】【徐音注】【徐參注】【陳注】【硃注】【魏注】【峒注】打參：猶云"放參"，釋家語。

【起注】【徐音注】【陳注】【硃注】【魏注】【峒注】腌臢：是鄉語，不潔貌。

【弘注】【範注】【羅注】【湯注】斗南：出《唐書》（範本、羅本、湯本無"出《唐書》"）。唐狄仁杰，字懷英，爲（範本、羅本、湯本此處多"當"）時名相。長史藺人基稱之曰："狄公之賢，北斗以南，一人而已。"【羅眉】相，去聲。長，上聲。【起注】【徐音注】【陳注】【硃注】【魏注】【峒注】斗南：唐狄仁杰爲當世名相，長史藺人基稱之曰："狄公之賢，北斗以南，一人而已。"【徐參注】斗南：蕭仁美稱狄仁杰曰："北斗以南，一人而已。"

【弘注】【範注】【羅注】【起注】【陳注】【硃注】【湯注】【魏注】【峒注】戒刀：出《要覽》（起本、陳本、硃本、魏本、峒本無"出《要覽》"）。《僧史略》云："蓋佛不許斫截一切草木，壞鬼神。草木尚戒，況其他也（起本、陳本、硃本、魏本、峒本作'乎'）。"【徐參注】戒刀：佛家不斫截一切草木，故云。

【弘注】逃禪：出《古文》《八仙歌》《詩苑叢珠》。杜工部《咏飲中八仙》云："蘇晋長齋綉佛前，醉中往往愛逃禪。"【範注】【湯注】逃禪：出《古文》。杜工部《咏飲中八仙歌》云："蘇晋長齋綉佛前，醉中往往愛逃禪。"【羅注】逃禪：《飲中八仙歌》云："蘇晋長齋綉佛前，醉中往往愛逃禪。"

【弘注】伽藍：出《要覽》。梵語云："伽藍，僧伽羅摩云，衆園園者生植之所，佛弟子居之。"取生植道本聖果之義。【範注】【羅注】【起注】【陳注】【硃注】【湯注】【魏注】【峒注】伽藍：梵語神也，能護持佛教塑像于寺傍，今人呼爲"伽藍"（羅本、起本、陳本、魏本、峒本此處多"土地"）。【羅眉】塑，音素。

【弘注】沙彌故事詳見第一折碧玉簫下。【範注】沙彌：注四折下。【羅注】沙彌：僧落髮後稱"沙彌"。華言息慈，又謂安息于慈悲之心，又云"息惡"，盡而行慈也。【羅眉】行，音幸。

【弘注】行者故事詳見第一折折桂令下。【範注】行者：注二折下。【羅注】行者：《要覽經》中，始修行人有德行曰"行者"，又云未得衣鉢爲"行者"。【羅眉】鉢，音撥。

【弘注】解元故事詳第二摺後庭花下。

【起注】字音

憪，音烟。褪，音吞，上聲。鮫，音消。綃，音消。搵，溫，上聲。黛，音代。寨，音債。眺，音屯，上聲。霎，音煞。齠，音迢。齔，音襯。逡，音侵。彫，音丟。袒，音坦。橡，音拳。攢，音贊，上聲。窟，音魁，入聲。撧，仕杉反。攬，音覽。膊，音搏。餡，音陷。腌臢，音庵贊。懺，音綻。撼，拑，上聲。駁，音剝。忐，音袒。忑，音禿。貔貅，音皮休。鞏，音拱。纛，音作督。羈，音機。狼狽，音郎背。騁，音逞。腔，音匡。硬，音應。婪，音濫。蘸，音站。

【徐音注】字音

鮹，消。眺，兆上聲。霎，煞。齠，迢。齔，襯。逡，侵。彫，丟。袒，坦。橡，拳。攢，贊上聲。窟，魁入聲。撧，仕杉反。攬，覽。懺，綻。撼，拑上聲。貔貅，皮休。鞏，供。纛，督。羈，機。騁，逞。婪，濫。硬，應。

【徐參注】字音

齠齔，音迢襯。逡，音遵。彫，音丟。橡，音院。忐忑，音袒禿。纛，音毒，將旗。婪音燣。

【陳注】【硃注】字音

憪，烟。褪，屯，上聲。鮫，消。綃，消。搵，溫上聲。黛，代。寨，債。眺，兆，上聲。霎，煞。齠，迢。齔，襯。逡，侵。攢，，贊，上聲。窟，魁，入聲。彫，丟。袒，但。撧，仕杉反。橡，拳。攬，覽。腌臢，庵贊。膊，搏。懺，綻。瞬，上聲。撼，拑上聲。忑，音作禿。忐，袒。鞏，拱。

纛，作督。駁，剝。驂，參。貔貅，皮休。賺，綻。羈，機。騁，逞。腔，匡。狼狽，郎背。硬，音勁。婪，濫。蘸，站。

【魏注】字音

鮫，消。綃，消。眺，兆，上聲。霎，煞。韶，迢。齜，襯。浸，侵。髟，丟。袒，但。橡，拳。攢，贊。窟，魁，入聲。攙，仁杉反。攬，覽。懺，綻。撼，蚶，上聲。貔貅，皮休。鞏，拱。纛，作督。羈，機。狼狽，郎背。騁，逞。婪，濫。硬，應。

【峒注】字音

鮫，消。綃，消。眺，兆，上聲。霎，煞。韶，迢。齜，襯。浸，侵。髟，丟。袒，坦。橡，院。揞，贊，上聲。窟，魁，入聲。攙，仕杉反。攬，覽。膊，搏。餡，陷。腌臢，庵贊。懺，綻。撼，蚶，上聲。駁，剝。忐，袒。忑，禿。貔貅，皮休。鞏，拱。纛，督。羈，機。狼狽，郎背。騁，逞。腔，匡。硬，應。婪，濫。蘸，站。

第二折①

（夫人上云）今日安排下小酌②，單請③張生酬勞。【潘旁】題目便遠。【羅眉】單，音丹。【秀眉】夫人云"酬勞"，悔盟意有在焉。道與④紅娘，疾忙去書院中請張生⑤，着他是必便來，休推故。【羅眉】推，音焯。（下）⑥（末上云）夜來老夫人說，着紅娘來請我⑦，却怎生不見

---

① 第二折：弘本、範本、龍本、羅本此處不分折。繼本、湯沈本作"第六齣　東閣邀賓"，容本、起本、徐音本、徐參本、虎本、陳本、硃本、湯本、魏本、岣本、封本作"第六齣　紅娘請宴"，徐畫本作"第二套　東閣初筵"，驥本作"二套（今本第六折）邀謝"，何本作"請宴"，秀本作"新刊校正全像釋義北西廂記評。第六齣　東閣酬生"，天李本作"紅娘請宴"，六幻本作"二之二　東閣邀賓"，三合本作"第二套　初筵"，毛本作"第六折　請宴"，潘本作"第二折　紅娘請宴"。
② 安排下小酌：小酌，封本作"酒席"。屠本作"着紅娘安排酒席"。
③ 單請：繼本作"單與"，屠本、硃本作"請"。
④ 道與：屠本作"料應完備了"。
⑤ 疾忙去書院中請張生：書院中請張生，魏本作"書院請張先生"。屠本作"快去請張生來"，封本作"去書院中請他"。
⑥ "（夫人上云）今日安排下小酌"至"着他是必便來休推故。（下）"：着他是必便來休推故，徐畫本、徐音本、三合本、潘本"休"作"休得"，屠本作"是必休要推故"。驥本、延本、張本、毛本無。
⑦ 來：屠本作"今日早來"。請我：驥本作"請"，張本作"請俺"。

來①？我打扮着②等他，皂角也使過兩個也③，水也換了兩桶也④，烏紗帽擦得光挣挣的⑤，【徐畫諸眉】【田補眉】張生一秀才耳，何得有紗帽？但此時未中舉。怎麼不見紅娘來也呵⑥？【陳眉】【硃眉】舌頭已在酒筵上了。【凌眉】酸得妙，自是元人賓白。【封眉】即空主人曰：酸得妙，自是元人賓白。（紅娘上云）老夫人使我請⑦張生，我想若非張生妙計呵⑧，俺一家兒性命難保也呵！⑨【容夾】半萬賊兵，捲浮雲片時掃盡。【徐畫眉】【田眉】【延眉】此套總妙。【潘補夾】挣，音撑，又諍。

【中呂】【粉蝶兒】【秀眉】【粉蝶兒】入【中呂】調，其調俱屬古點

---

① 却怎生不見來：屠本作"怎生不見他來"，何本、張本、封本無。
② 我：張本作"俺"。打扮着：屠本作"這裏打扮的齊齊整整"。
③ 也使過兩個也：使過，封本作"使了"。羅本、繼本、六幻本、湯沈本作"也使了幾個也"，容本、起本、徐參本、虎本、陳本、秀本、硃本、天李本、湯本、魏本、峒本、毛本作"也使了兩三個"，屠本作"也使過一籮"，徐畫本、徐音本、三合本、潘本作"也使過了幾個"，驥本、延本作"使了兩個"，張本作"也使了幾個"。
④ 換了兩桶也：屠本作"換過兩桶"，容本、起本、徐參本、驥本、虎本、陳本、秀本、硃本、延本、天李本、湯本、魏本、峒本、毛本作"換了兩三桶"，張本、三合本、潘本作"換了兩桶"。
⑤ "皂角也使過兩個也"至"烏紗帽擦得光挣挣的"：烏紗帽擦得，屠本作"紗帽兒刷的"；挣挣的，繼本、六幻本、湯沈本作"净净的"。何本無。
⑥ 怎麼：屠本作"如何到今"，封本作"却怎麼"。來也呵：屠本作"音信"。
⑦ 我：張本作"俺"。請：屠本作"去請"。
⑧ 我：張本作"俺"。若非張生：屠本作"不是這生"。妙計呵：羅本、繼本、屠本、容本、起本、徐畫本、徐音本、徐參本、驥本、陳本、秀本、硃本、延本、張本、天李本、六幻本、湯本、湯沈本、三合本、魏本、峒本、毛本、潘本作"妙計"。
⑨ 俺：驥本、延本、張本、毛本作"那得俺"。一家兒：硃本、魏本作"一家"。難保也呵：屠本作"難存"，驥本、延本、張本、毛本作"也呵"，秀本作"也難保呵"。範本、龍本、徐畫本、徐音本、三合本此句後多"佳人才子正青春，月下相逢欲就親。不意兵來圍普救，傷心誰是解圍人"，屠本此句後多"如此恩德，其實當報。那時就將姐姐許下爲親，今日請他，料想成就此事。不知如何不請二位長老，恐因坐席不便，別做區處。張生，你今日却有指望了"。

齒之音。【湯沈眉】此套總妙。半萬賊兵，捲浮雲片時掃净①，【田補旁】作"净"。【羅眉】賊，入聲。雲，音運。【田補眉】盡字屬真文韵，非。【凌眉】净，俗本作"盡"，是真文韵，非。【張眉】净，亦作"盡"。【封眉】净，時本作"盡"，非。俺一家兒②死裏逃生。舒心的列山③靈，陳水陸，【謝眉】水陸，言湖海州道由此功德也。張生客寄附此功德，故云水陸。【張眉】仙靈，物之珍；水陸，物之備。言陸即該山矣，何得重出？【三合眉】雖張筵故陳水陸之味，非陳水陸道場。【封眉】即空主人曰：山靈水陸，猶山珍海錯也。徐本改山爲"仙"，謂賊兵掃净，可以列仙靈而陳水陸道場，豈不噴飯？張君瑞合當欽敬。【延旁】三句言寺裏敬心，好做道場。當日所望無成，誰想一緘書到爲了媒證。④【徐畫眉】【田眉】【延眉】賊兵掃盡，寺裏暢心，可以列仙靈而陳水陸道場也。【徐畫諸眉】賊便是媒。【徐音眉】此時小紅報恩心急勃，情意更濃矣。【徐參眉】還要媒婆來後封書。【陳眉】【峒眉】還要媒婆傳了那封書。【硃眉】還要媒婆傳了那封書。【張眉】誰想，訛"則那"，非。【湯沈眉】片時掃净，自來諸本俱作"掃盡"。"盡"字屬真文韵，非。蓋"净""盡"聲相近之誤。唯張筵，故列山靈之物并水陸之味。方以"仙靈"爲畫，徐以"水陸"爲道場，殊可笑。水陸，出《禮記》。【魏眉】還要媒婆傳後封書。【驥夾】净，舊作"盡"；仙，作"山"。俱非，詳注。【延夾】净，舊作"盡"；仙，作"山"。俱非。【潘夾】好個賊媒人，只此一語

---

① 净：弘本、範本、龍本、羅本、繼本、容本、起本、徐畫本、徐音本、徐參本、虎本、何本、陳本、秀本、硃本、天李本、湯本、毛本、潘本作"盡"。
② 俺一家兒：張本作"一家兒"。
③ 舒心的：張本無。山：徐畫本、徐音本、驥本、何本、延本、三合本、毛本、潘本作"仙"。
④ 誰想一緘書到爲了媒證：誰想，羅本、繼本、屠本、容本、起本、徐參本、何本、陳本、秀本、硃本、天李本、六幻本、湯本、湯沈、魏本、峒本、毛本作"誰承望"，徐畫本、徐音本、驥本、延本、三合本、潘本作"則那"；一緘，羅本、屠本作"一封"；爲了，屠本作"做了"。範本、龍本、徐畫本、徐音本、三合本、潘本此句後多"（紅云）我想將起來，這親事到虧了賊來也呵"。

出自紅口中，增多少香艷。爲崔張竊幸有之，將崔張輕謔有之。舒心，猶言發願也，賊退身安，凡發願心的，尚且欲陳列仙靈，建水陸道場，酬報神佛護持之力。況張君瑞，實實請兵退賊，功伐顯著，豈不合當欽敬乎？隱然道君瑞之功，還在佛力之上，是極推重之詞，但口角來得婉雋可思。

【醉春風】今日個東閣玳筵①開，【徐畫眉】【田眉】【三合眉】帶烟開，言早早開閣待客也，正對"和月等"。俗作"玳筵開"，笑殺！笑殺！【凌眉】玳筵，朱石津本改爲"帶烟"，與"和月"對。徐解云"早開閣以待客也"，亦有致。然恐不如"玳筵"之自然。作者正未必如是字字比對耳。【封眉】帶烟，時本誤作"玳筵"，即空主人謂是朱石津所改，非也。煞强如西廂和②月等。【羅眉】閣，音縞。月，音曰。薄衾單枕有人溫，早則不③冷、冷。【凌夾】不冷、冷，上"冷"字句，下"冷"字，一字成句。此曲本調，此句當用韵中疊字，餘仿此。【羅眉】薄，音保。衾，音欽。則，入聲。受用足④寶鼎香濃，綉簾風細，綠窗人静。【範眉】【龍眉】"受用足"四句，所謂人生清福。【羅眉】綠，音律。【起眉】王曰："受用足"三句，正這妮子哆口情態，詞曲高處。【容眉】【湯眉】有味。【徐畫眉】【田眉】"受用足"四句，或指爲人生清福，乃艷福也，豈清福耶？那冷，言不冷也。【虎眉】玳筵，一作"帶烟"，對"和月"，甚工。人，今作"誰"，非。些，今本盡作"足"，非是。且與【三煞】重疊。即如彼用"足"字，對"了"字，自是一爐錘，安得泥此？【延眉】"受用足"四句，或指爲人生清福，乃艷福也，豈清福耶？【張眉】"早則"句始合調。少四字，非。【驥夾】玳筵，朱

---

① 今日個：弘本、羅本、繼本、容本、起本、徐參本、虎本、何本、陳本、秀本、硃本、天李本、湯本、湯沈本、魏本、峒本作"今日"，驥本、延本作"俺今日個"。玳筵：徐畫本、徐音本、張本、天李本、三合本、封本、毛本、潘本作"帶烟"。
② 如：徐畫本、徐音本、驥本、延本、張本、湯沈本、三合本、毛本、潘本作"似"。和：徐參本作"待"。
③ 早則不：徐畫本、徐音本、驥本、延本、三合本、毛本、潘本作"那"。
④ 足：繼本、容本、起本、徐參本、虎本、何本、陳本、秀本、硃本、天李本、六幻本、湯本、封本作"些"。

本作"帶烟"。【延夾】玳筵，朱作"帶烟"。【毛夾】掃盡，盡字入真文韵。然元劇不拘，說見前折。"畫采仙靈"與"備諸水陸"，皆古成語。仙靈指畫，水陸指味。俗改"仙靈"作"山靈"，與"水陸"對，不知仙與靈、水與陸自為折對，原非以水對仙也。舒心，安心也，言安心如此者，以張生合當敬也。帶烟，勿作"玳筵"。帶烟和月對，起【醉春風】，調固如此。且開屬東閣，用平津侯開東閣事。若著"玳筵"，則是開玳筵矣。王伯良動稱古本，而獨此二字，故依坊本，亦不可解。"薄衾單枕"句，頂"西廂"句；"受用足"三句，頂東閣句。那冷，諸本作"早則不冷"，非。"那"是虛字，言等西廂時，其衾枕有人温耶，抑冷也？若今開東閣，無論衾枕，先受用如許境地矣，所以"強似"也。曲文全在口氣，而人不解。妄者將襯字一改，則陸沉矣！薄衾單枕，自不指成親，言成親而猶用一條布衾、三尺瑤琴乎？人靜，"人"字亦不指鶯。古人凡填詞，必通詞例。使以人靜為寫鶯，則元詞嘗有"夜闌人靜"語，不聞滿街皆鶯鶯也。參釋曰：二曲為開宴原始也，李昌齡《因話錄》：孫承祐，吳越王妃之兄，召諸帥食，水陸咸備。舊注以水陸為水陸道場，不合。【潘夾】"寶鼎香濃"三句，就"新婚宴爾"處寫出一段風流蘊藉，令人想李易安夫妻。"靜"字尤下得妙，添了一個人，偏說是個靜。此從《齊風》"靜好"二字得來，非深于琴瑟之理者，不知此味。

可早來到也①。

【脫布衫】【張眉】借用正宮。幽僻處可有人行？【徐畫眉】【田眉】【延眉】可有，本無有之意，疑詞也。【秀眉】僻，音匹。【湯沈眉】可有人行，言無有之意，疑詞也。與"可曾慣經"一例。點蒼苔白露泠泠。隔窗兒咳嗽了一聲。【羅眉】行，音興。白，音擺。隔，音搞。咳，音

---

① 可早來到也：來到也，範本、龍本、徐畫本、徐音本、三合本、潘本作"來到書院裏也"，屠本作"來到書房門首了"，張本作"到書院裏也"。天李本作"可來到也"，驥本、延本無。

喝。【秀眉】嗽，音瘦。（紅敲門科）（末云）是誰來也？①（紅云）是我②。他啓朱脣急來③答應。【繼眉】【湯沈眉】一本作"啓朱脣"，與"隔窗兒"不叶。【徐畫眉】【田眉】【延眉】一作"啓朱脣"，與"隔窗"句不叶。一作"啓蓬門"，是生唱，豈一大套俱是紅唱，而此句獨張唱耶？夫曰"蓬門"，乃張生謙詞，而紅可代謙耶？況寺裏豈得云"蓬門"耶？的是"啓朱扉"，而紅唱穩。【徐參眉】不若"啓紅脣"更妥。【虎眉】脣，當作"扉"。【張眉】"啓朱扉"屬張生身上，訛"啓朱脣"，非。【三合眉】啓朱扉，俗作"啓朱脣"，與"隔窗"句不叶。【封眉】扉，即空本作"脣"，誤。【驥夾】【延夾】泠，平聲，與前"冷"不同。【毛夾】泠，音零。北語以"豈有"爲"可有"，反詞。啓朱脣，就答應言。勿作"朱扉"，答應何關啓扉耶？參釋曰：自此至【滿庭芳】曲，皆散寫赴宴情形，并開宴大意。【潘夾】既作咳嗽，便不用敲門。張生自到蕭寺，豈有女子聲音吹到窗前？忽聞咳唾，豈非九天珠玉？宜其啓扉急應也。

（末云）拜揖小娘子④。

【小梁州】【張眉】借用正宫。（紅唱）則見他⑤叉手【田補旁】躬

---

① 是誰來也：容本、起本、徐參本、虎本、何本、陳本、秀本、碌本、張本、天李本、湯本、魏本、峒本、封本、毛本作"是誰"，驥本、延本無。屠本此句後多"是誰來也"。
② （紅云）是我：弘本、羅本作"（紅云）是我是我"，繼本、屠本、驥本、延本、湯沈本無。六幻本作"（紅唱）"。
③ 他啓朱脣急來：他，屠本作"他那裏"；朱脣急來，繼本、屠本、六幻本作"朱扉急忙"，張本、封本作"朱扉急來"。徐畫本、徐音本、驥本、延本、三合本、潘本作"啓朱扉急來"。
④ 拜揖小娘子：範本、龍本、徐畫本、徐音本、張本、三合本、潘本作"小娘子拜揖。（紅云）張先生萬福"，封本同，但"張先生"作"先生"；羅本、繼本、屠本、容本、起本、徐參本、虎本、何本、陳本、秀本、碌本、天李本、湯本、魏本、峒本作"小娘子拜揖"。六幻本此句後多"（紅云）先生萬福"。
⑤ 則見他：驥本作"則見"。

身。忙將禮數迎，【秀眉】叉，音抄。我這裏①"萬福，先生"。烏紗小帽耀人明，白襴淨②，角帶鬧黃鞓。③【範眉】【龍眉】約見風情如此，阿婆子寧能不愛？鞓，音汀。【羅眉】則，音自。白，音擺。角，音絞。黃，音荒。鞓，音汀。【繼眉】傲黃鞓：傲，當作"鬧"。白樂天詩："貴主冠浮動，親王帶鬧裝。"薛田詩："九包縮就佳人髻，三鬧裝成子弟鞓。"今京師有"鬧裝帶"。【容眉】妙！【徐畫眉】【田眉】【延眉】今京師有鬧裝帶，凡帶必以骨鑲，故從角。俗改"鬧"爲"傲"者，不通。【徐音眉】描畫出新郎小像。【虎眉】傲，一作"鬧"，亦有見。樂天詩云："貴主冠浮動，親帶鬧妝生。"【凌眉】楊用修曰："角帶鬧黃鞓"，俗作"傲黃鞓"，非。京師有鬧裝帶。白樂天詩"親王帶鬧裝"，薛田詩"三鬧裝成子弟鞓"。【硃眉】【湯眉】妙！【張眉】少"剛道個"三字，調既不合，文亦不聯。"鬧黃鞓"言鬧裝帶鞋黃也。訛"傲"，非。亦少一字。【湯沈眉】白襴，唐時士子皆着白襴，袍類。鬧，俗本作"傲"，非。白樂天詩："貴主冠浮動，親王帶鬧裝。"薛田詩："九包縮就佳人髻，三鬧裝成子弟鞓。"鬧裝，猶雜裝之謂，不獨帶爲然。烏紗、白襴、黃鞓，參差對。【三合眉】帶必用骨鑲，故從角。今京師有鬧裝帶，俗改"鬧"爲"傲"者，不通。【封眉】楊升庵曰："角帶鬧黃鞓"，俗作"傲黃鞓"，非。京師有鬧裝帶。白樂天詩"親王帶鬧裝"。薛田詩"三鬧裝成子弟鞓"。【徐畫夾】【田夾】鞓音汀。【驥夾】【延夾】鬧，舊作"傲"，非。鞓，音汀。【三合夾】【毛夾】鞓，音汀。【潘夾】襴，音瀾；鞓，音丁。

---

① 我這裏：範本、龍本作"我這裏剛到個"，繼本、湯沈本同，但"到"作"道"；羅本作"俺這裏剛道聲"，屠本、張本作"剛道個"；驥本、延本、毛本無。
② 白襴淨：羅本作"白攔掙"，徐參本作"白襴衫"。
③ 鬧黃鞓：鬧，弘本、範本、龍本、羅本、繼本、屠本、容本、起本、徐參本、虎本、陳本、秀本、硃本、天李本、湯本、魏本、峒本、毛本作"傲"；鞓，屠本作"鋥"。範本、龍本此句後多"（紅云）打扮得好個齊整的傻角"。

【幺篇】衣冠濟楚龐兒整①【凌旁】整，俗作"俊"，犯真文，非。【湯沈旁】一作"俊"。，【謝眉】古本"整"，進本"就俊"，從古本爲是。【封眉】即空主人曰：龐兒整，俗作"俊"，非。可知道引動俺②鶯鶯。【秀眉】風情如此，寧能不愛？據③相貌，憑才性，我④從來心硬，【徐參眉】真個心硬？誰信你！【魏眉】真個心硬？誰肯信。【峒眉】真個心硬？誰信。一見了也留情。【容旁】譃，譃。【硃旁】説謊。【湯旁】譃。【潘旁】非徒以貌取人。【羅眉】龐，音忙。情，音青。【三合眉】紅娘又看上小張了。【毛夾】"則見他"一氣至"龐兒整"止，祇"萬福先生"四字是答"拜揖小娘子"語，此是以曲代白法，或添"我這裏"，或添"剛道個"，俱非。襴，衫也。角帶，以角飾帶也。鞓，則帶質之用皮者。帶尾翹出曰"𩏂"，即撻尾也，黄鞓，色。沈存中記：屯羅繫唐人黄鞓角帶，而宋待制服紅鞓犀帶。《梧桐雨》劇亦有"鳳帶紅鞓"語，皆隨染成飾者。楊升庵見近世有鬧裝帶，因引白樂天詩"親王帶鬧裝"，薛田詩"三鬧裝成弟子鞓"，謂"𩏂"是"鬧"字。不知樂天詩是"親王彎鬧裝"，薛田詩是"三鬧裝成弟子韉"，并非"鞓"字。蓋唐時馬飾用鬧裝，無裝帶者，觀微之詩亦有"鬧裝彎頭䌈"，可驗也。且鬧裝，雜裝也。既飾以角，焉能雜裝？天下有金鑄鐵佛《西廂記》乎？升庵考古不精，一生鹵莽。而吠聲之徒，遍改"鬧"字。嗟乎！古文之亡，亡于盲夫，深可痛也！【潘夾】在張生則云："我往常見傳粉的委實羞，今見了有情娘心兒裏早癢癢。"在雙文則云："我往常見個客人，慍的早嗔，從見了那人，兜的便親。"今在紅娘又云："我從來心硬，一見了也留情。"三人如出一口，説得一向眼底無人，都是自家僭地步處。其自家僭地步，實實爲彼家僭地步也。

---

① 衣冠：範本、龍本作"見他衣冠"，羅本作"我見他衣冠"，屠本作"則見他衣冠"，延本作"見了衣冠"。整：弘本、羅本、繼本、容本、起本、徐參本、虎本、何本、陳本、秀本、硃本、天李本、六幻本、湯本、魏本、峒本作"俊"。
② 引動俺：範本、龍本、羅本、徐參本作"引動了俺"，張本作"引動"。
③ 據：羅本作"我這裏覷了"。
④ 我：張本作"俺"。

（末云）既來之，則安之①。【容旁】【硃眉】【湯眉】腐。請書房內説話。小娘子此行爲何？②（紅云）賤妾奉夫人嚴命，【潘旁】此處漏去"請"字，妙，妙。特請先生小酌數杯，勿却。③【硃旁】不敢。（末云）便去，便去④。敢問席上有鶯鶯姐姐麽⑤？【容眉】【湯眉】是好。【徐音眉】問得妙。【陳眉】【峒眉】何須問？【陳夾】醜極，妙極！

【上小樓】（紅唱）"請"字兒不曾出【湯沈旁】一作"住"。聲⑥，【封眉】時本作"不曾出聲"，誤。"去"字兒連忙答應；【起眉】"請字兒不曾出聲，去字兒連忙答應"，甚淺甚俚，却甚天然，更百良工，無所庸其雕琢。【虎眉】連忙，一作"忙忙"。出，一作"住"，似是。【魏眉】【峒眉】甚淺甚俚，却甚天然，更百良工，無所庸其雕琢。可早鶯鶯根前⑦，【凌眉】"可早鶯鶯"三句，正指上白"席上有鶯鶯姐姐麽"一問。乃王謂"我請而忙應，若鶯鶯呼之，當如何喏喏連聲耶"？則"可早根前"等字，如何着落？牽强可笑。【張眉】"前"字失韻。"姐姐"呼之，喏【湯沈旁】音惹。喏連聲。【田補眉】言我未説"請"字，便連忙答應，若鶯鶯呼之，當何如

---

① 既來之，則安之：屠本、驪本、延本、張本、封本、毛本無。
② 請書房内説話。小娘子此行爲何：内，潘本作"裏"；説話，封本作"坐"。屠本作"小娘子何往"。
③ "賤妾奉夫人嚴命"至"勿却"：賤妾奉夫人嚴命，驪本、延本、毛本作"奉老夫人嚴命"，封本作"賤妾奉老夫人命"；勿却，容本、起本、徐參本、虎本、何本、陳本、秀本、硃本、天李本、湯本、魏本、封本作"勿却是望"，峒本作"幸勿是望"。屠本作"夫人道，前日多承活命之恩，無以爲報，聊治小酌，請先生閒叙。不必推故"，張本作"奉夫人嚴命，來請先生"，潘本作"賤妾奉夫人嚴命"。
④ 便去，便去：驪本、延本作"我便去，我便去"。
⑤ 敢問：羅本作"小娘子，小生敢問"。鶯鶯姐姐：徐參本、魏本、峒本作"鶯鶯小姐"，驪本、延本、毛本作"姐姐"。麽：屠本作"同坐麽"。
⑥ 出聲：封本作"吐清"。
⑦ 可早：弘本、範本、龍本、羅本作"可早在"。根前：羅本、容本、徐參本、驪本、何本、陳本、硃本、延本、張本、天李本、六幻本、湯本、湯沈本、魏本、峒本、毛本作"跟前"。

"喏喏連聲"以應耶？秀才每聞道"請"，恰便似①聽將軍嚴令，【繼眉】《周亞夫傳》：軍中聞將軍令，不聞天子詔。和他那五臟神願②隨鞭鐙。③【範眉】【龍眉】一窮措大，爲小妮子嘲哂如此，良可笑也。然亦無奈其貪婪何？【羅眉】神，音申。【容眉】【硃眉】【湯眉】苦惱秀才，有誰人請他？【徐音眉】須知秀才徒餔啜也。【徐參眉】形容張生快暢，甚工，甚淺。【陳眉】世上大半慷慨人。【秀眉】五臟，心肝脾肺腎也。【湯沈眉】唐開元中，有鄭嬰齊者，見五色衣神，曰"五臟神"。臟腑賴飲食以養，故聞請則喜而欲往，大家願隨秀才之鞭鐙也。【三合眉】苦惱秀才，誰人請他？請則定然如此。【驥夾】【延夾】喏，音惹。【毛夾】喏，音惹。"請字兒"二句，應賓白"便去便去"句；"可早鶯鶯"三句，應賓白"席上有姐姐麼"句。言既連忙答應"去"字，可又早將鶯鶯以"姐姐"呼之，如此喏喏連聲也。數語一氣。可早，又早也，與前"可早來到也"同，與後折"可早嫌玻璃盞大"不同。王注謂：若鶯鶯呼之，當何如喏喏連聲以應耶？則不特"可早"二字無理，即"鶯鶯""姐姐"諸字疊沓，皆不通矣。"願隨鞭鐙"承"將軍令"來，言逐將令行也。但元詞嘲趨飲食者，多用此句，如《鴛鴦被》劇"教灑酒願隨鞭鐙"，《東堂老》劇"你則道願隨鞭鐙，便闊一千席也填不滿你窮坑"。若其稱"五臟神"者，則用董詞"五臟神兒都歡喜"語。徐天池曰：陸雲《笑林》：有人常食蔬茹，忽食羊肉，夢五臟神曰"羊踏破菜園矣"。五臟神當用此。【潘夾】"姐姐"呼之，正接他"可有鶯鶯姐姐"一問來。此時方未見鶯鶯，便已像在他跟前，

---

① 恰便似：範本、龍本作"恰便是"，屠本、徐畫本、徐音本、驥本、延本、張本、三合本、潘本作"恰似"。

② 和他：弘本作"和我"，羅本、繼本、徐畫本、徐音本、徐參本、驥本、虎本、何本、延本、張本、湯沈本、三合本、毛本、潘本作"和"，容本、起本、虎本、陳本、秀本、硃本、天李本、湯本、魏本、峒本作"我和"。願：範本、龍本作"也願"。

③ 繼本、徐畫本、徐音本、湯沈本、三合本此處多"（生云）夫人爲甚麼請我？別有甚客"，屠本此處多"（生云）今日見召，端的爲着甚事"；容本、起本、虎本、何本、陳本、秀本、硃本、天李本、湯本、魏本、峒本、封本此處多"今日夫人端爲甚麼筵席"，毛本同，但"端"作"端的"；【硃旁】討個端的。張本此處多"再有甚客"；六幻本此處多"（生云）今日夫人端爲甚麼筵席？別有甚客？"

遂用"姐姐"呼之，連聲答應矣，張一種躍躍神情可想。"五臟神"句，謔之也。豈真窮秀才害饞至此也？只人心若好，吃水都甜，總是描他一種樂于趨命之意。

【幺篇】第一來爲壓驚，第二來因謝承①。不請②街坊，不會親鄰，不受人情。【羅眉】情，音青。避衆僧，請老兄，和鶯鶯匹聘③。【容眉】曲甚自然，好！好！【徐畫眉】紅娘乃一女子，呼張生以老兄，于理固有所不順；且紅娘不過以小婢呼張生以老兄，于禮亦有所不通。【湯眉】曲甚自然，好！好！（末云）如此小生歡喜④。【徐參眉】張生早則喜也，只恐好事多磨。（紅）則見他歡天喜地，謹依來命。【驥夾】兄，音興。

（末云）小生客中無鏡⑤，敢煩小娘子⑥，看小生一看何如⑦？【容眉】【徐畫珠眉】【硃眉】【湯眉】他未必看你在眼裏。【陳眉】【峒眉】紅娘眼中有鏡。【三合眉】他早早看你在眼裏。【潘眉】字痴呆之著風狂，風狂而且痴呆。

---

① 第一來、第二來：徐畫本、徐音本、驥本、延本、張本、三合本、潘本作"一來""二來"。
② 不請：羅本作"俺那裏不請"。
③ 和：範本、龍本作"待共和"，徐畫本、徐音本、驥本、延本、張本、三合本、潘本作"待共"。聘：弘本、容本、起本、虎本、陳本、秀本、硃本、湯本、魏本、峒本作"娉"。
④ 如此小生歡喜：歡喜，容本、起本、徐參本、虎本、何本、陳本、秀本、硃本、天李本、六幻本、湯本、魏本、峒本、封本、毛本作"歡喜也"。屠本作"如此即來，不勞再邀"，徐畫本、徐音本、驥本、延本、張本、三合本、潘本無。
⑤ 小生：徐參本、魏本、峒本作"小娘子"，屠本、驥本無。無鏡：封本作"缺少大鏡"。
⑥ 小娘子：屠本作"紅娘姐"。
⑦ 看小生一看何如：何如，繼本、容本、起本、虎本、何本、陳本、硃本、天李本、六幻本、湯本、湯沈本、峒本、封本、毛本作"如何"。秀本、潘本作"看一看何如"，屠本作"看我帽兒戴的端正麼"。

【滿庭芳】（紅唱）來回顧影①，【湯沈旁】整妝貌。【範眉】【龍眉】【繼眉】來回顧影，整妝貌。文魔秀士②，風欠③【徐畫旁】【延旁】【三合旁】音耍。【湯沈旁】如字。【凌眉】欠，如字，不讀"耍"。詳《解證》中。酸丁。【謝眉】欠，作耍。蔓青，乃是菜名。【範眉】【龍眉】欠，當作"欠"，音耍。【徐畫眉】【田眉】【延眉】文魔猶云書痴也，欠酸丁乃調侃秀才話，即南諺云"欠氣"之謂。【秀眉】欠，音灑。【三合眉】文魔猶云書痴，欠酸丁乃調侃秀才話，即欠氣之謂。【潘眉】"欠"字痴呆之意義。風流、風狂而且痴呆。下工夫將額顱十分挣④，遲和疾擦倒蒼蠅，光油油耀花【湯沈旁】一本無"花"字，于下句對更工。人⑤眼睛，【繼眉】一本無"花"字，對下句更工。【虎眉】一本無"花"字，于下句對更工。酸溜溜螫【潘旁】音浙。得人牙疼⑥。【起眉】那一字不錚錚棱棱。【徐畫眉】【田眉】【延眉】"酸溜"句，猶俗言牙齒骨頭痛也。【凌眉】無非贊其過于打扮，王謂譏其酸與油，又説夢矣。【秀眉】螫，音折。【張眉】"頭"字俗作"額"字，復以仄韻作平聲。何如仍"頭"字省便妥當耶？"牙疼"是取笑張生輕薄，

---

① 來回顧影：徐畫本、徐音本、三合本作"則見他來回顧影，哎"，驥本、延本、潘本同，但無"則見他"。
② 秀士：徐參本作"秀才"，驥本、延本作"的秀士"。
③ 風欠：羅本作"風灑"，徐畫本、徐音本、三合本、潘本作"欠"，驥本、延本作"風欠的"。
④ 將額顱十分挣：額，張本、六幻本作"頭"。繼本作"十分把額顱净"，屠本作"將額顱挣"。
⑤ 耀花人：張本作"耀花"。
⑥ 螫：徐畫本、徐音本作"蟄"，延本、三合本、毛本、潘本作"蜇"。人牙疼：弘本、羅本、繼本、容本、起本、虎本、何本、陳本、秀本、碏本、張本、天李本、六幻本、湯本、湯沈本、封本作"牙疼"，徐參本作"人牙軟"。

令人牙癢也。末二句俱多一字。（末云）夫人辦甚麼請我①?（紅）茶飯已②安排定，淘下陳倉③米數升，【潘旁】妙。炸【潘旁】綻，入聲。下七八碗軟蔓青④。【容眉】【湯眉】原來是吃飯秀才。【徐畫眉】【田眉】【延眉】"淘下"句，乃嘲之之詞，倉米酸虀，秀才家受用。炸蔓青，所以作"虀"，當時呼秀才為"酸虀瓮"。用"瓮"字有意，俗人不知，因"七八瓮"太多，改"瓮"為"碗"，竟失作者之意。【徐參眉】人情好定，不消兼味。【陳眉】【碬眉】【峒眉】只要一味，餘俱不必辦。【秀眉】炸，音閘。【湯沈眉】文魔，猶今言書痴。風，猶風狂；欠，猶呆痴。風欠，言其如風狂而且呆痴也。秀才調侃為"酸丁"。掙，擦拭也。螢，方作"蟄"；碗，方作"瓮"。【三合眉】炸蔓青，所以作"虀"，人呼秀才為"酸虀瓮"。用"瓮"字。【魏眉】只消一味。【徐畫夾】【田夾】蟄，先的切；炸，音閘。【驥夾】【延夾】文，古作神；欠，如字，俗音耍，非；哎，呼蓋反；溜，平聲；蟄，音哲；炸，音閘；蔓，音瞞。【湯沈夾】溜，叶平聲。【三合夾】炸，音閘。瓮，同烏紅切。【毛夾】欠，如字；溜，平聲；蟄，音哲；炸，音閘；蔓，音瞞。《㑳梅香》劇白"似此文魔了，可怎生奈何"，《蕭淑蘭》劇"改不了強文撏醋飢寒臉，斷不了詩云子曰酸風欠"，《竹塢聽琴》劇"女娘們休惹這酸丁"。文魔、風欠、酸丁，總作痴解。欠字屬廉纖韵。自俗本以"文魔"為"神魔"，俗注以欠音耍，遂至曲韵有此字，而人不識矣。掙，擦拭也。董詞"把臉兒掙得光瑩"。遲和疾，言不分遲早，管教"擦倒蒼蠅也"。蟄，諸作"螢"，字形之誤。"茶飯"數語，用董詞"舂了幾升陳米，煮下半瓮黃齏"語。此嘲生也，與《鴛鴦被》

---

① 夫人辦甚麼請我：夫人，驥本、延本作"老夫人"；辦甚麼請我，屠本作"必有盛設"。張本作"辦的甚麼"。
② 茶飯已：範本、龍本、六幻本、湯沈本、三合本、峒本、潘本作"茶飯早已"，驥本、延本、毛本作"茶飯已早"，張本無。
③ 倉：徐畫本、徐音本、三合本、潘本作"黃"。
④ 炸下：封本作"炸了"。碗：徐畫本、徐音本、驥本、延本、張本、三合本、毛本、潘本作"瓮"。青：弘本、羅本、屠本、容本、起本、徐參本、虎本、何本、陳本、秀本、碬本、張本、天李本、魏本、峒本、封本、毛本作"菁"。

劇"則他這酸黃虀怎的吃，粗米但充饑"同。參釋曰：偽古本有以此曲列【四邊静】後者。【潘夾】欠，音要。挽弓極作態，極風魔處，全在"來回顧影"四字上。賣弄風騷，波瀾俱借"無鏡"二字生來。鹿照水磨角，鶴臨風修觜；美人對鏡簪花，俠士當場舞劍，皆在"顧影"處生出神彩。"酸溜溜"二句，寫出紅胸中無數疼熱，真覺一碗冷水吞得他下。"淘下陳黄米"二句，因其何物請我之問而調侃之也，言黃飯酸虀，秀才家常用，我家安排款待，亦只有此而已，略將五臟神淡蕩一番，真覺字字生風。

（末云）小生想來①，自寺中一見了小姐之後②，不想今日得成婚姻③，豈不爲前生分定④？【容旁】亦未定。【徐音眉】猶未。【硃眉】正未定。【湯眉】正未定。（紅云）姻緣非人力所爲，天意爾⑤。⑥

【快活三】咱人⑦一事精，百事精；一無成，百無成⑧。
【張眉】"務"，言一定之意，又情方合，訛"無"，非。世間草木本無情，

---

① 小生想來：小生，弘本、羅本、容本、起本、徐參本、虎本、何本、秀本、天李本、湯本、魏本、峒本、毛本作"小子"。張本作"小生"。
② 自寺中一見了小姐之後：自，屠本作"自從"；一見了，屠本、徐畫本、徐音本、三合本、潘本作"見了"，封本作"一見"；之後，屠本作"眠思夢想"。張本作"自見小姐，眠思夢想"。
③ 不想：屠本作"不料"。得成：弘本、羅本、容本、起本、徐參本、虎本、何本、陳本、秀本、硃本、湯本、魏本、峒本、封本、毛本作"得成其"，天李本作"以成其"。婚姻：屠本作"姻眷"。
④ 豈不爲前生分定：爲，屠本作"是"。張本無。
⑤ 姻緣非人力所爲，天意爾：人力所爲，徐參本、魏本、峒本、毛本作"人所爲"，陳本、硃本、湯本作"人所能爲"；天意爾，弘本、範本、龍本、徐畫本、徐音本、六幻本、湯沈本、三合本、魏本、潘本作"乃天意爾"，羅本作"其實天意爾"，徐參本作"天意耳"。屠本作"我見先生事無差錯，言有始終，今日成就此事，豈非天意乎"，張本作"此非人力，乃天意爾"。
⑥ "小生想來"至"姻緣非人力所爲，天意爾"：驥本、延本無。
⑦ 咱人：羅本作"咱道"，徐畫本、徐音本、驥本、延本、張本、三合本作"咱這人"，潘本作"這人"。
⑧ 一無成，百無成：張本作"一務成，百務成"，此句後多【背科】，并有眉批：【張眉】背嚮關目，最着眼。俗竟無是，脉絡幾不可辨。

【羅眉】百，音擺。情，音青。自古云：地生連理木，【範眉】【龍眉】此草木出羅浮山，乃男寵所致祥异，世人多不識之。水出并頭蓮，①【秀眉】云草木本無情，猶有連理樹，并頭蓮也，何况人乎？他猶有相兼并②。【湯沈旁】一作"肩并"。【繼眉】兼并，一作"肩并"。【起眉】【虎眉】肩并，今本作"兼并"。【徐畫眉】【田眉】【延眉】首句言其才學如此；二句言萬一親事無成，則因此而誤彼，總有才學亦百無成矣；三句、四句俱言無怪其然，恕之也。言人情大抵然也，雖草木已然。解者引羅浮，迂矣。【凌眉】此調即"有緣千里能相會，無緣對面不相逢"之大意也。徐、王皆支離分疏，不必。【封眉】時本多作"兼并"。【潘夾】一事精，切指其修容而言；百事精，可決其件件風雅也。"一無成"二句是反辭，言即其退賊之功有成，連婚姻之事有成矣，與上"得成婚姻"句相應。"草木無情"二句，言張與崔本是漠不關切的人，今也有配偶之日，以與上"前生有定"句相應。

【朝天子】休道這生③，年紀兒④後生，【田旁】妙。恰學⑤【湯

---

① 自古云：地生連理木，水出并頭蓮：木，繼本、屠本、徐畫本、徐音本、六幻本、湯沈本、三合本、潘本作"樹"。弘本、羅本、容本、起本、徐參本、虎本、何本、陳本、秀本、碳本、天李本、湯本、魏本、峒本、封本作"地生連理，水生并頭"，驥本、延本、張本、毛本無。

② 他猶有相兼并：他猶有，弘本、繼本、屠本、容本、起本、徐參本、虎本、何本、陳本、秀本、碳本、天李本、六幻本、湯本、湯沈本、封本、毛本作"猶有"，徐畫本、徐音本、驥本、延本、三合本、潘本作"又有"；兼并，羅本作"牽并"，容本、起本、徐參本、虎本、何本、陳本、碳本、天李本、湯本、魏本、峒本、封本、毛本作"肩并"。範本、龍本、徐畫本、徐音本、三合本此句後多"（紅背云）我暗想起來，這先生呵"。

③ 休道：弘本、羅本、繼本、屠本、容本、起本、徐參本、虎本、何本、陳本、秀本、碳本、天李本、六幻本、湯本、湯沈本、魏本、峒本、封本作"休道是"，潘本無。這生：徐音本作"這先生"。

④ 年紀兒：弘本、繼本、容本、起本、徐畫本、徐音本、徐參本、驥本、虎本、何本、陳本、秀本、碳本、延本、天李本、六幻本、湯本、湯沈本、三合本、魏本、峒本、封本、毛本、潘本作"年紀"，張本無、

⑤ 恰學：徐畫本、徐音本、驥本、六幻本、湯沈本、三合本、毛本、潘本作"恰早"，張本作"早"。

沈旁】一作"學"。害相思病。天生聰俊，打扮素净①，【張眉】"打扮"下添"素"字作兩句，非。奈夜夜②成孤另。才子多情，佳人薄幸，【凌眉】"才子"二句，是私念其美而評之。若此極自明白。王注"葛藤"，可笑。兀的不擔閣了③人性命。【範眉】【龍眉】紅娘之善謔如此。【陳眉】【碌眉】好話。（末云）你姐姐果有信行④？（紅）誰無一個信行？【羅眉】學，音校。情，音青。薄，音保。行，音興。誰無一個志誠？⑤【凌眉】誰無信行、志誠，因問鶯信行，而謾詞以答耳。徐謂紅自述己德，而王又曲為之解，皆可笑。【封眉】信行、志誠上俗本各多"一個"二字。恁兩個今夜⑥親折證。【起眉】親，坊本誤作"新"，非。【徐畫眉】【田眉】四段整然，妙，妙！上三段言張生之如此，末一段言己助成之如此，矜功也。"信行""志誠"，紅自述己德。"您兩個"句，言今夜面證便知也。【虎眉】學，一作"早"，一作"單"。今本或無"打"字。親，坊本間作"新"，非。【延眉】四段整然，妙，妙！上三段言張生之如此，末一段言己助成之如此，矜功也。"信行""志誠"，紅自述己德。"您今夜"句，言今夜面證便知也。【湯沈眉】四段整然，妙，妙！"天生聰俊"勿斷，"俊"字元不用韵，七字句襯二字。【湯沈眉】親，一作"新"，非。【驥夾】【延夾】俊，勿斷。行，去聲。【毛夾】行，去聲。此二曲一截頂白中"天意"來，轉到鶯上，言凡人成

---

① 打扮素净：打扮，弘本、屠本作"扮得"，繼本、容本、起本、徐畫本、徐音本、徐參本、驥本、虎本、何本、陳本、秀本、碌本、延本、天李本、六幻本、湯本、湯沈本、三合本、魏本、峒本、封本、毛本、潘本作"打扮得"。張本作"打扮净"。

② 奈夜夜：張本作"夜夜"。

③ 擔閣了：羅本作"耽閣殺"，徐參本作"耽擱了"，張本作"擔閣"。

④ 你姐姐果有信行：果有，封本作"可有"；信行，屠本作"信行麼"。驥本、延本、張本、毛本無。

⑤ 誰無一個信行，誰無一個志誠：一個，屠本均作"個"。徐畫本、徐音本、驥本、延本、張本、三合本、封本、毛本、潘本作"誰無信行，誰無志誠"。

⑥ 恁兩個：恁，徐畫本、徐音本、徐參本、何本、六幻本、三合本、封本、潘本作"您"。驥本、延本、張本、毛本作"您"。今夜：羅本作"今夜裏"。

敗，一了百了，總由天意，況婚姻大事？即草木猶然，何況人乎？且莫說這生以少年害相思也，即今日打扮，如許才貌，而孤另可惜，此天意之所以有在也。然天意雖可知，鶯情亦難泯，倘佳人薄幸，在當日雖有退兵願嫁之言，而誠信不屬，不仍擔誤耶？此中當自曉耳。咱這人，猶言我等人也。"一事精"四句是成語。如《誤入桃源》劇"也是我一事差百事錯"類。信行、志誠指鶯，與末折"有信行"，後折"別離了志誠種"同。天池、伯良謂"誰無"俱紅自指，若以指鶯，則此時無逾牆後負盟意也。不知逾牆後，信在期約，此時之信，正在婚姻耳。若謂鶯無負盟，則紅幾曾負盟耶？且紅此時何志誠耶？《禮記·祭義》曰："行肩而不并肩。"并謂并肩、并行也。此以比草木之叢生而林立者，從來誤作"兼并"，或誤作"肩并"。如許學人，皆不識一經典字，而陋君于"肩并"下，且注曰"并，上聲"。嗟乎！其善解《西廂》乃爾。【潘夾】呼他"後生"，紅儼然前輩自居，反追惜其前此"孤另"，已作痛定思痛話，見紅娘多少憐惜處，豈知又為下文作識。"誰無信行"三句，因張"姐姐果有信行"之問，隨以"誰無"二字接口，言你道自家有信行，有志誠，我姐姐誰獨無之，你兩個今夜親自折證便知矣。

我囑付你咱①：

【四邊靜】今宵②歡慶，【徐畫旁】【田旁】妙！軟弱③鶯鶯，可曾④慣經？【田補旁】絕妙！【張眉】"那"訛"何曾"，非。你索⑤款款

---

① 我囑咐你咱：咱，繼本、六幻本、魏本作"者"，驥本、延本作"聽咱"。羅本作"我囑咐"，屠本作"張先生，聽我囑咐你"。
② 今宵：羅本作"你若是今宵"，徐畫本、徐音本、延本、三合本、毛本作"若是今宵"。
③ 軟弱：徐畫本、徐音本、驥本、延本、三合本、毛本、潘本作"俺那軟弱的"，張本同，但無"的"字。
④ 可曾：羅本、龍本、容本、起本、徐參本、虎本、何本、陳本、秀本、碨本、天李本、六幻本、湯本、魏本、峒本、封本作"何曾"，張本作"那曾"。
⑤ 你索：屠本作"你須索"，徐畫本、徐音本、驥本、延本、張本、三合本、潘本作"索"，羅本無。

輕輕,【秀眉】款款輕輕,含蓄一團意趣。燈下交鴛頸①。【田補旁】秀雅絕倫。【羅眉】頸,音鏡。【張眉】"前"訛"下",并添"鴛"字,非。端詳可憎②,好煞人也③無乾净。【繼眉】【四邊靜】一折收入《中原音韵》,周德清曰:務頭在第二句及尾。可曾,俊語也。【徐畫眉】【田眉】【延眉】人死方得個乾净。今好煞而猶不得乾净,如業緣未盡,死而還好,甚言其好之至也。無乾净,猶言不了結也,甚言纏綿之極。他解甚誤。【徐音眉】語自纏綿之極。【徐參眉】想殺了人,紅娘也口角流涎。【凌眉】王伯良曰:無乾净,無盡極也。《陳摶高卧》劇"但卧時一年半載無乾净",《黑旋風》劇"這一場雪冤報恨無乾净",可證。【三合眉】無乾净,猶言不了結也,甚言纏綿之極。【魏眉】【峒眉】紅娘口不流涎?【封眉】王伯良曰:無乾净,無盡極也,《陳摶高卧》劇"但卧一年半載無乾净",《黑旋風》劇"這一場雪冤報恨無乾净",可證。【毛夾】此又預擬爲合歡之詞,北人以"何曾"爲"可曾""可憎",見第二折。好殺人無乾净,好不了也。《陳摶高卧》劇"但卧呵一年半載無乾净"。參釋曰:《中原音韵》載此曲,删去襯字,彼以立譜故耳。【潘夾】"乾净",佛家猶言結果,言你今夜兩個成親恩愛起頭,正無了結,即此可悟業緣之難盡。(末云)小娘子先行④,小生收拾書房便來⑤。敢問那裏有

---

① 燈下:張本作"燈前"。鴛頸:範本、龍本作"鵞頸"。
② 端詳可憎:端詳,弘本、繼本、屠本、容本、起本、徐參本、虎本、何本、陳本、秀本、硃本、天李本、六幻本、湯本、湯沈本、魏本、峒本、封本、毛本作"端詳了",羅本、徐畫本、徐音本、驪本、延本、三合本、潘本作"端詳着"。羅本此句後多"端詳着可憎"。
③ 好煞人也:弘本、繼本、容本、起本、徐參本、虎本、陳本、秀本、硃本、張本、天李本、湯本、湯沈本、魏本、峒本、封本、毛本作"好煞人",羅本、驪本、何本、延本作"好殺人"。
④ 小娘子先行:屠本作"紅娘姐先行",封本作"小娘子上覆老夫人説",潘本作"小娘子",驪本、延本、張本無。
⑤ 小生收拾書房便來:書房,徐參本作"書帙",容本、起本、陳本、秀本、硃本、天李本、湯本、魏本、峒本、封本、毛本作"了書帙",驪本、延本作"了書房"。羅本作"書房裏隨後",屠本作"小生隨後便來",張本、潘本無。

甚麼景致①?

【耍孩兒】【張眉】借用般涉調。（紅唱）俺那裏落紅②滿地胭脂冷，【陳旁】妙，妙。【起眉】王曰："落花滿地胭脂冷"，情語中富麗語，能令人艷，能令人消。休孤負了良辰媚【湯沈旁】一作"美"。景③。【秀眉】辜，音孤。夫人遣妾莫消停④，請先生勿得⑤推稱。【陳眉】【峒眉】這妮子哄殺人。俺那裏准備着⑥鴛鴦夜月銷金帳，孔雀春風軟玉屏。【羅眉】落，入聲。着，音招。月，音曰。雀，音悄。【繼眉】《杜陽編》云：興國貢軟玉，可以曲直。【起眉】軟，今本或作"欺"，非。《杜陽編》："興國貢軟玉。"可以曲直。【田補眉】崔家至此時亦寥落矣，況曰"母子孤孀路途窮"，焉得有此玉屏？與前不合。【虎眉】美，一作"媚"，非。軟，今本或作"欺"，非。《杜陽編》："興國貢軟玉。"可以曲直。樂奏合歡令，【謝眉】【合歡令】是排兒名。【範眉】【龍眉】【合歡令】是排兒名，元樂府也。【繼眉】合歡令，是元樂府排兒名。有鳳簫⑦象板，【張眉】板，亦作

---

① 敢問那裏有甚麼景致：敢問，屠本作"動問你"，封本作"請問"，張本無；有，張本作"還有"；甚麼景致，羅本作"甚麼好景致"，屠本作"甚般景致，那樣風光"，封本作"甚麼景致好看"。容本、起本、徐參本、虎本、何本、陳本、秀本、碌本、天李本、湯本、魏本、峒本、毛本作"且問小娘子，那裏有甚麼景致好看"。
② 落紅：範本、龍本、徐畫本、徐音本、張本、三合本、潘本作"落花"。
③ 孤負了：羅本、徐參本、秀本、魏本、峒本作"辜負了"，徐畫本、徐音本、驪本、延本、張本、三合本、毛本、潘本作"孤負"。媚景：羅本、繼本、屠本、容本、起本、徐參本、驪本、虎本、何本、陳本、秀本、碌本、延本、張本、天李本、六幻本、湯本、湯沈本、三合本、魏本、峒本、封本、毛本作"美景"。
④ 消停：徐畫本、徐音本、張本、三合本、峒本、潘本作"留停"。
⑤ 勿得：張本作"切勿"。
⑥ 俺那裏准備着：屠本、張本、六幻本、湯沈本作"准備着"，徐畫本、徐音本、驪本、延本、三合本、潘本作"准備了"。
⑦ 有：徐畫本、徐音本、驪本、延本、張本、六幻本、湯沈本、三合本、潘本無。鳳簫：驪本、延本作"玉簫"。

"管"。錦瑟鸞笙①。【容眉】【硃眉】【湯眉】如此等曲，已如家常茶飯，不作意，不經心，信手拈來，無不是矣。我所以謂之"化工"也。【徐畫眉】【田眉】【延眉】【要孩兒】人以爲大好，予亦然之，然能詞者大抵可辨。【徐音眉】夫人之意，小紅不知，而張生、崔子之情則已一口道盡，真如事有不然，首尾翻覆，能堪哉?【徐參眉】指情語中當麗，能令人艷，能令人消。【湯沈眉】合歡令，是排兒名，元樂府。鳳簫，方作"玉簫"。【魏眉】【峒眉】情語中富麗，能令人艷，能令人消。【潘夾】黃飯酸虀，調侃秀才的話頭。金帳玉屏，鋪叙相門的體統，兩不相妨。

（末云）小生書劍飄零，無以爲財禮，却是怎生?②【三合旁】【容夾】【湯批】窮神!

【四煞】（紅唱）聘財斷不爭，婚姻事③有成，【張眉】"使"訛"便"與"事"者，皆非。【封眉】姻緣，時本多作"婚姻"。新婚燕爾安排慶④。【秀眉】《毛詩·谷風》篇，宴賞也。新婚燕爾，蓋夫婦方且宴樂其新婚也。你明博得⑤跨鳳乘鸞客，【繼眉】跨鳳，蕭史弄玉故事。【凌

---

① 笙：屠本作"生"。
② 小生書劍飄零，無以爲財禮，却是怎生：以爲，張本作"點點"；財禮，屠本作"禮"，容本、起本、徐參本、虎本、何本、陳本、秀本、硃本、天李本、六幻本、湯本、魏本、峒本、封本、毛本作"聘"；却是怎生，屠本作"怎生是好"，容本、起本、虎本、何本、秀本、硃本、天李本、六幻本、湯本作"却怎生是好"，徐參本、陳本、魏本、峒本作"却怎生是好哩"，驥本、延本、毛本作"却怎生"，封本作"却怎生好"，潘本作"恰是怎生"。弘本、羅本無。
③ 婚姻：封本作"姻緣"。事：繼本、驥本、延本、張本作"使"，毛本作"自"。
④ 慶：羅本、徐參本作"定"。
⑤ 你明博得：羅本作"你博得個"，屠本作"今日個博得"，徐畫本、徐音本、三合本、封本、潘本作"你今日明博得"，驥本、延本作"你今日明爲"，張本作"明爲"，毛本作"你今日個明爲"。

眉】博，入聲作平。王以爲仄聲不叶，而改作"明"，爲何？謬也！**我到晚來**①**卧看牽牛織女星**。【範眉】【龍眉】"你明博得"二句對，而意反承，妙甚。【起眉】【虎眉】今本"晚"字下增一"來"字。【繼眉】卧看牽牛織女星，杜牧之詩，一作王建詩，二集中俱載。【張眉】"新婚"下兩句添"你今日""俺到晚"，非。**休傒幸**②，**不要你半絲兒**③**紅綫**，【陳眉】【峒眉】也要一個月老傳言。【魏眉】又不用媒，却又可疑。**成就了一世兒**④**前程**。⑤【羅眉】客，上聲。牛，音由。前，音千。【田補眉】休傒幸，言你莫作等閒戲謔看，蓋已不要你半絲聘禮，而成就一世前程之大事矣。【湯沈眉】方云："明博得"句，博得用仄聲，不叶。跨鳳，蕭史、弄玉故事。卧看牽牛織女星，杜牧之詩。休傒幸，言你莫作等閒戲謔看。

【三煞】**憑着你滅寇功**⑥，**舉將能**⑦，**兩般兒功效如**⑧**紅定**，【範眉】【龍眉】【繼眉】紅定，即牽紅。【徐畫眉】【田眉】【延眉】聘定之禮必用紅，"滅寇""舉將"二大功，婚姻可諧，勝如以紅定之也。【秀眉】紅定，乃綉幕牽紅。【凌眉】紅定，聘定之禮。元劇多有之。《鴛鴦被》劇"當

---

① 我到晚來：弘本、羅本、屠本、秀本作"到晚來"，容本、起本、徐參本、虎本、何本、陳本、硃本、天李本、湯本、魏本、峒本、封本作"我到晚"，徐畫本、徐音本、驥本、延本、三合、潘本作"俺到晚"，張本無。
② 傒幸：範本、龍本、羅本作"僥幸"。
③ 半絲兒：張本作"半絲"。
④ 一世兒：弘本、羅本、繼本、容本、起本、徐參本、虎本、何本、陳本、秀本、硃本、張本、天李本、六幻本、湯本、魏本、峒本、毛本作"一世"。
⑤ 弘本此處多"小生書劍飄零，無以爲財禮，却怎生好"，羅本同，但後句作"怎生是好"；範本、龍本、徐畫本、徐音本、三合本此處多"俺鶯鶯說道"，徐參本此處多"（生云）小生有何德能，這等得你家錯愛"。
⑥ 功：範本、龍本、繼本、屠本、驥本、延本、湯沈本作"的功"。
⑦ 能：範本、龍本、繼本、屠本、徐畫本、徐音本、驥本、延本、六幻本、沈本、三合本、潘本作"的能"。
⑧ 般：徐畫本、徐音本、驥本、延本、張本、三合本、潘本作"椿"。如：範本、龍本、徐畫本、徐音本、驥本、延本、三合本、潘本作"勝如"。

初也無紅定，可也無媒證"。【湯沈眉】紅定，言聘定之禮必用紅。爲甚俺①鶯娘心下十分順？都則爲②君瑞胸中百萬兵。越顯得文風③盛，【羅眉】着，音招。則，入聲。百，音擺。得，上聲。受用足④珠圍翠繞，【張眉】"足"訛"盡"，非。結果了黃卷青燈。⑤【起眉】李曰："結果了"三字足當屠門大嚼。【徐參眉】笑張生魂飛魄越。【潘夾】世族所號爲薦紳，巨俗家凡育一女，必居奇貨。媒妁接踵于門，曰："某氏。""某氏"不怒于言，則怒于色，曰："彼豈能出聘金若干也。"及選配高門，爭誇紅定，至所謂嘉客也者。明經則顧人答策，公宴則假手賦詩，甚至對面談琴滿身銅臭，而所謂"某氏"，"某氏"子則已胸中成錦繡，橫筆掃千人也。紅定誇人要成何濟，鶯鶯自爾特達，不意紅娘胸中更有此一片。

　　【二煞】夫人只一家，老兄無伴等，【田補眉】夫人只一家，言夫人家無別人。老兄無伴等，言張生又無他伴侶也。爲嫌繁冗尋幽静。【秀眉】此數句足見首尾照應之意。（末云）別有甚客人⑥?⑦（紅唱）單

---

① 爲甚俺：徐畫本、徐音本、驥本、延本、張本、三合本、潘本作"因甚"，毛本作"因甚俺"。
② 都則爲：徐畫本、徐音本、三合本、潘本作"則是"，驥本、延本、張本作"則爲"。
③ 越顯得：徐畫本、徐音本、驥本、延本、張本、三合本、潘本作"顯得"。文風：徐參本作"文章"。
④ 足：徐畫本、徐音本、驥本、延本、三合本、毛本作"盡"，潘本作"些"。
⑤ 範本、龍本、徐畫本、徐音本本此處多"（紅云）老夫人專等着哩"，張本、三合本、潘本同，但"等着"作"等你"；屠本此處多"（生云）今日別有甚麼人"；容本、起本、徐參本、虎本、何本、秀本、天李本此處多"（生云）別有甚客在坐"，陳本、硃本、湯本、魏本、峒本、封本同，但"坐"作"座"。
⑥ （末云）別有甚客人：甚，羅本作"甚麼"。繼本、屠本、容本、起本、徐參本、驥本、虎本、何本、陳本、秀本、硃本、延本、張本、天李本、六幻本、湯本、湯沈本、魏本、峒本、封本、毛本無。
⑦ 此下唱詞容本、起本、虎本、何本、陳本、秀本、硃本、天李本、湯本、魏本、峒本作【一】。

請你個有恩有義閒中客，且回避了無是無非窗下①僧。夫人的命②，道足下莫教推托，【三合眉】緣何肯推托人？忒慮過。和賤妾即便隨行③。【羅眉】客，上聲。托，音討。行，音興。【徐參眉】苦請善催，好個女使。【毛夾】謝靈運《擬魏太子鄴宫詩序》云："天下良辰美景。"俗作"媚景"，非。請先生勿得推稱，紅自語。道足下莫教推托，述夫人語。鳳簫或作"玉簫"，與"玉屏"字重。自有成，或作"事有成"，字聲之誤。僥幸、前程，俱解見第三折。休僥幸，猶言不當耍也。紅定，以紅爲定。關漢卿《救風塵》劇白"你受我的紅定來"。參釋曰：數曲申請命也。安排慶，今本作"安排定"爲是。但原本不容改耳。或曰安排猶現成，言現成之慶喜也，亦通。

（末云）小娘子先行，小生隨後便來。④

【收尾】（紅唱）先生休⑤作謙，【羅眉】作，音早。【秀眉】【收尾】復言"休作謙"，庶使生、紅不好并行。夫人專意等。常言道"恭敬不如從命"，休使得梅香⑥再來請。【謝眉】紅娘再來請，有作"梅香"者，作"梅紅"者。"紅娘"者爲是。【繼眉】【起眉】【虎眉】【湯沈眉】梅香，一作"紅娘"，亦是本來面目。【凌眉】梅香，俗作"紅娘"，非。（下）【謝眉】此後段還是六折之數。【封眉】即空主人曰：梅香，俗本作"紅娘"，

---

① 且回避了：弘本、羅本、繼本、屠本、容本、起本、徐畫本、徐音本、徐參本、驥本、虎本、何本、陳本、秀本、硃本、天李本、湯本、湯沈本、三合本、魏本、峒本、封本、毛本、潘本作"回避了"，張本作"回避他"。窗下：徐畫本、徐音本、張本、六幻本、三合本、潘本作"廊下"。
② 的命：羅本、張本、毛本作"命"。
③ 隨行：潘本作"同行"。
④ 小娘子先行，小生隨後便來：便來，範本、龍本、徐畫本、徐音本、徐參本、三合本作"就來"，驥本、延本作"便來也"，封本作"便到"。屠本作"小生隨即便來，决不敢後"。
⑤ 休：封本作"莫"。
⑥ 休：徐畫本、徐音本、封本作"休教"。得梅香：範本、龍本作"得紅娘"，羅本、張本作"紅娘"。

非。【潘夾】不曰"紅娘",而曰"梅香",非指自家也。言我今已去,休要教使梅香再請,此時紅方自居爲撮合山,豈甘與金釵并列。

（末云）紅娘去①了,小生拽②上書房門者。我比及③到得夫人那裏,夫人道:"張生,你來了也④? 飲幾杯酒⑤,去卧房内和鶯鶯做親去⑥!"【容旁】【湯旁】醜甚,妙甚。【峒眉】恐日子不利。小生到得卧房内⑦,和姐姐⑧解帶脱衣,顛鸞倒鳳⑨,同諧魚水之歡,共效于飛之願⑩。【容眉】【徐畫諸眉】【硃眉】【湯眉】凡秀才受用,都是口裏説過,心裏想過,于身邊并無半分也。觀此可見。【陳眉】恐日子不吉利。【湯沈眉】多是夢裏説夢。【三合眉】秀才受用,都在口裏説過,心上想過,身邊并無半分。觀此可見。【魏眉】【峒眉】許大受用,恐只是口頭説,心頭想,未必身邊有。覷他雲鬟低墜,【秀眉】覷,音趣。星眼微朦⑪,被翻翡翠,【秀眉】翡,音匪。襪綉⑫鴛鴦。不知性命何如⑬,【徐參眉】依張生道,真不知性

---

① 去:驥本、延本作"先去"。
② 拽:羅本作"掩"。
③ 我比及:羅本作"比及",張本作"俺比及"。
④ 你來了也:也,毛本作"麽"。容本、起本、徐參本、虎本、何本、陳本、秀本、硃本、天李本、湯本、魏本、峒本作"你來了"。
⑤ 飲幾杯酒:幾,弘本、羅本、繼本、屠本、容本、起本、虎本、何本、陳本、秀本、硃本、天李本、六幻本、湯本、魏本、封本、毛本作"數"。徐參本作"飲酒數杯"。
⑥ 内:驥本、延本作"裏"。做親去:弘本作"佐親去",徐畫本、徐音本、張本、三合本作"做親"。
⑦ 到得:範本、龍本、徐畫本、徐音本、三合本作"得到"。房内:羅本作"房中"。
⑧ 姐姐:弘本、羅本、繼本、容本、起本、徐參本、驥本、虎本、何本、陳本、秀本、硃本、延本、天李本、湯本、湯沈本、魏本、峒本、封本、毛本、潘本作"小姐"。
⑨ 解帶脱衣,顛鸞倒鳳:倒鳳,秀本作"顛鳳"。潘本無。
⑩ 願:封本作"樂"。
⑪ 微朦:秀本作"朦朧"。
⑫ 綉:屠本、驥本、何本、延本、張本、六幻本作"褪"。
⑬ 何如:弘本、羅本、繼本、屠本、驥本、延本、潘本作"如何",容本、起本、徐參本、虎本、何本、陳本、秀本、硃本、天李本、六幻本、湯本、魏本、峒本、封本、毛本作"如何哩"。

命如何。且看下回分解。①【凌眉】下回分解，時本作"去時怎麼"，毫無意味。王又直刪之。（笑云）單羨法本好和尚也②：【凌眉】單羨，王本作"譚羨"，而云未詳。不知彼自見誤刻者耳。【湯沈眉】謝法本也想到了。只憑③說法口，【繼眉】憑，今本作"因"。遂却讀書心。（下）【潘夾】篇中寫紅娘處，極諸謔又極蘊藉，一字不犯惡口。語語輕雋，婉妙可思，鄭康成家，那得有此俊物。

【容尾】【湯尾】總批：文已到自在地步矣。【徐音尾】此等曲皆不作意，不經心，信手拈來，悠悠自在之文。【陳尾】【硃尾】批：行雲流水，悠然自在之文。【三合尾】湯若士總評：先將請宴一齣，虛描宴中情事。後齣停婚，只消儘摹乍喜乍驚之狀。有此齣，後齣便省多少支離。此詞家安頓法，不可不知。李卓吾總評：此齣曲如家常菜飯，不作意，不經心，信手拈來，無句不妙，所以為化工。徐文長總評：諸人以為佳，吾從眾。【魏尾】總批：此等曲，皆不作意，不經心，信手招來，悠然自在之文。【峒尾】批：此曲毫無色相，若鏡月水花，令人難以模擬。妙，妙。【潘尾】說意：此篇文情與前後絕不相同，前後文或寫其慕思，或寫其愁怨。或寫其驚疑，臨入手來，亦少踟躕滿志之意。此篇張生與紅娘純用欣欣喜色之詞，張這欣欣喜色在文魔而不俗，紅之欣欣喜色在善謔而不虐。張之文魔一味工于修容，急于趨命，神情躍躍，擬于天際真人。紅之善謔，亦即以其工于修容，急于趨命而調侃之。或寓諷于稱揚，或故褒于慶幸，使張生愈加騰躍，神骨俱飛。此固紅之工于諧雋，而要亦其情之所會，不能自禁者。子瞻不善飲，見人飲則為之陶陶然，紅亦為之陶陶

---

① 且看下回分解：範本、龍本、徐畫本、徐音本、三合本作"且看去時呵"，羅本、繼本、容本、起本、驪本、虎本、何本、陳本、秀本、硃本、延本、張本、天李本、六幻本、湯本、湯沈本、魏本、峒本、封本、毛本、潘本無。
② 單羨法本好和尚也：單羨，弘本、驪本、延本作"談羨"，範本、龍本、徐畫本、徐音本、三合本作"怎麼這"，屠本作"真個"，潘本作"這"，羅本、繼本、秀本、張本、湯沈本無。六幻本作"法本好和尚也，多虧了他"。範本、龍本、羅本、繼本、屠本、徐畫本、徐音本、驪本、延本、張本、湯沈本、三合本此句後多"多虧了他"。
③ 憑：驪本、延本、六幻本、湯沈本作"因"。

然也，红见张之文魔，而为之陶陶，张得红之善谑，而愈加跃跃。盖极写其踘躇满志之意也，而要之张不自知也。身未离西厢，魂已在东阁，反茫然不知其事之安出者。而红亦不自知也。三分游戏，七分爱敬，喜时之言多失信，又未免称许过望，盖必如是而后为踘躇满志之极也。唯如是其满志，则下文停婚一篇势便跌得重，截得开也。故读是篇者，当作镜中看花，水中看月，极明明切切，又极缥缥缈缈。纯是一片空灵，若有一语沾滞胸中，便成铁障，而钝根必欲将夫人豫先猜破，此便惯偷石人石马，岂是巧贼。

【骥尾附】注一十五条

【粉蝶儿】自来诸本俱作"捲浮云片时扫尽"，"尽"字属真文韵，非。盖净、尽声相近之误。下又作"列山灵"，殊无谓。盖仙、山字形相近之误。舒心，放心也。初从徐说，言贼兵既退，可放心列仙灵之像，而陈水陆道场，然较宽一步。《酉阳杂俎》：邢和璞谓其徒曰："三五日有一异客，可办一味，数日备诸水陆，张筵一亭。"李昌龄《因话录》：孙承祐，吴越王妃之兄，召诸帅食，水陆咸备。盖红言今日可舒展其心，列仙灵之画，备水陆之珍，以酬谢张生而致其钦敬，即后折"殷勤呵于礼，钦敬呵当合"之谓，此于上下文，似更近情耳。一缄书，古本作"半缄"，与上"半万贼兵"，两"半"字重，非。

【醉春风】诸本作"东阁玳筵开"，即筠本亦然。朱本作"带烟开"，"带烟"对"和月"似整，然亦好奇之过。徐云：言早早开门，以待客也。今并存之。那冷，谓不冷，犹言那里冷也。

【脱布衫】可有人行，言无有也。与"可曾惯经"一例。古本"启蓬门"，或作"启朱唇"，遂以张生唱，误。词隐生云：寺中不必言蓬门，不若从夏本作"朱扉"，今并存。

【小梁州】（董词："莺见红娘欢喜煞，叉手奉迎他。"）"万福先生"句，以白作曲，俗本添"刚道个"便赘。白襕，唐时士子皆着白，故客讥宋济有"白袍子何太纷纷"之语。杨用修《艺林伐山》云"角带鬧黄鞓"，今作"傲黄鞓"，非。【骥眉】旧"傲"字，元不成语。京师有鬧装带，其名始于唐白乐天诗"贵主冠浮動，親王帶鬧裝"，薛田詩"九包縮就佳人髻，三鬧裝成子弟鞓"。今按元微之詩"鬧裝彎頭繡，淨拭腰帶斑"。蓋鬧裝猶雜裝之謂，不獨帶爲然也，用修只指帶言耳。古本亦作"傲"，古注謂：傲，整勁之意。第入曲不雅耳，今從楊。烏紗、白襴、黃鞓，參差對也。

【上小樓】言我未說"請"字，便連忙答應；若鶯鶯呼之，當何如喏喏連聲以應耶？（董詞："再見紅娘，五臟神兒都歡喜，請來後何曾推避？"）唐開元中，有鄭嬰齊者，見五色衣神曰"五臟神"。臟腑賴飲食以養，故聞請則喜而欲往，大家願隨秀才之鞭鐙也。徐云：陸雲《笑林》：有人常食蔬茹，忽食羊肉，夢五臟神曰"羊踏破菜園"。實甫當用此，成紅娘之謔耳。亦見《啓顏錄》。

【滿庭芳】此曲及上白，古本次【四邊靜】曲後。然詳文勢，張生既諾赴席，便當有整飭衣冠之事，下紅娘既稱贊其打扮之俏麗，然後有"一事精，百事精"之語，當從今本爲是。文魔，猶今言書痴。（《㑩梅香》白："似此文魔了，可怎生奈何？"）亦用此語。古本作"神魔"，猶言降神而魔，如巫者跳神之類。但不見他出，或係傳誤，今并存之。風欠，呆也，癡也，北人方言，猶今俗語說人之呆者爲欠氣，欠氣即呆氣之謂。風欠，言其如風狂而且呆癡也。《墨娥小錄》載，秀才調侃爲"酸丁"，言張生往來自顧其影，如文魔風欠的人也。（《蕭淑蘭》劇："改不了強【驍夾】去聲。文撒醋飢寒臉【驍夾】音斂。，斷不了詩云子曰酸風欠。"）【驍眉】千古卓見，不隨人觀場者。正此意。以"風欠"押韵，其無他音可知。又（楊景賢《劉行首》劇："醉猱兒磨障欠先生。"）亦自可證。自俗本作"耍"字音，遂紛然起庸愚之信。至崔時珮《南西廂》，【驍夾】俗作李日華，非。日華校增之耳。改作"文魔秀士欠酸丁"，并文理亦不通矣。蓋字書從無此字，不知是何盲瞽，倡爲此說，金在衡又載入《正訛》。讀者猥自不察，群爲吠聲之助，正須寸磔以謝實甫耳。挣，擦拭也。（董詞："把臉兒挣得光瑩。"）遲和疾擦倒蒼蠅，言其額顱擦拭得光滑之甚也。"光油油"句，譏其油；"酸溜溜"句，譏其酸。倉米酸虀，皆秀才受用。當時呼秀才爲"酸虀甕"，用"甕"字有意，俗改作"碗"字，非。（董詞："我見舂了幾升陳米，煮下半甕黃蠚。")螫,諸本多作"螫"。螫,《音釋》注：蟲毒也。當從"蠚"。

【快活三】此承上諸曲來。咱,北人你我之通稱,猶言我和你之謂。言你這樣人,自才能之美,及瑣至衣冠打扮,真是一精百精的。若今日婚姻一件不成,則他日功名諸事,件件不成了。所以汲汲于親事之就,如上文所云也。然亦莫怪你如此,世間草木,本無知之物,然又有如連理并頭而相兼并者,況你千伶百俐之人,而能不思配偶乎？此調頗難解,古注亦未爽。

【朝天子】紅娘謔生,言你些小年紀,就害相思病了。你倒也真個生得聰俊,真個打扮得俏麗,其奈尚無室家,如夜夜獨宿何？你如今一見我每小姐,便恁地痴想,然設使你個才子縱然多情,俺那小姐若是薄幸,前日兵圍普救之時,不說能退賊軍者,情願嫁他,不開這條門路,你却枉自相思成病,不擔閣了你性命耶？兩"誰無",俱紅娘自謂。【驍眉】得作者之髓。又言,你前日央及了我,我也曾再三替你慇懃玉成,你平常道我"無信行""無志誠",你今既成親,見俺小姐,你親自問他,便知之耳。徐云："佳人薄幸"及"無信行、志誠",俱不得實指鶯鶯說。蓋此施于逾墻搶白之後則可,此時鶯初無背盟之意也。"天生聰俊"勿斷,"俊"字元不用韵,七字句,襯二字。

【四邊靜】可曾,言不曾也。可憎,可愛也。俱反詞。好殺人無乾净,言好之甚,無盡極也。(《陳摶高卧》劇："但卧呵,一年半載沒乾净。")(《黑旋風》劇："這一場雪冤報恨無乾净。")(《㑳梅香》劇："只恐怕夫人知道無乾净。")可證。古注謂人死便成乾净,謬甚。此曲元有襯字,《中原音韵》所載,蓋削去襯字,獨存本調。世遂謂皆後人增入,非也。末句止載"好殺無乾净"。

【耍孩兒】美景,古作"媚景"。然良辰美景、賞心樂事謂之四美,古有是語,作"媚景"當誤。"夫人"二句一直下,教我速來,而且教先生莫推辭也。"玉簫象板""錦瑟鸞笙"是的對,俗本作"鳳簫",非。

【四煞】諸本"明博得跨鳳乘鸞客","博得"用仄聲,不叶。休僥幸,言你莫作等閑戲謔看。蓋已不要你半絲之聘禮,而成就你一生前程之大事矣。

【三煞】聘定之禮必以紅,即上"紅綫"之謂。(關漢卿《風月救風塵》劇白："你受我的紅定來。"）（石君寶《秋胡戲妻》劇："這個是紅定。"）（《鴛鴦被》劇："當初也無紅定，可也無媒證。"）蓋北人鄉語也。

【二煞】夫人只一家，言夫人家無別人。老兄無伴等，言張生又無他伴侶也。

【收尾】北劇凡婢皆曰"梅香"，俗本作"紅娘"非。

（白）"談羨"二字未詳，疑有誤字。

【六幻本】五劇箋疑

二之二　東閣邀賓

片時掃淨：淨，一作"盡"。

舒心的列山靈，陳水陸：山靈之物，水陸之珍，是張筵席也。坊本"山"作"仙"，以仙靈爲畫，徐本以水陸爲道場，誤矣。舒心，猶甘心情願。

誰承望：一作"則那"。

玳筵開：朱本作"帶烟開"。釋以帶烟，早早開閣待客，徒以"帶烟""和月"對偶之工，而不顧上句之不通也。豈東閣在廚竈之間耶？

有人溫：人，一作"誰"，非。

受用些：些，一作"足"，非是，且與三煞重疊。

綠：音慮。

咳：上聲。

啓朱扉：一作"啓朱唇"，朱唇字可以。張稱紅，非紅稱張語也。

萬福：宋太祖嘗問趙普拜禮："何以男子跪，婦人不跪？"禮官無有知者。王貽孫曰："古詩云：'長跪問故夫。'即婦人亦跪也。唐武后朝欲尊婦人，以屈膝爲拜，稱萬福。"見孫甫《唐書》及張建國《渤海圖記》。

白襴淨：唐士子俱著白襴袍。

鬧黃鞓：樂天詩："貴主冠浮動，親王帶鬧裝。"薛田詩："九包綰就佳人髻，三鬧裝成子弟鞦。"今京師有鬧裝帶，猶雜裝之謂。俗本作"傲裝"，非。

鞓帶，章也。

龐兒俊：俊，一作"整"。

出聲：一作"佳聲"。

連忙：一作"忙忙"。

答：平聲。

喏：音惹。

恰便似：一無"便"字。

和那五臟神：和那。一作"和他那"，一作"我和那"。開元中有鄭嬰齊者，見五色衣神曰："吾五臟神也。"

兄：音興。

和鶯鶯匹聘：和一作"待共"。

文魔秀士：一本"文"上有"哎"字。

風欠酸丁：風，風狂。欠，如字，俗音要，非。欠酸丁，調侃秀才話，即今諺云欠氣之謂。

耀花人眼睛：一本無"花"字。

溜：平聲。

螫：音釋蟲行毒也，本或作"蜇"，音浙，義同。

炸下七八碗軟蔓青：炸，音閘。蔓，音瞞。陳宋謂之葑，齊魯謂之蕘，關西曰蔓青，趙魏曰大芥。諸葛孔明所止之地，令軍士種之，號諸葛菜。是菜有五美，可以煮食，久居隨以滋長，根充飢能消食化氣，多食不厭。碗，一作"瓮"。

猶有相兼并：兼，一作"肩并"，一作"并"。

恰早害相思病：恰，一作"却"。早，一作"學"，一作"單"。

打扮得素淨：一無"打"字，一無"得"字。

何曾慣經：何，一作"可"。

你素款款輕輕：一本無"你"字。

閣：上聲。

誰無一個信行：或無"一個"二字，下句同。

折：平聲。

今宵歡慶：一本"今"上有"若是"二字。

軟弱鶯鶯：一作"俺那軟弱的鶯鶯"。

交鴛頸：司馬相如以琴挑文君，曰："鳳兮鳳兮歸故鄉，遨游四海求其凰。時未遇兮無所將，何期今日升斯堂。有美淑女在此方，適爾從游愁我腸，何緣交頸與鴛鴦。"

端詳了可憎：一無"了"字。憎，平聲。

好煞人也無乾淨：煞，上聲。一本無"也"字。

莫：去聲。

勿：去聲。

孔雀屏：竇毅仕周爲柱國，有女聰慧，毅曰："此女有奇相，不妄許人。"因畫二孔雀于屏，求婚者令二矢，陰約中目者許之。射者數十，皆不合。唐高祖最後射，各中一目，遂歸于帝。雀，上聲。

鳳簫象板：一作"鳳"上有"有"字。

新婚燕爾：《詩》："宴爾新婚，如兄如弟。"宴、燕通，樂也。

跨鳳乘鸞：蕭史，秦人。秦穆公以女弄玉妻焉。教弄玉吹簫，作鳳鳴。一日吹簫鳳集，乘之仙去。乘鸞，見二之四"廣寒宮"下。

休僥幸：言莫作等閑。僥幸，看也。

舉將的能：一無"的"字。

兩般兒功效如紅定：一作"兩椿兒功效勝如紅定"。納聘之禮，例用紅綃。

胸中百萬兵：宋范仲淹代范雍鎮延安，夏人聞之相戒曰："毋以延州爲意。今小范老子，胸中有數萬甲兵。不比大范老子可欺也。"

黃卷：《遁齋閑語》：古人寫書，皆用黃紙以辟蟲，有誤則以雌黃塗之。

梅香：一作"紅娘"。

【會注】

【弘注】萬福：出《朱子成書》。凡卑幼于尊長，晨亦省問，夜亦安置。又夫唱喏作揖，婦女道萬福安置。【範注】【起注】【碻注】萬福：出《朱子成書》（起本、碻本無"出《朱子成書》"）。凡卑幼于尊長，晨昏問起居，婦人曰萬福。

【弘注】先生：出《論》《孟》注。先生，父兄之稱。又，學士年長者，故謂之先生。【範注】先生：出《論語》。先生父兄也，長者之稱。

【弘注】【範注】【湯注】【羅注】將軍令：出《通鑒》（羅本無"出《通鑒》"）。後（羅本無）漢文帝六年冬，匈奴三萬騎入上郡（羅本作"都"），【羅眉】騎，去聲。以周亞夫爲將軍以（羅本作"次"）細柳營，劉禮爲將軍次霸（羅本作"灞"）上，【羅眉】灞，音霸。徐厲爲將軍次棘門，以備胡（羅本作"匈奴"）。上自勞軍至霸（羅本作"灞"）上、棘門，【羅眉】勞，去聲。軍（羅本無）直馳入，將以（羅本作"帥"）下騎送迎（送迎，羅本作"迎送"）。已而之細柳營，（羅本此處多"營中"）軍士披甲銳兵刃（羅本無），弓弩持滿。天子先驅（羅本作"馳"）至，不得入，先驅（羅本作"馳"）曰："天子且至軍門。"都尉曰："將軍令曰：軍中聞將軍令，不聞天子詔。"居無何，上至，又不得入，于是上（于是上，羅本作"上乃"）使使持節，【羅眉】使，去聲。詔將軍："吾欲入營勞軍。"亞夫乃傳言開壁門，壁門（羅本此處多"軍"）士請車（羅本作"軍"）騎曰："將軍約，軍中不得馳驟。"【羅眉】驟，音湊。于是天子乃按轡徐行至營，將軍亞夫持兵揖曰："介胄之士，不拜，請以軍禮見。"天子改容式車，使人稱謝："皇帝敬勞將軍。"成禮而去。既出軍門，群臣皆驚。上曰："嗟乎，此真將軍也！曩者霸上、棘門軍（羅本無），若兒戲耳。其將固可襲而虜也，【羅眉】曩，音襄。襲，音薛。至于亞夫（羅本此處多"之營"），可得而犯耶（可得而犯耶，羅本作"豈可得而輕犯之"）？"（羅本此處多"聊"）稱善者久之。【起注】【陳注】【魏注】【峒注】將軍令：周亞夫爲將軍，次細柳營。上自勞軍之細柳營，營中軍士披甲銳，兵弓弩持滿。天子先驅至，不得入，軍令曰："軍中聞將軍令，不聞天子詔。"上使使持節詔將軍："吾欲入營勞軍。"亞夫乃傳言開壁門，壁門軍士請曰："將軍約，軍中不得馳驅。"天子乃按轡徐行而入營。上曰："此真將軍也！"【徐參注】將軍令：周亞夫屯軍細柳營，文帝自勞之，天子先驅不得入，軍令曰："軍中但聞將軍令。"云云。【硃注】將軍令：周亞夫爲將軍，屯細柳營。上自勞軍，軍士披甲銳兵。天子先驅至，不得入。傳令曰："軍中只聞將軍令，不聞天子詔。"

【弘注】五臟神：出《黃庭經》。五臟，心、肝、脾、肺、腎也。心神丹元字守靈，肝神龍烟字含明，脾神常存字守魂，肺神皓華字虛成，腎神玄冥字育嬰。【範注】【羅注】【起注】【陳注】【硃注】【湯注】【魏注】【峒注】五臟神：五臟，心、肝、脾、肺、腎也。心神丹元專守靈，肝神龍烟守含明，脾神常在專守魂，肺神皓華守虛成，腎神玄明守育嬰。【徐參注】五臟神：心、肝、脾、肺、腎爲五臟，俱有神守。

【起注】【陳注】【硃注】來回顧影：整妝貌。

【弘注】【範注】【羅注】【湯注】蔓菁：（範本、羅本、湯本此處多"菜也"）出《事物紀原》。陳宋謂之葑（範本、羅本、湯本作"葑"），齊魯謂之蕘，關西曰燕菁，【羅眉】燕，音烟。趙魏曰大芥，總一物也。（範本、羅本、湯本此處多"又"）諸葛亮所止之處（範本、羅本、湯本作"地"），令將軍（範本、羅本、湯本無"令將軍"）令軍士種之，號"諸葛菜"。是菜（範本、羅本、湯本此處多"有"）五美：纔出可以生啖，一也；【羅眉】纔，音才。啖，音淡。葉舒長可以煮食，二也；久居隨以滋長，三也；其根甘美可以充饑，尤（範本、羅本、湯本無）能消食化氣，四也；多食無厭，五也。【起注】【陳注】【硃注】【峒注】蔓菁：菜也。諸葛亮所止之地，令軍士種之，號曰"諸葛菜"。【徐參注】蔓菁：菜名，號曰"諸葛菜"。【魏注】蔓菁：菜名。

【弘注】交鴛頸：出《書言》，又《徐陵詩集》。司馬相如琴歌曰："鳳兮鳳兮歸故鄉，遨游四海求其凰，時未遇兮無所將，何期今日升斯堂。有淑女在此方，適爾從游愁我腸，何緣交頸與鴛鴦。"再歌曰："鳳兮鳳兮從我栖，得托室家用爲配。交情通泰心相知，中夜相從知者誰？雙羽俱起翻鳥飛，興感我心使余悲。"【範注】【羅注】【起注】【陳注】【湯注】【魏注】【峒注】交鴛頸：出《書言》（羅本無"出"，起本、陳本、魏本、峒本無"出《書言》"）。司馬相如以琴（羅本此處多"心"）挑卓文君，歌（起本、陳本、魏本、峒本無）

曰："鳳兮鳳兮歸故鄉，遨游四海兮（海兮，起本、陳本、魏本、峒本作"方"）求其凰，時未遇兮無所將，何期今日升斯堂。有色淑女在此方，適爾從游愁我腸，何緣交頸與（羅本作"如"）鴛鴦。"【徐參注】交鴛頸：司馬相如以琴挑卓文君，有云："何緣交頸與鴛鴦。"【硃注】交鴛頸：司馬相如以琴挑卓文君，內有"何緣交頸與鴛鴦"句。

【弘注】孔雀屏：出《詩學》，又《啟蒙》《名畫錄》。唐高祖皇后竇氏，父毅仕周為柱國。襄陽公主數歲讀《列女傳》，一過不忘。毅曰："此女有奇相，何可妄與人？"因畫二孔雀屏間，請求婚者射二矢，陰約中目則許之。射者數十皆不中，高祖最後射，各中一目，遂歸于帝。【範注】【湯注】孔雀屏：出《詩學》。竇毅仕周，為柱國。有女自幼聰慧，幼時讀《列女傳》，一過不忘。毅曰："此女有奇相，不可妄與人。"因畫二孔雀于屏，請求婚者射二矢，陰約中目者則許之。射者數十皆不合，漢高祖最後射，各中一目，遂歸于帝。【羅注】孔雀屏：竇毅仕周，為上柱國。有女聰慧，幼時讀《列女傳》，一過不忘。毅曰："此女有奇相，不可妄與人。"因畫二孔雀于屏，有求婚者，請射二矢，陰約中目者則許之。【羅眉】中，去聲，下同。射者數十皆不合。唐高祖最後，各中一目，遂歸于帝。【起注】【陳注】【峒注】孔雀屏：竇毅仕周，為柱國。有女聰慧，自幼時讀《列女傳》，一過不忘。毅曰："此女有奇相，不可妄與人。"因畫二孔雀于屏，請求婚者射二矢，陰約中目者許之。唐高祖最後射，各中一目，遂歸于帝。【徐音注】孔雀屏：竇毅有女，幼聰慧，毅嘗曰："此女有奇相，不可妄與人。"因畫二孔雀于屏，令求婚者射二矢，陰約中目者許之。唐高祖後射，各中一目，歸之，後果為后。【魏注】孔雀屏：竇毅有女，自幼聰慧。毅常曰："此女有奇相，不可妄與人。"因畫二孔雀于屏，令求婚者射二矢，陰約中目者許之。唐高祖最後射，各中一目，遂歸于帝。【硃注】孔雀屏：竇毅仕周，為柱國。有女聰慧，不肯輕配。因畫二孔雀于屏，請求婚者射二矢，陰約中目者許之。唐高祖最後，各射中一目，遂歸于帝。

【弘注】新婚燕爾：出《毛詩》谷風篇。燕，樂也。新婚燕爾，使夫方且宴樂，其新婚之故也。【範注】【羅注】【湯注】新婚燕爾：出《毛詩》谷風篇。

宴，賞也。新婚燕爾，蓋夫婦方且宴樂其新婚也。【起注】【陳注】【硃注】【峒注】新婚燕爾：谷風篇。蓋夫婦方且宴樂其新婚之時（硃本無"之時"）也。【徐音注】【魏注】新婚燕爾：出《詩經》谷風篇。言夫婦新婚宴樂也。

【弘注】【範注】【羅注】【湯注】跨鳳乘鸞：又《列仙傳》（又《列仙傳》，範本、羅本、湯本作"出《列仙》"）。蕭史者，秦穆公時人（範本、羅本、湯本此處多"也"）。善吹簫，能致孔雀、白鶴。居數年，吹似鳳聲（吹似鳳聲，範本、羅本、湯本作"能吹以鳳凰聲"），鳳凰來止其屋。公作鳳凰臺，夫婦止于臺上。一日皆隨鳳凰（皆隨鳳凰，範本、羅本、湯本作"乘鸞而"）飛去。【起注】【陳注】【硃注】【峒注】（峒本此處多"跨"）鳳乘鸞：蕭史，秦穆公時人，善吹簫，能致孔雀、白鶴。穆公有女名弄玉，好吹簫，嫁之。作鳳凰臺，夫婦止于臺上。數月，鳳凰從天而下（硃本作"來"），夫婦二人俱升天（升天，峒本作"跨鳳"）而去。【徐音注】【魏注】跨鳳乘鸞：蕭史善吹簫，能致孔雀、白鶴。秦穆公有女名弄玉，好吹簫，嫁之。爲作鳳凰臺，夫婦吹簫，後數月有鳳凰從天而下，夫婦乘之，俱升天去。

【弘注】牽牛織女：出《詩學》。天河之東，有美麗女人，乃天帝之子。機梭女工，年年勞役，織成雲霧紫色，綃縑之衣。辛苦殊無歡悦，容貌不暇整理。天帝憐憫其獨自居處，無人相與娛樂者，將嫁與河西牽牛之夫。骨自從嫁後，竟廢織紉之工，貪懌不歸。天帝怒焉，責令歸河東，但使其一年一度，與牽牛夫密會而已。【範注】【湯注】牽牛織女：出《詩學》。天河之東有女，乃天帝之孫，年年織機，織成雲錦天衣，容貌無心整理。帝憐其獨處，許嫁河東牽牛爲夫婦，嫁後竟廢織工。帝怒，責令各處，但使其一年一度相會而已。【羅注】牽牛織女：《詩學》。天河之東有女，乃天帝之孫，勤習女工，年年織機，織成雲錦、天衣，容貌無心整理。帝憐其獨處，將嫁與河西牽牛爲夫婦，嫁後竟廢織工。帝怒，責令歸河東，但使其一年一度與牽牛相會而已，即今之"七夕"是也。【起注】【陳注】【魏注】【峒注】牽牛織女：大河之東有女，乃天帝之孫，勤習女工，年年織機，織成雲錦天衣，容貌無心整理。帝憐其獨處，嫁與河西牽牛爲夫婦，嫁後竟廢織工。帝怒，責令歸河東，但使其一年一度與牽牛相會。即今七月七夕也。【徐音注】牽牛織女：天河之東有女，乃天帝之孫，勤習女工，織成雲錦天衣，容貌無心整理。帝憐其獨處，嫁與河西牽牛爲夫婦，嫁後竟廢織。天帝怒，遂責歸河東，但使其一年一度與牛郎相會。【硃注】牽牛織女：天河之東，有天帝之女。勤習女工，容貌無心整理。帝憐其獨處，嫁與河西牽牛爲夫婦，嫁後竟廢織工。帝怒，責令歸河東，但使其一年一度，即今七月七夕也。

【弘注】【範注】【羅注】【湯注】紅定：出《氏族》（羅本無"出《氏族》"）。胡奮爲征南（範本、羅本、湯本作"西"）大將軍，有女名芳。晉武帝選士庶女有姿色者，以充後宮，中選者先以絳紗繫其臂。【羅眉】繫，音計。芳入選，拜（羅本此處多"爲"）貴妃。今定親之禮多用之（之禮多用之，範本、羅本、湯本作"禮亦用"）。【起注】【陳注】【硃注】【峒注】紅定：晉武帝選士庶女有姿色者，以充後宮，凡中選者，先以絳紗繫其臂。【徐音注】【魏注】紅定：晉武帝選士女之有姿色者，皆以充後宮，中選者即以紅紗繫其臂。【徐參注】紅定：晉武帝選士庶女有姿色者，皆以充後宮。凡中選者，先以絳紗繫其臂。

【弘注】【範注】【羅注】【湯注】胸中百萬兵：出（羅本無）《言行錄》。宋范仲淹領延安（羅本此處多"節帥"），閱兵選將，【羅眉】將，去聲。日夕馴練。又戒諸將養兵蓄銳，毋（羅本此處多"得"）輕動。【羅眉】毋，音無。夏人聞之相戒曰："毋以延州爲意，今小范老子胸中自有百萬兵甲（兵甲，範本、湯本作'兵'，羅本作'甲兵'），不比大范老子可欺也。"戎人呼知州（知州，範本、羅本、湯本作"州縣官"）爲"老子"。【起注】【陳注】【硃注】【魏注】【峒注】胸中百萬兵：宋范仲淹領延安，閱兵選將，日夕訓練。夏人聞之相戒曰："毋以延安爲意，今小范老子胸中自有數萬甲兵，不比大范老子可欺也。"【徐音注】胸中百萬兵：范仲淹領延安，夏人聞之，相戒曰："此范老子胸中有數萬甲兵也。"

【弘注】【範注】【羅注】【起注】【徐音注】【陳注】【硃注】【湯注】【魏注】【峒注】黃卷：出《遁齋閒覽》（羅本、起本、徐音本、陳本、硃本、魏本、峒本無"出《遁齋閑覽》")。古人寫（羅本作"爲"）書皆以黄紙，有誤（徐音本、魏本此處多"則"）以雄黄塗之，故云（徐音本、魏本作"書曰"，硃本作"爲"）"黄卷"。

第三折①

（夫人排桌子上云）【謝眉】或將此段爲上折者，非。今依古本，訂爲七折，又似有串意。紅娘去請張生，如何不見②來？（紅見夫人云）張生着紅娘先行，隨後便來也③。（末上見夫人施禮科）（夫人云）前日若非先生④，焉得見今日⑤。我一家之命，皆先生所活也⑥。聊

---

① 第三折：弘本此處不分折。屠本作"第八折"，範本、龍本作"第七齣　母氏停婚"，羅本作"第七齣"，繼本、湯沈本作"第七齣　杯酒違盟"，容本、起本、徐參本、徐音本、虎本、陳本、硃本、天李本、湯本、魏本、峒本、封本作"第七齣　夫人停婚"，徐畫本作"第三套　母氏停婚"，驥本作"三套（今本第七折）負盟"，何本作"停婚"，秀本作"第七齣　背義停婚"，六幻本作"二之三　杯酒違盟"，三合本作"第三套　停婚"，毛本作"第七折　賴婚"，潘本作"第三折　把盞停婚"。
② 不見來：屠本作"不來"。
③ 隨後便來也：羅本、繼本、容本、起本、徐參本、虎本、何本、陳本、秀本、硃本、天李本、六幻本、湯本、湯沈本、魏本、封本、毛本作"他隨後便來也"，峒本同，但無"便"字。
④ 前日：驥本、延本作"前者"。先生：陳本、湯本作"張生"。
⑤ 焉得見今日：容本、起本、虎本、何本、陳本、秀本、硃本、天李本、湯本、封本、毛本、潘本作"焉得有今日"，屠本同，但"有"作"復有"；徐參本、魏本、峒本作"焉有今日"，張本作"焉得今日"。
⑥ 我一家之命皆先生所活也：所，弘本作"取"。張本無"也"字，魏本、峒本無"我"字。羅本作"我每一家性命皆賴先生取活也"，驥本、延本作"一家性命皆先生所活也"。

備①小酌，【潘旁】辭令皆已冷淡。非爲報禮，勿嫌輕意②。【羅眉】嫌，音賢。（末云）③"一人有慶，兆民賴之。"此賊④之敗，皆夫人⑤之福。萬一杜將軍⑥不至，我輩皆無免死之術⑦。此皆往事，不必挂齒。【容夾】有甚麽未來事？【徐參眉】張生雖辭功，實欲居功。【陳眉】【硃眉】還有未來事在？【秀眉】彼此應答，皆有贊美謙遜。【湯眉】有甚麽未來事？（夫人云）⑧將酒來，先生滿飲此杯⑨。（末云）"長者賜⑩，少者不敢辭⑪。"【羅眉】長，上聲。少，去聲。（末做飲酒科）⑫（末把夫人酒了）⑬（夫人云）先生請坐。（末云）小子侍立座下⑭，尚然越禮⑮，焉敢與夫人對坐⑯？【湯眉】【硃眉】空奉承了。【三合旁】空奉承！

---

① 聊備：弘本、羅本、繼本、容本、起本、徐參本、驪本、虎本、何本、陳本、秀本、硃本、延本、天李本、六幻本、湯本、湯沈本、魏本、峒本、毛本作"聊置"。
② 非爲報禮，勿嫌輕意：意，羅本作"瀆"。屠本作"非敢爲報"。
③ 屠本此處多"夫人"。
④ 此賊：徐畫本、徐音本、三合本、潘本作"今賊"，封本作"賊"。
⑤ 夫人：屠本作"老夫人"。
⑥ 杜將軍：弘本、羅本、繼本、屠本、容本、起本、徐參本、虎本、何本、陳本、硃本、天李本、湯本、湯沈本、魏本、峒本作"杜元帥"。不至：秀本作"不來"。
⑦ 萬一杜將軍不至，我輩皆無免死之術：皆，繼本、容本、起本、徐參本、虎本、何本、陳本、秀本、硃本、天李本、六幻本、湯本、魏本、峒本、毛本作"亦"；免死，驪本、延本作"脫死"。封本無。
⑧ 屠本此處多"紅娘"。
⑨ 先生滿飲此杯：此杯，屠本作"三杯"。封本無，但後有"（紅執酒夫人把盞科）"科介。
⑩ 長者賜：封本作"不敢，長者賜"。
⑪ 少者不敢辭：徐畫本、徐音本、驪本、延本、張本、三合本、毛本、潘本作"不敢辭"。
⑫ （末做飲酒科）：起本、徐參本、虎本、何本、秀本、硃本、天李本、六幻本、湯本、湯沈本、魏本、峒本、毛本作"（生微飲酒科）"，封本作"微飲科"。
⑬ （末把夫人酒了）：六幻本無。
⑭ 座下：峒本作"坐座"，屠本、張本無。
⑮ 尚然越禮：屠本無。
⑯ 焉敢：羅本作"何敢"。對坐：屠本作"抗禮"。

（夫人云）道不得個①"恭敬不如從命"。（未謝了坐）②（夫人云）紅娘，去喚③小姐來，與先生行禮者④。【潘旁】此一語差強人意。（紅朝鬼門道喚云）⑤老夫人後堂待客，請小姐出來哩⑥！【羅眉】哩，音里。（旦應云）我身子有些不停當⑦，來不得⑧。（紅云）⑨你道請誰哩⑩？【潘旁】多此一折。（旦云）請誰⑪？【徐參眉】難道請別人也好叫你出來？假。【陳眉】【硃眉】難道請別人也叫你出來相陪不成？【魏眉】難道請別人也好叫你出來？假情！不妙。【峒眉】難道請別人也叫你出來相陪？假情！不妙。（紅云）請張生哩。（旦云）若請張生，扶病也索走一遭⑫。【三合眉】張生定是大藥王。（紅發科了）⑬（旦上）免除崔氏全家禍，盡在張生

---

① 道不得個：屠本作"先生"。
② （未謝了坐）：封本作"（生謝了斜坐科）"。
③ 喚：屠本作"請"。
④ 行禮者：屠本作"行禮"。
⑤ （紅朝鬼門道喚云）：起本、徐參本、虎本、何本、陳本、秀本、天李本、六幻本、湯本、湯沈本、魏本、峒本作"（紅喚鶯科）"，張本作"（夫語紅向內叫科）"，封本作"（紅入喚鶯科）"。
⑥ 老夫人後堂待客，請小姐出來哩：出來哩，弘本作"出去哩"。屠本作"小姐，老夫人在後堂有請"。
⑦ 我身子：容本、起本、虎本、何本、陳本、硃本、天李本、六幻本、湯本、湯沈本、魏本、峒本、毛本作"我身上"，秀本作"身上"。不停當：屠本作"不快"。
⑧ 來不得：弘本、羅本、繼本、屠本、容本、起本、徐參本、驥本、虎本、何本、陳本、秀本、硃本、延本、天李本、六幻本、湯本、湯沈本、魏本、峒本、封本、毛本作"去不得"。
⑨ 屠本此處多"姐姐"。
⑩ 哩：秀本作"來"，屠本無。
⑪ 請誰：屠本作"不知請誰"。
⑫ 也索走一遭：屠本作"也須走一遭去"。
⑬ （紅發科了）：屠本作："（紅云）姐姐，你那得病來？"

半紙書①。②【容眉】【徐畫珠眉】【湯眉】關目好。【秀眉】鶯鶯聞叫，先辭後允，于中淫意特露，耻哉。【容夾】空奉承了。

【雙調】【五供養】③ 若不是張解元識人多，別一個④怎退干戈？【珠眉】爽，好！排着酒果，列着笙歌。【羅眉】着，音招。篆烟⑤微，【田眉】串香，元詞用之最多。【凌眉】篆烟，徐本妄改"串烟"。前一折《解證》中已有辨，王前亦作"篆烟"，而此忽從"串烟"，且引《梧桐雨》《漢宮秋》諸劇爲證。及查彼本，仍是"篆"字，不知何僻，而必欲強更之以申徐說。【湯沈眉】篆，徐作"串"。花香細，散滿東風簾幕。救了咱⑥全家禍，殷勤呵正禮⑦，欽敬呵當合。⑧【田眉】【徐畫眉】【延眉】妙。【陳眉】關目好。【珠眉】爽，好！【張眉】第四、五、六句俱少二字。"篆"訛"串"，非。第十句"呵"字是正調，末句亦添"呵"，非。【驥夾】【延夾】幕，叶磨。合，叶何。【潘夾】解元止識一個杜將軍，今亦止用得一個杜將軍。雙文偏說出"識人多"三字來，便看得交游上有力量，有識見。解元豈漫與噲等伍者？遂覺有一時瑜亮之概。嘗念鷄鳴昧旦之夫婦，從琴瑟上看出金蘭，讀"知子之來"四字，足令天地四方亦爲感動，不意雙文于張遂爾臭味至此。

---

① 免除崔氏全家禍，盡在張生半紙書：免除，屠本作"能除"；半紙書，張本作"半緘書"。弘本、驥本、延本前多"詩曰"。

② "（夫人排卓子上云）"至"盡在張生半紙書"：弘本此段道白爲第二本第三折末，此下爲"第四折"。

③ 【雙調】【五供養】：弘本此曲爲第二本第四折首曲。

④ 別一個：徐畫本、徐音本、驥本、延本、張本、三合本、毛本、潘本作"別個的"。

⑤ 篆烟：徐畫本、驥本、延本、三合本、毛本、潘本作"串烟"。

⑥ 咱：屠本作"俺"。

⑦ 正禮：驥本、延本、毛本作"于禮"。

⑧ 呵：羅本作"是"，張本無。範本、龍本此句後多"（鶯云）紅娘，把妝奩衣服過來"。

【新水令】恰纔向①碧紗窗下畫了雙蛾，拂拭②了羅衣上粉香浮污，【湯沈旁】污，與卧同叶。【張眉】"浮"訛"油"，非。則將指尖兒輕輕的③貼了鈿窩。【峒眉】如畫。若不是驚覺人呵④，猶壓着⑤繡衾卧。【湯沈旁】卧，借叶去聲。【範眉】【龍眉】【秀眉】嬌養喬態，不覺自名。【羅眉】覺，音叫。猶，音憂。衾，音欽。【容眉】嬌態如畫，妙！妙！【起眉】王曰：畫出驕養嬌態，便是楊貴妃睡醒海棠。【徐畫眉】【田眉】【延眉】妙！【徐音眉】又畫出新婦行徑。【徐參眉】畫出嬌態，可訝西施，彈壓紅娘。【陳眉】嬌態如畫，妙甚，妙甚！【凌眉】徐士範曰：嬌養喬態，不覺自名。【硃眉】嬌態如畫。妙甚，妙甚！【湯眉】嬌態如畫，妙，妙！【湯沈眉】喬妝做親，如畫。【魏眉】【峒眉】畫出嬌養嬌態，便是玉真睡醒海棠。【驥夾】【延夾】污，與卧同叶。着，借叶，去聲。【三合夾】着，音柱。【毛夾】著，借叶，去聲。識人，相識之人也。串烟，串餅之烟。《漢宮秋》劇："再添黃串餅。"《梧桐雨》劇："淡氤氳，串烟裊。""于禮當合"一語，而拆用作分合語也。次曲頂上，言惟合殷勤，所以扶病起妝梳也，不然還卧耳。"卧"承賓白中"病"來。驚覺，指紅喚，此以撒嬌處見殷勤意，最妙。【潘夾】事到得手來便欲作太平話，一味説得自家無心，恐終宵轉輾，繡衾亦未必壓得牢也。

---

① 恰纔向：弘本、容本、起本、徐參本、虎本、何本、陳本、秀本、硃本、天李本、湯本、魏本、峒本、封本、毛本作"恰纔"，徐畫本、徐音本、驥本、延本、張本、三合本、潘本作"我恰向"，羅本作"恰纔我向"。
② 拂拭：羅本作"拂掉"，徐畫本、徐音本、驥本、延本、張本、三合本作"拂綽"。
③ 則將指尖兒：弘本、範本、龍本作"將指尖兒來"，羅本作"我將指尖兒呵"，屠本作"將指尖兒呵"，徐畫本、徐音本、驥本、延本、張本、三合本、潘本作"將這指尖兒"，繼本、容本、起本、徐參本、虎本、何本、陳本、秀本、硃本、天李本、六幻本、湯本、湯沈本、魏本、峒本、封本、毛本作"將指尖兒"。輕輕的：張本作"輕輕"。
④ 若不是驚覺人呵：驚覺，徐參本、魏本、峒本作"驚覺了"。羅本此句後多"若不是驚覺人呵"。
⑤ 猶壓着：範本、龍本、屠本作"我這裏猶壓着"。

（紅云）覷俺姐姐這個臉兒①，吹彈②得破，【湯沈旁】是喝彩語。張生有福也呵！③

【幺篇】（旦唱）没查没利謊僂科④，【謝眉】僂科，作"僂儸"者，誤。【繼眉】僂儸，音樓羅。【徐畫眉】【田眉】没查立，猶云無準誠也，襯貼"謊"字之意。僂科，猶云小輩也。宋人謂幹辨者曰"僂儸"，小説家多有之。【凌眉】僂科，今本俱作"僂儸"。【延眉】没查没立，猶云無準誠也，襯貼"謊"字之意。僂科，猶云小輩也。宋人謂幹辨者曰"僂羅"，小説家多有之。【張眉】没查立，猶云没正經。徐文長解作"無準誠"，杜撰。【湯沈眉】古注：僂科，猶云小輩。没查利，方言，無準誠也，襯貼"謊"字之意。【三合眉】没查立，猶云無準誠也。僂科，猶云小輩。【封眉】即空主人曰：僂科，俗本俱作"僂儸"。你道我⑤宜梳妝的臉兒吹彈得破。【範眉】【龍眉】吹彈得破，是喝采語。【秀眉】吹彈的破，美嬌之極也。（紅云）俺姐姐天生的一個夫人的樣兒⑥。【徐畫旁】【田旁】妙甚。【陳眉】恐未必然，錯了

---

① 覷：屠本作"看了"，徐音本作"你覷"，驪本、延本作"覷了"。這個：屠本作"的"。

② 吹彈：屠本作"真個吹彈"。

③ 張生有福也呵：呵，弘本、繼本、容本、起本、虎本、何本、陳本、秀本、碌本、天李本、湯本、湯沈本、封本、毛本無。羅本作"張生好有福也"，屠本作"張生，你委實有福也"，徐畫本、徐音本、驪本、延本、張本、六幻本、潘本作"張生呵，你有福也"，三合本作"張生呵，你真有福也"。

④ 没查没利謊僂科：謊僂科，範本、龍本、繼本、屠本、容本、起本、徐參本、虎本、何本、陳本、秀本、碌本、湯本、魏本、岫本作"謊僂儸"。羅本作"你看這没查没利謊僂儸"，徐畫本、徐音本、驪本、延本、三合本、潘本作"你看這個没查没立謊僂科"，張本作"你看没查没立謊僂科"，毛本作"你看這没查没立謊僂科"。

⑤ 你道我：弘本、繼本、容本、起本、徐畫本、徐音本、徐參本、驪本、虎本、何本、陳本、秀本、碌本、延本、張本、天李本、六幻本、湯本、湯沈本、三合本、魏本、岫本、封本、毛本、潘本作"道我"。

⑥ 天生的一個夫人的樣兒：的樣兒，羅本作"的樣子"，繼本、六幻本作"樣兒"，範本、龍本作"的模樣兒"。屠本作"天生的一個夫人"，徐畫本、徐音本、驪本、延本作"天生就的一個夫人"，張本、三合本、潘本作"天生就一個夫人"，湯本作"天生的一個夫人的"，毛本作"天生就一個夫人的樣兒"。

相法。（旦唱）你那裏休聒【湯沈旁】叶果。【繼眉】聒，音郭，不當一個信口開合①。【張眉】"不當"下添"一個"，非。知他命福是如何②，【凌眉】知他命福如何，"知他"略斷，本自明白。徐增一"我"字而曰"他我"，猶言你我，何解？且言北人鄉語，說己而曰我和你。北人亦未嘗然，不知何見？【張眉】"知他我"係襯。俗于"福"下添"又"字，遂訛爲正文，作兩句，非。我做一個夫人也做得過③。【羅眉】得，平聲。【三合眉】自是閨房之秀。【驥夾】【延夾】【毛夾】聒，叶果。【三合夾】聒，音果。【潘夾】言你這沒準誠調謊的小輩，説我臉兒恁般，又不當隨口道我是一個夫人，焉知他與我命中福分如何。若論起我來，就做夫人也做得過，作幾分謙讓，又作幾分矜貴，總是自負不淺。（紅云）往常兩個都害④，今日早則喜也。

【喬木查】⑤（旦唱）我相思爲他，他相思爲我，【羅眉】他，音拖。從今後兩下裏⑥相思都較可。【徐參眉】相思從此較深。【田補

---

① 一個信口開合：徐畫本、徐音本、三合本、潘本作"一個信口兒開合"，張本作"信口兒開合"，毛本作"個信口開合"。
② 知他命福是如何：命福是，範本、龍本作"命裏福"，屠本作"是命福"。徐畫本、徐音本、驥本、延本、三合本、潘本作"我命福又"，張本作"我命福"。羅本此句後多"知他命福是如何"。
③ 我做一個夫人也做得過：我，範本、龍本作"我道"，容本、徐畫本、徐音本、驥本、硃本、延本、天李本、湯本、三合本、封本、毛本、潘本無；一個，屠本作"個"。徐參本、魏本、峒本作"做一個夫人做得過"，張本作"做夫人也做得過"。
④ 兩個都害：屠本作"兩下裏齊害"。毛本作"都害相思"。
⑤ 【喬木查】：範本、龍本作"【查木喬】"。
⑥ 從今後兩下裏：徐畫本、徐音本、驥本、延本、張本、三合本、毛本、潘本作"今日"。

眉】較可，可也。【三合眉】且不要忒作真。**酬賀間禮當酬賀**①，**俺母親也好心多**。【範眉】【龍眉】此忖夫人停婚，自是聰惠女子。然望合憂離之思，轉逼迫甚矣。【起眉】王曰：此先忖度夫人恐有悔心，顯得鶯鶯聰慧，更見得望合憂離，轉生逼迫。【徐畫眉】【田眉】【延眉】上枝末一句，是啓下枝首句。【湯沈眉】酬和，今本作"酬賀"，非。蓋除賊是酬，結親是和，皆理也。末句便有不足母親意。【驥夾】【延夾】他，音拖。和，一作"賀"。【毛夾】"你看這"至"當酬賀"止，皆折紅調己語，妙在一句不承認。蓋此時紅刻意調新人，而新人刻意推撇，大妙。且正爲下文諱親作勢。盲者不識，便謂鶯認實做夫人。與"相思"、與"臉兒"，宜梳妝矣。没查没立，起"謊"字，猶言没準繩也。僂科，即"嘍囉"，謊人也。不當個，不值得也。解見第三折。信口開合，隨口開閉也。《爭報恩》劇"怎當他只留支刺信口開合"。知他，"他"是活字，北人凡稱"知道"爲"知他"，如董詞"知他是我命薄，你緣業"，以"我、你"上重着"他"字，可驗。此頂賓白"做夫人"語并"有福"來言。你莫聒絮，不見得你個口快也。你知道福分如何，便云"做得夫人過"耶？一氣下。較可，可也。酬謝曰"酬賀"，與董詞"些兒禮物莫嫌薄，待成親後再有別酬賀"同。諸本或作"和"，而天池生且解作"唱和"之和，不通。此頂賓白言，據所云果是兩下相思，今日"較可"耶，也則爲酬謝他，于禮當合，故殷勤耳。此一語繳上起下，且直與首二曲照應，最妙。末句帶起下曲，是元詞過遞法，言但此酬賀筵席，微有异耳。參釋曰：諸本"知他"下有"我"字，或竟認作韵脚。而天池生又以"他我"爲"你我"之解，不知"他"不得稱"你"，且天下豈有七句【新水令】耶？（紅云）敢着小姐和張生結

---

① 酬賀間禮當酬賀：酬賀間，毛本作"則這酬賀間"；禮當，弘本、羅本、屠本、容本、起本、虎本、陳本、秀本、砵本、魏本、峒本作"理當"。何本、天李本、六幻本、湯沈本作"酬和間理當酬和"，驥本、延本同，但前多"這"字；張本同，但無"間"字；徐畫本、徐音本、潘本同，但前多"我想這"。三合本作"我想這酬和間禮當酬和"。

親呵①,怎生②不做大筵席,會親戚朋友③,安排④小酌爲何?⑤【三合眉】理應疑此。(旦云)紅娘,你不知夫人意⑥。⑦【容眉】且不要忒作准了。【硃眉】【湯眉】俱不要忒作准了。【魏眉】真聰明。

【攬箏琶】他怕我⑧是陪錢貨,⑨兩當一便成合。【徐畫眉】【田眉】【延眉】【三合眉】心多爲此。妙,妙。【秀眉】此引俗語以證其實。【湯沈眉】此正説母親心多處。據着他⑩舉將除賊,也消得家緣過活⑪。【羅眉】着,音招。賊,平聲。得,上聲。費了甚一股【湯沈旁】一作"股"。那,【羅眉】那,音哪。【凌眉】"一股那"爲句,用韵,"那"即

---

① 敢着:範本、龍本、繼本、徐畫本、徐音本、六幻本、湯沈本、三合本、潘本作"今日敢着",羅本作"今日",驥本、延本作"敢教"。結親呵:弘本、羅本、容本、徐參本、起本、虎本、陳本、秀本、硃本、延本、天李本、湯本、魏本、峒本作"結親"。
② 怎生:弘本、羅本、容本、虎本、起本、陳本、秀本、硃本、延本、天李本、湯本、魏本、峒本作"可怎生",範本、龍本、徐畫本、徐音本、三合本、潘本作"怎",繼本、湯沈本作"怎麼"。
③ 會親戚朋友:容本、起本、徐參本、虎本、何本、陳本、秀本、硃本、天李本、湯本、魏本、峒本、封本、毛本無。
④ 安排:驥本、延本作"今日安排"。
⑤ "敢着小姐和張生結親呵"至"小酌爲何":屠本作"既是姐姐與張生成親,怎生不安排筵席?這般小小酒兒"。
⑥ 紅娘,你不知夫人意:紅娘,弘本、羅本、繼本、容本、起本、徐參本、驥本、虎本、何本、陳本、秀本、硃本、延本、天李本、六幻本、湯本、湯沈本、魏本、峒本、毛本無。屠本作"你不知道夫人的主意"。
⑦ "(紅云)敢着小姐和張生結親呵"至"你不知夫人意":張本無。
⑧ 他怕我:徐畫本、徐音本、驥本、延本、張本、三合本、毛本、潘本作"怕我"。
⑨ 範本、龍本、屠本、徐畫本、徐音本、張本、三合本、潘本此處多"一來壓驚,二來就親",封本此處多"一來壓驚,二來做親"。
⑩ 據着他:徐畫本、徐音本、三合本、潘本作"憑着這個",驥本、延本、張本作"憑着他"。舉將除賊:徐參本作"舉將除賊功"。
⑪ 也消得:徐畫本、徐音本、驥本、延本、張本、三合本、潘本作"消得個",秀本作"也消得個"。過活:容本、起本、徐參本、虎本、何本、陳本、硃本、天李本、湯本、魏本、峒本作"過"。

"耶"字解，曲中多有此句法。猶《世說》"公是韓伯休那"，"汝欲作沐德信那"。俗本"股"字句，便非韵。徐、王疑之，而改爲"甚麽"以就韵，且云下句是"古那"，故俗訛爲"古"。然元曲祇有"大古里、猶古"，自無"古那"之語。**便待要結絲羅！**①【起眉】【虎眉】花，今本盡作"活"，音似之誤，一至于此。今本"便"字下，或加一"待"字，不通。【張眉】西廂此曲第七句俱少二句。"便待"訛"古那"，非。**休波**，【範眉】【龍眉】"波"字是襯語。**省人情的妳妳忒慮過**②【湯沈旁】應前"心多句"。，【秀眉】妳，音奶。**恐怕張羅**。【謝眉】張羅，猶云鋪設也。【範眉】【龍眉】張羅，猶云羅列。【容眉】聰明倒聰明。【徐畫眉】【田眉】【延眉】【三合眉】波，是襯語。張羅，猶云張列。【徐音眉】崔子又性急矣。【徐參眉】鶯鶯雖聰明，尚未料及反側，亦人情之至變處。【陳眉】【硃眉】聰明到底。【湯眉】聰明到聰明。【湯沈眉】古、波，皆助詞。張羅，猶言羅列。古本"費了甚麽"作句，"古那便結絲羅"又作句。俗本訛"古"作"股"，又訛屬上句，不叶韵，文理亦不通。【峒眉】到也聰明。【驥夾】【延夾】合，叶哥，上聲。賊，叶平聲。活，叶和。【凌夾】張羅，元語即"多羅"，猶俗言扯闊了、弄大了之謂。詞中有"圖甚苦張羅"可證，正與上"省人情"意反。【三合夾】合，音哿。【毛夾】合，叶哥，上聲。此以筵席揣夫人意，反激下諱親也。方語指女子爲陪錢貨，元詞多用之。兩當一，謂以兩事作一事也。便成合，將就混并也，與"便結絲羅"不同。古那、波，俱語詞，俗本以"古"作"一股"，此以字聲之誤，而又添"一"字者。張羅，張施羅列，歇後語也。《貨郎旦》劇"則要我慶新親，茶飯張羅"。【潘夾】妳，音乃。只此消得"家緣過活"四字，便將崔氏家私全盤打

---

① 費了甚一股那，便待要結絲羅：弘本、羅本、繼本、容本、何本、硃本無"待要"，屠本無"便待要"。起本、徐參本、虎本、陳本、天李本、湯本、魏本、峒本、封本作"花費了甚一股那，便結絲羅"，徐畫本、徐音本、驥本、延本、六幻本、湯沈本、三合本、毛本、潘本作"費了甚麽古那，便結絲羅"，張本作"費甚麽，便待結絲羅"。

② 省人情的：徐畫本、驥本、三合本、潘本作"省人情"。妳妳忒慮過：徐參本作"休忒慮過"。

點。雙文甫出閣門，遽作不平之鳴，未免責望太過，所以反成不足也。此亦造化謙盈之理，不可不省。（末云）小子更衣咱①。（做撞見旦科）②【容眉】【湯眉】好關目。【封眉】時本多誤作"生撞見鶯科"。

【慶宣和】（旦唱）③【封眉】即空主人曰俗本作生唱，誤。門兒外，簾兒前，將小脚兒那。【羅眉】前，音千。脚，音絞。那，音哪。【三合眉】活現傳神。我恰待④【湯沈旁】一作"我只見"。目轉秋波，【謝眉】應前"秋波一轉"意。【起眉】"我只見"一作"我却待"，不通。【繼眉】一本作"我只見目轉秋波"，與下句不相應，今從古本改定。【虎眉】我只見，一作"我却待"，不通。【封眉】我恰待，時本多誤作"我只見"。誰想那識空便的靈心兒⑤早瞧破，【範眉】【龍眉】趙本作"我却待目轉秋波"。空，音控。【田補眉】"識空便"句，語俊甚。【秀眉】空，音控。【張眉】靈心，言心之透靈空便也。添"識"字，豈言"識我"耶？諕得我⑥倒趄，倒趄。【羅眉】諕，音下。【容眉】畫。【陳眉】【魏眉】【峒眉】好事將成，不消贊賞。【秀眉】趄，音朵。【凌眉】此乃鶯自言，"我那動了脚，打點轉眼看他，誰想他已瞧破，諕得我倒趄"，極自明白。時本作生唱，改"恰待作只見"，其意謂"秋波"不宜鶯自稱。不知"秋波"是詞家語，只當得"眼"字。若是生則正要撞見，豈怕其瞧破而倒趄耶？查舊本惟趙本同，今徐、王二本皆

---

① 小子更衣咱：小子，羅本、繼本、徐畫本、徐音本、秀本、延本、張本、潘本作"小生"。屠本作"小生告去更衣"。
② （做撞見旦科）：驥本、延本作"（做撞見旦，生避科）"，六幻本、湯沈本作"（生撞見鶯，避科）"，封本作"（出科，鶯撞見科），毛本作"（做撞見，旦兒避科）"。
③ （旦唱）：龍本、虎本、何本、陳本、秀本、硃本、天李本、湯本、魏本、峒本、潘本作"（生唱）"。
④ 我恰待：弘本、範本、龍本、羅本、容本、起本、徐參本、虎本、何本、陳本、秀本、硃本、天李本、湯本、魏本、峒本作"我只見"，屠本作"我見他"，張本作"俺恰待"，六幻本、湯沈本作"我却待"，毛本作"我恰纔"。
⑤ 識空便的：張本作"空便"。靈心兒：毛本作"靈心"。
⑥ 我：張本作"俺"。

是。【硃眉】【湯眉】畫。【湯沈眉】此曲方本、諸本俱作生唱，然"目轉秋波"語殊不類，斷作鶯唱無疑。"識空便"句，語甚俊。"倒趄，倒趄"，各二字成句。【徐畫夾】【田夾】【三合夾】空，音控。【驥夾】【延夾】上"那"字，平聲；下"那"字，去聲。空，去聲。【毛夾】上"那"字，平聲。趄，音朵。此下三曲，諸本將【甜水令】生唱一曲，互爲顛倒，反以【慶宣和】【雁兒落】【德勝令】三曲屬生唱，而以【甜水令】屬鶯唱。王伯良諸君因其有誤，遂將【甜水令】一曲亦不作生唱，則餒羊盡去矣。院本原有參唱例，只此三曲非是耳。參釋曰：那者，那移不前也。倒趄，退步也。鶯甫覷而生已覺，生突至而鶯又不前，寫初見關目宛然。若作生唱，則自稱"秋波"不合，且生無見鶯詑倒之理。原本之不可改如此。王伯良曰："倒趄，倒趄"，各二字成句，俗本去下二字，非。

（末見旦科）① （夫人云）小姐近前，拜了哥哥者！（末背云）呀，聲息不好了也！② （旦云）呀③，俺娘④變了卦也！（紅云）這相思又索害也⑤！【徐畫旁】【徐畫珠眉】【湯夾】批：只"哥哥"二字，便這樣不好。【徐畫眉】情景逼真。【徐音眉】夫人言，滿堂喝泣。【徐參眉】"拜哥哥"三字令人魂消魄褫。【陳眉】家人變睽。【硃眉】只說出"哥哥"二字，便這樣不好。【湯眉】畫。【三合眉】只"哥哥"二字，便這般不好。【容夾】此"哥哥"二字，便這樣不好。【潘夾】中間人着急，這邊相思又索害，你的殷勤却動頭也。

---

① （末見旦科）：弘本作"（生坐見旦科）"，龍本、徐畫本、徐音本、三合本、潘本作"（生坐定見鶯科）"，延本作"（生坐，旦見科）"，六幻本作"（生坐定科）"，封本作"（生回科，鶯至科）"，毛本作"（正末就坐，旦兒進見了）"。容本、徐參本、陳本、秀本、硃本、張本、天李本、湯本、湯沈本、魏本、峒本無。
② （末背云）呀，聲息不好了也：屠本無。
③ 呀：驥本、延本無。
④ 俺娘：徐畫本、徐音本、張本、三合本、潘本作"娘"。
⑤ 這相思又索害也：又索，屠本作"索要"；也，徐參本、魏本、峒本作"也呵"。屠本此句後多："（生云）聽的夫人道來，顯些兒諕殺我也。"

【雁兒落】（旦唱）荆棘剌怎動那①，死没騰無回豁②，【湯沈旁】形容失意，景態宛然。措支剌不對答③，軟兀剌難存坐！④【範眉】【龍眉】俱鄉語。【羅眉】豁，音下。得，上聲。那，音哪。【容眉】【硃眉】【湯眉】畫。【起眉】【虎眉】此金元時語，每折間有，觀者貴在會意，不必求其盡解也。【徐畫眉】【田眉】【延眉】荆棘列，皮破也；死木藤，不動也；措支剌，被刺也；軟兀剌，不安也。并方言。兀剌，胡語是靴。【秀眉】剌，音臘。【凌眉】"荆棘剌"等語諸解，詳《解證》中。【張眉】藤死木上，絶不活動。訛"没騰"，非。支生，方言"支哩"。支生，不自然也。【湯沈眉】各上三字襯貼下三字。回和，亦酬答之意。荆棘列，皮破也；死木藤，不動也；措支剌，被刺也；軟兀剌，不安也。并胡語。【封眉】即空主人曰：此皆鶯狀生爾時光景如此，俗本作生唱，誤。【徐畫夾】【田夾】【三合夾】剌，音辣。【毛夾】此元詞呼襯法，每句着呼襯數字，詞例如此。荆棘列，即"荆棘律"，猶冰兢也。《黑旋風》劇"諕得我荆棘列膽戰心驚"。俗作"荆棘剌"，非。死没藤，即"死没騰"，呆獃也。《貨郎旦》劇"氣的我死没騰軟癱做一垛"。回和，應和也。《黄粱夢》劇"喋聲的休回和"，俗作"回豁"非。措支剌，即"錯支剌"，錯亂也。語言不對，故曰"不對答"。軟兀剌，軟癱也，軟癱不安，故曰"難存坐"。措支剌只是"措"意，"支剌"與"兀剌"同是語

---

① 荆棘剌怎動那：弘本、範本、龍本、羅本、繼本、容本、起本、徐參本、虎本、何本、陳本、秀本、硃本、天李本、湯本、魏本、峒本前多"諕得我"，屠本同，但"剌"作"列"；徐畫本、徐音本、三合本、潘本作"則見你荆棘列怎動那"，驥本、延本、張本、六幻本、湯沈本、毛本作"則見他荆棘列怎動那"，封本作"諕得他荆棘列怎動那"。

② 死没騰：徐畫本、徐音本、三合本作"死木藤的"，屠本、張本作"死木藤"，潘本作"死木互的"。回豁：屠本作"回活"，徐畫本、徐音本、驥本、何本、延本、張本、六幻本、毛本、潘本作"回和"。

③ 措支剌：徐畫本、徐音本、潘本作"措支剌的"，張本作"措支生"。不對答：羅本作"没對答"。

④ 軟兀剌難存坐：軟兀剌，徐畫本、徐音本作"軟兀剌的"，張本作"軟兀答軟兀剌"。潘本作"軟兀剌的難蹲坐"。範本、龍本後多"（生云）好怪好怪"。

詞。如《勘頭巾》劇"我跟前聲支剌叫喚，因甚的此襯不答"，彼又襯"叫喚"，可見。

【得勝令】誰承望這即即世世老婆婆①，【潘旁】句法中俱用叠韵。【張眉】積世，猶言"積年"，訛"即即世世"，非。着鶯鶯做妹妹拜哥哥②。【羅眉】着，音招。【凌眉】"即即世世婆婆，鶯鶯妹妹哥哥"，正以叠字暗對。此自可襯字。王伯良謂于本調多二字，非也。本傳【得勝令】七字八字九字者，正自不少。【碟眉】哥妹相呼，好圖後一着。【峒眉】哥妹相呼，好圖後話。【封眉】即空主人曰：即即世世婆婆，鶯鶯妹妹哥哥，正以叠字暗對，此自可襯字。王伯良謂于本調多二字，非也。本傳【得勝令】七字八字九字者，正自不少。白茫茫溢起藍橋水，【羅眉】白，音擺。不鄧鄧【湯沈旁】方作"不鄧鄧"。點着祆廟火③。【範眉】【龍眉】【繼眉】藍橋水，白公事。祆廟火，陳氏子事。【秀眉】祆，音軒。【張眉】赤騰騰，火之色與聲也。訛"不鄧鄧"，非。碧澄澄清波，撲剌剌將④比目魚分破。急攘攘因何⑤，扢搭【湯沈旁】蓋打，猶言霎時。地把雙眉鎖納【湯沈旁】

---

① 誰承望這即即世世老婆婆：誰承望這，羅本作"呀，誰承望"，屠本作"誰承望"，徐畫本、徐音本、三合本、潘本作"誰想這"。驪本、延本、張本作"誰想這積世老婆婆"，湯沈本作"誰承望這積世老婆婆"，毛本同，但"積世"作"即世"。

② 着鶯鶯做妹妹拜哥哥：着，徐畫本、徐音本、驪本、延本、三合本、毛本作"教"。張本作"教妹妹拜哥哥"，潘本作"教鶯鶯妹妹拜哥哥"。

③ 不鄧鄧：範本、龍本、羅本、繼本、徐參本、張本、六幻本、湯沈本、潘本作"赤騰騰"，容本、起本、虎本、何本、陳本、秀本、碟本、天李本、湯本、魏本、峒本、封本、毛本、潘本作"赤鄧鄧"，屠本作"勃騰騰"。點着：羅本作"點起"。祆廟火：碟本作"妖廟火"。

④ 撲剌剌將：屠本作"忽剌的將"，徐畫本、徐音本、三合本、延本、潘本作"撲剌剌的把"，驪本作"撲剌的把"，張本作"撲剌剌"，毛本作"撲剌的"。

⑤ 急攘攘因何：弘本作"急攘因何"，範本、龍本、天李本、湯本、毛本作"急攘攘的因何"，屠本作"愁攘攘因何"，六幻本作"急穰穰因何"。弘本、羅本、範本、龍本、容本、起本、徐畫本、徐音本、徐參本、虎本、何本、陳本、秀本、碟本、天李本、湯本、三合本、魏本、峒本、封本、毛本、潘本後多"聽得夫人說罷呵"。

那，去聲。合。【範眉】、龍眉】扢搭地，猶云霎時。合，音呵。【繼眉】【秀眉】扢搭地，猶云霎時。【容眉】【湯眉】傳神至此。【起眉】李曰：一部《西廂》，往往逗漏出重重疊疊字面，見短處，政見長處。觀者自不厭，唯恐終場。譬入賈胡航上，珍寶堆落，不嫌其爲混雜。【徐畫眉】【田眉】【延眉】扢搭，即打結。【田補眉】"雙眉鎖"對"比目魚"，"納合"對"分破"。【徐參眉】嬌客頓成悶客，可恨，可恨。【凌眉】王伯良曰："雙眉鎖"對"比目魚"，"納合"對"分破"。《酷寒亭》劇"拽後門將三簧鎖納合"。【張眉】扢搭，打結也。【湯沈眉】舊作"即即世世"，于本調多二字，不叶。"雙眉鎖"對"比目魚"，"納合"對"分破"。扢搭，即打結。"納合"者，納而合之也。【驥夾】【延夾】袄，音軒。扢，音蓋。搭，叶打。納，叶囊亞反。合，叶何。【三合夾】袄，音軒。扢，音蓋。【毛夾】袄，音軒。"即世"與"積世"同。董詞"被這個積世的老虔婆瞞過我"，勿作"即即世世"。藍橋，裴航遇雲英事。袄廟，蜀帝公主事。元詞并用，如《爭報恩》劇"我着他火燒袄廟，水渰了藍橋"。雙眉鎖，以愁眉如鎖也，即董詞"頓不開眉尖上悶鎖"，與《魯齊郎》劇"雙眉不鎖"正反。納合，納而合之也。《酷寒亭》劇"拽後門將三簧鎖納合"。扢搭、撲刺，俱呼襯詞。【潘夾】袄，音邀。"急攘攘"句，言其急難立功爲着何來？"積世老婆婆"幾于咒罵矣。向稱怨女，不知怨誰。樂府曰："阿婆許嫁女，今年無消息。"此怨阿婆之言也。今雙文亦明明怨着阿婆。（夫人云）紅娘看熱酒①，小姐與哥哥把盞者②！【陳眉】哥妹相呼，更好圖後一着。【魏眉】哥妹相呼，總是你後話可成。

---

① 看熱酒：弘本作"看熱酒者"，屠本、秀本作"看酒來"，容本、起本、徐畫本、徐音本、徐參本、驥本、虎本、何本、陳本、硃本、延本、張本、天李本、湯本、三合本、魏本、峒本、封本、毛本、潘本作"看熱酒來"，秀本作"看酒"。
② 小姐與哥哥：屠本作"待小姐與哥哥"，驥本、延本作"着小姐與他哥哥"。把盞者：屠本作"把一杯者"。

【甜水令】（旦唱）① 我這裏②粉頸低垂，蛾眉頻蹙③，芳心無那。【範旁】【龍旁】猶云無奈。【湯沈旁】言無那何，【羅眉】那，音哪。【徐畫眉】【田眉】【延眉】無那，是無奈何。【張眉】那，音懦。俺可甚④"相見話偏多"！【凌眉】相見話偏多，成語，今反言之，故曰"俺可甚"。王解爲夫人之多辭說，便與上下文何干？【張眉】"可甚"句，言既悔親，多言爲甚？徒着人煩惱。如下文云云。星眼⑤朦朧，檀口嗟咨⑥，擷窨不過。【範眉】【龍眉】擷窨是鄉語。《琵琶記》云"終朝擷窨"。又，小兒啼曰"喑"。【繼眉】擷窨，《琵琶記》："終朝擷窨。"【凌眉】徐士範曰：擷窨，鄉語。《琵琶記》"終朝擷窨"。【張眉】擷窨，提掇也，與後"跌窨"不同。這席面兒暢好是烏合⑦。【範眉】【龍眉】烏合，聚而易散。易散，又恐是烏有之意。【繼眉】【秀眉】烏合，聚而易散。【起眉】烏，或作"鳴"，非。【徐畫眉】【田眉】【延眉】"俺這席面"句，言只是尋常會衆之席，見其非做親酒饌也。烏合，重易散意，初意合而不散也。【徐音眉】懷所懷而來，怒所怒而去。【湯沈眉】"可甚"句，怪夫人悔親，相見徒多詞說，擷，頓足；窨，怨悶。烏，是易合而易散的。言這席面聚散倏忽，故致悵恨。暢好，言着實好一場烏合也。【三合眉】"可甚"句，怪夫人悔親，相見徒多辭說。擷，頓足也。窨，怨悶也。暢好，着實也。烏，易合易散。【驥夾】【延夾】那，音糯。擷

---

① （旦唱）：毛本作"（正末唱）"。
② 我這裏：徐畫本、徐音本、驥本、延本、張本、三合本、潘本無，毛本作"則見"。
③ 頻蹙：徐畫本、徐音本、驥本、延本、張本、六幻本、三合本、潘本作"輕蹙"，毛本作"微蹙"。
④ 俺可甚：範本、龍本、繼本作"俺可甚麼"，驥本、延本作"俺都甚"，張本作"可甚"。
⑤ 星眼：屠本作"惺眼"，毛本作"則見星眼"。
⑥ 嗟咨：羅本作"咨嗟"。
⑦ 這席面兒暢好是烏合：烏合，弘本、羅本作"鳴合"。徐畫本、徐音本、驥本、延本、三合本、潘本作"俺這席面兒暢好烏合"，張本作"這席面暢好烏合"，毛本作"這席面暢好似烏合"。

窨，音迷蔭。合，同上。【三合夾】擷，音店。【毛夾】那，去聲。擷窨，音跌蔭。此曲參生唱，于忙中反寫鶯二比，且與上【雁兒落】彼此摸寫，最有意趣。他本將生唱錯注，反以此爲鶯唱，覺鶯寫張，于粉頸、蛾眉、芳心、星眼、檀口，并低微朦朧諸語，多少不合。相見話偏多，言歡會也。俺可有甚耶？席面似烏合，言易散也。此不暢似耶。擷窨，擷躓而窨悶，與《猪八戒》劇"着我獨懷跌窨"，《琵琶記》"怪得終朝擷喑"俱同。以北音無正字，多通用也。王注泥董詞"擷頓金蓮"句，謂"擷"是頓足，則《漢宮秋》劇"攀欄的怕擷破了頭"，《黄梁夢》劇"這一交險擷破了天靈蓋"，亦頓足耶？烏合，用《史記》"烏合之衆"語。赤文曰：王本以此作鶯唱，删去"則見"二字，不知粉頸、蛾眉等自指，指生，真不可解。【潘夾】烏合，言易散也。窨，音陰。

（旦把酒科）（夫人央科）①（末云）小生量窄②。（旦云）紅娘，接了臺盞③者！【容眉】【砆眉】【湯眉】傳神至此。一語便傳神至此，神！神！【虎眉】烏，或作"鳥"，非。【陳眉】傳神至語。

【折桂令】他其實咽不下玉液金波。誰承望月底西廂④，【羅眉】月，音曰。變做了⑤夢裏南柯。淚眼偷淹⑥，酩子裏揾濕⑦

---

① （夫人央科）：屠本作"（夫云）先生滿請一杯"，封本作"（夫人云）先生請盡一杯"，容本、起本、徐參本、驪本、虎本、何本、陳本、砆本、延本、天李本、六幻本、湯本、湯沈本、魏本、峒本、毛本無。
② （末云）小生量窄：何本無。屠本此句後多"醉了"，徐參本、驪本、虎本、何本、陳本、秀本、砆本、天李本、六幻本、湯本、魏本、峒本、毛本此句後多"（夫人央科）"，延本此句後多"（夫人央了）"。
③ 臺盞：屠本作"杯"。
④ 西廂：弘本作"星前"。
⑤ 變做了：羅本、屠本作"倒做了"。
⑥ 羅本此處多"淚眼偷淹"。
⑦ 揾濕：羅本、容本、起本、徐參本、虎本、何本、陳本、秀本、砆本、天李本、湯本、魏本、峒本、封本作"揾濕了"，徐畫本、徐音本、驪本、延本、張本、三合本、毛本、潘本作"都揾濕"。

香羅。【徐參眉】兩相摹擬，不爽毫釐。如畫！他那裏眼倦開軟癱做一垜①【湯沈旁】墮。；【秀眉】癱，音貪。【繼眉】垜，音惰。我這裏手難抬稱不起肩窩②。【田補眉】稱不起，此句不着文後。【凌眉】稱不起肩窩，亦軟意。王改"勾不着"，無解。【張眉】稱不起，言着氣低垂，不能舉也，光景可想。病染③沉疴，【潘旁】音阿。斷然④難活。則被你⑤送了人呵，【羅眉】則，入聲。當甚麽⑥嘍囉！【容眉】【湯眉】【魏眉】【峒眉】畫，畫。【徐畫眉】【田眉】【延眉】僂儸，狡猾也。鶯鶯意謂夫人改悔親事，則己與張生決無俱生之理，送了人性命，則是忘恩悖德，當你甚僂儸而可爲哉？【秀眉】當，音黨。當甚嘍囉，此言嗔母身安悔盟，不如不退孫賊。【凌眉】嘍囉，即花言巧語之意，亦"耍"字之意。詳《解證》。【硃眉】畫。【湯沈眉】一垜，猶言一堆。斷復，諸本作"斷然"。僂儸，乾辦雜事之稱。【三合眉】興趣一時都盡，可憐可憐。【徐畫夾】【田夾】【驥夾】【延夾】垜，音墮。【三合夾】疴，音欹。【毛夾】身不遂爲"軟癱"，僂儸即"嘍囉"，調謊也。《酷寒亭》劇"孩兒伶便口嘍囉"，無名氏有"休來閒嗑，俺奶奶知道罵我，逞甚麽僂儸"，俱指利口可見。當甚，當不得也，與"不當個"同，解見第三折。此又合承上【雁兒落】【甜水令】來。送了人呵，亦不專指生。參釋曰：斷復，筠本作"斷後"，字形之誤。僂儸，《五代史·漢臣傳》劉鈇謂李鄴等曰："諸君可謂僂儸兒矣。"【潘夾】僂儸，小輩言送人性命，猶同兒戲。（夫人云）

---

① 做一垜：徐畫本、徐音本、潘本作"做了一垜"。
② 手難抬稱不起肩窩：羅本此句前多"手難抬"。驥本、延本、毛本作"手難抬勾不着肩窩"。
③ 病染：硃本作"染"。
④ 斷然：徐畫本、徐音本、驥本、延本、張本、六幻本、湯沈本、三合本、毛本、潘本作"斷復"。
⑤ 則被你：徐畫本、徐音本、驥本、延本、張本、三合本、毛本、潘本無。
⑥ 當甚麽：徐畫本、徐音本、驥本、秀本、延本、張本、潘本作"當甚"。

再把一盞者。（紅遞了盞）① （紅背與旦云）姐姐，這煩惱怎生是了②？③【容眉】【湯眉】好關目。【陳眉】關目妙。【碳眉】關目好。

【月上海棠】④【張眉】二曲俗本前後雜亂，不惟文義不屬，抑且于調不合，今更定。（旦唱）而今煩惱猶閑可，久後思量怎奈何⑤？【範旁】【龍旁】說擔兩頭。【潘旁】便尋思後着。有意訴衷腸，爭奈母親側坐【湯沈旁】怨意不堪。成拋趓，咫尺間如間闊【湯沈旁】二字一作"天河"。⑥【謝眉】下"間"作"澗"。【範眉】【龍眉】此間親親之情下于卿卿，正鶯鶯所自云"兒女之情，不能自固"者也。【容眉】【湯眉】【魏眉】【峒眉】妙！妙！【徐參眉】欲親怎親？咫尺天涯。【虎眉】如間闊，一作"似天河"，亦有意味。【凌眉】王伯良曰："咫尺"句一連唱下，"間"字勿斷，調法如此。【張眉】"間"字，上平聲，下去聲。【湯沈眉】拋趓，猶言拋閃。下句正拋閃之意。【封眉】王伯良曰："咫尺"句一連唱下，"間"字無斷，調法如此。【驥夾】【延夾】下"間"字，去聲。闊，叶上聲。【湯沈夾】間，去聲；闊，上聲。【毛夾】下"間"字，去聲。

---

① （夫人云）再把一盞者。（紅遞了盞）：（紅遞了盞），容本、起本、陳本、秀本、碳本、天李本、湯本、魏本、峒本作"（紅娘又遞一盞，生辭科）"，徐參本作"（紅再遞酒，生辭科）"，封本作"（紅遞盞，生辭科）"。屠本無。
② 這煩惱怎生是了：怎生是了，弘本作"怎了"，容本、起本、徐參本、虎本、何本、陳本、秀本、碳本、湯本、魏本、峒本、毛本作"怎生了"，驥本、延本作"怎了也呵"，封本作"怎了也"。天李本作"你煩惱怎生了"，屠本作"你且休要煩惱者"。
③ "（紅遞了盞）"至"這煩惱怎生是了"：張本無。
④ 【月上海棠】：張本將此曲作"【幺】"，置於下曲【幺篇】之後。
⑤ 怎奈何：弘本作"怎何"。
⑥ 咫尺間如間闊：如，張本無。屠本此句後多"（夫云）紅娘，待我自奉張先生一杯酒。（生云）小生委實醉了"。

【幺篇】① 一杯悶酒尊前過，低首無言自摧挫②。不甚③醉顏酡，【張眉】酡，音舵。却早嫌④玻璃盞大，【範眉】【龍眉】【秀眉】大，音惰，韵書亦有叶此聲者。【羅眉】大，音墮。【繼眉】大，古音惰，今韵書收入廿一個，無一駕切者。【凌眉】"不甚醉"正與"却早嫌"相應，俗本俱作"不堪"，不思此句第二字須仄聲，乃合調。【封眉】即空主人曰：不甚醉，正與"却早嫌"相應，俗本作"不堪"，誤。從因我，酒上心來覺可。⑤【徐畫眉】【田眉】言凡此悶而厭酒，非真爲酒所苦，皆因我而然也。然酒可解愁，則又賴于醉。故曰"酒上略較可"耳。【徐音眉】怨裏添□。【延眉】言凡此悶而代酒，非真爲酒所苦，皆因我而然也，然酒可解愁，則又賴于醉。故曰"酒上心來略較可"耳。【湯沈眉】此曲俱指張生，言張悶而厭酒，豈真嫌玻璃盞大哉？只爲我也！若真酒醉固猶較可，而不至如此之摧挫耳。【封眉】較，時本多作"覺"。【驥夾】大，音墮。【三合夾】玻，音波。【毛夾】大，音墮。"爭奈"諸句，用董詞"咫尺半如天邊""奈夫人間阻"諸語。拋趆，拋撇也。"一杯"三語，承生辭酒來。可早，或作"可是"，與"可曾""可有""可"字同，言不勝醉者，可因酒乎？因我耳，若因酒猶較可耳。屏侯曰："一杯"六句，順文自曉，索解實難。向或于飲次懸觥屬解，人各沾醉，解終不得，大抵誤認。末句爲勸飲釋悶，便索然矣。始知順文亦非易也。【潘夾】月上海棠兩闋，與長亭把盞，遙遙相對。一邊道"母親側坐"，一邊道

---

① 【幺篇】：張本將此曲作"【月上海棠】"，置于【幺】前，後多："（紅背對鶯科）姐姐，這煩惱怎生是了？"
② 自摧挫：弘本作"自推挫"。
③ 不甚：容本、起本、徐畫本、徐音本、徐參本、驥本、虎本、何本、陳本、秀本、砆本、延本、天李本、湯本、湯沈本、三合本、魏本、峒本、張本、毛本作"不堪"。
④ 却早嫌：弘本、容本、起本、徐畫本、徐音本、徐參本、驥本、虎本、何本、陳本、秀本、砆本、延本、張本、天李本、六幻本、湯本、湯沈本、三合本、魏本、峒本、封本、毛本、潘本作"可早嫌"，龍本作"早嫌"，羅本作"又嫌我"。
⑤ 覺可：徐畫本、徐音本、驥本、何本、延本、張本、六幻本、湯沈本、三合本、封本、毛本、潘本作"較可"。

"子母當避"，一邊道"有意訴衷腸"，一邊道"有心與他舉案"；一邊道"低首無言自摧挫"，一邊道"眼底空留意"。是一副心腸，却有兩番情事。東閣情事有成敗之傷，長亭情事有合離之感，然寧爲長亭，不願爲東閣也。（夫人云）紅娘，送小姐臥房裏①去者。【湯旁】惡極。（旦辭末出科）（旦云）俺娘好口不應心也呵②！【繼眉】大，古音惰。今韵書收入廿一個，無一駕切者。【陳眉】後來醜惡，全是這個老乞婆。

【喬牌兒】老夫人轉關兒沒定奪③，啞謎兒怎猜破；【徐畫眉】好！【秀眉】謎，音媚。黑閣落甜話兒④將人和，【範眉】【龍眉】黑閣落裏，猶云背地。和，去聲。【繼眉】黑閣落，猶云背地裏。和，去聲。【凌眉】黑閣落，北人鄉語，今猶然。【張眉】黑閣落，暗地也。和，去聲，打和也。言暗地打和，如何捉摸？【三合眉】黑閣落，猶暗地裏。請將來着人不快活⑤。【容眉】【湯眉】怎麼便快活？【徐畫眉】【田眉】【延眉】背地裏許人結姻緣，是"黑閣落"云云；今日席上命拜兄妹，是"請將來"云云。【徐參眉】怎麼不快活，你又做一至意，與他一個快活到底。【湯沈眉】"轉關"句，言無準誠。"啞謎"句，言術之狡。黑閣落，謂屋角暗處。背地裏許人結

---

① 送小姐臥房裏：送，驥本、延本、毛本作"攛"；裏，龍本無。繼本作"送小姐到臥房裏"。
② （旦云）俺娘好口不應心也呵：呵，屠本無。驥本、延本、毛本作"（旦長吁了）"。
③ 老夫人：徐畫本、徐音本、驥本、延本、張本、三合本、毛本、潘本無。兒：徐參本無。
④ 黑閣落：範本、龍本作"黑閣落裏"，徐畫本、徐音本、驥本、三合本、潘本作"黑閣落的"。甜話兒：徐畫本、徐音本、驥本、延本、張本、三合本、毛本、潘本作"甜句兒"。
⑤ 請將來着人不快活：着，徐畫本、徐音本、驥本、延本、張本、三合本、毛本、潘本作"教"。弘本、範本、龍本、徐畫本、徐音本、張本、三合本、魏本、峒本此句後多"（紅云）姐姐，你休怨別人"，羅本、繼本、容本、起本、徐參本、虎本、何本、陳本、秀本、碌本、天李本、六幻本、湯本、湯沈本、封本同，但無"你"；【封眉】即空本無此白，與"不争你"白。將此曲亦作鶯唱，誤。不思前紅替鶯祝云"拖帶紅娘咱"耶？屠本此句後多"（紅云）姐姐，你休怨別人，這都是你的命該如此"。

親，是"黑閣落"云云；今席上拜兄妹，是"請將來"云云。【三合眉】如何便快活？【魏眉】怎麼不快活。【峒眉】真不快活。【三合夾】悶，音閣。【毛夾】惟"轉關"，故"沒定奪"，即下文"難着摸"也。黑閣落，不明白也。和即"回和"之和。"甜句"指婚姻，與末曲"甜句兒落空他"相應，謂不明不白以婚姻許人，請將來教人煩惱耳。董詞"及至請得我這裏來，教我腌受苦"。參釋曰：此後雜作惆悵語也。【驥夾】奪，叶多。【延夾】奪叶多。【潘夾】許成親，忽然不成，而又不明說出到底成不成，全無定奪。這等啞謎難猜。觀此語，雙文尚有三分幾幸之心。

【江兒水】① 佳人自來②多命薄【湯沈旁】叶破。，秀才每③從來懦。【陳眉】真個是懦。【魏眉】【峒眉】真是懦。悶殺沒頭鵝，【謝眉】沒頭鵝，諺云：是鵝寒趨頭插入翅內也。【範眉】【龍眉】【繼眉】沒頭鵝，舊解或是。諺云：鵝寒插翅，鴨寒下水。撇下陪錢貨，④【範旁】【龍旁】應前語。【湯沈旁】叶破。鶯自謂。【凌眉】沒頭之鵝，陪錢之貨，語意自對。王伯良證"頭鵝"，非不博要，未免飾經從傳，詳《解證》中。【三合眉】天鵝沒頭，則群飛失序。今崔喪父，而婚姻冒冒如沒頭鵝。下場頭那答兒發付我⑤！【湯沈旁】怨母使己之無所適從。【徐畫眉】【田眉】【延眉】天鵝群飛，有頭鵝領之，則其行次整然不亂。如失頭鵝，則亂矣。故以頭鵝比人家之有家

---

① 【江兒水】：羅本、徐畫本、徐音本、張本、三合本、毛本、潘本作"【清江引】"。
② 自來：封本作"自古"。
③ 秀才每：張本作"秀才"。
④ 弘本、繼本、屠本、容本、起本、徐畫本、徐音本、徐參本、虎本、何本、陳本、秀本、硃本、天李本、六幻本、湯本、湯沈本、三合本、魏本、封本、潘本此處多"不爭你不成親呵"，峒本此處多"不爭你不成親事"。
⑤ 下場頭那答兒發付我：下場頭，徐畫本、徐音本、三合本、潘本作"久以後"；那答兒，弘本作"那裏呵"，範本、龍本、繼本、屠本、容本、起本、徐參本、虎本、何本、陳本、秀本、硃本、天李本、湯本、湯沈本、魏本、峒本作"那些兒"，徐畫本、徐音本、驥本、延本、張本、三合本、毛本、潘本作"那裏"。範本、龍本、徐畫本、徐音本、六幻本、三合本、潘本此句後多"（紅云）姐姐方纔出洞房來，好不快活"，張本此句後多"（紅）姐姐出洞房來，好不快活"。

長。今崔早喪其父，故使其雜亂無定向也。即婚姻大事，亦冒冒如此，如沒頭鵝然。"撇下"句，即父死撇其女也。"久以後"句，猶云日後且看他着落在何處也。見紅娘亦失望，與前請生【幺篇】相照應。【湯沈眉】天鵝群飛，首一隻爲引領，謂之"頭鵝"。此以頭鵝比人家之有家長。今鶯喪父而母悔親，如無頭的鵝一般，而留下我這賠錢貨在耳。【封眉】那答兒，時本作"那些"，非。【驥夾】【延夾】薄，叶波。【毛夾】首句自怨，次句怨生，以生任悔親，是爲懦也。天鵝以引前一隻爲頭鵝，無頭鵝則群鵝失序，故曰"沒頭鵝"。關漢卿詞"我便似沒頭鵝，熱地上蚰蜒"。蓋鶯因父亡而親事不的，故云悶殺我無主之家，而撇我在此，久後不知安放在何處也，此又怨父也。王伯良曰：《輟耕錄》載，元鷹房每歲以所養海青獲頭鵝者，賞黃金一錠。劉靜修《詠海青》詩"平蕪未灑頭鵝血"。【潘夾】此闋向作紅唱，延閣訂本仍作鶯唱，其理更深，讀末句自知之。"命薄"句正與前文"福命何如"對針相應，"懦"字是張生病根，却被俊眼泂口拈破。"久以後那裏發付我"，崔可謂深思熟慮，今日圖賴張生，且不必言。鄭公子誼在中表，終風謔浪，小姐寧不稔聞？倘母氏必踐前盟，是投珠于路，而抵璧于蛟也；是縛駿鹽車，而烹琴爨下也；是不成爲王，適敗爲寇也；是出聖門，而入禽門也。通身一想，如何將算子打下？

【殿前歡】怡纔個①笑呵呵，都做了②江州司馬淚痕多。【範眉】【龍眉】江州司馬，白樂天。【繼眉】江州司馬，白樂天事，見《琵琶行》。【凌眉】笑呵呵都做了淚痕，何等妙語。徐改爲"變做"，便如嚼蠟。【封眉】即空主人曰：笑呵呵都做了淚痕，何等妙語。徐改爲"變做"，便如嚼蠟。若不是一封書③將半萬賊兵破，【羅眉】賊，平聲。【張眉】書字上添"一封"，非。【三合眉】破賊正爲奴。俺一家兒怎得④存活。【封眉】此乃鶯

---

① 怡纔個：徐畫本、徐音本、驥本、陳本、延本、張本、三合本、潘本作"怡纔"。
② 都做了：徐畫本、徐音本、驥本、何本、延本、張本、六幻本、湯沈本、三合本、潘本作"變做了"。
③ 一封書：張本作"書"。
④ 俺：驥本、延本、張本、三合本、封本、潘本作"咱"。怎得：魏本、岣本作"怎得個"。

對紅怨訴之詞，時本有作紅唱者，誤。他不想結姻緣①想甚麼？【湯沈旁】粗中精語。【範眉】【龍眉】"不想姻緣"句，粗中精語。到如今難着莫②。【羅眉】着，音照。【湯沈眉】白樂天《琵琶行》："就中泣下誰最多？江州司馬青衫濕。"難着摸，猶言難撈摸也。【封眉】捉摸，時本作"着莫"，義同。老夫人謊到天來大③，【羅眉】大，音墮。當日成也是恁個母親④，今日敗也是恁個蕭何⑤。【範眉】【龍眉】【繼眉】【湯沈夾】語云：成蕭何，敗蕭何。亦因韓信事，而遺此語。【起眉】王曰："成也恁個母親，敗也恁個蕭何"，橫以口舌翻弄，聽之者心折，言之者無罪。【徐參眉】問夫人一律。【徐音眉】不忍女于賊，而忍女于□，夫人失言矣，夫人又失信矣。夫人終□淫亂□矣，婦人之不足有爲者如是。【虎眉】謊到，今本盡作"說謊"，欠雅。下"個"字，一作"做"字。【秀眉】語云："成也蕭何，敗也蕭何。"因韓信事而遺此語。【驥夾】【延夾】摸，叶磨，去聲。【三合夾】痕，音銀。【毛夾】江州司馬青衫濕，見白樂天詩。"若不是"數語，又照起"張解元退干戈"語作結。着摸，或作"捉摸"，音義并同。"成也蕭何，敗也蕭何"係俗語，劉時中詞"女蕭何成敗了風流漢"，即此。【潘夾】不想因緣想甚麼，與前"急攘

---

① 不想結姻緣：羅本作"不爲結婚姻"，張本作"不想姻緣"，屠本、毛本作"不想結婚姻"。
② 到如今：徐畫本、徐音本、驥本、延本、張本、三合本、潘本作"到今日"。着莫：屠本、徐畫本、徐音本、徐參本、陳本、秀本、張本、湯沈本、三合本、魏本、峒本、封本、潘本作"捉摸"，驥本、六幻本、毛本作"着摸"。
③ 老夫人謊到天來大：羅本、屠本作"老夫人謊到有天來大"，繼本、張本、湯沈本作"老夫人說謊天來大"，徐畫本、徐音本、三合本、潘本作"老夫人倒謊天來大"，驥本、延本、毛本作"說謊天來大"，秀本作"老夫人說謊到有天來大"。
④ 當日成也是恁個母親：成，秀本作"成了"，六幻本作"個成"；恁個，六幻本、徐參本作"您個"，毛本作"你個"，羅本無。徐畫本、徐音本、驥本、延本、湯沈本、三合本、潘本作"成也是你個母親"，張本作"成也是你母親"。
⑤ 今日敗也是恁個蕭何：今日，六幻本作"今日個"。是，容本無。羅本作"到如今敗也是蕭何"，弘本、徐畫本、徐音本、驥本、延本、張本、湯沈本、三合本、潘本作"敗也是你個蕭何"，張本作"敗也是你蕭何"。屠本此句後多"（紅云）姐姐這般愁煩呵，莫教憔悴了你也"。

攘因何"相照，前是唱此是應。"老夫人"三字，書法也來得詞嚴義正。夫人者何？上奉誥命于朝廷，下端母儀于家室，此何等風範？而反失信義，至于若此？不稱母，尊之也，所以深責之也。俗人不解，因"老夫人"三字，遂將此闋改作紅唱，殊昧作者之意。

【離亭宴帶歇拍煞】從今後玉容寂寞梨花朵，【範旁】【龍旁】久後相思。胭脂【凌眉】胭脂，徐、王俱作"脂唇"。淺淡櫻桃顆，①【田補眉】"玉容"自當對"脂唇"。【封眉】胭脂，徐王作"脂唇"，無味。這想思②何時是可？【範眉】【龍眉】【繼眉】前云"相思較可"，此則"何時是可"？【起眉】王曰："梨花朵""櫻桃顆"，寂寞的情，熱鬧的語。【徐參眉】安排着憔悴死，亦太性急。此必是老母親未了之局。【湯沈眉】"玉容"自當對"脂唇"，俗作"胭脂"，誤。前云"相思較可"，此則"何時是可"？昏鄧鄧【凌眉】鄧鄧，俗作"澄"，誤。黑海來深，白茫茫陸地來厚，【羅眉】黑，平聲。白，音擺。陸，音律。碧悠悠青天來闊③；太行山般高仰望④，【範旁】【龍旁】倒裝句。【範眉】【龍眉】"太行山高"處，評者謂全不成語，覽之信然。豈有務多之病歟？【田補眉】何元朗云："大行山"二句全不成語。【秀眉】行，音杭。東洋海般深思渴⑤【湯沈旁】叶可。【凌眉】太行山般高，東洋海般深，猶夫"蠹魚似不出"一樣句法也。舊評謂全不成語，

---

① 玉容寂寞梨花朵，胭脂淺淡櫻桃顆：胭脂，張本、封本作"脂唇"。徐畫本、徐音本、驥本、延本、湯沈本、三合本、潘本作"玉容寂寞了梨花朵，脂唇淺淡了櫻桃顆"。
② 想思：弘本、範本、龍本、容本、起本、徐畫本、徐音本、徐參本、驥本、虎本、何本、陳本、秀本、碌本、延本、張本、天李本、湯本、湯沈本、三合本、魏本、峒本、封本、毛本、潘本作"相思"。
③ 來闊：弘本作"闊"，羅本、容本、起本、徐參本、虎本、何本、陳本、秀本、碌本、天李本、湯本、魏本、峒本作"般闊"。
④ 太行山般高仰望：徐畫本、徐音本、驥本、延本、三合本、毛本、潘本前多"想着他"，張本同，但"高仰望"作"仰望"。
⑤ 東洋海般：徐參本作"東洋般海"。深思渴：張本作"思渴"。

不知曲家調法耳。【張眉】"太行"一句無"高""深"字。**毒害的恁麼**①！【封眉】"毒害"句是結上幾句。俺娘呵②，**將顫巍巍**③**雙頭花蕊搓，香馥馥同心縷帶割**④，【秀眉】柳耆卿云：羅帶結同心。**長擦擦連理瓊枝**⑤**挫**。【羅眉】顫，音戰。搓，音磋。**白頭娘不負荷**，【謝眉】白頭娘，即司馬相如、卓文君《白頭吟》一意。【範眉】【龍眉】白頭吟，卓文君事。【羅眉】白，音擺。**青春女成擔閣**，⑥**將俺那錦片也似前程蹬脫**【湯沈旁】叶妥。【徐畫眉】【田眉】【延眉】也似，猶言一般也。前程，猶言設果成親，則向前光景如錦片然，有無窮之好，而今則蹬脫之矣。"也"字是助語。【凌眉】前程，元劇中語，即姻緣、即終身、即結果之義。錦片也似前程，言錦片一樣的前程，即好姻緣之謂。徐解曰："前程，向前光景也。"豈不呆殺！【湯沈眉】"同心縷帶"對"雙頭花蕊"。世本"縷帶同心"，非也。"似"句，猶云設果成親，則向前光景如錦片然，有無窮之好，今則蹬脫之矣。"也"字是助語。【三合眉】此恨亦何其多。俺娘把⑦**甜句兒落空了他**，【羅眉】落，去聲。他，音拖。**虛名兒誤賺了我**。（下）【容眉】【硃眉】【湯眉】妙！【秀眉】賺，音暫。【三合眉】焉知非福？【驥夾】【延夾】渴，叶可。割，叶哥，上聲。閣，同上叶。脫，叶妥。【毛夾】是調多三句對，調法如此。同心縷帶，用唐詩"同心結縷帶"句，俗以"心"字宜仄，"帶"字宜平，改作"壽帶同心"，在調例則過拘，在詞例則不通矣。"毒害的甚麼"頂上

---

① 恁麼：徐畫本、徐音本、潘本作"您麼"。
② 俺娘呵：驥本、延本、張本、毛本無。
③ 將顫巍巍：徐畫本、徐音本、潘本作"將嫩巍巍"，驥本、延本、張本作"把嫩巍巍"，毛本作"把顫巍巍"。
④ 同心縷帶割：弘本、羅本、繼本、容本、起本、徐參本、虎本、何本、陳本、秀本、硃本、天李本、湯本、魏本、峒本作"縷帶同心割"，徐畫本、徐音本、三合本、潘本作"的同心壽帶割"。
⑤ 瓊枝：徐參本作"瓊搖"。
⑥ 白頭娘不不負荷，青春女成擔閣：毛本作"道白頭堪負荷，奈青春成擔閣"。
⑦ 俺娘把：徐畫本、徐音本、延本、張本、三合本、封本、毛本、潘本無。

二句，言如何害相思也。"道白頭"二句，諸本作"白頭娘不負荷，青春女成擔閣"，謬甚！前程，解見第三折。參釋曰：毒害的甚麼，指夫人説亦通。但上二句作追溯語，則微不合耳。恁，勿作"怎"。【潘夾】蹬，音鄧。賺，音暫。搓，音磋。負荷，猶言主持也。高堂無主嫁之心，少女成愆期之憾。前言"老夫人"，尊之以寓刺也；此言"白頭娘"，親之以致怨也。

（末云）小生醉也，告退。夫人根前①，欲一言以盡意②，未知可否？前者賊寇相迫③，夫人所言④能退賊者，以鶯鶯⑤妻之。【羅眉】妻，去聲。小生挺身而出⑥，作書與杜將軍，庶幾得免夫人之禍⑦。今日命⑧小生赴宴，將謂有喜慶之期⑨；不知夫人何見⑩，以

---

① 根前：屠本作"前"，容本、起本、徐音本、徐參本、驥本、虎本、何本、陳本、秀本、天李本、六幻本、湯本、湯沈本、魏本、峒本、毛本、潘本作"跟前"。
② 欲一言以盡意：欲，封本作"欲有"，驥本、延本作"有"；以，張本無；盡意，屠本作"盡其意"。弘本作"一言以盡其意"，羅本、容本、起本、徐參本、虎本、何本、陳本、秀本、硃本、天李本、六幻本、湯本、魏本、峒本、毛本作"有一言以盡其意"。
③ 相迫：弘本、羅本、繼本、屠本、容本、起本、徐參本、驥本、虎本、何本、陳本、秀本、硃本、延本、天李本、湯本、湯沈本、魏本、峒本、封本、毛本作"迫之甚危"。
④ 所言：範本、徐畫本、徐音本、張本、六幻本、三合本、潘本作"言"。
⑤ 鶯鶯：封本作"小姐"。
⑥ 小生挺身而出：出，容本、起本、徐參本、虎本、何本、陳本、秀本、硃本、天李本、六幻本、湯本、魏本、峒本作"諾"。弘本、羅本、繼本、驥本、延本、湯沈本作"小生懷惻隱之心，挺身而諾"，屠本、毛本作"小生懷惻隱之心，挺身而出"。
⑦ 庶幾得免夫人之禍：範本、龍本、徐畫本、徐音本、三合本、潘本作"庶免夫人于禍"，張本作"得免夫人之禍"，封本作"星夜前來，得免夫人全家之禍"，容本、起本、徐參本、虎本、何本、陳本、秀本、天李本、六幻本、湯本、魏本、峒本作"星夜前來，庶幾得免夫人全家之禍"，硃本同，但無"前"字。
⑧ 命：張本作"召"。
⑨ 將謂有喜慶之期：將，驥本、延本無；謂，弘本作"會"；有，徐畫本、徐音本、張本、三合本、潘本無。範本、龍本、容本、起本、徐參本、虎本、何本、陳本、硃本、天李本、六幻本、湯本、魏本、峒本、封本、毛本作"將謂喜慶有期"，秀本作"將謂吉慶有期"。
⑩ 何見：弘本、羅本作"見"。

兄妹之禮相待？小生非圖哺啜而來①，【容眉】【硃眉】【湯眉】爲何而來？【三合眉】爲着何來？此事果若不諧，小生即當告退②③。【徐畫諸眉】今日不諧，則托長老一説，乃名正言順之事。【徐參眉】張生此時緘口不得。（夫人云）先生縱有活我之恩④，奈小姐先相國⑤在日，【羅眉】相，去聲。曾許下老身侄兒鄭恒⑥。【陳眉】前日該早對孫飛虎説。即日有書赴京⑦，喚去了，未見來⑧。如若此子至⑨，其事將如之何⑩？

---

① 小生非圖哺啜而來：圖，毛本作"徒"，徐畫本、徐音本、驥本、延本、三合本、潘本作"爲"。張本作"豈爲舖啜而來乎"，範本、龍本無。

② 小生即當告退：當，弘本、容本、起本、虎本、陳本、天李本、六幻本、湯本、峒本作"目"，羅本、繼本、徐參本、驥本、何本、秀本、硃本、延本、魏本、毛本作"日"。屠本作"小生即日告辭"，徐畫本、徐音本、三合本、潘本作"即當告退"。

③ 此事果若不諧，小生即當告退：張本無。

④ 縱有活我之恩：縱有，屠本作"雖有"；活我之恩，容本、起本、徐參本、虎本、何本、陳本、秀本、硃本、天李本、六幻本、湯本、魏本、峒本、封本作"活我全家之恩"，驥本、延本、毛本作"活我一家之恩"，張本作"活命之恩"。

⑤ 小姐：羅本、屠本、容本、起本、徐參本、驥本、虎本、何本、陳本、秀本、硃本、延本、天李本、六幻本、湯本、魏本、峒本、封本、毛本、潘本作"小女"，張本無。先相國：屠本作"先夫"。

⑥ 曾許下：張本作"曾將小女許下"。侄兒：封本作"之侄"。鄭恒：徐參本、魏本、峒本作"鄭恒爲妻"。

⑦ 即日有書赴京：日，封本作"今"；有，弘本、羅本、繼本、驥本、延本作"將"。容本、起本、六幻本、魏本、峒本作"即今將書赴京"，徐參本、虎本、何本、陳本、秀本、硃本、天李本、湯本、毛本作"即今將書赴京師"，張本作"前日有書"。

⑧ 喚去了，未見來：了，屠本作"尚"；未，驥本、延本作"不"。容本、起本、徐參本、虎本、何本、陳本、秀本、硃本、天李本、六幻本、湯本、魏本、峒本、封本作"喚去了"，張本作"去喚"，毛本作"去了"。

⑨ 如若此子至：容本、起本、徐參本、虎本、何本、陳本、秀本、硃本、天李本、湯本、魏本、峒本、毛本作"此子不日至"，驥本、延本、張本作"此子若至"，六幻本作"此子不日來到"，封本作"不日可至"。

⑩ 其事將如之何：驥本、延本、張本作"將如之何"。

【秀眉】此是夫人悔親張本。莫若多以金帛相酬①，先生揀豪門貴宅之女②，別爲之求，先生台意若何？③（末云）既然夫人不與④，小生何慕金帛之色⑤！却不道"書中有女顔如玉"⑥？【湯沈眉】此數語説得不緊要。則今日便索告辭⑦。【三合旁】假硬。（夫人云）你且⑧住者，今日有酒也⑨。紅娘，扶將哥哥去書房中歇息⑩，到明日咱別有話説⑪。【徐畫珠眉】由他去了便了，又留他做怎的？做出來都是這個老虔婆。

---

① 莫若：張本作"願"。以：弘本作"與"，驪本、延本、毛本作"奉"。
② 先生揀豪門貴宅之女：先生揀，屠本作"請別揀"，容本、起本、虎本、何本、陳本、秀本、碛本、天李本、湯本、魏本、峒本、毛本作"先生另揀"，封本作"先生另揀求"。徐參本作"先生另擇貴宅豪門之女"，驪本、延本、湯沈本作"別選豪門貴宅之女爲配"，六幻本同，但"選"作"揀"。
③ 別爲之求，先生台意若何：範本、龍本、徐畫本、徐音本、三合本、潘本作"別諧秦晋，台意若何"，屠本作"以爲佳配"，容本、起本、徐參本、虎本、何本、陳本、秀本、碛本、天李本、六幻本、湯本、湯沈本、魏本、峒本作"先生台意若何"，驪本、延本作"先生尊意若何"，張本作"別諧秦晋，似爲兩便"，封本作"未審先生台意若何"，毛本作"先生尊意若何"。
④ 既然夫人不與：不與，繼本作"背盟"，容本、起本、徐參本、虎本、何本、陳本、秀本、碛本、天李本、湯本、魏本、峒本作"不納"，封本作"不納小生"。屠本、徐畫本、徐音本、三合本、潘本作"夫人既然背了前盟"，張本作"夫人既然背盟"。
⑤ 何慕金帛之色：色，徐參本、陳本、魏本、峒本作"有"，驪本、延本、毛本作"資"。範本、龍本、羅本、繼本、徐畫本、徐音本、張本、六幻本、湯沈本、三合本、封本、潘本作"何慕金帛"，屠本作"豈戀金帛"。
⑥ 却不道書中有女顔如玉：顔，徐畫本、徐音本、三合本、潘本無。範本、龍本無。
⑦ 則今日便索告辭：弘本、羅本、容本、起本、徐參本、驪本、虎本、何本、陳本、秀本、碛本、延本、天李本、六幻本、湯本、魏本、峒本、毛本前多"小生"，範本、龍本、徐畫本、徐音本、張本、三合本、潘本同，但無"則"字。繼本、屠本作"小生即當告辭"。
⑧ 你且：屠本作"先生權且"。
⑨ 也：屠本作"了"。
⑩ 紅娘，扶將哥哥去書房中歇息：扶將，張本作"扶"；歇息，魏本、峒本作"安歇"。屠本無。
⑪ 到明日咱別有話説：屠本作"待到明日，再有理會"，徐畫本、徐音本、張本、三合本作"到明日，別有説話"。

【容眉】【陳眉】【硃眉】【湯眉】由他去了便了，又留他做恁？做出來都是這個老虔婆。【徐參眉】與不與當斷然行之，却又逗留何故。【湯沈眉】書房中是難歇的。【三合眉】由他去了便了，留他怎底？做出事來，都是此乞婆。【魏眉】當厚謝任去便是，却又遲留，果是陰人無斷。【潘旁】夫人心中也有幾分過不去。但當場不□耳人。（紅扶末科）①（末念）有分只熬蕭寺夜，無緣難遇洞房春。②（紅云）張生③，少吃一盞却不好④？（末云）我吃甚麽來？（末跪紅科）⑤【秀眉】張生貪一女色而屈膝于婢，豈不厚顏乎？小生爲小姐，【羅眉】爲，去聲。畫夜⑥忘飡廢寢，魂勞夢斷⑦，常忽忽如有⑧所失。自寺中一見，隔墙酬和，迎風帶月⑨，受無限之⑩苦楚。

---

① （紅扶末科）：潘本作"（生佯醉，紅扶科）"。
② 有分只熬蕭寺夜，無緣難遇洞房春：難遇，驥本、延本、毛本作"難會"。張本無。
③ 張生：徐畫本、徐音本、驥本、延本、張本、三合本、毛本、潘本作"張先生"，封本作"先生"。
④ 少吃：屠本作"少飲"，驥本、延本作"你少吃"。一盞：羅本、繼本、陳本作"一杯"。却不好：屠本作"却不好來"，徐畫本、徐音本、徐參本、張本、三合本、峒本、潘本作"却不是好"。
⑤ 我吃甚麽來？（末跪紅科）：甚麽，範本、龍本、羅本、徐畫本、徐音本、三合本、張本、潘本作"甚麽酒"，繼本作"甚酒"；（末跪紅科），容本、起本、陳本、秀本、毛本作"（生對紅云）"，六幻本、封本無。屠本無。
⑥ 畫夜：徐畫本、徐音本、張本、三合本、封本、潘本無。
⑦ 魂勞夢斷：容本、起本、徐參本、虎本、何本、陳本、秀本、硃本、天李本、湯本、魏本、峒本、封本、毛本作"夢斷魂勞"，潘本無。
⑧ 如有：徐參本作"有如"。
⑨ "魂勞夢斷"至"迎風帶月"：帶月，屠本作"待月"。封本無"常忽忽如有所失，自寺中一見，隔墙酬和"，毛本無"常忽忽如有所失"至"迎風帶月"。驥本、延本、張本無。
⑩ 之：潘本無。

甫能得成就婚姻①,夫人變了卦②,使小生智竭思窮③,此事幾時是了?小娘子怎生可憐見小生,④將此意申與小姐,知小生之心⑤。就小娘子前解下腰間之帶⑥,尋個自盡。【容旁】【湯旁】好方法。【硃旁】死不得。(末念)可憐刺股懸梁志,【羅眉】股,音古。險作⑦離鄉背井魂。【繼眉】竟,今本作"險",不通。【虎眉】竟,今本盡作"險",不通。【三合眉】雖是圖賴人,亦是烈漢語。(紅云)街上好賤柴⑧,燒⑨你個傻角!【羅眉】傻,音耍。【繼眉】傻,音灑。你⑩休慌,【潘旁】俠甚。妾當與君謀⑪之。(末云)計將安在⑫?小生當築壇拜將⑬。【羅眉】築,音

---

① 甫能得成就婚姻:能,潘本無。成就,六幻本作"許就"。弘本作"不付能得成就",容本、起本、虎本、何本、陳本、秀本、硃本、天李本、湯本、魏本、封本、毛本作"不甫能得成就",徐參本、峒本作"不甫能得就",驥本、延本作"不能得成就",張本作"剛謂婚姻有成"。
② 夫人變了卦:容本、起本、徐參本、虎本、何本、陳本、秀本、硃本、張本、天李本、湯本、魏本、峒本、封本前多"不料",六幻本、湯沈本前多"豈料"。毛本作"不料夫人又變了卦"。
③ 使小生智竭思窮:魏本作"使小生智渴望思窮"。
④ 容本、起本、陳本、秀本、天李本、六幻本、湯本、湯沈本、封本、毛本此處多"(生跪紅科)"。
⑤ "小娘子怎生可憐見"至"知小生之心":知小生之心,容本、起本、徐參本、虎本、何本、陳本、秀本、硃本、天李本、六幻本、湯本、魏本、峒本、封本、毛本句前多"使",驥本、延本作"知張珙之心"。張本無。
⑥ 腰間之帶:張本作"腰帶"。
⑦ 險作:羅本、繼本、容本、起本、徐參本、虎本、何本、陳本、秀本、硃本、天李本、六幻本、湯本、魏本、峒本、封本、毛本作"竟作",張本作"拼作"。
⑧ 好賤柴:屠本作"有好賤柴"。
⑨ 燒:屠本作"燒了"。
⑩ 你:範本、龍本、屠本、徐畫本、徐音本、驥本、延本、張本、三合本、潘本作"你且"。
⑪ 與:屠本作"爲"。謀:羅本、繼本作"圖"。
⑫ 計將安在:在,弘本、徐畫本、徐音本、徐參本、張本、三合本、潘本作"出"。屠本作"小娘子計將安出"。
⑬ 小生當築壇拜將:範本、龍本、徐畫本、徐音本、張本、三合本、潘本無。

竹。（紅云）妾見先生有囊琴①一張，【潘旁】伶俐人，觸目的東西便有用處。必善于此②。俺小姐深慕于琴③。今夕妾與小姐同至花園内燒夜香④，但聽咳嗽爲令⑤，先生動操，看小姐聽得時，説甚麽言語，⑥却將先生之言達知⑦。若有話説⑧，明日妾來回報⑨。【容眉】【陳眉】【硃眉】【湯眉】【三合眉】這丫頭是個老馬泊六。這早晚怕夫人尋，我回去也。⑩（下）【謝眉】諸本以此段隨上折，則貫不下來，今考證訂此。【徐參

---

① 囊琴：毛本作"素琴"。
② 必善于此：驥本、延本、毛本無。
③ "（紅云）妾見先生"至"俺小姐深慕于琴"：俺小姐深慕于琴，範本、龍本、徐畫本、徐音本、三合本、潘本作"俺小姐稍習音律，酷好鼓琴"，屠本作"况小姐雅好音律"，容本、起本、徐參本、虎本、何本、陳本、秀本、硃本、天李本、湯本、峒本、封本作"俺小姐素耽于琴"，魏本作"俺小姐素耽琴"，張本作"俺小姐酷好琴音"。弘本此段文字置于第五折之首。
④ 今夕妾與小姐同至花園内燒夜香：妾，驥本、延本、毛本作"我"；同至花園内，封本作"至園内"；燒夜香，驥本、秀本、延本、張本、封本、毛本、潘本作"燒香"。屠本作"今夜定來花園裏燒香"。
⑤ 但聽：屠本作"但以"。咳嗽：張本作"咳"。爲令：徐畫本、徐音本、張本、三合本、封本、潘本作"爲號"。
⑥ 先生動操，看小姐聽得時，説甚麽言語：動操，徐畫本、徐音本、三合本、潘本作"鼓操"，張本作"便彈"；聽得時，弘本、羅本、繼本、容本、起本、徐參本、驥本、虎本、何本、陳本、秀本、硃本、延本、天李本、六幻本、湯本、湯沈本、魏本、峒本、封本、毛本作"聽得"；説甚麽言語，容本、起本、徐參本、虎本、何本、陳本、秀本、硃本、天李本、六幻本、湯本、魏本、峒本、封本作"説甚麽"，張本作"説甚言語"。屠本作："先生試操一曲，待小姐聽時説些甚麽？"
⑦ 却將先生之言達知：之言，範本、龍本、三合本、潘本作"所囑之言"。徐畫本、徐音本作"將先生所囑之言達知"，張本作"再將先生所囑達知"，屠本作"却將先生所囑之言從容達知"。
⑧ 若有話説：説，六幻本作"呵"。屠本作"若有眷戀之情"，容本、起本、徐參本、虎本、何本、陳本、秀本、硃本、天李本、湯本、魏本、峒本、封本、毛本作"若有些話呵"，徐畫本、徐音本、張本、三合本、潘本作"若有説話"。
⑨ 明日妾來回報：屠本作"此是先生之福也"。
⑩ 這早晚怕夫人尋，我回去也：這，羅本、起本、陳本、硃本、天李本、湯本、魏本、封本無；尋，徐參本、峒本作"來尋"。屠本作"天色將晚，先生權寧耐者"。張本此句後多"（生）有分只熬蕭寺寡，無緣難遇洞房春"。

眉】金鐘煉銅。【潘夾】落白，張正以不能盡詞爲妙絕，無一語唐突夫人，含蓄多少情況。夫人未免腸柔心轉，所以有"明日別有話說"之訂。但事在兩難，優柔不斷，遂至經權兩失耳。

【容尾】【硃尾】【湯尾】總批：我欲贊一辭也不得。【徐音尾】【魏尾】總批：賞功不明者召叛，報德不稱者起怨。怨自外攻，機從內應，如何不敗崔家事？【陳尾】批：若不變了面皮，如何做出一本西廂？【三合尾】湯若士總評：此齣夫人不變一卦，締婚後趣味渾如嚼蠟，安能譜出許多佳況哉？故知文章不變不奇，不宕不逸。李卓吾總評：我欲贊一辭也不得。徐文長總評：讀此乍喜乍怨之詞，如和風甘語，淒風苦雨，忽忽從山窗相繼而至。【潘尾】說意：夫人急難求援，而安樂棄之。以包胥乞秦之舉，而出于張儀詐楚之謀，此夫人之過也。此時爲生計者，當堂堂正正，持大義，責夫人之負約。明集兩廊僧衆，共證前盟，退賊者予婚，昊天上帝實聞斯言，今口血未乾而遂背之，夫人將何辭以對？倘夫人堅持崔鄭之盟，遂不妨聲言功伐，存亡繼絕，誰實爲之？倘一紙之師不興，將章臺弱質，立折于沙叱之手矣。其能全樂昌之鏡，以俟德言之至乎？此勢之必不得者也。然則崔鄭之盟，不寒于東閣陳觴之日，而寒于寺門多壘之時，今復印邙不予，是夫人既寒一盟，而又寒一盟也，其何堪此數悔也？是故歸鄭，禮也；予張，權也。權不離經，此仁之至，義之盡也。而惜乎張之計不出此也，則以"懦"之一字害之也。夫當言不言謂之訥，臨事不爲謂之懦。此時不言，無復可言之時矣；此日不爲，無復可爲之日矣。乃以告天矢日之盟，下出于竊玉偷香之計，張于此經權兩失矣。則懦之爲害，豈淺鮮哉？惠法師有偈矣，曰"打熬成天生敢"，授之也，而張不復憶也；崔小姐有詞矣，曰"秀才們從來懦"，激之也，而張不得聞也。是以若彼其訥訥也。幸而夫人復留書院，紅即授以琴挑。倘夫人因其婉言求去，聽從結靷，將鴻鵠一別，千里徘徊，遙望秦川，肝腸斷絕，復何及哉！則甚矣，懦之爲害也！雖然，懦吾猶取乎爾也。漸亦入道，大雄氏之寶筏也。柔能騁剛，猶龍氏之金丹也。息壤在彼，夫人得以朝縱而暮橫者，幾以懦失之。劫火不灰，小姐所以死心而貼地者，終以懦得之，則懦亦未可厚非也。

【驪尾附】注一十六條

【五供養】串烟，串香，元詞用之最多。如（《秋夜梧桐雨》劇："淡氤氳串烟裊。"）（《漢宮秋》劇："再添黃串餅。"）（散套"火半溫串香香"；又"寶串焚金鼎"；又"寂寞羅幃冷串香"。）之類，俗本作"篆烟"，非。末二句言"殷勤""欽敬"，于禮當合也。（董詞："落花薰砌，香滿東風簾幕。"）

【新水令】驚覺人呵，以紅娘喚之也。此段（董詞"出隊子"）佳甚，中（"眉上新悉壓舊愁"）及（"背面相思對面羞"）等句，與實甫可稱雙美。【新水令】句字可增減，故此調與他折不同。下【幺篇】又與此調不同。金本欲于"指尖"下益一"呵"字，與下【幺篇】"聒"字相對，可笑。

【幺】古注：僂科，猶云小輩。沒査沒立，方言無准誠也，襯貼"謊"字之意。蓋此曲首二句自謙之詞，下因紅娘"天生就一個夫人"之語，鶯時真以爲親事已成，謙言中又稍帶欣幸自誇之意。徐云：他我，猶言你我。北人鄉語多連搭說，猶今說己而曰我和你也。言你且莫信口多說，不知我之福分如何。若論容貌，便做個夫人亦不忝耳。然"他"字即指張生亦得，恐不必以"你我"說也。

【喬木查】較可，可也。末句屬下曲看。酬和，今本作"酬賀"。徐云：此倡和之和，非慶賀之賀。舉將除賊，張生之以恩而倡也；今日結親，以報其恩，正酬和之。理當如此也。

【攪箏琶】此正說母親心多處。今鄉語謂人家女子爲"賠錢貨"，言夫人算慳，以酬謝、成親兩件事，并作一次酒席也。古、波，皆語詞。張羅，張排羅列之謂。（元楊顯之《酷寒亭》劇："他將那醉仙高挂，酒器張羅。"）古本"費了甚麽"作句，"古那便結絲蘿"又作句，俗本訛"古"作"股"，又訛屬上句，遂既不叶韵，并文理亦復不通。今改正。

【慶宣和】此曲諸本俱作生唱，即古本亦然。然"目轉秋波"，語殊不類，斷作鶯唱無疑。"識空便"句，語俊甚。末"倒躱、倒躱"，與（馬東籬詞"魏耶、晉耶"）一例，各二字成文，實二句也。俗本有"去下"二字者，非。古本亦如上句,增"諕得我"三字者,亦非。

【雁兒落】各上三字,襯貼下三字,俱鄉語也。回和,亦酬答之意。(馬東籬《黃粱夢》劇:"禁聲的休回和。")

【德勝令】(董詞:"被這個積世的老虔婆瞞過我。")舊作"即即世世",于本調多二字,不叶。【驪眉】剖析精的,那得不醒人鼾睡。教鶯鶯做妹妹拜哥哥,上四字是襯字,古本作"教鶯鶯妹妹拜做哥哥",如此則似【折桂令】,非【德勝令】矣。藍橋,裴航遇雲英事,俗解謂女子與尾生相期死此,可笑。《抱樸子》止言橋下,不言藍橋也。祆廟,舊言蜀帝公主事,出《小說》。然《酉陽雜俎》載:《釋老志》言:祆神從波斯國來,常著靈異,人不信將壞其祠。忽火燒,有兵,遂不敢毀。似以此證更雅。"雙眉鎖"對"比目魚","納合"對"分破"。(《酷寒亭》劇:"潤紙窗把兩個都瞧破,拽後門將三簧鎖納合。"(《魯齋郎》劇:"把雙眉不鎖。")(董詞:"頓不開眉尖上的悶鎖。")不可以"雙眉鎖"讀斷,把"鎖"字作活字看。扢搭,鎖聲。納合者,納而合之也。撲剌,舊作"撲剌剌",當去一字,與"扢搭"相對。雙眉鎖,不若即用"雙簧鎖"妙,恐誤。

【甜水令】都甚相見話偏多,怪夫人之悔親,徒多其辭說,猶言有甚許多說話也。無那,無奈何也。擷窨,方言。(《琵琶記》:"怪得你終朝嚵喑。")當從此作"擷窨"。擷,頓足也;窨,怨悶而忍氣也。蓋失意之甚,擷弄其足而窨氣自忍之謂。(董詞:"擷頓金蓮,搓損葱枝手。")又("吞聲窨氣理冤。")可證。史,烏合之眾,言如烏之易合而易散也。暢,見前解。好,是好生之意。鶯初意是結婚之席,為久長會合之計,而不意聚散倏忽,故為此悵恨之辭。猶言這酒席著實好一場烏合也。古本"暢"作"常",及解言此等席面,不過尋常眾會之席,非酬謝之禮也。語氣較懈,且與前"省人情"二句似複,非是古本。"星眼朦朧"上多"則見"兩字,如此則似他人見之,非鶯鶯口氣矣。今不從。然總之,星眼、檀口之稱,俱不妥也。

【折桂令】軟癱(董詞作"軟攤")。一垛,猶言一堆。勾不著肩窩,俊語也。斷復難活,諸本作"斷然",筠本作"斷後",俱謬。"後"蓋"復"字之誤也，從朱本更定。《五代史·漢臣傳》：劉銖謂李鄴等曰："諸君可謂僂儸兒矣。"僂儸，《蘇氏演義》謂幹辦、集事之稱，此借作狡猾之意。鶯鶯意謂夫人悔親，則己與張生俱有死之理，是夫人實送人性命，忘恩背德，當甚狡猾而忍爲之哉！（《曲江池》劇："使不着你僂儸。"）（小令"逞甚麼僂儸"）正此意。

【月上海棠】拋䞍，猶言拋閃。下"咫尺間如間闊"，正拋䞍之謂。此句一連唱，下"間"字勿斷，調法如此。

【幺】此曲俱指張生。言生不堪其醉，豈真嫌玻璃盞大之故？蓋只爲我也。若真酒醉固猶較可，而不至如此之摧挫耳。

【喬牌兒】轉關兒没定奪，言其無准誠也；啞謎兒怎猜破，言其術之狡也。暗地裏以結婚姻許人，是"黑閣落甜句兒將人和"也；今日席上命拜兄妹，是"請將來教人不快活"也。黑閣落，北人鄉語，謂屋角暗處，今猶謂屋角爲閣落子。古本作"老"，"落"與"老"聲相似。（馬東籬《薦福碑》劇："則索各剌里韞匵藏諸。"）北音初無正字也。

【江兒水】懦，弱也。言張生懦弱無用，不能于夫人之前堅執前盟也。鵝，天鵝也。天鵝群飛，以首一隻爲引領，謂之頭鵝。如得頭鵝，則一群可致。《輟耕錄》載：元鷹房每歲以所養海青獲頭鵝者，賞黃金一錠。以首得之，又重三十餘斤，且以進御膳，故曰頭。元人亦常用此語，劉靜修《咏海青詩》："平蕪未灑頭鵝血。"近王元美詩亦云："奪取頭鵝任衆嗔。"没字，當"無"字用，今鄉語猶然。鵝群中打去頭鵝，爲無頭之鵝也。【驥眉】天壤間有如此快心之解。鶯鶯因母悔親，却思其父言，父在決不爲此失信之事。今既死矣，徒使我悶殺人，如無頭的天鵝一般，撇下我這賠錢貨在此。今日不嫁張生，不知久後欲怎生着落我也。（關漢卿詞："我便似没頭鵝，熱地上蚰蜒。"）亦用此語，俗解可笑。

【殿前歡】白樂天《琵琶行》："就中泣下誰最多？江州司馬青衫濕。"難着莫，猶言難撈摸也。末用俗語成敗蕭何之說。（元劉時中小令："女蕭何成敗了風流漢。"）

【離亭宴帶歇拍煞】玉容，自當對"脂唇"，俗本作"胭脂"，誤。縷帶同心，與上"雙頭花蕊"及下"連理瓊枝"是三對法，然對的而于調不合。此句當用仄仄平平，後折"竊玉偷香膽"句可證，古本作"壽帶同心"，良是。然對復不整，唐駱賓王《帝京篇》"同心結縷帶"，"壽帶"亦無出，今并存。毒害的恁麼，言夫人毒害得怎生，下"嫩巍巍"三句，正是也。似，猶言一般。何元朗云"太行山"二句，全不成語。

【六幻本】五劇箋疑

二之三　杯酒違盟

別：上聲。

列：去聲。

篆烟微：篆，一作"串"。

恰纔向：一作"我恰向"，一本無"向"字。

將指尖兒：將，一作"則"，一作"將這"。

沒查沒利謊僂科：沒查利，方言無準繩也。古注：僂科，猶云小輩，宋時謂幹辦者曰僂科。利，徐本作"立"。徐本"沒查"上有"你看這個"四字。科，一作"儸"。

睐：上聲。

從今後兩下裏相思都較可：一作"今日相思都較可"。

酬和間：一本上有"我想這"三字。

他怕我：一本無"他"字。

據著他：一作"憑著這個"。

也消得家緣過活：也消得，一作"消得個"。皆活，一作"花"，連下句。活，平聲。

費了甚麼古那便結絲蘿，休波：古、波，皆北地鄉音，助語詞。古那，猶云忽地也。逾墻，有猶古自及。《董詞》中用"古"字，甚多"麼"字句，"蘿"字句，"波"字句。一本作"費了甚一股那"句，一本"費了甚麼股"

句。"那便結絲蘿"句，一本作"花費了甚一股"。古詩："與君爲婚姻，兔絲附女蘿。"

張羅：元吳昌齡《西游記》有"潑毛團怎敢張羅？賣弄他銅筋鐵骨自開合"，又元詞有"圖甚苦張羅"，皆誇張羅，得意。

慶宣和：一本此下三曲皆作生唱。

小脚兒那，我却待目轉秋波：却，一作"恰"。我却待，鶯自謂，一作"我只見"，是見生也。言但見生目轉動，誰知他正瞧我的脚兒也，亦是一解。那，平聲。

空：去聲。

荆棘列、死没騰，措支剌、軟兀剌：皆方言也，總是諕得木篤，氣得軟撒之貌，不必下解。甚有逐字體認者，以江南耳目，作燕趙訓詁，徒爲識者笑。

誰承望這即即世世老婆婆：鶯雖怨母，不應有如此語，是以有作生唱之說。然記中從無生鶯雜唱者。此語出《董詞》。《董詞》是旁人不平語，可用很罵。此處用之不累，却全璧。誰承望，一作"誰想這"。

藍橋水：尾生與女子期于橋下，女子不來，水涒藍橋，尾生抱柱而死。

赤騰騰點著祆廟火：祆，音軒。《蜀志》：蜀帝生女，詔陳氏乳養。陳携幼子居禁中，後十餘年，陳子出，以思公主故，疾亟。陳入宮有憂色，公主詢其故，以實對。公主遂托幸祆廟，期與子會。既公主入廟，子沈睡，公主遂解幼時所弄玉環，附之子懷而去。子醒見之，怨氣成火而廟焚矣。祆廟，胡神也。赤騰騰，一作"赤鄧鄧"，一作"不鄧鄧"。

比目魚：東方有魚，其名曰鰈。一魚一目，狀似牛脾，細鱗紫黑色，兩片相合乃可游，行人呼爲鞋底魚也。

扢搭：即打結也。扢，音蓋。搭，音打。

納台：納，囊亞切。合，叶何。

蛾眉輕蹙：輕，一作"頻"。蹙，上聲。

無那：是無奈何。

俺可甚相見話偏多：相見話偏多，是成語。今反言要話不得話也，故云

"俺可甚"。王伯良解作"夫人話多"，非。

擷簪：擷，本音跌，此去聲。簪，上聲。擷簪，鄉語也。《琵琶記》"終朝擷簪"。

暢好是烏合：烏合，易散。言初意此會合而不散，那知渾似烏合也。合，平聲。一無"是"字。

液：去聲。

南柯：淳于生夢入大槐安國，爲守二十載。使者送出穴，遂寤，乃古槐蟻穴，南枝爲南柯郡。

濕：上聲。

斷復難活：復，一作"然"。

則被你：一本無。

僂儸：狡猾也，又幹辦集事之稱。言夫人忘恩悔親，徒落得送了我與張生性命耳，當甚麼狡猾能事也。一云花言巧語之意，亦耍字之意。

成拋趓：言似個拋閃趓避者。

尺：上聲。

如間闊：間，去聲。闊，上聲。一作"天河"。

不堪醉顏酡，可早嫌玻璃盞大：一本"堪"作"甚"，"可"做"却"。大，音墮。

較可：一作"覺可"。

奪：音多。

黑閣落甜話兒將人和：一本"落"下有"的"字，"話"作"句"。

薄：音波。

没頭鵝：天鵝群飛，有頭鵝領之，則其行次整然不亂，如失頭鵝則亂矣。故以頭鵝比人家之家長，今婚姻大事，昌昌如此，皆因喪父如没頭鵝然。"撇下"句，即恨父死撇其女也，或云恨生不出，一語相爭，如鵝寒插翅没頭于毛中，不鳴一聲。

撇：上聲。

下場頭：一作"久以後"。

那答兒：一作"那裏"。

恰纔個：一無"個"字。

變做了江州司馬淚痕多：白樂天貶江州司馬，作《琵琶行》曰："淒淒不似向前聲，滿座聞之皆掩泣。就中淚痕誰最多，江州司馬青衫濕。"變，一作"都"。

難著摸：一作"難捉摸"，一作"難著莫"。摸，去聲。

謊到天來大：謊到，一作"倒謊"，一作"說謊"。大，音墮。

當日個、今日個：一本無此六字，一本無兩"個"字。

您個蕭何：個，一作"做"。您，尼錦切，你也。

玉容寂寞梨花朵，胭脂淺淡櫻桃顆：一本"寞"下"淡"下俱有"了"字。胭脂，一作"脂唇"。

鄧鄧：一作"澄澄"。

太行山：今河內縣，山高萬仞，上有九折阪，最爲險絕。一本上有"想著他"三字。

渴：音可。

顫巍巍：顫，一作"嫩"。

雙頭花：《天寶遺事》：沈香亭牡丹盛開，一枝兩頭，朝則深碧，暮則深黃，夜則粉白，晝夜之間，香艷各异。

縷帶：一作"壽帶"。

割：哥，上聲。

脫：音妥。

刺股：蘇秦讀書欲睡，引錐自刺其股，血流至足，曰："安有說人主，不能出其金玉錦綉，取卿相之尊者乎？"期年揣摩成，曰："此真可以說當世之君矣。"

懸梁：楚孫敬，字文寶，嘗閉户讀書，欲睡則以繩繫髮，懸于梁上。

築壇拜將：韓信數以策干項羽，羽不能用。歸漢，漢用之不篤，乃亡去。

蕭何追反，薦于漢王，以爲大將。王欲召信拜之，何曰："王拜大將，如呼小兒，此乃信所以去也。王必欲拜之。"擇良日，齋戒設壇場，具禮乃可，王許之。諸將聞築壇皆喜。人人自以爲得大將，至拜大將，乃韓信也，一軍皆驚。

【會注】

【弘注】【範注】【羅注】【起注】【陳注】【硃注】【湯注】【魏注】【峒注】絲羅：出《毛詩》頍弁篇（起本、陳本、硃本、魏本、峒本無"出《毛詩》頍弁篇"）。絲羅蔓延草木上，黃赤如金。在水（起本、陳本、硃本、魏本、峒本作"木"）爲女羅，在草爲兔絲。古詩云（硃本無）："與君爲新婚，兔絲附女羅。"【徐音注】絲羅：古詩云："與君爲新婚，兔絲附女羅。"【徐參注】絲羅：蔓延草木者，在木爲女羅，在草爲兔絲。

【起注】【徐參注】【陳注】【硃注】【峒注】張羅：猶云羅列。

【起注】【陳注】【硃注】【峒注】脚兒那：那者，移也。

【弘注】秋波詳見前第一折賺煞下。

【弘注】藍橋：出《氏族》《莊子》《啟蒙》《大學或問》。唐人裴航，後經藍橋驛渴，見茅舍有一老嫗緝麻，嫗呼："雲英，擎一甌漿來。"飲之，乃玉液也。嫗曰："欲取此女，但得玉杵。"曰："月餘得之。"嫗曰："有如此信士。"航夜窺之，有玉兔持杵，雪光耀室。嫗曰："吾入洞，爲裴郎具帷帳。"俄然仙童侍女，引航相見。講婚後，夫妻至玉峰洞，超爲上仙。○尾生與女子期于橋下，女子不來，生水至不去，抱梁柱而死。【範注】【起注】【徐音注】【徐參注】【陳注】【硃注】【湯注】【魏注】【峒注】藍橋水：尾生與女子期于橋下，女子不來，尾生不移（硃本無"尾生不移"），水淨藍橋，抱柱而死。【羅注】【秀注】藍橋：尾生與一女子期于橋下，女子不來，潮漲藍橋，尾生不移，抱柱而死。

【弘注】祆廟：出《蜀志》。昔蜀帝生公主，詔乳母陳氏乳養。陳氏有子，爲兒時與公主居禁中，約十一二年，後以宮禁逐而出者六載。不憶子以思公主之故，疾亟。陳氏入內有憂色，公主詢其故，陰以實對。遂托以幸祆廟爲名，期與其一會。既公主入廟，子睡，若不見。公主遂解幼所有共弄玉環，付之懷去。而子醒見之，怨氣成火，而廟即焚矣。又胡神也。【範注】【羅注】【起注】【陳注】【秀注】【湯注】【魏注】【峒注】祅廟：出《蜀志》（羅本、起本、陳本、秀本、湯本、魏本、峒本無"出《蜀志》"）。昔蜀帝生公主，詔乳母陳氏乳養。陳氏攜幼子與公主居禁（羅本、秀本此處多"中"）約十一二（一二，羅本、秀本作"餘"）年，後以宮禁逐而出者六載。子以思公主之故，疾亟（疾亟，羅本、秀本作"成疾，危篤"，起本、陳本、湯本、魏本、峒本作"疾急"）。陳氏入宮有憂色，公主詢其故，陰以實對。公主遂托幸以（幸以，起本、陳本、湯本、魏本、峒本作"以幸"）祅廟為名，期與子會。既公主入廟，子睡沉（羅本、秀本此處多"迷"）。公主遂解幼時所弄玉環，附之子（羅本、秀本作"于"）懷而去。子醒見之，怨氣成火，而廟即焚矣。祅廟，【羅眉】祅，音軒。胡神也。【徐音注】祅廟：西蜀帝生公主，詔乳母陳氏攜幼子與公主居禁中十一二年，後以宮禁逐而出者六載。子以思公主之故，疾急。陳氏入宮有憂色，公主詢其，陳以實對。公主遂托以幸妖廟為名，期與子會。既公主至廟，子睡沉。公主遂解幼時所弄玉環，附之懷中而去。子醒見之，怨氣成火，廟為之焚。祅廟，胡神也。【硃注】祅廟：西蜀帝生公主，詔乳母陳氏乳養，攜幼子與公主居。後出宮，子以思公主故，疾急。公主詢實，遂托幸以祅廟為名，期與子會。入廟，子睡沉。公主解幼時所弄玉環，附其懷而去。子醒見之，怨氣成火，而廟焚矣。祅廟，故神也。

【弘注】比目魚：出《爾雅》。東方有比目魚焉，其名謂之鰈。狀似牛脾，鱗細紫黑色，一時兩片相合，乃得行，今人俗呼為"鞋底魚"是也。【範注】【羅注】【秀注】【湯注】比目魚：比目魚，東方（秀本作"海"）有比目魚，其名曰鰈。【秀眉】鰈，音帖。一魚一目，狀似牛脾，細鱗紫黑色，一時兩片相合，乃可（秀本無"乃可"）游行，今人呼為"鞋底魚"（羅本、秀本此處多"是"）也。【起注】【徐參注】【陳注】【硃注】【魏注】【峒注】比目魚：東方有比目魚，一魚一目，兩片相合，乃可游行。【徐音注】比目魚：東方有比目魚，一魚一目，兩魚相合而游。

【起注】【徐音注】【徐參注】【陳注】【硃注】【魏注】【峒注】扢搭地：猶云霎時。

【弘注】【範注】【湯注】蛾眉：出《毛詩》碩人篇。蛾，蠶蛾也。其眉細而長。《詩》曰："秦首蛾眉。"【羅注】【起注】【陳注】【硃注】【魏注】【峒注】蛾眉：蛾，蠶蛾也。其眉細而長。《毛詩》碩人篇（碩人篇，起本、陳本、硃本、魏本、峒本作"云"）："蓁首蛾眉。"【徐音注】蛾眉：蛾之眉細而長。《詩》云："蓁首蛾眉。"【徐參注】蛾眉：蛾，蠶蛾也。其眉曲而長。【秀注】蛾眉：蛾，蠶蛾也。其眉細而長。

【起注】【陳注】【硃注】【魏注】【峒注】擷審：是鄉語。《琵琶記》云："終朝擷審。"又云（硃本作"曰"）："小兒啼曰喑（曰喑，硃本作'音喑也'）。"

【起注】【徐音注】【徐參注】【陳注】【硃注】【魏注】【峒注】烏合：聚而易散。

【弘注】【範注】【羅注】【秀注】【湯注】夢（羅本、秀本無）南柯：出《書言》，又《异聞集》（範本、羅本、秀本、湯本無"出《書言》，又《异聞集》"）。（範本、湯本此處多"齊"）淳于棼醉（範本、羅本、秀本、湯本無）夢入大槐安國，【羅眉】棼，音墳。見主（羅本、秀本無），王曰："吾南柯郡，屈卿爲守。"凡（羅本、秀本作"已"）二十載，使者送出穴，遂悟。尋古槐下一蟻穴，乃槐安國。又一穴，直上南枝，即南柯郡也。【起注】【陳注】【硃注】【魏注】【峒注】夢南柯：齊淳于棼醉夢入大槐安國，見王。王曰："吾南柯郡，屈卿爲守。"凡二十年，使者送出穴，遂寤。尋古槐下一蟻穴，乃槐安國（硃本此處多"也"）。【徐參注】南柯夢：淳于棼醉夢入大槐安國，爲南柯郡守，廿年寤乃覺。

【弘注】間闊：出《詩經》。間者何久，闊不相見。又，隔遠之意。以其久不相見，故云間闊。諸葛亮爲司隸校尉，刺舉不避，語曰："間何闊？逢諸葛亮。"

【弘注】玻璃盞：出《楊子錄》，又《詩苑》，又《李白詩集》。唐開元中，初種木芍藥，即牡丹也。上命移植于興慶池東，沉香亭前。會花開盛，特選梨園弟子中悅者李龜年，手捧檀板，眾樂將歌。上曰："賞名花，對妃子，焉用舊辭？"宣李白，立進《清平詞調》三章以進。上命龜年歌之，太真持玻璃盞，酌梁州葡萄酒以賜之，歌唱《清平詞》。【範注】【羅注】【湯注】玻璃盞：外國所出，用寶石料爲坯燒成也。又（羅本無），《李白詩集》：唐開元中，初種木芍藥，即牡丹也。上命移植于興慶池東，沉香亭前。會花開（羅本此處多"甚"）盛，特（羅本作"時"）選梨園子弟李龜年，手執檀板，眾樂將作。【羅眉】樂，音岳。上曰："賞名花，對妃子，焉用舊辭？"（羅本此處多"詔"）宣李白，立進（立進，羅本作"撰新詞以歌焉。李白即撰"）《清平調》三章以進。【羅眉】調，去聲。上命李龜年歌之，太真持玻璃盞，酌梁州葡萄酒以賜之。【起注】【陳注】【硃注】【魏注】【峒注】玻璃盞：外國所出，用寶石料爲坯燒成也。李白進《清平調》三章，上命李龜年歌之，太真持玻璃盞，酌梁州葡萄酒以賜之。【徐音注】玻璃盞：外國所出，形似琉璃。【秀注】玻璃盞：外國所出，用寶石料爲坯燒成也。

【起注】黑閣落：猶云背地裏。【徐音注】黑閣落裏：北方鄉語，猶云背地裏。【徐參注】【陳注】【硃注】【魏注】【峒注】黑閣落裏：猶云背地裏。

【弘注】沒頭鵝：性最忌生人。其夜若有一人，眾鵝驚鳴。若遇天陰或無食，將頭掩入翅內，似鵝之沒頭也。又如人幹事之不遂者，似之。【範注】【羅注】【秀注】【湯注】沒頭鵝：即家鵝也。但遇天陰飢寒，將頭插入翅內，以喻人爲事之不遂，如鵝之悶頭也。【起注】【徐音注】【徐參注】【陳注】【硃注】【魏注】【峒注】沒頭鵝：鵝遇天陰飢寒，將頭插入翼內，以喻人爲事不遂，如鵝之沒頭。

【弘注】江州司馬：出《唐書》。白樂天，其先大原人，徙居下邳，敏悟絕人，工文章。元和中，對策乙等，遷左拾遺，進直言無隱。後賊盜殺武元衡，居易上疏，請亟捕賊，雪朝廷恥。宰相嫌其出位，不悅多言。居易每隨眾，而居易賦《新丹篇》，言浮華無實，行不可用，貶江州司馬。【範注】【羅注】【湯注】江州司馬淚痕多：出《唐書》（羅本無"出《唐書》"）。（羅本此處多

"唐") 白樂天，其先大原人，徙居下邽，今邳州（羅本此處多"也"）。【羅眉】邽，音披。敏悟絶人，工文章。元和中，對策第一，遷左拾遺，進直言無隱。後賊盜殺武元衡，居易上疏，【羅眉】易，平聲。請亟捕賊，雪朝廷恥。宰相嫌其出位，不悦多言。居易每隨衆，而樂天（羅本無"樂天"）賦《牡丹篇》，【羅眉】相，去聲。易，入聲。言浮華無實，行不可用，貶（羅本此處多"爲"）江州司馬，今九江府（羅本此處多"也"）。作《琵琶行》云："凄凄不似向前聲，滿座聞之皆掩泪，就中泣下誰再多，江州司馬青衫濕。"【起注】【陳注】【峒注】司馬泪痕多：白樂天貶江州司馬，送客汾浦口，聞舟中夜彈琵琶者，錚錚然，有京都聲。問其人，本長安妓女，年長色衰，委身爲賈人婦。遂命酒使彈數曲，曲罷憫然。自叙少年時歡樂事，今漂淪憔悴，轉徙于江州。出官二年，恬然自安，感斯人言，是夕始覺有遷謫意，因爲長歌贈之，命曰《琵琶行》。末云："凄凄不似向前聲，滿座聞之皆掩泪，就中泣下誰最多，江州司馬青衫濕。"【徐音注】司馬泪痕多：白樂天貶江州司馬，送客汾浦口，聞舟中夜彈琵琶，問其人本長安妓女，年長色衰，委身爲商人婦。因命酒，使彈數曲，曲罷，樂天爲《琵琶行》以贈之。末云："凄凄不似向前聲，滿座聞之皆掩泣，就中泣下誰更多，江州司馬青衫濕。"【徐參注】司馬泪痕多：白樂天貶江州司馬，送客汾浦口，聞舟中夜彈琵琶者，其音凄峻，樂天感之，下泪透青衫。【秀注】江州司馬泪痕多：唐白樂天，元和中對策第一，遷左拾遺，進直言無隱。宰相嫌其出位，不悦多言。居易每隨衆而賦《牡丹篇》，言浮華無實，行不可用，貶爲江州司馬，【秀眉】貶，音扁。今九江府也。作《琵琶行》云："凄凄不似向前聲，滿座聞之皆掩泪。就中泣下誰再多，江州司馬青衫濕。"【硃注】司馬泪痕多：白樂天貶江州，作《琵琶行》，末云："凄凄不似向前聲，滿座聞之皆掩泣，就中泣下誰最多，江州司馬青衫濕。"【魏注】司馬泪痕多：白落天貶江州司馬，送客汾浦口，聞舟中夜彈琵琶，錚錚然有京都聲。問其人本長安妓女，年長色衰，委身爲商人婦。因命酒使彈數曲，曲罷，白爲長嘆，以贈之名《琵琶行》，見古文中。末云："凄凄不似向前聲，滿座聞之皆掩泣。就中泣下誰最多？江州司馬青衫濕。"

【弘注】成敗蕭何：出《通鑒》。淮陰人韓信歸楚，楚不用，歸漢。蕭何與語，奇之，遂薦于漢王。乃拜爲大將。及克楚之後，漢已得天下，因其不告而自王、失期不至、陳兵出入之故，遂降爲淮陰侯。彼時漢王以賜夏侯爲相國，監趙代邊兵。豨過辭淮陰侯，淮陰侯携手與謀反。及上擊豨，信遂稱病不從。呂后與蕭何謀，言漢已得豨，逼信強入賀，呂后使武士縛信斬之。故曰"成敗蕭何"。【範注】【湯注】成敗蕭何：出《通鑒》。韓信，淮陰人，今淮安府。信歸楚，楚不用。歸漢，蕭何與語，奇之，遂薦于漢王。漢王乃齋戒築壇，拜爲大將。及克楚之後，漢已得天下，因其不告而王、失期不至、陳兵出入之故，遂降爲淮陰侯。時漢王以王，夏侯爲相國，監代邊兵。豨過辭淮陰侯，淮陰侯携手與謀反。及上擊豨，信遂稱病不從。呂后與蕭何謀，言漢已得豨，逼信強入宮，呂后使武士縛信斬之。故曰"成敗蕭何"。【羅注】成敗蕭何：韓信，淮陰人，今淮安府也。信歸楚，楚不用；歸漢，蕭何與，奇之，遂薦于漢王。漢王乃齋戒築壇，拜爲大將。【羅眉】築，音竹。將，去聲。及克楚之後，已得天下，因其不告而王，失期不至，陳兵出入之故，遂降爲淮陰侯。【羅眉】降，平聲。時漢王以王，夏侯爲相國，監代邊兵。【羅眉】相，去聲。陳豨過辭淮陰侯，淮陰侯携手與謀反。及上擊豨，信遂稱病不從。呂后即使武士縛信而斬之，故曰"成敗蕭何"。【起注】【陳注】【魏注】【峒注】成敗蕭何：韓信初歸楚，項王不用。張良說信歸漢，蕭何與語，奇之，遂薦于漢王，拜爲大將。及漢已得天下，不告而王，遂降爲淮陰侯。陳豨過辭淮陰，携手與謀反。上擊陳豨，信遂稱病不從。呂后與蕭何謀，言漢王（陳本、魏本、峒本無"漢王"）已得陳豨。賺（陳本、魏本、峒本作"韓"）信入宮稱賀，使武士縛信斬之。故曰"成敗蕭何"（成敗蕭何，陳本、魏本、峒本作"成也蕭何敗也何"）。【徐參注】成敗蕭何：蕭何薦韓信，位至侯。天后殺韓信，亦蕭何謀之。【硃注】成敗蕭何：韓信弃楚，蕭何薦信歸漢王。拜爲將，遂得天下。陳豨以信廢叛，王自擊豨。呂后與蕭何謀，使武士縛信斬之。故曰"成也蕭何敗也蕭何"。

【弘注】【範注】【湯注】太行山：出《禹貢》，又《群玉》（範本、湯本無"出《禹貢》，又《群玉》"）。太行山，在今懷（範本、湯本無）孟河內縣。

山高萬仞，上有九折阪，最爲險絕。太行之路能摧車，又云：小人智慮險，平地生太行。【羅注】太行山：在孟河內縣，爲天下之脊，上有九折坂爲險，太行之路能摧車。又云"小人智慮險，平地生太行"。【起注】【徐音注】【徐參注】【陳注】【硃注】【魏注】【峒注】太行山：爲天下之脊，上有九折坂，最爲險（徐音本、徐參本此處多"峻"）。云（徐音本、徐參本作"詩"，硃本無）："太行之路能摧車。"

【弘注】【範注】【羅注】【起注】【陳注】【秀注】【硃注】【湯注】【魏注】【峒注】雙頭花：出《詩學》。又，《開元遺事》。（羅本無"出《詩學》。又"；開元，範本、羅本、湯本作"天寶"；起本、陳本、秀本、硃本、魏本、峒本無"出《詩學》。又，《開元遺事》"）（起本、陳本、秀本、硃本、魏本、峒本此處多"唐"）明皇時，沉香亭前木芍藥（木芍藥，範本、羅本、秀本、湯本作"牡丹"）盛開。一枝兩頭，朝則深碧，【羅眉】朝，音招。暮則深黃，夜則粉白，晝夜之間，香艷各異。帝曰："此花木之妖者（硃本無）也。"（羅本、秀本此處多"即"）以賜楊國忠，國忠以百寶爲闌（秀本作"欄"）。【徐音注】雙頭花：唐明皇時，沉香亭前芍藥盛開。一枝兩頭。【徐參注】雙頭花：唐明皇時，沉香亭木芍藥盛開。一枝兩頭相并。

【弘注】【範注】【羅注】【湯注】同心結：出《群玉》。又，（羅本無"出《群玉》。又"）《史記》。柳耆卿詞（羅本無）云："羅帶結同心。"隋文帝陳夫人，陳宣帝女，聰慧，姿貌無雙。帝寢疾，太子廣逼（羅本此處多"之"）夫人，拒之（羅本作"焉"）得免。帝崩，太子賜夫人金盒，中有同心結數枚。其夜，太子蒸焉。【起注】【徐音注】【陳注】【魏注】【峒注】同心結：隋文帝陳夫人，陳宣帝女，聰慧，姿貌無雙。帝寢疾，太子廣逼夫人，拒之得免。帝崩，太子賜夫人金盒，中有同心結數枚。其夜，太子蒸焉。【硃注】同心結：陳夫人有殊色，隋文帝寢疾，太子廣入視，見而逼，夫人拒之。帝崩，太子賜夫人盒，中有同心結數枚。其夜，太子蒸焉。

【弘注】【範注】【湯注】連理枝：出《詩學》。大夫韓朋，其妻美好，康王奪之。朋怨，王囚之。朋自卒。王與之登臺，自投臺下，左右捉衣，衣不勝手。遺書于帶曰："願以尸還韓氏而合葬。"王怒，令埋兩家相望。經宿，忽見有梓木生二家之上，根交于下，枝連于上。又有鳥如鴛鴦，常栖其樹，朝暮悲鳴，南人謂此禽即韓朋夫婦之精魂也。【羅注】【秀注】連理枝：大夫韓朋，其妻美好，康王奪之。朋怨，王囚之。朋自卒。王與朋之妻登臺行樂，其妻投于臺下，左右捉，【秀眉】捉，音着。衣不勝手。遺書于帶："願以尸還韓氏而合葬焉。"上怒，令埋兩處相望。經宿，忽有梓木生二家之上，根交于下，枝連于上。又有二鳥如鴛鴦狀，常栖其樹，朝暮悲鳴。當時人謂此禽即韓朋夫婦精魂也。【起注】【陳注】【硃注】【魏注】【峒注】連理枝：晉大夫韓朋妻美，康王奪之爲妃。朋被（硃本作"怒"）王囚之，自殺。王攜其妃登臺玩賞，妃傷朋之故（硃本作"死"），亦投臺下而死。遺書于帶曰："乞賜尸還韓氏合葬。"王怒不許，令埋兩家相望。後有梓木生于二家之上，根交于下，枝連于上，又有二鳥，名曰鴛鴦，常栖其上，朝暮（硃本作"夕"）悲鳴。【徐音注】連理枝：晉大夫韓朋貌美，康王奪之爲妃。朋怒，王囚之。自殺。王攜其妃登臺玩賞，妃傷朋之死，亦投臺下而死。遺書于王曰："乞賜尸還韓氏合葬。"王怒不許，令埋兩處相望。後有梓木生于二家之上，枝生連理。有鴛鴦一對，常栖其上。【徐參注】連理枝：根連枝接。

【起注】字音

僂，音婁。聒，音括。瞧，音樵，視也。諕，音嚇，驚戰貌。趓，音朶，避也。妳，音乃。㦸，音戟，戰兢也。豁，花，入聲。袄，音軒，扢，音乞。顰蹙，音頻促，皺眉也。擷，音顛。窨，音蔭。搵，音穩。癩，音貪，瘋疾也。垜，音朶。疴，音柯，病也。嘍囉，音婁羅，賊黨也。挫，音錯，折也。酡，音跎。啞，鴉，上聲。謎，眉，去聲。顫，音戰。搓，音磋，攙，音杉。蹬，音凳。賺，音站。挺，汀，上聲。餔，音甫，乾肉也。㗉，音拙。

【徐音注】字音

僂，婁。聒，括。諕，赫。㦸，戟。豁，滑。袄，軒。扢，求。顰蹙，平促，皺眉也。擷，顛。窨，蔭。疴，柯。挫，錯。酡，跎。啞，雅。謎，媚。顫，戰。搓，磋。攙，杉。蹬，凳。賺，站。挺，汀，去聲。餔，甫。

啜，拙。

【徐参注】字音

僂，音婁，傴僂。諕，音黑。袄，音軒。擷窨，音顛蔭。癱。音難。垛，音朵。酡，音跎，醉酒色。

【陳注】【硃注】字音

僂，婁。聒，括。瞧，樵，視也。諕，嚇，驚戰貌。趓，朵，避也。㦸，戟，戰競也。豁，花入聲。妳，乃。袄，軒。扢，乞。搭，答。顰蹙，頻促，皺眉也。疴，柯，病也。挫，錯，折也。啞，雅，上聲。謎，眉，去聲。挺，汀，上聲。擷，顛。窨，蔭。搵，穩。垛，朵。癱，音貪，瘋疾也。嘍囉，婁羅，賊黨也。酡，跎。顫，戰。搓，磋。攙，杉。蹬，凳。賺，站。餔，鋪，乾肉。啜，拙。

【魏注】字音

僂，婁。聒，括。諕，嚇。㦸，戟。豁，滑。袄，軒。扢，乞。顰蹙，平促，皺眉也。擷，顛。窨，蔭。癱，音貪。垛，朵。疴，柯。挫，錯。酡，跎。啞，雅。謎，媚。顫，戰。搓，磋。攙，杉。蹬，凳。賺，站。挺，汀，上聲。餔，鋪，乾肉。啜，拙。

【峒注】字音

僂，婁。聒，括。諕，嚇。㦸，戟。豁，花，入聲。袄，軒。扢，乞。顰蹙，頻促，皺眉也。擷，顛。窨，蔭。癱，貪。垛，朵。疴，柯。挫，錯。酡，跎。啞，鴉，上聲。謎，眉，去聲。顫，戰。搓，磋。攙，杉。蹬，凳。賺，站。挺，叶音汀，上聲。餔，甫，乾肉也。啜，掘。

第四折①

　　（末上云）②紅娘之言，深有意趣。③天色晚也④，月兒，你早些出來麼⑤！（焚香了）⑥呀，却早發擂⑦也。【繼眉】擂，古"擂"字。

---

① 第四折：弘本作"第五折"，範本、龍本作"第八齣　琴心寫懷"，羅本、屠本作"第八齣"，繼本、湯沈本作"第八齣　琴心挑引"，容本、起本、徐音本、徐參本、虎本、陳本、硃本、湯本、魏本、峒本、封本作"第八齣　鶯鶯聽琴"，徐畫本作"第四套　琴心挑引"，驪本作"四套今本第八折　寫怨"，何本作"聽琴"，秀本作"第八齣　琴心寫怨"，延本、張本作"第四折"，天李本作"鶯鶯聽琴"，六幻本作"二之四　琴心挑引"，三合本作"第四套　琴挑"，毛本作"第八折　琴心"，潘本作"第四折　聽琴感意"。
② （末上云）：弘本前多："（紅云）妾見先生有囊琴一張，必善于此。俺小姐深慕于琴。今夕妾與小姐同至花園內燒夜香，但聽咳嗽爲令，先生動操。看小姐聽得，說甚麽言語，却將先生之言達知。若有話說，明日妾來回報。這早晚怕夫人尋，我回去也。"範本、龍本、徐畫本、徐音本、六幻本、三合本、潘本後多"欲將心事傳青瑣，且把閑愁付玉琴。我想"，封本後多"適纔"。
③ 紅娘之言，深有意趣：範本、龍本作"紅娘之言有理"，張本作"紅娘着俺待小姐今夜花園中燒香時，把琴心挑動他。尋思此言，深有意趣"。範本、龍本、徐畫本、徐音本、三合本、潘本此句後多"他着我待小姐今夜花園中燒香時節，把琴心挑動他"。
④ 晚也：羅本、屠本作"已晚也"。
⑤ 你早些出來麼：早些，六幻本作"早些兒"。弘本作"你早些兒出麼"，羅本、屠本作"你早些兒上也"，繼本作"早上也"，徐畫本、徐音本、三合本、潘本作"你早些出來"，驪本、延本、張本作"你早些出來波"，湯沈本作"你早些兒出來"。
⑥ （焚香了）：範本、龍本、羅本、繼本、徐畫本、徐音本、張本、湯沈本、三合本、潘本無。
⑦ 却早：繼本、徐畫本、張本、三合本作"恰早"。擂：繼本作"擂"。

呀，却早①撞鐘也。（做理琴科）【秀眉】撞，音壯。【容眉】【硃眉】畫。琴呵，小生與足下湖海②相隨數年，今夜這一場③大功，都在你這神品——金徽、玉軫、蛇腹、斷紋、嶧陽、焦尾、冰弦之上④。【容旁】煩得妙。【陳眉】【硃眉】【峒眉】從計如流。【三合眉】當不負知己。天那，却怎生借得一陣順風⑤，將小生這琴聲⑥，吹入俺那小姐玉琢成、粉捏就知音的耳躲裏去者！⑦【秀眉】捏，音矗。【湯沈眉】真切有味。【封眉】"生上"至"去者"，時本多誤上折之尾，惟即空本同此。（旦引紅上，紅云）小姐，燒香去來，好明月也呵⑧！（旦云）事已無成，燒香何

---

① 却早：徐畫本、張本、三合本、潘本作"恰早"。
② 湖海：弘本、羅本、繼本、屠本作"湖海中"，驥本、延本無。
③ 這一場：驥本、延本、張本作"這場"。
④ 都在你這神品——金徽玉軫蛇腹斷紋嶧陽焦尾冰弦之上：範本、龍本、徐畫本、徐音本、三合本、潘本作"都在你身上也"，驥本、延本、張本作"都在你身上"。範本、龍本、徐畫本、徐音本、三合本、潘本此句後多"正是：莊生曉夢迷蝴蝶，望帝春心托杜鵑"。
⑤ 天那，却怎生借得一陣順風：却，弘本、羅本、繼本、屠本、湯沈本、封本無。範本、龍本、徐畫本、徐音本、張本、三合本、潘本作"天那，怎借得一陣順風"，驥本、延本作"天，怎生借得一陣風"。
⑥ 將小生這琴聲：驥本、延本作"將小生琴聲"。
⑦ "紅娘之言，深有意趣"至"吹入俺那小姐玉琢成、粉捏就知音的耳躲裏去者"：俺那小姐，繼本作"那小姐"；玉琢成粉捏就，驥本、延本無；知音的耳躲裏去者，弘本、繼本、六幻本、湯沈本作"知音俊俏耳朵兒裏去者"，羅本、屠本作"知音俊俏耳朵裏去者"，驥本、延本作"耳朵裏去者"，封本作"知音的俊耳朵兒裏去者"。此段文字，容本、起本、徐參本、虎本、何本、陳本、秀本、硃本、天李本、湯本、魏本、峒本、毛本置于上折之尾。
⑧ 呵：範本、龍本、徐畫本、徐音本、張本、三合本、潘本無。

濟①？月兒，你圍圓呵，咱却怎生！②【徐參眉】燒香本情，不覺漏出。【陳眉】【硃眉】【峒眉】燒香本意，一一漏出。【魏眉】燒香本意，不覺漏出。

【越調】【鬥鵪鶉】雲斂晴空，冰輪乍湧；【羅眉】晴，音清。輪，平聲。【秀眉】點月夜景，妙。風掃殘紅，香階亂擁；【田補眉】"雲斂"四句，扇面對法。離恨千端，閑愁萬種。【範眉】【龍眉】駢麗中情語。【羅眉】"愁"音"菆"。夫人那③，"靡不有初，鮮克有終"。【張眉】第七八句俱多一字。他做了個影【湯沈旁】一作"鏡"。兒裏的情郎④，【繼眉】古本"影兒裏"，今本作"鏡兒裏"，便板樣了。【虎眉】影，一作"鏡"，就板樣了。我做了個畫兒裏的愛寵⑤。【羅眉】情，音青。【容眉】好！【起眉】王曰："駢麗中情語，實從'水中月，鏡中花'變化來的句法。"【徐畫眉】【田眉】【延眉】"他做了"三句，指昨日開宴時，未命拜兄妹之前，猶是夫妻，故云。云"影裏""畫裏"，又見其非真。【徐音眉】是情是愛，便非影非畫矣。【陳眉】【硃眉】媚殺。【凌眉】本調止是"影裏情郎，畫兒愛寵"，餘俱襯字。王謂末句襯"兒"字者，非。【湯眉】好。【潘夾】會，猶言一會兒也，即一霎兒之謂。影裏畫裏，專指昨日開宴時不得真做夫妻，兩

---

① 何濟：範本、龍本、驥本、延本、張本作"何用"。
② 你圍圓呵，咱却怎生：範本、龍本、徐畫本、徐音本、三合本作"你團圓了呵，却是怎生"，張本作"你團圓了呵，咱却怎生。自來祇恨紅輪促，今夕方知玉漏長"，潘本作"你團圓了呵，恰是怎生"。範本、龍本此句後多"歡娛正怪紅輪促，愁極番嫌玉漏長"，羅本、繼本、屠本、六幻本、湯沈本此句後多"自來祇恨紅輪促，今夜方知玉漏長"，徐畫本、徐音本、三合本、潘本此句後多"般快活。自來祇恨紅輪促，今夕方知玉漏長"。
③ 夫人那：範本、龍本、秀本、張本作"夫人呵"，羅本、屠本作"老夫人他"。
④ 他做了個影兒裏的情郎：個，徐畫本、徐音本、驥本、延本、六幻本、三合本作"會"；的，繼本無；裏，容本、起本、陳本、秀本、硃本、天李本、湯本無。張本作"他做了影裏情郎"，潘本作"他做了會影兒的情郎"。
⑤ 我做了個畫兒裏的愛寵：個，徐畫本、徐音本、驥本、延本、六幻本、三合本、潘本作"會"；畫兒裏的，繼本作"畫兒中"，屠本作"畫兒中的"。張本作"俺做了畫裏愛寵"。範本、龍本此句後多："（鶯云）我好笑好笑。（紅云）姐姐笑甚麼來。"

心脉脉相對，非真如影如畫，已極縹緲，況聚又倏忽如同一夢。即此可悟過眼空花終歸漚泡，所云百年偕老况味不過如此也。

【紫花兒序】則落得心兒裏念想①，口兒裏閑題②，【封眉】時本多脱"則辦得"三字。則索向夢兒裏③相逢。【範眉】【龍眉】【秀眉】此二句應"影兒""畫兒"二句。【羅眉】則，音自；落，音澇；則，音自；索，音煞。【起眉】王曰：此又應上"影兒""畫兒"二句。【徐參眉】無限傷感。【虎眉】逢，一作"從"。俺娘昨日個④大開東閣，我則道⑤怎生般炮鳳烹龍。【範眉】【龍眉】與"淘下陳倉米"二句相應。【羅眉】昨，音浩；閣，音個；則，入聲。龍，平聲。【徐音眉】非不得合杯，言□若苦，言之可憐。朦朧⑥！可教我⑦"翠袖殷勤捧玉鍾"，【繼眉】晏叔原詞"彩袖殷勤捧玉鍾"。【田補眉】"翠袖殷勤"一句，言令我一奉酒于生，便當作許大人情也。却不道⑧"主人情重"？【潘旁】怨極。則爲那⑨兄妹排連，因此上⑩魚水難同。【羅眉】則，音自。【容眉】【硃眉】連那酒席也不盛了，却不道人心若好，吃水也甜。【湯眉】連那酒席也不盛了，却不道人

---

① 心兒裏念想：念想，徐畫本、徐音本、驥本、延本、湯沈本、三合本、毛本、潘本作"空想"。張本作"心兒空想"。
② 口兒裏閑題：徐畫本、徐音本、驥本、延本、張本、三合本、封本、潘本此句前多"則辦得"。裏，張本無。
③ 夢兒裏：弘本、羅本、繼本、屠本、容本、起本、徐參本、虎本、何本、陳本、秀本、硃本、天李本、六幻本、湯本、魏本、峒本作"夢兒中"，張本作"夢兒"。
④ 俺娘：毛本無。個：徐畫本、徐音本、驥本、延本、張本、潘本無。
⑤ 我則道：張本作"則道"。
⑥ 朦朧：弘本作"朦瞳"。
⑦ 可教我：屠本作"可教"，徐畫本、徐音本、驥本、延本、六幻本、湯沈本、三合本、毛本、潘本作"則教我"，張本作"教俺"。
⑧ 却不道：徐畫本、徐音本、驥本、延本、三合本、潘本作"早是他"。
⑨ 則爲那：徐畫本、徐音本、驥本、延本、張本、三合本、潘本作"只因"，毛本作"只因他"。
⑩ 因此上：徐畫本、徐音本、驥本、延本、三合本、毛本、潘本作"以此上"，張本作"以此"。

情若好，吃水也甜。【三合眉】人情若好，飲水也甜。【驥夾】【延夾】炮，音袍。【毛夾】炰音袍。"昨日"至末，是叙前事。爲訕怨，連作數轉。我則道，我只道怎樣也；則教我，祇教我如是也；却不道，然只此亦得也。只因他、以此上，惟其如是，所以如是也。諸本以"却不道"作"早是他"，便前後不接矣。開閣，解見第六折。"翠袖"二句，見詩餘。參釋曰："做了個"或作"做了會"，言情郎、愛寵只一會兒也，亦通。【潘夾】此段正實叙昨日影中畫中之事，"早是他主人情重"句，怨甚。言把盞相陪，亦便是异數恩典了。

（紅云）姐姐，你看月闌①，【田補眉】月闌，月暈也。語新。【秀眉】月闌，即月暈也。【湯沈眉】月闌，月暈也。明日②敢有風也。（旦云）③風月天邊有④，人間好事無。⑤【徐參眉】對景愈感。【陳眉】終有。【湯眉】處處傷情。【封眉】時本鶯白多缺落。【容夾】處處傷情。【田補夾】觸目皆傷心處。

【小桃紅】人間看波⑥：【湯沈旁】助語。【封眉】人間看波，非句，起語詞也。玉容深鎖綉幃中⑦，怕有人搬弄。【羅眉】人，音賃。【張眉】"人間看波"是白，"玉容"連下一句。俗自"玉容"斷作兩句者，非。

---

① 你看月闌：範本、龍本作"你看月暈"，羅本、屠本、起本、徐參本、陳本、硃本、湯本作"你看那月暈"，繼本作"你看那風暈"，容本、虎本、何本、秀本、天李本、六幻本、湯沈本、封本、毛本作"你看那月闌"，魏本、峒本作"你那月暈"。
② 明日：弘本作"明月"。
③ 範本、龍本、徐畫本、徐音本、三合本、潘本此處多"月正明被雲遮了"。
④ 風月：驥本、延本作"明月"。
⑤ 範本、龍本、三合本此處多"我想，天上姮娥，敢也是人間閨怨。（紅云）正是'泪隨明月下，愁逐漏聲長'。真個好傷感人也"，徐畫本、徐音本同，但"好傷感人也"作"你傷感人"；六幻本同，但"姮"作"嫦"，"是"作"似"。封本此處多"我想天上嫦娥孤寂，也與人愁悶一般，好傷感呵"，潘本此處多"我想，天上姮娥，敢也是人間閨怨"。
⑥ 人間看波：羅本、屠本無。
⑦ 綉幃中：徐參本作"翠幃中"。

想嫦娥①西没東生有誰共？【羅眉】姮，音昌，下同。怨天宫②，【封眉】天公，時本多誤作"天宫"。裴航不作游仙夢。【湯沈旁】裴航遇雲翹夫人仙去。【範眉】【龍眉】裴航遇雲翹夫人後，詩後仙去。【羅眉】作，音造。【繼眉】裴航遇云翹夫人後仙去。這雲【湯沈旁】俗本添"這雲"二字，謬。似我③羅幃數重，【張眉】"則似咱"句既指月闌而言，添"這雲"，非。【封眉】徐文長曰：俗本多作"這雲似我"，却不知是"月闌"。未嘗熟看賓白故也。只恐怕④嫦娥心動，因此上圍住⑤廣寒宫。【範眉】【龍眉】又自見情，所謂"思而不淫，怨而不怒"者也。【羅眉】寒，音酣。【起眉】此是唐詩"天爲素娥孀怨苦，故教西北起浮雲"，翻案法也，略得"思而不淫，怨而不怒"的意趣。【徐畫眉】【田眉】【延眉】人間玉容，着綉幃深鎖，是怕人搬弄，此則有理矣。嫦娥在天上，裴航又未必作游仙之夢，升騰以犯之也。天公何用怕其心動，而用月闌以圍嫦娥于廣寒之內，亦若人間之綉幃深鎖之耶？此所以怨天公也。蓋受母拘禁，而并爲嫦娥伸冤，此深得懷春之情也。俗本于"則似咱"上添"這雲"二字，却不知是"月闌"，未常熟看賓白故也。【徐音眉】以月闌自況，蓋受母拘禁而并爲姮娥伸冤。無限懷春之情。【徐參眉】若春心動，想粉墙圍不住，安能與姮娥耐永乎？【陳眉】【硃眉】春心動也，粉墙圍他不住。【湯沈眉】首句襯字，從月闌生來，言人間玉容，怕人搬弄，故綉幃深鎖。彼嫦娥誰與共？又無游仙夢搬弄之，天公何怕其心動而遮以月闌耶！所以怨之。此以嫦娥比說，實怨母拘束之詞。【三合眉】受母拘禁，

---

① 想嫦娥：羅本、屠本、徐參本、張本、魏本、潘本作"想姮娥"。
② 怨天宫：範本、龍本、徐畫本、徐音本、徐參本、張本、六幻本、峒本、封本、毛本、潘本作"怨天公"，驥本作"怨天官"。
③ 這雲似我：羅本、屠本作"這雲恰似那"，徐畫本、徐音本、驥本、延本、張本、毛本作"則似咱"，六幻本、湯沈本作"則似我"，三合本作"則這雲似我"，封本作"這則似我"，潘本作"則是咱"。
④ 只恐怕：徐畫本、徐音本、驥本、張本、潘本作"只恐"，延本作"只怕"。
⑤ 圍住：範本、龍本、羅本、繼本、屠本、六幻本、湯沈本作"圍住了"，潘本作"圍住在"。

并爲嫦娥伸冤，深得懷春之情也。【魏眉】春心動，恐粉牆圍他不住。【峒眉】春心動也，粉牆隔他不住。【徐畫諸夾】"圍住廣寒宮"句，言夫人拘禁得緊，又着紅娘看守。【毛夾】此承賓白"月闌"來，借作感嘆，言從人間觀之，鎖玉容于繡幃者，怕有人調弄耳。想嫦娥有誰共耶？既無人共，而猶似我之羅幃數重，若惟恐心動而圍之以闌，此可怨也。"怨天公"三字，擾入在急口中，與漢武《瓠子歌》"燒蕭條兮，噫乎，何以禦水"，于急句中擾"噫乎"二字同。元詞每稱"天"爲"天公"，如"天公肯與人方便"類。俗作"天宮"，謂自怨于天宮，不通。裴航無夢月事，此但頂"有誰共"句耳。王伯良曰："'人間看波'，四襯字也，'玉容'連下讀，勿斷，七字句也。"《開元遺事》：龜兹國進瑪瑙枕，夢則游仙，號"游仙枕"。【潘夾】句句借嫦娥寓怨詞，恰句句是直寫怨詞。妙在夾天夾人夾嫦娥夾自己，叙得一片怨亂。裴航句，并爲那壁廂人致憤絶矣。

（紅做咳嗽科）（末云）①來了②。（做理琴科）（旦云）這甚麽響③？（紅發科）④

【天净沙】（旦唱）莫不是步摇得寶髻玲瓏？莫不是裙拖得環佩玎咚。莫不是鐵馬兒檐前驟風⑤？【羅眉】前，音千。莫不是金鈎雙控⑥？【凌眉】控，王改爲"鳳"，且曰雙鳳，故響。雙鈎敲簾，獨不

---

① （末云）：驥本、延本作"（生聽云）"，毛本作"（正末聽云）"。峒本無。
② 來了：羅本、繼本、屠本作"小姐來了也"，容本、起本、徐參本、虎本、何本、陳本、秀本、硃本、天李本、湯本、三合本、魏本、峒本、封本無。
③ 這甚麽響：弘本、容本、起本、徐參本、虎本、何本、陳本、秀本、硃本、天李本、六幻本、湯本、湯沈本、三合本、魏本、峒本、封本作"甚麽響"，範本、龍本作"這甚麽響？我且猜他一猜。（紅云）姐姐你猜麽"，羅本、繼本、屠本作"是甚麽響"，徐畫本、徐音本作"這甚麽響？我且猜他一猜。（紅）姐姐你猜着"，張本作"這甚麽響？（紅）姐姐你猜"。
④ 封本此處多"姐姐你猜一猜"，潘本此處多"姐姐你猜他一猜"。
⑤ 檐前：驥本、延本、潘本作"檐間"。驟風：封本作"鬥風"。
⑥ 雙控：徐畫本、徐音本、驥本、延本、六幻本、湯沈本、三合本作"雙鳳"，張本作"雙動"。

能響耶?【張眉】動,訛"控",失韵。且"控"則不響矣。**吉丁當敲響簾櫳?**①【田補旁】鈎上有雙鳳,故敲響。【範眉】【龍眉】虛擬,一二折狀其似,三折狀其聲,四五折狀其情,六折狀其調。一聽琴而曲盡其妙,若此。【繼眉】虛擬。一折二折狀其似,三折狀其聲,四折五折狀其情,六折狀其調。一聽琴而曲盡其妙。【徐畫眉】【田眉】【延眉】擬琴聲。詞雖麗,却不甚切。然亦不得不如此也。【秀眉】此咏聲之細。【容眉】【徐畫珠眉】【硃眉】【湯眉】好琴好琴,真是個"不是知音不與彈"。【湯沈眉】虛擬。"步摇"與"裙拖"對。"金鈎雙鳳"語俊,俗改"雙控",非。鈎上有雙鳳,故能敲響。【三合眉】擬琴聲,麗而不切。【封眉】東,時本作"咚";鬥,作"驟";丁當,作"玎璫"。

【調笑令】**莫不是梵王宫,夜撞鐘?**②【範旁】【龍旁】以上二折,想像模擬,皆有憑據。【徐畫眉】聲鐘,猶鳴也,此上未知是琴。元本"撞鐘",本極自然,此以"聲"字易之,蹭了滿口脂粉。【田眉】聲鐘,猶鳴也,此上未知是琴。【凌眉】王以"夜撞鐘"句第二字當用平聲,用不得去聲,而從徐本妄改爲"聲鐘"。不思"撞"字從"童"者,鋤霜切,本平聲也;惟從"重"者,則去聲耳。豈未考韵書耶?【延眉】鐘聲,猶鳴也,古人俱如此用字。此上未知是琴。【張眉】"梵宫"句添"王",非。撞,平聲,用木撞也。俗訛作去聲,徐文長亦以爲然,嫌不諧調,遂改"聲"字,成何文理?**莫不是疏竹瀟瀟曲檻中**③?【羅眉】竹,音注。**莫不是牙尺翦刀聲相送?莫不是漏聲長滴響壺銅?**【羅眉】長,音昌。**潜身再聽在牆角**【湯沈

---

① 範本、龍本、陳本、魏本、峒本此處多"(紅云)姐姐不是",徐參本此處多"(紅)不是",硃本此處多"(紅云)小姐不是"。
② 梵王宫夜撞鐘:徐畫本、徐音本、三合本、毛本、潘本作"梵王宫夜聲鐘",驥本、延本作"梵宫夜聲鐘",張本作"梵宫夜撞鐘"。羅本、屠本此句後多"可也夜撞鐘呀"。
③ 疏竹瀟瀟曲檻中:張本作"疏竹瀟瀟曲檻中"。

旁】一本無"角"字。東①，【起眉】【虎眉】一作"在墙角東"，只多一字，便成累句。【封眉】墙東，有作"墙角東"者，非。元來是近西廂理結絲桐②。【謝眉】與上枝相似。【羅眉】再，音窄。角，音絞。桐，音通。【徐音眉】狀琴俱作兒女子聲口，□切實□，妙妙。【徐參眉】作假痴假聲，老奸。【陳眉】假不知處，有致。【秀眉】此咏其聲之大。【容眉】【湯眉】有態致。【湯沈眉】撞鐘，方作"聲鐘"。理結，撫弄之意。【三合眉】理結，撫弄之意。【魏眉】作假不知，妙盡。【峒眉】妙絕。【驥夾】【延夾】梵宫，斷。聲鐘，俗作"撞鐘"，誤。【毛夾】二曲暗寫琴聲，後一曲明寫琴聲。至【聖藥王】則又寫琴意，漸轉入曲弄矣。此一步近一步法。步摇，步而摇之也。古飾有步摇冠，亦以此得名。雙控，雙引也。或改"雙鳳"，以古鈎式有鳳頭者耳。王伯良曰："梵宫"二字句，"夜聲鐘"三字句，或改"聲鐘"爲"撞鐘"，不知下句第二字當平聲也。聲鐘，用神僧惠祥"傳聲鐘告衆"語。【潘夾】至此和弦已畢。此二闋，方是和弦未入弄時。觀末句"理結絲桐"，其理便明，未曾譜曲成調，故用猜詞。然句句自切琴理，或摩其老弦；或摩其中弦；或摩其小弦，要不是胡猜亂猜也。

　　【禿厮兒】其聲壯，似③鐵騎刀槍冗冗；其聲幽，似④落花流水溶溶【羅眉】落，去聲；其聲高，似⑤風清月朗鶴唳空；【羅眉】

---

① 潜身再聽在墙角東：羅本此句前多"我"，徐畫本、徐音本、驥本、延本、張本、三合本、毛本、潘本此句前多"我這裏"。弘本、容本、起本、虎本、陳本、秀本、天李本、湯本、魏本、峒本、封本作"潜身再聽在墙東"。
② 元來是近西廂理結絲桐：元來是，徐畫本、徐音本、張本、三合本、潘本作"元來"；理結，範本、龍本作"誰理結"。範本、龍本、徐畫本、三合本、潘本此句後多"（紅云）姐姐，這音好凄慘人"。徐畫本并有眉批：此必帶愁音。
③ 似：徐畫本、徐音本、驥本、延本、三合本、潘本無。
④ 似：徐畫本、徐音本、驥本、延本、三合本、潘本無，徐參本、陳本作"如"。
⑤ 似：羅本、屠本作"恰便似"，毛本無。

鶴，音毫。唳，音利。其聲低，似聽兒女語①，【範旁】【龍旁】東坡《聽琴詩》。【繼眉】實擬。"兒女"句，東坡《聽琴詩》。小窗中，喁喁。②【謝眉】此一折狀其聲。【範眉】【龍眉】實擬。以上皆句句實擬，惟此初句自受驚賊兵得來，愈見作者苦心處。【徐畫眉】【田眉】【延眉】此兼韓蘇二詞，此知琴而未識其意。【秀眉】此咏其聲之高下。【容眉】【湯眉】知音。【封眉】即空主人曰：兒女語、小窗中，皆三字句，本調也。徐王增減皆不合。時本于"兒"字上增"聽"字，更謬。【驥夾】【延夾】喁，尼容反。【三合夾】喁，音濃。【毛夾】喁，尼容切。【潘夾】至此曲調方成。

【聖樂王】他那裏③思不窮，我這裏意已通④，嬌鶯⑤雛鳳失雌雄。【羅眉】思，音四。他曲未終⑥，我意轉濃⑦，爭奈伯勞⑧飛燕各西東，【繼眉】伯勞性好單棲，燕出飛即相背，故詩人以"燕燕于飛"爲別離之比。盡在不言中。【徐畫旁】【田旁】【延旁】承上二句。【田補旁】本意。【謝眉】此一折與下一折狀其情。【範眉】【龍眉】此用六句排對，而結語關鎖有力。伯勞性好單棲，燕出飛即相背，故詩人以"燕燕于飛"爲別離之比。【羅眉】各，音稿。【徐畫眉】【田眉】"嬌鶯"句與"伯勞"句字相對。俗本于"伯勞"上添"爭奈"二字，大誤。此得其情意矣。【徐音眉】况

---

① 似聽兒女語：羅本、屠本作"聽兒女"，徐畫本、徐音本、三合本、潘本作"似聽兒女私語"，驥本、延本、張本、毛本作"似聽兒女"，封本作"似兒女語"。
② 範本、龍本此處多"（鶯云）紅娘，你且聽着"。
③ 他那裏：徐畫本、徐音本、驥本、延本、張本、湯沈本、三合本、潘本無。
④ 我這裏意已通：徐畫本、徐音本、驥本、延本、張本、三合本、毛本、潘本作"恨轉濃"，碎本作"我這裏思意已通"，湯沈本作"意已通"。
⑤ 嬌鶯：徐參本作"嬌鶯"。
⑥ 他曲未終：羅本、屠本作"他裏曲未終"，徐畫本、徐音本、驥本、延本、張本、六幻本、湯沈本、三合本、潘本作"曲未終"，毛本作"我這裏曲未終"。
⑦ 我意轉濃：徐畫本、徐音本、驥本、延本、張本、三合本、毛本、潘本作"意已通"，六幻本、湯沈本作"恨轉濃"。
⑧ 爭奈：秀本作"曾奈"，徐畫本、徐音本、驥本、延本、張本、六幻本、湯沈本、三合本、毛本、潘本無。伯勞：魏本作"伯鶯"。

知音。【徐參眉】心評定久矣，聽此越加痛癢。【秀眉】伯勞性好單棲，燕出飛即相背。故詩人以爲別離之比。【陳眉】【硃眉】【魏眉】【峒眉】子期今是卓文君。【凌眉】"兒女語，小窗中"，皆三字句，本調也。徐增"私"字，王去"語"字，皆不合。【延眉】"嬌鶯"句與"伯勞"句字相對。俗本于"伯勞"上添"爭奈"二字，大大誤誤。此得其情意矣。【張眉】"伯勞"句與"嬌鶯"句相對，上添"爭奈"，非。【湯沈眉】"嬌鶯"句，言其怨親事之不成。伯勞性好單棲，燕出飛即相背，故詩人以"燕燕于飛"爲別離之比。兩段各三句對。"失雌雄"以意言，故曰"思"；"各西東"以詞言，故曰"曲"。徐云：此得生琴中之情意矣。【三合眉】"嬌鶯"句與"伯勞"句字相對。俗本于"伯勞"上添"爭奈"二字，大誤大誤。伯勞好單棲，燕出飛即相背，故詩以"燕燕于飛"爲別離之比。【封眉】徐文長曰："嬌鶯"句與"伯勞"句字字相對，俗本于"伯勞"上添"爭奈"二字，大誤。【田補夾】好極。【毛夾】白樂天詩"鐵騎突出刀槍鳴"，韓退之《聽穎師彈琴詩》"昵昵兒女語，恩怨相爾汝"，董詞"恰似嬌鶯配雛鳳"，古樂府"東飛伯勞西飛燕"。失雌雄，言配偶不成；各西東，行將散去也。與起"離愁萬種"、結"別離志誠種"相應。盡在不言中，總承兩段，以琴傳，故不言此，又借曲弄起另彈意。參釋曰：伯勞，惡鳥，好獨宿。燕則向宿而背飛，故取以喻離別。【潘夾】此二闋乃譜曲成操之時，上闋是聞其聲，下闋是察其意，純是一團別恨。

我近書窗聽咱①。（紅云）姐姐，你這裏聽②，我瞧夫人一會③

---

① 我近書窗聽咱：範本、龍本、徐畫本、徐音本、六幻本、三合本、潘本作"我近着窗兒聽咱"，驥本、延本作"我近書房窗聽咱"，張本作"我近着窗兒聽着"。
② 你這裏聽：徐參本作"你那裏聽"，驥本、延本、毛本作"你近這壁聽"，峒本作"你這坐聽"。
③ 一會：弘本、羅本、繼本、屠本、容本、起本、徐參本、驥本、虎本、何本、陳本、秀本、硃本、延本、張本、天李本、六幻本、湯本、湯沈本、魏本、峒本、封本、毛本作"一瞧"。

便來。【容夾】好關目。【硃眉】描幽如畫。【湯眉】關目好。（末云）窗外是①有人，已定是②小姐。我將弦③改過，彈一曲，就歌一篇④，名曰《鳳求凰》⑤。昔日司馬相如⑥，得此曲成事⑦，我雖不及相如⑧，願小姐如有文君之意⑨。（歌曰⑩）有美人兮，見之不忘。一日不見兮，思之如狂。鳳飛翩翩兮⑪，四海求凰⑫。無奈佳人兮，不在東

---

① 窗外是：繼本、容本、起本、徐畫本、徐音本、徐參本、驥本、虎本、何本、陳本、秀本、硃本、延本、張本、天李本、六幻本、湯本、湯沈本、三合本、魏本、峒本、毛本作"窗外"。
② 已定是：容本、起本、徐參本、虎本、何本、陳本、秀本、硃本、天李本、湯本、魏本作"一定是"，徐畫本、徐音本、張本、六幻本、湯沈本、三合本作"定是"，驥本、延本、毛本作"擬定是"，峒本作"一定便"。
③ 我將弦：弘本、羅本作"將我弦"，繼本、容本、起本、徐參本、虎本、何本、陳本、秀本、硃本、天李本、六幻本、湯本、湯沈本、魏本、峒本作"將弦"，張本作"俺將弦"。
④ 一篇：徐參本、魏本、峒本作"一曲"。
⑤ "窗外是有人"至"名曰鳳求凰"：鳳求凰，張本作"鳳求鳳"。封本作"琴呵"。
⑥ 司馬相如：弘本、羅本、繼本、屠本、容本、起本、徐參本、虎本、何本、陳本、秀本、硃本、天李本、湯本、魏本、峒本、毛本作"相如"。
⑦ 得此曲成事：得，容本、起本、虎本、何本、陳本、秀本、硃本、天李本、湯本、魏本、峒本、毛本作"以"，六幻本作"得以"。徐參本作"以此曲成美事"，封本作"以鳳求凰一曲成事"。
⑧ 我：張本作"俺"。相如：弘本、羅本、繼本、屠本、容本、起本、徐參本、虎本、何本、陳本、秀本、硃本、天李本、湯本、魏本、峒本、毛本、潘本作"司馬相如"。
⑨ 願小姐如有文君之意：如有，繼本、容本、起本、徐參本、驥本、虎本、何本、陳本、秀本、硃本、延本、天李本、湯本、湯沈本、魏本、峒本作"有"，封本作"聞之可憐見有"。範本、龍本、徐畫本、徐音本、張本、三合本、潘本作"小姐到有文君之意"，羅本、屠本作"小姐頗有文君之意"。
⑩ 歌曰：張本作"歌"，魏本作"歌云"。
⑪ 翩翩兮：弘本、羅本、繼本、容本、起本、徐畫本、徐音本、徐參本、虎本、何本、陳本、秀本、硃本、延本、張本、天李本、六幻本、湯本、三合本、魏本、峒本、封本、毛本作"翱翔兮"，驥本作"翔翔兮"。
⑫ 求凰：何本作"求鳳"。

墙。張弦代語兮，欲訴衷腸。①何時見許兮，慰我彷徨？【秀眉】彷徨，步回旋。願言配德兮②，携手相將。不得于飛兮，使我淪亡。（旦云）是彈得好也呵③！其詞哀④，其意切，凄凄然如鶴唳天⑤。故使妾聞之⑥，不覺泪下。【徐參眉】聽之，當潸然泪下。【陳眉】【硃眉】千古眼泪，至今未乾。

【麻郎兒】這的是令⑦他人耳聰，訴自己情衷。知音者芳心自懂⑧，【田補旁】調法爲平聲，從"融"。【繼眉】懂，音董。【凌眉】懂，北語，省得也。然此字宜平聲，而考舊本皆作"懂"，王改爲"融"，雖叶不敢從。疑是"憧"字之誤耳。感懷者斷腸悲痛⑨。【田補旁】情真語切。【徐畫旁】【田旁】湊插。【起眉】李曰："如怨如慕，如泣如訴。"傷心，今本或作"斷腸"。【徐畫眉】【田眉】耳聰，堪聽意。北人謂省曰懂，市語亦有之。【徐畫珠眉】【容眉】【硃眉】【湯眉】你懂也不懂？痛也不痛？【徐音眉】他人自己，是一是二。【虎眉】傷心，今本改作"斷腸"。【魏眉】【峒眉】你也懂麽？痛麽？【延眉】耳聰，堪聽意。【三合眉】鶯鶯姐你懂也不懂？痛也不

---

① 張弦代語兮，欲訴衷腸：張弦，徐畫本、徐音本、張本、三合本、潘本作"張琴"。弘本、羅本、繼本、屠本、容本、起本、徐參本、驥本、虎本、何本、陳本、秀本、硃本、延本、天李本、六幻本、湯本、湯沈本、魏本、峒本、封本、毛本作"張琴代語兮，聊寫微腸"。
② 配德兮：何本作"能德兮"。
③ 也呵：羅本、屠本作"呵"。
④ 其詞哀：羅本、屠本、驥本、延本作"其調哀"。
⑤ 凄凄然如鶴唳天：凄凄，徐參本作"凄潸"。張本無。
⑥ 故使妾聞之：故，繼本、驥本、延本、六幻本、湯沈本、毛本無。範本、龍本、徐畫本、徐音本、三合本、潘本作"使我聞之"，張本作"使俺聞之"。
⑦ 這的是：徐畫本、徐音本、驥本、延本、張本、三合本、毛本、潘本無。令：羅本、屠本作"聽"。
⑧ 自懂：驥本、延本、毛本作"自融"。
⑨ 斷腸悲痛：斷腸，容本、起本、徐畫本、徐音本、徐參本、虎本、何本、陳本、硃本、天李本、湯本、三合本、魏本、峒本作"傷心"，封本作"愁腸"。範本、龍本、徐畫本、徐音本、三合本、潘本此句後多"（生云）好痛殺人也"。

痛？【封眉】憽，時本誤作"憧"。查字書，憽，平聲，音鬆，惺忪了慧也。憧，上聲，音董，憒憧心亂也。即空主人未見元本，故曰此字宜平。而舊本皆作"憧"，疑是"憧"字之誤耳。查"憧"字之義，又了無涉也。王本改為"融"，更可笑。愁腸，作"斷腸"，誤。【凌夾】憧，一古本作"撐"，注"感貌"，未知的否？【驥夾】【延夾】斷腸，一作"傷心"。【湯沈夾】憧，一本作"融"。【潘夾】憧，音董。至此乃改弦易調，芳心自憧，言已領得曲中之意。斷腸悲痛，以其正有未遂鸞凰之感也。

【幺篇】這一篇與本宮、始終、不同①。【田補旁】"這一篇"三字，必不可少，與改過一曲有關。【羅眉】同，音通。【秀眉】"本宮"句六聲三韵。又不是《清夜聞鐘》，又不是《黃鶴醉翁》，又不是《泣麟悲鳳》②。【謝眉】此折狀其調。"本宮"句亦六聲三韵。清夜、黃鶴、泣麟三句，俱古琴操。【範眉】【龍眉】【繼眉】"本宮"句亦六聲三韵。《清夜聞鐘》《黃鶴醉翁》《泣麟悲鳳》俱古琴操。【羅眉】黃，音荒；鶴，音毫。【容眉】【湯眉】是甚麼？【田補眉】"清夜"三句皆琴曲。【徐參眉】想遍了。【凌眉】此俱鶯聽其言，而意中自語，非與生言也。俗本添出生白，似相問答者，大謬。【湯沈眉】語語着琴。"本宮"句亦六聲三韵。凡琴曲各宮調自為始終。張先弄一曲，後改弦作《鳳求凰》，故延此曲與初彈本宮，始終改換不同也。"清夜聞鐘"等語，俱古琴操名。【三合眉】是甚麼？"清夜聞鐘"等語，俱古琴操名。【峒眉】假不知，妙甚。【驥夾】【毛夾】鶴，借叶去聲。

【絡絲娘】一字字③更長漏永【徐畫旁】【田旁】今夜長也。，一聲聲④衣寬帶鬆。【徐畫旁】【田旁】令人瘦也。【羅眉】長，音昌。【徐音

---

① 這一篇：徐畫本、徐音本、驥本、延本、張本、三合本、毛本、潘本無。與本宮始終不同：硃本作"與始終本意不同"，潘本作"本宮始終不同"。
② 泣麟悲鳳：徐參本作"泣麟泣鳳"。
③ 一字字：徐畫本、徐音本、驥本、延本、三合本、潘本作"一字字都是"。
④ 一聲聲：徐畫本、徐音本、驥本、延本、三合本、潘本作"一聲聲都是"。

眉】"更長漏永"，愁也；"衣寬帶鬆"，瘦也。**別恨離愁**①，**變做一弄**②。【羅眉】愁，音蒭。【秀眉】變作一弄，云離情別恨，皆向琴中彈出。【徐畫眉】【田眉】【延眉】上枝"嬌鶯"與"伯勞"二句，是琴中間隔意，間隔即離別之謂也。此一弄"更長""衣寬"二句，是愁恨意，言琴前調是離別，而此調又變作愁恨一弄，故曰"別恨離愁，變做一弄"，何等貫串！言"一字字""一聲聲"皆愁恨也，"更長"，捱不過夜也。"衣寬帶鬆"，病也。非愁恨而何？【張眉】"做一弄"添"變"者，非。【湯沈眉】一弄，猶一曲。古有蔡邕五弄，言變做別恨離愁之一弄也。"變"字，正應"不同"意。【三合眉】好個女伯牙。**張生呵**③，**越教人知重**④。【毛夾】融，曉也，平韵，勿作"懂"。"知音"頂"耳聰"，"感懷"頂"情衷"，琴有宫調，宫有始末，生改弦另彈，與初彈本調始末有別，故曰不同。"清夜聞鐘"三句，皆琴曲名。此借他曲，迸出本曲來。更長漏永，愁寂也；衣寬帶鬆，憔悴也。弄，猶"操"也，如"連珠弄""悅人弄"類。"變做一弄"，改本宫做一曲也。【潘夾】此三闋是改弦易曲之時。本宫，指現在所操之調；始終不同，言與始初所操之調不同。"又不是"三句，俱以別樣曲名，反挑鳳求凰。【絡絲娘】一闋，正見曲調不同處。更長漏永，捱遣不過也；衣寬帶鬆，立地消瘦也。前曲"嬌鶯雛鳳""伯勞飛燕"已寫別恨，此曲則合却離愁，翻作一弄，深表張之精于琴理，越教人知重。又深表己之傾倒于張也。先生將移我情，信哉。

---

① 離愁：離愁，驪本、延本作"離情"。
② 變做一弄：張本作"做一弄"。
③ 張生呵：驪本、延本無。
④ 越教人知重：範本、龍本、徐畫本、張本、三合本、潘本作"你越教人知重"，徐音本作"你越教人珍重"。

（末云）夫人且做忘恩①，小姐，你也説謊也呵②！（旦云）③你差怨了我④。【陳眉】真怨差了人。【魏眉】真個錯怪。【峒眉】果怨差了。

【東原樂】這的是俺娘的機變⑤，【田補旁】變。【湯沈眉】到此不由不推娘身上來。非干是妾身脱空⑥。【羅眉】脱，音討。若由得我呵⑦，【封眉】"由的"句，俗本多"若"字、"呵"字。乞求得效鸞鳳⑧。【田補旁】覺率俚。【峒旁】有情。【潘旁】含鳳求凰意。【範眉】【龍眉】此與文君夜奔之意，同出一轍。【羅眉】若，去聲。得，音的。求，音丘。【徐音眉】句句貞女情腸。【張眉】"繇俺"連下一句，添"呵"字截斷，非。【三合眉】詞義委婉，亦姿媚可念。俺娘無夜無明⑨并女工，【張眉】無明夜，

---

① 夫人且做忘恩：範本、龍本、徐畫本、三合本、潘本作"夫人且做忘恩負義"，徐音本作"夫人且做忘恩背義"，張本作"夫人忘恩負義"。
② 你也説謊也呵：也呵，羅本、繼本、屠本、容本、起本、徐參本、虎本、何本、陳本、天李本、六幻本、湯本、湯沈本、魏本、峒本、封本、毛本作"呵"，驥本、秀本、硃本、延本無。範本、龍本作"你如今真個説謊也呵"，徐畫本、徐音本、張本、三合本、潘本作"你如今也説謊"。
③ （旦云）：封本作"（鶯自低云）"。
④ 我：弘本、範本、龍本、驥本、延本、六幻本、湯沈本作"我也"，張本、潘本作"也"。
⑤ 這的是俺娘的機變：這，毛本作"那"。徐畫本、徐音本、驥本、延本、三合本、潘本作"那的是俺娘的機見"，張本作"那是俺娘機變"。
⑥ 非干是妾身脱空：非干是，弘本、羅本、屠本、容本、起本、徐參本、虎本、何本、陳本、秀本、硃本、天李本、湯本、魏本、峒本作"非干"；妾身，範本、龍本作"妾身的"，湯沈本作"妾的"。徐畫本、徐音本、驥本、延本、三合本、毛本、潘本作"非干妾的脱空"，張本作"非干妾脱空"。
⑦ 若由得我呵：得，徐畫本、徐音本、三合本、潘本無。驥本、延本作"由我呵"，張本作"繇俺"，封本作"由的我"。
⑧ 乞求得效鸞鳳：乞求得，弘本、羅本、屠本、張本作"乞求"，徐參本作"乞蚤求"，毛本作"肯由我乞求的"；效，驥本、延本作"學"。範本、龍本、徐畫本、徐音本此句後多"（生云）既蒙小姐相憐，何不尋空出來一會"。
⑨ 俺娘：羅本、屠本作"俺娘呵"，徐畫本、徐音本、驥本、延本、張本、三合本、毛本、潘本作"他"。無夜無明：徐畫本、徐音本、徐參本、三合本、峒本、潘本作"無明無夜"，張本作"無明夜"。

折腰，六字句用兩"無"字，非。我若得些兒閑空①，【容眉】【湯眉】【三合眉】待如何？張生呵②，怎教你無人處把妾身作誦。【羅眉】得，入聲。作，音造。【起眉】王曰：無人處把妾身作誦，奪得王孫女夜奔衣鉢也。太史公作《相如傳》，插入卓文君聽琴事，成千載奇談。王實夫為鶯鶯傳奇，亦設琴一段，豈無亦從太史法傳來。【徐參眉】夫人以針指消磨鶯鶯黃昏白晝，姆訓當然。【陳眉】【砅眉】令人愛死。【秀眉】此有效文君夜奔之意。【凌眉】作誦，猶作念。無人處作誦，猶言背地裏說我也。俗作"作俑"，謬。【驥夾】【延夾】下"空"字，去聲。【毛夾】下"空"字，去聲。乞求效鸞鳳，正借琴曲《鳳求凰》以指婚姻，言婚姻之成由不得我也。"無夜"下又作一轉，言即使婚姻不成，而稍有閑空，亦當有以慰君耳。參釋曰：數曲皆深悲極怨之詞。

【綿搭絮】疏簾風細，③ 幽室燈清【田補眉】"疏簾幽室"是董語。，都則是一層兒紅紙④，幾棍【凌旁】棍，俗作"棍"，謬甚！兒⑤疏櫺，【繼眉】清、櫺，旁出庚韻，于東冬韻不叶。枕，音光，去聲。【秀眉】櫺，音靈。【凌眉】"清"字、"櫺"字，本調原不用韻，非失韻也。何元朗譏之，亦大憒憒。《苦海回頭》劇"移商刻羽，流徵旋宮。心隨流水。志在高山，沒了知音絕了弦"，《知機詞》"門迎童稚，架滿琴書；囷盈倉積，水色山光；被俺閑人每結攬絕"，皆然。後"眉黛遠山"四句，亦此法。即用韻者自不少，然非必用韻者也。【張眉】首四句失韻，後"問病"折內亦然。【湯沈眉】此曲元非失韻，方辨之甚確。"棍"字作"棍"，誤甚。兀的不是隔着

---

① 我若得些兒閑空：我，驥本、延本、張本、毛本無。徐畫本、徐音本、三合本、潘本作"若得些的閑空"。
② 張生呵：徐畫本、徐音本、驥本、延本、張本、三合本、毛本、潘本無。
③ 張本此處多"裏邊"。
④ 都則是一層兒紅紙：兒，弘本、容本、起本、徐參本、虎本、何本、陳本、秀本、砅本、天李本、湯本、魏本、峒本、毛本無；紅紙，羅本、屠本作"縫紙"。張本作"中間一層紅紙"。
⑤ 幾棍兒：陳本、秀本、砅本作"幾棍兒"，張本作"幾眼"。

雲山幾萬重①！【虎眉】似，一作"是"。怎得個人來信息通②？【羅眉】隔，音揭；着，音招；重，音冲；得，上聲。便做道③十二巫峰，他也曾賦高唐④來夢中。【謝眉】高唐，楚襄王故事。【範眉】【龍眉】高唐，楚襄王事。【繼眉】《高唐賦》，宋玉作。【容眉】【湯眉】妙！妙！【徐音眉】正是對面不相逢。【陳眉】醒也來得。【砾眉】關目好。【三合眉】絕妙好辭！【封眉】即空主人曰："清"字、"欄"字，本調原不用韵，非失韵也。何元朗譏之，亦大憒憒！後"眉黛遠山"四句，亦此法。即用韵者不少，然并非必用韵者也。棍，時本俱同，惟即空本作"梡"，且謂"棍"字謬，查字書，梡為讀書床，有幃屏之屬，與窗了無涉。雲山，時本多作"巫山"，誤。赴，作"賦"，非。心來，時本作"人來"，非。【驥夾】此曲元非失韵，見注。【毛夾】此曲從窗內外寫出怨來。棍，俗作"棍"，字形之誤；賦，或作"赴"，字聲之誤。"疏簾"二語，亦本董詞。王伯良曰：何元朗以"疏簾"四句為失韵，不知【綿搭絮】調原有此例，如陳石亭《苦海回頭記》第二折中【綿搭絮】用先天韵，其云"你聽那移商刻羽，流徵旋宮，心隨流水，志在高山，端的是沒了知音絕了弦"，亦第五句纔押韵，與此曲正是一格。後"問病"折【綿搭絮】"眉似遠山"四句無韵，同此。【潘夾】此一闋都作室邇人遐之感，滿腔子純是別恨離愁，聲音之入人深也若此。

（紅云）夫人尋小姐哩，咱家去來。【徐畫眉】【田眉】【延眉】形容紅娘不做美，妙。

---

① 兀的不是隔着雲山幾萬重：兀的不是，弘本、封本作"兀的不似"，羅本、屠本、驥本、延本、毛本作"似"，繼本作"輕似"。容本、起本、徐參本、虎本、何本、陳本、砾本、天李本、湯本、峒本"不是"作"不似"，"雲山"作"巫山"。魏本作"兀的是似隔着巫山幾萬重"。
② 怎得個：徐參本、峒本作"怎得"。人來信息通：弘本作"人來通信息"。
③ 便做道：徐畫本、徐音本、驥本、延本、三合本、潘本作"便做隔"。
④ 他：徐畫本、徐音本、張本、三合本、六幻本、潘本無。賦高唐：羅本、屠本作"赴高唐赴高唐"，容本、起本、徐參本、虎本、何本、陳本、秀本、天李本、湯本、魏本、峒本、封本作"赴高唐"，砾本作"赴高堂"，潘本作"賦高堂"。

【拙魯速】①（旦唱）則見他②走將來氣沖沖，怎不教人恨匆匆③，諕得人來怕恐。【羅眉】諕，音下；得，音的。早是不曾轉動，女孩兒家直恁④響喉嚨。【徐參眉】紅娘聲息多為你撮合，不必嗔他。【秀眉】嗔紅高聲，意在怕人知覺。【凌眉】因其響喉嚨，故欲將他攔縱，恐使夫人覺而怒也。徐、王謂恐紅于夫人處搬是非，恐非鶯意。緊摩弄，索將他攔縱⑤，則恐怕夫人行把我來廝葬送⑥。【羅眉】則，入聲；行，音杭；廝，音死。【徐畫眉】【田眉】【延眉】"響喉嚨"二句，并形容紅之粗糙。下三句言已恨其然而欲攔禁之，驅縱之，然又恐葬送于夫人也。結末二句言萬不得已，則已當自為之矣。即暗赴約之謂。【容眉】【湯眉】真真。【陳眉】【硃眉】光景必真。【張眉】第五句失韵，訛作覷白，非。第七句少一字，第九句少四字。【湯沈眉】形容紅娘不做美，妙。摩弄，猶言摶弄，亦制縛之意。攔縱，徐言搓捼也。意紅雖可恨，如何得搓捼曲從，不敢譴怒之者，恐在夫人處葬送我耳。【毛夾】攔，音軟，平聲。既恨其急遽，又云"怕恐"，是既煩惱又怯也。不曾轉動，自解說也。響喉嚨，責之也。然責紅祇此一句耳。下又急作自忖語。"緊摩弄"不頂"響喉嚨"來，"摩弄"與"攔縱"相對。摩挲、拊弄，閑之緊也；搓挪、寬縱，侍之弛也。彼方嚴視我，而我反須以寬遇之，恐葬送我耳。後本有"話兒摩弄"語，董詞"鶯鶯何曾改？怪嬌疑似要人攔縱"。"攔"俗作"攔"，字形之誤。元詞多有調排而氣轉者，如"緊摩弄"類。參釋曰：攔縱，搓挪而散之。攔就，搓挪而成之。皆元詞習語。（紅云）

---

① 【拙魯速】：範本作"【出魯速】"。
② 則見他：羅本、徐畫本、徐音本、驥本、延本、張本、三合本、潘本無。
③ 怎不教人恨匆匆：張本作"怎不教恨匆匆"。
④ 家：徐畫本、徐音本、三合本、潘本無。直恁，張本作"恁"，弘本無。
⑤ 索將他攔縱：索，徐畫本、徐音本、驥本、延本、張本、三合本、潘本作"倒索"。毛本作"倒索將他攔縱"。
⑥ 則恐怕夫人行把我來廝葬送：把我來，繼本、六幻本、湯沈本作"把我"，驥本、延本、毛本無。徐畫本、徐音本作"則恐夫人行廝葬送"，張本作"則怕夫人行葬送"，三合本、潘本作"則怕夫人行廝葬送"。

姐姐，則管裏聽琴怎麼①？張生着我對姐姐②說，他③回去也。（旦云）好姐姐呵④，是必再着住一程兒⑤。（紅云）再說甚麼？（旦云）你去呵，⑥【陳眉】【硃眉】明日有意抱琴來。【峒眉】明朝有意抱琴來。

【尾】則說道夫人時下有人【潘旁】此何人哉？唧噥⑦【潘旁】音濃。【徐畫旁】【田旁】妙。【淩眉】唧噥，亦似擅揠之之意，故以好歹不落空緊接，欲生之住，而權詞以緩之也。舊解"唧噥"爲多言不中，未識確否。好共歹不着你落空⑧。【羅眉】着，音招。落，去聲。不問俺口不應

---

① 則管裏聽琴怎麼：則管裏，範本、龍本、徐畫本、徐音本、張本、三合本、潘本作"只管"，羅本、屠本、容本、起本、徐參本、虎本、何本、陳本、秀本、天李本、湯本、魏本、峒本作"則管"，繼本、六幻本、湯沈本作"則管這裏"。驥本、延本、毛本作"則管聽這琴怎麼"，硃本作"則聽琴怎麼"，封本作"則管聽他怎麼"。
② 張生：張本作"張先生"。我：驥本、延本無。姐姐：羅本、屠本作"小姐"。
③ 他：範本、龍本、徐畫本、徐音本、張本、三合本、潘本作"他要"，驥本、延本作"他待"。
④ 好姐姐呵：範本、龍本作"好姐姐你好歹說過去叫他呵"，弘本、羅本、屠本作"好姐姐怕你見他呵"，繼本作"好姐姐"，容本、起本、徐畫本、徐音本、徐參本、驥本、虎本、何本、陳本、秀本、硃本、延本、張本、天李本、六幻本、湯本、湯沈本、三合本、魏本、峒本、毛本、潘本作"好姐姐你見他呵"，封本作"好紅娘你見他呵"。
⑤ 是必再着住一程兒：着，羅本、屠本、容本、起本、徐畫本、徐音本、徐參本、虎本、何本、陳本、秀本、硃本、天李本、六幻本、湯本、湯沈本、三合本、魏本、峒本、封本、潘本作"着他"；兒，範本、龍本無。繼本作"你是必再留他住一程兒"，驥本、延本、毛本作"說是必再住一程兒"，張本作"是必再着他住幾日兒"。
⑥ （紅云）再說甚麼？（旦云）你去呵：你去呵，秀本作"你去時呵"。範本、龍本作"且不要去了"，繼本作"（紅云）姐姐，你留下他，有甚麼說話？（鶯云）你去呵"，封本作"（紅云）再說甚麼？"。
⑦ 則說道：羅本、屠本作"你道說"，徐畫本、徐音本、三合本、潘本作"你則說道"，驥本、延本作"你則道"。有人唧噥：範本、龍本、六幻本、湯沈本作"有些唧噥"，張本作"有人噥"。
⑧ 好共歹不着你落空：着你，羅本、屠本作"着他"；徐畫本、徐音本、驥本、延本、三合本、毛本、潘本作"教你"。張本作"好歹不教落空"。

的狠毒娘①，【秀眉】狠，音亨，上聲。【峒眉】問張死不死。怎肯着別離了②志誠種（并下）③【羅眉】鮮，上聲。【虎眉】人，或作"些"，覺可。"別離"作"心離"。【徐畫眉】【延眉】"不問娘"即不管娘也；"不應口"即不信口也。時下雖不決裂，到底不空，指親事也。【田眉】"不問娘"即不管娘也；"不應口"即不信口也。【徐音眉】已自訂親了也。【徐參眉】問張生死不死。【凌眉】志誠種，指張生意自明。王謂鶯自指，無是理。【繼眉】一本有【絡絲娘煞尾】"不爭惹恨牽情，少不得廢寢忘餐病證"，今刪去。【毛夾】時下有人唧噥，言夫人前目下有人為你作說，定不落空也。急作一轉，言且你亦休問夫人如何，只此志誠小姐，亦難捨去也。"不教落空"仍指婚姻言，若以"唧噥"為間阻，則"不教落空"須別有他期，大無理矣。此時只綽略款生耳。我則怕，"我"字指紅，體紅語氣也。《誤入桃源》劇"成就了風流志誠種"。【潘夾】從琴聲中看出一種志誠來，微哉！蓋賦詩可以觀志，彈琴亦可以知志。昔鍾子期聞伯牙鼓琴，曰志在流水，曰志在高山。何意雙文精微，更過于此。

---

① 不問俺口不應的狠毒娘：不問俺，徐畫本、徐音本、驥本、延本、六幻本、三合本、毛本、潘本作"你休問"，陳本作"不問你"，湯沈本作"你休問俺"。羅本、屠本作"恨則恨俺狠毒娘"，繼本作"不問俺口不應很毒娘"，張本作"你休問口不應心的狠毒娘"。

② 怎肯着別離了：怎肯着，羅本、屠本作"怎生"，繼本作"怎肯"，徐畫本、徐音本、張本、三合本、潘本作"我則怕"；別離了，範本、龍本作"心別了"。驥本、延本、毛本作"我則怕離別了"。

③ 範本、龍本此處多"（紅云）先生奈心者。（生云）小生道不得個無意謾勞終日約，有情爭怕隔年期。小生專待小娘子回報也"。繼本、徐畫本、徐音本此處多"（紅云）張生，且耐心者，小姐留你再住一程兒，畢竟有個好處。（生云）無意謾勞終日想，有情誰怕隔年期。小生專等小娘子回話者"，三合本、潘本同，但句末無"者"字；六幻本同，但"張生"作"先生"；毛本同，但"張生，且耐心者"作"先生，耐心者"，末句作"小生專待小娘子回話"。驥本、延本、湯沈本此處多"（紅見生云）先生心耐者。（生云）小生專候小娘子回話。（下）"，張本此處多"（紅）那生，且奈心者，小姐留你再住幾日兒，畢竟有個好處。（生）小生專等小娘子回話"。

【絡絲娘煞尾】不爭惹恨牽情鬥引，少不得廢寢忘飧病證。①【徐畫夾】無處不是畫。【毛夾】此起後本也。解見第四折。諸本列此曲在【尾】後旦下場前。後二本亦然。此獨列此者，意此曲與【正名】在套數之外，或別有唱念例耶？

　　題目　張君瑞破賊計　　莽和尚生殺心②
　　正名　小紅娘晝請客　　崔鶯鶯夜聽琴③

【毛夾】附詞話甲稱西廂第六折。

【容尾】【湯尾】總批：無處不似畫。【徐音尾】【魏尾】總批：如怨如慕，如泣如訴，鶯故多情，描者亦是畫筆。【陳尾】【硃尾】纔掃葉拜月，便有好新郎至，豈天道從願如響乎？【峒尾】批：怨慕令人酸鼻，描想更是神筆。【三合尾】湯若士總評：一曲瑤琴，一聲回去，愁慘慘牽慟崔娘百種情寫，若無好姐姐樹此奇勛，幾乎埋怨殺老娘狠毒。李卓吾總評：無處不似畫，無語不入化。徐文長總評：這琴定是神物，不然那得感動人心乃爾。【潘尾】說意：聽琴一篇，便將琴理琴心曲曲寫出，能使彈者、聽者性情俱見紙上，撫弦動操各有一天然節次。有急不得、緩不得處，有詳不得、略不得處。如張生方當在御，不寫其和弦，而遽寫其入弄，則急不得款矣。若寫和弦而用三大闋詞以寫之，則緩而失款更甚矣。客意宜虛描，此所謂詳不得也；本意宜曲寫，此所謂略不得也。此篇【天淨沙】【調笑令】二闋，是寫其調弦未入弄，不知是琴也，故用

---

① 【絡絲娘煞尾】不爭惹恨牽情鬥引，少不得廢寢忘飧病證：牽情，徐參本作"牽愁"；病證，徐畫本、徐音本、潘本作"病損"。羅本、繼本、屠本、驥本、延本、張本、湯沈本、封本無。

② 題目　張君瑞破賊計，莽和尚生殺心：題目，驥本、延本、毛本作"正名"。範本作"題目　小紅娘傳書簡，張君瑞害相思"，弘本、龍本、羅本、繼本、屠本、容本、起本、徐畫本、徐音本、徐參本、虎本、何本、陳本、秀本、硃本、張本、天李本、湯本、湯沈本、三合本、魏本、峒本、封本、潘本無。

③ 正名　小紅娘晝請客，崔鶯鶯夜聽琴：正名，驥本、延本、毛本無。範本作"正名　老夫人命醫士，崔鶯鶯寄情詩"，弘本、龍本、羅本、繼本、屠本、容本、起本、徐畫本、徐音本、徐參本、虎本、何本、陳本、秀本、硃本、張本、天李本、湯本、湯沈本、三合本、魏本、峒本、封本、潘本無。

猜詞。【禿廝兒】【聖藥王】二節是寫其入弄，雖泛然譜曲，却已見意也，故用聞聲察意之詞，徵一片深情也，故純作感心合志之詞。有一節深一節、一節緊一節意在，而情詞恰適，節次俱調，淵然一片琴理。惜不遇鍾子期，將何處覓索解人也。奇哉！"志誠種"三字何類吾《中庸》之旨也，《中庸》曰："唯天下至誠。"夫至誠者，天下之一人也，開闢來所或絕或續于天地間者也。當斯世而有次于至誠者焉？固昔聖賢所急急以求，而唯恐或失焉者也。何則以其種之不可絕也，若夫所謂至誠者，固所稱能盡其性者也。生而靜者謂之性，感而動者謂之情。情由性出，性從情用，故用情而能盡其情者，則亦之至誠也。夫情亦惡能盡乎，有直用之不盡而曲用之者，有顯用之不盡而隱用之者，有淺用之不盡而深用之者，有正用之不盡而奇用之者。天下豈無有能用其情者乎？何雙文炎炎乎其如綫也。蓋世之所謂用其情者，吾知之矣。彼登徒子豈好色者哉，以司馬長卿之援琴切切，而猶煩男兒意氣之諄復也。是故用情而能盡其情者，誠炎炎乎如綫也。求之泉刀主人不得也，求之聲伎司空不得也，求之腹負將軍不得也，求之乞食王孫不得也，求之封侯年少不得也，求之耐寒學士不得也，求之鍥臂公子不得也，甚而求之赴蹈死生不得也。誠炎炎乎其如綫也，是何也？是或直用而不知曲用，知顯用而不知隱用，知淺用而不知深用，知正用而不知奇用，則皆不可謂之能盡其情者也。若張君瑞之情，豈尚有不盡者乎？宋玉東墻，曲矣；天女散花，隱矣；賦詩退鹵，奇矣；援琴感心，深矣。此固劫火之所不能燒而（下缺）。

【驥尾附】注一十五條

【鬥鵪鶉】"雲斂"四句，扇面對法也。引詩二句，總見夫人之有始無終也。末二句，指昨日開宴時，未拜兄妹之前，猶是夫妻，是做一會兒之情郎、愛寵也。語俊！

【紫花兒序】早是他主人情重，指"翠袖殷勤"一句，言令我一奉酒于生，便當做許大人情也，本晏叔原詞句。東閣，用公孫弘事。《內典》言飲食之侈，曰"炮鳳烹龍、雕蚶鏤蛤"，李白詩："烹龍炮鳳玉脂泣。"【白】月闌，月暈也，語新。

【小桃紅】首"人間看波"四字，係襯字。"玉容"勿斷，一句下，七字句。此曲從前白"月闌"二字生來，言人間玉容，怕有人搬弄，故深鎖繡幃之中。嫦娥却有誰共？不過自怨，天宫縱有裴航，亦不能作游仙之夢，以搬弄之也。何必慮其心動，而以月暈遮之，亦似我之羅幃數重，而圍住廣寒宫耶？此以嫦娥比説，實怨其母拘束之辭。俗本添"這雲"二字，謬甚。裴航只會雲翹夫人，不曾有游仙夢事，借用耳。《開元遺事》：龜玆國進瑪瑙枕，寐則十洲三島盡在夢中。因號游仙枕。【驪夾】龜玆，音丘慈。

【天净沙】步摇，作虚字用，與下"裙拖"相對，不得泥古皇后首飾名爲解。金鈎雙鳳，語俊，俗改作"雙控"，非。鈎上有雙鳳，故能敲響；若止金鈎，何緣有雙控成聲之理？渠自不深思耳。

【調笑令】"梵宫"二字作句，"夜聲鐘"三字作句，俗本上句增一"王"字，下句改"聲鐘"爲"撞鐘"，不知下句第二字當用平聲，用不得去聲。《神僧惠祥傳》"聲鐘告衆"，又《僧一行傳》："普寂禪師命弟子云：遣聲鐘，一行和尚滅度矣。"實甫蓋用此語，非無出也。理結，撫弄之意。徐云：此上未知是琴。

【秃厮兒】白樂天《長恨歌》："鐵騎突出刀槍鳴。"古本作"鐵馬"，非。"聽兒女小窗中"作句，"喁喁"又句。韓退之《聽穎師彈琴》詩："昵昵兒女語，恩怨相爾汝。"徐云：形容琴聲徒美觀聽，不甚親切，而膚淺者顧争賞之。此知琴而未識其意。

【聖藥王】（董詞"恰似嬌鶯配雛鳳"），又（"雛鶯嬌鳳乍相見"），古樂府"東飛伯勞西飛燕"，李公垂《鶯鶯歌》："伯勞飛遲燕飛疾。"伯勞，惡鳥，性好單栖。《埤雅》引《禽經》：謂燕常向宿背飛，故取以爲離别之喻。兩段各三句爲對。"嬌鶯雛鳳"句，言其怨親事之不成；"伯勞飛燕"句，言其有離别之恨。蓋因前白，生對夫人有"此事果若不成，小生即當告退"之語也。末句謂不必其言，而此情已盡見琴聲中矣。嬌鶯雛鳳失雌雄，以意言，故曰"思"；伯勞飛燕各西東，以詞言，故曰"曲"。作者苦心，非細味之，不能知也。古本作"嬌鳳雛鸞",于本調不叶,今不從。徐云:此得生琴中之情意矣。

【麻郎兒】無心者聽之,則動其芳心;感懷者聽之,則令其傷心也。融,俗本作"懂",懂字,懵懂之外無他訓,調法亦當用平聲,從"融"字爲是。然北人常以"董"字作"曉"字用,曰"董得"猶言"曉得"。俗本不解"融"字義,遂改作"董",又訛作"懂"耳。(董詞:"令知音者暗許,感懷者自痛。")斷腸,古本作"傷心",并存。

【幺】凡琴曲,各宮調自爲始終。初彈之宮調,爲本宮本調。張生先弄一曲,後改弦作《鳳求凰》,故言此曲與初彈本宮,始終改換不同也。"清夜聞鐘"三句,皆琴曲名。

【絡絲娘】此接上曲看。弄,琴曲名,古有《蔡邕五弄》《楚調四弄》,如《陽春弄》《悅人弄》《連珠弄》之類。一弄,猶云"一曲",言變做別恨離情之一弄也。"變"字,正應上"與本宮始終不同"意。"更長漏永"即俗言寂寞恨更長,"衣寬帶鬆"言頓成消瘦也。

【東原樂】歸罪夫人,亦人情宜爾。乞求的學鸞鳳,較率而俚,下以夫人并女工而不能相就自釋,意既宛委,而詞亦姿媚可念。

【綿搭絮】何元朗謂:後第三折"眉黛遠山不翠"四句爲失韵,此四句亦然。俗士遂群然疵之,至有欲私爲改易者。不知北詞故有此法。【驪眉】二曲千古疑獄,今始得并脫桎梏。然非後證,俗士猶咿呀也。元諸劇中,如【混江龍】調,有中段全不用韵,三字或四字成文,至一二十句許;【攪箏琶】調,末段不韵,至六七句許者。實甫守法故嚴,且兩曲俱【綿搭絮】。前"卻尋歸路"一調,又復不爾,故知此屬變體,特庸人未考耳。(陳石亭《苦海回頭記》,第二折用先天韵,其【綿搭絮】一調:"你聽:那移商刻羽,流徵旋宮,心隨流水,志在高山,端的是沒了知音絕了弦。")亦第五句纔押"弦"字,正與此曲一格,足爲明證。【驪眉】"山"字屬寒山韵,與"弦"字屬先天韵,故是二韵。實甫受抑良久,特爲一洗雪之。("幽室燈青,疏簾風細"係董語。)梡,俗作"棍",誤甚。賦高唐,古作"赴",似與"來"字重。

【拙魯速】氣沖沖,言紅娘來之急也;恨忽忽言已別之速也。早是不曾轉動，言幸無他故也；響喉嚨、緊摩弄，皆言催促之甚也。摩弄，猶言搏弄，亦制縛之意。徐云：攔縱，猶言搓捼也。言紅之促己，事屬可恨，然只得搓捼曲從，而不敢譴怒之者，恐夫人處搬說是非而葬送我也。

【尾】此爲夫人諱過，而又以己意留張也。唧噥，多言之謂，言親事不成，以有人在夫人處間阻之也。問，即管字意。口不應，心口不相應之意。志誠種，鶯鶯自謂。言夫人即以人間阻而負你，我決不負你也。下二句分應上二句，言不須管夫人之肯不肯，捨得夫人捨不得，我尚有志誠待你之心也。（王子一《誤入桃源》劇："成就了風流志誠種。"）蓋亦見成語也，然語殊不俊。

西廂記五劇第二本終

【凌本附】西廂記第二本解證

第一折

篆烟：香烟之文，屈曲如篆，與"裊"字合。《竹塢聽琴》劇"寶篆氤氳爇金鼎"，《連環計》劇"爐焚着寶篆香"，《誤入桃源》劇"焚盡金爐寶篆空"，《赤壁賦》劇"雕盤靄篆香"，《明皇望長安》劇"寶篆烟消"。元曲篆烟、篆香、篆餅、寶篆之類，用"篆"字者不少。而徐本改爲"串烟"，注曰挂香也，後"篆烟微"亦然。其意只爲寄居蕭寺，止是佛前盤香串，陋視崔家。如前所云"途路窮"之見不化耳。不思本曲有"寶鼎香濃"，《會真詩》有"衣香染麝"，豈亦可謂挂香耶？

也是崔家後代孫：此是未盡之詞，直貫下後二段者，言歡郎雖小，也是崔家後代，若不獻出，便有不留齟齬之禍。王伯良解謂："我既獻與賊，須不害及他而得爲崔家子孫。"迂拙牽強。

生忿：即俗所謂生煞煞之意，謂如上"獻賊、自盡"等語，疑我使性劣撒，不知我有難言衷曲也。下數語亦是女孩兒難啓齒者故耳。元詞中"生忿"亦是戾氣之解。《金綫池》劇白中云"有你這般生忿忤逆的"，曲即云"非是我偏生忿，還是你不關親"，《對玉梳》劇白云"別人家兒女孝順，偏我家這等生分"，曲即云"常言道母慈悲兒孝順，則爲你娘狠毒兒生分"。要知是孝順之反，忤逆之類矣。或曰生分，忤逆也。禍始于鶯，故自言都做了是我的忤逆，猶言孩兒不孝之意，亦得。徐解爲"出位"，既無干，又曰與前"氣分"之"分"同，更不知何謂。

楔子：歷考諸劇，楔子止用【仙呂】【賞花時】或一或二，及【仙呂】【端正好】一曲耳，此獨竟以【正宮】諸曲演而成套，若另爲一折然者，此因欲寫惠明之壯勇，難以一調盡，而爲此變體耳。近本竟去"楔子"二字，則此劇多一折。若倂前【八聲甘州】爲一，則一折二調，尤非體矣。

【仙呂】【賞花時】那廝擄掠黎民德行短，將軍鎮壓邊庭機變寬。他彌天罪，有百千般，若將軍不管，縱賊寇騁無端。【幺】便是你坐視朝廷將帝主瞞，若是掃蕩妖氛着百姓歡。干戈息，大功完，歌謠遍滿，名譽到金鑾。此亦楔子也，楔子無重見，且一人之口，必無再唱楔子之體。周憲王故是當家手，必不出此，定係俗筆。徐以前後白多，去之覺冷淡，而姑存之。不知劇體正套前後，原不妨白多者，王伯良去之爲是。

第二折

舒心的列山靈，陳水陸，張君瑞合當欽敬。 山靈、水陸，猶山珍海錯也。列山靈，陳水陸，言開筵也。舒心，猶暢懷也。爲其恩重，暢懷、排設皆是該的，故曰"合當欽敬"，意本一貫。徐本改"山"爲"仙"，而曰"賊兵掃盡，寺裏暢心，可以列仙靈，而陳水陸道場也"，豈不噴飯？前時道場已完，崔家豈日日做道場耶？寺本禪門，即作道場，豈列仙靈？總認"水陸"二字，誤。而見有刻"仙"字者，遂傅會耳。即果爲仙靈，要亦謂開筵擺設，如今用"仙糖"之類。詞中筵宴亦有用"仙獅"等語者，必非道場也。王伯良謂"列仙靈之畫，陳水陸之珍"，較是。《菩薩蠻》劇白中云"圖畫張挂，百味珍羞，水陸俱備"，便與此合。

啓朱脣： 徐本改爲"朱扉"，言"朱脣"與"隔窗"句不叶。夫"啓朱唇"，不過言其啓口耳。"朱唇"自是詞家語，豈必面見而後知其唇之朱？"隔窗"遂不可，仿佛以爲有黑有白耶？其議論拘而可笑。至有謂"啓蓬門"而爲張生唱者，此弋陽游腔醜態，元非正音，復何足駁。

風欠酸丁："欠"字，俗傳以爲"欠"字音"耍"，此杜撰也。唯"傻角"，"傻"字宜如是讀耳。詞中有"本性謙謙，到處干風欠"，《蕭淑蘭》劇"改不了強文撇醋飢寒臉，斷不了詩云子曰酸風欠"，原押廉纖韵。"風欠"，方語，兼風流、風狂二意，猶文魔之義。自李日華《南西廂》妄去"風"字，而徐本亦遂去之，且爲"欠酸丁"之解，竟不思【滿庭芳】首三句皆用四字耶。即南"五供養"二句，亦須四字節，如"公公，可憐俺的爹娘，望你周全是也"，日華不宜昧律至此，應是盲伶誤沿之，而并流禍及北矣。

第三折

荆棘列怎動那，死沒騰無回豁，措支剌不對答，軟兀剌難存坐！ 皆當時慣用方語。詞中有"顫篤速過嶺穿崖，荆棘列登天下井"，總是驚恐意。《妓乘馬》詞有"死沒騰暗付，呆打孩嗟吁"，總是唬呆了，看呆了之意。詞中又有"干支剌瘦肌膚"，《咏蚊》云"薄支剌翅似葭灰"，皆以"支剌"爲助語，則"措支剌不對答"，亦是措不得詞之意。《馬踐楊妃》詞云"把娘娘軟兀剌唬倒"，《辰鈎月》劇"軟兀剌身體無絲力"，總之軟意，而兀剌，助語也。然則"怎動那"三字，即上"荆棘列"方言之注脚，正不必另解矣。徐本改"死沒騰"爲"死木藤"而解云：荆棘列，皮破也；死木藤，不動也；措支剌，被刺也；軟兀剌，不安也。不動不安，意猶相近。至皮破被刺，更不知作何蓺語矣！且剌做辣音，乃是剌耶。此皆鶯狀生爾時光景如此，突作生唱，亦謬。

當甚麼嘍囉：《藍采和》劇"吏典每也逞不得嘍囉"，《對玉梳》劇"拽大拳人面前逞嘍囉"，《鄭孔目》劇"那孩兒靈便口嘍囉"。《摭言》載沈亞之嘗客游，爲小輩所試，曰：某改令書俗各兩句。伐木丁丁，鳥鳴嚶嚶，東行西行，遇飯遇羹。亞之答曰：如切如磋，如琢如磨，欺客打婦，不當嘍囉。觀此則其爲方言也久矣。徐解爲狡猾，亦差近。

佳人自來多命薄，秀才每從來懦。悶殺沒頭鵝，撇下賠錢貨，下場頭那答而發付我！

此鶯鶯自怨命薄，而恨張生不出一語相爭，故言"悶殺沒頭鵝"，正見得秀才懦也。舊解云：諺云："鵝寒插翅，鴨寒下水。"余謂鵝沒頭于毛中，則不鳴一聲，故以爲不敢出一語者之喻。上"措支剌""不對答"是也。賠錢貨，鶯自指。悶殺了他，撇下了我，爾時光景如此，不知如何是我下場頭也。總是怨憾之語。徐本作紅唱，而解"沒頭鵝"云："頭鵝比人家之有家長，鶯早喪其父，故使雜亂無定向，如沒頭鵝也。撇下，即父死撇其女也。"不知此時何說得到喪父，豈紅娘孝心陡發耶？牽強可笑。又曰："那裏發付我，見紅娘亦失望。"更可笑，紅娘异日豈别無所配，定是鶯鶯幫身耶？此一折俱鶯唱，正不得雜以生、紅。時本亦多有誤者。以古本一人唱者，賓白之下，不復注所唱之人。不知者遂以屬説白者，而私意添注之耳。

【六幻本】五劇箋疑

二之四　琴心挑引

"他做了會"二句：指昨日開宴時，未命拜兄妹之前，猶是夫妻，故云。會，言一霎兒也，一本作"個"。

影兒裏：影，一作"鏡"。

念想：一作"空想"，一本下有"則辨得"三字。

相逢：一作"相從"。

東閣：漢公孫弘六十餘，舉賢良，天子擢爲第一，數年至宰相封侯。于是開東閣，以延天下賢士。

則教我：一作"可教我"。

却不道：一作"早是他"。

則爲那：一作"只因"。

月闌：月暈也。

怨天公：公，一作"宫"。

裴航：裴航遇雲翹夫人，與詩曰："一飲瓊漿百感生，玄霜搗盡見雲英。藍橋便是神仙宅，何必崎嶇上玉京。"後過藍橋，渴，茅舍中有一老嫗，揖之求漿。嫗令雲英以一甌漿水飲之，航欲求娶英，嫗曰："得玉杵臼，當與。"後裴航得玉杵臼，遂娶而仙去。

則似我羅幃數重：則似我，一作"這雲似我"。我，一作"咱"。

只恐怕：一無"怕"字。

圍住了廣寒宮：唐明皇與申天師，八月十五夜游于月宫，有榜曰"廣寒清虛之府"。見素娥，皆乘白鸞舞于桂樹之下，極寒，不可久留也。此曲是因月闌生出，言人間玉容女子，著綉幃深瑣，爲怕人搬弄也。嫦娥在天上，又無裴航游仙之夢，升騰而犯之，天公何必怕其心動？而用月闌以圍住耶？以嫦娥比興，作怨母拘禁之辭。一本無"了"字。

金鉤雙鳳：鉤上有鳳，故能敲響。鳳，一作"控"。

吉：上聲。

夜撞鐘：一本作"夜聲鐘"。

潛身再聽：一本上有"我這裏"三字。

在墻角東：一本無"角"字。

似鐵騎刀槍冗冗：一本無"似"字，下句同。

兒女語，小窗中喁喁：韓退之《聽琴》詩曰："昵昵兒女語，恩怨相爾汝。畫然雙軒昂，勇士赴敵場。"然"恩怨相爾汝"，無限意味，不止小窗喁喁也。歐公謂此詩最奇麗，然自是聽琵琶詩，非聽琴詩。此論亦似太苛。喁，尼容切。一本"話"上有"私"字，一本無"語"字。

他那裏思不窮，我這裏意已通：一無"他那裏""我這裏"六字。意已通，作"恨轉濃"。

曲未終，恨轉濃：一作"他曲未終，我意轉濃"。恨轉濃，一作"意已通"。

伯勞飛燕各西東：伯勞性好單栖，燕出飛，即兩相背，故"燕燕于飛"爲

別離之比。伯，上聲。一本"伯"上有"爭奈"二字、

這的是令他人耳聰：一本無"這的是"三字。

芳心自懂：懂，一作"融"。

斷腸：一作"傷心"。

本宮：凡琴操，各宮調自爲始終。張先弄一曲，後改《鳳求凰》，故言這篇與初彈改換不同也。

黃鶴醉翁：江夏郡辛氏賣酒，一先生身雖藍縷，人物魁偉，入坐謂辛曰："有好酒與飲。"辛以巨觥，連奉三杯。明日復來，辛不待索，又與之。如此半載，辛未嘗怠。一日謂辛曰："多負酒錢，無物可酬。"遂取黃橘皮，畫一鶴于壁上，每有沽客拍手歌之，其鶴自下舞。其後四方之士來飲者，皆留金帛，以觀鶴舞。十年之間，辛氏巨富，鶴乃飛去，今黃鶴樓存焉。先生者，呂仙也。清夜聞鐘、黃鶴醉翁、泣麟悲鳳，皆古琴操名。鶴，去聲。

更長漏永：一本上有"都是"二字，下句同。

一弄：猶一曲。

這的是俺娘的機變，非干妾身脫空：一作"那的是俺娘的機見，非干妾的脫空"。此詞是鶯聽生言而獨語，非與生言也。一本"（生白）夫人且做忘恩"上有"（生自云）"三字，"（鶯白）你差怨了我也"上有"（鶯自云）"三字，下"唱"字作"低唱"，頗爲得解。

作誦：一作"作俑"。

疏簾風細，幽室燈清，多則是一層兒紅紙，幾梡兒疏櫺：清櫺，非東韵。元曲本調多如此，非誤也。即用韵者自不少，然非必用。梡，一作"棍"。

雲山：一作"巫山"。

便做道十二巫峰：道，一作"隔"。

則見他走將來：一無"則見他"三字。

摩弄攔縱：摩弄，猶云搏弄，亦制縛之意。攔縱，徐云："搓挼也。"意紅雖可恨，只得搓挼曲從。不敢譴怒之者，恐在夫人處葬送我耳。一云因其響喉嚨，故將他攔縱，恐使夫人覺而怒也。

则恐怕夫人把我厮葬送：一无"怕"字及"把我"字。

夫人时下有些唧哝：些，诸本俱作"人"。唧哝，作擸掇解，或多言不中解。每看至此时，为费思。崔门一行，家眷夫人而外，止莺红欢三人。莺红已在此矣，所谓有人者，岂谓欢郎耶？可笑。顷于南都买得一本，乃作"些"字，且注云："唧哝，不决裂意。"及简旧本，见上有细字，云"人"或作"些"，始为释然。

不著你落空：言这亲事到底不落空。

怎肯著别离了志诚种：怎肯著，一作"我则怕"。志诚种，指张生也。王伯良谓是莺自谓，别离，一作"心离"。

【会注】

【弘注】刺股：出《群玉》。苏秦读书欲睡，引锥自刺其股，血流至踝。【范注】【汤注】刺股：出《群玉》。苏秦勤读欲睡，引锥自刺其股，血流至踝。

【弘注】【范注】【汤注】悬梁：出《小学（范本、汤本无"小学"）日记》。楚孙敬，字文宝，常闭户读书，睡则以绳系头（范本、汤本无）发，悬于梁上。常（范本、汤本无）入市，人见（范本、汤本此处多"之"）皆曰"闭户先生来也"。

【弘注】【范注】【罗注】【汤注】靡不有初，鲜克有终【罗眉】鲜，上声。：出《毛诗》锡福。靡，无也；初，善也；鲜，少也；克，能也。言天生众（范本、罗本、汤本作"蒸"）民，而降命之初，无有不善，而人少能（而人少能，范本、罗本、汤本作"言人难"）以善道自终也。

【弘注】【范注】【汤注】筑坛拜将：出《通鉴》。韩信，淮阴人也。当楚汉争分时，信数以策干羽，羽不能用。归汉，汉用之不笃，又亡去。萧何追反，三荐于汉王。汉王乃择良日，斋戒设坛场，具礼，遂拜信为大将。后佐汉王，起关中，定三秦，分兵以北，擒魏取伐，仆赵胁燕，东击齐而有之，南灭楚于垓下，遂成帝业。

【弘注】【范注】【罗注】【秀注】【汤注】大开东阁：出《通鉴》（罗本、秀本無"出《通鑒》"）。漢公孫弘起徒步（徒步，範本、羅本、秀本、湯本作"途"），數年至宰相封侯。于是起客店，開東閣，以延天下賢人（範本、羅本、秀本、湯本作"士"）。【起注】【徐音注】【徐參注】【陳注】【硃注】【魏注】【峒注】大開東閣：漢公孫弘，宰相封侯，開東閣，以延天下賢士。

【弘注】嫦娥故事詳見第一折調笑令下。

【弘注】游仙夢故事詳見本折得勝令下。

【弘注】【範注】【羅注】【秀注】【湯注】（範本、羅本、秀本、湯本此處多"裴航不作游仙夢"）裴航遇雲翹夫人，與詩曰："一飲瓊漿百感生，玄霜搗盡見雲英。藍橋便是神仙窟，何必崎嶇上玉京。"後過藍橋，渴，茅舍有一老嫗，揖之求漿，嫗令雲英以一甌漿水飲之。航欲娶雲英，嫗曰："得玉杵臼當與。"後裴航得玉杵臼，遂娶而仙去。【起注】【陳注】【魏注】【峒注】裴航不作游仙夢：唐裴航備舟于襄漢，同舟樊夫人，國色也。航賂其婢晨煙，達詩云："同舟吳越猶懷想，況遇天仙隔錦屏，倘若玉京相會去，願隨鸞鶴入青冥。"夫人曰："幸無諧謔，與郎少有姻緣。他日必爲配偶。"因答詩曰："一飲瓊漿百惑生，玄霜搗盡見雲英。藍橋便有神仙窟，何必區區上玉京。"別舟去後，航經藍橋驛，忽見茅舍有一老嫗績麻，揖之求漿，嫗呼雲英，擎一甌漿來，航接飲，真玉液也。航憶夫人雲英之句，謂嫗曰："小娘子艷麗過人，願娶之，可乎？"嫗答曰："我老病，神仙遺藥，欲得玉杵臼搗之。然欲娶吾女，但得玉杵臼，其餘無所須。"航月餘，果得玉杵臼與之。嫗吞藥曰："吾入洞爲裴郎具帷帳。"俄見一大第，仙童侍女引航相見。媾婚後，夫婦超爲上仙。【徐音注】裴航不作游仙夢：唐裴航經藍橋，見一舍老嫗女雲英，謂嫗曰："小娘子艷麗過人，願娶之可乎？"嫗答曰："我老病，神仙遺藥，欲得玉杵臼搗之。人欲娶吾女，但得玉杵臼爲聘。"航遍求得杵臼，嫗吞藥下，曰："吾入洞爲裴郎具帷帳。"俄見一大第，仙童仙女引航與女相見，成婚後，夫婦俱登仙。【徐參注】裴航仙夢：唐裴航藍橋遇仙女。【硃注】裴航不作游仙夢：唐裴航備舟于襄漢，同舟樊夫人，國色也。航賂其婢達詩，夫人因答詩。別舟去後，航經藍橋驛，茅舍老嫗績麻。揖之求漿，嫗呼雲英，擎一甌漿來，航接飲，真玉液也。謂嫗曰："小娘子艷麗過人，願娶之可乎？"嫗曰："我老病，但得玉杵臼搗藥即與。人欲娶吾女，但得玉杵臼爲聘。"月餘，航得玉杵臼，與嫗吞藥畢，呼英與航相見成婚。後夫婦超爲上仙。

【弘注】廣寒宮：出《詩學》。唐明皇與天師葉法善，八月十五夜游月宮，見榜曰："清虛之府。"素娥十餘人，皆皓衣，乘白鶴，笑舞于桂樹之下，相對極寒，不可留。【範注】【羅注】【秀注】【湯注】廣寒宮：出《詩學》（羅本、秀本無"出《詩學》"）。唐明皇與（羅本、秀本此處多"葉法善"）天師，八月十五夜游月宮，見榜曰："廣寒清虛之府。"有素娥十餘人，皆皓衣，【秀眉】皓，音浩。乘白鶴，舞于桂樹之下。相引極寒，不可久留。【起注】【陳注】【硃注】【魏注】【峒注】廣寒宮：唐明皇與葉天師，八月十五夜游月宮，寒氣逼人，過一大門，在玉光中，見一大府，榜曰："廣寒清虛之府。"【徐參注】廣寒宮：唐明皇得游月宮，寒氣逼人。過一大門，在玉光中見一大府，榜曰："廣寒清虛之府。"

【弘注】知音故事詳見第三折【禿廝兒】下。

【弘注】清夜聞鐘：出《詩苑叢林》。漢武時，未央宮殿前鐘，無故自鳴，三日三夜。詔問東方朔，朔曰："銅者，土之子。以類告之，子母感而相應。山恐有崩者，故鐘先鳴。"三日，蜀郡太守上言山崩，上大笑。【範注】【羅注】【秀注】【湯注】清夜（羅本、秀本無"清夜"）聞鐘：漢武未央宮前銅鐘，無故自鳴三晝夜，帝詔東方朔問（羅本、秀本此處多"之"）。朔言："銅者，山之子。以類告之，子母感而相應。山恐崩（山恐崩，羅本、秀本作"恐山崩之兆"），其鐘先鳴。"三日，蜀郡太守上言山崩，帝大笑。【起注】【陳注】【硃注】【魏注】【峒注】清夜聞鐘：漢武未央宮前（硃本作"中"）銅鐘，無故自鳴三晝夜，帝召東方朔（硃本此處多"問之，朔"），言："銅者，山之子。子母感而相應。山恐崩，其鐘先鳴。"三日，蜀郡太守上言（硃本此處多"者"）山崩。【徐參注】清夜聞鐘：漢武未央宮前銅鐘，無故自鳴三晝夜，召東方朔問之。朔言："銅山者，鐘之母；鐘者，山之子。子母感而相應。山恐崩，其鐘先鳴。"三日，蜀郡太守上言山崩。

【弘注】黃鶴：出《古文大全》。湖南江夏郡，辛氏賣酒爲業，有一先生，魁偉藍縷，入坐謂辛曰："有好酒與吾飲否？"辛飲以巨杯。明日復來，辛不待索，而與飲之。如此者半載，先生一日謂辛曰："多負酒債，無錢酬汝。"遂取黃橘皮，畫鶴于壁。每客來飲酒，但拍手歌之，其鶴必舞。以酬酒債。欲觀者即遺千金。十年之間，辛氏巨富。乃于鶴飛處，因作樓焉。故名曰黃鶴樓，至今猶在。【範注】【湯注】黃鶴：出《古文》。湖南江夏郡，今湖廣。辛氏賣酒，有一先生身須藍縷，人物魁偉，入坐謂辛曰："有好酒與飲。"辛以巨杯連奉三杯。明日復來，辛不待索，又與之飲。如此常飲半載，辛未嘗怒。一日謂辛曰："多負酒錢，無物可酬。"遂取黃橘皮，畫一鶴于壁上，每有沽客拍手歌之，其鶴自下舞。自後，四方之士來飲者，皆留金帛以觀鶴舞。十年之間，辛氏巨富，鶴乃飛去，乃蓋黃鶴樓存焉。先生者，洞賓也。【羅注】黃鶴：《古文》。湖南江夏郡，辛氏賣酒，有一先生，身甚藍褸，人物魁梧，入坐謂辛曰："有好酒肯與飲否？"【羅眉】褸，音呂。辛以巨杯連奉三獻。明日復來，不待索，又與之飲。如此常飲至半載，辛未有嗔。一日語辛曰："多負酒債，無物可酬。"取黃橘皮，畫一鶴于壁上，謂"有客來飲，但令拍手而歌，鶴即下舞，以此還汝酒債也"。後試果然。四方豪士聞而欲觀者，俱遺金買飲。至十年，辛氏巨富于其處，駕一高樓，名曰"黃鶴樓"。先生者，呂洞賓也。【起注】【陳注】【魏注】【峒注】黃鶴：湖南江夏郡，辛氏賣酒，有一先生，身甚藍褸，人物魁梧，常飲，至半載，辛未嘗嗔。一日語辛曰："多負酒債，無物可酬。"取黃橘皮，畫一鶴于壁上，謂："有客來飲，但令拍手而歌，鶴即下舞。以此還汝酒債也。"四方豪士聞而欲觀者，俱遺金買飲。至十年，辛氏巨富。一日先生來，取笛吹數聲，跨鶴而去。辛氏從飛昇處，架一高樓，名曰"黃鶴樓"。呂洞賓也。【硃注】黃鶴：湖南江夏，辛氏賣酒。有一先生，身甚藍褸，常就飲，辛不厭。一日取黃橘皮，畫一鶴于壁酬辛酒，謂："有客來飲，但令拍手而歌，鶴即下舞。"四方豪士俱遺金買飲。十年，辛致富。一日先生來，取笛吹數聲，跨鶴而去。辛氏從飛昇處，架一高樓，名曰"黃鶴樓"。先生即呂洞賓也。

【弘注】【範注】【湯注】醉翁：出《古文（範本、湯本無"古文"）大全》。歐陽永叔少游謂醉翁亭，在（範本、湯本無"謂醉翁亭，在"）琅琊寺。峰回路轉，有亭翼然臨于泉上者，醉翁亭也。作（範本、湯本此處多"是"）亭者誰？山之僧智仙也。名之者誰？太守自謂也。故云："醉翁之意不在酒，在乎山水之間而已矣。"【羅注】【秀注】醉翁：宋歐陽修，字永叔，守滁州。游琅耶寺，峰回路轉，有亭翼然臨于泉上者，醉翁亭也。作是亭者誰，山之僧智仙也。名之者誰，太守自謂也。故云："醉翁之意不在酒，在乎山水之間而已矣。"【起注】【陳注】【峒注】醉翁：歐陽修作醉翁亭，自號曰"醉翁"也。"醉翁之意不在酒，在乎山水之間也。"【魏注】醉翁：歐陽修也，作亭曰"醉翁亭"。言醉翁之意不在酒，在乎山水之間。【硃注】醉翁：歐陽修作醉翁亭，自號曰"醉翁"。言"醉翁之意在乎山水之間也"。

【徐音注】清夜聞鐘，黃鶴醉翁：俱琴中曲名。【徐參注】黃鶴醉翁：黃鶴樓在湖廣，乃酒樓也。當時有鶴舞翩躚，人莫不醉飲其上。

【弘注】【範注】【羅注】【秀注】【湯注】泣麟：出（羅本、秀本無）《孔子家語》。叔孫氏之車士曰子鋤商，【秀眉】鋤，音雛。采薪于大野，獲麟焉。（範本、羅本、秀本、湯本此處多"以爲不祥"）折其前（範本、羅本、秀本、湯本無）左足以歸。叔孫以爲不祥（範本、羅本、秀本、湯本無"以爲不祥"），弃之于郊外。孔子往視之，曰："麟也。胡爲（羅本、秀本此處多"乎"）來哉？胡爲（羅本、秀本此處多'乎'）來哉？"反袂拭面，【羅眉】袂，音昧。涕泪沾襟（羅本、秀本作"巾"）。叔孫聞之，然後取之。子貢問曰："夫子何泣爾（範本、湯本無，羅本、秀本作'也'）?"孔（羅本、秀本無）子曰："麟之至，爲明王也。出非其時而見害，吾是以（是以，範本、羅本、秀本、湯本作'以是'）傷（羅本、秀本作'而泣'）之。"【起注】【陳注】【魏注】【峒注】泣麟：魯叔孫氏之車士曰子鋤商，采薪于大野，獲麟焉。以爲不祥，折其左足以歸，叔孫弃之于郊外。孔子往視之曰："麟也。胡爲來哉？"反袂拭泪沾襟。子貢問曰："夫子何泣？"孔子曰："麟之至，爲明王也。出非其時而見害，吾以是泣之。"【硃注】泣麟：魯田子鋤商，采薪獲麟，以爲不祥，折其左足，弃之郊外。孔子往視之曰："麟也。胡爲來哉?"反袂拭而涕泪沾襟。

【弘注】悲鳳：出《論語》，又《博物志》。孔子曰："鳳鳥不至，河不出圖，吾已矣夫。"鳳，瑞應物，太平之世乃見，亂世則隱。其爲形也。鷄頭、蛇蝮、燕頷、龜背、魚尾，五彩色，高六尺許，雄曰鳳，雌曰凰。非梧桐不栖，非竹實不食，非醴泉不飲。凡所栖止，衆禽必隨之而集。故曰：羽蟲三百六十，而鳳凰爲之長。首戴德，頭揭義，背負仁，心入信，翼挾禮，足復文，尾繫武。舜時來儀，文王時鳴于岐山。【範注】【羅注】【湯注】悲鳳：出《論語》，又（羅本無"出《論語》，又"）《博物志》。鳳，瑞應（羅本無）物也。太平則見，【羅眉】下見，音現。亂世則隱。其爲形也，鷄頭人目，蛇蝮、燕頷、龜背、魚尾，色五彩，高六尺許，雄曰鳳，雌曰凰。非梧桐不栖，非竹實不食，非醴泉不飲，【羅眉】禮，音礼。凡所栖止，衆禽必隨之而集。故曰：羽蟲三百六十，而鳳凰爲之長。首戴德，頭揭義，背負仁，心入信，翼挾禮，足復（羅本作"履"）文，尾繫武。舜時來儀，文王時鳴于岐山。孔子曰："鳳鳥不至，河不出圖，吾已矣夫。"【起注】【陳注】【硃注】【魏注】【峒注】悲鳳：舜時來儀，文王時鳴于岐山。孔子曰："鳳鳥不至，河不出圖，吾已矣夫。"

【徐音注】泣麟悲鳳：皆孔子事，亦是琴中之曲。【徐參注】泣麟悲鳳：孔子泣麟而作《春秋》，嘆鳳鳥不至云云。

【弘注】十二峰：出《群書備數》。○望霞○翠屏○朝雲○松巒○集仙○聚鶴○净壇○上昇○起雲○栖鳳○登龍○聖衆。【範注】【湯注】巫山十二峰：出《群書備數》。今湖廣巫山縣，望霞峰，翠屏峰，朝雲峰，松巒峰，集仙峰，上昇峰，起雲峰，栖鳳峰，登龍峰，聖衆峰。【羅注】十二峰：夔州巫山縣有望霞峰，翠屏峰，朝雲峰，松巒峰，集仙峰，上昇峰，聚霞峰，净壇峰，起雲峰，栖凰峰，登龍峰，聖衆峰，故云"十二峰"。【起注】【陳注】【硃注】【峒注】巫山十二峰：今湖廣巫山縣，有望霞峰，翠屏峰，朝雲峰，松巒峰，集仙峰，上昇峰，聚霞峰，净壇峰，起雲峰，栖鳳峰，登龍峰，聖衆峰。【徐音注】巫山十二峰：今湖廣有巫山縣，楚襄王游于巫山，嘗夢見神女。

【弘注】赴高堂：出《釋文》。昔楚襄王與宋玉游雲夢之臺，望高唐之觀。

獨有雲氣，變化無窮。王問玉曰："此何氣？"對曰："朝雲。"王曰："何謂朝雲？"玉曰："昔君先王嘗游高堂，怠而晝寢，夢見一婦人曰：'妾巫山之女，為高堂之客，聞王游高堂，願薦枕席。'王因幸之去。而辭曰：'妾在巫山之陽，高丘之北。朝為行雲，暮為行雨。朝朝暮暮，陽臺之下。'"【範注】【湯注】赴高唐：即行雲，詳二折下。【羅注】赴高唐：即行雲事。

【起注】字音

徽，音灰。軫，音枕。虵，音移。嶧，音亦。捏，音聶。髻，音寄。玎，音丁。咚，音冬。驟，音皺。崆，空，去聲。喁，音容。桄，音光。懂，音董。鬆，音松。欞，音靈。狠，音罕。翱翔，音敖祥。彷徨，音旁皇。唧噥，音即農。

【徐音注】字音

軫，診。虵，移。嶧，亦。控，空。喁，容。桄，光。懂，董。欞，靈。狠，罕。翱翔，音敖祥。彷徨，旁皇。唧噥，即農。

【徐參注】字音

軫，音賑。虵，音移，琴似蛇腹。嶧，音亦，山名。喁，音濃。桄，音光。欞，音靈。翱翔，音敖祥，鳥飛貌。

【陳注】【硃注】字音

徽，灰。軫，枕。痕，移。嶧，亦。捏，聶。髻，寄。玎，丁。咚，冬。驟，皺。翱翔，敖祥。彷徨，旁皇。唧噥，即農。崆，空，去聲。喁，容。桄，光。懂，董。鬆，松。欞，靈。狠，罕。

【魏注】字音

軫，枕。嶧，亦。崆，控。喁，容。桄，光。懂，董。欞，靈。狠，罕。翱翔，敖祥。彷徨，旁皇。唧噥，即農。

【峒注】字音

軫，枕。虵，移。嶧，亦。崆，空，去聲。喁，容。桄，光。懂，董。欞，靈。狠，罕。翱翔，敖祥。彷，旁。徨，皇。唧，即。噥，農。